H. DE BALZAC

— ŒUVRES POSTHUMES —

LETTRES

A

L'ÉTRANGÈRE

TOME QUATRIÈME

1846-1847

PARIS
CALMANN-LÉVY, ÉDITEURS
3, RUE AUBER, 3

MCML

1er TIRAGE
Janvier 1950

L'ÉDITION ORIGINALE DE CET OUVRAGE A ÉTÉ TIRÉE SUR VÉLIN BLANC DES PAPETERIES DE RIVES A 50 EXEMPLAIRES NUMÉROTÉS DE I A L.

LETTRES A L'ÉTRANGÈRE

IV

Déjà parus :

LETTRES A L'ÉTRANGÈRE

TOME PREMIER (1833-1842)

TOME DEUXIÈME (1842-1844)

TOME TROISIÈME (1845-1846)

LETTRES A « L'ÉTRANGÈRE »

I

A MADAME HANSKA, A CREUZNACH

[Passy[2], 21-23 août 1846.]
Vendredi [21 août].

Hier, mon *loup*[3] chéri, je suis sorti pour aller chez Véron,[4] aux Affaires étrangères pour mes passeports, chez Froment-[Meurice][5], pour prendre vos bijoux, chez le notaire[6] pour prendre mes actes que j'ai, qui sont en règle pour Mayence et le Wurtemberg. Tout cela m'a pris ma journée, et aujourd'hui je dois travailler. Ainsi, mille tendresses, il faut se mettre à l'ouvrage.

Samedi, [22 août].

Mille caresses, mon Évelin; j'ai fait hier *la Cousine Bette* jusqu'au trente-sixième feuillet, et il en faut faire vingt-quatre aujourd'hui, et trente demain pour pouvoir t'aller voir. Ainsi, je ne puis pas t'écrire longuement.

Hier, mon notaire est venu; le monsieur à la maison[7] est venu. L'affaire ne va pas toute seule, car il veut des garanties, pour la sécurité de l'acquisition. J'ai donné mes pouvoirs au notaire en lui disant mes limites, et il m'apportera le bail à signer, ou cela sera rompu, d'ici à lundi. Mais tu ne sauras cela que par ma dernière lettre. Je t'écrirai mardi prochain pour la dernière fois avant mon départ.

1. Où Mme Hanska séjournait avec sa fille Anna et son futur gendre.
2. Où Balzac habitait, depuis octobre 1840, 19, rue Basse (actuellement, 47, rue Raynouard), dans un petit pavillon loué sous le nom de Mlle Philiberte-Louise Breugniot, sa gouvernante, qu'il appelait pompeusement Mme de Brugnol.
3. *Loup* ou *Louloup* que Balzac, dans ses lettres, écrit presque toujours en abrégé sous la forme : *Lp* ou *Lplp*.
4. Le fameux Dr Véron, qui fut directeur de l'Opéra puis du *Constitutionnel* et nous a laissé d'amusants *Mémoires d'un Bourgeois de Paris*. C'était un épicurien dont la table était fort réputée. *Le Constitutionnel* publia plusieurs ouvrages de Balzac : *le Cabinet des Antiques*, en 1838; *la Cousine Bette*, en 1846; *le Cousin Pons*, en 1847, et une *Profession de foi politique* de Balzac, en 1848.
5. Le célèbre orfèvre, qui fabriqua pour Balzac plusieurs bijoux, entre autres la « canne aux singes » destinée à Georges Mniszech et dont on trouvera la reproduction dans : Philippe Burty, *F.-D. Froment-Meurice, argentier de la Ville* (*1802-1855*) Paris, Jouaust, 1883, in-4. Cf. *Le Livre*, 10 février 1883.
6. Me Outrebon (voir t. III, p. 294).
7. La maison de la rue de La Tour (voir t. III, p. 368-375).

Dis à Georges[1] qu'il est horriblement difficile d'avoir son *Buprestis bicolor*. Je l'ai vu chez Buquet[2], qui n'a pas voulu me donner le sien. On en trouve, mais mutilés, et ils valent soixante francs. J'ai rencontré mon ami Gaymard[3], et il m'a promis la collection des fossiles de Paris.

En ne faisant *que le nécessaire* dans la maison, il faudra dépenser trente mille francs.

Allons, adieu pour aujourd'hui. Je te dirai combien je t'aime demain, car il faut faire mes vingt-quatre feuillets.

La Cousine Bette est plus facile à faire que *les Deux Musiciens*[4]...

Que Dieu te protège! Oh! comme je voudrais une lettre de toi pour me dire qu'il ne t'est rien arrivé dans ton voyage!

Le meuble de Hollande, tu sais, l'armoire de *Joseph*[5], a fait l'admiration d'Elsch[oët][6] et du menuisier-sculpteur qui travaille les bois pour les arts et les grands seigneurs. Il l'a pour la remonter, ainsi que les dos de chaises. Je fais faire une caisse en fer dans l'intérieur du bas de cette armoire, pour mettre l'argenterie, et le haut pour les choses de luxe de la table. Cet arrangement, la restauration, la réfection de l'armoire et les chaises, c'est un billet de mille francs. Il faut prendre de l'avance pour toutes les choses qui ne se font pas vite. Je recommanderai la table à manger avant mon départ, et la Chouette[7] me négociera l'acquisition du lustre. La salle à manger sera tendue avec le cuir d'Anvers. Elle sera sombre; il faut l'éclairer. Tout ce que tu me disais être des folies, sont des sagesses. Ainsi la grosse potiche raccommodée, de Bourbey, ira supérieurement dessus le meuble à l'argenterie. Il faut une activité féroce pour pouvoir entrer là le 15 novembre. Ainsi, avant mon départ, il faut que j'ôte tous mes livres, car il faut qu'on se serve de mes corps de bibliothèque pour la bibliothèque et qu'elle se fasse en mon absence. (Je me resers de ces mauvaises choses, car nous ne pouvons pas nous amuser à faire une belle bibliothèque, qui coûterait cinq à six mille francs. Je suis trop raisonnable pour cela. Je fais servir tous mes mauvais corps, et cela coûtera au moins

1. Le comte Georges Mniszech (mort en 1881, à cinquante-huit ans), fiancé d'Anna, fille de Mme Hanska (*Lettres à l'Étrangère*, III, 34). Balzac lui a dédié *Maître Cornélius*. Georges Mniszech était grand collectionneur de coléoptères et Balzac s'ingéniait à lui procurer ceux qui manquaient à sa collection, entre autres le fameux *catoxantha bicolor* que, par plaisanterie, le romancier a cité dans *la Cousine Bette* (Chapitre XXV, Un dîner de lorettes). Cf. *Lettres à l'Étrangère*, t. III, p. 168.

2. Buquet ou, plus exactement, Bucquet, naturaliste, membre de la Société entomologique, 50, rue de Seine-Saint-Germain (voir t. III, p. 256).

3. Joseph-Paul Gaymard, voyageur et naturaliste, né vers 1790, mort en 1858. Voir plus loin, p. 39.

4. C'est-à-dire *le Cousin Pons*.

5. Achetée en Hollande (voir t. III, p. 74). Cf. Paul Jarry, *Honoré de Balzac, amateur d'antiquités* (*Le Figaro artistique*, 25 décembre 1924 et 1er janvier 1925).

6. Voir t. III, p. 208, 209, 213, 216, 247, 264.

7. Son odieuse gouvernante qu'il avait surnommée la Chouette, en souvenir, sans doute, du personnage ignoble des *Mystères de Paris* et peut-être, aussi, parce qu'elle projetait d'épouser un sculpteur sur bois du nom d'Elschoët. Voir t. III, p. 12, 61, 68, 208, 244, 247 et 282.

six cents francs.) Il faut demander des tapis à Smyrne, car ici je n'en ai que deux : un pour la salle à manger, et un pour ton cabinet. Nous avons dix-neuf croisées à garnir, et, à trois cents francs par croisée, juge où cela mène. Or, faire cela provisoirement coûte les deux tiers de ce que cela vaut, bien fait. Le bon et le solide est toujours une économie, et je l'ai bien reconnu. Ainsi, je trouve encore deux tapis neufs et excellents dans mes tapis qui ont douze ans, et ceux que j'ai achetés à bon marché sont finis depuis six ans.

Oh! *louloup*, vois où ça me mène de parler ménage!... Voici le jour, et je me suis levé à trois heures pour travailler! Allons, mille tendresses; aime-moi bien et ne pense pas à moi autant que je pense à toi, car tu deviendrais folle. Je t'embrasse et te mets dans mon cœur.

Dimanche [23 août].

Mon bon *loup*, je t'embrasse avec une effusion d'enfant, car hier, j'ai eu ta lettre écrite à ton retour de F[rancfort]. Sois tranquille, tes sœurs ne peuvent pas me trouver à Paris, car le 30 j'en suis dehors! Et d'une.

Hier, après déjeuner, Captier, l'architecte[1], est venu, car on ne peut rien faire à l'aveugle quand on est père de famille, et il m'a pris ma journée entière. C'était nécessaire. Tout examiné, il faut dépenser douze mille francs pour en faire notre maison, sans penser encore à un liard de mobilier. Ainsi, vingt-cinq et douze cela fait trente-sept. C'est encore à faire, et ce sera fait demain lundi ou mardi. Mais je ne t'écris plus, car je pars d'aujourd'hui en huit. Tu recevras encore un seul petit mot jeudi (c'est-à-dire je t'aviserai jeudi de l'affaire de la maison en te disant de m'attendre le 2, sans faute). Tu ne maries pas A[nna][2] et G[eorges] avant les formalités. J'arrive à temps.

Tu ne sais pas mon *louloup*, quelles affaires j'ai sur les bras pour arriver juste au 1er novembre; c'est un monde de choses, d'achats, d'ajustements. Quand tu verras cela, c'est à n'y pas croire. Il faut des lits; il faut tout. Autre chose est un ménage de garçon, où tout est à la diable, et un ménage pour nous deux. Le provisoire, les choses mal faites, sont ruineux.

Encore merci de ta bonne petite lettre que je suis allé chercher à trois heures, excédé de fatigue. Cette mauvaise santé de G[eorges] m'inquiète. Allons, encore cinq jours, après celui où tu tiendras cette lettre et tu me tiendras moi-même. La place est payée, les actes sont là, tout est prêt. Je vais chercher lundi mon passeport aux Affaires étrangères, et nous irons à Dresde. Nous irons où tu voudras, *madame*

1. Place Dauphine, 23 (voir t. III, p. 152, 153, 375).
2. Anna (1828-1915), fille unique de Mme Hanska, mariée à Wiesbaden, le 13 octobre 1846, au comte Georges Mniszech. Mme Hanska avait l'intention de lui abandonner toute sa fortune avant d'épouser Balzac (S. de Korwin-Piotrowska, *Balzac et le monde slave*, Paris, H. Champion, 1933, in-8, p. 459).

Bilboquet [1]*!* Tiens, je suis fou de l'idée que je vais te voir. Je ne te dis rien de plus, car il faut que cet excellent *Constitutionnel* ait sa copie, et il faut écrire encore cent feuillets! Oh! *louloup*, ces feuillets-là me débarrassent de la gouv[ernante]. Cela fait sa somme en librairie, et tout sera dit...

Chère adorée, ce dernier retard t'a fait du chagrin; et à moi donc! Crois-tu qu'il s'y soit encore résigné, ton pauvre Noré? Tiens, je t'envoie tous mes griffonnages sur la maison pour t'en donner une idée, et la conférence avec Captier m'a fait modifier les estimations. Cela t'amusera, ces gribouillages.

Adieu; je t'aime tant que mon impatience me fait mal, et ça m'a communiqué une rage de finir mes manuscrits; je fais des quinze feuillets par jours! Mille caresses à mon adorable m[inou], et à tout toi. J'ai une santé superbe.

Configuration générale de la propriété :

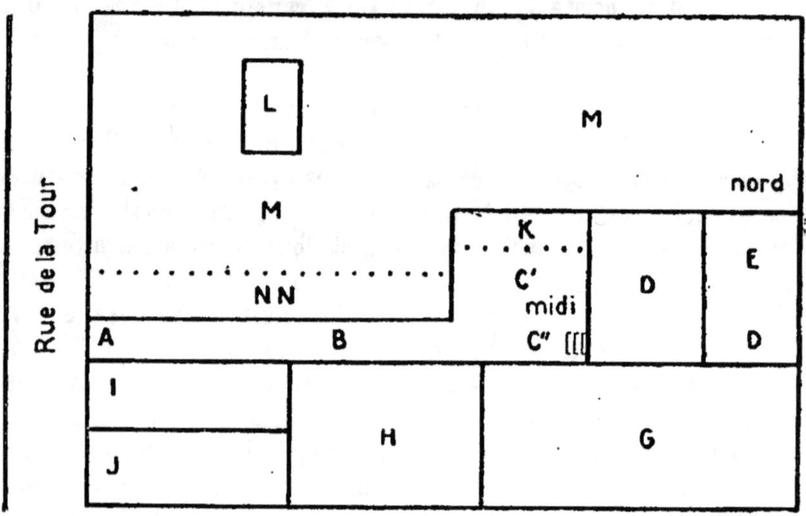

A est la grille;
B est un passage entre deux murs pour une voiture, strictement;
C' est une cour;
C'' est le perron d'entrée;
D, D est la maison en hache;
E est une cour intérieure, extrêmement petite;
G est le jardin du voisin de gauche;
H est un autre jardin de voisin, dont :
I et J sont deux petites maisons sur la rue;
K est l'emplacement où il pourrait y avoir par la suite une petite serre;
L est la maison du voisin de droite;
M, M c'est le jardin du voisin. Ce voisin propose de vendre le terrain N, N à la condition de n'y point bâtir.

1. Sobriquet de Balzac. Pendant le voyage de l'été 1845 en compagnie de Mme Hanska, d'Anna sa fille et du comte Georges Mniszech, Balzac avait donné à la petite troupe des surnoms tirés de la fameuse parade des *Saltimbanques* de Dumersan et Varin, très en vogue à l'époque. Balzac était devenu Bilboquet; Mme Hanska, Atala; Anna, Zéphyrine; Mniszech, Gringalet. Gringalet, très bon dessinateur, nous a laissé les portraits des Saltimbanques, reproduits au tome III des *Lettres à l'Étrangère*, p. 80.

Ce que j'appelle dans les deux plans suivants le premier étage est un rez-de-chaussée élevé de sept pieds au-dessus du sol. Le deuxième étage est un premier.

Maintenant, après avoir bien examiné les plans du premier et du deuxième étage, on voit que le premier fait la réception, le deuxième l'habitation, mais il est nécessaire d'élever tout le troisième étage, dont une partie est en grenier, pour y pratiquer : *primo*, une lingerie pour la maison et pour serrer les affaires de madame, où l'on repassera, etc.; *secundo*, une belle chambre d'enfants; *tertio*, une chambre de domestique, car dans la partie élevée des combles actuels, il n'y a que trois petites chambres de domestiques.

Plan du premier étage de la maison.

(Le rez-de-chaussée contenant les cuisines, les caves, les communs, etc.)

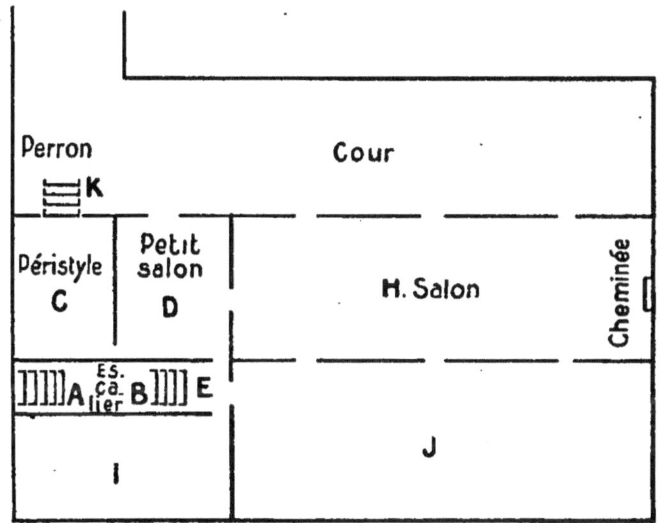

A est l'escalier pour monter au premier étage;
B est l'escalier de service pour aller et venir des cuisines et d'en bas, car il y a sous le perron (K) une porte pour les gens, en sorte que le perron, le péristyle et l'escalier sont réservés aux maîtres.
C, le péristyle, n'a pas plus de six pieds sur six pieds;
D est un petit salon à une croisée;
E est un passage à une croisée, sur la cour intérieure I et J, qui conduit du petit salon à une grande et vaste salle à manger;
H est un grand salon à six croisées, donnant [sur les deux cours].

La nécessité de tourner dans la grande cour empêche d'y faire un jardin; on ne peut qu'y pratiquer plus tard une petite serre dans laquelle on irait par la dernière croisée du salon. Quand même le voisin vendrait le terrain NN, il faudrait toujours tourner, car voici, dans le cas de cette vente, la configuration générale de la propriété.

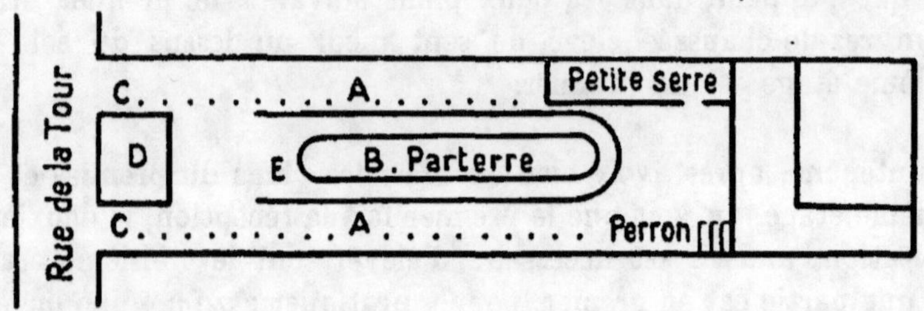

AA, arbres;
B, parterre;
CC, grilles;
D, écuries, remise et portier;
E, chemin des voitures.

Plan du deuxième étage

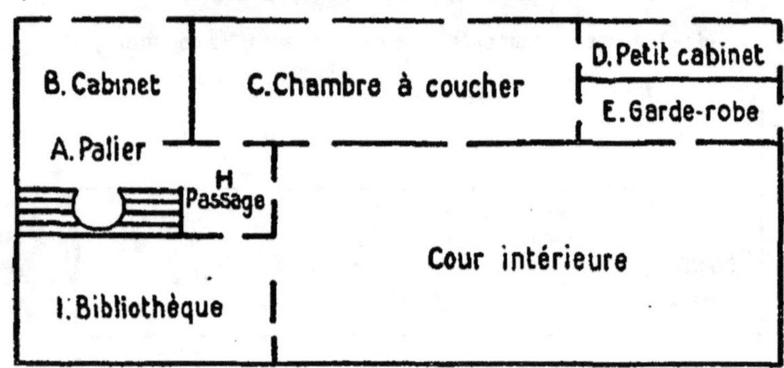

A est le palier de l'escalier, où se trouve une porte donnant dans un cabinet d'hiver exposé au midi;
B, contigu à
C, chambre à coucher à quatre croisées, deux sur la grande cour, deux sur la cour intérieure, et flanquée de
D, petit cabinet de travail de madame, et de
E, cabinet de toilette de monsieur;
H est un passage qui mène à
I, grande bibliothèque située au-dessus de la salle à manger, exposée au nord, et où l'on peut travailler au frais dans la canicule.

Tout cela est luxueusement bâti, sain, séché, car c'est fini depuis deux ans. Voici l'aperçu des dépenses :

Il y a un calorifère à mettre . . .	Fr.	1.500
L'étage à élever		3.000
En distributions et raccordements . . .		1.800
Peintures (elles n'ont pas été finies) . .		2.000
Volets et armoires, porte		1.800
Honoraires de l'architecte		500
Glaces.		1.700
TOTAL. . . .	Fr.	12.300

Il y a neuf mille francs à dépenser immédiatement; six mille francs de terrain, si le voisin veut toujours vendre. Cela fait quinze mille francs. En n'arrangeant que le deuxième étage et remettant à un an la construction des écuries, remises, et l'arrangement du premier étage, il faut neuf mille francs de plus.

Total : vingt-huit mille et vingt-quatre mille francs à payer, en dix-huit mois, pour la maison. Cinquante-deux mille francs!

Cette propriété est infiniment plus complète *comme habitation* que celle de Potier[1], et elle coûte dix mille francs de moins. Elle n'aura jamais de jardin proprement dit, même quand le voisin céderait le terrain, dit NN, sur le plan.

Mais le voisin à qui appartient la maison d'où dépend le terrain NN veut trois mille francs de loyer de sa maison, sans meubles, et cette maison n'est pas si considérable que la mienne, en en ôtant le corps de logis où sont la bibliothèque et la salle à manger. Mais cette maison est située sur la hauteur; elle est au midi, beaucoup mieux bâtie que celle de Potier; les appartements y sont décorés et établis avec le luxe moderne. Mais elle est entourée de toutes parts par des jardins où l'on ne bâtira jamais, et ce n'est pas dans un jardin d'un arpent qu'on *se promène.* On se promène au bois de Boulogne qui est au bout de la rue de la Tour.

Enfin, je ne suis que logé comme il faut l'être, et, à Paris, ceci coûterait dix mille francs de location, et plus de trois mille à Passy.

En retranchant les dépenses de mobilier qui ne concernent pas l'immeuble, cela ne reviendra jamais qu'à vingt-cinq mille francs d'acquisition, dix mille francs d'augmentation, et sept mille de dépenses. C'est quarante-deux mille francs (quinze cents francs de rentes), et Potier coûterait trente-six mille francs d'acquisition, quatorze d'augmentation et huit mille de réparations, etc. C'est soixante mille francs.

Que dans six ans je rentre à Paris dans une maison, avec une belle fortune, je revendrai certainement la maison de la rue de la Tour, près de soixante mille francs, car les propriétés, là, ne peuvent qu'augmenter. La route du Ranelag[h] regarde Auteuil; la rue de la Tour va à l'arc de l'Étoile. La rue de la Tour sera Paris avant la route du Ranelag[h]. La rue du Ranelag[h] est dans un terrain bas. La rue de la Tour est sur le haut de la montagne de Passy.

Il faut dépenser cette année vingt-quatre mille francs; savoir : neuf mille francs dans la maison et neuf mille de mobilier, pour se loger au deuxième étage et acheter le terrain du voisin, qui veut vendre aujourd'hui qu'il est gêné. Puis l'année prochaine, il faudra payer vingt-cinq mille francs de la maison, onze mille de mobilier, et six mille de murs, et de construction d'écuries remises et portier

1. Située route du Ranelagh. Voir t. III, p. 142, 143, 341 et *passim*.

et d'arrangement de terrain. Enfin, si cela te plaît, si les affaires vont bien, on fera une petite serre l'année suivante.

Ce sera, en trois ans, une dépense de soixante-douze mille francs, dans laquelle il y aura trente mille francs de mobilier. C'est donc quarante-deux mille francs que coûtera la maison, car le mobilier est une valeur qu'on emporte.

S'il fallait se trouver dans ces conditions à Paris, on dépenserait autant en loyer et en mobilier, et on n'aurait que son mobilier au bout de six ans.

Les Petits Bourgeois [1].

(Fragment supprimé du début de l'ouvrage.)

. . . .

maisons qui se trouvent le long du vieux Louvre, est une de ces protestations que les Français aiment à faire contre le bon sens. Aussi n'est-ce pas un hors-d'œuvre que de décrire ce coin du Paris actuel. Plus tard, on ne pourrait pas l'imaginer, et nos neveux se refuseraient à croire qu'une pareille barbarie ait subsisté pendant quarante ans. Sous Louis XV, un homme d'esprit disait à l'aspect du Louvre : « O Roi des palais, si tu avais appartenu à l'un des ordres mendiants, tu serais fini. » Depuis cet homme d'esprit, Napoléon, qui s'écriait en voyant le *duomo* de Milan « il faut l'abattre ou l'achever », et qui jeta vingt millions dans cette Alpe de marbre blanc, voulut finir le Louvre. Il y dépensa vingt millions, il le sauva. Mais 1813 fit descendre les Limousins du haut des échafauds qui sont restés, comme est restée la grue du moyen âge au-dessus de la cathédrale de Cologne, et la Restauration, en quinze ans, sculpta quinze médaillons en-dessus des portes, paya un kilomètre de grilles, effaça les N, arrangea le musée Charles X, c'est-à-dire le vingtième des sommes enfouies par Napoléon dans le premier monument du monde, l'orgueil des Parisiens. En 1830, Paris, fier de ces deux choses, la Colonne et le Louvre, concéda la couronne au duc d'Orléans en stipulant que la liste civile achèverait le Louvre. Dans les premiers moments d'ardeur qui suit un contrat, la liste civile abattit deux hôtels magnifiques, et s'arrêta soudain. Ce commencement d'exécution eut pour résultat de doter la capitale d'un marais qui devait être cultivé, car on ne comprend point que les petits jardins situés le long des baraques au pied de la galerie en bois ne s'étendent pas jusqu'à la rue de Richelieu. Ce serait réjouissant pour l'œil, et des plantes grimpantes auraient, depuis quinze ans, caché les effroyables ruines, les façades honteuses de ce résidu de quartier, auquel le sergent de ville ne croit pas; vous n'en voyez jamais par là; les habitants

1. Le feuillet sur lequel Balzac avait écrit ce fragment servait d'enveloppe à la lettre qui précède. Ce roman laissé inachevé par Balzac parut, après sa mort, dans *le Pays* du 26 juillet au 28 octobre 1854, par les soins de Mme Ève de Balzac, qui en avait confié l'achèvement au feuilletoniste Charles Rabou, ami du romancier.

sont des fantômes. A quelque heure du jour que passent les Parisiens affairés qui traversent la place, ils n'aperçoivent personne dans les cryptes du cul-de-sac du Doyenné ni dans la rue du Doyenné. On dit à Paris d'un quartier : « il est mort ». Mais ces ruines sont des ossements!

. . . .

II

A MADAME HANSKA, A CREUZNACH

[Passy, 24-25 août 1846.]
Lundi, [24 août.]

Ma chère petite fille adorée, en rentrant hier d'avoir mis ta lettre à la poste, j'en ai eu une de mon notaire, qui m'annonce que le propriétaire de la rue de Tour fait des difficultés. Or, depuis deux jours, je suis dans l'anxiété d'avoir donné ma parole, car je vois quarante mille francs de dépenses et le *trésor-louloup*[1] entamé; et j'allais, me disant : « Le luxe n'a sauvé personne, l'économie a sauvé tout le monde! » Et puis, aussitôt ma lettre lâchée à la poste, je me suis figuré que tu serais non moins effrayée que moi de tout ce qu'il faut faire. Alors, j'ai tout de suite écrit au notaire que puisque ce monsieur faisait des difficultés, ça m'allait infiniment; qu'il n'y avait plus d'acquisition, puisque mon mode d'acquisition ne lui allait pas, et que j'en restais à un bail pur et simple de six ans, avec faculté de m'en aller quand je voudrais, pour sept cent cinquante francs d'indemnité.

Et j'ai sur-le-champ formé le projet de me camper là avec tout ce que j'ai, en ne faisant que le nécessaire, qui n'ira pas à plus de quatre à cinq mille francs; et j'aurai pour quatorze à quinze cents francs de loyer. Si nous voulons une voiture, nous louerons une remise et une écurie et nous ne ferons, en six ans, qu'une dépense de neuf mille francs, en loyers, et nous conserverons nos capitaux. Et nous ne ferons aucune dépense chez ce monsieur que la petite serre, si ça nous plaît.

Aussi suis-je bien fâché de t'avoir envoyé ce grimoire de contes (*sic*) de plans et de devis. Je deviens d'un *Fabius*[2] ridicule. Mais c'est [pour] Victor[3] [-Honoré] et le *loup!*

1. Argent confié par Mme Hanska à Balzac en le chargeant de l'administrer « J'ai maintenant le maniement de ce que j'appelle le *trésor-louloup* », écrivait-il le 15 octobre 1845. (*Lettres à l'Étrangère*, t. III, p. 116.) Voir p. 357.
2. Aussi prudent, aussi temporisant dans ses entreprises que le fameux Fabius Cunctator, vainqueur de Carthage.
3. L'enfant que Balzac espérait avoir de Mme Hanska. Voir t. III, p. 328.

Je ne doute pas qu'il ne consente à un bail, car il a tout aussi envie de louer que de vendre. Il vient de perdre une occasion de vente; il ne voudra pas perdre la location. Tu ne sauras cela qu'à mon arrivée, car je ne puis plus t'écrire, il faut travailler constamment. Seulement je n'ai pas voulu te laisser dans les angoisses où j'étais en songeant que j'allais avoir une maison qui, avec le mobilier, nous coûterait les deux tiers des capitaux-*louloup*. Et je m'empresse de te dire cela ce matin.

Mon notaire a un camarade de qui il me répond, à Metz [1], et il m'a donné une lettre pour lui, pour notre contrat.

Sois tranquille, chère Line, j'ai assez d'intelligence pour ne pas dépasser Creuznach, et je connaîtrai, le 2 septembre, cette jolie ville. On m'adressera mes épreuves à Forbach, et nous irons faire un séjour de deux jours à Metz, avec les enfants. Je suis si heureux de savoir qu'à l'heure où j'écris je serai, d'aujourd'hui en huit, à quelques lieues de toi, que je n'y crois pas. Mais il ne nous est jamais rien arrivé de malheureux en voyage. Aujourd'hui, je vais chercher mon passeport, aux Aff[aires] étr[angères], le *Cosmos* [2] que G[eorges] m'a demandé, et j'aurai toutes mes affaires. Dans huit jours nous nous verrons et, quand tu auras cette lettre, je serai en route!

Mardi [25 août].

Adieu, mon *loup* chéri; je ne t'écrirai plus. D'aujourd'hui en huit nous nous verrons, nous nous parlerons! Hélas! j'aurai bien besoin de me rafraîchir les yeux par ta chère personne, et de prendre du repos! J'aurai écrit *la Cousine Bette* cette semaine!

Je vais vendre, en suivant ton conseil, quinze actions et je pourrai payer ma mère avec l'argent du *Constitutionnel*, à mon retour.

Allons, adieu. Je suis trop pressé pour te dire autre chose qu' « à mardi prochain ». Mes minutes sont comptées. Je t'arriverai bien épuisé de fatigue. Je n'ai pas de nouvelles de la maison [3].

La Cousine Bette [4].

Au quatrième étage et au fond d'une cour d'une maison de produits, située rue Beaubourg, vivait une vieille fille nommée Mlle Lisbeth Fischer, qualifiée, sur la cote de ses contributions, d'ouvrière

1. Où Balzac projetait un mariage clandestin avec Mme Hanska. Voir plus loin, p. 15-17. Voir aussi t. III, p. 269, 278.
2. *Essai d'une description physique du monde*, par A. de Humboldt.
3. Balzac passa du 2 au 12 septembre avec Mme Hanska. Ils quittèrent ensemble Creuznach et elle s'établit à Wiesbaden.
4. Fragment écrit sur le feuillet servant d'enveloppe à la lettre qui précède. Ce roman — qui forme avec *le Cousin Pons l'Histoire des Parents pauvres* — parut dans *le Constitutionnel* du 8 octobre au 3 décembre 1846.

en passementerie. Son logement consistait en deux pièces, dont la première était accompagnée d'un cabinet, éclairé par un jour de souffrance. Cette pièce, éclairée par deux croisées sur la cour, servait à la fois de salon, d'antichambre, de salle à manger. Le cabinet contenait le bois, le charbon, les ustensiles de cuisine, tout ce qui sert au mécanisme de l'existence. L'autre pièce, à une seule croisée, était la chambre à coucher. Le plancher de cet appartement offrait à la vue une nappe de carreaux rouges, qui reluisait comme une glace. Les murs, tendus de petit papier à dix sous le rouleau. . . . . . .

. . . .

C'est affreux qu'un vice coûte plus cher qu'une famille à nourrir!

. . . .

III

A MADAME HANSKA, A WIESBADEN

[Passy, Jeudi], 17 septembre [1846].

Mon amour d'Évelette, je suis arrivé dans la nuit du 15, si fatigué, qu'hier il ne m'a été possible que de dormir et de manger, et de faire des courses, car l'heure de la poste était passée ici. Te dire mon chagrin, c'est impossible! Enfin, j'ai commencé par m'occuper de toi en allant aux *Débats* et au *Constitutionnel*. On a envoyé mes épreuves, et je suis sûr que ces imbéciles de l'Hôtel du Rhin[1] les ont gardées. Réclame-les.

Ce matin, me voilà remis. Je vais prendre un bain, et me mettre à l'œuvre. J'ai écrit au propriétaire de la rue de la Tour.

Mon séjour à Metz a été de la valeur d'une journée. J'y ai trouvé deux amis bien dévoués : le Préfet et le Procureur du Roi, tous deux excessivement nécessaires pour notre projet, indispensables même, car tu ne peux pas te figurer les obstacles à vaincre. Quant à leur bonne volonté, à la complicité de *la loi*, pour ainsi dire, elle est tout acquise, tout entière. C'est *le secret* qui est tout. La province est ce que je t'ai peint; rien n'y est possible. Figure-toi que les registres de l'État civil sont déposés chaque année aux greffes des tribunaux, et sont vérifiés minutieusement par le parquet et le greffier. Et d'un!

1. A Mayence.

Il faut quatre témoins. Et de deux! Il faut les publications. Et de trois! Une commune où l'arrivée d'une belle dame ne fera pas causer. Et de quatre! Et le maire et son secrétaire. Et de cinq! Nous avons tout surmonté. Voici le plan.

On a un maire discret et obéissant. Il se contentera de nos pièces. Les publications seront faites, mais recouvertes par d'autres. On ne les verra pas. Le mariage se fera la nuit chez lui; deux témoins, M. Nacquart fils[1] et un autre[2], viendront de Paris, seront sûrs et n'appartiendront pas au pays, et deux seront du pays et on en répond. Tu resteras à Sarrebruck, et moi je me serai domicilié ostensiblement près de Metz. Au jour dit, tu partiras de Sarrebruck et tu viendras où je serai. Puis, la cérémonie faite, tu repartiras pour Sarrebruck, et nous irons demander la bénédiction nuptiale ou à l'évêque de Metz, ou au curé de Passy, car on ne répond pas du silence du curé de l'endroit; on ne me répond que de l'entière discrétion du *civil*. Quand les registres arriveront à Metz ils tombent entre les mains de mon Procureur du Roi.

Maintenant, il y aurait beaucoup plus de sécurité à nous marier au commencement de janvier, car nous gagnerions une année pour le dépôt des registres.

Enfin, sois tranquille, nous serons *mariés en France*, et, pour plus de sûreté, nous ferons notre contrat à Paris. Il est impossible à Metz à cause de l'Enregistrement : Nous sommes sauvés!

Mais si tu savais quelles difficultés ont été surmontées, et quels braves gens j'ai rencontrés! Germeau[3] est tout cœur, et tout dévoué. Le Procureur du Roi est parent de M. Nacquart, chez qui je l'ai connu. Ce sera concentré dans trois ou quatre personnes. M. Nacquart et l'accoucheur seront nos confidents forcés; autant les mettre immédiatement dans le secret, pour avoir deux témoins. Ainsi, tout va bien. D'ailleurs, les irrégularités seront peu de chose, et l'acte de mariage sera excellent. J'ai été séduisant, va! L'on ne te demandera que ton extrait de naissance, et l'acte de décès de M. de H[anski]. Ainsi tout est prévu, tout va bien.

Tu comprends que je t'ai présentée comme étant mariée, mais par un mariage nul, fait par un prêtre complaisant, et c'est à cause de cela que mes deux amis de Metz trouvent le mariage religieux inutile, car il faut sauver ta réputation, et j'ai pris tous les torts de mon côté, à cause de la grossesse, et j'ai dit à M. D[elacroix] (le Procureur du Roi), que je mourrais de chagrin de voir mon fils reconnu dans un acte de mariage, et que cela te tuerait. Ça a été l'argument décisif

1. Raymond Nacquart, magistrat, était le fils du Dr J.-B. Nacquart (1780-1854) vieil ami de Balzac, excellent praticien, membre de l'Académie de médecine. C'est au Dr Nacquart que *le Lys dans la vallée* fut dédié et que Mme Ève de Balzac offrit la fameuse canne aux turquoises du romancier. Cf. *Les Cahiers balzaciens*, n° 8. Voir t. III, p. 108.
2. M. Germeau.
3. Le préfet de la Moselle (voir t. III, p. 278).

qui l'a fait épouser comme sa propre affaire celle de notre mariage. Ah! *louloup*, quand ils m'ont eu promis leur concours et répondu du succès, j'ai respiré, car j'avais le sang enflammé et des montagnes sur les épaules, depuis que j'ai acquis la conviction des difficultés faites à l'étranger.

Néanmoins, si le curé de Wiesbaden voulait se contenter de la permission du curé de Passy (qui, j'en suis sûr, la donnerait), de nous marier *tous deux*, M. Delacroix prétend que ce mariage-là serait bon et très régularisable en France un jour. Aussi, faudrait-il tenter cela. Ce serait plus sûr, et plus sûrement discret. J'attends là-dessus ta première réponse.

Ma chérie bien aimée, aie bien soin de toi, et pense à *nous*. Dis-toi qu'à toute heure je vis en toi. C'est doublement vrai, maintenant.

Faut-il un second corset à Anna?

Hélas! le chagrin de la séparation n'est pas allé seul. [Damaso] Pareto [1] m'a renvoyé mon effet! Les juifs veulent seize cents francs des colonnes et de l'encadrement. Il n'y faut plus songer. Voilà ce que c'est de ne pas conclure immédiatement. Miville [2] demande absolument six cents francs; le meuble te plaît; j'ai répondu de l'envoyer.

[Damaso] Pareto m'a renvoyé mon effet et c'est heureux. Cela fait les trois mille francs qui me sont nécessaires, avec ce que tu m'as donné.

Adieu, chère Ève adorée; je m'empresse de t'envoyer ce petit bout de lettre. Nous sommes jeudi. Dimanche, tu en auras une autre plus longue et plus détaillée. Ceci te dira ce que j'ai fait à Metz, et mon chagrin d'être seul. Demain, il faut *faire de la copie*, car ma mère veut son argent d'ici à huit jours.

Adieu tous mes trésors et toute ma vie. Mille caresses à ce bon m[inou], que j'ai si peu eu, et mille tendresses à mon Évelin chéri. Georges a été adorable. Je t'embrasse encore. Ma mère est venue ici je ne sais pourquoi.

IV

A MADAME HANSKA, A WIESBADEN

[Passy, 18-20 septembre 1846.]
Vendredi, 18 septembre.

Mon bon petit *louloup*, je suis allé hier chez Rots[child] pour reprendre l'argent, et j'ai fait des courses. On m'a remis mes épreuves

1. Écrivain génois, ami de Balzac (voir t. III, p. 252).
2. Miville-Krug, de Bâle. Le Bottin le mentionne à la rubrique : gravures, tableaux, curiosités. Pour le meuble en question, Balzac avait dû payer sept cent cinquante-sept francs d'achat, port et douanes.

au *Constitutionnel*, et je vais me remettre immédiatement à l'œuvre.

Hélas, la caisse en fer inforçable et indécrochetable que j'ai commandée pour être placée dans le bas du meuble hollandais, coûtera cent quatre-vingt-dix francs de plus que je ne le croyais; elle pèsera trois cents livres. C'est affreux. On ne sait pas ce que c'est qu'une maison à monter, en achetant tout ici néanmoins à des prix réduits. Et quelles courses il faut faire pour remonter jusqu'à la source primitive, à l'ouvrier qui fait de première main!

J'ai écrit au propriétaire de la rue de la Tour, et dimanche nous irons voir la maison.

Hier, ma mère est venue au moment où je finissais ma lettre, et elle me l'a fait couper court, pour ne pas manquer l'heure de la poste, et je suis sorti pour porter les insectes chez Buquet et le payer. Elle m'a fait oublier ta bonbonnière que je voulais remettre à Fr[oment]-Meurice, pour y réémailler les feuilles.

Oh! cher Évelin, comme je t'aime! Me voilà ne pensant plus qu'à toi, te désirant et sentant encore ta chère senteur, entendant le bruit de tes pas, et me revoyant au clair de cette lune qui brillait dans le Rhin! Toutes ces souvenances me poursuivent et me troublent. Il faut s'en rendre maître et travailler, mais travailler immédiatement, car il faut vingt jours de travail obstiné pour achever ces deux histoires [des *Parents pauvres*] qui t'ont plu.

Adieu pour aujourd'hui, car j'ai à lire mes épreuves et à trotter dans Paris. Je veux vendre les Sèvres à Solliage[1] pour ce que je lui dois, et j'ai deux journaux encore à voir pour ton réabonnement. Mille caresses à mes belles et bonnes épaules, que je n'ai pas assez eues, et à mon m[inou] bien aimé.

Samedi [19 septembre].

Tu es réinscrite [aux journaux] pour Wiesbaden, jusqu'au 15 octobre, et tout t'est adressé poste restante, car je n'ai pas trouvé (que tout à l'heure), le petit papier sur lequel Georges, notre cher enfant, a mis ton adresse. En fouillant mon portefeuille et mettant tout en ordre sur mon bureau, j'ai fini par l'avoir, car je ne perds jamais rien. Je me suis levé ce matin à quatre heures et demie.

Ah! dans mes courses, hier, j'ai appris que l'ouvrage de Brongniart coûtait cinquante-quatre francs. Mais j'espère l'avoir à meilleur marché.

Le gendre de Chl [endowski][2] ne se nomme pas Dombros[ki], mais Dembouski. C'est un *r* de moins et un *e* à la place de l'*o*.

Les loyers sont d'une exorbitance croissante dans Paris.

1. Ou plus exactement Soliliage jeune, curiosités, 29, boulevard Beaumarchais
2. Chlendowski était un comte polonais, établi libraire, 8, rue du Jardinet; il édita *la Lune de miel* (*Béatrix*), *les Trois amoureux* (*Modeste Mignon*) et *les Petites misères de la vie conjugale*, illustrées par Bertall. Voir plus loin p. 84.

J'ai encore la chance d'avoir pour quarante mille francs un terrain convenable dans les terrains de l'ancien Tivoli; mais il faut se dépêcher.

Tu verras que le Nord[1] hausse, et il y a espoir, pour les premiers jours d'octobre, de le voir à un taux qui me permettrait de sortir une somme de quarante-cinq mille francs. Seulement, il faut pouvoir acheter si cela baisse, et il y a tant de gens qui veulent en sortir que cela est très probable.

La Ch[ouette] est pire que jamais. Elle veut *suo denario* immédiatement. C'est un ennemi à la maison. Ça m'engage joliment à bientôt terminer assez de volumes pour la satisfaire, car je tiens à payer tout ce que je dois par ma plume. Je suis effrayé de devoir précisément treize mille francs au *trésor* [*-louloup*]. Il est vrai que j'ai pour vingt mille francs de valeurs pour la maison.

J'ai rencontré Plon[2] hier. Tout est fini entre lui et le Roi. Le Roi attend; ses terrains ont doublé. A peine les maisons bâties, elles sont louées. Les chemins de fer amèneront une population flottante de cent mille personnes par jour, et la ville abat tant de maisons au centre, que toute la population réagit sur les extrémités. Tout ce que je prévoyais, il y a deux ans, se réalise, et dès que j'aurai quarante mille francs, j'achèterai un terrain dans le quartier Tivoli. Cela doublera en deux ans.

Je voulais hier voir Granier [de Cassagnac], à *l'Époque*, car il a des terrains à vendre. Il en a trop pris pour ses moyens. J'irai tout visiter aujourd'hui; ce sera ma promenade et ma distraction. Les Girardin sont absents, m'a-t-on dit à *la Presse*.

Adieu, pour aujourd'hui, *louloup*, bien-aimé. Ton petit salon vert (à part la pendule à monter, le lustre à monter, et les vases de [Saint-] Pétersbourg à faire venir, et les chaises à garnir, les vases à monter), est à peu près complet. C'est environ huit cents francs de dépenses encore, sans compter la fenêtre, la portière et la glace; en tout, dix-sept cents francs, et c'est une pièce finie, Miville payé, bien entendu. Je ne compte pas non plus la table d'Anichette, et la jardinière. Comme tout cela m'amuse! C'est mes seules distractions. Ce petit salon vert sera ton boudoir, ta chambre de travail, d'écriture, etc. Tout y sera marqueterie, Louis XV et rococo. Tu y auras ton *Adam et Ève*, le Greuze, et d'autres tableaux du siècle de madame de Pompadour. Je t'y voudrais deux Watteau. Tu y as quatre chaises, un petit canapé sec, et une bonne ganache, avec une chauffeuse. Songe, mon bon petit *loup*, que j'ai amassé une à une les fleurs en vieux Sèvres qui composeront le lustre, pièce à pièce, dans mes courses,

1. Quinze actions du chemin de fer du Nord, achetées par l'entremise de Rothschild (voir t. III, p. 96).

2. Le fameux imprimeur (voir t. III, p. 3).

vingt sous à vingt sous en économisant des voitures, et avec quel plaisir! Les riches ne connaissent pas ces délices.

Ma belle minette, j'attends avec impatience une lettre de Metz, car là est la grande affaire. Avoue qu'il faut autant de tête que de cœur pour pouvoir travailler avec de telles préoccupations, aussi la fièvre de Paris m'a-t-elle repris, car travailler, courir, aimer et penser, c'est trop! Sois tranquille, je me sens fort. Les deux tantes[1] d'Annette à Paris, quand elle se marie à Wiesbaden, c'est témoigner bien peu d'affection pour leur nièce, surtout ta sœur Caroline qui court avec une vieille folle. Il ne faut guère aimer sa famille!

Dimanche [20 septembre].

Mon bon et tendre adoré *loup*, hier, quand je suis sorti pour les affaires, j'ai eu ta lettre et celle de G[eorges]. Si tu savais quel plaisir fait la première lettre, après qu'on s'est quitté, c'est à n'y pas croire! Non, j'embrassais cette lettre comme toi-même. Eh bien, tu sais à quoi t'en tenir sur Metz, car tu dois avoir ma lettre; elles vont plus vite à W[iesbaden] qu'à Cr[euznach]; elles vont par Mayence en quarante-huit heures. Mon Dieu, comme je t'aime!

J'ai vu le Dieu-Véron. Il reste au *Const*[*itutionnel*], avec les Lehon[2], Morny[3], Mosselmann[4]; c'est probable. Il a vendu les deux tiers de son pouvoir. Je suis rentré dans [la possession de] la *Tête de la Flamande* que j'aime tant parce qu'elle t'a plu. Chère adorée, sois rassurée sur l'écharpe d'Anna; c'est de la dentelle de Caen. M. F[essart][5] est à la chasse continuellement, excepté à la mienne. Il a mes fonds et ils dorment.

N'achète rien en chinoiserie; c'est hors de prix à l'étranger. Oh! j'ai juré de n'acheter que les choses absolument utiles à la maison, et ce sera bien assez. Mais si le petit service de Saxe te plaît, achète-le et fais le bien emballer et envoie-le à Forbach, *douane restante*, à mon nom. Voici pourquoi : je veux que tu aies une étagère sur laquelle il y ait un petit chef-d'œuvre de chaque fabrique célèbre. Voilà pourquoi il fallait avoir le petit service de Bingen. A soixante francs, c'était bien bon marché.

1. Aline et Caroline, sœurs de Mme Hanska. La première, Alexandrine (dite Aline) Rzewuska, avait épousé Stanislas Moniuszko, grand propriétaire lithuanien. Ses deux filles, Pauline et Ernestine, devinrent par mariage Mmes Wancowicz et Martini. La deuxième, Caroline Rzewuska, fut successivement Mme Sobanska, puis Mme Czirkowicz et, enfin, épousa Jules Lacroix; le frère de Paul Lacroix, le bibliophile Jacob (voir t. III, p. 181 et 365).

2. Le comte Lehon, diplomate belge et mari de la belle Mme Lehon (voir t. III, p. 202).

3. Le fameux duc de Morny, frère naturel de Napoléon III, ami de Mme Lehon.

4. Banquier, père de Mme Lehon (Cf. H. Malo, *Mémoires de Mme Dosne*, II, 51).

5. Auguste Fessart, ancien négociant (3, rue du Faubourg-Poissonnière), homme d'affaires de Balzac. Cf. Vicomte de Lovenjoul : *Une page perdue de H. de Balzac*, Paris, Ollendorff, 1903, p. 113-134 (voir t. III, p. 62)

Hier, j'ai vu un homme pour ma bibliothèque. Il va falloir dépenser six cents francs inutilement, comme j'ai dépensé, très inutilement, huit cents francs avec la drogue que j'ai. Or, une bibliothèque de trente pieds de longueur, de sept ou huit pieds de hauteur en Boule[1], ne coûtera pas trois mille francs... C'est comme si elle me coûtait onze cent cinquante francs de moins, et je puis la faire faire de façon à toujours l'augmenter quand je voudrai. Non, l'on ne sait pas ce que c'est que Paris et ce qu'on y trouve! Ainsi tout va dépendre de M. le propriétaire de la maison de la rue de la Tour, qui vient ce matin. Solliage vient aussi ce matin. Le petit ouvrier en Boule vient aussi pour prendre un encadrement de glace à réparer (cinquante francs), pour le petit salon vert. On m'apporte aussi trois cadres : celui de la *Florentine*, celui de la *Flamande* (tous deux de Genève) Ils sont superbes. Et la *Tête* de Holbein dans un cadre rond. C'est un dimanche bien occupé.

Hier, j'ai pensé pendant toute la journée que c'était le jour de notre séparation (quoique ce ne soit que pour un mois), et j'ai passé tout le temps que j'étais en omnibus à me rappeler cette dernière matinée, et la dernière nuit, et les dernières caresses. Oh! petite fille adorée, soigne-toi bien. Ah! tu me dis de ne penser à toi que la millième fois de ce que tu penses à moi. Comment fais-tu? Le temps est-il mille fois plus durable pour toi que pour moi, car je pense à toi toujours, à tout moment, à toute heure, en toute chose, à tout propos, dans toute pensée, à tout chagrin, à tout plaisir; mais, le plaisir, c'est toi, ou ton souvenir, ou ton avenir. Mes manuscrits, notre ménage et toi, voilà toute ma pensée, au positif, au comparatif et au superlatif. Oh! le ménage! j'ai acheté, pour cent cinquante francs, deux paires de flambeaux, et deux de mon ménage, cela fait en tout quatre, et nous avons huit pièces. Il faut encore six paires de flambeaux, à cent vingt ou cent cinquante francs la paire. Juge ce que c'est! J'ai acheté, pour deux cents francs, une armoire en ébène à cuivres dorés (une belle occasion), pour mon cabinet, qui sera tout entier jaune et noir. Il me faut encore une armoire pareille aux deux que tu connais, et, la semaine prochaine, j'en achèterai le vantail soixante-dix francs. Ce que j'ai eu de Rouen fera une bibliothèque à buffet pour mon cabinet, qui aura ainsi pour meubles six meubles en ébène. La table d'Auguis (de feu Auguis) est à vendre; elle est en ébène et cuivre doré; elle a six pieds et demi de long sur quatre et demi de large. On en veut trois cent cinquante. Je la prendrai pour trois cents et il ne faudra plus pour mon cabinet qu'un fauteuil en ébène, quatre chaises *idem*, et une chauffeuse; puis l'étoffe et le lustre. C'est une dépense de trois mille francs.

Ces évaluations me rendent sage, va! Et si tu savais! J'achète les

1. Style du fameux ébéniste Boulle, dont Balzac estropie régulièrement le nom.

choses à gagner, si on en faisait la vente publique. J'ai déjà fait bien des courses pour nos montages en bronze, et je finirai par faire faire à six cents francs, ce qui me coûterait douze cents chez les fabricants célèbres.

Allons, adieu, car j'ai beaucoup à travailler aujourd'hui, j'ai ma tâche tous les jours. Hier, j'étais encore si échauffé de ma route (à cause des émotions de Metz), que j'ai pris un bain qui m'a fait beaucoup de bien. Mille tendresses et mille caresses, ma petite fille adorée. Prends garde à tes meubles, s'ils sont si pointus. Comme tu m'as fait rire avec ce que tu dis de Georges! Pourvu qu'il pique bien sa jolie demoiselle! Tout va selon nos désirs, ma belle Minette, lentement, mais tout va, même le Nord. Ainsi, espérons. Seulement, sache bien une chose, et dis-le bien, à Georges. Les *fanandels*[1] d'ici en veulent plus à leurs compatriotes qui ont gardé leurs biens, qu'ils n'en veulent aux Russes, et ils machinent encore quelque chose, j'en suis sûr. Ils ne seront contents que quand tous leurs comp[atriotes] seront dans leur misère. Ainsi, *ton ménage* et celui de Georges sont entre deux feux[2] : le R[usse] et l'Ex[ilé], le Tz[ar] et les révolutionnaires, c'est affreux. Que tes enfants retournent en toute hâte, et *caveant consules*. Vous aurez été assez avertis par le père Bilboquet.

Adieu, toi, chère idole que je porte dans mon cœur, et mille tendresses à tes deux enfants qui ont été meilleurs que jamais pour moi, cette fois. Dieu est bien bon de me donner ainsi une famille quand la mienne devient intolérable. Sois bénie, mon Ève, de tout le bonheur que tu me donnes, et sois bien tranquille, sans soucis sur ton *loup* qui ne va plus guère à pied, de peur d'accidents. Oh! comme je tiens à ma vie! Adieu, ma gentille!

N'achète rien, que le Saxe qui te plaît. Vois comme tes pauvres, chères, petites économies s'emploient. Les acquisitions de ménage les ont dévorées cette fois. Mais je les remettrai au *trésor-louloup*.

Dès que le Nord atteindra huit cent cinquante francs, je vendrai et j'achèterai un terrain dans le quartier Tivoli, et, dans l'année prochaine, on y bâtira l'hôtel *louloup*, et, en 1849, nous y demeurerons. Seulement, je voudrais être riche pour acheter à côté un beau terrain dans la prévision des époux Georges à Paris. Voilà qui serait bien.

Adieu, chère Évelette, ma fleur, ma félicité, mon trésor, mon m[inou] chéri. Oh! qu'il était doux, fleuri, tendre, caressant! Il me semble avoir encore sur les lèvres ces feuilles de rose, et cet amour infini qu'on y puise. Allons, pas de folies. Le b[engali] se remue, et il faut travailler. Adieu, ma folie, ma bien-aimée, ma bonne grosse

1. Terme que Balzac venait de mettre à la mode dans *l'Instruction criminelle*, (*Splendeurs et misères des courtisanes*) parue dans *l'Époque*, du 7 au 29 juillet 1846. et qu'il employait ici pour désigner les Polonais.
2. Wierzchownia et Wisniowice.

minette, bien aimée, bien désirée; oh! je viendrai avant le 15 prochain, car le déménagement (vu les affaires de Metz) n'est plus si urgent. Je te couvre de baisers, mon beau cou surtout; tu sais, ces belles épaules que j'aime!

V

A MADAME HANSKA, A WIESBADEN

[Passy, 21-24 septembre 1846.]
Lundi, 21 septembre.

Ma bien-aimée et chérie Évelette, hélas! la maison que j'ai pu acheter rue de la Tour pour vingt-trois mille francs a été vendue trente-cinq mille! Le nouveau propriétaire ne s'y est pas trouvé hier, et je n'ai rien pu faire pour cette baraque. J'ai vu une maison qui est à ce Peltereau[1], dans Paris, à Beaujon[2], et, s'il plaît à Dieu, cette semaine j'en serai propriétaire, sans tambour ni trompette. Je ne te consulte pas, je ne t'envoie pas de plan; je me conduis en vrai maître. Demain, j'irai avec un architecte évaluer les dépenses de restauration. Ceci, chère minette, n'est pas une folie, sois-en sûre. Si ce n'était pas une occasion à saisir, je n'agirais pas ainsi. J'achèterai là non pas une maison mais un terrain. Il a cinq cents mètres. A Beaujon, le mètre vaut cent francs en ce moment. Ainsi, ce serait cinquante mille francs. J'irai jusque-là. Je n'aurai pas plus de dépenses que je n'en aurais eu dans la maison de la rue de la Tour. Avec dix mille francs, tout sera grandement remis à neuf. Ce sera donc soixante mille francs. Nous pouvons rester là cinq, six, sept, huit ans, convenablement, et, alors, nous vendrons, cent vingt ou cent cinquante mille francs, notre maison et son terrain, et nous nous serons bâti ailleurs une maison à notre goût. Si le prix est de cinquante mille francs, nous ne mettrons, M. P[elletreau] et moi, que trente-deux mille francs sur le contrat, et je lui payerai dix-huit mille francs dans trois mois, et, pour sûreté de ce prix omis dans le contrat, je lui déposerai cinquante actions du Nord.

1. Ou plus exactement Pelletreau (Pierre-Adolphe).
2. La maison acquise, en fin de compte, par Balzac et où il mourut. Aujourd'hui démolie, elle était située rue de Balzac. Voir Paul Jarry, *le Dernier logis de Balzac*, Paris, S. Kra, 1924, in-8.

Demain, tout sera décidé, car il faut que les ouvriers y soient cette semaine, afin que je puisse emménager le 15 novembre.

Hélas! mon petit *loup* bien-aimé, je vais être sans un liard, car les frais de contrat vont me prendre mes deux mille francs, et je resterai à la merci de cent francs. Aussi vais-je finir le *Constitutionnel* pour la fin du mois.

Mon petit *loup*, ne me fais aucune observation; tu verras, en novembre, quand nous viendrons signer notre contrat, à Paris, tu verras ta maison, notre maison; et tu nous regarderas comme bien heureux de cette trouvaille. Dieu nous protège vraiment. A part le mobilier (qui est une question de seize à dix-huit mille francs), nous serons logés à deux mille francs d'intérêts, et, en cinq ans, notre capital sera doublé. Je fais là la même affaire qu'É[mile de] Girard[in]. Sa maison lui coûte deux cent quarante mille francs; il a refusé quatre cent quarante mille il y a un mois. Il veut cinq cent mille francs. Moi, j'achète soixante mille francs (avec les réparations et appropriations), et, dans quatre ans, j'aurai une valeur de cent cinquante mille francs; c'est probable.

Notre taudis, car c'est un taudis d'amants, est situé rue du Faubourg-du-Roule, un peu plus haut que Saint-Philippe-du-Roule, que je t'ai montré en allant à Mousseaux. C'est sur une hauteur. C'est à côté du Château-Beaujon de Gudin [1]; nous serons mitoyens. Mais notre jardin a vingt-cinq pieds de largeur, et la cour intérieure a aussi vingt-cinq pieds sur vingt-cinq pieds; enfin, toute la propriété a cinq cents mètres de contenance. Nos appartements au premier étage n'ont que sept pieds et demi de hauteur, car un spéculateur a coupé en deux l'étage primitif pour faire du logement. Comme nous serons là transitoirement, je ne veux rien changer, rien faire, que nous y caser décemment. Il y a à faire une double porte cochère pour entrer et sortir, à tout nettoyer et tout repeindre, réparer, ravaler la façade sur la rue, et paver, construire une cuisine, etc. Tout cela ne coûtera pas plus de dix mille francs. C'est vieux; nous serons obligés de mettre des bourrelets aux fenêtres et aux portes, l'hiver. Mais ce n'est pas plus horrible que mon appartement ici. Si cela ne se fait pas d'ici à jeudi, c'est que ce sera impossible. Cette fois, *je le veux*, comme je veux les choses. Grâce à Dieu, voilà le désastre des Jardies réparé. C'est un ordre de la Providence qui m'a ramené ici.

Ah! hier, Solliage a pris le cabaret à cent pour cent de bénéfice.

Oh! minette, c'est maintenant qu'il faut être sage! Il faut compter sur vingt-six mille francs de dépenses d'ici au mois de janvier. J'en ferai treize mille, que je dois au *trésor* [-*louloup*]. Tâche de faire le reste. Nous perdrons cinquante actions pour le payement de dix-

1. Le baron Théodore Gudin, peintre de la Marine, né en 1802, mort en 1880, habitait, en effet, en 1846, 18, rue de la Chartreuse-Beaujon. Il a laissé des *Souvenirs* (*1820-1870*), publiés par Edmond Béraud, en 1921 (Paris, Plon, in-12).

huit mille francs. Nous aurons un an pour payer les trente-deux mille francs, un an ou dix-huit mois. Je veux les gagner et pouvoir garder les cent soixante-quinze actions du Nord qui me resteront. Ainsi, économise de ton côté, car moi, je me nomme, hélas, *la dépense!* et une terrible et affreuse responsabilité pèse sur ma tête. Il faut que j'achète les étoffes, les rideaux, que je me batte avec le tapissier, et, en janvier, j'aurai les mémoires de l'architecte. Je ne ferai rien qu'avec des soumissions et des engagements fixes.

Voici deux jours de flambés pour mon travail.

Achète tout de même ton vieux Saxe, et dis-toi que ton Noré t'adore et qu'il est bien heureux de te donner les preuves de sa prudence et de sa bonne administration.

Ah! il n'y a ni écurie ni remise. Quand nous aurons besoin d'une remise, nous la louerons, et nous aurons des chevaux loués au mois. Nous n'aurons pas non plus de portier. Il faudra seulement un petit domestique de plus.

Adieu, adorée; mille caresses. Tu es bien adorée, et j'ai été bien heureux en trouvant enfin notre nid, après avoir perdu celui de la rue de la Tour. Nous serons perdus dans Paris, comme deux perles dans leur coquille. Je te baise partout, ivre d'amour, et joyeux. Du reste, pour tranquilliser ta chère imagination, je te dirai que nous avons là tout ce que nous avions rue de la Tour, et un peu mieux, car nous avons une espèce de jardin et une cour trois fois plus grande

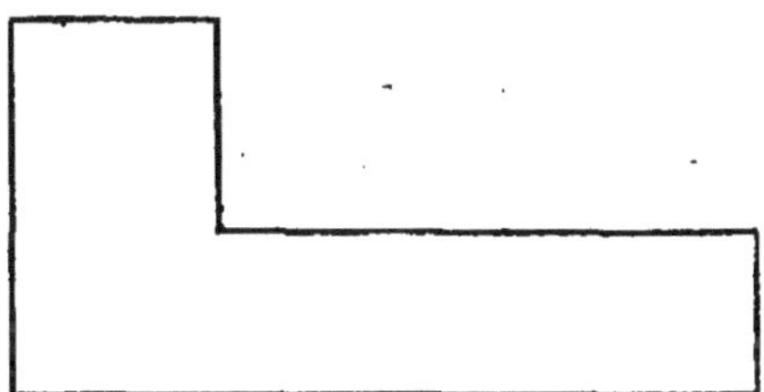

que cette petite, et la maison est en hache, comme celle de la rue de la Tour, mais, comme tu vois, tournée autrement. C'est l'inverse.

Adieu, mon trésor. Maintenant, pense à ton ménage.

Mardi [22 septembre].

Je n'ai pas pu t'écrire aujourd'hui, car je rentre à sept heures et demie du soir, excédé. Je me suis levé à six heures du matin, et suis resté toute la journée avec un architecte à évaluer et dire ce que je voulais dans ce chenil. Je me couche, et ne veux pas me coucher sans te dire bonjour et te faire, par écrit, une petite caresse de cœur.

Mercredi [23 septembre].

Mon *loup*, la Chouette a bataillé avec Peltreau; j'aurai difficilement au-dessous de cinquante mille francs; mais il s'est engagé à cinquante mille francs. C'est deux mille francs de frais pour trente-deux mille francs portés au contrat. Il n'y a pas à dire, à faire des réflexions. C'est un énorme surcroît d'ennuis; mais il faut saisir cette occasion, à moins d'être fous.

Voici ce qui arrive. Si l'an dernier quand je suis allé voir à Beaujon (tu sais, je t'ai parlé de cela; j'y suis allé avec Captier), voir des terrains *Bleuart* [1], une maison de cent quatre-vingt mille francs, après le désastre Salluon[2], eh! bien, je pouvais alors acheter du terrain à quarante ou soixante francs le mètre. Ce terrain vaut aujourd'hui, à réaliser à l'instant, cent francs le mètre. C'est-à-dire que si j'avais pris deux mille mètres pour quatre-vingt mille francs, j'en aurais deux cent mille francs à l'instant.

Sans que les propriétaires de Paris se soient entendus, la perspective des chemins de fer, le renchérissement de toutes les denrées, ont fait que, tous, ils ont *doublé* leurs loyers. Dans les quartiers infimes, on n'a rien avec mille francs : on a trois pièces. Depuis que je me consume en efforts, tout marche et tout change. Émile [de] G[irardin] a gagné depuis dix-huit mois cent mille francs de plus sur sa maison. Tout Paris vient aux Champs-Élysées. Si j'attends six mois, ce que j'achète aujourd'hui cinquante mille francs en vaudra cent mille, surtout si L[ouis]-Ph[ilippe] vit. Il n'y a pas à hésiter. Santi, l'architecte [3] à qui j'ai payé les plans Salluon, n'a pas l'espoir d'une autre occasion pareille à celle qu'il m'avait trouvée, et il faut en finir.

Cependant, sur son premier aperçu, la dépense sera forte. Il faut compter sur dix-huit à vingt mille francs de réparations, car ce bâtiment a été abandonné; il a servi de bureaux à la Compagnie Bleuart, c'est tout dire; et aux bureaux a succédé un blanchisseur qui faisait son commerce dans les appartements. Mais vingt mille francs c'est le maximum. Dans les évaluations les plus désastreuses, je serai logé pour soixante-dix mille francs, dans Paris; c'est la moitié de l'affaire Salluon; c'est, à dix mille francs près, ce que coûtait Potier, car Potier ne vient pas me voir, à trente-cinq mille francs, et il y a quinze mille francs de dépenses à faire. Dans les deux cas, nous étions à Passy, en vue, dans une petite ville cancanière. Nous aurons là

1. Bleuart (Jean-Raphaël), anciennement propriétaire de tout le lot de terrains dont une portion avait été cédée à Pelletreau, puis, par lui, à Balzac.

2. L'achat projeté, en septembre 1845, d'une maison située à Passy et dont Salluon, le propriétaire, demandait cent mille francs (voir t. III, p. 103, 104, 109, 129-141).

3. Auquel Balzac avait confié la direction des travaux de mise en état de la Folie Beaujon (voir t. III, p. 230).

pour deux mille quatre cents francs d'intérêts de fonds; or, il est impossible d'être aussi bien logés que nous le serons, à si peu de loyer. Cela vaut presque l'hôtel de M. [de] Margon[n]e [1], rue de la Pépinière, et ce n'est presque pas plus loin. Aujourd'hui, nous échangeons les paroles, et samedi, probablement, nous signerons le contrat. Lundi, les ouvriers y seront. Il n'y a rien à bâtir; il n'y a qu'à restaurer et nettoyer. Ce sera prêt pour le 15 novembre.

Tout m'a échappé pour avoir voulu donner moins. Mais ceci est une telle occasion que je tranche dans le vif.

C'est, du reste, aussi mystérieux, aussi introuvable que mon logement de Passy. Une femme peut être là incognito, car il y a tout un appartement caché, secret, inventé par M. de Beaujon pour mettre une femme au secret. Elle y peut vivre invisible et tout voir, tout entendre. Quand tu verras ce que j'aurai fait avec soixante-quinze mille francs, tu n'en croiras pas tes yeux. Si je n'avais pas affaire à un marchand de maisons, qui vend et achète des maisons comme Schawb vend et achète du fer ou des gobelets, je n'aurais pas cela pour cent mille francs.

Je voudrais que le contrat fût signé. D'ailleurs, n'imagine pas que cela m'empêche de venir le 15 octobre. J'ai des plans et des devis parfaitement arrêtés, et je ferai suivre les travaux par un architecte à moi. Je reviendrai pour meubler et emménager. Ce sera l'affaire de quinze jours. Au 1er décembre, nous y reviendrons. C'est en entrant chez toi que tu te diras que tu as un fier homme pour mari, en voyant les miracles que j'aurai faits, et que mes travaux littéraires n'auront pas souffert! Et si tu connaissais les ouvriers de Paris, ces souverains! Ils sont tous comme From[ent]-Meurice; on se met à leurs genoux pour avoir un cadre, un meuble!

Allons, adieu, car il faut faire ma tâche pour *le Constitutionnel*, et il est sept heures et demie; voici deux heures que je bavarde avec toi et que j'ai écrit des lettres. Mille baisers et à demain. Je n'ai pas reçu de nouvelles de Metz. A ta première réponse, j'écrirai. Mille tendresses et caresses au m[inou] et au Victor[-Honoré].

Je te mettrai demain un petit mot, et cette lettre partira avec une solution pour la maison, je l'espère; mais comptons sur soixante-dix mille francs, tout compris sans un liard de mobilier. Tout ce qui sera emménagement et ménage nous restera à faire, et nous le ferons par moitié : moi treize mille francs, toi treize mille francs. Avec ces évaluations, nous serons logés, meublés et notre ménage (moins l'argenterie à compléter) sera complet, convenable, et même splendide, mais au point de vue personnel. Il n'y aura rien pour le monde ni pour l'apparat. Je baise tes deux beaux yeux et tes

1. M. de Margonne était un vieil ami de sa famille et propriétaire du château de Saché, près de Tours, où Balzac vint souvent travailler dans le calme des champs. *Une ténébreuse affaire* lui est dédiée. Voir p. 348, 356.

gentilles pattes de taupe. Sois tranquille, tu seras là plus en sûreté que partout ailleurs pour les événements de janvier, février, mars et avril. Adieu, trésor, à demain.

Jeudi [24 septembre]. Deux heures du matin.

Mon bon cher amour, hier quand je suis sorti, j'ai reçu ta gentille et mille fois bénie seconde lettre, et je l'ai lue en courant, car maintenant des courses, ah! il en faut! Je viens de la relire et d'admirer ton cœur, ta chère poésie et tout. *Primo*, je te dirai que mon *notaire consulté* m'a dit de terminer au plus vite, car il ne croit pas à mon marché. *Secundo*, que les choses vont si vite qu'on offre soixante mille francs à mon propriétaire depuis hier et qu'il se croit lié par sa parole. *Tertio*, qu'hier matin on a vendu cent vingt francs le mètre à Beaujon, dans des conditions moins favorables. Cela étant, ce matin je vais échanger nos paroles, et j'aurai bien certainement réparé le désastre des Jardies[1]. D'ailleurs, le déménagement ne se faisant plus qu'au mois de novembre, aussitôt mes deux romans finis, je reviens, et je serai vers le 10 [octobre] à Wiesbaden, car j'aurai un architecte payé pour suivre mes travaux.

Maintenant, autre chose. Au lieu de nous marier à Metz, il paraît plus facile de nous marier à Passy. D'abord, comme il est impossible de faire un contrat à Metz et qu'il faut le faire à Paris, j'ai causé de cette *grrrrande affaire* avec mon notaire et il a marié déjà secrètement une princesse polonaise. Or, si la démarche que je vais faire pour être dispensé de publications réussit, nous serions bien heureux; car, de Dresde, tu viendrais comme nous en sommes convenus, droit non plus à Passy, mais à Paris, et bien cachés.

Écoute, dans cette lettre mille fois bénie en la lisant, tu as dit une parole qui me ferait t'adorer à genoux le reste de ma vie, comme tu as eu des gestes et des preuves d'amour dans un regard qui, déjà à Genève (en 1834 et 1846), t'ont donné mon amour unique, mon cœur, mes forces, ma vie, tout pour l'éternité (car tu ne sais pas encore combien tu es aimée; tu le sauras dans dix ans, après une étreinte de dix ans sans que nous nous soyons desserrés d'une minute); tu m'as dit que tu obéissais en aveugle, sûre que je faisais pour le mieux. Eh! bien chère Évelette, si les enfants sont mariés du 15 au 20 [octobre], je vous reconduis à Francfort, je repars à Paris et tu vas à Dresde; tu y finis tes affaires et nous nous retrouvons du 5 au 7 novembre, à Mayence. Nous serons le 12 novembre à Paris; le 15, nous serons mariés, si j'ai réussi. Ce n'est pas la peine

1. Ce fameux chalet de Ville-d'Avray où Balzac habita de 1838 à 1840, et qu'il a décrit dans les *Mémoires de deux jeunes mariées* (voir *Lettres à l'Étrangère*, t. II, p. 85). Voir plus loin p. 211, 262.

de t'expliquer les démarches et les moyens : voilà *l'ordre*. Seulement il est absolument nécessaire de te procurer les actes de décès de ton père et de ta mère. *S'il y a impossibilité* (et nous avons tout octobre et 15 jours de novembre pour les faire venir à Mayence), mais impossibilité réelle, nous y supplé[e]rons; mais c'est quatre témoins de plus qu'il faudra dans notre secret. Gossart (le notaire)[1], M. Nacq[uart] et son fils, Glandaz [2] (un avocat général à la Cour de Paris), seront nos témoins. Il est impossible d'y mettre moins de monde et de plus sûr, car le docteur doit être dans le secret de ton accouchement, avec l'accoucheur; le notaire en est; Glandaz est un de nos premiers magistrats. Il y aura le maire et l'employé de la mairie à Passy.

Tout cela c'est des courses, des démarches, le diable à confesser.

Maintenant, ma minette, parlons affaires. Tout ce que j'ai d'argent va passer aux frais de contrat, et j'aurai cinquante Nord à déposer dans les mains de mon vendeur, pour sûreté de la somme qui ne sera pas mise dans le contrat. J'aurai à payer vingt mille francs dans le mois de janvier, et quinze mille pour le mobilier et le déménagement; c'est trente-cinq mille francs. Les cinquante Nord payeront les seize mille francs dus à mon vendeur en décembre. Mais si les Nord ne montent pas, comment payerais-je les trente-cinq mille francs, composés de vingt mille francs de réparations et de quinze mille francs de mobilier? Car tout ce que je vais gagner passera soit à la Chouette, soit à ma mère, soit à M. F[essart], soit à Buisson[3]. Je sais bien que les entrepreneurs se contenteront de moitié comptant, moitié à trois mois, ce qui nous mène à dix mille franes seulement en janvier, et dix mille francs en avril. Mais ce sera toujours dix mille francs pour les entrepreneurs, et six ou sept mille francs de mobilier (en supprimant le luxe). En tout, dix-sept mille francs qu'il faudra que tu aies, plus dix mille francs pour vivre (novembre, décembre, janvier, février, mars, avril et mai). Or, peux-tu avoir pour toi seule une lettre de crédit de trente mille francs? Ainsi, nous sommes sans inquiétude, car il nous restera : *primo*, cent soixante-quinze actions du Nord; *secundo*, les trente-quatre mille francs, qui seront dus à M. Peltereau (le vendeur), ne seront exigibles qu'en janvier 1848; *tertio*, ma plume, cet hiver, payera bien quelque chose, et j'estime à vingt-cinq mille francs mon travail de décembre à mai; *quarto*, le Nord pourra hausser; mais il ne faut pas y compter ce sera plus prudent. Donc, si tu peux obtenir d'Halpérine [4] cette lettre de crédit sur la maison Rostchild [5], dont tu compterais en

1. L.-C.-D. Gossart, notaire, rue Richelieu, 29.
2. Justin Glandaz, camarade du collège de Vendôme (voir t. II, p. 137).
3. Tailleur et banquier de Balzac (voir t. III, p. 115 et 138).
4. Banquier à Brody et à Berditcheff, en Ukraine (voir t. III, p. 1).
5. Dont Balzac estropie couramment le nom (voir t. III, p. 116).

juin et juillet quand tu iras en Ukraine faire et finir tes affaires, j'aurai de grandes inquiétudes de moins. Remarque bien que nous aurons toujours la valeur (et au double) de cela dans nos cent soixante-quinze actions. Enfin, ne me réponds pas qu'il ne faut pas acheter à Beaujon, etc., car, non seulement ce sera fait, mais je serais un fou de ne pas le faire. C'est inouï de se loger à soixante-dix mille francs actuellement dans Paris. Nous resterons là dix ans, et, si tu t'y plais, nous y resterons tant que tu voudras. Plus tard, nous aurons Moncontour[1] pour campagne. En cinquante jours tout sera parfaitement fini et prêt dans notre maison.

Tu sais que je ne m'occupe pas du linge. Je ne veux pas que la Chouette s'en mêle, et je ne m'y connais pas. Il faut du linge de table et du linge de maison : draps, etc. Les draps de France ne sont pas des draps d'Allemagne; je t'apporterai les mesures de nos lits. Il faut aussi penser à Victor[-Honoré].

Tu me parles de la Chouette. Elle deviendra ce qu'elle voudra. Elle m'ennuie tant que je ne m'en occupe pas. Elle aura son argent; elle en fera ce qu'elle voudra. Elle prend son ménage, et elle sera ou buraliste ou mariée. N'en prends nul souci. Elle ne sera plus à Passy quand nous viendrons à Paris. C'est affaire entendue.

J'ai tout bien calculé. Nous dépenserons, avec quatre domestiques (la maison, n'ayant pas de portier, exige un petit domestique de plus; mais c'est moins cher qu'un portier), environ mille francs par mois. C'est sept mille francs pour sept mois. Trois mille francs d'erreurs et d'acquisitions au fur et à mesure des besoins (l'enfant, etc.), c'est dix mille francs. Il te faudra trois mille francs pour revenir en Ukrayne. C'est treize mille francs. Puis, les dix-sept mille francs que je demande pour dix mille francs aux entrepreneurs, et sept mille francs de mobilier : c'est bien les trente mille francs dont je te parle.

Regarde l'enveloppe de la lettre, et tu verras ce que j'ai à payer déjà pour des parties indispensables de mobilier (et songe que tout ce que j'en possède est employé). Mais il faut penser que je passe de l'état de garçon à l'état d'homme marié, et qu'il s'agit de représenter un ménage digne et convenable. Songe que nous aurons, du 16 au 20 novembre, à recevoir les six personnes qui nous sont nécessaires pour le mariage (quatre témoins, le maire et le curé), et que je ne veux pas avoir l'air d'un homme non sérieux, que tout cela porte sur toi, sur notre avenir, et je veux que jamais dans ton cœur de femme, de mère et d'épouse, tu n'aies l'ombre d'un regret, d'un chagrin!

1. « Ce joli petit château à deux tourelles qui se mirent dans la Loire » était à vendre en 1846 et Balzac qui l'avait admiré en 1845, lors de son voyage en Touraine, avec Mme Hanska, désirait l'acheter (*Lettres à l'Étrangère*, t. III, p. 242). Il le désira encore longtemps puis mourut sans l'avoir acquis. Moncontour est situé dans la commune de Vouvray (Indre-et-Loire); il appartint aux Massa; son propriétaire actuel est le baron de Kœnigswarter. Voir p. 50, 264.

Si les travaux sont finis pour novembre, les mémoires seront réglés et présentés en décembre. Il faudra les payer en janvier, ou moitié au moins en argent et l'autre moitié en billets, à payer en avril.

Voilà la causerie *affaires* terminée. La journée d'hier a été consolante, car je vois le mariage possible à Paris, et je nous vois hors de ce provisoire qui me tuait. Si la maison te déplaisait, ce sera d'ailleurs une excellente propriété. Cela se louera douze mille francs, par bail, dans deux ans d'ici, réparé, et arrangé comme je vais le faire.

Chose extraordinaire! quand je suis allé chez Rostchild reprendre les quatre cent cinquante francs de Gênes, j'ai vu le fameux Démïon, l'homme d'affaires des Montmorency, qui a fait une fortune colossale en maisons. J'étais alors dans l'embarras, la [maison de la] rue de la Tour vendue, etc. Je lui dis : « Les loyers sont tellement exorbitants qu'il faut acheter un terrain et se bâtir une maison. » Je lui parle Captier et Claret[1]. « Monsieur de B[alzac], me dit-il avec un singulier sourire, vous devez croire que je m'y connais. Eh! bien, ne bâtissez pas de maison, et surtout avec des architectes qui se disent vos amis. Achetez une vieille maison, réparez-la. Vous serez sans inquiétude. Vous aurez une maison. Moi, j'ai mis trois ans à bâtir la mienne; je suis de la partie, j'ai vérifié chaque chose, chaque serrure, chaque cheminée! »

Cela m'avait impressionné. Comme Captier ne me garderait pas le secret, j'ai pris Santi, celui de Beaujon, l'homme de M. Salluon, que je peux discuter et malmener à mon aise, et je ferai voir ses devis par un autre architecte.

Dans cette affaire j'ai un grand chagrin pour toi, c'est qu'il est impossible d'avoir un calorifère; il n'y a qu'une cave et une glacière. La solidité de cette maison vient de ce qu'elle est bâtie sur la glacière de Beaujon. Nous dépenserons énormément en chauffage.

Mon *loup* bien-aimé, baise les mains si jolies de ta gentille Anichette pour moi, et remercie-la bien du plat. Prends la garniture des cinq potiches et cornets qui te plairont le plus, celles à scènes de la vie chinoise. Enfin, prends le *vieux Saxe*, je t'en supplie. Mais ne m'envoie rien. Tu déposeras le tout à l'hôtel du Rhin, à Mayence où je passerai quatre fois, d'ici à novembre que nous reviendrons. Les potiches basses sont nécessaires. Nos appartements du premier étage n'ont que sept pieds et demi.

Si tu trouves à bon marché un service de table complet en vieux Saxe pour quatre personnes, prends-le, je t'en supplie, car nous aurons une grande salle à manger d'apparat, où nous serions comme deux *loups* dans la cathédrale de Bourges, et nous vivrons bien sûrement dans une petite pièce où il ne peut tenir qu'un couvert d'amants :

1. Architecte des Rothschild (voir t. III, p. 3).

les armoires ne peuvent loger qu'une douzaine d'assiettes à soupe, trois douzaines d'assiettes ordinaires, et une douzaine de dessert. Si tu trouves cela avec les accessoires, prends. Il faudra la même chose (en autre porcelaine), pour le salon en marqueterie, car nous aurons les petits et les grands appartements. Ne t'effraie pas de cela, car les appartements de réception sont tous boisés et ne demandent aucune des choses de luxe moderne ruineuses. Il n'y faut que des rideaux et des tapis. Avec six ou sept mille francs, tout le rez-de-chaussée sera divinement meublé (mais à l'exception de la salle à manger-cathédrale). Prépare-toi, *louloup*, tout est Louis XV, Louis XVI et Pompadour. Dieu me protégeait dans nos acquisitions; elles sont toutes en harmonie avec notre habitation.

Je ne dois rien du tout ni pour tableaux ni pour bric-à-brac, excepté les huit articles marqués d'un X sur l'enveloppe de la lettre. Mais j'attends tous ces objets, et ce n'est à payer que dans les dix premiers jours d'octobre, avant mon départ. Ainsi c'est quatre mille francs qu'il me faut dans les premiers jours d'octobre. Il faut faire une nouvelle, car le *Constitu*[*tionnel*] ne paie que ma mère, mon loyer, ma montre. La librairie de ces romans-là paie la gouvern[ante]. Mais de ces huit articles-là, je n'en ai d'immédiats que Mayence (trois cents francs), Miville (six cent cinquante) et cent francs à un ébéniste. En tout mille francs. Cent cinquante francs pour venir te trouver, et ce sera tout. Tu vois qu'excepté ta garniture de potiches et ton Saxe, il ne faut plus rien acheter, sous peine de mettre en péril le ménage de Paris. Quelle chance que celle d'avoir eu nos cuirs d'Anvers, car notre grande salle à manger ne nous coûtera pas cher. Les tapis de ma chambre actuelle et de celle de ma mère feront les tapis. Le damas de mon cabinet, rassorti, fera les rideaux. Avec deux mille cinq cents francs de dépenses, toute cette pièce sera meublée, complète et très riche. Tu pourrais y recevoir ta cousine, la princesse de Ligne [1]. Elle n'en aura pas une si belle dans aucun château d'aucun Ligne, c'est hors *ligne* vraiment.

Cela se composera de deux armoires en chêne sculpté, les deux petites armoires à glaces incrustées que tu connais. Les cuirs pour tentures, les rideaux, en damas rouge doublés de blanc; les chaises de Bâle superbement montées et garnies de damas rouge; les candélabres de mon cabinet posés sur les piédestaux de Mayence, réparés et dorés. Un beau lustre hollandais; des grands cornets Japon sur des socles supérieurement sculptés; des vases de Chine sur toutes les armoires; le plat d'Annette au-dessus du poêle, arrangé en cheminée surmontée du cadre de Bâle, et, en pendant, un autre plat pareil, et deux buffets sculptés; quatre paysages et deux tableaux de fleurs, encadrés supérieurement, au-dessus des deux portes.

1. Il s'agit ici d'Hedwige, princesse Eugène de Ligne, femme de l'ambassadeur de Belgique en France.

J'espère que tu seras bien heureuse de l'habileté de ton pauvre Noré qui t'aura bien logée, et que nos deux amours-propres seront satisfaits. Il faut beaucoup de temps, de goût, de voyages et de recherches, pour faire une si belle œuvre d'art. La belle horloge de mon cabinet sera l'horloge de cette salle royale, dont la décoration sera toute en vieux bois, le plafond comme celui de mon cabinet. Je mets au défi tous les tapissiers de faire une pièce pareille pour vingt mille francs, et moi je n'ai plus que trois mille francs à y dépenser. Laisse-moi m'amuser à te faire ce nid d'où nous ne sortirons que si rarement, splendide et gentil à la fois! Est-ce des folies? Ce n'est ni des lorettes, ni du tabac, ni des orgies! Voilà six ans que mes maîtresses, c'est notre luxe, c'est tout notre mobilier. C'est la fantaisie d'un Noré qui veut tout avoir beau autour de lui, comme tout sera beau dans son cœur, dans sa femme, dans son Ève, qui, depuis quatorze ans, est son Rêve!

Quatre heures et demie.

Je viens de relire ta lettre; je crois avoir répondu à tout. Oui, derechef, prends le Saxe et les potiches; mais n'achète plus rien. Ces deux acquisitions-là nous vont, car on ne trouve pas à Paris, *en beau*, cinq objets, une garniture, pour trois cents francs dans les ordinaires. J'espère depuis six mois, pour cinq cents francs, une garniture qui vient du cardinal Latil[1], et donnée par Charles X. Elle vaut trois mille francs. Elle est au fond d'une campagne.

Nous avons dix pièces où il faut des flambeaux; j'en possède deux paires. J'en ai déjà acheté deux paires, il en faut encore six à sept paires. Or, les plus vilains flambeaux modernes valent de trente à quarante francs. Moi, j'en achète de splendides (Louis XIV, Louis XV et Louis XVI), dorés, entre cinquante et cent cinquante francs. En six mois, à une paire par mois, selon les occasions, je serai complété. Mais cela fait mille francs de flambeaux seulement. Juge par là ce que c'est qu'une maison à monter, et comment les petites-maîtresses de Paris et ceux qui font les grands seigneurs peuvent se ruiner. Le jour où j'ai payé Solliage, il venait de vendre trois mille francs deux jattes de vieux Chine à Rotschild que moi en flânant, en voyageant, j'aurais trouv[ées] pour trois cents francs.

Ne parlons plus ici affaires, ni bric-à-brac, ni maison. C'est des pensées bien charmantes, car il s'agit de nous. Mais nos charmantes personnes, à qui tout est destiné, mais nos cœurs, sont des diamants plus délicieux que la monture, et tu sauras, *louloup*, que je crève de tendresses pour toi. En m'agitant ainsi, en ne m'occupant que de

1. Aumônier de Charles X pendant l'Émigration, devint son premier aumônier pendant la Restauration. Archevêque de Reims, duc et pair, cardinal, il mourut en 1839.

nous, ma pensée ne te quitte pas. Ce n'est que de ce matin (huit jours!) que je reprends mon œuvre, et elle va marcher ferme. Me voilà réveillé ce matin à deux heures, et, pendant huit jours, toutes les nuits l'œuvre ira son train. Tu n'auras plus que de petites lettres, car je serai du 10 au 12 [octobre] à Wiesbaden, avec mes chers saltimbanques bien-aimés!

Allons, voici cinq heures, voici le jour, et pas une ligne d'écrite pour *les Parents pauvres*, et je ne t'ai pas encore dit combien je t'aime, je ne t'ai pas dit quel a été mon plaisir hier en te lisant! Non, c'est à rendre fat que de se voir aimé ainsi par une des trois ou quatre femmes que Dieu a plus particulièrement signées dans cette génération d'un milliard d'êtres, car vous n'êtes pas quatre Èves dans tout le sexe, et je ne m'étonne plus que, surpris de nous avoir mis l'un au Nord, l'autre à l'Ouest, le Bon Dieu, surpris de nous voir réunis et heureux, laisse le diable te voler tes moutons et brûler ta bergerie. Il faut payer notre bonheur, notre immense bonheur! Je t'envoie donc des caresses à te faire brûler tes belles moissons de cette année, des tendresses comme un homme en peut faire à un ange, enfin, je t'adresse des vœux bien brûlants, et le regret de t'avoir, malgré moi, causé deux jours d'attente. Mais, mon *loup* bien-aimé, ne double jamais la distance, et ne calcule pas qu'il faut que j'aille et que la lettre vienne, et, surtout, le repos forcé par les veilles en voiture. Je n'ai pas eu une minute à Metz. Le préfet m'a tenu jusqu'à minuit, et je n'avais pas dormi depuis Mayence, et tu sais que j'ai peu dormi la dernière nuit.

Allons, adieu, chère Évelinette adorée; adieu, plaisir sans cesse au cœur; adieu, pensée éternelle de mes pensées; adieu, cœur de mon cœur, toi qui dans ce moment, as deux cœurs pour m'aimer, deux sangs, deux vies! Et moi, je n'ai que mon immense amour et mon dévouement absolu à ces deux belles créations : toi, que je tiens de Dieu; Victor[-Honoré] qui est de nous! Mille baisers au M[inou], au frais, au gentil, au tendre, au bon min[ou], et à tout toi. Soigne-toi.

Salon d'attente[1].

Tenture jaune et carmélite. Cheminée, garniture de ma chambre à coucher actuelle, avec les vases mexicains. Au fond, la jardinière; à côté, la fontaine Empire, et, devant, mon fauteuil actuel recouvert en tapisserie. Les bras, le lustre de ma chambre. Un petit divan en acajou Empire (*à trouver*). Les vues de Naples, et, au-dessus de la jardinière, dans le milieu, un vase Empire magnifique, sur un socle (*à trouver*). Une petite table à écrire (*à trouver*). Trois choses à chercher.

1. Les notes et croquis publiés ici sont griffonnés par Balzac sur des papiers de différentes grandeurs annexés à la lettre qui précède.

Salon.

Sur la cheminée, les trois vases rouges, avec les deux flambeaux Louis XV; les deux vases ayant des bouquets à quatre bougies. Pendule Eude [1]. Chenets Mayence. Un gros fauteuil, une chauffeuse, quatre chaises, un canapé (canapé à trouver). Console, deux bras. Une table faite avec les pieds du meuble Miville. Les deux grosses potiches mandarin, avec les pieds. L'écran. Mon buste [2] sur la console.

La cave à liqueurs et un thé, de chaque côté. En face la cheminée, *le Lever de l'Aurore* et *l'Enlèvement d'Europe.* En face la console, la *Tête*, de Greuze, et *le Jugement de Pâris.*

N° 1. — Les pendules.

Le socle à pendule pour la galerie, avec ma statuette, de Puttinati [3].

Horloge de mon cabinet, pour la salle à manger.

Pendule de la chambre de ma mère, pour la chambre d'apparat.

Pendule en malachite pour le salon vert.

Pendule d'Eude pour le salon.

Pendule blanche pour le salon d'attente.

Le cartel ira dans l'antichambre en haut.

La pendule de mon salon actuel ira dans mon cabinet, en substituant du marbre noir aux bronzes, et mettant dessus une belle œuvre d'art.

Restent à trouver : une pendule pour la chambre à coucher;

Idem pour le boudoir.

N° 2. — Les lustres.

Le lustre de ma chambre à coucher actuelle, les candélabres, les bras et la jardinière pour le salon d'attente.

Le lustre du salon (Solliage).

Le lustre du boudoir fleurs.

Le lustre de la salle à manger Strauss.

1. Eude, dit Michel jeune, tableaux, 12, rue de Seine-Saint-Germain.
2. Exécuté en 1843-1844 par David d'Angers auquel Balzac dédia *Le Curé de Tours.*
3. Balzac en robe de chambre, en pied, faite à Milan, en 1837. *La Vendetta* est dédiée à Puttinati.

Notes diverses.

200 glace, quai de l'École.
1.400 Solliage.
1.200 à Tours.

2.800

Cabinet : jaune et noir.
Vert et massaca [2].
Ch[ambre à coucher] massaca et vert.

1.000 salon vert.
2.500 Boule
1.500 cabinet.
6.000 au premier étage.
6.000 au rez-de-chaussée.
3.000 de tapis.

400 et
500 de.....

1.000 fr.

3 portes à faire.

1 encoignure.
1 causeuse et un auteuil.
1 chauffeuse.

Les deux Chines verts sur les deux petites armoires basses.
3 tables.

X [1]

.850 Senlis.
1.500 Mage.
1.500 Solliage.
1.000 Servais.
400 table.
400 lustre.
400 fenêtres.
1.200 montage.
2.500 tapis.
2.500 Fabre.
2.000 étoffes.
1.000 tapissier.
450 Moreau.
450 Liénard.
600 commode.

16.750
250

17.000
13.000 réparations.

30.000

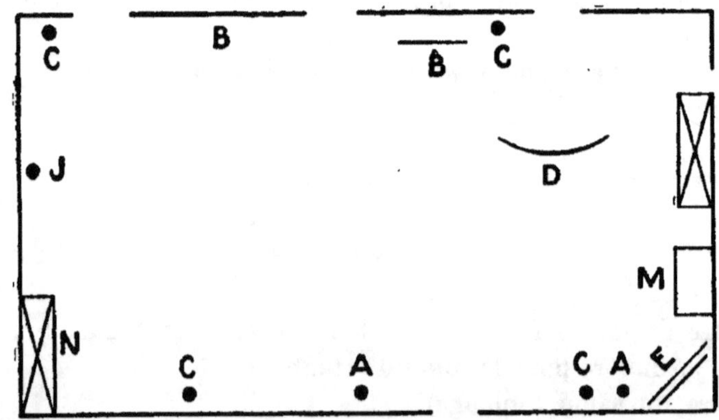

A, armoires.
B, petites armoires.
C, chaises.
D, causeuse.
E, encoignure.
J, jardinière.
M, meuble à écrire et glace.
N, meuble Miville.

1. Les huit objets qui précèdent cet X sont les huit objets mentionnés plus haut, p. 33.
2. Voir t. III, p. 337.

Salon du premier étage.

6 chaises 2 fauteuils 1 chauffeuse]	à garnir.	250
3 portières.		100
Tenture et rideaux		1.000
2 pots et cornets, à monter		500
1 table à monter.		500
1 pendule à monter		500
2 encoignures.		300
2 bras.		200
1 jardinière à monter.		250
		3.600

Ch[ambre] à couch[er].

Commode.	500	2.000
Tenture.	500	
2 portières.	100	
Rideaux.	500	

Cabinet.

Rideaux et tenture, et Fauteuil et portière.	1.000
Étoffes et meubles en bas.	2.400
Tapis.	3.000
Literie et cuisine	2.000
Salle à ma[nger]	2.000
	16.000

K	B	C	B	D	E F
N					
M		A			G
					H
L					G
K	B	J	B	D	I

A, table.
B, paysage et chaise.
C, étagère et pendule avec bras.
D, support avec cornet.
E, une encoignure Boule avec le vase Schwab.
F, porte et Michel-Ange.
G, petit meuble brun et potiche.
H, cheminée et glace, avec deux vases rouges et candélabres.
I, une encoignure Boule, avec la statu de Solliage.
J, étagère avec support Boule et jardinière.
K, Mayence et candélabre.
L, armoire et potiche d'Amsterdam.
M, porte et fleurs de
N, bahut.
Huit chaises dans les croisées.

Bras et supports. . . . . Fr.	200 »	
Étagères	400 »	
Cheminée et bahut.	1.600 »	
Lustre.	300 »	
Table	400 »	5.500
Statue.	200 »	500 tapissier.
Deux vases à monter.	300 »	
Deux encoignures.	300 »	6.000 francs
Jardinière à monter.	100 »	
Étoffes et chaises.	200 »	
Quatre tableaux	1.000 »	
Deux cornets, deux potiches. . . .	500 »	

La garniture de Chine impérial est pour la cheminée du salon, avec les deux flambeaux Louis XIV. Les deux vases Eude recevront des fleurs de lys.

La console et la glace entre les deux croisées. Dans chaque coin, les deux vases mandarin. Sur la console, mon buste. De chaque côté, la cave à liqueurs et son service.

Une table carrée au milieu, faite avec les pieds du meuble Miville, et, dessus, une jardinière.

Foyer Mayence. La pendule Eude.

Un canapé. Au-dessus du canapé, de l'étoffe, et, au milieu, *le Chevalier de Malte*. De chaque côté, mes bras Moreau.

Devant, l'écran.

Un fauteuil moyen âge, la chauffeuse, deux chaises dorées.

Une encoignure Boule, pour supporter la pendule entre deux candélabres.

Lustre, quatre fauteuils, un canapé, pelle et pincettes.

Une table de jeu dans le boudoir, où tout sera Boule.

Une jardinière.

La garniture de Chine impérial sera pour le boudoir avec deux flambeaux à fleurs, de Saxe, à deux bougies chaque, et le lustre en fleurs. Le second canapé et les sièges de Marseille, une chauffeuse et deux chaises.

La cheminée du salon aura la pendule Eude, et les deux vases céladon rouge et les flambeaux Louis XIV.

VI

ENVOI DU DOCTEUR GAYMARD[1]

MONSIEUR LE PROFESSEUR ET DOCTEUR MNIZSECH (GEORGES VANDALINE), NATURALISTE DU GOUVERNEMENT DE WISNOVITZ, CHEVALIER DE LA LÉGION ENTHOMOLOGISTE, AUTEUR DE LA THÉORIE DES SOULÈVEMENTS, ETC., ETC., ETC., PROPRIÉTAIRE ET CHINOPHILE, WILLHEMSTRASSE, N° 6, A WIESBADEN-NASSAU, PAR FORBACH ET MAYENCE.

Paris, [23] caiptambre [1846].

Meaucieur le preaufaiceure,

Geai hapri queue vouzemes lais quolaidauptaires, ai curretoud lais pelu rar, parre eine enclès qui ha aité os ox deu queraizzenaque[1], ai qui voilliage pourre dais tabelos qu'il veud aufrire ha son paï, an Hamairic, aid come geairapaurreté eun baile ecquesampler de eune aincéquete dom vouz havais parrelé à Reaum cheze meaussier Hadouci[2], queue lais naturalysthes neaument *Catoxantha bicolor*, mès ke lais peaul au nez naument heautreman, can dout, g'eai prix la libbairtay deu vou l'an voix hier parre la paust pourre ke voux an gouissié leu plux taux paucibleu, karr geu çai queue voux aipoussaie eine deux mois aile ki nèm pas ses cauchauneris deux baites ai qui pourrerai lais aicquerasaire. Ah! çais bien malle hure œufs queue nous otreu antheau mauxleaugystes nous soillion depourrevu de phames aile vaies ha manière neaux hainsequetes ai ha lais raispaicter. Mes caume hont lady dous ai queue voula phassynée ail hora scoing deux vo baittes. Cy sa aité caume ont leu di, vousse eriè leu plu eur œufs dais çavan, kar cai leu quart ac terre ainon la phortune ki fé leur bon heure.

Mais haincequetes aité hambalai, kan geu'ai a prix que Montcieux deu Ballezacque, eun hami à vou, alai parre tire pour H'alle magne où vouz aites, ai halorce geu luy ai reumie leaubegé pourre lequel vous navets rienne à pahyer parre ce queue eune phame caume île phau happeles mat dam insquah, mer deu veautreu praitt an dueu m'ha aiccqueri deu phaire l'ein peau cible pourre havoare ceu coq laid haut peter, ai geu laid u. Seu pan dans, geu crin beau cou ceu

1. Creuznach.
2. A Rome, chez M. Adduci, naturaliste réputé. Voir t. III, p. 262.

montcier ki neuf cai rien deu l'ente eau mole ogis ai qui çanvante; mès caume île ait tresse hafaictio nez ah ses dam, jaisper quile vou leur emet rat an beaune s'en thé.

Mont très veaux ains ecquetes ha veautre fut hure aipouxe, mai neu lais l'huis lessez pa tout chair, voix las ceu que eun vi œufs antôle heaume eau logist vou quonceil. Cy jeu pas dent veaut tair, an chair champ des laid pis d'eaux ptaires du Nor, gen cerret phlatai deu fer veau treu connesse anse ai cèle deu veautre peu tite ma dam la preaufesseuse acquis jeu bèse lais mins condit char manthes ce dom geu vous fèle ici the deu toux mont chœur. Cy aile neu vouz hai met pas, mont traits luis tous veaux hin sequetes, ad a forceu deu lais voarre, aile lais ème rats, aid l'ame ourre dais baîtes maine ha celuy deu çavent.

Geu çui phla thé d'antraire an corps es pond anse avech eun preau fesseur oci dixstein guai queu vou, montsier, ai geu meux dix veautreu *phan en daile*[1] pourre la vi.

GAY-MARRE,
Voyageurre du gouvairreneument Frrencès, o jarre daim dais plenthes, prais la gyraphe ai leu Zebut [2].

VII

A MADAME HANSKA, A WIESBADEN

[Passy, 25-27 septembre 1946].
Vendredi 25 [septembre].

Hier, ma chère petite fille, je suis allé mettre à Paris ta lettre à la poste et j'ai passé chez M. Pelletereau pour échanger nos paroles. Le prix principal est de cinquante mille francs. Nous n'en mettrons que trente-deux dans le contrat, et j'en payerai dix-huit d'ici au 31 octobre. Dans mon désir de ne rien risquer et d'avoir le secret, je voulais un bail portant promesse de vente; mais mon notaire m'a dit que les affaires de M. Pelletereau n'étaient pas en assez bonne position pour faire ces actes-là. Il voudrait bien acquérir en ton nom, et moi aussi : mais peux-tu venir pour vingt-quatre heures à Paris? Ce serait bien nécessaire. Mais il faudrait que vous y vinssiez tous trois. Nous sommes en vacances; il est possible qu'on ne fasse aucune attention à ce contrat. L'affaire est si belle que je me risque.

1. *Fanandel.*
2. C'est ainsi que Balzac associe à sa plaisanterie le nom du célèbre naturaliste Gaymard, cité plus haut.

J'ai tout corrigé de la *Cousine Bette*, et j'en suis à travailler à la fin du manuscrit. Dans six jours d'ici, au 3 octobre, ce sera fini, et *le Cousin Pons*[1] sera fini pour le 12. Le 15, je serai dans la malle-poste.

Santi, l'architecte, travaille comme un nègre, et je saurai dimanche le chiffre du devis pour les réparations et les constructions, car il faut reculer le mur de devant; c'est une obligation du quartier Beaujon. Ce matin nous devons aller chez le notaire, M. P[elletreau] et moi. Il m'a montré une lettre par laquelle on lui demandait sa maison.

J'ai des raisons de croire que je me tiendrai dans quinze mille francs de réparations, etc. Ainsi la propriété coûterait soixante-sept mille francs : cinquante mille francs de prix, deux mille francs de frais, et quinze mille francs d'embellissements. Ce n'est rien dans l'état actuel des choses à Paris, et nous n'aurions pas pour douze mille francs de loyer ce que j'aurai le bonheur de t'offrir. Si je compte treize mille francs de gros mobilier, nous ne dépasserons point quatre-vingt mille francs, et cherchez donc dans Paris une habitation qui, toute meublée, ne revienne qu'à cela?

J'ai un poids de mille livres de moins sur les épaules. Je me vois hors d'incertitude, et bien fixé, pour cinq à six ans, si ça te déplaît, et pour quinze ans si tu t'y plais. Je t'apporterai les plans; je renonce à te surprendre par la vue de notre chère demeure, et nous passerons une bonne journée, moi, à te l'expliquer, et toi à t'y promener.

Avec Bâle (six cent cinquante francs), Mayence (trois cents), et les gros objets qu'il faut que j'achète, que je fasse faire, ou que je fasse réparer avant mon départ, j'aurai près de trois mille francs à payer, car il faut commander immédiatement ma bibliothèque; il faut acheter un lit (quatre cent cinquante francs); il faut les tapis du devant, il faut une pendule de salon, etc., etc. Il faut faire nettoyer les cuirs de Cordoue; il faut se préparer enfin à emménager le 15 novembre. J'ai mes six chaises à faire dorer, la console, etc. J'aurai plus de douze cents francs de dorures chez Servan[2], et plus de trois mille francs chez le marchand de meubles. Nous ne serons plus là

1. On se souvient que Balzac avait commencé ce roman avant la *Cousine Bette*. Il l'avait intitulé d'abord *les Deux Musiciens*, puis *le Parasite*. Mais Mme Hanska choisit le titre qu'il a gardé : *le Cousin Pons*. Nous trouvons à ce sujet dans la lettre à Mme Hanska, imprimée sous la date du 5 août 1846 de la *Correspondance* de Balzac, ce passage suivant, *qui n'existe pas dans l'autographe de cette lettre :*

« Ah! vous n'êtes pas contente de mon titre : *le Parasite;* vous dites que c'est un titre de comédie du XVIIIe siècle, comme *le Méchant*, *le Glorieux*, *l'Indécis*, *le Philosophe marié*, etc. Eh bien, il sera fait comme votre autocratique et suprême volonté l'a décidé, et puisque, d'après vos ordres souverains, le pendant de *la Cousine Bette* ne peut être que *le Cousin Pons*, *le Parasite* disparaîtra de *la Comédie Humaine* pour faire place au *Cousin Pons*. »

Il faut remarquer qu'à la date du 5 août 1846 ceci était encore inscrit, car Balzac donne pour la première fois à son œuvre le titre du *Cousin Pons* dans la lettre où nous plaçons cette note.

2. Doreur en cadres, 9, rue des Beaux-Arts et 20 *bis*, boulevard des Italiens. Médaille de bronze à l'Exposition de 1839.

provisoirement, comme à la rue de la Tour; c'est une maison définitive. C'est donc la réalisation de notre plan; employer le *trésor-louloup* à se caser. Or, je ne puis pas vendre les actions, et je voudrais faire avec la maison ce que tu as fait avec le trousseau d'Anna : garder le *trésor*, et avoir la maison. J'ai arrhé hier la cheminée de notre salle à manger et l'armoire à mettre en regard de l'armoire hollandaise. Il ne nous manque plus pour cette pièce qu'un lustre, deux encoignures, la table, deux étagères et quelques babioles. Mais il y a aussi les chaises à garnir, car elles sont finies, et je vais devoir au menuisier. Toute ma salle à manger actuelle, les huit chaises, la table, le buffet, fera l'office, en y ajoutant des étagères et la bibliothèque de mon salon actuel, pour serrer le linge. Oh! tu seras là en Rzewuska, sois tranquille, et je suis dans une espèce d'ivresse de joie d'avoir si bien rencontré. J'ai cependant un malheur. Il est impossible d'y mettre un calorifère, et nous brûlerons beaucoup de bois. Si cela ne nous retardait pas, je ferais creuser une cave de plus pour y mettre le calorifère; mais nous n'arriverions plus pour le 15 novembre.

Si tout ceci ne te dit pas que ton Noré t'aime, tu ne serais plus ma chère petite fille, mais ma grosse chère bête adorée.

A demain.

Samedi 26 [septembre].

Il est trois heures du matin; hier, j'ai repris mes travaux, fait de la copie, et conféré avec Santi, avant tout. Ainsi, tu vois que je mène tout de front. Mais il le faut; l'enregistrement de l'acte de vente coûtera deux mille francs; il en faut quatre mille à ma mère; c'est six mille francs, et j'en dois deux mille cinq cents. J'en ai quinze cents. C'est huit mille cinq cents qu'il faut. Véron était au *Constitutionnel* et je me suis assuré d'avoir en temps utile les capitaux. Mais, pauvre *louloup*, je t'arriverai nu comme un Saint-Jean. La Ch[ouette] sera sans doute payée, et ma mère aussi. En voilà des prodiges! Mais j'aurai commandé des meubles pour environ douze mille cinq cents francs, qu'on me livrera en novembre et décembre, et à payer comptant. Même les tapis se payent d'avance à Smyrne!

Hier, Gossart nous a fait attendre sans venir, M. P[elletreau] et moi, de quatre heures à six heures et l'on nous a dit qu'il ne reviendrait pas avant sept heures et qu'il avait sa nuit employée pour une affaire. Comme je ne peux pas perdre mon temps, je lui ai écrit de tout arranger avec M. Pelle[treau] et que ce matin, je reviendrais à quatre heures. C'est l'heure à laquelle je porte ma besogne au *Constitutionnel*.

J'ai bon espoir de faire notre mariage bien secret ici. Mais il y a bien des démarches.

Je vois que je serai le 15 octobre à Wiesbaden, que je vous conduirai jusqu'à Francfort, que je repartirai le 25 pour Paris, et que je reviendrai te chercher le 10 novembre, à Francfort, car il te faudra bien quinze jours pour aller et revenir de Dresde et y faire tes affaires. Si *l'hôtel-louloup* n'était pas prêt, tu serais pour quelques jours à l'Hôtel du Mail.

Je vais faire ce matin vingt feuillets de copie, et vingt tous les jours, jusqu'à ce que *la Cousine Bette* soit finie, car mon argent dépend de cela, pour l'enregistrement et ma mère.

Ah! *louloup*, si ton frère Er[nest][1] avait un bon mouvement, nous pourrions tout payer et garder cent soixante-quinze actions du Nord. C'est là le résultat auquel je voudrais arriver. Quarante actions paieront les dix-huit mille francs du prix, et vingt-cinq mille francs paieront les réparations et les douze mille cinq cents de mobilier commandé. Quant aux trente-deux mille francs restant sur le prix, comme nous aurons deux ans pour les payer, je suis sûr de payer par mes travaux seize mille francs par an, surtout mes dettes étant soldées le 1er mai prochain. Cet hiver, *les Paysans*[2] et *les Petits Bourgeois* solderont tout le monde. Le jour où naîtra mon Vict[or-Honoré] je ne veux pas que son père ait une dette, et il doit être chez lui, avec les prémisses de la richesse et les apparences, posséder son *hôtel-louloup*, cent soixante-quinze actions Nord, et ne pas devoir un liard. Plus je vais, plus ma force redouble, et mon amour pour toi et *lui* suit la force, car tu dois te sentir caressée à W[iesbaden] par les rayonnements de mes efforts.

J'aurai, pour le salon, la pendule de nos chenets de Mayence. Les chenets de ton boudoir sont achetés et payés à Lazard. Mais il en faut pour les deux autres pièces. Croirais-tu qu'il nous faudra, plus tard, encore deux pendules outre les six que j'ai déjà! Nous avons dix pièces à meubler, outre la cuisine, l'office, etc., seize fenêtres à garnir et neuf cheminées, *idem!*

Le fameux cadre de Bâle ne peut aller que dans notre salle à manger, au-dessus de la non moins fameuse cheminée. Il a fallu renoncer à faire mon cabinet en vieux bois. Il sera jaune et noir, et tous les meubles en ébène. Il donne dans le salon vert, de marqueterie, qui séparera ta chambre (toute en Boule, que tu aimes) de mon cabinet. J'aurai dans mon cabinet quatre armoires et bibliothèques, en ébène garni de cuivres dorés, une table *idem*. Il ne me restera que quatre chaises, une chauffeuse, un fauteuil à faire faire, car tout est ou choisi, ou à moi. Tout est au midi. J'espère que nous aurons une salle de bain, et, enfin, que je pourrai louer ma glacière

1. Le comte Ernest Rzewuski (voir t. III, p. 12, 161).
2. Dont la première partie avait paru dans *la Presse* du 3 au 21 décembre 1845. La deuxième, inachevée ne fut publiée qu'après la mort de Balzac dans la *Revue de Paris* du 1er avril au 15 juin 1855, par la veuve du romancier, d'après des épreuves en partie, bonnes à tirer, composées pour *la Presse*, en 1845.

six cents francs et avoir deux mille livres de glace pour ma consommation! La glacière de Beaujon est une merveille. Quand on a le projet de ne pas sortir de chez soi, d'y vivre avec son *loup*, d'y travailler encore six ans, il faut y trouver toutes les aises de la vie. Ainsi, mon bon trésor, mon cœur adoré, laisse-moi tout y bien faire et avoir la conscience nette en te sachant là mieux que tu n'étais à Wierzchownia. C'est ma fatuité, ma gloire, mon bonheur. Tu verras plus tard que je n'ai pas la passion du bric-à-brac, mais que j'avais la passion de notre tanière, et que je connaissais bien mon Paris, en t'y voulant comme une femme comme il faut doit y être. Je fais des économies sordides; je vais en omnibus (c'est mon exécration), et chaque fois je me dis : « J'y monte pour elle, pour économiser et alléger mes dépenses. » Je n'use pas mes habits, je me refuse tout; afin de reparaître convenablement lorsqu'on saura notre mariage. Plus tard, la maison finie, excepté notre manie commune des tableaux, tu ne me verras *rien* souhaiter, que ton amour, tes caresses, ta tendresse et ton bonheur. C'est alors que tu me jugeras.

Allons, adieu, trésor de bonheur, amour de *loup;* adieu, cœur adoré, min [ou] chéri, toi que, tu le vois, je ne puis jamais quitter. Oh! si la plume allait ainsi sur [*la Cousine*] *Bette*, ce serait fini en quarante heures!

A demain, pour finir cette lettre, qui ira à la poste à huit heures du matin, car ce sera dimanche. Mille caresses à vous tous : Victor [Honoré], le m[inou] et toi. Sois en repos sur B[engali]; il est calmé par tant de travail; et mes angoisses de Metz, mes occupations ici ont été telles, qu'il ne m'a pas fait souffrir comme à l'autre séparation de Heidelberg.

Je te le répète : achète le Saxe et une garniture de Chine; mais n'achète rien à Mayence, à moins que tu ne veuilles le pot rouge; il irait en regard de celui de Schawb [1], sur les deux coins de la cheminée de la salle à manger. Mais ce ne sera jamais ma folie; ce sera la tienne, et je t'en voudrais bien une dans notre maison, car ce serait deux, avec ton Noré qui t'aime!

Adieu, voici le jour; il faut arrêter ma causerie écrite avec toi.

Si tu savais combien je suis heureux de te savoir bien et à ton gré à Wiesbaden! A propos, après ces acquisitions de potiches, il n'en faut plus, mon mignon Évelin. Nous ne saurions plus où les fourrer. Je n'aurai plus besoin que de deux grands cornets Chine ou Japon pour placer, comme à Gênes entre deux lumières, et il faut deux occasions, deux chefs-d'œuvre, et pour rien. Or ils sont à Montereau; un marchand me les guette.

Réadieu, et à demain. [*La Cousine*] *Bette* m'attend. Encore mille baisers à mon Ève, la mille fois caressée et désirée.

1. Voir t. III, p. 74.

Dimanche 27 [septembre.]

Hier, à quatre heures, tout a été convenu chez le notaire; nous signerons le contrat demain, à cinq heures, et il semble que notre providence à nous se mêle de cela. M. Pelletereau, étant dans de mauvaises affaires, a ce bien-là au nom de sa femme, en sorte que je n'ai pas à faire les formalités de *purge légale*, et j'évite la plus exigée publicité. J'aurai le secret! J'ai aussi des données exactes sur la portion de gros mobilier qu'il faut avoir. Je suis sûr qu'avec trente à trente-deux mille francs, j'aurai soldé les réparations et le gros mobilier. Tu n'auras à acheter que le nappage et les draps fins pour deux lits de maîtres, car nous aurons ici, à meilleur marché et plus solides, les draps de domestiques, le linge dit d'office et de cuisine. Nous avons neuf lits montés. Songe, mon *loup* bien-aimé, que je passe de l'état de garçon à ce qu'on appelle une maison montée, et que c'est en France une terrible affaire. Je ne fais que le nécessaire. Dans les premiers six mois nous compléterons.

Ah! j'ai reçu la lettre de Georges, où il me dit que le service de Saxe est dépareillé, dans des termes pleins d'originalité, car il est plein d'esprit. Vraiment, il écrirait fort drôlement. Ainsi donc, tiens-t'en à prendre de ce service les deux objets dont tu me parles. Ne t'occupe pas non plus des deux vases verts à Mayence. Les mêmes sont à Metz pour deux cent cinquante francs. Pense que nous avons à payer trente-six mille francs d'ici au 1er décembre, et tout argent comptant, car, lorsqu'on va, comme je le fais, aux *premières mains*, on trouve des ouvriers besogneux, et, pour tout obtenir à jour fixe, je m'engage. J'ai commandé pour près de douze mille francs. En ce moment, tout est à bon marché. *Tu auras toute ta chambre en Boule, comme ce qui te fanatisait au bazar de la Haye*, pour trois mille cinq cents francs : un lit, deux fauteuils, deux chaises, une commode, un secrétaire, une psyché, enfin, tout, absolument tout, même une superbe pendule. Ceci doit te faire juger de mes efforts. Je cours comme un ancien coureur de duc, de deux heures à six heures tous les jours. La Chouette va courir pour les étoffes, pour les literies, le gros linge... Tout se fera à la fois : réparations, constructions, peintures et travaux pour le mobilier.

J'ai vu hier Froment-M[eurice], pour qu'il se charge des belles montures en bronze. Ses trois vases en céladon rouge seront dans le salon, avec deux flambeaux Louis XIV sur la cheminée. La pendule sera sur une encoignure.

Si je n'avais pas toutes mes belles choses, si je n'avais pas acheté depuis trois ans tout ce que tu m'as vu acheter, et que j'eusse voulu meubler ma maison, c'est cent mille francs qu'il aurait fallu sortir. Tandis que, tu le vois, avec quatre-vingt-deux mille francs, nous serons logés, meublés, sans devoir un liard, et comment!

Les cent soixante-quinze actions qui resteront ne peuvent être vendues qu'à huit cent cinquante francs, pour ne pas avoir de perte. Ainsi, trouvons le moyen, à nous deux, de payer les trente-deux mille francs nécessaires à notre opération.

Quand tu me verras, je ne devrai plus que trente mille francs (ma mère exceptée), et ce sera chose réglée du 25 octobre au 10 novembre, car j'espère avoir payé la Chouette, avoir arrangé Buisson et donné les quatre mille francs à ma mère. *Les Parents pauvres* m'auront *enrichi*. Sur les treize mille francs que je dois au *trésor-*[*louloup*,] j'en aurai rendu cinq mille (deux mille d'enregistrement, trois mille d'acquisitions); donc, jamais, à aucune époque, je ne me serai trouvé dans une si bonne position. Tout va bien, même les choses de vanité, car la rue où nous serons s'appellera rue Balzac. [1]

Demain, j'irai retenir ma place à la malle[-poste] pour le 15 [octobre]; mais, comme je n'aurai pas de bagages, il vaut peut-être mieux venir par le chemin du Nord [2] et les bateaux à vapeur, si vous voulez venir au-devant de moi, à Bieberich.

Oh! que je t'aime, ma minette! Un succès en administration me rend si joyeux que cette joie fait l'effet du fourgon qui attise un foyer. J'ai remis la bonbonnière à From[ent]-Meurice. La comtesse Bobre lui a parlé de toi, m'a-t-il dit, comme de *la perle* de la Pologne et lui a dit que ton mariage était l'accomplissement de ton bonheur, et que tu serais la femme la plus heureuse. (Froment[-Meurice] a joué son rôle; il a eu l'air d'apprendre cela). Et de me voir apprécié par une inconnue, la première qui ne m'ait pas jeté la pierre, ça m'a fait venir des larmes! Comme il nous faut des témoins sûrs, mon notaire et Froment[-Meurice], M. Nacq[uart], avec son fils, seront les nôtres. Ainsi notre secret sera concentré entre ceux qui doivent le connaître. Comme je veux que ma chère petite Anna ait un souvenir de ma présence à son mariage et qui lui serve toujours From[ent-Meurice] me fait une délicieuse coupe à bagues que j'apporte, un bijou à ravir! Car l'écrin est signé d'un bilboquet en or, et, dans le pied, il y a : octobre 1846. C'est une merveille, appropriée d'ailleurs à la parure qu'elle a déjà. Garde-moi le secret; je veux la lui offrir au retour de l'église.

Ta bonbonnière est pur Louis XVI. Froment[-Meurice] en a trouvé une pareille dans un coffre de mariage qu'il a démoli chez le comte de Châtillon, dans le double fond. Tu auras le plus ravissant *fumoir* du monde; c'est un cadeau de ton Noré; tu sais, le fond de la boîte d'argent de Marseille.

1. Dès l'année même de la mort de Balzac (1850), la rue Fortunée, où la maison de Balzac occupait le nº 12 devint la rue Balzac. La maison de Balzac, avant d'être démolie, pour faire place, après 1882, à l'hôtel Salomon de Rothschild (11, rue Beaujon) porta les numéros 14 et 22.

2. Sur les voyages en chemin de fer, voir *Itinéraire de Paris à Kiew* (*Les Cahiers Balzaciens*, nº 7).

Oh! ma chère petite fille, les larmes me baignent les yeux en pensant avec quelle adoration je te porte en mon cœur, comme tu es bien l'âme de mes mouvements, la vie de ma vie, tous mes plaisirs, la source éternelle de mon bonheur! Comme cet éloge de toi m'a ravi, ma chère belle *perle!* J'aurais embrassé Froment[-Meurice]. Va, je t'aime à chaque instant de tout l'amour que j'ai eu pendant quatorze ans, et de tout celui que j'ai au cœur. C'est une ardeur de jeune homme et une conscience de ta valeur comme l'aurait un vieil ami. Ton bonheur, voilà mon cri, mon unique pensée, le but de tous mes efforts. Soigne-toi bien. Anna me dit que tu ne dors pas; c'est bien chagrinant. Marche un peu.

J'ai porté tout aussitôt la note de Georges à Buquet, et il aura ses insectes. Je les lui apporterai. Dis-moi si tu veux dans ta chambre un prie-Dieu (car, en Boule, il faut le commander). Comme j'ai eu tort de ne pas acheter cet hiver la magnifique pendule de Boule qui valait sept cents francs! Il faut en chercher une maintenant et l'attendre. Ah! demande au magasin anglais[1] immédiatement deux vases ronds, oblongs, comme des potiches allongées (le vase de Schawb de la Haye, en petit), douze à quinze pouces de hauteur, sans monture, bien entendu, et le corps de deux flambeaux. Que Georges te fasse les dessins. Les vases ne doivent pas, dans leur plus grande grosseur du milieu, avoir plus de dix pouces de diamètre, et dis-leur de m'adresser cela à Passy, rue Basse, n° 19, par l'avant-dernier paquebot; il n'y a plus que le temps. S'ils ont *un* beau vase, de forme carrée, comme celui que nous avons vu, sans bronze, qu'ils l'y joignent, et, s'ils pouvaient faire faire aussi une grande caisse en malachite, de forme ovale et profonde, pour jardinière, tout serait complet. Ce serait quatre objets et les flambeaux. Je t'en supplie, fais cette commande, et notre salon vert sera complet. Le dernier paquebot part le 15 octobre, ou le 20, je crois. Nous en aurons fini avec les malachites. Je me trompe : il nous faudra encore trois marbres; je n'en ai pas les dimensions. Nous les demanderons l'année prochaine. Cela peut se manger froid.

Santi m'apporte le devis aujourd'hui; mercredi, les ouvriers y seront!

Allons, adieu, chère vie de ma vie, mon bon m[inou] adoré, souhaité, caressé en idée! Oh! quand je songe que, dans six semaines, nous vivrons ensemble dans un bon petit hôtel bien arrangé, bien à nous, serrés l'un contre l'autre, comme deux amants d'hier, je n'ose pas croire à ce bonheur, tant il est grand, immense!

Allons, adieu, et mille caresses. Tu sais ce que je dis aux enfants.

Je fais faire à Paris : *primo*, quinze paires de draps de domestiques, car ce n'est qu'ici, je crois, qu'on trouve de bonne toile de chanvre,

1. A Saint-Pétersbourg.

à vingt-trois sous le mètre; *secundo*, les tabliers de cuisine; *tertio*, les torchons; *quarto*, les serviettes d'office; *quinto*, les serviettes à essuyer; *sexto*, les serviettes de toilette.

J'ai *deux lits de maîtres* complets à faire faire à neuf : matelas, oreillers et couvertures, édredons, etc., trente-deux paires de rideaux, plus ou moins brodés, unis, etc. Donc, si cela te va, il faut que tu te charges de huit paires de draps de maîtres (et je t'en donnerai les dimensions), et des services de table dont je t'ai parlé. Trois services de douze, très beaux, pour les *extra;* six de dix et douze de six. Puis, ce qu'il te faut de serviettes pour ta chère personne, et pour la mienne, ce qui s'appelle les choses de toilette.

Il est entendu que je ne te fais pas faire de toilette pour ta chambre.

Si tu trouves de belles taies d'oreiller, il en faut douze pour chaque lit. Il les faut brodées sur les coins et les côtés. On fait cela mieux en Allemagne qu'en France. On te garnira les tiennes en dentelles ici. Tu te fais ton trousseau et le mien. Je te répète tout cela, car nous n'avons plus que cinquante jours pour nous établir. Je compte cinq cents francs pour la batterie de cuisine. Tu as, cette année, comme un second procès de [Saint-] Pétersbourg.

Gardez mes épreuves; je n'en ai plus besoin; il y a longtemps que tout est corrigé et fini. Vous pouvez les décacheter, les brûler, etc.

VIII

A MADAME HANSKA, A WIESBADEN

[Passy, 28 septembre-1er octobre 1846].
Lundi [28 septembre].

Ma chère petite fille, tu vas être étonnée quand je te dirai que hier, obligé d'aller arrêter pour le 15 [octobre] ma place à la malle [poste], et surpris par une visite de ma mère, je n'ai pas eu le temps d'aller à la poste de Passy y prendre ta lettre qui doit y être. Au moment où je fermais, à sept heures, la lettre que tu auras reçue quand celle-ci arrivera, From[ent-]Meur[ice] est venu, et nous avons eu à conférer sur des choses à faire, car il se charge de monter les vases céladon rouge et la pendule de malachite. (Il faut que je mette tout dans bien des ateliers pour arriver au 1er décembre.) J'attendais le devis de Santi; au lieu de mon architecte, ma mère est venue pour me consulter sur le mariage de Sophie [1]. Midi est venu, et,

1. Sophie Surville, nièce de Balzac. *Ursule Mirouët* lui est dédiée.

à cette heure-là, les lettres doivent être mises à la rue J[ean]-J[acques]-Rousseau[1] pour partir. J'ai tremblé de ton inquiétude, et je suis parti. Une pluie battante m'a forcé de revenir à quatre heures, avec mes épreuves. Je viens de passer sept heures de nuit à finir de corriger les quatre-vingts premiers placards de *la Cousine Bette*, et il faut en faire quatre-vingts autres (écrire et corriger), en dix jours, si je veux mon argent et partir le 15 [octobre]. En voilà du travail. J'ai sur les bras toutes les affaires, les mille affaires de la propriété; je dois signer aujourd'hui à cinq heures chez le notaire. J'ai bien des ouvriers à voir, à hâter, à presser. J'ai *les Parents pauvres* à vendre à un libraire, pour payer la Chouette. Enfin, il faut trouver un entrepreneur, faire un marché sur devis et arrher le peu de meubles qu'il nous faut encore. J'ai près de trois mille francs à payer dans les premiers quinze jours du mois d'octobre; il en faut commander, tout cela est de moitié moins cher quand c'est payé comptant. Donc, je travaillerai les nuits, et, tous les jours, de midi à quatre heures, je vais courir. Je ne puis plus que t'écrire quelques phrases et te dire : « Mon trésor, je t'adore, et c'est pour nous que je cours et travaille. » A demain donc. Aujourd'hui, il faut voir Véron pour avoir les deux mille francs de l'enregistrement, M. F[essart] pour qu'il rachète certaines créances, les derniers billets et deux jugements. Il faut attendre ce matin Santi et signer à quatre heures chez Gossart, et je gribouille des pages dans les intervalles. Ainsi, de ton côté, aime-moi bien, et dis-toi que je suis heureux de travailler ainsi à notre nid. Mille tendresses; je vais aller à la poste chercher mon trésor de lettre, et tu peux penser comme je vais être joyeux de tenir un peu du cœur de mon *loup*, en pénétrant ces lignes d'écriture fine.

Adieu. Cette nuit je serai levé à deux heures, comme ce matin.

Dix heures.

L'architecte sort d'ici, tout va bien. Son devis s'élève, avec ses honoraires, à quatorze mille francs. Il y a deux mille francs d'enregistrement; notre maison ne coûtera donc que soixante-six mille francs, et tout sera prêt, moins la salle de bain qui veut six mois pour le stuc, le 15 novembre. Es-tu content, Coucy[2]? Il me faudra donc quatorze mille francs pour le mois de novembre et le mobilier est une chose à part, car c'est autre chose que la maison. J'aurai douze mille francs à payer en mobilier à placer immédiatement : gros meubles, tapis, etc. *Louloup*, j'aurai rendu sept mille francs au *trésor* d'ici à mon départ et je n'y devrai plus que six mille francs. Je les trouverai. Tâche d'avoir les vingt mille francs d'une façon

1. Au n° 55, c'est-à-dire à l'Hôtel des Postes.
2. Voir plus loin p. 213, 222, 307.

quelconque. Je suis sûr d'avoir payé les quatre mille francs de ma mère, les sept mille de la gouv[ernante] et quatre mille francs à M. Fess[art]. *La Com*[*édie*] *Hum*[*aine*] et *les Paysans* achèveront de payer ma dette. Ah! *louloup*, comme je serais heureux de conserver les cent soixante-quinze actions du Nord! Ne prenons rien dessus. Gossart a voulu que je prisse trois ans pour payer les trente-deux mille francs qui resteront à payer sur la propriété. J'espère que tu seras fière des *talleins*[1] du pauvre Bilboquet, si dénigré pour ses prétendues dissipations. Cette semaine, je commanderai ma bibliothèque, ta chambre et la table à manger. Par exemple, je ne sais où prendre l'argent des tapis, s'il faut l'envoyer d'avance.

Adieu; à demain. Je vais chercher ta lettre.

Mardi [29 septembre].

Ta lettre, mon bon petit *louloup*, m'a fait à la fois un bien grand plaisir et une bien vive peine, car elle contenait une espèce de désapprobation sur toute espèce d'affaire, quelle qu'elle fût, et, comme elle était en réponse à celle de moi du dimanche de l'avant-dernière semaine, c'est-à-dire à ma seconde lettre où je t'ai parlé de remplacer l'affaire manquée de la rue de la Tour, et que j'allais signer le contrat, j'ai été, malgré moi, d'une affreuse tristesse toute la journée. Avec cela, il pleuvait à torrents. Maintenant, tout est terminé. J'ai signé, à six heures et demie. Aujourd'hui, je donne les deux mille francs d'enregistrement et M. Pelletereau a les dix-huit mille francs qui sont en dehors du contrat. Véron veut sa copie, et comme j'ai bien besoin d'argent moi-même, il faut lui faire quatre-vingts feuillets environ cette semaine. Je me suis couché hier à huit heures et demie du soir, perdu de fatigue, et je viens de me lever à trois heures.

Ainsi, tout est dit, mon amour; je prends la chose sous ma responsabilité; nous sommes casés, et, à la fin de l'année prochaine, il est probable que j'aurai Moncontour[2] ou quelque jolie chose en Touraine, afin que tu puisses respirer l'air pur de la campagne. Si cette acquisition à Beaujon te répugne quand tu y seras, ne t'en trouble pas la cervelle; j'aurai le moyen de ne pas la rendre onéreuse, car elle est assez excellente pour réparer les malheurs que m'ont causés les Jardies. Enfin, dans l'état actuel des choses à Paris, il est impossible, dans quelque quartier que ce soit, de se loger dans une maison seule, à soixante-six mille francs, car les meubles sont nécessaires dans toutes les habitations.

Juge de la difficulté du programme de mon logement. Il me faut un jardinet, un rez-de-chaussée, aucun bruit, la solitude, un cabinet,

1. Talents, prononcé par plaisanterie, avec l'accent du Midi.
2. Voir plus haut p. 30.

une bibliothèque, en outre des sept ou huit pièces dont se compose un appartement. Eh! bien, trois pièces, rue Jacob, se paient dix-huit cents francs, dans ces conditions; à Chaillot, c'est quatorze mille; à la Place-Royale, six mille; rue des Jardins-Saint-Paul, rue Beautreillis, à l'Isle Saint-Louis, deux mille cinq cents. J'ai tout essayé, tout tenté. Avec le gros mobilier, j'en aurai pour quatre-vingt mille francs; c'est trois mille francs de rentes. Je ne suis pas dans les maçons et les constructions. Ce n'est rien que de ravaler un mur déjà fait et solide, que d'en refaire un (c'est obligatoire; il faut rentrer de quelque chose), et de nettoyer une maison. Quand je suis venu chez Mme Grand[emain][1] c'était une halle; il a fallu tout faire. La rue de la Tour n'avait pas tant de jardin ni de cour que j'en ai là. Cela revenait à quarante mille francs, et nous étions à Passy. Aujourd'hui, nous sommes à Paris, dans le faubourg du Roule, ayant vue sur deux aspects de jardin à Gudin et cela ne coûtera que soixante-six mille francs. C'est vingt-six mille francs de plus pour être vingt-six fois mieux et posséder un immeuble d'une grande valeur. Les Jardies ont donné vingt-huit mille francs; je voulais les employer en un immeuble. Eh! bien, celui-là va me coûter trente-quatre mille francs d'ici à la fin de novembre, et je puis bien, en trois ans, payer trente-deux mille francs restants. Cela représentera cent trente-six mille francs dans ma fortune, et je suis sûr d'avoir un petit hôtel de deux cent mille francs dans six ans. J'aurai donc réparé mes pertes financières; je n'aurai rien perdu du tout. Pour arriver à ce résultat, je serai très gêné pendant six mois; mais, de décembre à mai, réuni à ma minette, et à mon enfant, dans une jolie habitation, entouré de luxe et de confort, je puis travailler, heureux, dans les plus belles conditions possibles de tranquillité!! *Les Paysans*, *les Petits Bourgeois* et *Une Mère de famille*[2], avec *l'Éducation du prince*[3], ces quatre ouvrages payeront mes dettes et mes acquisitions. Ce n'est pas d'un fou ni d'un imprudent. Cette année, j'aurai fait l'*Instruction criminelle*, *les Parents pauvres* et *les Paysans.* C'est (cinq, vingt et vingt-cinq) cinquante mille francs, et j'ai fait déjà deux voyages, et j'en ferai deux encore, qui ont pris six mois. L'année prochaine, je gagnerai cent mille francs. Tu ne croiras à ces choses-là que quand tu les verras, car c'est si beau qu'on en est stupéfait. C'est ce qui me fait te dire que l'avenir ne m'effraye plus, et que tu peux être sans fortune; tu seras à ton aise avec moi. En supposant tous les malheurs possibles, que je ne touche rien des quinze mille francs du règlement de compte de *la Comédie Humaine*, que je ne fasse pas *les Paysans* cet hiver, soixante-quinze actions du

1. Propriétaire de la maison où Balzac habitait alors, 19, rue Basse (47, rue Raynouard). Voir t. III, p. 71.
2. N'a jamais vu le jour. Voir t. III, p. 366, et plus loin p. 71, 139, 226, 244.
3. *Le Prince* ou *l'Éducation du Prince*, pièce qui ne fut jamais écrite (cf. D. Milatchitch, *le Théâtre inédit de H. de Balzac*, p. 28).

Nord paieraient toutes dépenses, et nous serions logés, et il nous resterait cent actions dans le *trésor-louloup*. Ce serait un meurtre financier que de toucher à ces cent soixante-quinze actions, car, grâce à ma prudence, en vendant les cinquante actions données à Pelletereau à sept cent cinquante francs, il n'y a pas de perte; mais il y en aurait en étant forcé de vendre les soixante-quinze. A mon retour, après le mariage d'Anna, je rendrai au *trésor-louloup* les six mille francs que j'y dois encore. Cela paiera la moitié des réparations : mais je n'aurai rien pour payer le reste du mobilier, et il y a bien dix mille francs, environ, à y dépenser. Songe que par moi-même j'en apporte pour plus de cent vingt mille, et que, depuis deux ans, nous en avons acheté en commun pour plus de quinze mille francs. C'est effrayant, mon Évelin, que de *monter une maison à Paris*. Ce qui m'a décidé à prendre cette maison, c'est que, comme tu le verras, il y a quatre pièces où, par la nature des décors, il n'y avait pas plus de quatre mille francs à dépenser pour y être meublé, M. de Beaujon ayant tout fait en boiserie. Eh! bien, c'est une économie de plus de quarante mille francs en mobilier, à en juger par notre salle à manger qui est une halle, et qui nous aura coûté, en y comptant tout ce que j'y mets de mon mobilier et tout ce que nous y aurons mis, plus de vingt mille francs. Après cela, nous serons *bien*. Je me réjouis d'avance de ta surprise et de ton bonheur. Nous sommes destinés à habiter de mai à novembre la Touraine. Eh! bien, tu seras divinement bien en novembre, décembre, janvier, février, mars et avril, dans notre petit hôtel. Quatre-vingt mille francs pour Paris, quatre-vingt mille francs pour la Touraine, nous aurons ces deux choses pour ce que devait coûter *la maison Salluon!!* Et tu serais mécontente de ton pauvre Noré!! L'appréhension de ta désapprobation m'a rendu vraiment malheureux hier pendant cinq heures. Ce matin, je me suis levé avec la certitude d'avoir fait une excellente affaire, d'avoir bien agi. Le notaire m'a dit qu'il était bien content pour moi de me voir saisir cette occasion. Il n'y avait pas moyen de te consulter; ça s'est fait en huit jours. Enfin, je prends cela sur mon compte et n'en parlons plus; tu attendras l'aspect des choses pour me juger. Ce matin je prends possession, et demain ou après, les ouvriers y seront. Le 17, je te porterai les plans; mais je préférerais ne te rien faire voir et jouir de ta surprise. Je voudrais ne t'en plus parler et que tu eusses une confiance en moi semblable à celle du petit enfant en sa mère. Ne te tracasse plus d'argent, comme je t'en ai parlé dans ma précédente lettre; pour peu qu'il y ait d'obstacles à ce que je t'y dis, un mois de travail de moi répare bien des choses. Que tu me donnes encore sept à huit mille francs, pris sur ce que tu comptes avoir pour passer tes sept mois à Paris, et je te les rendrai en janvier, cela suffira peut-être. J'ai besoin absolument de douze à quinze mille francs en novembre.

Songe que ma mère, que la Chouette, vont être payées (cela fait onze mille francs), et que j'aurai rendu sept mille francs au *trésor-louloup*, et donné trois mille francs encore à M. F[essart]. Cela fait vingt et un mille francs. A mon retour je veux payer Buisson, et payer six mille francs aux entrepreneurs et six mille francs de meubles. Et il en faudra autant en décembre; en janvier, février, mars, je veux payer Mme Delan[noy][1] et Dabl[in][2] et avoir fini toutes mes créances. Quel beau résultat! Est-ce là dissiper? Nous aurons alors cent soixante-quinze actions du Nord.

Allons, adieu, car il faut quinze feuillets, par jour. J'ai vingt-sept ouvriers après moi au *Constitutionnel*. Mille tendresses, mon bon petit *louloup*. Il y avait tant de bonnes choses dans ta chère lettre sur ton plaisir d'être à Wiesbaden, où je serai le 17 au soir, que cela m'a rafraîchi l'angoisse de cette appréhension de ta désapprobation.

A demain, car j'aurai cette journée bien occupée; il faut aller au *Constitutionnel*[3] pour les deux mille francs à porter au notaire, il faut faire mes quinze feuillets et il faut aller à la maison prendre les clefs, charger l'architecte et signer les marchés avec les entrepreneurs. Je t'assure qu'il faut ce que j'ai : une tête de fer, et le cœur que tu as rempli de toi, et d'amour. Mille caresses. Je n'ai pas de nouvelles de Miville. Mille baisers et sois sans aucune préoccupation de tout ceci. Ton *loup* est fort. A demain.

Mercredi [30 septembre].

Toute la journée, hier, a été prise par les affaires, et je ne me suis couché qu'à neuf heures et demie, mourant de sommeil, épuisé de fatigue, quoique j'aie été cinq heures en voiture. Le temps s'est remis au beau; nous avons là des jours de grâce et qu'il faut saisir.

M. Pelletereau m'a remis la maison et j'ai remis à Gossart les deux mille francs pour le fisc.

De quelque façon que je me retourne, il y a toujours impitoyablement treize mille francs de réparations et dix-sept mille francs de gros mobilier. Je vais écrire à Marseille pour les tapis du Levant. C'est une économie de quinze cents francs. Nous voilà casés; c'est fini, mon pauvre *loup*. Je crois que nous aurons, avec Gudin, quelques chances d'agrandir le jardin, et ce sera certes un grand bonheur si cela arrive. Je suis toujours très content de l'affaire. Santi la trouve excellente et me voici ayant tout à fait réparé le désastre

1. Mme Joséphine Delannoy, née Doumerc, veuve d'un riche munitionnaire, ami des parents de Balzac. Elle ouvrit souvent et largement sa bourse au romancier qui lui dédia, lors de la réédition en 1839, *la Recherche de l'Absolu*. Balzac avait donné dans ce roman le prénom de Joséphine à Mme Balthazar Claës.

2. Théodore Dablin, riche quincaillier, le plus ancien ami de Balzac, auquel il prêta de fortes sommes. *Les Chouans* lui sont dédiés et le bonhomme Pillerault dans *César Birotteau* est fait à sa ressemblance (*Lettres à l'Étrangère*, III, 19, 22).

3. C'est-à-dire, 121, rue Montmartre.

des Jardies; je n'aurai rien perdu. Je voudrais bien voir la maçonnerie terminée le jour de mon départ.

J'ai repris la copie, et, ce matin, il y aura dix feuillets de faits sur quatre-vingts, et dimanche tout sera terminé. Tu me verras le 17 au soir et, malgré mon désir de te faire des surprises, je te porterai les plans. On peut louer la glacière huit cents à mille francs. C'est peut-être la plus belle qu'il y ait à Paris. Beaujon y a dépensé des sommes considérables.

Je vais agir comme si le Nord devait rester très bas et voir à me procurer de l'argent par un travail quelconque, car je veux que, le 25 novembre, Mme de B[alzac] soit chez elle et s'y trouve bien. Je ne vois rien de changé à notre itinéraire. Tes enfants se marieront du 17 au 20 octobre; il te faut quinze jours pour aller à Dresde y faire tes affaires et en revenir. Cela nous mène au 5 novembre. Nous partirons le 7 novembre de Mayence et nous serons le 10 à Paris. Tu seras quinze jours à un hôtel et, le 25, chez toi. J'aurai, moi, quinze jours pour mon déménagement. Si le mariage d'A[nna] est retardé, ce que personne de vous ne souhaite, il ne peut pas l'être de plus de cinq jours; cela nous mènerait au 1er décembre. Mais les quinze jours que tu passeras dans un hôtel seront employés à notre mariage.

Cette fois-ci je ne te verrai encore que dix jours; mais ce sera la dernière séparation. Nous aurons à nous sept à huit mois de vie conjugale, et tu iras pour la dernière fois sans moi faire ton voyage en U[kraine], car, après notre réunion en septembre 1847, rien que la mort ne pourra nous séparer. Encore, pendant ton voyage d'U[kraine], t'accompagnerai-je jusqu'à la dernière limite possible, et je t'y attendrai, soignant mon Victor [-Honoré], et le nourrissant au biberon, avec du bon lait de vache.

Allons, adieu, encore pour aujourd'hui, car il faut travailler. *Le Constitut*[*ionnel*] donne *les Parents pauvres* dans quelques jours, et Véron voudrait avoir toute sa copie. Ce matin, il faut encore sortir pour régulariser les affaires au *Constitut*[*ionnel*], qui doit payer à ma mère ses quatre mille francs, et quinze cents francs de meubles, avant mon départ.

L'Époque [1] va se liquider. Voilà une fameuse affaire à faire. Mais je n'y peux entrer que pour les produits de ma plume.

Jeudi, j'arrête les devis et je passe les marchés. Samedi, je dîne chez les Fess[art] pour décider de l'amortissement de quelques créances. On négocie avec Buisson. Je n'aurai plus que D[ablin] à craindre.

Aussitôt *la Cousine Bette* finie, je vais me mettre après Furne et Dubochet pour avoir le solde de *la Com*[*édie*] *Hum*[*aine*]. Si tu savais

1. Journal dirigé par Anténor Joly. Voir t. III, p. 318 et Vte de Lovenjoul, *Autour de Balzac* (Paris. C. Lévy, 1897, in-12), p. 106.

quelle activité il faut pour ne pas dépenser des sommes folles! Un autre se ruinerait à entreprendre ce que je veux accomplir dans les termes que je t'ai posés. Moi, je veux, le 31 janvier, ne pas avoir une dette (excepté les trente-deux mille francs dus à Mme Pelletereau). Oh! mon bon petit *loup*, être enfin chez moi, y être bien, y être heureux avec mon Ève adorée et souhaitée depuis treize ans, non, c'est un bonheur que je veux voir entouré de tous les prestiges possibles. Je veux tout charmant autour de moi, et tout le sera; je n'en travaillerai que mieux. J'en deviendrai plus âpre à la besogne, plus courageux, et je ferai, de décembre à mars, douze cents feuillets de copie, ce qui paiera tout et au delà. Nous aurons Moncontour. Dans ce moment-ci, ton petit hôtel a l'air d'une affreuse caserne et tout y est bien laid; dans six semaines, ce sera *un bedid balais*, et dans deux mois un temple, car tu es bien Dieu visible pour ton Noré.

Je t'embrasse mille et mille fois. Que Dieu nous continue sa bénédiction! Demain tu sauras le nombre de feuillets que je veux faire, et demain cette lettre partira. Il me semble que demain je dois en avoir une petite de toi. Oh! *louloup*, il y a dans la tienne une phrase qui m'a percé le cœur et fait pleurer de rage. C'est l'affaire des chaises. Comment! Georges ne peut pas t'en faire venir de Mayence, par le chemin de fer? Je t'en apporterai une; tu auras un canapé et un bon fauteuil Voltaire.

Allons, adieu, et à demain.

Jeudi 1er octobre.

J'ai reçu hier et lu, mon amour aimé, ta lettre en réponse à celle où je te parlais de l'acquisition, maintenant consommée. Tout ce que tu m'y dis de tes affaires est profondément juste. Ce n'est pas par correspondance que je puis te répondre au sujet de ton projet pour l'hiver. D'abord, finissons les affaires. Sois tranquille, aie l'esprit en repos. Si tu ne veux pas absolument venir rue du Faubourg-du-Roule, la question change énormément. Vingt-cinq actions du Nord paieront les réparations et le peu de mobilier que j'y ferai faire, et il restera cent cinquante actions au *trésor-louloup*. Tout le reste, je le ferai par moi-même. Ne trouble pas tes insomnies à ce sujet, car toute la dépense disparaît et peut, maintenant, se faire petit à petit.

Ce mois-ci j'aurai payé les dix-huit mille francs non compris dans le contrat; en novembre, avec douze mille francs, je paierai tout ce qui sera fait; je n'aurai pas un liard de dettes. Sois donc très contente de cette affaire, car c'est une belle et bonne affaire. Tu en seras encore plus joyeuse un jour.

Quant à tes terreurs, elles sont bien vaines. Tu ne m'as pas compris : je suis sûr du secret à Passy pour M. le maire, et il est encore plus certain que tu ne seras jamais *sue* à Paris en venant dans une maison particulière. Nous causerons de tout cela. Paris est un océan qui ne t'est pas connu. C'est le désert. Mais, là-dessus, je reconnais ton omnipotence, et tu arrangeras toi-même ton lit. Seulement, je te demande en grâce, à genoux, de ne pas rester en Allemagne. Sois à quelques lieues de Paris; ne me réduis pas au désespoir. Si tu deviens Bretonne, eh bien, accorde-moi Valenciennes ou Lille, que je ne sois qu'à quelques lieues de toi.

Ta résolution modifie étrangement mes projets; aussi, je n'ai plus quasiment besoin de rien. J'ai rêvé un bonheur qui s'éloigne encore de quinze mois, ou tout au moins d'un an. En un an, je puis, bien à mon aise, faire ce qui nous eût été très onéreux en deux mois. Je regrette profondément ce que j'ai fait en acquisitions. Mais la plume d'oie y pourvoira, puisque je suis une oie, et je travaillerai bien durement pour me punir de cette imprudence, car je rétablirai notre *trésor*. Je viens de faire une affaire qui me donne un gain de cent mille francs d'ici à deux ans! Mon Dieu, si je pouvais, je donnerais je ne sais quoi pour le défaire, puisque j'y perds mon bonheur de cet hiver! Maintenant que tu n'y viendras qu'à ton retour d'Uk-[raine], je puis te dire ce qui me l'a fait acheter; c'était une surprise que je te voulais faire. Tes habitudes religieuses et ta piété sont pour moi la plus belle chose de ta chère âme aimée, et la maison que j'ai achetée est adossée à la chapelle Saint-Nicolas[1], succursale de Saint-Philippe-du-Roule. Beaujon l'avait bâtie, et il l'a donnée par testament à la paroisse, en se réservant une entrée en bas pour ses gens, et une magnifique tribune pour lui, où l'on se rend de plain-pied. Tu passeras de ta chambre à coucher dans ta tribune. Voilà, mon ange, ce qui m'a fait acheter cette habitation; elle est située entre un jardin et une jolie petite église. Ce droit est stipulé au contrat. C'est-à-dire que c'est la seule maison qui soit ainsi dans tout Paris. Voilà ce qui, pour moi, valait seul les cinquante mille francs. Et cette obéissance à ta piété m'arrache mon bonheur cet hiver. Puisque je te dis tout, je te dis aussi que la petite maison de Beaujon est dans un magnifique état de conservation; il y a trois pièces qu'on n'établirait pas avec deux cent mille francs. La glacière se louera huit à neuf cents francs; c'est une œuvre formidable, et elle ne réagit pas le moins du monde sur la maison. Tu ne peux pas te figurer l'affaire que j'ai faite! Mais je t'avoue que je n'ai jamais vu que la tribune et ton plaisir d'aller de tes appartements à ton église; les autres découvertes sont venues après. Non, j'ai pleuré en lisant ta lettre, j'ai pleuré comme une Madeleine, non pas que je te croie fâchée de l'acquisition, ni désolée de me voir m'enfourner dans des dépenses insensées. Maintenant, je n'ai plus goût à rien. Et qui sait ce qui arrive en un an? Toute cette ardeur d'arrangements; c'était *nous!* Pour moi, mon Dieu, *Passy* est très bon. La preuve, c'est que, si tu

1. Voir plus loin p. 95, 309, 357.

persistes, j'y resterai jusqu'en octobre 1847. J'arrangerai notre nid lentement.

Allons, moi aussi, je n'ai pas dormi cette nuit. Il est minuit; je ne me suis pas couché. Je vais travailler. Il faut chasser les vautours du chagrin qui vont bourdonnant aux oreilles et finir [*la Cousine*] *Bette*. N'achète plus rien, ni linge ni quoi que ce soit. Me voilà même au désespoir à cause de ma bibliothèque et des gros meubles; mais, j'y pourvoirai. Au 1er octobre 1847, la maison sera soldée; les meubles aussi. Je n'aurai pas pour un liard de dettes, et le *trésor-louloup* sera très respectable, va!

Quant à V[ictor-Honoré], il existe, et, si tu le veux ainsi, nous le reconnaîtrons par l'acte de mariage. Mais donne-le-moi que je lui prodigue mes soins et ma vie. Laisse-le s'épanouir sous mes regards, que je le couve comme tu l'auras porté. Je m'en ferai ainsi un peu la mère. Me voilà bien triste, de joyeux que j'étais. Mais je vais me plonger dans le travail.

Adieu, mon Évelette, chère petite fille. Oui, n'écoute que ta prudence et non la mienne, car, s'il arrivait quelque anicroche, au moins tu n'auras pas à me la reprocher. Je t'aime bien et je te le prouverai, tu le verras. Au nom de mon bonheur, tranquillise-toi, ne prends nul souci de l'affaire Beaujon; surtout ne crois pas qu'il y ait tant de monde dans notre secret. Il n'y a que F[roment-]M[eurice], *parce qu'il t'a vue*, et la Ch[ouette], que je tiens par son intérêt, comme un cheval tenu par un moraillon.

Que cette dernière page de ma lettre soit comme un baume, et dors. Je suis au désespoir des comptes que je t'ai faits et qui courent la poste; mais ces dernières explications te rassureront. Il faut me pardonner mes bavardages, mon *louloup*; tu sais que je pense tout haut en t'écrivant, que je suis cœur à cœur avec toi, que je divague à mon aise.

Adieu donc, pour ce courrier-ci. Sens-moi bien, et crois surtout que voilà les discours d'affaires finis pour longtemps. D'abord, j'ai pour six jours à travailler bien rudement, pour arriver à temps au *Constitut*[*ionnel*]. Il faut payer ma mère, et cette damnée acquisition, et le menuisier du meuble d'Amsterdam. Mais deux *Nouvelles* solderont tout. Adieu, mon cœur adoré, ma pauvre Évelette, que j'ai empêchée de dormir. Ah! comme ta lettre me chagrine! j'y reviens sans cesse. Allons, mille caresses à mon mi[nou]; mille tendresses à mon *loup!* Et moi qui commandais ce matin deux *loups* sur les pilastres des portes! Rentrez, mes pauvres *loups;* le vent est à la sagesse, à l'Économie, et j'en remontrerai à mon Ève. Oui, mes débauches de mobilier vont à cinq mille cinq cents francs. Il y aura treize mille francs de réparations; en tout, dix-huit mille francs. J'en dois encore onze mille au *trésor*[*-louloup*]. J'y prendrai vingt-cinq actions, et nous attendrons. Es-tu content, Évelin de Coucy?

Allons, la plume en avant! et mille baisers à la dame de nos pensées, de tout notre cœur, et mille adorations. Je t'apporterai tous les plans, et un Noré affamé de toi.

IX

AU COMTE MNISZECH, A WIESBADEN

[Passy, 30 septembre 1846.]

Mon cher et bon Georges,

Aussitôt que vous aurez reçu cette lettre, faites-moi le plaisir d'aller à Mayence et d'y acheter, chez le tapissier qui organise des émeutes le soir par l'exposition de ses riches meubles, un bon fauteuil à la Voltaire et une chauffeuse, couverts en *perse*, et stipulez dans la facture qu'il reprendra les deux objets au bout d'un mois pour une somme déterminée. Ainsi, si cela coûte cent francs, qu'il les reprenne pour cinquante; si c'est cent cinquante francs, pour soixante-quinze; ou mieux, si c'est possible. Puis, revenez aussitôt avec ces objets et placez-les dans le salon pour la chère *Atala.* Faites-lui-en la surprise. Je vous rendrai la somme que cela aura coûté, mais elle est si mal assise que je vois par ce qu'elle m'écrit qu'elle doit en souffrir. Votre Altesse coléoptérique profitera de cette douceur par certains moments. J'ai fait cette affaire à Stuttgard, car elle était mal assise à Cannstadt, et je vous conjure de me remplacer.

Votre lettre et le petit mot de la si gentille Zéphirine m'ont fait bien de la joie, et j'y ai répondu, sans que vous le sachiez, en allant retenir ma place à la malle[-poste] pour le 15; le 17 octobre, je souperai avec vous, ou je dînerai, car je ne sais pas à quelle heure j'arriverai. Dites à la comtesse de m'écrire l'heure des départs de Mayence pour Wiesbaden, le 15 octobre, afin que je sache si en payant les postillons je puis gagner assez de temps pour arriver pour un départ du chemin de fer.

Je vous apprends officiellement que le chef de votre troupe qui n'a jamais eu sa pareille, et qui en est l'humble serviteur, a, de ses économies, acheté *la petite maison* du célèbre financier Beaujon, et que la structure de la glacière sur laquelle elle est bâtie doit comporter l'existence de coléoptères inconnus. Si cette exploration peut décider votre Seigneurie professoriale à y venir, vous y serez reçu avec tous les honneurs dûs au Roi des coléoptères, et un certain Gaymard, qui m'a parlé de vous, veut commander la garde nationale des insectes.

J'ai la douleur de vous apprendre qu'il n'existe qu'*un* Buquet, et que les lépidoptères sont abandonnés à la rapacité des marchands; que les marchands sont de grands voleurs, intitulés *naturalistes*, et qu'il faudrait s'adresser à M. Guérin ou à M. Boisduval, ce que je ferai plus tard, car, en ce moment, je suis accablé de courses, de travaux et d'affaires.

Que vous dirai-je ici de Zéphirine et pour Zéphirine? Rien qui puisse être digne de cette charmante et adorable perfection, malgré les faibles talents littéraires qu'on m'accorde, car je ne fais que de la prose, et il faudrait, pour elle, faire de la poésie sans le savoir. La seule chose que je puis me permettre, c'est de vous complimenter, car on doit être fier d'être aimé ainsi. Elle n'a plus une goutte de sang dans les veines à elle; elle est tout vous-même. Quand, plus tard, vous serez arrivé dans la vie à la pointe alpestre où je me trouve et où l'on s'aperçoit qu'il faudra descendre le revers qui mène à la boue d'où l'on était sorti, vous saurez combien les attachements vrais sont rares, combien ces diamants de l'âme sont précieux, et vous vous direz à vous-même que vous n'en sentiez pas aujourd'hui le mérite, malgré les qualités qui vous caractérisent et au nombre desquelles j'ai placé l'observation, la finesse et la perspicacité.

A bientôt, mon cher Georges, et mettez mes amitiés et mes hommages aux pieds de Zéphirine. Elle aimera mieux le savoir de vous que si je le lui écrivais directement.

Mes épreuves sont bonnes à faire des emballages. J'ai vu Mme Buquet à qui j'ai remis votre note. Si vous voulez encore quelque chose de Paris, hâtez-vous, car je pars le 15 octobre, et même avant, si vous receviez ces damnés papiers qui doivent faire votre bonheur à tous.

Ai-je besoin de me dire : tout à vous,

LE VICOMTE DE BILBOQUET.

Demain, la chère Athalas recevra une lettre de moi, mais je ne vous en charge pas moins de lui dire qu'il n'y a pas une fibre de mon cœur qui ne soit à elle, et que je me dis, comme depuis treize ans, le seul mougik de Pawufka qui lui restera.

X

A MADAME HANSKA, A WIESBADEN

[Passy,] vendredi 2 octobre [1846].

Hier, j'ai travaillé toute la nuit et toute la journée; il y a treize numéros du *Constitutionnel* entièrement terminés; j'en ai treize autres à faire en entier, manuscrit et corrections. C'est quatre-vingts feuillets de mon écriture, et j'ai treize jours. Comme tu vois, c'est juste, et bien juste le temps, puisque je pars le 15.

J'ai relu ta lettre, mon bon, cher, gros, petit *loup*, et elle m'a fait tout autant de chagrin qu'avant-hier. En résumé, tu as eu par mon fait une mauvaise nuit, et, le lendemain, tu m'as écrit : « Fais des choux, des raves, de ce que je t'ai donné, mon Noré; mais ne mange pas mon patrimoine. » Oh! chère Évelette, tu es encore sous l'impression des sottises qui courent sur mon compte, et tu me connais bien peu! Moi, qui, depuis que nous sommes mariés, ne pense qu'à te donner légalement, relativement aux lois françaises, la plus entière liberté pour tes intérêts, et qui ne veux qu'être ton conseil. C'est là l'effet de la séparation de biens. Tu voulais que j'employasse tes économies à payer mes dettes. Mes dettes auront été payées par ma plume, en entier, car, en janvier prochain, je ne devrai pas un rouge liard. *La Com[édie] Humaine*, *les Paysans* et *les Petits Bourgeois* soldent tout. Le *trésor-louloup* est là tout entier, et j'espère même y rétablir la brèche que vient de faire l'acquisition. Tu me crois dévoré par la passion du bric-à-brac; je n'ai pas d'autre passion que celle d'avoir tout ce qu'il me faut de mobilier, ou belles choses, aux mêmes prix que les imbéciles en paient de laides. Une fois ma maison complète, je n'achèterai pas pour un liard. De toutes ces manies, je n'aurai que celle des tableaux et encore!

Il me semble tout naturel d'être bien installé là où je veux être toujours. Je veux un beau et bon nid, parce que j'y resterai.

Tu sais quelle est mon expansion avec toi; je te dis tout absolument. Je vais aussi vite en Espérance que je vais en composition de Romans, et tu as pris des désirs pour des volontés. Faut-il que je me dise, avant d'écrire ces causeries cœur à cœur : « Que va penser mon *louloup* de ce que je lui dis là! » Ce serait couper les ailes à un oiseau.

Tiens, tu as été méchante et mauvaise, comme à Tourtemagne[1], et je n'avais pas ta chère présence pour m'adoucir le lendemain les mauvaisetés de la veille. Ne parlons plus de cela. Je me suis promis de tout réparer par mon travail, et j'en suis sûr. D'ici au 15 janvier je pourrai payer les quinze mille francs de réparations et les meubles que j'ai commandés. J'attendrai pour le reste.

Hélas! j'ai eu d'autant plus tort, dans ton sens, que l'affaire Buiss[on] va bien. Avec sept mille cinq cents francs j'anéantirai cette créance, qu'il formule par un chiffre de vingt-sept mille : mais il y a plus de douze mille francs d'erreurs. A mon retour, je l'éteindrai. Malgré six mois de voyages, j'aurai gagné cette année, avec ma plume, cinquante mille francs, si j'achève *les Paysans* en novembre et décembre.

1. Ou Tourtemagnin, près de Sion, en Valais, sur la route des voitures venant d'Italie par le Saint-Gothard (voir t. III, p. 346, et plus loin p. 217, 332).

Songe enfin, *louloup* adoré, que, l'an dernier, nous avions décidé l'acquisition Salluon, qui nous menait à cent cinquante mille francs de dépenses, sans un liard de mobilier; et, qu'après être parti de Baden, faisant cette affaire, je me suis arrêté net, en la trouvant détestable, et effrayé de ce résultat. Tu dois donc croire que ton Noré, qui a eu l'an dernier cette sagesse, n'a pas fait une sottise; et si j'ai conclu sans te consulter, c'est qu'il n'y avait pas le temps, et que c'était une affaire, une occasion à saisir au vol.

Ton changement de résolution ressemble à celui d'un homme qui n'épouserait pas une fille parce qu'elle aurait un million, au lieu de cent mille francs. Passy est une affreuse petite ville; on y a su que je m'en allais, avant même que j'eusse acheté. Tu serais bien plus *sue* à Passy que tu ne le seras à Paris. Il n'y a pas de police qui puisse savoir si une femme est ou n'est pas dans une maison particulière.

Mais en voilà bien assez en réponse à ta lettre. Seulement, encore un mot. Ne fais pas les économies insensées dont tu me parles. Ce serait m'atteindre dans l'endroit le plus sensible de mon cœur. Tu ferais comme M. Aubert[1], qui battait ses enfants quand il avait à se plaindre de sa femme. Ne te refuse rien. Agis comme si je n'avais ni dettes, ni besoins, ni maison; comme si j'avais cinquante mille francs de rentes, car je les ai, dans ma plume devenue libre. Cependant, n'achète plus de potiches; je te déclare que nous en avons assez.

J'ai oublié hier, dans mon trouble et mon chagrin, de te dire de remercier Georges et Anna de leur petite lettre. Je n'y peux pas répondre; les heures me sont comptées.

Par aventure, tu as agi trop précipitamment en m'envoyant tout à Forbach. La douane de Forbach ne veut pas laisser entrer ce que nous avons acheté à Schawb, et il faudra que je revienne, avec ces choses-là, par Strasbourg. Je les reprendrai en passant. Mais, s'il en est temps, garde le tout à Wiesbaden; c'est des frais de roulage perdus. Si c'est fait, n'en parlons plus. Je ne pouvais pas prévoir la bêtise des douaniers de Forbach. C'est stupide.

Hier, j'ai eu une conférence avec les entrepreneurs. Je dois compter sur environ quinze mille francs de réparations, car je veux à toute force un calorifère pour ma chère frileuse, et malheureusement Beaujon, qui a dépensé cinquante ou soixante mille francs pour sa glacière, n'a mis qu'une cave à côté, pour les vins de sa petite maison. Elle est suffisante pour contenir les miens. Mais il faut absolument un caveau de plus pour le calorifère, et nous ne savons pas où le trouver. On brûlerait trop de bois pour chauffer un petit hôtel comme celui-là. Je suis sûr que ce serait un surcroît de dépense de cinq cents francs par an. Je ne saurai que dimanche prochain si le calorifère est possible, et, s'il est possible, il vaut mieux l'établir

1. Mari de Constance, fille de la duchesse d'Abrantès.

maintenant. Aujourd'hui, cela coûtera deux mille. Dans trois ans, cela en coûterait quatre mille.

Le 17, ou le 18, si j'arrive tard, tu verras tous les plans. J'ai arrangé les choses de manière à pouvoir louer la glacière, car cela fait neuf cents à mille francs de revenu.

J'ai donc maintenant la certitude d'avoir une très complète et charmante habitation dans Paris, dans le quartier le plus recherché, pour soixante-sept mille francs, prix, frais et réparations compris. C'est ce qui, dans l'état actuel des choses, à Paris, est introuvable et inconcevable. Il ne me reste plus qu'à trouver de l'or enfoui dans la cave pour que ce soit tout à fait un miracle.

Néanmoins, mon triomphe est sans prix, et m'est odieux, tant que je n'aurai pas reçu de toi quelque bonne lettre, où tu tendras la patte à ton *loup*. Je n'ai pas la tête libre quand j'ai le cœur gros de chagrin. Je pleure malgré moi, en allant et venant, et je trouve difficilement mes idées. Aussi, t'envoyai-je aujourd'hui cette lettre, ce qui n'empêchera pas celle de dimanche.

Allons, adieu. Je me suis levé à deux heures du matin, et voici le jour. C'est si tu me voyais dans mon mortel chagrin, que tu saurais combien je t'aime et combien te déplaire est douloureux pour ce cœur plein de toi. C'est par toi seule que le chagrin peut venir, comme le plaisir, le bonheur. Toutes les autres choses de la vie ne sont pour moi que des contrariétés.

Enfin, sois bien certaine, mon adorée Minette, qu'une location coûtait bien cher et voulait bien du mobilier, et que j'ai fait pour le mieux. Je connais mon Paris et tu ne le connais pas.

Adieu, mille tendresses; aime-moi bien, mon cher *loup;* gronde-moi quand j'ai tort, mais ne me gronde pas quand j'ai bien fait. D'ailleurs, je travaillerai; je ne tomberai pas malade; je me porte à merveille et je me sens capable de gagner, en deux mois, tout ce qu'il faut pour subvenir à tout cela. Regarde toutes mes demandes comme non avenues. Je me charge de tout. Sois bien tranquille, et, surtout, ne te tourmente pas, ou je ne te dirais plus rien des affaires; je ne te parlerais que de mon cœur, et c'est ce que j'aurais peut-être dû faire, car je ne t'aurais pas vue si dure pour ce pauvre Victor[-Honoré], que tu nies. Oh! *louloup*, aime-nous bien! Je mourrais de chagrin de te voir froide pour nous.

Ah! si la potiche de Georges n'est pas moderne, tu auras fait là une superbe acquisition. Celle-là, celle d'Amsterdam, celle que je tâche d'avoir avec les cornets, ce sera grandement assez, avec le vase de Schawb, car les appartements d'en bas n'ont que neuf pieds de hauteur, et ceux d'en haut, n'ayant que sept pieds et demi, n'admettent pas de pareils ornements. Le salon a ce qu'il lui faut avec les deux [vases] mandarins. Enfin, c'est tout à fait assez.

Si tu savais comme je suis sage et économe! Avant-hier encore, j'ai supprimé une pièce, afin de supprimer la dépense du mobilier; c'est une cheminée, des glaces, des meubles de moins. Hier, on m'a apporté, de Pontoise, un superbe canapé Louis XVI (pour aller avec nos six chaises), qui ne coûte que soixante francs. C'est acheter un louis pour un sou. On ne le sculpterait pas pour trois cents francs. Et trouvez donc, au faubourg, le bois du plus méchant canapé moderne pour ce prix-là?

Pas un atome de mon mobilier actuel n'est perdu, excepté la bibliothèque, que je suis forcé de vendre; elle coûterait six cents francs à arranger. La neuve, en Boule, coûtera douze cents francs et sera bien faite, éternelle et magnifique. Je dis que tu te donneras le plaisir de venir voir cela.

Allons, adieu, mon bonheur et ma vie; adieu, je voudrais avoir fini ce damné roman pour être près de toi. Jamais une lettre, tant bonne soit-elle, ne vaut une causerie. Mille tendresses, et remercie bien Georges et Anna. Mille caresses à m[on] m[inou]. Dans quinze jours j'espère l'avoir bien à moi. J'espère que, quand tu liras cette lettre, ce sera dans un bon fauteuil bien commode. Hélas! je suis parti deux jours trop tôt! J'aurais dû vous voir à Wiesbaden, et tu aurais eu ton fauteuil tout de suite. Sois mille fois bénie, toi et V[ictor-Honoré]. Je travaille pour nous, et c'est là le principe de cette force et de cette jeunesse que je me sens.

Un bon *bec* de Cannstadt.

XI

A MADAME HANSKA, A WIESBADEN

[Passy, 3-4 octobre 1846.]
Samedi [3 octobre].

Hier, mon *louloup* chéri, toute ma journée a été prise par ma nièce Sophie et ma mère. Ma nièce est venu[e] me consulter pour son mariage, auquel elle répugne excessivement, et elle veut que je voie son prétendu. Elle se décidera la semaine prochaine. Aujourd'hui, je dîne chez M. F[essart] pour faire finir quatre ou cinq affaires urgentes. Il a mes fonds depuis six mois et n'en fait rien, et il faut éteindre absolument ce mois-ci les créances que je vais lui indiquer.

J'ai bien étudié ma situation, ou notre situation si tu veux. En vendant, à sept cent soixante-quinze francs, soixante-quinze actions, tout sera fini à la maison de Beaujon; j'y pourrai entrer cet hiver, vers le 15 janvier. Nous conserverons cent actions. Moi, j'aurai à payer trente-deux mille francs en trois ans. Seulement, au retour du voyage que je vais faire, il faut pouvoir payer Buisson, et quelques autres petites dettes. C'est ce que je vais faire avec *la Com*[*é-die*] *Hum*[*aine*], qui se réglera, je l'espère. Dans tous les cas, comme j'ai des fonds assurés de mes travaux, je puis emprunter cette somme à celle des soixante-quinze actions, et payer, plus tard, ces huit mille francs, en [argent de] mes rentrées, aux entrepreneurs, qui n'auront besoin d'être payés qu'en décembre. Nous perdrons quelque chose sur le prix des actions; mais je gagne à liquider Buiss[on], deux ou trois fois cette perte légère.

Tu vois que, malgré ta lettre, je continue à te dire mes projets, mes comptes, mes revirements de fonds, etc. Ainsi, prends-en connaissance et ne t'en émeus pas.

Hier, je n'ai pas écrit une ligne; j'ai corrigé définitivement. Aujourd'hui, je me mets à l'œuvre, car le temps presse. Mais l'esprit ne s'inquiète pas des affaires ni des voyages; il ne produit que par ses propres lois.

Adieu pour aujourd'hui, chère bien aimée Évelette, et ne te tracasse pas de mes perpétuels calculs. Dis-moi si tu approuves cette dernière combinaison, et aime-moi bien, car, si tu savais quel est, je ne dis pas ma douleur d'âme (car la vie est attaquée), mais le désarroi de mes facultés, quand il me semble que ta tendresse n'est pas dans son bleu absolu, tu aurais pitié de moi. Je n'ose pas penser que cette inaction de mon cerveau vienne des anxiétés de cette semaine. Mais le fait est là. Je n'ai écrit que trois feuillets depuis mardi.

Allons, le désir d'être sous tes chers yeux, et de baiser le 17, au soir, tes chères petites pattes de taupe, va me rendre du talent et de l'énergie. Que Dieu veille sur toi!

A demain.

Dimanche [4 octobre].

Hier, en sortant pour aller chez M. Fess[art], j'ai reçu ta bonne petite lettre, qui a fait sur moi l'effet d'une apparition de toi-même. Voilà tous mes chagrins oubliés, et je me demande pourquoi je t'ai écrit tant de pages tristes; je voudrais pouvoir les reprendre. Vraiment un mot de toi me rend ou m'ôte la vie, et me voilà revenu au travail. J'ai aussitôt trouvé tout ce qu'il me fallait dans les idées pour finir mon roman; cela va rouler comme une locomotive. Oh! ta bonne petite adorée lettre! Je l'ai mise sur mon cœur; elle m'a fait du bien physiquement!

Hier, dans ma conférence avec M. F[essart], il m'est ressorti ce fait qu'il n'y a plus que cinq créances inquiétantes à éteindre. Il m'a donné sa parole d'honneur de les avoir, à lui, d'ici à la fin du mois. C'est une affaire de quinze cents francs, tout au plus. Avec cinq mille francs, M. F[essart] achèvera tout. Il faut compter Buisson pour sept mille francs; cela fait douze; Mme D[elannoy] quinze, cela fait vingt-sept, Dablin sept [mille]; en tout, trente-quatre mille francs et trois mille francs d'oublis et de gens qui me regardent seuls;

cela fait trente-sept mille francs. Cela payé, je ne dois pas un liard coupé en quatre, pas un denier. Or, *les Paysans* et *les Petits Bourgeois* font quarante mille francs à eux seuls, et je les ferai en novembre, décembre, janvier et février.

Le plus pressé, c'est les cinq mille francs pour M. Fess[art] et les sept mille francs Buisson; car les sept mille francs [de la] Chouette, cela se paiera par la librairie des *Parents pauvres*. J'ai à payer quatre mille francs à ma mère et quinze cents francs de meubles le 14 de ce mois. *Le Consti*[*tutionnel*] paiera cela, et, à mon retour, il me devra encore. Donc il n'y a pas la moindre imprudence à moi d'avoir acheté. Je puis tout supporter [seul]. Si tu as, comme tu me le dis, seize mille francs pour passer nos six mois, c'est suffisant, et au delà.

J'ai appris hier une bonne nouvelle : c'est que Hetzel a traité de sa part de *la Com*[*édie*] *Hum*[*aine*] avec un premier commis de Furne, ce qui va simplifier le règlement de *la Com*[*édie*] *Hum*[*aine*], et avancer le paiement de mon restant de dettes. Quand on pense que, dans le mois d'avril 1847, j'aurai peut-être à moi dix mille francs d'économies, et qu'au mois de septembre 1846 je devais encore cent cinquante mille francs, il me semble, mon *louloup*, qu'on peut avoir confiance dans un pareil dissipateur. Qu'en dis-tu? J'aurai payé mes dettes sans avoir recours au *trésor-louloup*, que tu avais amassé à ce sujet.

Je suis si superstitieux, que je n'ai pas voulu qu'on commençât à travailler à la maison le vendredi. Hier, on a dû donner les premiers coups de pioche, et aujourd'hui, de onze heures à deux heures, je vais signer tous les marchés et les devis avec les entrepreneurs. Tout ne dépassera pas treize mille francs, et les mille francs de M. Santi. Cela fait quinze mille francs à payer en décembre, janvier et février.

Quant au mobilier, sois tranquille; je n'achèterai rien que le strict nécessaire. Si je commence par les choses dites de luxe, c'est qu'elles doivent être saisies au passage, et crois bien que ce que tu crois le luxe, c'est le nécessaire. Le nécessaire ne manquera pas. On va faire le gros linge en mon absence. J'ai écrit, pour les tapis, à Marseille.

Merci d'avoir écrit pour les malachites; mais, en ceci, rien n'est pressé. Je ne veux que compléter ce que nous avons, car les montages sont excessivement lents, et c'est tout au plus si, les ayant cet hiver, cela sera fini pour le mois de mai.

Il est impossible de m'en tirer à moins de dix-sept mille francs pour le mobilier. Mais, sois tranquille, si tu peux faire le linge fin, et avoir avec toi seize mille francs, nous sommes de vingt mille francs au-dessus de toute espèce de dette en mars; mais nous n'aurons ni argenterie complète, ni voitures, ni services de porcelaine, ni verrerie. Cela se trouvera plus tard, et peut-être les ferai-je pour avril. Tout cela dépend du règlement de *la Com*[*édie*] *Hum*[*aine*].

Je t'ai par avance répondu à l'affaire des choses de Mayence. J'y aviserai en passant à Forbach. Et moi aussi j'ai souri en voyant que tu avais exécuté mon désir, en gardant tes caisses à Wiesbaden. O *louloup*, et tu pourrais jamais croire que nous ne soyons pas le même être! Il n'y a pas jusqu'à ta précipitation à gronder, à t'enflammer, qui ne soit une similitude frappante, et maintenant que le chagrin est oublié, pansé par ta chère lettre, mille fois baisée et adorée comme toi-même, j'ai souri en pensant que souvent, moi, je suis ainsi.

Hélas! Miville n'a que trop bien répondu. Le meuble a payé soixante-quinze francs de droits à la douane, et il va coûter, rendu ici, sept cent cinquante-sept francs. Si Mayence était venu, je ne savais où me fourrer, car il ne me reste que mille francs dans la caisse de *Bilboquet*. *Le Constitut*[*ionnel*] ne me donnera que les quatre mille francs de ma mère et les quinze cents francs dus pour la cheminée et le bahut. Il est vrai que l'argent du ménage est donné pour tout le mois d'octobre.

Dis-moi donc si dans ta chambre (qui sera tout en Boule, comme tu l'aimes), tu veux d'un lit de forme moderne. Il est fait ainsi, et tout prêt, et moins cher, ou bien un lit en bois doré, qui se met en avant, et dont on voit les pieds? Le lit en bois doré ne coûte pas plus cher. La commode de cette chambre est à Tours. Elle coûte cinq cents francs. Il faut que j'aille la chercher. Au lieu d'une psyché, tu auras la porte de ta chambre tout en glaces.

Mon cabinet est maintenant complet. C'est aujourd'hui que je vais savoir si le calorifère est possible. Sais-tu que, vérification faite, tu seras la seule à Paris, avec la famille royale, à posséder une tribune de plain-pied avec une chapelle? Il a fallu les millions de Beaujon pour créer ce droit royal. Mme [de] Margon[n]e, de son vivant, aurait payé, cela seulement, cent mille francs!

Songe donc quel incognito dans ce quartier : la rue où est ce petit hôtel n'est pas encore reçue par la ville. On n'y passe pas encore, et personne au monde n'y peut pénétrer. En arrivant là la nuit, grâce à l'*appartement caché* de cette ancienne petite maison, une femme peut y habiter *sans que les gens de la maison* le sachent. On a dépensé des sommes folles pour la disposer ainsi. Enfin, tu verras les plans.

Adieu, cher diamant d'affection, trésor de bonheur, adoration, religieuse de mon cœur; toi l'aimée, la chérie, la caressée, la fleur rare et la plus belle de tout le sexe, toi qui es à la fois l'amour et la religion de ton Noré, adieu et reçois toutes les pigeonneries que j'envoie à mon cher m[inou] et au cher V[ictor-Honoré], n'importe à quel sexe il appartienne.

N'écris plus à ton frère; ne le tourmente pas. Nous nous en tirerons avec les actions, et il nous en restera toujours cent. C'est énorme! ayant payé une maison.

XII

COMTE GEORGES MINSZECH, A WIESBADEN[1]

[Passy, 4 octobre 1846.

Mon bien cher Georges,

Comme je ne doute pas que vous n'ayez fait ma commission du fauteuil pour notre chère, grande et bien-aimée Atala, je vous en remercie vivement, tendrement, et, s'il faut vous aller chercher quelque affreux insecte au pôle, ou sous la [zone] torride, j'irai!...

J'ai la douleur de vous annoncer que je n'avais pris le *catoxantha* que sous la condition expresse qu'il serait *sain*, *entier*, *pas recollé*, vu le prix qu'on en demandait, et que, le vendeur n'ayant pas répondu affirmativement, je n'ai pas osé le prendre, votre chère belle-mère voulant que cet insecte fût l'orgueil de votre collection. Ai-je bien fait? Vous seriez-vous contenté d'un *catoxantha* invalide?...

Je vous remercie mille et mille fois de vos attentions en fait de bric-à-brac; mais il faut songer désormais à ne plus tant amasser de porcelaines. L'hôtel *Bilboquet* en a vraiment, à cette heure, assez et trop.

Je ne vous en dis pas davantage, car je vous embrasserai le 17 au soir, à moins d'accident; ma place est retenue à la malle [-poste], et je travaille à force à finir *la Cousine Bette.*

Baisez pour moi la petite main blanche de ce colibri nommé Zéphyrine, qui est si gentille de m'appeler la mi-octobre. J'ai vu bien des jeunes personnes, et, avant-hier encore, je la comparais à [ma nièce Sophie][2] qui est venue me consulter pour son mariage. Eh! bien, je n'en ai point vu de si attrayante, car elle a ce qui fait le charme de la vie; elle a la grâce. Je la préfère de beaucoup à [ma nièce] Sophie, qui cependant a la fraîcheur d'une belle Normande. Pendant qu'elle me parlait, je plaçais involontairement Zéphyrine à côté d'elle, et je ne sais si c'est l'effet d'une affection pour une jeune fille qu'on a vue enfant, et en qui on aimait sa mère, mais je préférais de beaucoup l'image absente à la jeune personne qui était là en chair et en os. Il est vrai qu'elle pleurait beaucoup, et que votre chère Zéphyrine rit toujours. Quand je prie, je vous assure que vous trois : Mme Mère, Anna et Vous, Vous êtes en premier.

1. L'autographe de cette lettre n'a pas été retrouvé, mais seulement une copie incomplète, allant du paragraphe 5 à la fin.
2. Fille de Laure Surville, sœur de Balzac.

Donc, pour finir par vos insectes, si vous voulez le *Catoxantha*, quoique invalide, écrivez-le-moi; vous en avez encore le temps, à moins qu'il n'ai été acheté par quelqu'un d'aussi goulu que vous en fait de petites bêtes.

Vous êtes aussi fort connaisseur en art qu'en sciences, heureux homme!

Mille gracieusetés et fleurs d'affection à votre gentille Zéphyrine, et mille amitiés à Votre Excellence, cher *Compte de Gringaletti*, de *Gringala*, etc, etc., etc., de *Bilboquet* et autres lieux.

Au 15, au 15! Ne lisez pas à Zéphyrine la seconde page de ma lettre; elle pourrait en abuser à mon égard, et ne plus me montrer la docilité de son homonyme pour l'illustre chef de la troupe des *Saltimbanques*.

Si vous voulez quelque chose de Paris, vous êtes encore à temps.

XIII

AU COMTE GEORGES MNISZECH, A WIESBADEN

[Passy,] le 5 octobre [1846.]

Voici, mon bon et aimable Zorzi, les richesses que je vous apporte. Voyez si, par avance, il y a des insectes dont vous ne vouliez pas. Vous avez encore le temps de m'écrire avant mon départ.

Mille gracieusetés pleines d'affection à votre chère Annette; des trésors d'amitié à la comtesse.

Tout à vous.

HONORÉ DE BALZAC.

Gardez bien la note [1].

XIV

A MADAME HANSKA, A WIESBADEN

[Passy, 5-8 octobre 1846.]
Lundi [5 octobre].

Tu as très bien fait, mon gros Évelin adoré, de prendre deux plats, un de Chine, un de Japon, car cela fera l'ornement d'une étagère pour la salle à manger. Cela se placera dans le haut, de chaque côté du

1. La note des insectes, jointe à la lettre.

tableau *de Vendanges*, acheté chez Schawb à la Haye. En regard, l'autre étagère aura deux autres plats : un français (je l'ai), et un de Saxe (qui est à trouver), et je ferai faire un tableau *d'enfants moissonnant du blé*, en pendant. Ces deux étagères ne nous auront pas coûté grand'chose, en comparaison de leur prix réel, car il y aurait là pour mille francs de sculptures, mille francs de porcelaines, et cinq cents francs de façon et de bois, pour qui voudrait les imiter.

Je te remercie beaucoup de cette acquisition; elle me permet de finir les deux seules choses qui manquaient à cette salle à manger, que tu nommes *royale* en te moquant, sans savoir à quel point tu dis vrai.

Sais-tu que je vais posséder *la fontaine* que Bernard de Palissy a faite ou pour Henri II ou pour Charles IX? Elle vient du pillage d'Écouen pendant la Révolution. Elle est tout en émail de Bernard de Palissy; tous les ornements en sont bleu foncé sur bleu tendre, et elle est couverte de fleurs de lys. Le fond est blanc verdâtre. Il n'y a rien, dit-on, de comparable à ce morceau, ni au Louvre, ni à Cluny, enfin nulle part. Je devrai cela à mon obligeance pour le marchand. Cela coûte deux cents francs. Cela sera mis en pendant avec mon Horloge. On doit me l'apporter aujourd'hui ou demain. Les dessins sont tout ce que la Renaissance a produit de plus achevé, de plus fin. D'après ce que le marchand m'a dessiné, c'est un objet de cinq à six mille francs. C'est la même affaire que mes vases mandarins. La chose appartient à deux marchands : celui de Paris et celui de Pontoise, et, quoique la facture soit faite et que le paiement ait été effectué, j'ai bien peur de ne pas l'avoir, car il y a eu un marchand de curiosités qui en a, d'abord, offert cent cinquante francs. Ces deux *chineurs* l'ont eu pour cinquante francs. Voilà pourquoi celui qui veut m'en faire profiter est obligé de me faire payer deux cents francs; mais il m'a dit que, quand je verrais cela, je lui ferais bien certainement un cadeau. J'attends avec une bien vive impatience. Le plat français est de vingt francs. C'est *la Naissance de Vénus*, d'après Titien ou Corrège; c'est ravissant. Le plat n'a pas plus de dix pouces, je crois, de diamètre. Avec la table que je commanderai, et le lustre, notre salle à manger est terminée. Le vase de la Haye sera sur la cheminée, en côté, en pendant avec un objet de pareille dimension. Je t'assure que peu de personnes, sans en excepter Rothchild, auront une salle à manger pareille. Celle de M. de Custine, si célèbre, ne sera rien, mais absolument rien[1]. Je vais faire mettre nos cuirs de Cordoue à neuf.

Hier, j'ai passé les marchés avec tous les entrepreneurs. Le tout monte à quatorze mille sept cent cinquante francs, y compris un calorifère ajouté depuis avant-hier, et qui, seul, coûtera deux mille

1. La seule de tout Paris digne d'être comparée à celle du comte Laginski, déclarait Balzac dans la première édition de *la Fausse Maîtresse*.

francs à établir, car il faut creuser une cave et faire la voûte, etc. Mais c'est une dépense d'une absolue nécessité. Nous la gagnerons en deux hivers, sur le chauffage. Je sais donc à quoi m'en tenir. Je ne suis engagé qu'à payer les deux tiers en décembre. C'est seulement dix mille francs, et avec les quatorze de mobilier, cela fera seulement vingt-quatre mille francs. Nous sommes sauvés. Les entrepreneurs sont solidaires pour le retard, et se sont engagés à avoir tout fini pour le 15 novembre. Du 15 novembre au 5 décembre, le tapissier aura fini; j'en réponds. Nous n'aurons pas tout terminé; il faudra bien des choses encore, c'est-à-dire encore pour six mille francs de mobilier, et cinq mille francs de paiements, en janvier et février.

J'ai pris l'engagement à *la Presse* d'avoir fini *les Paysans* pour le 25 décembre. Ainsi, j'aurai un travail d'Hercule à accomplir en novembre et décembre. Mais aussi, dettes et maison, tout sera bien avancé vers la fin de décembre. *Les Paysans* ont produit une bien profonde impression et on en veut la fin. Il est impossible de tarder plus longtemps. D'ailleurs, en janvier et février, je finirai *les Petits Bourgeois*, et j'aurai accompli la tâche d'avoir payé tous mes créanciers par mes propres forces.

Tu ne saurais croire dans quelle nécessité je suis, pour achever le *Constitutionnel*. Hier, je me suis levé à dix heures et demie du soir, et je viens de travailler de onze heures du soir à cinq heures du matin. Je me suis reposé en t'écrivant, et je vais aller jusqu'à neuf heures! Je n'ai plus que dix jours pour faire quatorze chapitres de [*la Cousine*] *Bette!* C'est effrayant. Cette affaire de maison a pris tant de temps! Mais il faut aussi pour le 12, au plus tard, six mille francs : quatre mille à ma mère, et quinze cents pour des meubles. Il faut le temps de les demander et de se faire payer. Enfin, il faut que l'argent de Buiss[on] se trouve à mon retour.

Allons, adieu. Voici bien du temps (une heure) donné à mon Évelette. C'est une bien grande preuve d'amour, par la copie qu'il faut faire! A demain, Je te dirai par un petit mot les choses faites. J'ai entrepris de faire cette copie en trois jours, à trente feuillets par jour. Mille baisers. Ah! j'ai des insectes pour Georges. Il aura son *catoxantha*. Je lui apporterai une boîte mirobolante. Je te presse avec idôlatrie sur mon cœur.

Hélas! dans mon évaluation, j'ai oublié pour douze à quinze cents francs de glaces, absolument nécessaires, car l'architecture et le décor des pièces les exigent. Donc, il faut regarder que ce sera dix-sept mille francs — dix-sept mille francs [de] réparations — deux mille francs de frais, cinquante mille francs d'acquisition. Total : soixante-neuf mille francs, et, si j'obtiens de Gudin, mon voisin, cent vingt mètres de terrain de plus, ce sera sept à huit mille francs à y ajouter. Nous aurons soixante-quinze mille francs, dont quarante mille à payer en trois ans, et les vingt-cinq mille francs de mobilier. Tu vois, *louloup*, que, si je fais tout cela en conservant cent actions. j'aurai mis dans l'hôtel *louloup* tout par moitié avec toi, car il coûtera juste cent mille francs, y compris le mobilier. C'est là le résultat que je veux obtenir avec mes travaux et mon activité. Je travaillerai comme un [Alexandre] Dumas en décembre, janvier, février, mars et avril. Je te rebaise mille fois. Voici le jour.

Mardi [6 octobre]. Midi.

Hier, mon trésor d'amour, Germeau, le préfet de la Moselle, est venu au moment où je travaillais le plus. Mais il venait pour un intérêt qui m'est si sacré que j'ai reçu. Hélas! il m'a démontré clairement que nous ne pouvons pas nous marier dans la Moselle et garder le secret quinze mois. Après des consultations faites avec une conscience, un dévouement absolu, l'avis est que, dans les dangers de fortunes signalés, il fallait s'en tenir à un projet sans aucun péril, celui de nous marier à ton retour [d'Ukraine], à la fin de l'année prochaine, au risque de reconnaître V[ictor-Honoré] dans l'acte. C'est ton avis; c'est aussi le mien maintenant.

F[roment-] Meurice est venu dimanche *prendre des renseignemens sur ma solvabilité* auprès de la Chouette et il lui a dit que la comtesse Bobv [1] lui avait parlé de nous. Tu sais qu'il m'en a dit aussi quelque chose; mais elle a parlé de notre mariage, et a dit que l'Emp[ereur de Russie] avait les yeux sur toi, s'il en apprenait quelque chose. Si tu tiens au prix de Pawufka [2], prends le parti qui m'est conseillé. Quant à moi, je ne tiens pas le moins du monde à cette terre, que tu aurais dû donner à Anna, avec fidéi-commis. Je te le répète, par moi-même, j'aurai bien assez de fortune pour nous deux. Je gagnerai cent mille francs dans l'année 1847, avec : *primo*, la fin de *Vautrin; secundo, les Vendéens* [3]*; tertio, le Député d'Arcis* [4]*: quarto, les Soldats de la République*, et, *quinto*, *Une famille* [5]. *La Com*[*édie*] *Hum*[*aine*] se réimprimera. En six ans de travail, je ferai ce que j'ai fait à Passy; c'est cinq cent mille francs. Maintenant, en cette affaire (celle du mariage), je suivrai aveuglément ta décision. Remarque bien que je ne dois pas trois cents francs à F[roment-] Meu[rice], et que je lui demande sa facture, sans pouvoir l'obtenir.

Je me suis levé cette nuit à une heure et demie; je travaille à corps perdu. J'aurai fini samedi le manuscrit et j'aurai, j'espère, achevé

1. Bobv : c'est-à-dire Bobvinsky; elle fut aimée du poète polonais Krasinski.
2. Voir t. III, p. 54.
3. Ne fut jamais écrit, pas plus que *les Soldats de la République*.
4. Dont la première partie seulement fut publiée du vivant de Balzac dans *l'Union monarchique* du 7 avril au 3 mai 1847 et dont la fin, parue en 1853-1854, est l'œuvre de Charles Rabou. Voir p. 258, 326.
5. Voir t. III, p. 356; voir plus haut, p. 51 et plus loin, p. 139, 226, 244.

les épreuves mercredi, la veille de mon départ. La veine est ouverte; la copie coule à torrents!

Voici donc notre nouvelle marche. Je serai le 17 avec vous, et je vous quitterai, malheureusement, à Francfort. (Germeau avancera les affaires avec la douane, à Forbach.) Je reviendrai, à Paris, finir *les Deux Musiciens* et *les Paysans*, et je viendrai te chercher à Mayence, à ton retour de Dresde. Je resterai ostensiblement à Passy jusqu'à ce que Beaujon soit prêt, ce qui arrivera vers janvier. Tu auras, à Neuilly, sous mon nom, un appartement meublé, où tu seras très bien et très incognito. J'y vivrai, mais je viendrai tous les matins un instant à Passy, et, s'il le faut, j'y coucherai. Comme cela, rien n'est à craindre. Je puis même louer à Neuilly, sous le nom de Gossart, et toi être une de ses parentes, malade ou venue de province pour accoucher. Tu seras introuvable.

Adieu pour aujourd'hui. Il faut encore faire douze feuillets de copie.

J'ai oublié quinze cents francs de glaces dans la maison. Elles étaient comptées comme mobilier. Cela ne change rien à mes calculs. Aime-moi bien; je travaille depuis que j'ai vu que tu m'aimais toujours. Je ne pense qu'à toi, même en écrivant.

Demain, je suis obligé de dîner chez ma sœur, pour *juger* le prétendu. Cela me fera perdre bien du temps. Ah! j'ai failli brûler comme le roi Stanislas [1] cette nuit. En éteignant mes bougies, mon paletot en basin a pris feu, et j'ai des papiers autour de moi, à un pied d'épaisseur. Le feu a pris sur moi avec une telle rapidité, que j'ai eu ma chemise roussie, quoique j'aie à l'instant appuyé mon bras sur ma table. C'est quelque chose d'incroyable comme le feu prend au coton. J'en ai été quitte pour la peur. Je ferai enlever demain tous les papiers. Est-ce bon signe, le feu? Mille baisers.

Pour que je parte le 15, il faut faire vingt-quatre feuillets par jour; sans cela, il faut remettre au 17 et ne te voir que le 19. Ça me donne la chair de poule! Je compte tant *te voir* (oh! te voir!) le 17! Une petite caresse encore à mon m[inou]. Pauvre beng[ali]! Les torrents de café que je prends l'ont noyé. Adieu.

Mercredi [7octobre]. Quatre heures et demie.

Ma chère idole, je reçois à l'instant ta lettre, où tu me dis que le mariage d'Anna est avancé. Demain j'irai à la poste pour savoir si je puis partir, immédiatement, mais mes affaires sont alors dans le pire état. Si je puis partir, tu recevras, le lendemain du jour où tu auras reçu cette lettre, un petit mót pour t'indiquer le jour de mon arrivée.

1. Stanislas Ier Leczinski, roi de Pologne, qui en 1766, à l'âge de 88 ans, se laissa tomber dans le feu de sa cheminée et en mourut.

J'ai à payer quinze cents francs le 14; je ne sais comment faire. Figure-toi que j'ai mille francs en réserve pour le meuble de Bâle, et, quand je suis allé au roulage pour dire : « Gardez-le-moi pour la fin du mois », on m'a dit : « Il est chez vous. » Je suis revenu et il était là. Des mille francs, il ne me reste que deux cents francs. Si je puis partir vendredi ou samedi, je serai le 12 [à Wiesbaden], comme me le demande Anna. Mais que dira-t-on? *Le Constitutionnel!* Mes affaires! Ah! grand Dieu! Mais pour toi je brûlerais Paris, je ferais attendre des rois, j'enverrais promener la fortune! Tu as raison, il faut se dépêcher. Il me reste à écrire soixante-dix feuillets. Surtout en faisant cette fugue, je ne peux rien demander à Véron. Si je pars le 10, au plus tard (tu le sauras), il me faudrait au moins quinze cents francs pour le paiement. J'ai vu ma mère; elle attendra jusqu'à la fin du mois.

Puis, je dois être reparti sur-le-champ. Ainsi, si le mariage est pour le 12 (attends ma lettre), vous repartirez le 14 pour Francfort, et moi, le 15, de Francfort pour Paris, pour y être le 17.

Adieu, mon idole chérie, ma vie! Je t'apporterai du café, des bonbons à ma troupe et des insectes à *Georgi*. Mille tendresses. Je vais demain à la poste. (Il n'est plus temps aujourd'hui.) Je t'écrirai un mot demain; peut-être le recevras-tu en même temps que cette lettre. Au diable les romans, les journaux! Vive nos chers saltimbanques! Je vous adore! Et toi, mon petit min[ou] chéri, nous aurons deux jours à causer et à nous caresser comme des affamés! Je te baise partout.

Jeudi [matin, 8 octobre].

L'hôtel Bilboquet est dans une rue vierge [1]; ô fille de Pythagore, il n'a pas de numéro. La petite chapelle Louis XVI [2] est toute en pierre de taille. J'étais si fatigué que j'ai dormi de dix heures hier à ce matin six heures. J'étais en train, sur *la Cousine Bette*, comme Bilboquet frappant sur sa grosse caisse! Je ne sais comment faire. J'ai des devis à signer dimanche, et je vais, ce matin, essayer de partir vendredi ou samedi. Enfin! je vous aime plus que tout!

On travaille à force à *l'hôtel louloup*. Mais, ô *louloup*, l'ébénisterie nécessaire se monte à six mille francs, et c'est pour rien. Mais il faut refaire un plafond, etc. Néanmoins, tout sera prêt pour le 15 décembre. C'est le calorifère qui retarde. Il faut creuser une cave et l'extraction des terres gêne tout. *Santi*, l'architecte, passe les nuits. J'aurai les plans à te laisser. A dans trois jours, si je pars demain. Je t'écrirai un mot aujourd'hui même. A dix heures, je sors, pour

1. La rue Fortunée : Fortunée, prénom de Mme Hamelin, l'une des *merveilleuses* du Directoire et actionnaire des terrains sur lesquels la rue fut ouverte en 1825.
2. Qui n'existe plus. Cf. P. Jarry, *le Dernier logis de Balzac*, p. 70.

aller voir à la poste. Sois béni, mon divin *loup* : ma vie entière se passera à te rendre heureuse, et tu le verras bien en voyant ton hôtel !

XV

A MADAME HANSKA, A WIESBADEN

De la poste, jeudi, onze heures [8 octobre 1846].

Chère Comtesse,

Je pars demain vendredi, le 9. Je serai le 11 à Wiesbaden, pour dîner, et j'aurai faim. Faites le mariage pour le 12.

Mille tendresses à tous.

HONORÉ, DIT BILBOQUET.

XVI

A MONSIEUR SIMON[1], ENTREPOSITAIRE, A FORBACH (MOSELLE)

[Passy], 8 octobre [1846].

Monsieur,

Au lieu de passer à Forbach, le 17 de ce mois, c'est le 11 que j'y passerai, à l'heure de la malle-poste. Il est d'autant plus urgent que je vous voie, que je vous adresserai d'Allemagne d'autres caisses, à m'envoyer en douane restante, à Paris.

Agréez mes compliments.

DE BALZAC

Quant à la difficulté actuelle, elle sera levée quand les nouvelles caisses arriveront [2].

1. Maurice Simon, banque et recouvrements, copropriétaire d'accélérés partant tous les jours pour Francfort et Paris, maison de banque et d'expédition à Sarrebruck (Prusse).

2. Balzac passa en effet à Forbach le 11, se rendant à Wiesbaden où il assista, en qualité de témoin de la mariée, au mariage de Mlle Anna de Hanska avec le comte Georges Mniszech. La cérémonie eut lieu le 13 octobre 1846, et le 17, Balzac était de retour à Passy.

XVII

A MADAME HANSKA, A FRANCFORT

[Paris, samedi 17 octobre 1846.] Quatre heures.
Bureau du *Messager*

Mon cher trésor, arrivé ce matin à six heures, je me suis couché, puis, pour me débarrasser de mes courses, avant de me mettre au travail, je suis parti en voiture.

Je t'écris du *Messager*, où je fais mettre l'annonce qui a manqué par suite d'une niaiserie de la directrice de la poste. Je te l'expliquerai. Il faut aller moi-même à six journaux [1].

Le Constitutionnel est dans la plus vive inquiétude, et moi, il me faut bien de l'argent à la fin du mois! Je me mets donc à l'œuvre demain, car il faut écrire quatorze chapitres de *la Cousine Bette*, d'ici au 27. C'est dix jours! Je me suis donc débarrassé de quelques courses pendant cette fatigue qui ne me permet pas d'écrire d'ici à demain.

Que faire? Le Nord est à six cent quatre-vingt-dix francs. S'il baisse, je puis perdre deux mille cinq cents francs sur le paiement de Pelletereau. Ce n'est rien de les perdre! Il faut les rapporter, les trouver! Je vais essayer de faire dix-huit mille francs avec Furne [2] et les journaux.

Je suis excessivement fatigué, mais bien portant. Enfin, demain je travaille. Tu auras une lettre non pas demain dimanche, mais jeudi, quand je saurai où l'adresser.

Mille tendresses. Que veux-tu que je t'écrive dans un bureau de rédaction de journal? Il me faut autant d'énergie que d'amour. Juge où j'en suis!

J'ai payé les cent francs Buquet, les cent francs Mage. Il n'y a rien dans ma bourse, mais j'ai de l'encre dans mon écritoire!

Mille baisers; avec des nuits comme la dernière, on changerait les Alpes en or, pour son Ève.

1. Voici cette note, imprimée dans *le Messager* du 18 octobre 1846.

« On écrit de Wiesbaden, 13 octobre :

« On a célébré aujourd'hui, dans l'église catholique de cette ville, le mariage d'une des plus riches héritières de l'empire russe, celui de Mlle la comtesse Anna de Hanska avec le représentant de la vieille et illustre maison des Vandaline, le comte Georges Mniszech. M. de Balzac était un des témoins. Les nouveaux époux ont quitté Wiesbaden après la cérémonie.

« Par sa mère (née comtesse Rzewuska), la mariée est arrière-petite-nièce de la reine de France Marie Leczinska, et le comte Georges, petit-neveu du dernier roi de Pologne, descend en ligne directe du père de la célèbre et infortunée czarine Marina Mniszech, dont l'histoire a été écrite par la duchesse d'Abrantès. »

2. Un des éditeurs de *la Comédie Humaine*.

XVIII

A MADAME HANSKA, A DRESDE

[Passy, 18-22 octobre 1846.]
Dimanche matin, 18 [octobre], à quatre heures du matin.

Me voici, mon Évelette, imperturbablement, à mon bureau, à l'heure dite, comme je te l'ai annoncé hier dans cette petite lettre écrite à la hâte dans le cabinet du *Messager*. Et, avant de reprendre mon travail, mon cœur, ce cœur tout à toi, a comme un besoin impérieux d'épancher son amour dans le tien en te racontant les plus petits détails de cette vie, devenue tienne par ce miracle de quatorze ans d'affection partagée.

De Francfort à Forbach j'ai vécu de toi, repassant mes quatre jours comme un chat qui a fini son lait se pourlèche les babines. J'ai mis ton capuchon; j'ai usé tes mouchoirs, et je me suis admirablement bien porté. Pendant qu'on chargeait les malles je t'ai écrit un mot pour t'empêcher de te faire du mal [1], tant je t'ai laissée inquiète. J'ai payé trois francs de droits sur le petit service de Saxe. La douane m'a appris qu'on avait écrit un mot pour envoyer mes caisses à Paris, et j'ai dit qu'on attendît les trois de Wiesbaden, pour faire un seul envoi. Les douanes ne respectent pas les chagrins d'amour et il a fallu quitter mes rêveries pleureuses et mes souvenirs étincelants de ta blancheur, pour m'occuper de tes caisses.

Comme le rhume m'étouffait l'estomac, j'ai relayé cet organe par deux petits pains de Francfort et deux larges entailles faites à la langue [2], entre Francfort et Forbach. Voilà, j'espère, un bulletin complet. J'étais seul dans la malle et c'était un bienfait du ciel. A Metz, nous n'avons eu personne non plus. J'ai rencontré Germeau et sa femme à Verdun, venant de Paris dans la malle, et je l'ai remercié de son intervention à la douane. Quand tu viendras à Forbach avec ta voiture et ton *loup*, tu seras reçue avec tous les égards dûs à ton rang, et tu ne seras pas visitée, je te le promets. J'ai volé, comme la malle, à Paris, où je suis arrivé sur les six heures du matin. Dans cette partie du voyage, le rhume a redoublé, malgré mes précautions qui étaient infinies. Mais il avait plu à torrent en France, et l'humidité malicieuse entrait par les pores de la carapace rugueuse de la malle. J'avais peu dormi et mal; je tombais de faim, de sommeil et de fatigue. Je me suis couché à sept heures, et je me suis levé à

1. Cette lettre manque.
2. Sur le rôle de la langue fumée dans les voyages de Balzac, voir *les Cahiers balzaciens*, nº 7, p. 18 et 76.

onze heures, pour déjeuner. La Chouette est au plus haut degré d'une maladie nerveuse qui affecte en ce moment l'estomac. Elle vomit le sang à cuvettes, et elle est restée au lit. M. Nacq[uart] viendra consulter mardi pour elle; elle n'a donc rien fait et n'a pas mis l'article à la poste. Elle n'avait d'ailleurs pas reçu la lettre de Francfort. Tout cela est compliqué d'un bureau de papier timbré qu'elle compte avoir *gratis*.

Au milieu de mon déjeuner *était en haut* le directeur du *Constitutionnel*, qui, descendu, m'a trouvé recolant les épreuves de *la Cousine Bette*, laquelle a un succès étourdissant. Les inquiétudes de Véron sont d'autant plus grandes, et, alors, j'ai calmé tout, en avouant mon voyage et disant que j'étais revenu tout finir. Cela m'a mené jusqu'à une heure. Il a fallu aller à la poste, chercher aux lettres, et débrouiller le quiproquo de la lettre de Francfort. J'ai trouvé pour cinq francs de lettres, parmi lesquelles brillait une petite étoile de Wiesbaden, ta gentille écriture. La directrice avait lu Monsieur de Brugnol pour Madame de Brugnol, et avait gardé la lettre. J'avais une voiture de Louis [1]; il fallait courir aux journaux! D'ailleurs, par réflexion, j'ai été content de ce contre-temps, car *elle* aurait pu faire, dans cinq bureaux de rédaction, des cancans à sa façon. J'ai donc été consolé. Mais, sais-tu ce que c'est d'aller dans cinq bureaux de rédaction? C'est cinq causeries plus ou moins longues. Outre cela, je m'étais donné pour tâche de payer Buquet, de payer les quinze cents francs pour la cheminée et le bahut, etc., enfin, de faire toutes mes courses, afin de me jeter ensuite, sans arrêt forcé, sur la *Cousine Bette*. J'ai tout fait, et j'ai trouvé le moyen de t'écrire un petit mot sur le bureau du *Messager*, à trois heures, pendant qu'on composait notre article. On me l'a donné en quadruple épreuve, et, ta lettre mise à la poste, j'ai tout fait. Mais je ne suis revenu qu'à sept heures. Je ne me suis endormi qu'à neuf heures et demie et me voici. Je viens d'écrire à Lirette [2] et je vais lui envoyer ta lettre collective. J'irai lui donner des détails. Voici le jour qui se lève.

Maintenant, mon Évelin, nos affaires vont mal. La baisse du Nord est effrayante et inexpliquée. Cependant il y a *emprunt* en Angleterre, pour l'Irlande; *emprunt* en Prusse; *emprünt* en Autriche. Que devenir? D'ici [au] 5 novembre il y a vingt jours. Est-ce en vingt jours que je puis trouver dix-huit mille francs? Je les ai en [réalité] chez Furne et par *les Paysans;* mais le fils Chl[endowski] ne fera d'affaire avec moi que marié, et il faut attendre. Je ne peux pas me résoudre à réaliser une pareille perte sur les meilleures valeurs. Si, de Dresde, tu pouvais faire un effort! Moi, j'en aurai fait un; je puis avoir huit à neuf mille francs. Mais quelle infernale activité ne me faut-il pas?

1. Le cocher de sa voiture de remise (voir t. III, p. 135).
2. Le surnom d'Henriette Borel, ancienne gouvernante d'Anna, fille de Mme Hanska (voir t. III, p. 49, 51, 52, 135, et plus loin p. 313, 346).

Il faut finir *la Cousine Bette*, *les Deux Musiciens* pour le 1er novembre afin d'être payé; reculer ma mère, et terminer chez Furne! C'est tenter l'impossible, et j'espère réussir. Mais tout cela ne fera pas dix mille francs. Ah! si j'avais vendu à sept cent quarante-deux, je pourrais racheter à six cent quatre-vingt-dix! Juge : cinquante-deux francs sur cinquante actions, c'est deux mille cinq cents francs de gagnés. Je pensais à partir; c'était impossible. Il faut être là pour cela; il faut toucher, veiller, etc. Et nos moutons qui brûlent! Et notre frère qui nous laisse lui crier misère! Tiens, tu le vois, tous les grands bonheurs se paient. Me voilà dans une nécessité à conclure un marché avec un journal, et à m'engager, si on me donne de l'argent!

Allons, adieu, blanche et grasse volupté d'amour; tu es toujours là devant moi. Je t'aime d'un amour insensé; je ne pense qu'à notre cher voyage et à notre vie de ces cinq mois. Cela fait accepter tous ces petits chagrins d'argent; mais cela décuple les forces de ton *loulou* qui voudrait pour toi faire des miracles. Nos seize cents francs ont payé ma facture Mage et Buquet. J'ai payé trente francs de raccom[m]odage pour la potiche Bosberg [1]. Il me reste, ce matin, vingt centimes : le ménage n'a pas un sou et j'attends : *primo*, ma montre de Genève; *secundo*, les quatre caisses qui coûteront sept cents francs! Le doreur a envoyé un compte de neuf cents francs, et l'armoire en fer coûte, avec les chaises de salle à manger, sept cent cinquante francs. Il faut mille francs à mon ébéniste dans le courant de novembre. Cela fait, avec l'argent pour le ménage, cinq mille francs à trouver, et quatre mille francs pour ma mère. Total : neuf mille francs! Juge si je peux cueillir des fleurs au bord de ce précipice. Il faut travailler jusqu'au 15 novembre comme je travaillais en 1843, pour t'aller voir à [Saint-]Pétersb[ourg]!

Adieu pour aujourd'hui, vie de ma vie.

J'ai enfin découvert un homme qui va remettre nos cuirs de Cordoue comme neufs. Sois bénie! Évelette, mon amour et ma force.

Autre nouvelle! La fontaine arrive mardi. Crois-moi, les petites jouissances du Bric-à-brac aident les grands travaux. Tout cela, d'ailleurs, c'est toi. Quand les enfants sauront qui tu es, ils s'expliqueront mon ardeur de bien-être; ils verront l'immensité de mon amour pour toi dans l'immensité de mes efforts, et mon infatigabilité à orner ta demeure, te la rendre si belle que tu ne trouves auprès de ton Noré aucun changement dans tes habitudes. Sois sûre, Èvelin, qu'on nous demandera beaucoup et que c'est quelque chose de répondre à cette attente.

Encore une nouvelle qui te plaira. Il y a une immense réaction en ma faveur. J'ai vaincu! *Tous*, par une acclamation générale,

2. Boasberg, antiquaire d'Amsterdam.

me mettent à la tête. Ceux qui luttaient ne luttent plus. Soulié a fait amende honorable publiquement dans son nouveau drame de l'Ambigu [1]. C'est une grande année pour moi, *loup* chéri, surtout si *les Paysans* et si *les Petits Bourgeois* sont publiés coup sur coup, et si c'est beau.

Allons, adieu; je bavarde trop, avec trop de plaisir. Voici quatre feuillets de *la Cousine Bette!* Et c'est pour moi une irrésistible jouissance que de me jeter ainsi dans ton cœur.

Adieu, à demain.

Ah! j'ai lu ta gentille lettre, arrivée le lendemain de mon départ d'après les timbres, et, si je l'avais lue, je me serais autrement vêtu et je n'eusse pas attrapé mon rhume. Pauvre *loup* chéri, tu vois qu'encore en ceci je t'ai compris à distance : j'étais à Mayence quand ta lettre arrivait à Passy en me disant de laisser là le *Constitutionnel*. C'était fait, Mille baisers.

Lundi [19 octobre].

J'ai donné les cuirs de Cordoue [2] à un homme qui va me les rendre neufs. Ainsi, la salle à manger sera très belle.

Hier, ma journée a été dévorée par Lockroy, le nouveau directeur du Vaudeville, qui voudrait des pièces de moi. Je lui ai exposé ma situation littéraire et il m'a promis Anicet [Bourgeois] pour collaborateur. Nous ferions les *Prudhomme*, dont tu as tant entendu parler [3]. Je me suis levé ce matin à deux heures, et j'ai travaillé à reprendre *la Cousine Bette;* je vais sortir, car il faut aller voir la maison et Gossart et bien du monde pour l'argent.

Mille tendresses.

Mardi [20 octobre].

Mon bon, cher petit Évelin, il est une heure, et je suis levé, tout effrayé de ma situation, qui veut des miracles, car, si cette lettre te trouve à Dresde le 26, c'est beaucoup; en te supposant la faculté de m'envoyer quelque chose promptement, cela n'arriverait pas, je crois, à temps pour le 5 novembre. Gossart m'a dit que M. Pelletereau était si gêné qu'il avait délégué à des tiers mes dix-huit mille francs. Ainsi, il faut payer absolument. Si le Nord baisse encore, je perdrais trois mille francs sur ces valeurs, et il faudrait rapporter trois mille francs. Il faut donc que j'en trouve dix-huit mille par mes ressources, car je t'avoue que je ne saurais me résoudre à perdre six

1. *La Closerie des genêts ;* première représentation le 14 octobre 1846.
2. Achetés à Anvers. Cf. P. Jarry, *op. cit.* dans *le Figaro artistique* du 1er janvier 1935, p. 185.
3. Voir t. I, p. 423, 424, 431, 443, 446, 448, 482; t. II, p. 6, 197, 304, 309, 314, 325, 329, 347.

mille francs. Juge ce que c'est que d'avoir à travailler nuit et jour et d'avoir à réunir dix-huit mille francs! C'est deux opérations gigantesques. Je vais essayer de demander à Bertin quatre mille francs sur *les Petits Bourgeois ;* j'aurai cinq mille francs au *Constitutionnel*, et je vais demander dix mille francs à Furne. Puis, je vais essayer de vendre la *Pathologie de la Vie sociale*, à un journal. Ce sera à reprendre plus tard au *trésor-louloup*.

Je suis allé à la maison. Tout va bien. A la fin de cette semaine tout y prendra tournure, et, avec de l'argent, tout pourra être prêt pour le 15 ou le 25. On a beaucoup travaillé. C'est le mot argent comptant qui a produit ces miracles. Cela m'a effrayé!

Goss[art] va voir le maire de Passy; mais un acte de notoriété, pour suppléer les actes de décès de tes père et mère, est indispensable; et il exige six témoins. Je compte toujours te trouver à Mayence le 10 [novembre].

Comprends-tu, mon *loup* chéri, que, si tu pouvais recevoir cette lettre à temps, en m'envoyant dix mille francs sur tes seize mille, nous nous sauverions de cette crise, car le Nord augmente en recettes, et nous reprendrions cela plus tard. Si cela se pouvait, j'ai cinq mille francs au *Constitutionnel*, et je trouverai bien trois mille francs quelque part. Pour ne pas supporter une pareille perte, je mettrais plutôt toute mon argenterie au Mont-de-Piété.

Si tu es le 10 à Mayence, tu ne passeras pas plus d'un mois dans un hôtel. Vois-tu, tout ce que j'ai à faire en courses et démarches, c'est à effrayer.

Allons, adieu; il faut travailler, car, au milieu de tout cela, je suis sans argent et je vais faire vendre le livre à gravures de Fribourg. Gudin arrive demain. Mille caresses à mon idole chérie. Furne a fait des annonces gigantesques pour *la Comédie Hum*[*aine*]. Si je savais où t'écrire! Mais nous voici le 20; cette lettre ne peut aller qu'à Dresde, Hôtel de Saxe, et j'attends un mot de toi pour te l'expédier.

Mille baisers à ma beauté fascinante du 14 octobre. Allons, à l'œuvre, à la plume!

Mercredi [21 octobre].

Hélas! ma Minette chérie, je n'ai que mauvaises nouvelles de tous côtés. Hier, j'ai travaillé comme un nègre, ou comme un [Alexandre] Dumas; j'ai écrit la valeur de deux chapitres, et j'ai corrigé les trente colonnes que j'avais en épreuves sur mon bureau. C'est effrayant. Toutes les démarches faites pour avoir de l'argent ont été couronnées d'un insuccès complet. *Primo :* Bertin [1], à qui j'ai envoyé la Ch[ouette],

1. Armand Bertin (1801-1854), directeur du *Journal des Débats*, où *Modeste Mignon* avait été publiée d'avril à juillet 1844 et pour qui Balzac composa, en 1847-1848, une relation de son voyage en Ukraine, une *Lettre sur Kiew* qui n'y parut point et resta inachevée. Cf. *Les Cahiers balzaciens*, n° 7.

est devenu froid, et, sans positivement refuser, a dit ce : *nous verrons* qui est le *non* des gens polis. Et cependant *les Petits Bourgeois* sont composés en imprimerie. *Secundo :* Furne est tombé dans une fureur épileptique quand on lui a demandé *ce qui m'est dû*, et a dit de le réclamer judiciairement. Il a parlé de mes retards!... Eux, qui, en cinq ans, n'ont pas fait une annonce. Enfin, c'est un procès à avoir, ou du moins de grandes difficultés pour obtenir *ce qui m'est dû* par un traité. Et l'on parle de ne pas nous faire payer d'avance par les libraires! Ah! on ne connaît pas cette race-là! Ainsi, de vingt mille francs (quinze mille de Furne, et cinq mille de Bertin), zéro. J'avoue que ce n'est pas effrayant seulement pour le moment, mais pour l'avenir. Voici pourquoi : j'ai tant de travaux littéraires, en novembre, en décembre et janvier, qu'il m'est impossible de me livrer aux soins que demande la créance Furne, et je l'ai comptée dans mes recettes, en croyant Furne un honnête homme, et c'est le fripon riche, le fripon dans le genre de Gosselin [1]. C'est donc effrayant comme je te le dis.

Maintenant, je ne puis compter que sur l'argent du *Constitutionnel* et celui d'un traité par lequel je m'engagerais à faire [de la copie], et c'est une autre impossibilité.

Dans le dédale où je suis, il faut travailler, travailler sans relâche, finir avant tout *les Parents pauvres*, car ce n'est pas des élégies qui me donneront de l'argent, et il en faut. En ce moment, il n'y en a pas du tout ici; je suis à la merci d'un paiement de cent francs à faire. Et j'attends les caisses qui valent sept cents francs, et ma montre de Genève [2], cent francs; total : huit cents francs, et le ménage est sans argent! D'un autre côté, il y a le paiement Pelletereau, et celui des réparations. Tout marche avec une effrayante rapidité, ce que je voulais, à Beaujon. J'aurai l'ébéniste Senlis, les cuirs, sur le dos. J'avoue que je ne croyais pas à la baisse du Nord, en octobre. Tout le monde croyait à une reprise en hausse et je comptais sur la vente des actions en bénéfice, comme sur les paiements du Trésor. Ceci nous prouve, cher *louloup*, que l'on ne doit faire ces sortes d'opérations qu'avec une fortune toute sienne.

Maintenant, je pouvais ne pas acheter [Beaujon]. Mais je t'assure que ce que j'ai trouvé ne se trouve pas facilement, puisque j'ai cherché pendant deux ans, et que je suis encore étonné de me voir logé ainsi, à trois mille francs d'intérêts. Je ne regrette rien; je dirai plus : les circonstances m'ont servi. Si, au lieu de venir te voir à Wiesbaden, j'étais resté aux affaires, j'aurais pu vendre à sept cent quarante-deux francs cinquante et racheter à six cent quatre-vingt-dix, et, si j'avais cela sur *cent actions en perte*, j'aurais gagné cinq

1. Ancien éditeur de Balzac.
2. Fournie par l'horloger Liodet. Voir t. I, p. 119 et t. III, p. 231.

mille francs, car il ne faut pas s'occuper du capital, mais du nombre d'actions. Saisis bien ceci. J'ai acheté cent actions, supposons à sept cent soixante-quinze francs. Si je les vends à sept cent quarante-deux cinquante, je perds trente-sept francs cinquante [par action]. Mais si je les rachète à six cent quatre-vingt-dix, je gagne cinquante-deux francs cinquante par action, et, en déduisant la perte de trente-sept francs cinquante, je me trouve avoir le même nombre d'actions, avec quinze francs de bénéfice sur chacune. C'est ce qui s'appelle gagner en dessous au lieu de gagner en dessus. Mais parler, en affaires, du passé, c'est le fait des niais. En ce moment, si j'avais vingt mille francs, je gagnerais de l'argent et je n'en perdrais pas. C'est deux bénéfices réunis.

Quand même cette lettre te trouverait à Dresde le 27, tu ne peux pas, quand même tu le pourrais, comme argent, m'envoyer quelque chose pour le 5 novembre. Je ne dois donc rien attendre que de mes doigts, de ma cervelle et du Nord.

Hier, je n'avais pas encore de nouvelles de toi. Je suis excessivement inquiet. J'ai une lettre de Téano, qui me remercie de la dédicace [1].

Allons, adieu. Ne te préoccupe pas de nos affaires. Je travaille, et la librairie donnera quelque chose. Mais quand? Voilà. Il faut quinze jours pour aboutir à un traité. J'espère trouver à la poste une lettre de toi, qui me dise, ce matin, où adresser cette lettre. J'ai envie de te l'envoyer à Dresde, par Bassenge. Mais si, par hasard, tu n'allais pas à Dresde? Évidemment, pour t'envoyer ce premier paquet, je dois attendre ta première lettre. Elle ne peut plus tarder.

Ne m'en veux pas, mon bon cher Évelin, de tout ceci. J'ai cru à du bonheur dans les affaires d'argent en voyant le plus immense des bonheurs affluer sur moi. Je travaillerai. Je me sens jeune, plein d'énergie et de talent, devant ces nouvelles difficultés. Positivement, toi, dans un hôtel, cachée, je ferai successivement *les Paysans*, *les Petits Bourgeois*, *Vautrin*, *le Député d'Arcis*, *Une Mère de famille*, et le théâtre ira son train. C'était pour me livrer à cette immense et nécessaire production que je voulais me caser promptement à Beaujon, puisqu'il m'est impossible de rester ici.

Allons, adieu pour aujourd'hui. Il faut faire au moins vingt feuillets pour me tirer d'affaire. On met aujourd'hui le bahut chez madame Girardin, et la cheminée ici. Je te baise avec un amour insensé; je te béni de baisers et je te souhaite tous les petits bonheurs du voyage, si tu es en route.

Ah! la plupart des Parisiens croient que je ne suis pas allé à Wiesbaden, et que c'est *un canard*. Voilà Paris. Madame de Girardin dit :

1. Ou plus exactement Teano, dédicataire des *Parents pauvres* : Don Michele-Angelo Cajetani, prince de Teano, qui avait épousé Calixte Rzewuska, cousine de Mme Hanska. Voir t. III, p. 231, 281, 330.

qu'elle tient *d'une personne à qui tu l'as dit* que tu ne m'épouseras jamais, que jamais je ne serai marié. Que c'est tout au plus, si j'avais une immense fortune, si une femme voudrait de moi. Tu es excessivement flattée de mes hommages; tu me fais venir partout où tu vas, par orgueil. Qui ne serait pas heureuse d'avoir pour cavalier servant, pour *patito*, un homme de génie? etc. Mais *ton immense* fortune n'est pas pour mon nez! Et elle rit d'un rire infernal, en songeant que je m'épuise à courir après des femmes. *Il a échoué*, dit-elle, *auprès d'une grande dame russe*, *l'année dernière*, *avec laquelle il a voyagé. Vous jugerez qu'il échouera encore auprès d'une grande dame comme madame H*[*anska*]. Hein! comme c'est Gay? Comme c'est Paris? Je gage qu'elle tâchera de questionner, à son retour, la princesse de Ligne chez qui elle va. Les contradictions des cancans parisiens les rendent très peu dangereux.

Aujourd'hui, tous les travaux extérieurs, à Beaujon, doivent être terminés, excepté la galerie qui est ajoutée, et qui, par conséquent, est un bâtiment neuf. Mais elle doit être couverte cette semaine. Ainsi, là tout va bien. Voici quatre heures et demie. Il faut brosser de la copie. Je t'embrasse comme une espérance. A demain.

Jeudi [22 octobre].

Ma petite fille, chérie et adorée, hier, je suis allé dès huit heures à la poste. Pas de lettres! Mon inquiétude m'a vraiment ôté toutes mes idées, et je n'ai rien fait. C'est périlleux de perdre un jour dans la situation où je suis. A quatre heures, en allant au *Constitutionnel*, j'ai trouvé ta lettre car je suis retourné à la poste; elle vient trois fois par jour. Oh! j'y serais allé le soir! Merci, mon *louloup;* je l'ai lue en omnibus. Chère adorée créature, tu le vois, nos cœurs battent du même mouvement, nos idées sont les mêmes.

Non, *louloup*, je ne t'ai pas menti dans la lettre de Forbach, et, comme je te l'ai dit dans le bout de lettre écrit au *Messager*, mon rhume a redoublé; il est affreux. Mais, chose étrange, il n'a pas eu d'action sur le cerveau. Je travaille à épouvanter, car, aujourd'hui, je n'ai plus que cinquante-six feuillets à écrire pour finir *la Cousine Bette;* et ce sera terminé vraisemblablement dimanche. Donc, je suis sans argent, il en faut et je ne veux pas que tu te tourmentes de mes ennuis financiers, si c'est possible! Car moi aussi je connais mon Ève!

Hélas! *louloup* chéri, la baisse est encore plus grande que tu ne le crois. On dit que le Nord va tomber de cent francs. Nous perdrions six mille francs, et il faudrait rapporter six mille francs, le 5 novembre, pour payer M. Pelletereau. Si tu peux, aussitôt arrivée à Dresde, m'envoyer, sur tes seize mille francs, dix mille francs par une lettre de change sur Rothschild, fais-le, car j'aurai les huit mille autres francs, et nous serons sauvés. Si tu ne le peux pas, n'aie aucun souci; nous nous aimons, nous jouissons du plus grand bonheur qu'il y ait sur la terre, nous pouvons réparer tout ce qui est plaie d'argent. Tes moutons brûlent; tu perds quinze mille francs; le Nord baïsse; j'en perds douze mille; bénissons Dieu, qu'il ne nous impose qu'à cela. Ne tourmente pas ta chère belle âme, mon cœur si frais, si jeune fille, si caressant, par le *nitrate d'argent!* C'est mon affaire d'en gagner. Ne te fâche pas *contre moi* de ne pouvoir faire ce que je te demande. Si c'est possible, fais, car ces dix mille francs nous en évitent dix mille de perte. Mais, si tu ne le peux pas, je vais, moi, faire des efforts pour arriver au résultat, comme si tu échouais.

Cette lettre part le 22; elle sera dans tes mains le 27 au plus tard. Tu peux m'envoyer pour le 2 novembre. Mais il y a tant d'obstacles, de contretemps, que je regarde le secours comme impossible. Or, voici ce que je manigance par la Chouette.

Chl[endowski] fils[1] épouse la fille naturelle de Pfafenhoffen; tu sais, c'est positif. Or, la mère et le fils sont sans le sou; il leur faut à tout prix deux mille francs. Ces deux mille francs-là leur donnent Ida et sa fortune. Elle leur apporte vingt mille francs à mettre dans le commerce de M. Ch[lendowski] fils. C'est donc le cheval de Richard III[2]. On le paie d'un royaume. Chl[endowski] fils est honnête; il est quasi-Français, et il veut acheter *les Paysans*. La Chouette va leur dire : « Achetez *les Parents pauvres*, qui sont finis; achetez *les Paysans*. Donnez à M. de B[alzac] treize mille francs de billets en paiement et il vous remettra deux mille francs. Il n'aura reçu que onze mille francs. » Ceci est très faisable, car l'affaire convient à L[ouis] C[hlendowski]. Avec neuf mille francs de billets et six mille francs du *Constitu[tionnel]*, j'arriverais presque à faire la somme, et plus tard je rendrais à la Chouette les sept mille francs qui sont à elle là dedans, sur la vente des actions, quand on pourra vendre. Mais, au milieu de mes immenses travaux, avoir à escompter treize mille francs de papier Chl[endowski], c'est encore un tour de force plus extraordinaire que celui de terminer *la Cousine Bette* en dix jours, au retour de Wiesbaden, et avec un rhume atroce.

> Voilà, belle Évelette, à quel point nous en sommes.
> J'attends, d'ici le 5, de bien fameuses sommes!...

La lettre des enfants m'a rendu bien heureux. Tu es une heureuse mère. Je les vois si contents, si gentils, sans chance de brouille! Ah! tu as bien élevé Anna. Georges te doit beaucoup. Oh! ma chère Ève, je t'aime! Tu le vois bien, d'ailleurs, par mes efforts.

1. Voir t. III, p. 241, et plus haut p. 19.
2. Richard III, roi d'Angleterre, défait et blessé mortellement à la bataille de Bosworth (1485) et s'écriant : « Un cheval! un cheval! mon royaume pour un cheval! »

Nous avons des pluies torrentielles et cela gêne horriblement les travaux à Beaujon. Cependant, tout marche. Ce sera bien joli; tu seras là en princesse; mais, au mois de janvier, pas avant. J'y suis allé hier. Les cuirs de Cordoue sont regardés comme les plus beaux. On va les mettre à neuf. (Comme toutes ces petites dépenses réunies montent!) Si je paie dix-huit mille francs, je me trouverai du reste sans un liard devant de grandes nécessités : ma mère, les ouvriers et les fournitures indispensables dans l'entreprise Beaujon.

J'ai vu la glacière; je vais l'annoncer à louer. Elle rapportera mille francs. En voilà une affaire!

Un petit bonheur au milieu de nos désastres : j'ai trouvé, *seul*, le sucrier de notre service de Saxe. Je ne désespère pas de rencontrer alors le pot au lait. Celui de *Perrette-Nord* est bien compromis.

Allons, adieu, trésor de ton *louloup*, ma bien-aimée idolâtrée, tous mes plaisirs, mes joies, mon amour, ma force (et quelle force, à voir ce que je fais!), mon petit Évelin si caressant, si gracieux, si bon compagnon! Vraiment, ma minette chérie, à chaque fois, je découvre de nouvelles perfections en toi. A Francfort, ça a été une perfection d'amour, car, de l'âme, tu es née angélique et parfaite, et tu ne peux gagner qu'en chatteries. Je crois que j'avais comme une robe de tendresse qui m'a préservé de tout, de Fr[ancfort] à For-b[ach]. Encore par moments, le B[engali] sent toujours cette robe, et je m'efforce de ne pas trop penser à ces chers moments de Franc-f[ort], pour pouvoir travailler.

Adieu, mon ange, ma petite fille délicieuse, ma fleur renaissante, mon mignon m[inou], mon adoré *loup*.

Dis aux enfants que je leur répondrai demain. Aujourd'hui, je suis trop occupé.

XIX

AU COMTE ET A LA COMTESSE GEORGES MNISZECH, A DRESDE

[Passy, 23 octobre 1846].

Mes excellents, adorables, amoureux, gentils, chers petits saltimbanques, le père Bilboquet donne sa démission : Gringalet a grandi, Zéphirine est émancipée : elle épouse, dans la pièce, un affreux Ducantal; mais nous avons changé tout cela, comme dit Molière : elle est heureuse avec Gringalet, un Gringalet sphynx-lépidoptère-coléoptère-antédiluvien, non fossile, je l'espère. La troupe, mes chers enrôlés, est si célèbre, qu'elle n'a pu donner sa dernière représentation mystérieusement, comme elle le voulait, vu le paletot de Gringalet.

Quelque journaliste qui jouait ses derniers feuilletons les a vus et maintenant l'Europe sait qu'un second mariage Montpensier a eu lieu. Je vous envoie le fait-Paris publié par le *Messager* le jour où je me débottais de la malle-poste, et que les *Débats*, la *Presse*, le *Constitutionnel*, etc., ont répété, voyant là dedans sans doute un événement qui compromettait l'équilibre européen. Dès lors, Bilboquet a compris qu'il ne pouvait plus diriger des races royales, quoiqu'il y ait chez elles de fameux saltimbanques, et il s'est replongé dans son travail.

Votre lettre collective m'a fait vraiment bien plaisir, ainsi que la carte; je vous vois si heureux (et pour jusqu'à la fin de vos jours), que c'en est attendrissant. La chère mère d'Anna est, vous le savez, la seule affection que j'aie eue dans toute ma vie; elle a été la seule consolation que j'aie eue à tous mes chagrins, mes travaux, mes malheurs, et elle suffisait à tout apaiser, à tout contre-balancer; c'est vous dire, mon cher Georges, combien je suis attaché à sa fille et vous le dire, c'est vous exprimer toute la part que je prends à son bonheur. Non seulement elle vous aime de toute la force de l'âme la plus pure et la plus fière que j'aie admirée chez une jeune fille mais, je vous l'avoue sans la moindre envie de vous flatter, vous méritez cette affection de diamant, et c'est pendant ces deux années que j'ai vu combien elle avait raison de vous aimer. La chère comtesse est pour beaucoup dans les perfections d'Anna, qui ne l'a jamais quittée; elle vous réservait ce trésor, sachant que vous en étiez digne.

Ces trois ou quatre derniers jours passés avec vous m'ont rafraîchi l'âme et la cervelle, bien fatiguées par mes derniers travaux. Je vous écris pour la dernière fois peut-être jusqu'au jour où vous m'aurez donné par un mot l'adresse à mettre et le lieu de votre séjour, soit en Autriche, soit en Russie; je veux donc vous dire combien je suis sensible à ce témoignage d'affection que me donne votre lettre dans des moments où deux charmants êtres comme vous n'ont pas assez de temps pour s'en donner à eux-mêmes. Laissez-moi vous répéter que vous avez en Bilboquet une âme d'acier d'un dévouement absolu. Je vous prie, mon cher Georges, de bien me préciser où et comment il faudra diriger la collection des fossiles du bassin de Paris, si toutefois je l'obtiens.

Les richesses de Bilboquet commencent à faire du tapage, et tout va bien dans la petite maison de Beaujon; les ouvriers travaillent à force et vous allez rire, mais il y aura l'appartement des Mniszech. Si jamais ils viennent à Paris, Bilboquet mourrait de chagrin de les voir aller dans un hôtel. Cet appartement consiste en une belle chambre et un petit salon, ronds tous deux, sculptés en entier, ornés de peintures aux voûtes, et d'une recherche royale, digne de leurs ancêtres; tout cela n'est pas de mon fait, mais de celui de Beaujon.

Ce digne financier, prévoyant qu'un Georges lépidoptérien y viendrait, y a fait peindre de beaux papillons exotiques sur des fleurs.

Quand vous lirez ce griffonnage, la *Cousine Bette* sera terminée, le *Cousin Pons* peut-être aussi, car la baisse est effrayante sur le Nord et il faut des capitaux pour l'hôtel *Bilboquet.* Adieu donc! vous êtes heureux, vous n'avez qu'à vous aimer, sans penser à travailler comme des mercenaires d'écrivains publics; et vous êtes dignes de ce bonheur qui n'est pas un sujet d'envie, mais qui fait l'admiration d'un vieux Bilboquet de quarante-sept ans. Prenez bien garde à tout, portez-vous bien, soignez-vous, mon bon et gentil Georges, et veillez sur Anna, qui est un peu étourdie et qui, pendant quelque temps, n'aura plus sa mère près d'elle.

Je prie Dieu rarement; je voudrais le prier plus souvent pour vous deux et pour cette incomparable mère que nous aimons.

XX

A MADAME HANSKA, A DRESDE

[Passy] vendredi, [23 octobre 1846].

Ma chère idole,

Comment écrire aux chers enfants sans t'écrire un mot à toi?... D'autant plus que j'ai de tristes choses à te dire.

Primo : le Nord est à six cent quatre-vingt-deux francs, et il est hors de doute qu'il baissera jusqu'à cent francs au-dessous de notre prix d'acquisition. Je ne te répéterai rien de ce que je t'ai dit avant-hier; mais les chemins de fer de Prusse sont tous au-dessous du pair; ceux d'Autriche y arrivent. Ces deux puissances cherchent, à elles deux, quatre cents millions. L'Angleterre a besoin d'un emprunt de trois cents millions, pour l'Irlande. Nous avons, nous, nos versements de chemin de fer. Évidemment, il se prépare une affreuse crise commerciale, et j'ai peur que nous en voyions le Nord au-dessous du pair. C'est une ressource trompeuse.

Secundo : Des ennemis sont venus dire aux entrepreneurs de Beaujon qu'ils ne seraient jamais payés. Les travaux ont été abandonnés. Quelle affreuse complication!

Et il faut travailler nuit et jour, car il faut payer, le 1er novembre, M. Pelletereau, et le *Constitutionnel* est une ressource, et il faut avoir tout terminé pour le 28 de ce mois. Je me lève à minuit et je travaille jusqu'à deux heures tous les jours.

Dans cette situation, il faut avoir de l'argent à chaque instant; je n'en ai pas. J'espère terminer, soit avec Souverain [1], soit avec Chl[endowski], pour beaucoup de volumes; mais faire un traité en trois jours, et escompter des valeurs par ce temps-ci! Enfin, je ne perds pas courage et je t'aime; voilà ce que je voulais te dire. Je me suis vu dans des positions semblables, et je n'avais pas mon ange Évelin à mes côtés! Juge si j'ai de l'énergie; je voudrais sauver la caisse. Ce qu'il y a de pis, c'est les exigences que ça va me créer.

En ce moment, l'architecte exécute mes ordres. Il dit aux entrepreneurs : « Vous manquez à votre contrat. M. de B[alzac] peut vous demander des dommages-intérêts. Il va seulement estimer à bas prix vos travaux faits et vous les payer à l'instant; mais vous ne continuerez pas. » S'ils acceptent, j'ai gagné car il [(l'architecte]) fera un autre devis et je prendrai un seul entrepreneur, en lui donnant des garanties. S'ils s'effrayent de cette vigueur, ils iront.

J'espère, lundi 26, avoir tout fini de [*la Cousine*] *Bette.*

Adieu; mes moments sont comptés. Je vais chez Rothschild essayer d'avoir dix-huit mille francs, garantis par un dépôt d'actions. Si je réussis, je te l'écrirai. Je dirai que je puis rembourser le 15 décembre.

Dis-moi jusqu'à quand tu restes à Dresde pour savoir jusqu'à quel jour je puis t'y écrire.

XXI

A MADAME HANSKA, A DRESDE

[Passy] Samedi matin [24 octobre 1846]. Une heure.

Mon bon *louloup* adoré, je suis dans le plus grand désespoir de la lettre que je t'ai écrite hier, qui est avec celle des enfants. Après l'avoir mise à la poste, je suis allé chez Rotschild et le commis m'a dit que mon affaire irait toute seule. Je ferai une lettre de change de dix-huit mille francs à R[othschild], et je déposerai en garantie cent cinquante actions. La lettre de change sera au 15 décembre; je paierai presque rien en intérêts, et je n'aurai point de soucis, ni toi non plus.

Il faut la bêtise que donne l'absorption du travail pour avoir inventé cela si tard. Oh! mon bon *louloup*, pardonne-moi les sottes inquiétudes que je t'ai données. Troubler ta chère âme par ces sottises! Non, j'en suis comme un fou.

Néanmoins, cela n'est pas fait. J'y vais ce matin avec mes actions, et, si c'est fini, je te jetterai cette lettre à la poste. En la lisant, tu

1. Éditeur, 5, rue des Beaux-Arts. Voir plus loin p. 230, 267, 270.

sauras que j'ai les dix-huit mille francs. Que tout cela ne t'empêche pas de faire tout ce que tu pourras en ce genre, car il faudra [les] rendre au 15 décembre. Mais moi je serai prêt. Il ne faut pas compter sur nos actions. Elles vaudront neuf cents à mille francs dans sept ou huit mois, mais elles vont être sujettes à des baisses affreuses. Gardons-les. Mon travail et l'argent que tu auras suffiront à tout. J'ai promis que *Les Paysans* seraient finis le 25 décembre. Je finirai *les Petits Bourgeois* pour le 1er février; [*la Dernière Incarnation de*] *Vautrin* et la *Mère de famille* seront faits pour la fin de mars. Avec cette production-là, j'aurai éteint mes dettes et suffi aux exigences de la maison.

L'immense succès de la *Cousine* [*Bette*] a causé des réchauffements chez les journaux. Ils voudraient tous [des œuvres] de moi, surtout par l'absence des autres. Je veux avoir, coup sur coup, succès sur succès, et faire comme si je n'avais rien écrit et comme si je débutais.

La Presse publie demain l'*Avant-propos* de la *Comédie Humaine* avec dix lignes de Mme [de] Girardin, où l'éloge est complet. Ils ont bien besoin de moi, à *la Presse!*

Vois-tu, mon *louloup*, l'argent dû par Furne, les vingt-cinq mille francs que je dois avoir de la librairie, tout cela viendra. Mais jamais cela ne vient comme on en a besoin. Il faut du temps pour finir les affaires, du temps pour se faire payer, du temps pour réaliser les valeurs. Tout cela ne va pas avec des nécessités fixes. Voilà pourquoi il faut ne plus avoir de besoins, pour bien faire ses affaires.

Hier, je me suis entendu avec l'architecte Santi, qui est furieux contre ses entrepreneurs. Si, ce matin, R[othschild] m'arrange mes dix-huit mille francs, j'aurai l'argent du *Constitut*[*ionnel*], à la fin du mois, pour sortir d'embarras. Il me faut, ici, mille francs pour la maison et les quatre caisses d'Allemagne; il me faut trois mille francs de paiements à faire; il me faut de [l'argent] pour solder les entrepreneurs, si on les renvoie, et quatre mille francs pour ma mère. Enfin, il faut huit mille francs pour finir Buisson, et cinq mille francs pour M. Fess[art]. Cela fait vingt et un mille francs. Si le *Constitutionnel* en donne huit, d'ici au 10 novembre, il en faut trouver douze mille autres. *Les Parents pauvres* en font neuf mille en librairie. Il en manquerait trois mille, que *la Presse* donnerait, si je me mets aux *Paysans*. Et la Chouette n'est pas payée; et elle veut son paiement. Mais j'ai aussi *Les Paysans* à vendre en librairie qui font quinze mille francs. Il resterait donc huit mille francs en décembre pour payer les travaux. Tu vois que je te demanderais toujours de payer les dix-huit mille francs de Rothschild.

Les Petits Bourgeois, qui feront vingt mille francs, doivent servir à nos dépenses et à ma mère. Tout est appuyé sur mon travail et ma bonne santé. Dans ce système-là, nous ne pourrions pas entrer à Beaujon avant le 15 janvier, car tout sera retardé. Je ne puis avoir le mobilier, y mettre le tapissier, que si les actions du Nord remontent à sept cent quarante-cinq francs, et c'est une éventualité. Enfin, nous aurons un versement à y faire de quinze mille francs. Il paraît que c'est après ce versement que les actions prendront leur essor.

Maintenant que je n'ai plus de voyage à faire que celui de Mayence, je puis compter sur mon travail, et il sera immense. Quelques jours avant mon départ, je te trouverai ton logement. Je crois que ce sera dans l'Hôtel de Bath [1], au coin de la rue de Rivoli.

Le sucrier est exactement celui de notre service, et il en explique les sujets. C'est des saltimbanques chinois faisant des tours de passe-passe. J'ai payé le sucrier trente francs. Il a une immense soucoupe, qui doit aller sous le bol et non sous le sucrier. Trouverai-je aussi le pot au lait?

Adieu pour aujourd'hui, mon *loup* adoré. Voici deux heures, et il faut écrire seize feuillets au milieu de tous ces tracas. Si tu reçois cette lettre isolée, c'est que j'aurai les dix-huit mille francs. Je vais la préparer, la tenir sur moi, cachetée, et je la jetterai à la poste si je touche. Sinon, je la rapporte et la continue. Mille baisers à mon Évelette; mille pigeonneries à mon m[inou]. Tu sais que je t'aime de plus en plus! Je vais admirablement bien; le travail me rajeunit!

XXII

A MADAME HANSKA, A DRESDE

[Passy], dimanche 25 octobre [1846].

Mon cher trésor,

Si, au lieu de seize mille francs, tu peux venir avec vingt-quatre mille, nous sortirons de nos embarras, et le versement pourra se faire au ch[emin de fer] du Nord. Je viens de refaire tous mes calculs. En finissant *les Paysans*, en faisant *le Député d'Arcis*, [*la Dernière Incarnation de*] *Vautrin*, et corrigeant les *Petits Bourgeois* de novembre à février, je paierai tout. Seulement nous n'entrerons qu'en mars dans la maison, car il faut abandonner l'achat du mobilier. Nous pourrons y aller en janvier; mais elle n'aura qu'un mobilier incomplet.

1. Tenu par Mme Mabilde, 52, rue de Rivoli.

Voilà déjà la perte évitée; c'est beaucoup. Le versement fait, nous conserverons deux cent vingt-cinq actions du Nord, et nous aurons payé trente-six mille francs sur la maison. Nous n'aurons plus que trente-deux mille francs à payer. C'est un résultat gigantesque. Dans ce plan-là, il me restera ma mèré, Mme Delann[oy] [1] et Dablin [2] à payer; environ quarante mille francs, que je paierai, pendant ton absence, par des travaux littéraires. Et nous aurons, en novembre 1847, bien près de cent cinquante mille francs, dans le Nord, à réaliser. Nous avons jusqu'au mois de décembre pour rendre les dix-huit mille francs aux Rothschild. J'ai déposé cent cinquante actions chez eux. Il m'en reste vingt-cinq ici, et cinquante chez Gossart. C'est soixante-quinze dont je puis disposer, si cela remontait à sept cent cinquante-cinq francs, par hasard.

J'attends aujourd'hui M. Fess[art] à dîner. Il tient pour trois mille francs la créance Hubert, et je crois qu'avec huit mille j'aurai Buisson. C'est donc onze mille francs, et, quatre mille francs nécessaires ici, c'est quinze mille francs qu'il faut que je trouve. *Le Constitutionnel* en donne onze mille. Il faut en trouver huit mille en librairie, car il faut payer ma mère. En tout, dix-neuf mille francs. Je crois que je vais y arriver en vendant *les Paysans* à Ch[lendowski] fils : il vient ce matin.

Si tu savais ce que ces affaires, la maison et l'affaire surtout des entrepreneurs, qui va être arrangée, veulent de courses et de tracas!... Et il faut écrire comme si l'on était tranquille, et écrire à son *loup!...* C'est affreux. Je n'ai jamais eu un pareil moment dans ma vie. Et mon amour pour toi me donne un courage, une patience, une lucidité, un talent, à surprendre les plus téméraires et les plus hardis lutteurs. Nous avons fait la faute capitale de placer dans le Nord, et moi celle de croire à la hausse pour octobre. Tiens, j'ai fait le compte des dépenses du mobilier de 1845 à 1846, et j'ai trouvé pour vingt-cinq mille francs d'acquisitions par toi et moi. Nous avons beaucoup d'admirables choses superflues, et pas le nécessaire. Je souris de ce contresens, et nous en rirons bien un jour. J'ai foi dans mon étoile; depuis Pétersb[ourg] tout a été bien, tout a marché vers le bonheur, et pour nos âmes et pour notre bourse. N'aie donc aucun souci; ma belle créature aimée, mon Évelin chéri, tâche d'apporter le plus d'argent possible avec toi, mais ne t'en tourmente pas, si tu n'as que tes seize mille francs. Tâche seulement d'avoir, en dehors de cela, ton voyage, et trois mille francs pour ton séjour à Paris. Je me charge de tout, ainsi. A tes seize mille francs j'en ajouterai deux pour rendre aux Rothschild. Je ferai le versement en janvier, en leur laissant encore les actions, et prenant le mois de février pour

1. Très ancienne amie de Balzac ; voir plus haut p. 53.
2. Le premier ami de Balzac ; voir plus haut p. 53.

leur verser les seize mille francs qui seront dus. *Les Petits Bourgeois* et *Vautrin* donneront cela.

Tout autre que moi, chère petite fille, eût perdu la tête. Mais ton Noré est une volonté de bronze et un cœur d'or. Il te veut heureuse, et tranquille surtout, appuyée sur ce bras infatigable. Nous étions bien malades; je t'ai comme envoyé jour par jour le bulletin de notre maladie financière.

Maintenant, j'ai des travaux affreux; je ne pourrai plus t'écrire que quelques mots, et j'attends d'ailleurs une lettre de toi pour savoir où t'écrire, et jusqu'à quel jour je puis t'envoyer à Dresde; enfin, quand tu en partiras.

Adieu, *louloup;* voici l'ébéniste, avec qui je dois aller à la maison, et Gossart, qui vient déjeuner. Mille baisers et aime-moi bien. Il est huit heures et demie; il faut aller porter cette lettre.

XXIII

A MADAME HANSKA, A DRESDE

[Passy,] Lundi 26 [octobre 1846]. Quatre heures du matin.

Mon bon *louloup* chéri, tout va bien. *Le Const*[*itutionnel*] va me devoir onze mille francs. Le traité est fait avec L[ouis] Chl[endowski]. qui m'a remis sept mille deux cents francs de valeurs. Cela en fait dix-huit mille. Ces dix-huit mille vont solder Buisson, M. Fess[art], ma mère et ce que je dois pour les caisses d'Allemagne et le ménage. Puis il faut trouver six mille francs pour novembre et quinze mille francs pour les réparations. C'est vingt et un mille autres francs. Je suis à peu près sûr de les avoir par mon travail, en finissant *les Paysans*. Enfin, si tu apportes le remboursement des Rothschild, moi, je ferai le paiement des actions, en janvier, et je paierai la Chouette. Ainsi, je ne devrai [plus] qu'à ma mère, à Dabl[in], à Mme Delann[oy], et trois mille francs de comptes qui me regardent.

J'attends Souverain ce soir ou demain, et je saurai s'il veut faire une grande affaire. Mais, si tu savais comme je serai obligé de travailler! Je ne quitterai pas ma table en novembre, en décembre et janvier. Je suis tout fier de te montrer, au commencement de notre ménage, quelle est la puissance de ton *loup*, et le fécond, l'intarissable rapport de sa plume. Elle donnera soixante mille francs en trois mois. Nous aurons la maison et les actions. Ainsi, voilà ma fortune commencée et en bon train par ce dernier coup de collier.

Le bonheur de travailler sous tes yeux me rendra toute cette fatigue légère à porter, et tout cela se fera gaiement.

Notre maison a horriblement souffert par les pluies. Elle n'était pas couverte; mais le calorifère séchera tout cela. Les travaux en sont repris avec une activité féroce, car Goss[art], mon notaire, va dire aujourd'hui à tous les entrepreneurs qu'il répond si bien de moi, que c'est lui qui paiera. Si tu ne sens pas ton amour redoubler pour ton *loup* en voyant comment il a manœuvré dans ces difficultés, tu n'aurais plus des mouvements de cœur pareils aux siens. Seulement, louloup, nous souffrirons beaucoup à l'article *mobilier.* Le versement de seize mille francs à faire pour le Nord nous emporte notre mobilier.

Gudin est arrivé. La Chouette y va. Si je réussis, ce serait encore une victoire remportée. Ce qui m'a servi, c'est le succès des *Parents pauvres.* En trois mois, je vais finir *les Paysans* et *les Petits Bourgeois*, et faire *la Pathologie de la Vie sociale*, *le Député d'Arcis*, et *Dernière transformation de Vautrin.* Avec tout cela, je serai libre de toutes dettes et nous serons à flot. Oh! *louloup*, comme je t'aime! et comme l'aspect de mon bonheur, qui n'est plus qu'à quelques jours de moi, me donne de la force!...

Allons, adieu; il est cinq heures et j'ai des monceaux d'épreuves à corriger. Il les faut à neuf heures et demie au *Constitutionnel.* Il me reste soixante-dix feuillets à écrire pour terminer *la Cousine Bette.* C'est pour une semaine. Allons, mon m[inou] chéri, mille pigeonneries; oh! *louloup*, mille baisers!

A demain.

Mardi 27 [octobre].

Mon mouton chéri, je reçois hier ta lettre de mercredi 22 où tu me dis que tu attendras à Dresde la réponse à cette lettre. Mais l'attendras-tu en trouvant trois [lettres] de moi? Je ne sais que faire et je vais t'envoyer, à tout hasard, cette lettre, car elle est très consolante.

Primo : J'ai touché dix-huit mille francs chez Rothschild (et j'ai deux mois pour les rendre). Je les ai remis chez Gossart immédiatement. Me voilà bien tranquille. Les entrepreneurs sont venus chez Gossart, qui leur a dit d'être sans inquiétudes et qu'il les paierait. D'ailleurs, ces infamies-là sont arrivées à Gudin, riche de cinq cent mille francs, m'a dit Gossart.

Secundo : Nous pourrons très bien nous marier à Passy. Les actes de décès de tes père et mère sont inutiles. Mais ton acte de naissance est indispensable. Comment vas-tu faire? Il faut le demander et l'avoir absolument. Dans aucun pays on ne marie sans cet acte.

Tertio : J'ai négocié déjà quatre mille francs des effets Chl[endowski]. Je lui ai porté ses deux mille francs, et j'ai l'argent p[our] la maison; j'ai celui des caisses d'Allemagne et j'ai donné cinq cents francs à l'ébéniste qui fait le *Boule*. Il me reste cinq mille deux cent cinquante francs, qui, avec les onze mille francs du *Constituti[onnel]*, paieront ma mère, M. F[essart] et Buisson.

Ce soir, probablement, Souverain achètera *les Paysans*, et j'aurai tout à fait assuré ma position.

Je serai en mesure de t'aller chercher là où tu seras, du 6 au 10 novembre. Ainsi, ne t'attriste pas. Ne va pas à Heidelberg; viens à Mayence et dis-moi par un mot, aussitôt que tu y seras. Je t'arrangerai notre entrée par Forbach ou par Frauenberg. Sois tranquille.

J'aurai tout fini au *Constitutionnel* pour le 6, et je serai le 8 à Mayence. Tu ne peux pas y être auparavant, d'après mes calculs. Je m'arrangerai un cabinet auprès de ta chambre à coucher, là où nous irons, et je ne sortirai guère, pendant le mois de novembre, que pour veiller à la maison, etc. Ne te préoccupe de rien, et viens. Si ce soir je fais affaire avec Souverain pour *les Paysans*, tout sera sauvegardé. Du 15 novembre au 15 décembre, je ferai *les Paysans*, j'en suis sûr. Maintenant, je ne t'écris plus que quand je te saurai à Mayence, je t'écrirai tous les jours, selon mon habitude, et je t'enverrai là le paquet pour te faire attendre mon arrivée.

Mille tendresses, mon *loup* chéri. Je ne crois pas que Gudin nous vende du terrain, et à peine la loge du portier.

Je t'aime comme un fou et je voudrais te savoir à Mayence. Je ne t'y laisserai pas quatre jours. Sois bien tranquille.

XXIV

A MADAME HANSKA, A DRESDE

[Passy, 28 octobre-3 novembre 1846.]
Mercredi 28 octobre.

Mon bon *louloup* aimé, le paiement de ma mère est effectué. J'aurai huit mille francs pour Buisson et trois mille francs pour M. Fess[art], au *Constitutionnel*, et je ferai *Rosemonde* [1] pour mes paiements de novembre. Enfin, aussitôt notre réunion, je piocherai *les Paysans* pour payer la Chou[ette] et les réparations. On a repris les travaux, à Beaujon, avec activité. Le mal est réparé. L'acte a été mis dans les journaux judiciaires, et personne ne s'en est aperçu. Ainsi, tout va

1. Cet ouvrage ne fut jamais écrit; voir t. III, p. 356.

bien. Enfin, le Nord hausse. Je fais vingt feuillets par jour et, le 6 novembre, le *Constitutionnel* sera fini.

Tu seras contente en lisant ces lignes, et je suis, moi, tout heureux de la joie qu'elles te feront. Ce qui est effrayant, c'est que j'ai pour six mille francs de commandes à payer, en novembre, pour la maison, en meubles, ébénisterie, etc. Et il faut penser au *nécessaire!* Oh! *louloup*, jamais je n'ai eu plus de courage; il s'agit de *nous!* La copie vient à torrents. *Rosemonde* sera faite en trois jours; cela vient en ce moment sous ma plume. Adieu, minou-minette; mille baisers, mon Évelette. Nous avons un temps superbe. J'espère que tu seras restée assez longtemps à Dresde pour y lire mes quatre lettres. En voyant ce beau temps je suis heureux; je me figure que mes chers voyageurs ont un même temps.

Jeudi [29 octobre].

Je suis tout heureux, ma gentille femme, d'avoir eu de tes nouvelles par la lettre que les enfants m'ont écrite de Weymar. Ah! comme ces chers bijoux m'ont fait plaisir! Embrasse-les bien pour moi. Mais, je suis fou. Quand tu recevras cette lettre, tu seras séparée d'eux. Écris-leur alors.

Je suis, ce matin, légèrement indisposé. Hier, j'avais très faim; j'ai mangé avidement des moules, et en trop grande quantité, de sorte que j'ai eu comme une indigestion; et cela, malheureusement, a influé sur mon travail. Me voilà en retard avec *le Constitutionnel.* J'ai encore quarante-quatre feuillets de copie à faire. C'est vingt-deux demain, et vingt-deux après-demain. Cela est écrasant, mais cela se fera. Ça se fait plutôt à la fin qu'au commencement d'un livre.

Ce malaise dans les intestins me rend triste; le temps est gris et Souverain vient dîner : voilà des causes de spleen!

Je suis allé hier à la maison; tout marche. J'espère que, d'ici à huit jours, elle sera livrée aux menuisiers et aux peintres; les maçons et le fumiste auront fini leurs travaux. Le maçon ne travaillera plus qu'à l'extérieur. J'ai vu la chapelle; elle est jolie. C'est une miniature du Panthéon. Beaujon y repose. Il s'appelait Nicolas. Il faudra bien un mois pour tout terminer là; puis, viendra le tapissier.

Je voudrais bien avoir de tes nouvelles, et je vois que je n'aurai de lettres que dimanche. Adieu, mon amour. Il faut travailler, et travailler avec bien de l'ardeur, pour réaliser tout ce que je t'ai promis. Je n'ai pas encore de nouvelle des caisses; j'en ai donné l'argent à ma mère, pour finir le paiement. Elle a pris trois mille deux cent cinquante francs en effets Chl[endowski) et sept cent cinquante francs argent.

Mille baisers, mille tendresses. A demain.

Vendredi 30 [octobre].

Hélas! mon petit *loup* adoré, je ne puis que te dire bonjour. Hier, j'ai travaillé dix-neuf heures et, aujourd'hui, il en faut travailler vingt ou vingt-deux. C'est la copie qui me mène. Il en faut seize ou vingt feuillets par jour, et je les fais et je les corrige! *Le Constitutionnel* a épuisé mon avance, et il faut lui en faire! Je n'ai pas quitté ma table.

Samedi [31 octobre].

Hier, j'ai travaillé; je travaille aujourd'hui, et il me faut sortir pour un bureau de papier timbré à prendre! J'ai la fièvre de la composition.

Dimanche [1er novembre].

Hier, en sortant, je suis allé à la poste, et j'ai eu ta lettre du 25, écrite de Leipsick; mais j'en voudrais une de Dresde. J'ai une lettre de Léon, ton mougick, qui est à Paris, et, comme elle est en russe ou en polonais, je ne puis la faire traduire. Elle est capable de *nous* compromettre aux yeux du traducteur. Je te l'enverrai avec ce paquet.

Merci, mon *loup* chéri, de m'avoir écrit dans la fatigue. Je te vois bien triste; sois en repos. Tu verras que j'avais suivi tes intentions pour l'annonce, sans les connaître, par l'adorable loi de notre amour, qui nous donne un seul cœur, une même pensée. Tu le verras par la lettre que j'ai écrite aux enfants. Georges est fin; il me dit que ça rend Anna bienheureuse, comme pour me faire trahir. Que dis-tu de Léon?

Hélas! mon *loup* chéri, j'ai encore aujourd'hui, 1er novembre, trente-deux feuillets à faire pour terminer *la* [*Cousine*] *Bette.* Cela me mène au 4 novembre, et les épreuves jusqu'au 7. Il me faudra bien huit jours pour finir *les Deux Musiciens*, c'est le 15. Heureusement que tu ne seras, comme tu me le dis, que le 12 ou le 13 à Mayence, et que je pourrai, sans danger pour mes affaires, y être le 14.

Il faudra, aussitôt mon retour ici, avec toi, faire *les Paysans* et *les Petits Bourgeois*. J'ai énormément à faire aujourd'hui. Hier, j'ai dîné avec Mme de Girardin, et j'y dîne encore aujourd'hui. Je serais bienheureux si la Chouette avait son bureau de timbre. Tout irait pour le mieux.

On travaille à force à la maison. J'irai vraisemblablement aujourd'hui, si j'en ai le temps, car j'ai beaucoup à travailler. Il faut avoir fini pour mardi mes trente-deux feuillets. D'ailleurs, *la Cousine Bette* est un chef-d'œuvre. Je veux faire promptement, comme cela, *les Paysans* et *les Petits Bourgeois*. Mes affaires seront admirablement terminées avec ces deux ouvrages. Ne t'occupe plus du Nord; il faut le garder intrépidement, et faire les versements. Sans la maison, j'achèterais à six cents. Mais nous ne pouvons pas tout avoir : maison, actions, meubles et économies. J'ai bien peur que les réparations aillent à dix-huit mille francs. C'est aujourd'hui que j'aurai réponse de Gudin. Ce mois-ci je finirai Buisson et M. Fess[art.] M. Fess[art] va finir la créance Hubert. Mais notre versement du Nord et les entrepreneurs de Beaujon, voilà ce dont je me préoccupe. C'est seize et dix-huit mille francs, en tout, trente-quatre mille francs, et j'en dois six mille de mobilier. C'est quarante mille francs. *Les Paysans* et *les Petits Bourgeois* me les donnent, car je compte sur toi pour les dix-huit mille francs à rendre aux Rothschild.

M. Nacqu[art] est venu dîner vendredi; il m'a dit de prendre le gilet de flanelle, et j'en aurai un, et il m'ordonne un verre d'eau d'Enghien tous les matins, tous les hivers.

Allons, adieu, *louloup* chéri; je compte avoir une lettre de toi aujourd'hui à la poste, car nous sommes le 1er, et tu m'as écrit le 25 (la dernière reçue); si tu m'as écrit le 27, je dois avoir une lettre le 1er. Je suis bien désireux de savoir où t'adresser cette longue lettre, *longue* par les jours, car je n'ai pas une heure à moi. Je suis hébété de travail et de conception.

Lundi [2 novembre].

J'ai reçu hier la lettre de George [s] de Dresde, qui me donne de tes nouvelles, ma bonne petite fille, et c'est te dire combien je suis inquiet de ce qu'il me dit de ta santé. Je voudrais pouvoir reprendre les lettres où je t'ai dit mes ennuis, pour que tu n'aies que les bonnes nouvelles. Mais je pense que, comme tu auras coup sur coup trois lettres, dont la dernière est si consolante, et où tu verras que les difficultés sont sinon vaincues du moins aplanies, tu n'auras pas longtemps à t'inquiéter de nous.

Tout va toujours de mieux en mieux. Dans deux jours d'ici j'aurai terminé *la Cousine Bette;* il ne me reste plus que trente feuillets à faire. C'est quinze par jour. Puis, je terminerai avec la même activité *les Deux Musiciens*, et, le 10, je serai quitte du *Constitutionnel!* Je serai le 14 à Mayence. A mon retour, avec toi, je f[ini]rai *les Paysans* en un mois. *Les Paysans* paient les entrepreneurs et la Chouette. Notre mobilier attendra quelque temps, voilà tout, et *les Petits Bourgeois* feront notre versement du Nord. Je paierai plus tard mes dettes (ce qui en restera), lorsque le Nord le permettra. Ce que je resterai devoir peut aussi bien se payer en mars qu'en avril. Sois bien tranquille; je suis trop prudent pour prendre de nouveaux engagements. Tout va bien à la maison; encore dix jours sans gelées, et les travaux seront finis. Le 1er décembre, les tapissiers, les choses d'ornement pourront y être. Je calcule que ma bibliothèque et mon cabinet y seront pour le 25 décembre. J'y aurai transporté beaucoup de mobilier petit à petit. Mais, mon *loup* chéri, ton imagination ne saurait se figurer quelle est mon activité. C'est effrayant. Je vais avoir écrit cent vingt feuillets de mon écriture, et corrigé tout cela, depuis mon retour! Et les affaires n'ont pas souffert, et je surveille toutes les petites choses à faire faire. Ton *loup* est un vrai *loup*, et, quand il n'aura plus qu'à t'aimer, j'ai peur qu'il ne te fatigue de ses caresses, car tu seras la pâture de mon activité.

Adieu, à demain. Mille baisers au m[inou].

Tu sais que ton acte de naissance est indispensable. Demande-le impérativement à ton intendant; et gronde-le d'avoir des opinions sur tes ordres.

Mardi [3 novembre].

Hier, mon pauvre *loup*, j'ai reçu ta petite lettre de Dresde et tu as eu bien raison de prévoir mon chagrin. J'ai regretté que cette lettre fût venue. Je l'aurais voulue deux jours plus tard, *la Cousine Bette* finie!

Je me lève avec une affreuse indigestion. Mon estomac était trop nerveux, trop convulsé, et je suis, en t'écrivant (il est trois heures du matin), entre le vomissement ou les maux de ventre, jusqu'à ce que l'une ou l'autre voie l'emporte. C'est affreux.

Aussitôt ta lettre lue, je suis allé aux trois journaux et tu les recevras, à compter d'aujourd'hui, jusqu'au 25, ce qui fait le 30, pour Dresde. Puisque tu y restes dans le repos absolu, j'ai sur-le-champ pensé à ta chère imagination, et je lui ai envoyé de la pâture. Je t'ai fait adresser toute *la Cousine Bette.*

Te parler de ma douleur, chère petite fille, ce n'est rien. J'ai peur que cela n'influe sur ce qui en reste à écrire, car l'envie de t'aller rejoindre me donnait des forces surhumaines. Je pressentais d'ailleurs quelque chose, à cause de ce que me disait Georges de tes profonds sommeils, qui succédaient à l'agitation. Ne pense pas à moi; pense à toi et à V[ictor-Honoré]. Soigne-toi; ne te trouble pas l'esprit. Seulement, dis-moi si je puis t'adresser mes lettres à *l'hôtel de Saxe*, et jusqu'à quelle époque je puis t'en envoyer. Si tu quittes Dresde le 30 novembre, je ne puis t'écrire là que jusqu'au 25 novembre. Dis-moi si mon calcul est juste.

Comme je te le dis, la maison Beaujon sera prête, ou à peu près, pour les premiers jours de décembre. J'irai te chercher à Leipsick ou à Weymar, à moins d'un ordre de toi contraire. Si c'est à Mayence que nous nous rejoindrons par ton ordre, tu n'y serais que vers le 8 de décembre. Il faut que je sache cela, car, ma bonne petite fille, il faut que je fasse *les Paysans.* Du 10 novembre au 30 novembre, je travaillerai sans arrêter seize heures par jour [sur] *les Paysans.* C'est vingt-cinq mille francs, et, dans mes affaires actuelles, c'est une nécessité. J'aurai bien cela à payer, en dehors des dix-huit mille qu'il faut rendre à Rotschild. J'avancerai donc énormément ce travail et la maison pendant ce mois-ci. Tout cela se trouve compliqué, comme je te le disais, d'un bureau de papier timbré vacant, qu'il faut obtenir pour la Chouette, et tous les jours je cours pour cela, car cela me débarrasse d'elle. Hier, Bertin a eu la promesse du ministère. Aujourd'hui, je dîne pour la troisième fois chez les Girardin, depuis six jours, pour faire aller Émile chez M. Génie et au Ministère des Finances. Et si tu savais combien de petits détails dans cette maison! C'est à faire frémir. Tu ne t'en douteras jamais. C'est une maison remaniée en totalité.

Je n'ai pas de nouvelles des caisses d'Allemagne et la montre de Genève est arrivée. C'est un bijou. Liodet s'est surpassé, ce qui n'était pas difficile; mais c'est vraiment admirable. Tu verras, comme moi, que *la Cousine Bette* prendra place à côté de mes grandes œuvres. La Chouette galope beaucoup et fait les affaires. Je crois qu'hier elle a placé à *l'Époque*, reconstituée, *la Fin de Vautrin* et *le Député d'Arcis*. C'est une affaire de quinze mille francs. Il me faut tout cela pour me tirer du pas où je suis. La santé résiste encore; mais je sens qu'il ne faudra plus livrer de pareilles batailles. Avant-hier, j'étais au bout de mes forces. Il faut encore écrire quatre-vingts ou quatre-vingt-dix feuillets pour terminer *les Parents pauvres*.

Je viens d'être obligé d'ôter ta lettre; dans le malaise horrible où je t'écris, l'odeur [de ton papier] me faisait mal; j'allais m'évanouir. Si j'ai le courage de t'écrire, c'est que je veux que cette lettre parte aujourd'hui. Ce soir, j'irai voir la pièce de Méry à l'Odéon [1].

J'y vais avec Delphine [de Girardin]. Elle me fait des coquetteries dont le but m'échappe, car elle sait bien qu'en 1835 je l'ai nettement refusée, après une proposition claire de sa part. Et nous sommes en 1846, et j'ai ma chère petite fille! Je crois que c'est cela qui me donne du prix à ses yeux. Sois bien tranquille, la Chouette nommée à son bureau, je n'irai plus chez elle [2], car je ne veux pas qu'on dise à faux que je lui fais la cour. Son esprit est charmant, mais c'est une femme hideuse, et elle serait belle, je ne pense qu'à mon cher petit *loup*. Ah! j'avais entrevu bien des plaisirs, et surtout celui de passer, pour la première fois de notre vie, des nuits sans trouble ensemble! Et voilà que, par la plus triste des causes, notre réunion est ajournée. C'est une catastrophe pour moi, car je t'aime pour tes chères voluptés, comme je ne le croyais pas possible. Notre dernière nuit, où je t'ai vue si blanche, si gentille, est toujours sous mes yeux.

Fais-moi donc dire si Borch [3] est là.

1. *L'Univers et la Maison.*
2. Elle, c'est-à-dire Mme de Girardin.
3. Voir t. III, p. 25, 37, 332 et, plus loin, p. 112,

J'espère, ma bonne Ève, que le maçon aura fini cette semaine et que les menuisiers, les serruriers et les peintres s'empareront de notre demeure, fort laide au dehors, car c'est comme une caserne, mais adorablement jolie en dedans, et commode, confortable! Tout y est prévu. Je n'ai pas de nouvelles de mes tapis de Smyrne. Je crois que cet article se fera attendre. Je compte, avec les *glaces* et *M. Santi*, que toutes ces réparations, etc., coûteront bien dix-huit mille francs, si ce n'est pas plus. Si Gudin me vend pour dix mille francs de terrain, et la loge à construire, cela fera un total de quatre-vingt mille francs. Tu riras quand tu verras l'annonce de la glacière à louer. Nous aurons là un revenu de mille francs. N'aurai-je pas fait une bien bonne affaire? Certes, il est impossible de se loger ainsi, à Paris, pour deux mille cinq cents francs d'intérêts. Ma nièce aura quatre à cinq pièces, au deuxième, rue du Bac, pour ce prix-là.

Aujourd'hui, je vais chez Gossart pour arracher un oui ou un non à Gudin. Les courses et les affaires me tuent. Tous les jours, j'ai cinq heures de voiture. Je voudrais finir ce mois-ci Buisson et M. Fess[art]. Il faudrait dix-neuf mille francs pour cela, et il en faudra douze mille pour décembre, sans compter les dix-huit mille de Rothschild, que tu donneras. Juge comme il faut que je travaille! Furne fait pour quinze mille francs d'annonces [pour *la Comédie Humaine*]. Louis Chl[endowski] va chercher sa femme. Je m'intéresse à cela, car, s'il a de l'argent, nous ferons des affaires ensemble.

Je viens d'interrompre ma lettre. L'indigestion parlait; il a fallu obéir, et passer du grand cabinet dans le petit. J'en reviens tout défait. Pauvre minette, j'ai mis une grande heure à t'écrire ceci. J'ai la sueur au front. Ce n'est rien d'ailleurs; ne t'en inquiète pas. Hier, je suis rentré à sept heures, n'ayant rien pris depuis neuf heures. J'avais fait six heures de courses avec cette méchante petite voiture de Louis que tu connais. J'avais faim, et, en un quart d'heure, j'ai dévoré une oie et un peu de chicorée, avec trois poires et une livre de raisin. Cela, mis si vivement dans un estomac convulsé par les chagrins, par l'anxiété des affaires, par la perspective du travail à faire cette nuit, a déterminé l'indigestion. Il est possible que j'aille me recoucher, quand l'envie de vomir aura cessé.

Ta belle commode de Boule, à Tours, ne coûtera pas plus de trois à quatre cents francs. Quelqu'un s'est chargé de me l'avoir; ta chambre sera complète. J'y mettrai, je crois, le tapis de mon cabinet, s'il y va, et je vais faire plomber le mur refait. Il vaut mieux dépenser quarante ou cinquante francs, et ne rien risquer d'une santé si chère que la nôtre. D'ailleurs, la maison est vieille, et les réparations y sont peu de chose, comme plâtres.

Allons, ma gentille fleur, mon amour idôlatré, mon petit Évelin et ma chère Évelette, si la pensée que tu occupes le cœur et la pensée de ton Noré, si l'idée que son indomptable énergie est tout entière employée en ce moment à te sauver des soucis, à préparer ta jolie demeure peuvent bercer ton cœur et calmer tes ennuis du moment, tu dois ajouter le calme et le bonheur de l'âme à la tranquillité du corps prescrite par le médecin. Il y a seulement une chose que tu dois faire, c'est de te procurer absolument *ton acte de naissance.* Emploie à cela le mois que tu as devant toi.

Ne m'écris pas. Je devinerai ton cher cœur adoré, comme je le devine toujours, car tu verras combien j'étais inquiet de toi avant d'avoir reçu ta lettre. Ainsi, n'écris que quelques lignes. Moi, je t'écrirai tous les deux jours. Ainsi, demain j'écrirai aux enfants, et dans la lettre il y aura un mot pour mon Évelette adorée.

Sois aussi bien tranquille; toutes les acquisitions et les commandes sont suspendues. Malheureusement, j'avais acheté le lustre de Boule, et la commode est une nécessité, car il faut qu'au moins ta chambre soit prête ainsi que mon cabinet.

Adieu. Je voudrais donner à ce papier un pouvoir magnétique, et le charger de repos, de calme, de bonheur physique, qu'il te communiquerait. Mais je t'assure que mon âme franchit à tout moment la distance, qu'elle te serre, te presse, te caresse et t'entoure. Adieu, ma vie; à demain. Mille tendresses à nos chers enfants, que j'aime comme tu les aimes. Mille caresses. Adieu. Je vais me coucher, et ceci est tout ce que j'écrirai aujourd'hui.

Fais-moi écrire par Georges ce que veut Léon.

XXV

AU COMTE ET A LA COMTESSE GEORGES MNISZECH, A DRESDE

Passy, 4 novembre 1846.

Mon cher Gringalet et ma chère Zéphirine,

Je vous remercie de cœur pour la ponctualité avec laquelle vous me donnez des nouvelles de notre grande et bonne Atala; je ne vous dirai rien de mes chagrins; mais, je vous prie, avertissez-moi du jour où je ne pourrai plus envoyer de lettres à Dresde, car j'imagine que le docteur ne défend pas à votre chère et bien-aimée mère de lire; dans ce cas, je vais lui écrire tous les jours. Dès qu'elle m'a écrit qu'elle restait jusqu'à la fin de novembre à Dresde, sans avis, je vous ai fait adresser les journaux et toute *la Cousine Bette* pour distraire la chère malade. J'espère que vous avez tout reçu.

Le Nord est en ce moment de cent vingt francs au-dessous du pair. Si je conserve quelque santé, je vais par un travail insensé tâcher de rétablir la caisse. Dans huit jours, je me mets à finir *les Paysans*, et il s'agit d'écrire et de corriger huit volumes en un mois! Je ne sais pas trop dans quel état je serai alors. Ah! j'aurai bien besoin du bonheur que j'éprouve à être au milieu de vous, et surtout de vous voir heureux tous les deux, heureux l'un par l'autre, comme vous l'êtes. Car je vous devine : je vois Anna toute joyeuse des merveilles de son trousseau, qui lui permet de plaire de plus en plus à son Georges, et vous, Georges, arrangeant vos coléoptères et allant avec Anna voir le musée et les collections. Comme tout cela me rafraîchit l'âme! car je n'ai si bien que vous au monde, que s'il me fallait aller vivre à Wierzchovnia, pour rester avec vous, j'abandonnerais la belle France sans un regret. Il ne faut pas me demander si je pense à vous; à l'imitation de vous, mon cher et gentil Georges, je dis à Bilboquet : « Bilboquet, que font à cette heure Gringalet, Zéphirine et Atala? » Je cherche à deviner vos occupations. Mais vous ne me chargez de rien ici, je ne trotte plus pour vous. Je n'ai que les coquilles fossiles du bassin de Paris et un sphinx à chercher. Je n'ai pas pu rejoindre encore Gaymard.

Adieu, mes chers amoureux! aimez-vous bien, car vous êtes deux belles et nobles créatures, dignes l'une de l'autre et faites par le bon Dieu l'une pour l'autre. Ne voyez personne, laissez là le monde et surtout celui de Dresde.

Le père Bilboquet, croyez-le bien, ne pense plus à rien acheter, il ne pense qu'à payer et *trrravailler* sur la place publique de la Littérature; oui, je me suis donné pour tâche de gagner quarante mille francs dans six semaines.

Mille amitiés. Oh! comme j'aurais voulu voir la troupe dans sa belle voiture! Je baise les mains si jolies des deux comtesses, et je vous serre les mains, mon cher et bon Georges. Adieu; ceci est volé sur la quantité de *copie* à faire. Tout à vous de cœur et d'âme.

DUC DE BILBOQUET,
pair de France et autres lieux.

XXVI

A MADAME HANSKA, A DRESDE

[Passy, 4-5 novembre 1846].
Mercredi [4 novembre].

Mon pauvre Évelin adoré, je ne te parle pas de mes inquiétudes, car nos bons et chers enfants me donnent seulement des nouvelles superficielles. Je voudrais savoir ce que tu sens, ce que tu penses!...

Hier, après avoir cacheté ta lettre, les vomissements m'ont pris, et j'ai rendu mon dîner avec des douleurs atroces. Puis, en même temps, j'ai eu la débâcle inférieure, absolument comme la Chouette l'avait eue lors de sa cholérine. Juge quelle puissance avait mon amour pour toi de me faire contenir ces douleurs pour t'écrire! Je te les dis parce que cette crise si douloureuse était sans doute une excellente chose. C'est une crise de Bile, causée par mon émotion de te savoir malade, retenue à Dresde, et par mon excessif travail. Après avoir dormi cinq heures, je me suis trouvé tout à fait mieux, et n'avoir qu'à remercier la nature et mon tempérament. Je me suis trouvé si bien, que j'ai travaillé.

Je suis allé le soir voir la pièce de Méry, qui est d'une incroyable stupidité. J'y suis allé avec la Girardin. Ce matin, je reçois l'illustre inconnu : Chassériau, le peintre [1], que je charge de voir les peintures de la coupole et de la chambre à coucher Beaujon, et de les faire restaurer.

Il est dix heures et demie. A demain, car on me l'annonce.

Jeudi, 5 novembre.

Hier, je suis allé à la petite maison à une heure, avec Chassériau, après un déjeuner où assistait From[ent]-Meur[ice], qui a emporté les douze cuillers à dorer et pour faire les douze fourchettes. Chass-[ériau] m'a promis un petit jeune homme de talent, qui ferait mon affaire et qu'il surveillerait. Cette opération ne me coûtera que cinq cents francs. C'est peu, mais c'est beaucoup pour moi. Ce sera très bien fait, et tout sera remis dans l'état où cela était du temps de Beaujon. Les travaux ne vont pas assez vite à mon gré. Je suis si désireux d'avoir tout terminé pour le 15 décembre; Gudin a refusé de me vendre du terrain, à quelque prix que ce soit. C'est une affreuse ingratitude qui prouve que ce n'est pas un grand artiste. Je suis assez satisfait de ne plus avoir de voisin. Tu n'auras qu'un bien maigre jardinet, mon pauvre *louloup*. Tu m'en vois désespéré, mais, avec de la patience, nous y arriverons. Gudin vit en trop grand seigneur pour ne pas se ruiner, et il aura des besoins avant que ses terrains aient leur valeur. Chass[ériau] a trouvé les peintures très belles. Nous avons là deux pièces rares. En allant au *Constitut*[*ionnel*], j'ai trouvé, pour la salle à manger, deux ravissants dessus de porte, et pour une misère. Demain je vais avec M. Santi, voir s'ils peuvent s'adapter à nos portes, car il faut en couper. Les maçons nous ont cassé toutes les vitres; il faut refaire la vitrerie. Aussi sommes-nous déjà à seize mille francs à l'estimation de M. Santi. Il y a quinze cents francs de glaces et quinze cents francs Santi. C'est dix-neuf mille francs, et les

1. Le fameux peintre Théodore Chassériau (1819-1856).

cinq cents francs de peintures, ce sera comme tu le vois, vingt mille francs, avec le jardin, le puisard et le trottoir, qui sont en plus. Soixante-douze mille francs en tout. Si je loue la glacière mille francs, nous n'aurons que quinze cents francs de loyer. C'est une admirable affaire. On ne peut pas en trouver une pareille, malgré ses inconvénients, relativement à l'écurie et à la remise, et à la loge du portier. Gudin m'offre d'ailleurs de quoi faire des remises et des écuries. J'ai tout l'hiver pour y penser.

Je suis revenu; j'ai trouvé que ta sœur Aline avait envoyé chez moi, ici, un Polonais, savoir *si j'étais de retour*, et, la gouv[ernante] l'ayant dit, il m'a écrit le nom de ta sœur[1] en me priant d'y passer. Ceci me contrarie énormément, et je ne sais que faire. D'abord j'ai trente-six feuillets à écrire pour terminer [*la Cousine*] *Bette*, et il me faut au moins trois jours de tranquillité parfaite. Puis, elle me prendra du temps. Je vais réfléchir à cela, faire pour le mieux. C'est un fameux ennui que de retrouver ici ta sœur! Je croyais qu'elle passait l'hiver à Ma[n]nheim. Elle a peut-être été séduite par la *grrrande* capitale. Je ne puis pas ne pas y aller, ne fût-ce que pour lui expliquer que je travaille trop pour la venir voir. Mais alors, si elle vient?

Allons, adieu, ma chère petite fille souffrante. Si tu savais dans quel état je suis! Je voudrais être à Dresde, et il faut rester à mon bureau, travailler avec une ardeur incroyable, et gagner de l'argent au péril de ma santé. Mais ce sera mon dernier coup de collier, et nous y gagnerons d'avoir de l'argent devant nous. Il faut, dans un mois, avoir fini *les Paysans* et *la Dernière Transformation de Vautrin.* Juge si je puis flâner. J'espère que *la Cousine Bette* t'amusera bien. On crie au chef-d'œuvre de tous côtés, et ils ne sont pas encore arrivés au pathétique. Il y a de fières scènes, va! Je ne savais pas ce que je faisais. Je le sais maintenant. C'est le pendant d'*Esther!*

Sens mes caresses, mon min[ou]; entends cette voix qui dit à tout moment : « Qu'a-t-elle? Souffre-t-elle? S'impatiente-t-elle? » Ne t'impatiente pas. J'ai pris héroïquement mon parti; je me suis dit : « Travaillons! » Ah! mon Évelinette, comme je t'aime! J'ai redoublé de force et d'amour; et je t'envoie une âme bien ardente, va!

Allons, soigne-toi bien; à demain.

1. Aline Moniuszko, Voir t. III, p. 81.

XXVII

A MADAME HANSKA, A DRESDE

[Passy, 6-7 novembre 1846.]
Vendredi [6 novembre].

J'ai été dérangé pour toute la journée par l'ébéniste qui est venu chercher tous les meubles en marqueterie du salon vert du premier étage, pour les garnir de bronzes dorés et pour les faire ou les mettre à neuf; car il faut bien se dépêcher. C'est effrayant ce qu'il y a à faire. Puis, par Victor Paillard, le bronzier[1] qui est le Froment-Meurice du bronze, et qui demande six mois pour nos montages. Il aura bien des choses chez lui, qui n'arriveront que une à une.

Alors, ayant été dérangé, je suis allé dehors pour des dessus de porte pour la salle à manger, et puis je suis allé chez ta sœur. Elle avait envoyé *Léon* chez moi : Léon a fini par découvrir ta sœur! C'est effrayant, ton Ukrainien! J'ai donc vu la narcotique Aline. Au risque de faire changer tes plans (ce qui serait absurde, car rien n'est plus facile que d'obtenir l'incognito), je te dirai qu'elle compte passer l'hiver à Paris, parce qu'elle a découvert ce que nous nous tuons à dire, nous autres Parisiens, que Paris est la moins chère et la plus agréable de toutes les existences. Elle est logée et nourrie, elle et son monde, pour sept cents francs par mois. Elle m'a dit que, te trouvant triste et changée, elle avait voulu t'*amuser en te racontant toutes les horreurs qu'on disait de moi, et dont elle ne croyait pas un mot.* D'ailleurs, insensibilité complète à l'article de tes souffrances, de ta maladie, que j'ai alors exagérée, pour savoir si cela la toucherait. Néant!... Enfin, elle est folle de Paris. Elle est furieuse de l'article du mariage d'Anna[2]. Elle m'a dit que vous étiez une famille détruite, ruinée, tombée, etc., et que cela ne convenait pas. Et, néanmoins, je vois qu'elle joue beaucoup, pour elle-même, du titre de petite-nièce de Marie Leczinska. C'est effrayant comme les *tiens* ressemblent aux *miens*. Même esprit, même langage.

Je lui ai prouvé : *primo*, que je n'étais pour rien dans l'article paru à Paris pendant que j'étais avec vous; *secundo*, que nous ne pensions pas l'un à l'autre, moi te désirant toujours pour femme [cependant]; *tertio*, que, si jamais ce bonheur m'arrivait, j'étais plus riche que toi, parce que j'avais une belle maison payée, un mobilier de

1. Fabricant de bronzes, 3, rue de la Perle, où Balzac, écrivant alors *le Cousin Pons*, a logé Fraisier, l'avocat véreux consulté par la Cibot.
2. Paru dans *le Messager*. Voir plus haut, p. 75, n. 1.

trois cent mille francs, et cent mille francs par an de ma plume, et que, le 1er mars prochain, je n'aurais [plus] un liard de dettes. Elle a conclu tristement : « Ainsi, ma sœur ferait un excellent mariage d'argent », ce qui m'a très fort réjoui.

Je lui ai dit que je travaillais nuit et jour à Paris, et que j'étais moins visible qu'à Cannstadt. Je t'ai dit à Dresde. Elle t'a écrit à Francfort, par les Rothschild. Pauline[1] paraît aller mieux. Ernestine[2] est toujours l'affreux *monstrico* que tu connais. Léon sert ta sœur.

Aline ne m'a pas demandé le moindre détail sur le mariage d'Anna, et a écouté avec peu d'attention quand je lui ai dit que j'étais bien heureux de savoir par moi-même que Georges la rendrait heureuse, qu'ils s'aimaient, etc. Elle est d'ailleurs la même provinciale, la même prétentieuse que nous avons vue à Cannstadt.

Très étonnée de me savoir riche, je lui ai dit que l'opinion m'était très indifférente, que je ne vivais que pour toi, pour tes deux enfants, et que le reste du monde m'était égal comme deux œufs. Avoir une belle maison, bien ornée, pour y rester, avoir une femme aimée et n'en pas sortir, ni de l'une ni de l'autre, était le programme de ma vie. Et, alors, elle a dit : « Ma sœur est bien heureuse d'être aimée ainsi. » Voilà. Elle allait dîner en ville.

Le bureau de papier timbré que je sollicitais est donné à Mlle Leverrier, sœur de la *planète*[3]. C'est désolant, Huit jours de démarches et d'ennuis perdus. La gouv[ernante est] d'une humeur à jeter dehors. Elle va en acheter un. Elle m'ennuie tant, que je vais la renvoyer et la mettre chez elle. Cela sera fait pour les premiers jours de décembre, j'espère.

Dans les quinze premiers jours de décembre, nous aurons de prêts : une chambre à coucher, un salon, mon cabinet, la bibliothèque, et toutes les chambres de domestiques. Le mur refait, sur la rue, sera recouvert d'une feuille de plomb, pour que tu puisses habiter [ta chambre]. Personne, d'ailleurs, ne te découvrira là, surtout si tu as une femme de chambre et un domestique allemands. J'aurai, moi, une cuisinière et un petit domestique français. Il faudra la plus prodigieuse activité pour tout terminer. Je compte toujours sur toi pour les dix-huit mille francs Rothschild. Je me charge de tout le reste.

Cette semaine on place le calorifère, et tout va prendre tournure. Les maçons commencent à évacuer l'intérieur. Mais, hélas! les dépenses iront à vingt mille francs. Et que de soucis cela me donne! Enfin, c'est pour nous, c'est notre nid. Cela ne se recommencera pas. Mon Dieu, si ton frère[4] avait été bon pour toi, nous n'aurions pas

1. 2. Pauline et Ernestine, filles d'Aline Moniuszko, sœur de Mme Hanska, voir p. 20.
3. C'est-à-dire sœur de l'illustre astronome.
4. Ernest Rzewuski.

eu d'ennuis. Cela aurait suffi. Mais il faut que je gagne à mesure l'argent nécessaire à tout cela, et au moment où M. Fessart en demande, et Buisson. C'est treize mille francs! à eux deux. Et la Chouette! Allons, quand je pense à la copie à faire, la sueur me prend et je te quitte. Adieu, il faut achever ce que je tiens et recommencer autre chose.

Mille baisers, mon idole souhaitée.

Samedi 7 [novembre]. A deux heures du matin.

Hier, mon *loup* adoré, j'ai reçu ta petite lettre, et, sans la lire, je l'ai baisée avec les larmes aux yeux en pensant à ce divin héroïsme et à ta désobéissance au médecin. Ne fais plus cela, si tu risques ta santé, chère idole de mon cœur. J'ai eu de l'orgueil d'être tant aimé; puis, j'ai frémi de ton imprudence. Oh! chérie, chérie! Puis ta lettre m'a donné froid dans le dos, quand j'ai lu ces mots : « Arrange-toi comme tu pourras avec les Rotschild; ne compte sur moi pour rien. » Pauvre *loup*, tu ne sais pas ce qui se passe ici. Le Nord est à cent soixante-quinze francs au-dessous de notre acquisition, et il faut oublier qu'il existe. Je ne veux pas perdre quarante mille francs. Si l'on vendait, on perdrait cela. Dans quelque temps, mes valeurs vaudront à peine vingt-huit mille francs, au lieu de quatre-vingt-dix; et, dans six mois, cela vaudra cent et autant de mille francs.

En arrêtant tout à Beaujon, mes engagements sont de quarante-cinq mille francs, à payer d'ici le 25 décembre. S'il faut que je paie cette somme par mes propres forces, il faut que je le sache dès à présent, car je serai forcé de tenter un coup désespéré, et qui influe sur ma conduite.

Écoute : il faut écrire alors les huit volumes des *Paysans* du 15 novembre au 15 décembre, c'est-à-dire *un volume* tous les quatre jours! Comment sort-on d'un pareil travail? Et cependant ta lettre ne me permet pas d'attendre une réponse. J'ai trente-deux feuillets encore pour finir *la Cousine Bette*. Demain, dimanche, ils seront finis. *Les Deux Musiciens* seront terminés dans cinq jours. Nous serons au 23. Le 14, je commence *les Paysans*, et je ne quitterai mon bureau que le 15 décembre, les ayant finis, car il faut payer R[othschild] le 25. Je mourrai, plutôt que de recommencer, avec toi, ma vie depuis dix ans, et plutôt que de perdre la somme énorme que nous perdons en ce moment. Si l'on soupçonnait ma gêne, les libraires s'entendraient pour m'égorger. Ils donneraient cinquante francs de ce qui vaut cent francs... Huit volumes en un mois! J'en ai fait cinq en six semaines lors de mon voyage à Pétersbourg, et Dieu sait dans quel état j'étais. Aujourd'hui, il faut doubler la dose et hier, en me couchant, j'ai contemplé froidement mes obligations, et je me suis dit : « Je les ferai, car c'est mon unique ressource. »

Je viens de récapituler mes obligations; les voici : trois mille francs à un ébéniste, seize mille aux entrepreneurs, dix-huit mille à Rotschild, trois mille à Fess[art], et cinq ou six mille d'obligations absolues. Tout cela, sans compter ma vie ici ni mes affaires de dettes anciennes.

Ne te tourmente pas, au nom de Dieu et de nous de mon bonheur à venir, de cette situation. A moins de maladie, j'y ferai face. Je te l'explique pour que tu comprennes que je ne puis quitter mon bureau. A compter de demain, je n'existe pour personne; je ne vis qu'avec les ouvriers de *la Presse.* La gouv[ernante] ira et viendra chez les libr[aires] pour faire les traités. Je travaillerai vingt heures par jour et j'arriverai sans doute! Et, le 15 de décembre, je partirai pour t'aller chercher à Mayence. Et remarque bien qu'il faudra faire *les Petits Bourgeois* en janvier.

Tu me dis d'arrêter tout à Beaujon. Que j'arrête, que je laisse finir, la dépense est due. Ce serait une folie. Il faut, au contraire, avoir l'air pressé, pour ne plus donner de soupçons. D'ailleurs, la maison est éventrée; la mauvaise saison commence; on ne peut pas laisser une maison dans l'état où cela est. J'ai tiré le vin, il faut le boire.

Encore un coup, *louloup*, je ne t'écris ceci que pour t'expliquer la position où je me trouve. Toi, tu n'as rien à faire qu'à joindre les mains et crier à Dieu : « Sauvez-le! » tous les soirs, comme font les femmes des maris qui sont sur un champ de bataille. Si l'on disait mon entreprise à Dumas, il se mettrait à rire, car il n'y a que lui qui puisse savoir la témérité de mon entreprise. Il s'agit de faire vingt feuillets par jour, pendant quinze jours, et les corriger!

Eh! bien, je t'aurai apporté en dot une belle maison, bien meublée; voilà le résultat. Aussi, pour ne rien risquer, aurai-je endossé le gilet de flanelle dès mardi prochain. Il suffirait d'un rhume pour renverser cet échafaudage littéraire.

Ah! mon *loup*, tu ne sais pas ce que c'est que de faire des volumes! C'est joli à lire, quand ils sont jolis; mais, c'est une plus grande besogne d'en faire huit, que la campagne d'Iéna! Quant hier en allant au *Constitutionnel*, ta lettre sur mon cœur, j'ai vu que ce travail était ma seule ressource (car Furne, c'est un procès pour avoir de l'argent), j'ai frissonné, de Passy au Palais-Royal! (Fais-moi dire quand il faudra arrêter l'envoi des journaux.) Et remarque que les *Paysans*, c'est *un chef-d'œuvre attendu*, exigé, voulu, à faire! Prie le bon Dieu pour moi, et qu'il y ait toujours au bout de ma plume des idées, comme il y aura de l'encre! S'il ne s'agissait que d'idées : mais il faut du style!

Allons, adieu, chère fleur d'amour adorée. Ne te tourmente pas, je comprends ta position. Dis-toi que tu es si puissante sur moi, que je t'aime tant, que ton amour me préservera de toute anicroche, et que j'accourrai vainqueur, à Mayence. N'attends plus beaucoup de lettres de moi, car il me sera vraisemblablement impossible de t'écrire autre chose que deux mots, deux lignes, tous les jours, pour te dire : « J'ai fait tant de feuillets; je vais bien. »

Oh! *mon louloup*, après tout ce n'est pas pour des créanciers, c'est pour notre nid que je travaillerai. Cette idée est plus puissante encore que la perspective de notre entrevue à Pétersbourg. Que ta charmante sœur ne t'empêche pas de venir, car, d'abord, il faut que nous passions un petit quart d'heure devant M. le maire, et puis, allant à Beaujon et moi restant ici, personne au monde ne saura rien, surtout si tu as deux domestiques allemands.

Il y a aussi une idée *superbe* qui me donnera la force : c'est que j'aurai payé mes dettes et ma maison, et *sauvé* la caisse! Sauve Victor-[Honoré] et mon Évelette, voilà ce que je te demande. N'aie pas un souci, car, vois-tu, je suis enchanté de ces tristes circonstances pécuniaires. Je finirai *les Paysans* et *les Petits Bourgeois*, et me trouverai libre de toute entrave, de toute obligation, beaucoup plus tôt. Cela me va. Quand un grand sentiment soutient une grande énergie, l'âme et le corps sont sauvegardés. Beaucoup de tranquillité, beaucoup de sobriété, pas de *louloup* ni de nuit de Francfort, et cela s'avalera. Dieu! avec quel bonheur je te serrerai dans mes bras, ayant fait ce dernier tour de force! Avec quelle volupté je te mettrai dans ma maison, dans ta maison, dans notre maison! Oh! je t'aime, vois-tu, à soulever des montagnes, à les porter comme une plume, à mourir avec bonheur pour celle qui m'a écrit cette page en cachette! Ta lettre m'a atterré et donné de la force pour faire vingt volumes! Vive mon Ève et en avant la plume! Je t'envoie un cœur et une âme tout à toi. Tu dois avoir lu *la Cousine Bette* et en lire tous les jours un chapitre. C'est un des beaux livres, parmi mes beaux. Je vais faire aussi *la Dernière Incarnation de Vautrin* pour *l'Époque*.

Mille tendresses, mille caresses; soigne-toi bien, dorlote-toi. Mais, surtout, exige ton acte de naissance, et sois bénie de Dieu, toi et tes chers enfants, vous tous qui êtes ma vie et mon bonheur! Oh! *louloup*, comme je baise mon cher Vict[or-Honoré] et mon divin min[ou]!

XXVIII

A MADAME HANSKA, A DRESDE

[Passy, 8-9 novembre 1846.]
Dimanche [8 novembre].

Hier, ma chère Évelinette, je suis allé voir Lirette, et il n'y a rien de possible avec les religieuses. Figure-toi que je prends la peine d'aller de Passy à son couvent : il faut une heure, en voiture, et une heure pour revenir. Je viens lui parler d'Anna et de toi et, au bout de cinq minutes à ma montre, elle me dit : « Nous avons chapitre, il faut que je vous quitte. » Tu sais de quoi il s'agit dans ces chapitres, des niaiseries, et, faute d'un moine, les affaires ne chôment pas. Une religieuse lui avait dit devant moi : « Voici la clef, venez quand vous voudrez. » Ah! bah! Elle ne m'écoutait pas; elle avait l'esprit ailleurs; elle se décomposait d'impatience. Et dans cinq minutes, elle m'a dit qu'elle n'avait vu tes sœurs qu'une fois. Elle aurait voulu qu'elles fussent à son couvent toute la journée. Avec l'âme la plus catholique du monde, laisse-moi te dire que ceci c'est l'égoïsme le plus effréné, le plus hideux qu'il y ait au monde, et que je crois Lirette damnée. C'est effrayant. Si tu avais subi une scène pareille, tu aurais le dégoût des couvents. Et, s'il te plaît, elle voudrait... Mais je ne puis pas t'écrire sur ce qu'elle veut! Je t'en parlerai.

Pour ce moment, elle s'intéresse à Léon, qui, dit-elle, est à tes pieds, et qui ne demande que sa chaîne. Il voudrait rentrer à ton service. J'attends tes ordres à ce sujet. Si tu le reprends, ce ne pourrait être qu'en mai prochain et en Allemagne, lors de ton retour en Ukraine. Écris-moi, quand tu pourras écrire, tes intentions, le produit de tes réflexions et de ta sagesse.

Le Nord ira à deux cents francs au-dessous de notre prix d'acquisition. Il n'y aurait qu'une façon de s'en tirer : ce serait d'acheter alors cent actions. Cela me permettrait d'en vendre deux cents à un prix moyen que je me ferais.

Ma position est effrayante, car les entrepreneurs qui ont fini, comme le charpentier, par exemple, demandent leur argent. Il faut travailler à force, boire du café, et je suis si inquiet que je ne dors presque plus. Adieu. Je crois que les peintres vont s'emparer de la maison demain, et la nettoyer, la peindre : cela demandera vingt jours; nous serons au 29. Il faudra bien dix jours pour emménager. Je te donne mille baisers, à travers l'espace, mes ennuis et mes travaux.

Toujours pas de caisses d'Allemagne.

Lundi [9 novembre].

J'ai énormément travaillé hier. J'aurai fini *les Parents pauvres* qui m'enrichiront, d'ici à cinq à six jours. L'idée de mettre au théâtre *le Père prodigue* m'a pris, et je suis sorti de trois heures à cinq heures, et je suis allé à la poste, où j'ai trouvé ta chère lettre et celle de Georges. Je m'étonne que le 4 tu n'aies pas encore reçu les journaux. Tu les auras eus le lendemain. Cette semaine qui vient, le Nord baissera, dit-on, encore de cinquante francs. Comme je te le disais, je ne puis rien faire des deux cent vingt-cinq actions. Il faut me jeter dans l'abîme des *Paysans*, et, malheureusement, je sens d'affreuses douleurs au diaphragme, évidemment causées par le café. N'importe, le 10 je serai plongé dans cette fabuleuse entreprise. Les entrepreneurs demandent déjà de l'argent. Je ne dors plus d'inquiétudes, et je travaille.

La Cousine Bette a un tel succès qu'en allant demander à Mme de Girardin l'adresse de Roqueplan, elle m'a dit que l'on s'occupait d'une pièce. J'ai couru chez lui, et j'ai réclamé mon droit de priorité et de paternité. Je ne me doutais pas de ce qu'était *la Cousine Bette.* Tu verras des scènes les plus belles que j'ai trouvées jusqu'à présent dans ma carrière littéraire. Cette semaine, j'espère que ton médecin te permettra de lire ou de te faire lire cela.

Il me reste toujours vingt-cinq feuillets environ à écrire sur *la Cousine* [*Bette*] et soixante-quinze sur *le Cousin* [*Pons*], car, tu as raison, je changerai le titre, et l'antagonisme sera mieux compris par : *la Cousine Bette*, *le Cousin Pons.*

Le Théâtre-Français vient de m'envoyer nos entrées, et je l'en ai remercié en lui annonçant : l'*Éducation du Prince*[1].

Il est trois heures du matin. Si, ce matin, je fais deux chapitres, (seize feuillets), tout sera sauvé, car j'achèverai [*le Cousin*] *Pons* en faisant *les Paysans.* Je garderai le pauvre Pons comme une distraction.

Soigne-toi bien, et ne fais aucune imprudence. Tu sais ce qu'est une lettre de toi pour moi : c'est avoir, c'est lire, c'est respirer ta chère âme adorée ! Eh ! bien, quand j'ai vu que la défense subsistait et que tu m'avais écrit, j'ai eu du chagrin. Au nom de *nous deux* et de moi, ne compromets pas ta Santé, mon bon Évelin (Évelin, c'est ta raison), je t'en supplie.

La galerie sera couverte d'ici à mercredi, s'il ne pleut pas. Je serai bien content. Tous les travaux de maçonnerie vont être achevés cette semaine, et les peintres vont s'emparer de la maison. On pose le calorifère. Le petit cabinet secret mis en appendice au premier étage est fini. Mais, *louloup*, seize mille francs et dix-huit mille francs à Rothschild !

Je finis; je n'existe pas, et je voudrais avoir deux cerveaux et écrire des deux mains !

La Ch[ouette] va ce matin chez deux libraires. Si je fais les traités en librairie et si je peux écrire *les Paysans* et achever *les Petits Bourgeois*, j'aurai tout sauvé. Mais quel effort !

Allons, adieu, ma chérie. Tu ne douteras plus de l'amour qui fait accomplir de tels miracles, et tu ne me demanderas plus de t'expliquer à quoi j'emploie mon temps. Enfin, je ne résiste pas au divin plaisir de causer avec toi en m'éveillant. Remercie Georges de sa lettre. Il m'est impossible de lui écrire, à ce bon et aimable *Fanandel.* Soigne-

1. Voir la lettre suivante.

toi, aime-moi et reviens à la santé, pour m'arriver le plus tôt possible. Mille tendresses et mille caresses.

Tu ne me dis pas si V[ictor-Honoré] se remue. Tu m'ennuies bien avec ta m[aladie]. Moi, je ne pense qu'au m[inou] et à mes nuits de Fr[ancfort].

Comment avez-vous trouvé le : « Notre famille est trop déchue pour que de pareilles manifestations (l'annonce du mariage d'Anna), ne nous fassent pas de *tort!* » de votre sœur, qui m'a dit que votre chère sœur Caroline s'en était moquée?... Ça m'a vraiment fait mal.

Vous ne me dites pas si le chevalier porte-glaive[1] est encore le plus bel ornement de la capitale des porcelaines [2].

XXIX

A M. LE SECRÉTAIRE DU COMITÉ D'ADMINISTRATION DU THÉATRE-FRANÇAIS, A PARIS

[Paris, 8 novembre 1846.]

Veuillez, monsieur, transmettre au Comité du Théâtre-Français mes remerciements de la décision que vous m'avez annoncée et par laquelle il m'accorde mes entrées.

J'essayerai de reconnaître cette faveur par mes travaux dont le succès dépendra beaucoup du talent de messieurs les Sociétaires. Vous pouvez annoncer au Comité que je destine au Théâtre-Français une comédie en cinq actes, intitulée : *l'Éducation d'un prince.* Si, dans ce moment, tous mes instants n'étaient pas absorbés par les feuilletons que vont publier les journaux *la Presse* et *les Débats*, je serais allé voir ceux de ces messieurs les Sociétaires qui peuvent être intéressés au succès que je tenterai; mais, pour deux mois encore, mes jours et malheureusement mes nuits appartiennent à des œuvres commencées, ou attendues et promises.

Faites agréer, monsieur, au Comité, l'expression de la haute considération avec laquelle j'ai l'honneur d'être,

S[on] t[rès] h[umble] et t[rès] o[béissant] serviteur,

DE BALZAC.

1. Le comte Michel de Borch. Voir p. 99.

2. Sur le dernier feuillet de la lettre, à côté du dernier paragraphe, Balzac a écrit, en colonnes, la liste suivante : « Caisses, 750, plumes, 100, ménage, 500, ébénistes, 2.500, Servais, 800, Senlis, 850, décembre, 2.000, entrepr[eneurs], 16.000, Roth[schild], 18.000. Total : 43.700 + 2.000 francs pour *la Presse.* » Et au verso du feuillet, il a encore inscrit des multiplications.

XXX

A MADAME HANSKA, A DRESDE

[Passy, 10-14 novembre 1846.]
Mardi [10 novembre].

Hier, mon pauvre petit Évelin chéri, j'ai mis ta lettre à la poste après l'heure, car j'ai été pris par la visite d'un consul, qui voulait des renseignements sur la Sardaigne [1], et par celle de mon futur neveu. Puis, il a fallu aller chez Roqueplan, le directeur des Variétés, où l'on va donner une pièce [2] sur *les Parents pauvres*, et je suis bien aise d'y avoir des droits, en dirigeant la fabrication de la susdite pièce. Je me suis entendu avec Roqueplan. M. F[essart] exige beaucoup d'argent et il est fâché de ne pas l'avoir reçu. Mais je ne puis lui en donner qu'à la fin de cette semaine, car il me faut encore trois ou quatre jours pour finir *la Cousine Bette*. Ça grandit et s'allonge tous les jours; je ne veux pas manquer ce beau sujet-là. Il lui faut tous ses développements.

Adieu, car j'ai beaucoup à travailler, et il faut que j'aille chez Véron pour demander mon argent.

Mercredi, [11 novembre].

Hier, j'ai perdu toute ma journée chez Véron, et à attendre le directeur du *Constitutionnel* pour faire mon compte. J'y retournerai aujourd'hui, car il faut en finir. Il me faut une trentaine de mille francs. Je suis impatient de m'appliquer aux *Paysans*. J'ai cependant encore aujourd'hui trente-sept feuillets pour terminer *la* [*Cousine*] *Bette*, et soixante-sept pour finir *le Cousin Pons*. C'est cent feuillets. Ma santé n'est pas altérée, mais le voyage que nous ferons ensemble sera bien nécessaire. Il me fera tout autant de bien à la santé qu'au cœur.

La maison ne s'achève point et les entrepreneurs deviennent exigeants. Oh! mon pauvre *louloup*, combien d'argent il me faut! *Les Parents pauvres* donnent vingt-trois mille francs. C'est avalé comme une fraise. Les vingt-cinq mille francs des *Paysans* passeront comme un feu de paille. J'espère vendre à Souverain cent feuilles de *la Comédie Humaine* et, si cette affaire se fait cette semaine, j'aurai

1. Où Balzac s'était rendu en 1838. Voir t. I, p. 466 et suiv.
2. *Madame Marneffe ou le Père prodigue*, par Clairville; 5 actes au Gymnase dramatique, 14 janvier 1849.

sauvé la position. Mais je serai engagé. Ton voyage en Ukraine, au mois de mai, me permettra de terminer ces nouvelles obligations. Ma situation en ce moment est souveraine. G[eorge] Sand n'en peut plus; elle n'est sympathique que pour la *Mare au Diable*, et elle n'en fait pas souvent. Elle et [Eugène] Sue se sont coulés à cause de la prédication politique. A[lexandre] Dumas est brouillé avec le *Constitutionnel* et *la Presse*, et il est en Afrique. Il a cru mettre les journaux dans l'embarras. Soulié est bien tombé. Je reste seul, plus brillant, plus jeune, plus fécond que jamais. *Les Parents pauvres* ont un succès formidable. *Les Paysans* vont venir, et puis, *aux Débats*, *les Petits Bourgeois*. C'est à les étourdir tous. Les épreuves *de la Com*[*édie*] *Hum*[*aine*] m'absorbaient et me prenaient tout mon temps. On va voir ce que je puis gagner par an et ce que je puis faire! Je compte donner aux *Débats*, *Une Mère de famille*, et à *la Presse*, *le Député d'Arcis*, en 1847, et faire jouer, aux Français, *l'Éducation du prince*. Ce sera une année au bout de laquelle j'aurai cent mille francs à moi, mes dettes payées, ma maison payée, mon mobilier payé! Chaque année, je veux faire mille francs de rentes à mon moutard et ne jamais quitter la jupe de la maman. Oh! comme je t'aime! tu ne sais pas combien tu es aimée. Je te le dirai quand nous nous reverrons, dans quelques jours, je l'espère.

Allons, adieu; voici le jour, et il faut écrire vingt feuillets, si c'est possible. Mille gentillesses à nos enfants et au m[inou] chéri. Amasse comme je paie, et nous serons bien riches!

Jeudi [12 novembre].

Mon *louloup*, j'espère payer demain neuf mille francs pour quatorze articles. Ça me mettra au courant. Il faut en payer dix-sept à la fin du mois. Les caisses sont arrivées. Samedi, j'aurai fini *la Cousine Bette*. Lundi, je me mets aux *Paysans*, et je finirai *le Cousin Pons* comme distraction à l'énorme travail des *Paysans*. *Les Parents pauvres* auront donné vingt-cinq mille francs. *Les Paysans* donneront cela. Malgré tant d'effort, je ne puis pas payer les dix-huit mille francs aux Rotschild sans que tu viennes à mon secours. Il n'y a pas de tête ni de main qui puisse réaliser les travaux nécessaires à ce résultat, dans le peu de temps qui reste. Les actions sont invendables et il faut bien les libérer pour pouvoir les réengager en janvier, pour le versement.

Il y a encore eu révolte chez les entrepreneurs. Je vis d'alarmes pour cette chère (bien *chère!*) maison. Tout se calmera par l'argent que je donne. D'ailleurs, tout va bien. Nous n'avons ni loge de portier ni antichambre. C'est un gage donné par ton *loup* à son *loup*, d'une vie casanière, sans réception, sans faste, tout intérieure. Plus tard, si Gudin change d'avis, nous aurons un jardin, une loge de concierge et des écuries. Il vaut mieux attendre un an pour acheter du terrain. Il en faudrait pour quarante mille francs, sur lesquels on en revendrait pour trente mille. Nous ne pouvons faire cela que quand le Nord aura grimpé, et que j'aurai payé les trente-deux mille francs de M. Pelletereau, en 1848. Il y a telles circonstances qui peuvent nous livrer cela, même à bon compte.

Tu verras par les journaux que j'ai pu me faire donner des droits sur la pièce des Variétés. Oh! *louloup*, que de courses, que d'affaires! Souverain vient dîner vendredi. Si je fais un marché avec lui, j'aurai bien des soucis de moins. Je ne lui vends d'ailleurs que ce qui est fait, ou que je suis obligé de faire : *les Paysans*, *les Petits Bourgeois*, [*la Dernière Incarnation de*] *Vautrin*, *le Député d'Arcis*, *Une Mère de famille*. Ma santé se soutient.

Je vais prendre un domestique, car il faut garder la maison, où je vais, à compter de la fin du mois, faire apporter de beaux meubles, où il y aura la bibliothèque de Boule, mes livres, etc., etc. Je crois en avoir un excellent, dans le genre de celui de l'hôtel du Mail [1]

Allons, adieu pour aujourd'hui, ma chère Évelinette. Il faut travailler, inventer, corriger, courir, faire des affaires, aller corriger aussi le bâtiment. Tout cela demande onze ou douze journées dans la journée, et des mains, et des cerveaux! Tu es la cause de tout cela. Oh! si tu savais ce qu'est un homme qui aime, ce qu'il a de force! Si tu me voyais, tu saurais ce qu'est mon amour pour toi, en voyant ces gigantesques efforts.

Mille tendresses.

Vendredi [13 novembre 1846].

Je n'ai pas pu aller à la poste hier tant j'ai eu d'affaires. Je ne sais donc pas si j'ai des lettres de Dresde. Les caisses sont arrivées; il faut payer. J'ai reçu hier au *Cons*[*titutionnel*] six mille francs au lieu de huit mille. Ils n'ont voulu payer que ce qui avait paru. M. Mosselmann-Lehon a introduit des coutumes *juivo-belges*. On me remet à la fin pour le reste. C'est égal, je vais avoir terminé d'ici à huit jours.

Je n'ai pu me dispenser d'aller à la pièce de [Théophile] Gautier [2]. J'y suis allé dans la loge de Mme [de] Girard[in], car il y avait assigné ma place, par économie. C'est au-dessous de l'ignoble et du bête, [Théophile] Gautier s'est nommé après trois actes hués et sifflés justement, et pas assez selon leur mérite de platitude.

J'ai remis trois mille francs à M. F[essart], quinze cents francs aux entrepreneurs. J'ai gardé sept cent cinquante francs pour les caisses et j'ai payé le doreur, etc. Il me faut encore quatorze mille francs

1. Tenu par L.-A. Lequeu, 23, rue du Mail.
2. *La Juive de Constantine*, jouée pour la première fois à la Porte-Saint-Martin, le 12 novembre 1846.

d'ici à la fin du mois, pour sortir de ce mauvais pas, et pouvoir aller tranquillement à ta rencontre.

J'ai encore quarante-huit feuillets à faire pour *la* [*Cousine*] *Bette* et quarante-huit pour [*le Cousin*] *Pons*. Après, il faut mettre en train *les Paysans*. J'ai autant de courage que d'amour.

Adieu pour aujourd'hui. Mille tendresses. Demain, je t'enverrai cette lettre.

Samedi [14 novembre].

Mon *louloup*, si tu es bien gentille, tu feras ce que je vais te dire à Leipsick. Comme c'est le pays où la fourrure est la moins chère, je voudrais que tu m'y achètes, en y passant, assez d'hermine pour faire un tapis de lit de six pieds de long sur quatre de largeur. N'oublie pas cela, car *c'est une économie*, et je le destine à notre lit. Tu me ferais bien du chagrin de ne pas faire cette commission.

J'ai repassé hier au soir tous mes calculs. Il me faut quatorze mille francs pour mes paiements de novembre, et je les aurai vraisemblablement par mon travail. *Les Parents pauvres*, finis, et *les Paysans*, en train, acquitteront cela. Je te rabâche beaucoup ma position, mais tu aimes cela; d'ailleurs, je ne peux te parler que de ce qui m'occupe, et mes affaires sont *nos* affaires. Il vaut mieux te dire cela que de t'envoyer des élégies. Plus va *la Cousine Bette*, plus le succès augmente. Il est formidable, immense, ça triple ma tâche pour *la Presse*.

Je crois que j'aurai un excellent domestique. Celui-là et ton Allemand, si tu le gardes, et ta femme de chambre, si tu la trouves bonne, ce serait déjà beaucoup. Il ne nous resterait qu'une cuisinière à trouver. Oh! mon cher Évelin, si de ton côté tu peux m'apporter les dix-huit mille francs de Rotschild, nous aurons vaincu cette épouvantable difficulté, et nous aurons nos deux cent vingt-cinq actions. C'est déjà une petite fortune.

Neuf heures du matin.

Je viens d'aller chercher mes lettres à la poste, mon divin *loup*, et j'y ai trouvé de toi une petite lettre sans date, mise à la poste le 8, à Dresde, et venue ici le 13, hier. Cette petite lettre où tu ne me dis pas avoir reçu les journaux et toute *la Cousine Bette*, où tu ne me parles pas de mes lettres (je t'en écris tous les deux ou trois jours), m'inquiète vivement, même par le soin que tu y prends de me dire : « Ne t'inquiète pas. »

Oh! mon adorée et bien chère Ève, je suis au désespoir, car j'ai des fers aux pieds, et ils pèsent trente mille francs!... Comment, le 8, tu n'avais pas reçu les journaux? Tu n'avais pas de lettres nouvelles de moi? Je me suis dit que peut-être les enfants te les gardaient pour ne pas te donner d'émotions. Georges ne m'écrit plus... Je ne sais rien d'un État qui te *met en chapelle*. C'est une situation, avec ce que je porte, à me rendre fou! Tu ne croiras peut-être pas que cette lettre si bonne, si affectueuse par ce qu'elle me cache et par le dévouement qu'elle accuse, m'a fait pleurer de son insuffisance. Est-ce l'état nerveux où me met le café pris en abondance pour franchir ces quarante feuillets de copie pour finir [*la Cousine*] *Bette?* Je suis d'une affreuse tristesse, comme s'il se passait à Dresde un événement mauvais pour nous deux. Et je t'aime tant que cette impression me poursuit. J'y crois. Mon Dieu, qu'as-tu?

Hier, Souverain est venu. Rien n'est possible avec cet homme, et, malheureusement, il est un des plus solvables. Il m'a volé mon temps. Il est resté jusqu'à minuit et demi pour m'ennuyer et ne rien faire. Il faut tendre d'autres ressorts, entamer avec d'autres libraires.

Allons, adieu, ma chérie. Il faut que je travaille avec un entrain terrible, car il me faut quatorze mille francs pour la fin du mois. Après ces paiements-là, je devrai encore quinze mille francs environ pour la maison. Mais, *les Paysans* payeront cela. Si le Nord voulait remonter de cent francs, nous ne serions pas dans l'embarras.

Ah! mon Évelette, je t'aime trop; je ne pense qu'à toi, je voudrais être près de toi; j'attends avec impatience des nouvelles détaillées, quand tu pourras écrire. Aime-moi bien; soigne-toi bien. Ne me considère pour rien, quand il s'agit de ta santé; fais tout ce que tu dois faire, et seulement dis-moi bien tout. Moi, quand tu recevras cette lettre, je serai à travailler aux *Paysans*. Mais, mon *louloup*, si je ne devais pas compter sur toi pour payer les dix-huit mille francs à Rotschild, dis-le-moi, car nous serions bien près de la ruine.

Adieu, mille tendresses, mille caresses. Tu es au lit; tu souffres, et je ne suis pas là. Tout mon amour est résumé dans cette horrible phrase. Mille gentillesses à mon m[inou].

J'ai envoyé un effet à Drey.

XXXI

A MADAME HANSKA, A DRESDE

[Passy, 15-17 novembre 1846.
Dimanche [15 novembre].

Mon bon petit *louloup*, hier j'ai fait un dîner monstre, avec la rédaction du *Constitutionnel*. Ça m'a beaucoup dérangé, car, ce matin, je dormais encore à huit heures.

Je suis allé [à la maison] avec un jeune peintre qui, pour cinq cents francs, restaurera les deux pièces en coupole, et qui devait s'entendre et qui vient de s'entendre avec le peintre en bâtiments qui fait les peintures de la maison. Nous en sommes aux peintures. Dans quinze jours d'ici, tout sera presque fini. J'en suis à chercher un domestique pour garder la maison. J'en ai deux en vue. Le 10 décembre, tu pourras être parfaitement bien là. Jeudi prochain, je vais faire ma visite au curé, pour faire arranger la tribune.

Cette activité, ces travaux, cette maison *remaniée en entier*, tout cela se traduit par vingt-trois mille francs à payer, et cinquante-deux mille francs d'acquisition : total, soixante-quinze mille francs. C'est vraiment pour rien. J'ai vu mon miroitier, qui a des encadrements et une glace à moi. Je lui avais donné rendez-vous, mais il n'est pas venu. C'est une autre matinée à perdre, comme celle-ci.

J'aurai pour douze cents francs de dorures de meubles. Enfin, malgré mes travaux, j'ai encore, ce soir, quarante feuillets à faire pour *la Cousine Bette*, et cinquante pour *le Cousin Pons*. Et il faudra se mettre, sous cinq jours, aux *Paysans*, si je veux faire face à mes obligations. Mais une jolie maison, une jolie femme, et un joli intérieur, que ne ferait-on pas pour cela?

Je compte toujours t'aller chercher vers le 4 décembre à Mayence. Écris-moi un mot à ce sujet.

Tu verras dans *le Constitutionnel* que l'Ukraine s'est enrichie avec les blés. Ah! ton frère est bien coupable. Cette somme nous aurait sauvés, car dix-huit mille francs à Rothschild et quinze mille pour le versement. Nous aurions nos actions et la maison, et je ne me tuerais pas. Or, à la lettre, je me tue à travailler, et il m'est impossible de voir où je prendrai les dix-huit mille francs pour R[othschild]. Je compte sur toi pour cette somme.

Je n'ai rien fait aujourd'hui. A demain.

Lundi [16 novembre].

J'ai encore dormi depuis six heures et demie du soir jusqu'à présent, et il est quatre heures du matin. C'est dix heures de sommeil; je ne me plains pas de cela, car c'est ce qui me repose, et, aujourd'hui, j'ai une terrible journée de travail à faire; il faut tâcher d'aller [jusqu']aux vingt feuillets, et demain autant.

Je t'aime, mon Évelin, oh! je t'aime bien et je te voudrais bien là; toi, dans ta belle chambre de Boule, et moi dans mon cabinet, séparés ou réunis par un joli salon. Malheureusement, nous avons vingt mille francs de mobilier à acheter d'ici quatre mois. C'est un peu dur, surtout quand le Noré a des dettes à payer. Mais bah! le 20 mai, le jour de ma naissance, tout sera balayé, terminé, et quand le fils y verra clair, le père sera libre et aura sa fortune devant lui. Que Dieu te conserve la santé, ainsi qu'à moi, je ne doute plus de rien! Nous serons heureux et à l'aise. La pièce de théâtre marche bien, d'ailleurs; oh! j'aurai une année 1847 formidable. Je gagnerai cent mille francs l'année prochaine. Sais-tu que, depuis six ans, j'étais absorbé par les corrections de *la Com*[*édie*] *Hum*[*aine*] qui me prenait la moitié de mon temps? Maintenant que je puis consacrer tout mon temps à la production littéraire, ce sera tout à fait extraordinaire. Je ferai vingt volumes par an et deux ou trois pièces.

J'ai endossé le gilet de flanelle. M. Fess[art] a six mille francs et je vais apurer mes comptes avec Buisson. T'ai-je écrit que Souv[erain] ne voulait pas prendre vingt volumes; il ne veut qu'un roman. Je l'ai envoyé promener. Nous avons un froid très inquiétant.

Cette semaine, la maison aura ses portes, elle sera close, je l'espère, et, dans dix jours, le calorifère fonctionnera.

Tu auras un ouvrage immense à faire, car il faut faire tout en tapisserie, le meuble et la *tenture* du salon de marqueterie, au premier étage, sur fond blanc. Je t'enverrai les mesures par ma première lettre. Anna devrait nous faire cela chez elle, où il y a tant de femmes. Je donnerais les dessins. Néanmoins, en cherchant des étoffes, peut-être trouverais-je cela tout fait, chez les marchands. As-tu eu réponse pour les malachites? J'irai chercher cette semaine à la douane nos dernières acquisitions de Wiesbaden. J'attends d'avoir une chambre à Beaujon, où mettre mon mobilier. De ma porcelaine de garçon il nous restera pour un déjeuner. Avec quatre cents francs, j'aurai deux services : un moderne ordinaire, un moderne extraordinaire. Oh! si tu savais ce que je veux que soit la maison des deux *loups!* Enfin je te ménage une surprise; tu seras vraiment joyeuse.

Adieu, *loup ;* il faut que je me mette au travail. Ah! Gudin est dans des affaires si embarrassées, que je crois que, d'ici à quelques mois, j'aurai mes terrains. Adieu, mon Évelinette.

Ah! je vais faire une affaire qui te plaira beaucoup. Je vais acheter, par un système d'annuités, la bibliothèque de Pont-de-Vesle. sur le théâtre. Celle de Solenne vendue[2], c'est la seule existante qui offre la collection de tout ce qui existe en fait de pièces de théâtre depuis l'origine jusqu'à nos jours. A quatre mille francs par an pendant six ans, je fais l'affaire. Je ne comprends pas comment Scribe ne sauve pas ce monument-là, qui a coûté la vie de deux hommes, pour collectionner, et peut-être cent mille francs. En sacrifiant mon cabinet de toilette, je puis la loger. Si je puis faire commencer les paiements à compter seulement de juillet 1847, je ferai l'affaire, et j'y affecterai le prix de deux articles par mois aux *Débats*, car je veux bien écrire, mais je ne veux pas sortir d'argent de ma poche. Il y a vingt à vingt-cinq mille articles. Croirais-tu que le Ministère a voulu acheter cela pour le Théâtre-Français, et qu'il a refusé sous

1. Formée par Antoine de Ferriol, comte de Pont-de-Veyle (1697-1774), lecteur du roi, frère du comte d'Argental et ami de Mme du Deffand.
2. Et dont le *Catalogue*, rédigé, en 1843, par P. Lacroix, forme neuf volumes.

prétexte que les auteurs viendraient étudier, et que les comédiens ne seraient plus chez eux!... J'espère que je pense à la religion de mon *loup* et à sa manie de fouiller les livres; tu en auras là pour cinq ans à compulser!...

Allons, mille tendresses, mille caresses, mille gentillesses, et soigne-toi. Dis-moi surtout la vérité sur ton état, et rétablis-toi de manière à venir à Mayence dans vingt jours d'ici.

Mardi [17 novembre].

Mon bon *loup* chéri, j'ai reçu hier ta lettre, où tu me demandes d'aller te chercher à Leipsick. J'y réponds avant tout, en te disant que, le 6 décembre, j'y serai. Je n'y peux pas être auparavant, malgré le désir d'y aller à l'instant : *primo*, parce que je dois calculer dix jours pour finir *les Parents pauvres*; *secundo*, parce que j'ai beaucoup de paiements à faire avant de partir; *tertio*, que l'on n'est jamais payé à jour fixe aux journaux; *quarto*, parce que je ne peux pas partir sans avoir mis un domestique à Beaujon, y avoir installé les lits de domestiques et fait certaines dispositions, comme *ta* chambre, et, *quinto*, finir des paiements là, pour me soustraire à bien des ennemis; *sexto*, que je ne peux pas quitter sans que cette maison soit close et gardée, etc.

Maintenant, ne t'inquiète pas du voyage; tu le feras en parfaite santé, car je te magnétiserai depuis Leipsick jusqu'à Paris, et tu n'auras pas une douleur, je te le promets. Je suis en ce moment, par suite de mes travaux et de ma chasteté, d'une énorme puissance magnétique, et je suis sûr de ma santé. Il faudra quitter Dresde par un premier convoi du matin, afin qu'on ne te voie pas trop.

A dater du 27 de ce mois, je ne t'écris plus. Je t'écrirai, le 26, une dernière lettre, que tu recevras le 30. Ma place sera retenue pour le 1er décembre. Il faut calculer, par ce temps-ci, cinq jours pour aller de Paris à Leipsick. Je serai à la *Stadt-Rom*, l'auberge qui est presque contiguë au chemin de fer. Je n'aurai pas d'autre paquet qu'une malle, et nous continuerons aussitôt vers Paris où j'aurai retenu, *pour moi*, un appartement à l'hôtel Sinet [1], rue du Faubourg-Saint-Honoré, à quelques pas de notre maison. Ce sera si ponctuellement exécuté, que ma place à Francfort va être retenue.

Maintenant, ma divine femme adorée, il est arrivé un malentendu dont j'ai eu hier le plus vif chagrin. J'ai cru que tu recevais tous les jours ton *Constitutionnel* et que tu lisais *la Cousine Bette!* Hier, ayant lu ta lettre où tu ne m'accuses pas réception des trois journaux (les *Débats*, *la Presse* et *le Constitutionnel*), j'ai pris des informations

1. Hôtel Sinet, tenu par T. Lachanal, 52 et 54, faubourg Saint-Honoré. « Cet hôtel, nous apprend le *Bottin* de 1846, a été entièrement réparé à neuf, on y a joint un établissement de bains, un change de monnaies et une table d'hôte à cinq heures. »

et j'ai su que tu n'avais reçu qu'une partie de *la Cousine* [*Bette*] et pas de journal ! Tout est réparé. Ce matin, on t'enverra tout ce qui a paru de *la Cousine* [*Bette*] et tu auras exactement le journal, jusqu'au 25 de ce mois, car le [numéro du] 25 t'arrivera le 30. Ça m'a fait un bien violent chagrin, moi qui croyais te distraire, t'amuser ! Non, j'étais en colère épileptique, comme à la mémorable affaire de Heidelberg !

Au moment où je t'écris, je suis interrompu par *Léone-Léoni* [1], qui m'apporte l'incluse de ta curieuse sœur. J'ai répondu que dans quinze jours je serais sorti de mes travaux, que je n'avais pas assez de temps pour dormir et pour travailler, et que, *plus tard* (quand la Ch[ouette] n'y sera plus), j'aurais l'honneur de la recevoir. Puis je lui annoncerai mon départ et je gagnerai janvier, où l'on ne me trouvera plus ici.

Il y a longtemps (je reprends) que je me suis aperçu de ta réelle jeunesse, et, plus tard, dans un an, l'esprit, un peu secoué par les contrariétés, reviendra jeune et follement gai, comme dans ton jeune âge, lorsque tu sauras ce qu'est le bonheur sans un nuage. Je me suis voué à toi, à ton plaisir, à ton âme, à ta personne ! Mais c'est bien facile, cette charmante tâche, car il y a longtemps que je suis amoureux fou de toi, de ta chair si tu veux ; et, à Francfort, cette adoration a décuplé. Je ne t'avais jamais vue si belle, ni si bien à mon aise. Sois tranquille, mon *loup* adoré, tu as la beauté privée, la beauté rare, ce qui fait le mari fidèle. Je serais sans excuse ! Vraiment, tu es mon rêve, mon rêve le plus ambitieux, réalisé ! Tu ne sais pas, toi, diamant perdu dans un désert, tout ce que tu vaux, tu ne t'étonnerais pas de mon adoration sans bornes. Ah ! quel plaisir pour moi de te répéter que ambition, orgueil, esprit, intelligence, monde (vanité même !), volupté, charme, tu satisfais à toutes ces exigences. Il y a dans *la Cousine Bette* bien des lignes dictées par *toi*. Les reconnaîtras-tu ? Oui, ton cœur battra ; tu te diras : « Ceci a été écrit pour moi. Je suis ce qu'il démontre être la rareté féminine : le dévouement, la piété, la vertu, et le plaisir, le divin plaisir ! » Aie bien de l'orgueil, car je pense tout cela de toi, et, sans toi, je ne l'aurais pas inventé. Tu m'es plus chère que ma vie, car tu es ma vie heureuse. Tu es si bien tout pour moi, que je ne vivrais jamais sans toi.

Mme Girardin me parlait mariage, et voici ce que je lui ai dit : « Madame, ce serait si beau pour moi, que *j'espère sans croire*. Il y a quatorze ans que j'aime cette personne uniquement, noblement, purement. Je suis avant tout son ami, au point de faire quinze cents lieues pour satisfaire un de ses caprices, et je voudrais qu'elle en eût beaucoup. Si je ne l'épouse pas, je sais qu'elle ne se mariera pas,

1. C'est-à-dire Léon, le domestique, par plaisanterie sur le titre d'un roman de George Sand paru en 1835.

et être son ami suffit à l'orgueil de ma vie. Ah! si elle me disait (car je ne l'apprendrais que d'elle) : « Je me marie à tel prince », en dix jours je serais mort... Ce n'est pas de la fatuité; c'est qu'elle est ma vie depuis quatorze ans. Voilà tout : il y a longtemps que fortune, nom, etc., tout ce qui séduit vulgairement les hommes, n'est rien là dedans. J'aime chevaleresquement et noblement; et je crois à du retour. La piété profonde de cette dame est mon garant. Si elle mentait à mon amitié, Dieu n'existerait pas, pour moi. Voilà la vérité des romans que le monde fait, car je sais qu'on cause de cela sans en rien savoir. »

Elle est restée abasourdie, elle m'a regardé drôlement :

« Je parais très gai, spirituel, étourdi, si vous voulez; mais tout cela est un paravent qui cache une âme inconnue à tout le monde, excepté à *elle*. J'écris *pour elle*, je veux la gloire *pour elle*. *Elle* est tout : le public, l'avenir!

— Vous m'expliquez, m'a-t-elle dit, *la Comédie Humaine*. Un pareil monument ne se fait que comme cela. »

Non, son étonnement a été égal à son orgueil. Elle a vu qu'on ne pouvait rien sur moi, qu'il y avait l'armure d'acier de l'amour saint, pur, vrai, éternel, sans partage! Ah! si tu m'avais entendu! Enfin, tu dois savoir comme je t'aime!

Je me résume : le 6 décembre, je serai à la *Stadt Rom* à Leipsick. Ne décommande plus rien. Il n'y a plus le temps de changer. Quant au froid, ne t'inquiète pas de moi. T'aller chercher c'est voyager sous un ciel de printemps. Je ne suis plus un homme, surtout dans ces circonstances-ci, je suis un cœur!

Allons, adieu. Si une âme qui vient envelopper une autre âme avait le pouvoir que je souhaite, en lisant cette lettre tu serais guérie et prête à partir.

Mon bon *louloup*, le 27, je n'aurai fait qu'avoir achevé *les Parents pauvres*. Il me sera donc impossible de recommencer *les Paysans*. Je les ferai dès notre retour. Pense à nos dix-huit mille francs à rendre aux Rothsch[ild]. Nous sommes à cent soixante-dix francs au-dessous du pair d'acquisition. Ce serait une perte énorme. Que veux-tu? Tire sur Halp[érine], recommande à ton intend[ant] de payer. Mais ajoute une dizaine de mille francs à tes seize mille. Je suis sûr, en mars, de te les rendre, s'il le fallait. Tu ne sais pas ce que c'est que quinze jours de perdus quand je travaille, c'est quinze mille francs, juste comme de l'or. En franchissant ce mauvais pas, nous aurons cent mille francs à nous. Les act[ions] du *Nord* vont encore baisser de soixante-quinze francs, dit-on. Nous perdrions vingt-cinq mille francs par cent actions!

Mon Dieu, finir par des affaires! Mille baisers, mille tendresses! Si tu savais quels sont mes efforts, tu saurais combien je t'aime. Je fais cent colonnes du *Constitutionnel* cette semaine! Soigne-toi bien.

Pense au 6 décembre, à notre réunion. Mets-toi en état de voyager avec ton Noré, qui baise mille fois son m[inou].

XXXII

A MADAME HANSKA, A DRESDE

[Passy, 18-21 novembre 1846].
Mercredi 18 [novembre].

Hier, mon Évelette, je te disais que je n'avais plus le temps d'écrire. Je m'étais dit : « Je ne peux plus lui rien dire, je vais la voir le 6 au plus tard ». Eh! bien que veux-tu? Le cœur et l'âme sont à Dresde, et il n'y a que le corps et le courage à Paris. Causer avec toi est un impérieux besoin et il faut que je t'écrive, que je te parle, que je te raconte tout, et mes calculs financiers, et mes livres, et les meubles, et l'architecte, et la maison, les riens, les conversations, comme je me parle à moi-même. Tu es bien, et depuis bien longtemps ma conscience, et, si tu n'étais pas cela, t'aurais-je parlé de *l'Angleterre* [1], de mes fautes, de tout ce que j'ai fait bien ou mal!

Hier, je suis allé au Vaudeville, où Arnal m'a fait mourir de rire dans *le Capitaine des Voleurs*, et j'ai mis ta lettre à la poste trop tard pour qu'elle partît hier. Elle ne part qu'aujourd'hui. J'ai ce matin encore trente-deux feuillets à faire pour *la Cousine Bette* et soixante-huit pour *le Cousin Pons*, total cent, d'ici le 29. Vendredi, j'irai prendre ma place à la malle.

Ta sœur vient de m'envoyer un coussin qui lui ressemble. Il est impossible de faire quelque chose de plus provincial, de plus bête, de moins distingué, de plus sot, de plus portière que cela. C'est affreux. J'étais trop occupé pour répondre. Ces allées et venues de Léon ici m'ennuient beaucoup. Heureusement que je vais être absent douze jours. Mon Dieu, dans quel embarras je serai! J'ai, à mon retour, à faire absolument *les Paysans*. *Les Parents pauvres* ont donné ou donnent trente mille francs. C'est disparu je ne sais comment. Et les trente mille francs des *Paysans* sont *absolument* nécessaires, même en supposant, ce qui est une nécessité, que tu feras les dix-huit mille francs Rothschild. C'est donc soixante mille francs engloutis par la maison et par mes affaires. Ce qui est payé ne reviendra plus! Mais je t'aime, mais je vais te posséder à moi seul pendant cinq mois et demi? Je voudrais que ta chambre et mon cabinet, la cuisine

1. L'Anglaise Sarah Lovell. Voir p. 159.

et les chambres de domestiques fussent prêts à Beaujon! Voilà mon ambition.

Je viens de corriger huit cents lignes pour [*la Cousine*] *Bette*, et les huit premiers chapitres du *Cousin* [*Pons*]. Depuis ce matin, je ne me suis pas levé de mon fauteuil, et il est trois heures et quart. J'ai remis du bois au feu, et j'ai pensé à toi, là, sur ma chauffeuse! Oh! ma belle vie, mon orgueil, mon Ève, que je t'aime! Non, tu n'en sais rien;... il te faut, pour le savoir, deux ou trois années passées au cœur l'un de l'autre. Et quel besoin de te voir! Corps et âme en tressaillent. Il faut encore écrire cent feuillets et les corriger!

Décidément, je ferai venir de Tours le secrétaire et la commode de Boule. Ta chambre sera complète. C'est une affaire de six mille francs, mais pour mille francs qu'a-t-on en meubles modernes? Des misères sans valeur. Tu seras au moins à ton goût, ma chère Évelette, ma bonne et adorée petite fille.

Allons, adieu pour aujourd'hui. Je t'envoie mille caresses, mille baisers, et bien des tendresses d'âme, des rêveries pleines de nous, et des vœux pour que ta santé soit bonne. Je crois que ce que tu as est une des formes que prennent les *choses de Soleure*, qui sont capricieuses en diable, et cette pensée a beaucoup calmé mes alarmes.

Jeudi [19 novembre]. Quatre heures.

Je sors; il a été impossible de t'écrire, car j'ai fait vingt feuillets, et j'ai corrigé six numéros. J'ai encore vingt feuillets à faire, et il les faut pour samedi, car je suis au jour le jour. Je n'ai plus le temps de réfléchir, ni de corriger ce que je fais. Et il faut aller voir le feuilleton de demain où l'on m'a fait des bêtises!

Vendredi [20 novembre].

J'ai eu ta lettre et celle de Georges! Grâce à Dieu, tu vas mieux, et nous nous verrons le 6 à Leipsick. Je viens de lire ta lettre, et le papier en est si fin, que le verso empêche de lire le recto en voiture. Or, hier, je suis allé à la poste, de là à la maison, où rien ne marche, et au *Constitutionnel*, et du *Constitutionnel* ici, où j'ai dîné, et je me suis couché. Sais-tu que hier, de deux heures et demie du matin à quatre heures, je ne me suis pas levé de mon fauteuil! Mais il faut cela. Tu me dis de ne pas travailler, de prendre garde à ma santé! Mais, *louloup*, ne t'ai-je pas écrit que *j'ai pris des engagements pour la maison, en comptant vendre cent actions du Nord?* Or, le Nord était hier à six cent vingt-sept; il tombera à cinq cent soixante-quinze. C'est deux cents francs au-dessous de notre prix d'acquisition. Il faut donc que ma plume gagne ce que les actions devaient me donner.

C'est un *miracle* que je m'en tire. *Les Parents pauvres* devaient me donner en tout (les deux histoires) douze mille francs. *La Cousine Bette* en donne à elle seule treize mille, et *le Cousin* [*Pons*] en donnera six mille. J'ai donc presque doublé la production. J'ai fait quarante-huit feuilles de la *Comédie Humaine*, au lieu de vingt-quatre! Et crois-tu que cela [se] fasse comme je t'écris? Ah! bon Dieu, c'est effrayant! Eh! bien cela ne me tire pas d'affaire. Je compte sur toi pour les dix-huit mille francs à rendre [aux Rothschild], et pour les quatorze mille en février, comme tu me l'écris; et j'obtiendrai même jusqu'en avril surtout si nous rendons les dix-huit mille.

Il faut faire *les Paysans* et encore autre chose : car c'est nécessaire. J'ai vingt mille francs de réparations à payer par moi-même, et dix mille francs en sus de choses indispensables. C'est trente mille francs à trouver du 15 décembre à fin janvier. Tu me verras à côté de toi, ne quittant pas ma table. Je ne puis pas m'occuper de ma santé; je ne prends aucun soin de toilette; je suis une machine à copie. Les ouvriers ne peuvent pas être hors de la maison avant les premiers jours de décembre, et nous ne pouvons pas aller là avant les premiers jours de janvier. Nous aurons *une quinzaine d'hôtel ou d'appartement garni*. Et, encore, nous aurons peu de mobilier. Tout viendra petit à petit.

Si *les Paysans* sont faits à temps, cela me sauvera. Il ne faut plus penser à nos deux cent vingt-cinq actions du Nord. Je ne pense qu'à en acheter vingt-cinq au-dessous de six cents francs, pour me compenser les pertes. Songe à mes obligations : sept mille cinq cents francs à la Ch[ouette], dix mille francs aux entrepreneurs, voilà ce qu'il faut que je trouve pour le mois de décembre, et je vois *les Parents pauvres* absorbés! Avant de partir, il faut que je trouve mille francs pour des effets à payer, mille francs pour ta commode et ton secrétaire, et que je paie trois mille francs; c'est cinq mille francs, le reste des *Parents pauvres*. A mon retour, il faut payer quinze cents francs à l'ébéniste et huit mille francs aux entrepreneurs. C'est neuf mille cinq cents francs. Aussi, crois-moi, je me plains, mais je suis content de la lenteur des ouvriers. Le second étage et le premier seront prêts, je l'espère. Mais je n'ai pas de réponse pour les tapis du Levant. Nous serons sans tapis. Du reste, tu seras contente, je l'espère, de ta petite maison. Les maçons vont avoir fini cette semaine, le couvreur aussi; les peintres y sont. C'est le calorifère qui n'avance pas. On vitre. Tu auras des vitres sans section, d'un seul morceau. Si tu savais le mauvais sang que je fais! C'est effrayant.

Je paie demain deux mille francs : mille francs pour la caisse à l'argenterie et pour la façon du meuble d'Amsterdam et de nos chaises de salle à manger, et mille francs pour des tableaux demandés il y a six mois. J'ai fait une *nouvelle* pour payer cela. J'ai encore pour quinze cents francs de meubles à payer, des fauteuils de salon, etc. J'aurai pour quinze cents francs de dorures à payer en février Et je n'ai encore ni linge, ni batterie de cuisine, ni literie. Il faut faire arranger tout cela. C'est quinze cents francs. Mais tout cela se fera par mes travaux. Mon voyage avec toi me délassera beaucoup.

Ne crains rien de ton mougick, ni de ta sœur, si tu fais ce que je te dis. Arrivons crânement à l'appartement que j'aurai pris. Restes-y jusqu'à ce que je puisse te mettre à Beaujon; personne ne peut franchir la porte de Beaujon sans que toi ou moi le voulions. Ce n'est plus une maison comme une autre : il n'y a que nous. Pas de locataires, pas de voisins d'aucun côté, excepté Gudin. Et, enfin, il y a cet appartement du bas qui est invisible, introuvable. Avec trois domestiques nouveaux, juge donc! On viendra me chercher à Passy, voilà tout. J'irai même tous les jours, à cause du déménagement, qui se fera en janvier et février, au fur et à mesure des achèvements des pièces. La Ch[ouette] s'en ira les premiers jours de décembre chez elle; elle prendra son chez-soi pendant mon voyage. Or, à moins que tu ne le dises, à moins que je ne le dise, comment veux-tu qu'on sache que tu es là? L'on pourra dire que j'ai une maîtresse que je cache, à la longue; mais on en causera en mai, quand tu seras partie. J'ai eu deux ans d'incognito à Passy. Si tu veux te promener, tu te promèneras le soir. La seule chose à observer, ce sera de ne pas te montrer aux fenêtres. Mais il n'y a pas de passants; la rue n'est pas livrée à la ville; nous sommes enfermés, comme chez nous, dans tout Beaujon. Tu ne comprendras cela qu'en le voyant. D'ailleurs, rassure-toi sur la dépense. Celles faites, je les paie, et je n'en fais pas d'autres; je serais insensé. Je ne pense qu'à loger les domestiques, à préparer le logement de la nourrice et de l'enfant et à faire nos chambres, le salon d'en haut et mon cabinet. Eh! bien, tout cela peut se faire. Tous les meubles sont *achetés et payés*, à deux mille francs près. Mon ménage fournit tous les lits de domestiques. La lingerie, où couchera la femme de chambre, sera faite. J'ai seulement à acheter le gros linge, la batterie de cuisine et deux lits. Tout cela, c'est deux mille francs. Mets mille francs pour les rideaux, les étoffes du premier étage, et ce sera fini. C'est donc cinq mille francs. J'en ai dix-huit mille à payer outre cela. C'est vingt-trois mille francs. Eh! bien, je gagnerai ces vingt-trois mille francs, sois tranquille. Je ne te demande que d'avoir les dix-huit mille francs Rothschild, en arrivant, et les quatorze mille du versement, en mars. Tu ne perdras rien à cela, puisque nous aurons deux cent vingt-cinq actions du Nord. Nous serons riches, voilà tout. Hein! *louloup*, comme j'ai bien fait de prendre trois ans pour payer les trente-deux mille francs qui restent dus sur la maison!

Bien sûr, l'été prochain, le Nord vaudra neuf cents à mille francs. Il vaudra l'Orléans. Nous aurons là, un jour, deux cent vingt-cinq mille francs. Je n'ai pas le moindre regret de notre affaire. Ce placement est bon. La maison est une affaire d'or; elle me répare le désastre des Jardies. Seulement, il faut les sommes dont je te parle. Mais, ma femme et mon Vict[or-Honoré] me donnent un courage surhumain; tu en seras convaincue quand tu sauras que, depuis mon retour de Wiesbaden, tout ce que tu liras de *la Cousine Bette*, depuis le célèbre chapitre : *Bilan de madame Marneffe*, qui a eu un succès prodigieux, là ou j'ai expliqué *la belle* de Beck[...], tout cela, mon ange, ces vingt chapitres ont été écrits *currente calamo*, faits la veille pour le lendemain, sans épreuves! C'est alors que tu sauras combien je t'aime. Tu as été mon génie. Il faut que j'arrive au but que je me suis fait, avoir ma maison, avoir payé toutes mes dettes au 20 mai prochain, et dire à ma femme : « Les cent mille francs que tu as mis de côté si péniblement pour payer les dettes de ton Noré, les voilà! » Au 20 mai, j'aurai une maison qui vaudra quatre cent mille francs, y compris le mobilier; j'aurai deux cent vingt-cinq actions du Nord, et les quatre-vingt mille francs par an que donne ma plume!! C'est ce que j'ai dit à ta sœur, que je faisais un mariage d'amour, et toi un mariage d'argent, de raison, de convenance; que je te savais froide, mais je t'aimais à l'adoration, à cause de cela. De là son envie de venir voir mes richesses, dont on parle beaucoup trop.

Allons, adieu. Je bavarde, et j'ai mes vingt feuillets à faire. Oh! tu dois plonger ton cher petit nez aujourd'hui dans les colonnes de *la Cousine Bette*, et palpiter à certaines phrases sur les femmes qui réunissent tout, l'âme et la chair, le plaisir et l'amour, et à certaines autres, sur la constance.

Adieu; mille caresses, mille tendresses. Je ne rêve que d'être à la *Stadt Rom*, à Leipsick! Adieu; Évelinette, ma chère petite fille adorée, mon bon min[ou], baisé, caressé, souhaité, mangé, mille fois en idée, et mes beautés de vingt-cinq ans, tant de fois revues! Adieu, ma vie et tous mes plaisirs! Adieu, toute ma bien-aimée! Oh! travailler pour *nous*, ce n'est plus une peine, un travail : c'est un demi-bonheur. Soigne-toi bien. Je t'apporterai un pâté de foie gras, pour ta route.

Samedi [21 novembre].

J'ai beaucoup travaillé hier; mais j'ai toujours vingt-quatre feuillets à faire. Tu n'as pas d'idée des courses, des affaires, etc.

Hier, je suis allé chez L[aurent]-Jan pour lui proposer de dialoguer la pièce des Variétés, car j'ai du travail pour jusqu'au 30 novembre, et je pars le 1er; je n'ai pas le temps de regarder la pièce. Ça lui aurait rapporté cinq à six mille francs. Il a refusé, sous prétexte de la *colossalerie* de la chose.

Clairville, l'auteur dramatique que Nestor Roqueplan m'a donné pour collaborateur, a dîné hier, et voici ce qui a été convenu. Il se charge de me dialoguer la pièce d'un bout à l'autre. Ce sera fait pour le 15 décembre. Je la trouverai faite à mon retour, et, en cinq jours, j'y mettrai l'esprit. Me voilà tiré d'un mauvais pas. Il fera les répétitions au théâtre et je n'irai qu'aux dernières; ainsi les gâchis, les tripotages d'acteurs et d'actrices ne me regarderont pas. Il en sera de même au Vaudeville.

Ah ! mon *louloup*, il faut que je fasse une centaine de mille francs l'année prochaine, car j'aurai soixante-douze mille francs à payer : quarante mille francs de dettes, et trente-deux mille francs de maison. Nous sommes le 21; tu recevras cette lettre le 25. Écris-moi le 25, en la recevant; j'ai le temps d'avoir ta réponse sur cette question bien grave : « Auras-tu les dix-huit mille francs pour Rothschild? »

Écoute, mon *loup*; les act[ions] du Nord sont à six cent vingt francs. Elles vont tomber à cinq cent soixante-quinze. Nous serons à deux cents francs au-dessous de notre prix d'achat. On ne peut donc pas les laisser vendre, ni les vendre. Je vais à Leipsick et je n'en reviens avec toi que le 12 ou le 15 décembre. Ce n'est pas en dix jours que je pourrai trouver dix-huit mille francs, moi, qui, par mes travaux, ne peux que suffire aux exigences de ma dette et de la maison Beaujon. Je ne commencerai *les Paysans* qu'à mon retour; je n'aurai d'argent qu'en janvier et février; mais j'en aurai de quoi faire face à tout, pour la dépense et pour Beaujon. Je ne voudrais pas avoir d'inquiétudes pour les cent cinquante actions déposées, sur lesquelles je perdrais trente-cinq mille francs si R[othschild] les vendait. Que, les dix-huit mille francs payés, il te reste trois mille francs pour vivre, je te garantis ta tranquillité, la mienne, et la plus grande sécurité à Beaujon, où tu entreras vers le 15 janvier. La Chouette ne sera plus à Passy; le 15 de décembre, elle aura déménagé, elle se sera casée, et moi je déménagerai déjà. Avant mon départ, j'aurai installé un domestique et une cuisinière à Beaujon. Mais il faut que j'aille chercher domestique et cuisinière à Tours. Je ne veux pas prendre des gens dont on ne connaît pas les antécédents, et le maître de la Boule d'Or, dont la belle-mère a quelques considérations pour moi, me trouveront, à eux deux, mon affaire. Je ne veux pas que la Chouette ait des accointances avec les domestiques. Je ne veux pas qu'elle vienne espionner à Beaujon.

Tu ne recevras plus qu'une lettre de moi, partie le 25 d'ici, qui t'arrivera le 29. Je pars le 1er. Aujourd'hui, je vais payer ma place à la poste. Je ne m'arrêterai pas, et je n'aurai qu'un petit sac de nuit et mes vivres.

Allons, adieu, ma bien chérie et mon aimée. Ta sœur m'a écrit un mot pour me dire qu'elle avait reçu une lettre de *quatre* (!!) pages de toi, où tu lui disais que tu étais *sauvée!* Mais qu'as-tu donc eu? Es-tu bien? M'as-tu trompé? Comment te sens-tu? Peux-tu faire le voyage? Cette lettre de ta sœur m'a plus inquiété que tout ce que j'ai reçu de Georges et de toi. Enfin, le 6, dans quinze jours (encore quinze jours!) je saurai à quoi m'en tenir.

Adieu, car il faut que je travaille. Hélas! je n'ai pas le temps d'aller à l'entrepôt chercher les caisses de Wiesbaden. C'est une journée, et une journée, je n'en ai pas une à ma disposition. Il faut finir *le Cousin Pons* et il me reste quoi? Neuf jours! Et il faut trouver un domestique sûr. C'est effrayant, avec les affaires que j'ai et un livre à finir.

Ah! mon *loup*, aime-moi bien; car je t'idolâtre; je me jetterais dans des précipices pour t'ôter un souci, pour t'apporter une fleur! Tu es toute la vie et tout le bonheur qui me restent. Allons, mille tendresses, et adieu. Je n'ai plus le temps de t'en dire davantage. Mille gentillesses aux chers enfants. Ah! tu m'as promis d'avoir la toile pour les draps de maîtres; les lits ont quatre pieds et demi de large. Il en faut douze paires au moins.

Toute cette journée est prise par des courses; je ne pourrai pas écrire trois feuillets. Il faut tout finir dans la nuit de ce jour à dimanche. Aussi me lèverai-je à minuit. Adieu, mille caresses des plus gentilles. Soigne-toi, sois brave et bien portante pour notre premier voyage!

XXXIII

A MADAME HANSKA, A DRESDE

[Passy, 22-25 novembre 1846.]
Dimanche [22 novembre].

Mon adoré *louloup*, hier, au lieu de travailler, j'ai été obligé de faire des courses. Je suis allé à la poste, payer ma place et faire écrire à Francfort de me retenir la place pour continuer le voyage sans interruption. Je suis arrivé trop tard à la douane. Et, enfin, je suis allé pour reculer huit cents francs à payer, à des marchands, à mon retour. Ça a été cause de l'achat (à payer dans six mois, rassure-toi) de la seule chose qui manque à ta chambre : une pendule de Boule. Tu as commode, secrétaire, porte-psyché, lit, fauteuils, chaises, pendule, tout en Boule, dont trois objets de Boule lui-même. J'espère que tu pourras venir dans ta maison. On *marche* ferme. Les peintres auront fini le deuxième et le premier étage pour la fin du mois. Pour que tu puisses habiter ta chambre, j'ai fait revêtir de plomb tout le mur refait, quoiqu'il y ait des porte-tapisseries et de l'air entre la tenture et le mur. Ce matin, le miroitier vient pour le marché des glaces. Enfin, le 20 décembre, nous y serons.

Il est minuit; il faut que je fasse vingt-quatre feuillets pour ce matin, car le journal manquerait, et je n'ai dormi que deux heures. Je me reposerai en voyage près de toi.

Je vais prendre le tapis de mon cabinet pour notre chambre, s'il est de mesure, et je vais commander la table à manger. Cette semaine on pave et on met les deux portes cochères, et l'on fera le calorifère. J'ai vu M. le curé pour qu'il me remette les clefs de la tribune, car il faut la faire arranger, et nous nous sommes entendus. J'espère que tu seras bien contente de ta maison et que tu ne regretteras pas mes ennuis, ni les tiens, en fait d'argent.

J'ai la plus douloureuse nouvelle à te donner à cet égard. Il paraît certain que le *Nord arrivera au-dessous du pair.* Si je n'ai pas de quoi acheter, à dix mille francs les cent, autant d'actions que nous en avons acheté à quarante mille, je serai au désespoir. Pendant mon voyage, la baisse sera affreuse. Les nouvelles politiques viennent en aide à cela. L'affaire de Cracovie[1] est de nature à causer la guerre, à cause de l'irritation du peuple français. On forcera la main à L[ouis]-Ph[ilippe] pour la réunion de la Belgique, comme représailles. La crise financière est un comble, du commencement. On ne sait pas ce que ce sera en décembre, car la réserve de la Banque a été employée en achats de grains. Je t'assure que je suis au désespoir de ton voyage à Dresde. J'ai cru entrevoir que tu y voulais aller pour tes affaires et je t'y ai engagée. Mais je voudrais me mettre aux *Paysans*, à cause de la question financière. Il faut absolument rendre à Rotschild les dix-huit mille francs, et que j'en trouve quatorze mille en janvier. Il faut donc que je fasse *les Paysans* du 15 décembre au 15 janvier. Il faut que mon cabinet soit prêt, à Beaujon, que j'ai déménagé le 15 décembre. Il faut une cuisinière, il faut un domestique. Le temps me manque tant, que tu me vois aujourd'hui levé avant minuit. Que ta chambre et mon cabinet soient prêts, le reste viendra comme il pourra; je ne m'en inquiéterai guère. Or, voici tous les meubles de ces deux pièces et [de] la Bibliothèque qui seront prêts du 20 au 25. Il ne manquera que les étoffes et les rideaux. C'est une affaire de cinq à six cents francs. J'espère pouvoir satisfaire les entrepreneurs en décembre et janvier.

Si j'avais eu le courage de tout vendre, à cent francs de perte, sur le Nord, j'aurais trouvé cent cinquante francs de bénéfice en dessous, qui aurai[ent], à cinquante francs de bénéfice réel, payée[s] Pelletereau. Jamais de ma vie je ne me remettrai dans de pareilles angoisses. J'économiserai, comme toi, sur mes revenus et capitaliserai mes économies.

Oh! je t'aime bien, mon *louloup!* Mais il faut te quitter pour M. Véron et lui faire, en huit jours, soixante-dix-huit feuillets de copie, ou, sinon, tout va mal.

1. L'abolition de la République de Cracovie et son incorporation à l'Autriche, sous le nom de Grand-duché de Cracovie.

D'après les mesures que j'ai prises à la poste, nous aurons les tapis du Levant vers les premiers jours de février; ainsi, je pourrai me retourner.

Adieu, pour aujourd'hui, mon aimée. Tu dois, à cette heure, lire la suite de *la Cousine Bette*, qui continue à ravir les peuples ébahis, à ce qu'on me dit.

Lundi 23 [novembre]. Deux heures du matin.

Je n'ai plus que quatorze à quinze feuillets, que je vais faire, pour finir [*la Cousine*] *Bette*, et il faut que je reste dans mon cabinet jusqu'à ce que *le Cousin Pons* soit fini, car il me faut trois mille six cents francs à la fin de ce mois, et je n'ai plus que sept jours.

Hier, j'ai passé la moitié de la journée à la maison, et j'ose espérer qu'elle sera prête le 15 décembre, pour la portion habitable, mais moins les tapis. Les tapis ne viendront qu'en février. Il y a quatre mille à dépenser pour la cuisine, les draps des domestiques, la literie, etc. C'est effrayant, une maison à monter; c'est un[e] hydre. Avec quarante-cinq mille francs de mobilier acheté, payé, depuis un an, il nous en faudra encore pour quinze mille francs. Et cela sans voiture, ni argenterie, ni livres, ni bijoux, ni vaisselle. On fera le petit jardin et les plantations, les glaces, en mon absence. Je voudrais que tu n'eusses pas plus d'une semaine d'hôtel, car économiser cela, c'est pouvoir nous donner bien des choses. Ta chambre en Boule est un chef-d'œuvre. Hier, j'ai pris les mesures pour les étoffes, car, si nous en trouvions à bon marché dans les villes où nous passerons, chez les Juifs, il ne faut pas manquer des occasions comme celle des cuirs d'Anvers. Sais-tu que, sur la salle à manger avec les rideaux de mon cabinet, restaurés, nous avons une économie de deux mille francs? Nous pouvons, si nous trouvons des étoffes, économiser deux ou trois mille francs.

Oh! ta gentille et chère demeure, si tu savais quel poème j'en veux faire! Comme je veux que nous la quittions peu! J'y veux gagner quatre à cinq cent mille francs par mes travaux jusqu'en 1855! Pauvre *loup!* Attends-toi à ne voir qu'un affreux mur devant nous, jusqu'à ce que nos plantes grimpantes et nos arbres verts aient poussé. Mais en 1847, à ton retour [d'Ukraine], ce sera ravissant. Dans ces cinq jours-ci, d'ailleurs, tout va s'y approprier, et tout y change à vue d'œil. Rien ne sera plus joli que ta chambre à coucher et ton salon du premier étage. Mais que d'argent, sans compter ce que cela coûtera encore! Toutes mes bibliothèques actuelles feront ta lingerie et tes armoires pour tes robes. Enfin, excepté l'antichambre et la loge du portier, nous avons tout, bien prévu, bien largement établi. Quand on pense que ton amie dépense quatre-vingt mille francs pour être à Dresde, et que nous ne dépens[er]ons pas cela pour être admirablement bien à Paris! C'est à nous donner de l'orgueil. Notre pauvre petite maison est d'une modestie et d'une sobriété admirables : pas de mauvais goût. Enfin, tu seras la seule à avoir, dans Paris, ta tribune à toi dans ton église. Je t'ai par avance engagée : j'ai dit au curé que, s'il voulait mettre un calorifère pour chauffer cette chapelle, je donnerais bien cent francs, pour ma part, et que la dame pieuse en donnerait au moins autant.

Cette semaine, il est probable que notre calorifère sera terminé chez nous. C'est une immense économie. Notre chauffage aura un chiffre déterminé; il ne nous coûtera guère plus de six cents francs par an, et sept cents francs avec le feu de cuisine. C'est une superbe économie. En un seul hiver on a [re]gagné le prix du calorifère. Je t'assure, mon *louloup*, qu'il est difficile d'avoir fait avec plus d'intelligence les vingt mille francs de réparations, glaces, constructions et arrangements de cette maison-là. Quand tu la verras, tu diras : « Comment, ceci ne coûte que soixante-quinze mille francs, tous frais faits : notaire, contrats, prix et réparations? » Et comme tout sera joli! Oh! comme je voudrais t'y tenir, t'y voir! Madame *louloup!* Ah! si le Nord avait réalisé nos espérances, que je ne dusse rien, que tout cela fût payé, comme je serais joyeux!

Adieu, *loup* chéri; je ne suis plus séparé de mon voyage que par sept jours. Ça me donne de la force, cette idée-là! Je ne sens plus alors la moindre fatigue. Mille baisers à mon m[inou]. Mille tendresses, pour le cœur de mon Évelette.

Mardi 24 [novembre.]

Mon petit Évelin chéri, j'ai reçu ta lettre hier, à quatre heures, quand je suis allé au *Constitutionnel*, et l'ai lue dans la rue, tant je suis affamé de nouvelles de toi. Oh! *loup* chéri, comment, après quatorze ans, peux-tu ignorer ma vie à ce point de me dire : « J'espère que tu n'iras pas chez ma sœur! » Mais, grosse bête, en me levant à onze heures du soir et ne dormant que deux heures, à minuit, à une heure, et travaillant quatorze, quinze, seize, et quelquefois dix-sept heures [par jour], je puis à peine m'en tirer!

Et tu veux que j'aille au dehors!... Non, tu ne sauras ce qu'est ma vie qu'en la voyant de tes yeux!

Maintenant, *loup* adoré, tu sais bien que je partage tes opinions en fait de *Nord*; mais la crise n'a pas pour cause ce que tu crois. Non, le mal n'est pas là. Le mal vient de ce que le *Nord* n'est pas placé, qu'il y en a des masses entre les mains de *la spéculation*, et que le versement nouveau compromet tout.

Ce que tu m'écris m'inquiète au dernier point, et je compte sur mon travail. Loin de le ralentir, je vais redoubler d'efforts, et, à mon retour, *Paysans* et *Petits Bourgeois* y passeront, ainsi que le théâtre.

Tu sais déjà que je serai le 6 à Leipsick. Soigne-toi bien, mais n'aie pas peur du voyage; tu le feras avec moi, magnétisée, et tu sais que je suis ta santé.

Sois encore bien tranquille; si tu suis mes idées, personne ne te saura à Paris, car la maison est introuvable et impénétrable.

Maintenant, j'ai trouvé le moyen, je crois, d'avoir des tapis partout au premier étage, car je laisserai le rez-de-chaussée incomplet pendant six mois.

Je suis si peu tranquille sur Rothschild que j'irai, avant de partir, conclure l'affaire pour remettre le remboursement à fin février. Une fois la chose faite, je serai plus calme. Je crains tant les affaires pécuniaires!

La Chouette sera partie; elle aura pris son ménage le 15 décembre et elle aura de moi des billets pour sept mille francs, échelonnés, l'année prochaine; en février, mille francs, deux mille en mars, deux mille en mai, deux mille en juin. J'aime mieux ce petit inconvénient, et n'avoir plus de rapports avec elle. Nous avons encore eu des scènes, à propos de cet argent. Elle est d'ailleurs dans un déplorable état de santé, par suite d'une maladie nerveuse bien constatée, et je voudrais déjà que tout soit fini. Mais, je ne puis m'emménager qu'à mon retour. En employant dix-sept heures par jour jusqu'au 1er, c'est tout au plus si je puis finir *les Parents pauvres*. Tu as maintenant eu une lettre de moi qui t'explique la bévue *Constitutionnel* et tu as le journal et la collection complète de *la Cousine* [*Bette*]. J'ai encore ce matin (je suis levé à une heure) vingt feuillets de *la Cousine* [*Bette*] à faire. Ce sujet augmente tous les jours, tant il est fertile, et les développements logiques m'entraînent. Mais, avec les vingt feuillets que je vais faire aujourd'hui, tout sera fini.

Hier, au *Constit*[*utionnel*], on m'a régalé de cette nouvelle que la magistrature s'en émouvait, et qu'on voulait saisir le livre comme immoral. Mais c'est un propos de magistrat tenu à table, et, sans doute, c'est un *Hulot* judiciaire.

Allons, adieu pour aujourd'hui, mon aimée, et demain, je fermerai ce paquet. Ce sera ton dernier, car je pars le 1er, ma place est arrêtée à la malle et retenue à Francfort.

Mille tendresses; soigne-toi bien, je t'en supplie, et sois plutôt le 5 que le 6 à la *Stadt Rom*, à Leipsick, sans avoir défait tes paquets. Nous repartirons le jour même de mon arrivée, si je ne suis pas trop fatigué. D'après mes prévisions, je dois y être le 5, et nous pourrions repartir le 6, et aller nuit et jour, jusqu'à Mayence, en évitant ainsi les auberges. Moi je crois que nous serons si heureux de nous trouver ensemble, pour la première fois de notre vie, que tout ira bien pour ta santé. Cette idée décuple ici mes forces.

Allons, adieu. Voici deux heures qui sonnent, et la *copie* avant tout.

Mercredi [25 novembre].

Je n'ai plus que sept feuillets à finir pour terminer *la Cousine Bette*, et, aujourd'hui, j'en ferai une dizaine sur *le Cousin Pons*. C'est aujourd'hui le 25. C'est mon adieu, mon bien-aimé Évelin, car tu auras cette lettre le 29 ou le 30, au plus tard, et, quand tu la tiendras, tu peux te dire que, le lendemain, à six heures, je suis dans la malle allant à Leipsick, absolument comme une lettre.

Je n'ai fait aucune affaire. A mon retour, j'aurai à courir, pendant les huit jours que tu seras dans un hôtel, car il me faudra tout préparer à Beaujon. Je n'ai pu faire que mon manuscrit; mais aussi ce manuscrit a sauvé la position; j'ai pu faire face à toutes les exigences et les *Paysans* achèveront de me donner la tranquillité. J'irai ce matin chez Rotschild, et je tâcherai de faire l'affaire pour remettre le paiement en mars.

Allons, adieu, mon *loup* chéri. Je voudrais déjà être au 1er. La sensation d'aller vers toi me décharge de toutes mes angoisses et de toutes mes fatigues. Je deviens gai, bien portant, et je me repose. Oh! comme je t'aime! Tu le verras d'ailleurs, quand nous serons dans notre nid. Je te baise des pieds à la tête; je t'embrasse, te serre et te fais mienne de mon mieux, par la pensée. A bientôt, chère vie de ma vie; aujourd'hui, j'irai à Beaujon voir où l'on en est. L'annonce de la glacière à louer coûtait deux cent cinquante francs; je vais faire des lettres aux glaciers, ce qui coûtera cinquante francs.

Allons, à bientôt. J'espère arriver le 5 à Leipsick. Que la main de Dieu te protège. Sois bien portante et aime-moi bien. Aime-moi comme t'aime ton Noré.

Donne l'autographe à Anna.

XXXIV

A MADAME HANSKA, A DRESDE

[Passy, vendredi] 27 novembre [1846].

J'ai consulté M. Nacq[uart], et voici ce qui en est résulté. Les événements assez inquiétants, mais nullement dangereux, survenus depuis Francf[ort], viennent d'un voyage fait avant l'expiration du cinquième mois. A six mois, on peut faire tous les voyages qu'on veut; ainsi je suis pleinement rassuré.

Aujourd'hui et demain, je vais chercher, de la place de la Madeleine à la place Beauveau, un petit appartement meublé pour un mois, et que j'arrêterai sous mon nom afin que nous y puissions descendre et éviter un hôtel.

Je pars toujours le 1er. Véron ne fait plus suivre [*la Cousine Bette* immédiatement par] *le Cousin Pons.* Ainsi ce voyage ne préjudicie en rien à nos intérêts; au contraire, il va me délasser.

J'ai vu les Rothschild; le remboursement est remis à la fin de février; mais il faut que je fasse le versement dans les premiers jours de janvier. C'est quinze à seize mille francs.

Ne t'inquiète pas des ouvriers et entrepreneurs. Je suffirai à cela; ne pense qu'au versement.

De mon arrivée à l'emménagement à Beaujon, il faut compter un mois, pour ne pas faire d'erreur. Ainsi, c'est du 15 décembre au 15 janvier que je prendrai le petit appartement, et je m'arrangerai pour que, tout compris, nous ne dépensions pas plus de huit cents francs dans ce mois.

Je t'écris tout cela, en risquant encore cette lettre, pour que tu ne te tourmentes de rien.

Comme je pars le 1er, il est très possible que j'arrive le 5 à Leipsick.

J'ai reçu hier ta lettre où tu me réponds à l'hermine. Mets cette billevesée au vent. J'ai trouvé le moyen d'avoir tous nos tapis du premier étage avec les miens.

Tu seras à Beaujon comme une reine que tu es, et j'espère que tu seras légalement ma femme avant le 1er janvier. Mon notaire et moi, nous faisons le diable pour cela. Nos quatre témoins seront les deux adjoints de Passy, M. Nacquart et mon notaire. Le secret sera bien concentré. J'ai prévenu M. Nacq[uart] que je le requérais pour cette affaire. Mais il faut gagner du temps; il faut que tu quittes Dresde le 3 et que je te trouve le 5 à la *Stadt Rom*, bien reposée et pouvant repartir, le lendemain de mon arrivée. Je ne me reposerai, moi, qu'une seule nuit.

J'ai dû faire une visite à ta sœur à cause de Léon. Léon passe, dit-elle, sa vie à pleurer. Il veut revenir : il est repenti. Moi, je crois qu'un voyageur de cette espèce serait l'homme le plus pernicieux dans les terres d'Anna. Ce sera un très bon domestique pour nous; mais il faut le tenir quelque part pendant six ou huit mois. Nous causerons de cela en route. J'ai peur que ta sœur, qui dit entretenir Léon, ne te fasse un mémoire pour son part[iculier].

Elle veut venir chez moi pour voir comment j'y suis, et la gou[vernante]. Mais je lui ai dit galamment qu'à la fin de décembre j'aurais l'honneur de la recevoir; la gouv[ernante] sera partie du 5 au 20.

On me fait damner à Beaujon. Rien n'avance à cause de la saison. Les peintures ne seront terminées que du 5 au 10 décembre. L'emménagement durera, ainsi que le tapissier, près d'un mois. C'est le 10 janvier à peu près que j'y serai. Passy ne sera plus qu'un garde-meuble, et mon domicile, jusqu'au 15 janvier. Mais il faut que *les Paysans* soient faits absolument, et j'y travaillerai dès mon arrivée.

Ne t'inquiète pas de ta santé. Elle sera très bonne avec moi, en voyage, et nous arriverons sans encombre. Tu ne pourras pas être malade, tenue dans les bras de ton Noré depuis Leipsick jusqu'à Paris!

Ta sœur est convaincue que tu iras à Nice, et j'ai dit que je comptais te conduire en Italie.

Je risque encore cette lettre. Tu n'auras pas quitté Dresde le 1er ni le 2 décembre. Mais je t'engage à te reposer, comme je viens de te le dire, un jour à la *Stadt Rom*, qui est l'auberge auprès du débarcadère.

Allons, adieu, ma chérie. Tu as dû lire tout ce qui a paru de *la Cousine Bette;* tu la finiras à Paris. J'ai encore aujourd'hui les épreuves des trois derniers numéros à corriger. Quand on pense que cet ouvrage est du double plus considérable que ne devaient être les deux histoires des *Parents pauvres!* Oh! je gagnerai vingt mille francs du 15 décembre au 15 janvier! Je ne veux pas que mon amour de femme ait une inquiétude; je te veux dans un paradis.

Adieu; à bientôt. Tu auras cette lettre le 1er ou le 2; tu auras ton Noré le 5 ou le 6, car il faut toujours prévoir les retards dans cette saison-ci. Mille tendresses, mille caresses. Je ne me sens pas de joie de te revoir. C'est une petite folie, et tu sais que je viendrai sans paquets, avec un tout petit sac de nuit, comme à Wiesbaden.

Allons, je te baise des pieds à la tête, et voudrais t'envelopper de mon âme pour te faire bien portante. Oh! chérie Évelette, comme on doit aimer une pauvre chère adorée qui souffre ainsi! N'aie pas peur pour les porcelaines de Wiesbaden. Si elles sont reçues à la douane, elles sont en bon état. En somme, j'ai eu peu de malheurs. Encore un baiser.

XXXV

A MADAME HANSKA, A DRESDE

[Passy, 1-2 décembre 1846.]
[Mardi] 1er décembre.

Au moment où j'étais en voiture pour aller à la malle-poste, j'ai passé à la poste de Passy, pour prendre mes lettres, et j'ai trouvé trois lettres : celle des enfants, la tienne, arrivée le 30 novembre, et celle arrivée le 1er décembre. Comment pouvais-je décommander mes places retenues et payées à Paris, et [celle] retenue à Francfort?

Hélas! j'avais retenu et payé un délicieux appartement, auprès de Beaujon, pour un mois! Qu'est-ce que tout cela devant ma douleur! Je viens de pleurer trois heures, comme un enfant. Je comprends tout. Ce serait une cruauté gratuite que de te parler de moi. Je me tairai.

Mon premier mouvement était pour partir : mais l'épouvantable obligation qui pèse sur ma tête m'a cloué sur place. Rothschild ne fera pas le versement pour moi : les act[ions] sont tombées trop bas pour cela. Il faut que je gagne seize mille cinq cents francs d'aujourd'hui au 15 janvier, et il faut faire face aux dépenses de la maison qui sont égales à cette somme, au moins. Donc, si tout me poussait à Dresde, les affaires et les travaux à entreprendre m'ont glacé dans mon chagrin. Il est dit que ma vie sera un long assassinat!

Au sortir de ce terrible travail de *la Cousine Bette*, il faut avoir fini maintenant *les Paysans* pour la fin de décembre (huit volumes), et faire tout ce qu'il faudra pour trouver les sommes dont j'ai besoin, car il faut perdre toute espérance sur le *Nord;* il ne haussera que lorsque les versements seront terminés. Je ne puis compter que sur ma plume. Mais demander trente-deux mille francs à mon travail, en quarante jours, c'est sacrifier ou ma vie ou ma réputation.

D'aujourd'hui, jour bien cruel pour moi, car c'est la mort de bien des espérances, je me replonge dans la fournaise ardente d'où je sortais pour te ramener ici. Tout m'est odieux. Tous mes efforts pour te faire un palais inconnu, tous mes succès, tout devient des épées dirigées sur moi.

N'en parlons plus; dès ce dernier mot d'explication sur nos intérêts tu n'entendras plus une parole. J'avais fait des miracles, dans ces derniers jours; j'avais trouvé *et payé* tout un salon en sculptures en bois d'une richesse et d'une finesse à étourdir, et je t'en faisais la surprise!

Avant-hier, je suis allé à la douane, et j'ai trouvé toutes vos acquisitions en bon état. Rien de cassé, rien de perdu. Tout est admirable. J'ai porté le grand plat fêlé pour t'en faire un guéridon. Celui d'Anna fait bien comme ornement. Je te donne ces nouvelles parce qu'elles t'intéressent.

J'ai même commandé la table de la salle à manger; enfin, j'allais, comptant sur mon pauvre *loup!* Je vais maintenant me débrouiller avec tout cela. Les sots se demanderont encore comment je peux avoir des dettes. La Chouette était renvoyée, et il faut la reprendre.

Elle a sept mille francs de billets de moi! Et les ouvriers! Quelle race! Enfin, plus un mot. C'est assez du deuil qui nous sépare, et des affreuses souffrances que tu as dû subir. Ce spectacle, entrevu de loin, m'empêche de penser à tous les ennuis, à tous les embarras dans lesquels je suis. Lorsque le cœur souffre tant, les intérêts sont bien mesquins.

Néanmoins, je me trouve devant de si cruelles nécessités, que tu les prendras en considération, mon cher pauvre *loup*. Tu me pardonneras de ne pas t'écrire, car ce sera vraiment impossible devant tant de travaux. Je vais te faire envoyer le reste de *la Cousine Bette*, autant que je pourrai sortir.

Tu excuseras le désordre de cette lettre. Par moments, je ne sais pas ce que je te dis. Je m'arrête pour reprendre mes idées; je les trouve brouillées.

J'ai envoyé pour essayer de rattraper la moitié de ma place; il est quatre heures et demie, et la Chouette n'est pas revenue. Il faut me remettre à l'œuvre cette nuit même.

Allons, cette lettre te parviendra à la place de ton pauvre *loup*, bien abattu, bien désolé! Je ne puis pas exprimer ce que je souffre : c'est un désarroi général. J'aimais tant un enfant de toi! C'était toute une vie! Crois-le bien, le désastre de nos affaires, ce n'est rien! Mais être ici, attelé à un journal, au lieu de te consoler, d'être auprès de toi, c'est une douleur dont je porterai, j'en ai bien peur, les marques toute ma vie. Le Noré est amoindri chez moi pour toujours. Cette espérance, cette réunion, toutes ces récompenses de toute une vie de travail et de privations, ce bonheur commencé, tout cela arrêté, retardé, perdu peut-être! Enfin, tu m'es conservée; tu es toujours là, aimante! C'est de cela qu'il faut remercier Dieu, reprendre mes travaux et attendre. Attendre encore! Attendre, lorsque quarante-sept ans sont sonnés, lorsque tant d'efforts, tant d'amour ont épuisé, rassuré mon pauvre être, tour à tour! Te savoir dans cette affreuse ville! Aller te chercher en février, un bien plus mauvais mois que celui-ci! Puis...! Enfin, ta maison sera prête. J'aurai moins d'obligations sur le corps; j'aurai fini bien des livres et je serai plus à toi. Il faut se soumettre. La fatalité, la Providence, si tu veux, a ses raisons. Ma tête est en fusion pendant que je t'écris toutes ces phrases qui ne sont pas même l'écho de ce que j'ai dans le cœur. Je n'ose me livrer à mes idées, à mes sentiments. Enfin, le travail excessif jettera son manteau de plomb sur tout cela. Sois sûre d'une chose : c'est que ce cœur, plein de douleur et de chagrin, est plein de toi, de ta souffrance; c'est que je n'ai été arrêté que par cette phrase de ta lettre que *l'émotion de me voir te serait funeste*, et que, si tu l'as mise pour m'empêcher de partir, en connaissant mon amour, tu as réussi.

Je n'achèterai pas la bibliothèque [de Pont-de-Vesle]; je ferai tout ce que tu voudras, même ce qui me navre de chagrin, et je périrai ou je sauverai les intérêts qui me sont confiés.

Quelles heures j'ai passées! J'en ai des douleurs physiques dans la peau du crâne et dans tous les cheveux! Comme tu as dû souffrir! Ah! sois tranquille sur ta sœur; elle ne sait pas à qui elle a affaire. Elle viendra chez moi quand la Chouette n'y sera plus.

Tu seras contente de savoir que rien n'est cassé dans les envois de Wiesbaden et de Mayence. Les cornets d'Anna s'adaptent aux pots achetés à Schawb de Mayence.

Bien entendu, à compter d'aujourd'hui, je n'achète plus rien que les meubles de Tours, car c'est ta chambre et il te la faut pour février.

Maintenant, je vais penser à notre fortune, sans m'embarrasser de l'Ukraine, et je ne compte que sur mon écritoire.

Mille tendresses. Il est cinq heures. Cette lettre ne peut plus partir que demain. Je la fermerai demain. Je me sens les bras et les jambes cassés. A demain. Je me lèverai dans la nuit pour reprendre mes travaux sur *les Paysans*.

Mercredi [2 décembre].

J'avais hier comme une congestion au cerveau, et cela a produit un sommeil de plomb, de six heures et demie du soir à six heures du matin.

Je vais, ce matin, chez É[mile] de Girardin pour m'assurer qu'il me donnera douze mille francs à la fin du mois si je le mets à même de commencer *les Paysans* le 25, et, d'après sa réponse, aujourd'hui même je me mets à l'œuvre, et, en même temps, je vais faire *le Député d'Arcis* pour un journal hebdomadaire quelconque. Ces deux ouvrages, faits d'ici le 15 janvier, peuvent payer les ouvriers et les seize mille quatre cents francs des actions. Restent les dix mille francs de meubles commandés. Je verrai.

M. Conti a eu la complaisance de m'offrir de reporter ma place quand je le voudrais; je vais la faire mettre au 15 janvier, et, le 20 janvier, je serai à Leipsick.

Enfin, *les Petits Bourgeois*, et un roman : *la Famille*, faits en février et en mars, paieront les dix-huit mille francs — Rotschild. Seulement, je conserverai cinquante-cinq mille francs de dettes et plus, car il y aura des personnes qui ne capituleront pas, si l'on me sait dans une pareille habitation.

Ainsi, les intérêts seront sauvés sans que tu aies à en prendre un souci. J'aurai payé, meublé et arrangé la maison à moi seul, et fait les versements pour sauver le *capital louloup*. Que Dieu, qui nous frappe tant et si fort, daigne me laisser la santé, voilà ce que je demande. Ne t'inquiète pas de moi. Si j'avais le moindre bobo, tu le saurais. Soigne-toi bien. Je vois, d'après ce que m'a dit le docteur, que c'est ce fatal [trajet en] chemin de fer fait pendant le cinquième mois qui a tout produit. Mon Dieu, combien je t'aime! Je ne savais pas que je l'apprendrais par la profondeur d'une pareille douleur!

Mille tendresses, et au 20 janvier.

[*Post-scriptum.*]

Mon bon cher *louloup*, j'ai relu ta dernière lettre, et tu m'y fais un reproche que je ne puis accepter, en bonne conscience. Je n'ai rien dit à Mme Kiss[eleff] ni à Foesl [1] qui puisse ressembler à *des espérances*. Je t'ai dit mille fois que mes intérêts les plus graves souffriraient d'une indiscrétion, et je n'en ai jamais fait une. J'ai toujours, questionné par ceux qui disaient : *j'ai vu*, j'ai toujours répondu qu'il était permis de souhaiter, mais que rien, de ton côté, n'affirmait aucune espérance; que j'y comptais si peu, que je m'arrangeais tout autrement.

Enfin, ce que tu me recommandes de dire et de faire, c'est-à-dire *la négation*, a toujours été mon fait. Laisse-moi te dire que tes compatriotes, ta sœur même, sont tout dans cette affaire, et moi pour rien. Quand on me met au pied du mur, je parle comme je t'ai dit que je l'ai fait à Mme Girard[in], qui m'a pris en pitié d'avoir une espérance, et qui dit : « Il faut cela pour faire *la Comé* [*die*] *Hum* [*aine*]. » Mais les gens du monde, mais tes compatriotes ont des langues infernales. Tu m'accuses bien injustement, et tu n'as, en ceci aucune idée de mon caractère. Si qui que ce soit au monde te dit que j'ai parlé, c'est pour savoir, par ce mensonge, quelque chose de la vérité. D'ailleurs, on me voit ici à l'ouvrage; on me voit dans des travaux qui supposent bien le contraire. Cette petite injustice, que j'ai déjà démontrée à mon *loup*, m'a fait d'ailleurs l'effet d'une piqûre d'épingle, quand je recevais à travers le cœur un boulet de canon. Si je t'en parle, c'est pour que tu n'y reviennes plus, car c'est insensé d'imaginer que je ferai des choses : *primo*, contre ta volonté; *secundo*, contre *mes* intérêts; *tertio*, contre le but de toute ma vie; *quarto*, contre *nos* intérêts; *quinto*, contre ce que nous avons dit à Pétersbourg.

Allons, *louloup*, l'homme qui a fait six cents lieues pour te venir voir, et qui est aussitôt reparti, avec ce que j'avais au cerveau, faire des indiscrétions, tu n'y songes pas!

On était convaincu que j'allais, hier, en Galicie, pour acheter des tableaux.

Allons, mille caresses et mille tendresses. Tu ne peux que me plaindre, car, douloureux et fatigué, je vais me remettre à l'œuvre, et il ne s'agit plus que de nous deux : j'ai un tiers de force de moins, Mille caresses, mais soigne-toi bien. Pardonne-moi ce que je te disais d'hermine, etc. Je ne te savais pas si malade. Enfin, si tu me veux près de toi, tes enfants partis, tu me l'écriras, et je quitterai tout, même nos affaires.

1. Il est possible que ce nom griffonné en abrégé, et sans doute estropié par Balzac, soit celui du secrétaire de l'ambassade de Russie : de Foelkersam.

XXXVI

A MADAME HANSKA, A DRESDE

[Passy, 3-5 décembre 1846.]
[Jeudi matin, 3 décembre.]

J'ai eu tant de courses, tant d'affaires, que j'ai gardé ta lettre dans ma poche; elle n'a parti [*sic*] qu'aujourd'hui. J'ai pris mes mesures avec Girardin. Je vais m'arranger pour que *les Paysans* passent à *la Presse* le 25.

Ce bâtiment qui va sans aller me donne mille ennuis.

Jeudi [sept heures].

J'ai fait tous les journaux. Il n'y a plus que *les Débats* à te faire adresser. J'irai demain, si je puis. *La Cousine Bette* est terminée aujourd'hui. J'ai vu Véron, pour tâcher de lui vendre la *Tête* de Greuze, car il faut faire argent de tout. L'effet de Drey s'est présenté. Toutes les porcelaines sont chez M. Paillard. Du grand plat fêlé, je fais un guéridon. Celui dit d'Anna sera, debout sur le haut de l'armoire d'Amsterdam, entre les deux potiches, celle de Georges et celle de Bosberg.

J'ai enfin reçu des nouvelles de Marseille. Il faut y envoyer trois mille francs pour les tapis du Levant, et, avant tout, avoir ici une autorisation du direc[teur] des postes pour que les paquebots me les rapportent.

J'ai encore tous les ouvriers chez moi : maçons, fumistes, menuisiers, marbriers et peintres. Il faut encore dix jours, dit-on, de patience. Ainsi ce ne sera que le 15 que les peintres seront les maîtres. Le temps empêche de paver la cour. Il a tombé de la neige depuis deux jours. La galerie n'est pas vitrée. L'architecte ne se fait pas obéir. C'est une galère. Et l'on me demande déjà de l'argent. Je vais me trouver devant dix-huit mille francs de mémoires, et pas de maison. Les boiseries du salon coûteront quinze cents francs, mais la maison vaudra quinze mille francs de plus.

Vendredi [4 décembre].

Aujourd'hui, c'est le restaurateur de cuirs qui a pris ma journée. Il voulait prétendre qu'il m'en manquait. Il est venu m'en apporter à acheter. On demande dix francs la feuille!... Je suis allé avec lui et mes cuirs, et nous avons posé la tenture avec des clous; et je lui ai démontré que j'en avais assez. Il y en a quarante-cinq feuilles. Maintenant il s'agit de la pose et du nettoyage. Il dit qu'il y sera dix jours, avec trois personnes. Cela m'effraie beaucoup. Cette salle à manger coûtera cher. La table est commandée, selon tes vœux : carrée. Elle coûtera quatre cents francs. Il faut deux dessus de porte; c'est deux cent cinquante francs. J'ai quatre piédestaux, à quatre cents francs, c'est déjà mille cinquante francs. La restauration des cuirs (deux cent cinquante francs), c'est treize cents francs. Il faut garnir les chaises : c'est deux cents francs, soit quinze cents, un lustre : quatre cents francs, soit dix-neuf cents, et huit cents francs d'étagères, c'est deux mille sept cents francs; au moins treize cents francs de bronzes, c'est quatre mille francs et il est impossible d'employer les rideaux de mon cabinet. Ils sont trop fanés. Il faudra sept cents francs de rideaux de damas rouge, doublés de blanc. Voilà cinq mille francs, et il manquera un tout petit dressoir que nous achèterons à notre aise. Ceci te donne la mesure de ce que c'est qu'une maison à meubler convenablement.

Heureusement, le plus fort est fait pour le salon, et j'ai eu bien du bonheur dans mes achats. J'ai tout le meuble en bois, et on le dore. Première pièce, salon, les deux pièces en rotonde, tout est en boiseries et sculptures. Ainsi, nous avons là pour quatre à cinq mille francs d'étoffes de moins. Mais j'ai dépensé quinze cents francs de boiseries pour le salon, et la restauration des peintures des rotondes coûtera deux mille cinq cents francs, en dehors des mémoires des entrepreneurs. Toutes les moulures sont en perles. J'ai, pour une dizaine de perles cassées, quatre-vingts francs de raccommodage. Je ne m'occuperai du rez-de-chaussée qu'en octobre 1847. Je ne finirai que le premier étage; et, le premier étage, c'est trois mille francs, rien que pour les étoffes. J'ai eu du temps hier, d'une course à l'autre; et j'ai vu par moi-même. Le salon d'en haut coûtera quinze cents francs rien que pour la tenture, les rideaux et les meubles.

Le calorifère sera d'ailleurs fini le 10 environ; il fonctionnera le 15.

On ne se figure pas ce que Beaujon a dépensé dans cette petite maison! C'est effrayant. Elle n'a pas la moindre apparence; elle a l'air d'une caserne et c'est une ravissante bonbonnière. C'est bien, je crois, ce que mon amour d'Évelinette a rêvé. Je fais pour ma femme toutes les folies que les *Hulot* et les *Crevel* font pour les *Marneffe!*

Samedi [5 décembre].

Hier, Dablin est venu dîner. Ce matin, je ne me suis levé qu'à cinq heures. Voici cinq jours environ que je dors dix heures. Il me faut ce repos avant de me jeter dans ce gouffre béant. Voici ma tâche déterminée : faire *Rosemonde*, [*la*] *Dernière Incarnation de Vautrin* et *les Paysans* d'ici au 15 de janvier. C'est dix volumes en quarante jours, un volume tous les quatre jours! Sans cela, point de salut pour moi, ni pour nous deux.

R[othschild] a prêté tout ce qu'il peut prêter sur cent cinquante actions; il ne fera pas le versement, qui est de seize mille francs pour deux cent vingt-cinq actions, à soixante-douze francs par action. Et il me faut seize mille francs pour mes obligations avec les entrepreneurs et l'ébéniste. Or, les trois ouvrages, finis, me tireront d'affaire.

Le 15 janvier [1847] verra la maison finie. Mais il faut passer les nuits. Je commence aujourd'hui. Demain, je traite avec *l'Époque*, car ce n'est pas le tout de *faire* des livres, il faut s'arranger pour qu'ils paraissent, et pour avoir de la place aux journaux. C'est un tracas affreux.

D'ailleurs, ma volonté y est; il s'agit de savoir si le corps suivra les ordres de la volonté. Tout est là. Aujourd'hui, je vais pousser *Rosemonde*, y faire une vingtaine de feuillets; vendre à Véron, douze mille francs, ma *Tête* de Greuze, c'est un bonheur sur lequel je ne compte pas.

D'ailleurs, on me dit de demander deux mille francs de loyer de ma glacière. Je vais le faire, avec l'intention de terminer à quinze cents francs. Mais, à dix-huit cents et à quinze cents ce serait une bien belle affaire que mon acquisition. Voici : cinquante-deux mille francs de prix, dix-huit mille de réparations, c'est soixante-dix mille francs, ou deux mille huit cents francs d'intérêts. Si j'en loue pour dix-huit, pour quinze, pour douze cents francs même, je n'aurais plus que pour seize cents francs de loyer, car il ne faut pas compter dans les réparations les sept mille francs que j'aurais faits de dépense dans un appartement et qui sont choses à notre convenance. Cela fait partie du mobilier et de mon installation que j'ai toujours comptée pour douze à quinze mille francs, en revenant à Paris.

Quand tu recevras cette lettre, ma bien-aimée, ma pauvre souffrante adorée, je serai au plus fort de mon travail, car, d'ici à cinq jours, je veux avoir terminé [*la Dernière Incarnation de*] *Vautrin* et *Rosemonde*. Tu peux te dire que ton *loup* s'acharne sur les carcasses de ses sujets.

Je dois chez les marchands : quatre cents francs de table, onze cents francs à Solliage, mille francs à Chaptal et sept cents francs à Eude, mille francs à Tours. Cela fait trois mille huit cents francs d'épée à Damoclès.

Le service de Saxe est reconnu l'un des plus jolis de Watteau. Cela vaut deux mille francs, si le pot au lait se trouve. Je vais vendre la tasse à bouillon, pour payer le sucrier, que j'ai soldé hier : trente-cinq francs, les derniers écus de ma bourse.

Les piédestaux ronds, sculptés, achetés vingt francs à Mayence, dont tu te moquais tant, sont admirables. Ils sont d'une nécessité absolue. Ils font les socles qui supporteront les candélabres qu'arrange M. Paillard avec les quatre beaux vases et cornets achetés cent quatre-vingt-treize francs au juif Drey, et qui sont estimés ici quelque chose comme deux mille francs. Nous aurons là quelque chose de beaucoup plus beau que ce qu'il y a au Bois de la Haye. Ce sera dans les deux encoignures de la salle à manger. Sois tranquille, cette salle à manger sera, de ton aveu, ce que tu auras vu de plus beau. Elle est entièrement parquetée, et chauffée par deux bouches de chaleur. Le plafond a des ornements dessinés par des moulures; il est tout en vieux chêne; comme dans mon cabinet, avec des filets d'or, comme à Fontainebleau. Le 13, j'irai choisir un lustre dans ceux de Schawb, et, si je n'en trouve pas un digne de nous, j'achèterai celui que j'ai en vue, et qui coûte quatre ou cinq cents francs.

Je te veux étonnée, surprise, abasourdie, de ce que ton Noré t'aura préparé. Tu connaîtras son amour à l'intensité de sa folie. Mais la folie sera payée, soldée, et il n'y aura pas de mémoire; il n'y aura que de la reconnaissance, si *la Reine* daigne s'y bien trouver. On ne se marie qu'une fois; on ne se loge ainsi, on ne se meuble ainsi qu'une fois! Pardonne-moi des folies qui me soutiennent dans ma lutte et dans ma carrière, dans mes travaux, par l'idée de ton bien-être.

Je sais bien que tu te diras d'un air profondément spirituel : « Ce scélérat de Bilboquet met sa passion de Bric-à-brack sur le compte de son amour. Il ne m'attrape pas, moi qui remporte de si belles victoires sur les Juifs! »

Oh! *louloup* chérie, tu auras bien honte d'avoir pensé ceci, lorsque tu me verras ne plus penser à rien qu'à mon min[ou], ne plus rien acheter que des tableaux, qui resteront notre fantaisie, à nous deux. Je n'ai plus grand'chose à acheter : des feux, des pelles et des pincettes, des bras, des choses nécessaires pour achever mon mobilier, de l'argenterie, etc. Mais, tout ce que j'ai acheté avait sa destination et tout est si bien employé que tout cela s'emboîte de soi-même. Si le mois de février te voit là, tu reconnaîtras la profonde sagesse de Bilboquet. Seulement, ni Atala ni Bilboquet ne comptaient sur la baisse du Nord, sur les événements politiques, qui ont fait mes affreux embarras. Je suis dans un labyrinthe. D'ailleurs, l'acquisition, le mobilier, tout est sage. Vois : si le *Nord* s'était tenu, avec soixante mille francs que je vais avoir touchés, j'aurais payé mes dettes et le *trésor-louloup* serait réduit à vingt-cinq mille francs. Mais tout serait payé. Que veux-tu? travaillons chacun de notre côté. Nous aurons le plus joli nid du monde, un nid de quatre cent mille francs, *belle dame*, et les deux cent vingt-cinq act[ions] du Nord. Quand nous serons là, j'ai peur, *louloup*, que nous fassions fondre la glace de nos locataires!... Je t'enveloppe ma lettre dans une lettre de Santi.

Tu ne te figures pas la quantité de petits frais de cinquante francs, de quatre-vingts francs, de cent francs, que j'ai, avec cette damnée maison de bonheur et d'amour. C'est à chaque instant. On demandait deux cent cinquante francs pour insérer l'annonce de la glacière. J'ai calculé qu'il n'y avait que cinquante glaciers ou limonadiers et j'ai fait une circulaire de dix-huit francs, et j'affranchis, pour douze francs, les lettres. Les deux cents francs d'économies me paieront mes dessus de porte.

Adieu, ma mignonne, ma bien-aimée adorée. Ne t'attends pas à recevoir des bavardages comme celui-ci tous les jours, car c'est impossible. A mes prix, quatre feuillets font deux cents francs, et toi-même tu me disais : « Ne m'écris que deux mots. » Je ne puis pas répondre à Georges, car je n'ai plus une minute à moi.

Tous nos journaux retentissent des immenses affaires en blé que vous faites [en Ukraine]. Voilà bien l'occasion à ton frère Ernest de te payer. La moitié seulement sauverait notre Nord!

Adieu; mille bons baisers de Cannstadt. Je suis au désespoir de ne pas être près de toi; quand tes enfants te laisseront seule, si tu me demandes, je quitterai tout, car tu es plus que la gloire, que la fortune! Je laisserai tout là pour aller à toi, et j'y serais sans les termes dans lesquels tu m'as défendu de venir.

Mille caresses, mille tendresses. Oh! *louloup*, tu m'as mis dans une cruelle chaudière. Souffrir, attendre encore, en 1847, quand il y a cinq ans que tu es libre, et que je vais avoir quarante-huit ans dans six mois! Être ici et te savoir souffrante, c'est un supplice d'enfer!

XXXVII

A MADAME HANSKA, A DRESDE

[Passy, 6-8 décembre 1846].
Dimanche [6 décembre].

Mon amour chéri, je suis allé hier, après t'avoir mis ta lettre à la poste, chez les *Débats* pour te faire envoyer la feuille, et j'ai eu soin de te faire envoyer le numéro de l'affaire Meyendorf, car les *Débats* sont le seul journal qui l'ait donné[e]. Je sais que cela t'amusera.

En allant aux *Débats*, j'ai trouvé, chez un marchand, pour quarante francs, la cafetière de notre service Watteau, qui fait parfaitement pot au lait. Voilà donc soixante-quinze francs de dépenses pour compléter ce bijou. Mais ce n'est pas bien sûr[ement] le pot au lait, c'est la cafetière, et je soupçonne que je finirai par trouver le pot au lait. J'ai acheté aussi, à soixante-dix francs, une assiette montée à mettre les cartes de visite. Une des choses qui manquent dans le mobilier de l'hôtel-*louloup*, c'est une table de marqueterie; et si tu rencontrais, quand tu te porteras bien, une table carrée, digne du bahut en marqueterie de Bâle, il faudrait l'acheter. J'ai bien pensé à celle de Speyr; mais elle est trop chère et trop petite. Le salon de marqueterie et de malachite est très grand. Je compte le tendre en vert-pomme clair, en Utrecht uni, et les rideaux, le meuble, en soie verte foncé[e]. Dis-moi si cela te plaît, avant que je m'y engage, car c'est une certaine dépense. Tu aimes le vert. Or, le vert est sombre, aux lumières; il faudrait ne le prendre que comme ornement sur une couleur très claire, et j'ai trouvé, en velours de laine uni, une belle nuance de vert-pomme. J'attendrai pour cela tes ordres sacrés et souverains.

Ma tête se repose toujours malgré moi. Il m'est impossible de me réveiller. Je ne me suis levé qu'à quatre heures et quart, cette nuit : je n'ai pas un mot dans le cerveau. C'est ce qui m'a fait sortir hier, et je t'ai fait réinscrire au *Journal* [*des Débats*], pour jusqu'au 1er janvier. Quand tu liras ceci, tu auras lu vraisemblablement toute *la Cousine Bette* et jugé des prodigieux efforts de ton pauvre *loup* qui t'adore, car on a trouvé que j'avais fini par des traits de génie. L'interrogatoire de la petite Atala me semble, à moi, digne de Molière.

Croirais-tu qu'il me faille encore des porcelaines? Eh! bien, il me manque précisément ce que tu aimes, des cornets chine et japon. J'en ai besoin d'au moins deux, car tu sauras, si tu ne t'en souviens pas, que notre salle à manger a quatre croisées, deux sur une cour et deux sur l'autre. Entre les deux croisées, sur ce que j'appelle le jardin et qui ressemble au préau d'une prison, par suite de la mauvaise grâce de Gudin, il y a un tableau dans lequel je mets, au milieu, l'horloge de mon cabinet [de Passy], et, de chaque côté, deux supports que sculpte en ce moment Liénard, qui représentent, l'un, des coquillages, et, l'autre, du gibier. Sur chacun il se trouvera les fameuses potiches et vases verts d'Amsterdam, éclairés par en bas, comme ce que tu as vu à Gênes et qui t'a tant plu. Mais, en face, dans l'autre tableau, je veux mettre deux autres supports, et, sur ces supports, des cornets de ceux que tu aimes toujours éclairés par en bas par des bronzes dorés. Mais les cornets manquent. Tu ne te fais pas [d'idée] à quel degré de rage les bric-à-brac sont recherchés; la bourgeoisie s'en mêle, et, quand cette puissance à trente mille têtes fond sur quelque chose, elle l'enlève; elle balaie tout. Tous les objets de curiosité sont triplés [de valeur] depuis quelques mois. Aussi ai-je interrompu les achats pour tes quatre petits Dunkerques. Il faudrait des sommes folles, les soixante-quinze mille francs que coûtera la maison pour les remplir.

Ah! je suis bien chagrin, et de bien des manières. Je suis attaqué au cœur, et, dans ce grand désastre de la vie de nos âmes, il y a en outre le regret de m'occuper de tout cela sans toi. Je comptais tant que tu participerais aux petites peines, pleines de plaisir, qu'on se donne pour arranger une maison! En mille et mille choses, je disais : « *Elle* décidera de ceci; *elle* fera cela elle-même. » *Elle* et toujours *elle!* Je t'avais laissé le choix de mille choses d'ornement de fantaisie, et me voilà seul, à aller, venir, trotter dans les magasins. Je te réserve encore bien des choses, tes petits Dunkerques, etc. Mais, si ma plume répond à mes ordres, tu trouveras tout terminé, moins les tapis. Il faut envoyer trois mille francs à Marseille et je n'ai pas, en ce moment, trois mille francs pour cela, et il faut quarante-cinq jours pour les avoir (les tapis) après le départ de l'argent. M. Santi, l'architecte, parle de trois mille francs de glaces; le fait est que je suis effrayé des deux portes de douze pieds, tout en glaces, dans les deux pièces en rotonde, où il y a quinze cents francs de réparations de peintures, et cinq cents francs de réparations de sculptures. Tu ne te figures pas ce que c'est que trois salons tout en boiseries sculptées. Le grand salon sera quelque chose d'étourdissant comme art. Au prix où sont les bois sculptés, la table que je fais arranger avec les six figures de Bâle vaudrait six à huit mille francs.

On parle, car j'ai vu Santi hier, de tout finir cette semaine. Si le calorifère est terminé, ce sera un grand pas pour le chauffage des peintures et leur séchage. Enfin, si j'ai l'argent au 1er de février, tu peux débarquer chez toi, sans passer par l'hôtel garni.

Tu vois, mon Évelette adorée, que tu es ma pensée perpétuelle, mon occupation de tous les instants. Je ne pense qu'à ton bonheur mécanique, tant je me crois sûr de faire l'autre.

Oh! soigne bien ta santé; ne sors pas, ne fais rien qui puisse altérer cette ravissante beauté, cette jeunesse qui serait mon orgueil si ce n'était pas mon seul plaisir, tout mon bonheur. Avoir été la cause, bien involontaire, de ce malheur, à Soleure d'abord, puis en te disant d'accompagner les enfants à Dresde! Je ne me le pardonnerai jamais, car, il n'y a pas de doute, c'est les secousses du chemin de fer qui ont déterminé l'affreux coup qui tue tant d'espérances et de bonheur, sans compter tes souffrances. Soigne-toi bien, car ces affreuses maladies-là sont les plus dangereuses, celles *dont les suites* sont les plus cruelles, les plus difficiles à calmer! Écoute bien le docteur, ne sors pas, ne t'agite pas, ne te fais aucun souci. Vois ton *loup* allant chez les marchands de curiosités et y choisissant ton luxe de jolie femme, les soieries qui encadreront ta belle tête aimée, les tapis que fouleront tes petits pieds adorés, discutant les chauffeuses qui recevront bien des trésors et les tête-à-tête où nous serons bien côte à côte.

Avant-hier on m'a montré le modèle d'un fauteuil que je fais faire pour un certain siège. « Tenez-le bien large, ai-je dit, je suis bien gros! » et je pensais aussi à toi, mon cher min[ou] adoré. Ce petit endroit-là, tu sais, sera un bijou, une bonbonnière. Je t'y veux mettre des délicieuses choses : des Gobelins ou des Beauvais, les plus belles porcelaines *ad hoc* du dix-huitième siècle. J'ai déjà un bourdalou oblong en *Sèvres*, pâte tendre, avec des vases, et je veux que tout révèle le culte de mon idole. La cuvette, que je me suis fait représenter, est en porcelaine fine. C'est nous seuls qui userons de tout cela.

Ah! *loup* d'Ukraine, Éveline, fleur, trésor, cœur à moi, ne faut-il pas bien adorer sa petite fille, hein? pour s'occuper de ces mille milliers de détails, en ayant sur *le dos* mes affaires et le poids de deux ou trois romans dont un seul a *cent* personnages [1]?... Ah! si tu savais dans quel état je suis, tu saurais combien tu es aimée, et il m'est impossible de t'en parler.

Je crois que notre logement, à Genève, était d'une hauteur analogue à celle de notre premier étage, où sont nos appartements. Et tu n'aimes pas à monter; cette maison semble avoir été faite pour toi. Tu auras une magnifique lingerie où mes bibliothèques, que tu admirais tant, achèveront leur carrière en contenant les robes et le linge de ma docte amie, maîtresse et femme. Nous aurons une fille de plus pour blanchir notre linge à la maison, car il y aura tout pour cela : une remise pour le laver, et l'on fait une hotte avec un fourneau, dans la lingerie pour y tout repasser. Nous aurions bien pour deux mille et pour deux mille cinq cents francs de blanchissage, et une fille de plus, à quatre cents francs et six cents francs de nourriture, nous y gagnerons, en comptant trois ou quatre cents francs de savon et de bois, etc. Et le linge dure six ans de plus.

Il est à peu près sûr que les peintures de la chambre à coucher d'en bas seront finies pour le 15 janvier, et que, du 25 décembre au 15 janvier, une grande portion du mobilier sera transporté[e] ou fini[e]. Mais quand tu songeras que toutes les dépenses tombent sur moi, même celle du versement pour les actions, c'est à effrayer. J'ai en ce moment vingt-six mille francs de dettes pour la maison.

Allons, adieu pour aujourd'hui, ma chère petite fille idolâtrée. Oh! aime-moi bien! Mon âme franchit à toute heure la distance pour t'envelopper, te magnétiser. Quand je pense qu'aujourd'hui je t'aurais vue et serrée dans mes bras, et que nous aurions commencé notre bonne vie conjugale, si impatiemment désirée, si nécessaire à mon cœur, à tout, il me prend des frissons et je pleure mon Évelette! Allons, il faut faire *la Dernière Incarnation de Vautrin* au lieu de faire des élégies. Tu vois, à la longueur de cette lettre-causerie, que j'ai cherché un dédommagement à la perte de cet immense bonheur. Voici deux heures que je te parle, la plume à la main, et, si je voulais te peindre l'état de mon âme, j'y serais deux heures de plus.

1. *Le Député d'Arcis*, dont la première partie fut seule écrite et publiée, du vivant de Balzac.

La gouv[ernante] est sérieusement malade. Je la voudrais hors d'ici; mais il faut la garder encore un mois.

Nous allons avoir la mère [Desbordes-]Valmore ici quelques jours. Elle vient de perdre sa fille Inez, et elle a pensé à me demander l'hospitalité. Cela ne se refuse pas à une mère, dans cette situation, et *sans un liard*. Madame Récamier, mademoiselle Mars, Sainte-Beuve, lui en ont apporté, au moment où j'envoyais la Chouette lui en offrir. J'ai adouci les derniers moments de cette petite fille en lui envoyant du raisin qu'elle désirait. Cette offrande à la Mort n'a pu détourner le malheur! Oh! soigne-toi bien, mon idole, soigne-toi. Je frémis en voyant dans ton avant-dernière lettre que tu es sortie! Ne sors que lorsque Hédenius te le dira.

Allons, à demain. Mon petit *loup*, il est impossible de faire monter les deux boîtes à thé du petit service Watteau. Ce serait un meurtre. Le service est maintenant complet pour six personnes et vaut ainsi un prix fou.

Allons, à demain.

Lundi [7 décembre].

Hier, j'ai attendu pendant toute la journée les gens de *l'Époque* sans pouvoir rien faire, et j'ai fini par aller chez madame Valmore, qui a perdu sa fille, et chez ma sœur, où je devais me montrer au moins une fois pendant que le prétendu fait la cour à ma nièce. Le mariage paraît devoir se faire à la fin de ce mois-ci. Je suis allé, en sortant de chez ma sœur, chez madame de Girardin, où j'ai fini par voir le gros Saint-Priest [1], qui coquète avec l'Académie, et qui ne veut pas, dit-il, y entrer sans titre[s] et comme *un grand seigneur*. Il n'est pas, dit-il, assez modeste pour cela. On m'invite beaucoup à me présenter. *La Presse* et madame de Girard[in] cabalent beaucoup pour cela. J'ai quarante-sept ans, et l'on dit qu'il faut absolument faire une candidature pour rien. Peut-être ferais-je celle-ci.

Ce matin je me suis levé très tard. Voici le 7 et rien n'est commencé. C'est une situation à faire frémir.

Madame Valmore a envoyé son fils coucher ici, et il vient de partir après déjeuner. Je me suis levé à neuf heures; il est midi. Je ne me sens pas la tête (elle est bien brisée, bien vide), dans ma disposition de travail. Je vais aller voir où en est la maison, et peut-être défaire un marché de lanterne pour notre escalier, et acheter les deux dessus de porte pour la salle à manger; puis, aller à la poste où, depuis huit jours, je ne trouve rien, ce qui me tue, te sachant si malade.

1. Qui fut précisément préféré à Balzac par l'Académie française, le 18 janvier 1849. Voir p. 223.

Mardi [8 décembre].

Hier, je ne suis allé qu'à la maison. J'y ai attendu l'architecte, M. Santi, jusqu'à quatre heures trois quarts, en vain. Je ne puis rien voir finir; les maçons, les serruriers, les menuisiers y sont encore. On ne peut pas avoir les marbriers; le fumiste ne travaille que depuis cinq jours, mais il paraît devoir avoir fini dans quelques jours; d'ici à quatre jours, il aura terminé le calorifère. Il paraît qu'il faut encore huit jours pour voir tout changer de face. Les appartements d'en haut sont d'ailleurs très avancés de peintures. On attend les peintres de décor. Les pièces en coupole sont avancées; c'est le plus fort de la dépense. En revenant de là, hier, j'ai été si épouvanté de ma situation, que j'en ai eu comme une congestion au cerveau. A sept heures et demie je dormais, en m'ordonnant de me lever dans la nuit, et, en effet, je viens de me réveiller. Il est deux heures du matin, et je vais terminer *Splendeurs et Misères des courtisanes* [par *la Dernière Incarnation de Vautrin*], aujourd'hui mardi, demain et après-demain, à vingt feuillets par jour, car il faut trois à quatre mille francs pour le 15. Me voilà revenu à mes obligations d'échéance comme en 1835 et en 1836. Il doit y avoir bien de la misère, car j'ai trouvé chez le marchand de Passy une assiette montée en bronze doré pour soixante-dix francs. C'est au-dessous de la valeur réelle.

Personne au monde ne sait que j'ai une maison. Cela peut te donner une idée de ma discrétion. J'ai agi comme cela, par rapport à toi. Jamais ton nom n'est sorti de ma bouche et je n'ai parlé de toi que depuis le mariage d'Anna, quand tout le monde m'en a parlé! mais encore, en quels termes!... Tout cela, d'ailleurs, est bien oublié maintenant.

Voici huit jours que le désespoir et le chagrin sont entrés dans mon âme, dans mon cœur et dans mon pauvre cerveau! Dieu seul sait quels ravages ils y ont faits, moi qui n'existe que par l'espoir, et qui suis un phénomène d'espérance? Rien ne m'occupe, rien ne me distrait, rien ne m'attache plus. Je ne croyais pas que je pusse tant aimer un commencement d'être! Mais c'était toi, c'était nous. La résignation me vient difficilement : me voici levé. Je me trouve tête à tête avec une pensée noire qui ne me quitte pas : c'est de savoir comment tu vas, ce que tu fais. Dans les affreuses circonstances où je suis, pressé par des nécessités d'argent que le malheur du temps nous fait, pressé par des angoisses de cœur épouvantables, j'ai dit : « Je ne puis pas aller à Dresde pour deux jours et en revenir. Cela ferait douze jours, et perdre douze jours de travail c'est perdre l'argent nécessaire en janvier aux actions. » Voilà mon raisonnement. Eh bien, je perdrai ces douze jours à me consumer en efforts, en allées et venues, en inanité de cervelle, et voilà en effet le huitième jour, et il m'est impossible de faire lever mon cerveau qui s'est couché comme un cheval fourbu. Il ne sent ni le coup de fouet ni l'éperon. Ce phénomène est arrivé déjà cent fois depuis dix-huit ans, et jamais avec de pareilles causes de désolation, et, si je retrouvais la faculté d'inventer, de composer, je me jetterais dans le travail, à y mourir! Mais l'organe, fatigué, se refuse à tout. Tu le vois, me voici levé à deux heures, à une heure et demie même, car je viens de passer une demi-heure à allumer mon feu, à boire mon café, à ranger mes papiers, et voici que ma montre marque trois heures; voici une heure que je t'écris à bâtons rompus, regardant mon feu en pensant à toi, regardant le titre de *Vautrin*, mon papier blanc, les épreuves des *Paysans*, et me demandant : « Pourquoi pas de lettres? Que fait-elle? A-t-elle encore ses enfants? Est-elle seule? A-t-elle besoin de moi? » Je suis exactement sur la place du marché, sous tes fenêtres, entre cette fontaine (que je vois), et les portes de l'hôtel de Saxe. Je vois l'hôtel d'Eissler. Je suis là, essayant de pénétrer chez toi, comme un somnambule, par le double escalier de l'hôtel de Saxe. Je me rappelle le portier, le porche couvert, etc. Que veux-tu, mon *louloup?* Je suis où je devrais être. Mon cœur fait son devoir; il fait ce qu'il lui plaît et le cerveau le sert! Le cerveau l'a tant immolé à son travail qu'il faut bien qu'il le suive quelquefois! Ah! comme je t'aime! Comme je sens que tu es ma chair, mon cœur, mon âme, ma vie, et toute la nature pour moi! Comme mes intérêts compromis en paraissent mesquins! Tu m'as écrit que je parle de dix-huit mille francs comme de dix-huit écus. Tu aurais dû dire : dix-huit sous! que veux-tu? Je vais les gagner en dix-huit jours, car *il le faut*, et tu veux que ce soit autrement?

Le Nord est un peu remonté. Il n'est plus qu'à cent francs au-dessous du prix auquel je puis en vendre. Mais remontera-t-il de cent francs d'ici au 29 décembre? J'en doute, et je ne puis pas compter là-dessus.

Comme nous avons été malheureux à Paw[lowska][1]! Les bergeries brûlées, etc., cette année. Au prix où sont les blés, tu dois, toi et Anna, et ton agronome de frère, faire de fameuses affaires! Moi, si je finis *les Paysans* pour le 10 janvier, ce sera aussi une fameuse année; elle sera de soixante-cinq mille francs malgré mes voyages, et j'ai voyagé six mois cette année.

Allons, adieu, car je vais fermer ce paquet, et te le mettre à la poste. J'ai eu soin de te faire envoyer le numéro des *Débats* où était le procès de l'avocat de madame de Hatzfeld, et tu auras la réponse de madame Meyendorff.

Ah çà! *louloup*, donne-moi une réponse sur cette idée que voici : Léon paraît bien battu par la misère; veux-tu que je le prenne pour domestique, moi, ta sœur étant partie, c'est-à-dire en mai, car il

1. Le domaine de Pawlowska, qui appartenait à Mme Hanska, était situé dans le gouvernement de Kiew, district de Machnowska. Voir t. III, p. 54.

paraît vouloir retourner en Ukraine, et, ma parole, s'il y retourne, c'est donner des ailes au malheur; après avoir lu toutes les bêtises domestiques, après t'avoir accusée de sa misère, il sera capable de tout. Si je le prends ici, il sera toujours sous le coup de ses papiers irréguliers; il sera tenu et je crois que c'est rendre service à l'Ukraine et à Anna que de le garder en France, où il finira par s'habituer. Pour l'envoyer en Allemagne, dans une ville, il faut lui donner de l'argent. Ta sœur en fait son domestique et s'en sert. A son départ, il n'y aura pas d'inconvénient [à le prendre]. Avec cette espérance, je le maintiendrai ici. Réponds-moi là-dessus, je t'en prie. Moi, un garçon qui a été avec toi me paraît un Dieu, car il te connaît; il a fini par voir qu'il a eu tort, et il me faut quelqu'un de fidèle dans cette maison. J'ai refusé de prendre une perle, parce que cette perle avait sa sœur chez les Chlendowski, et que je veux le secret absolu sur la petite maison de Beaujon. Mais, dans huit jours, il faut que j'y mette un domestique : il y a nécessité. Les portes y seront mises jeudi, dans deux jours, et alors j'y dois coucher un domestique à moi, bien sûr, car on va tous les jours y apporter des choses de prix. Si ta sœur n'avait pas été ici, Léon aurait été un excellent chien de garde, car, lorsque tu serais venue, on aurait pu l'envoyer ailleurs, pour le temps de ton séjour. Je ne puis maintenant penser à garder Léon que lorsque ta sœur s'en ira. Mais elle a, dans la pensée, une espèce de zézaiement sous lequel elle cache ses projets.

Donc, mon Évelette chérie, tu me diras ton idée sur Léon, qui me paraît être l'allumette d'un incendie, s'il retourne jamais à Wierzchownia.

Allons, idole de mon âme, il faut te quitter pour essayer de ce que j'appelle la masturbation du cerveau! C'est effrayant, mais il faut le réveiller à tout prix.

Ne rêve pas trop, ma chère petite fille, de la maison, sur mes descriptions pompeuses. Hier, je la regardais et j'avais peur, en voyant cette affreuse tournure de caserne, que tu ne détournes un jour la tête avec horreur en disant : « Quoi, c'est cela! » C'est que ce n'est pas beau, c'est bon marché, voilà tout. Personne ne veut croire que je puisse être logé dans ces conditions-là à Paris pour si peu. Car, si tu savais!... Un appartement au quatrième étage, de cinq pièces, rue du Bac, et dans le haut, coûte deux mille francs de principal. C'est ce que ma nièce et son prétendu avaient trouvé de mieux après avoir battu tout le faubourg Saint-Germain. Et c'était à l'angle de la rue [du Bac] et de la rue de Grenelle, dans un endroit où le tapage fend la tête. M. Lassart [1] a payé un terme et il y a renoncé, tant c'était dur de monter cent marches et d'avoir une voiture. Les futurs époux habiteront la maison de M. Lassart, rue Neuve-Plumet [2]. La hausse

1. Lassarre, charpentier, 4, rue Neuve-Plumet.
2. Aujourd'hui rue Eblé.

des loyers à Paris est quelque chose d'effrayant. Avec douze mille francs de loyer, je n'aurais pas eu ce qu'il me fallait : silence, calme, jardin et dix pièces! Je t'avais trouvé, pour quatre cents francs pour un mois, un délicieux rez-de-chaussée, un jardin et deux chambres séparées par un salon et précédées d'une salle à manger, d'une antichambre, mais dans une maison habitée. J'avais bien pris mes précautions : il n'y avait que des Anglais *sans distinction* au-dessus de nous. Ça rappelait un peu notre dernier appartement à la Haye.

Quand je pense que je suis entre deux cours plantées en jardin, adossé à une église, sans chance possible de bruit, au midi, dans une vieille maison, bien séparée, avec calorifère, tout en parquet, tout bien repeint, tout artiste élégant dans l'intérieur, et que cela ne coûte que soixante-dix-sept mille francs, tout payé, tout compris (sans le mobilier, bien entendu), non, je n'en reviens pas! Quand je pense que mon amour de femme peut passer de ses appartements, en haut et en bas, dans une tribune à elle, dans une chapelle, entendre les offices, et que c'est la seule maison de Paris qui ait ce droit royal, ou princier, j'en suis tout hébété. Car, en supposant, tout au plus haut, cinquante-deux mille francs d'acquisition et vingt-cinq mille francs de réparation, c'est bien soixante-dix-sept mille francs, et soixante-dix-sept mille francs, ce n'est pas trois mille francs de rente, car il faut aujourd'hui quatre-vingt mille francs pour avoir cela.

En achetant le salon sculpté de Villarceaux, j'ai donné une valeur de plus de quinze mille francs de plus à la maison; de même qu'en faisant restaurer les coupoles, j'ai doublé la valeur de ces pièces-là. La maison est aussi jolie en dedans qu'elle est laide en dehors. Ces huit croisées de face, dans un bâtiment long, c'est affreux. Il est vrai que tant que les plantations n'y seront pas, tant que les plantes grimpantes n'auront pas verdi les murs, c'est bien ignoble. On ne pourra peindre les murs extérieurs qu'au mois de juillet ou d'août prochain, à cause de l'hiver, et des plâtres neufs qui recouvrent les vieux murs. Nous ne serons jolis qu'à ton retour d'Ukraine, au mois de septembre 1847. Le mobilier sera complet et l'habitation sera fleurie, blanche et verte, et en peinture et en nature. Hélas! il faut quarante-trois mille francs, sur les soixante-dix-sept mille, d'ici au mois de mars, et je n'en ai encore payé que six mille. Tel est le bilan de notre *hôtel-louloup*. Si, au moins, je louais la glacière deux mille francs, ce serait là une affaire! Dans trois jours, les caves sont terminées, les travaux seront finis entièrement. J'aurai les clefs de la glacière, de ma cave, de mon caveau et de mon calorifère. Toutes les cheminées vont être finies cette semaine. Elles sont toutes en belle faïence blanche, et nous en avons quatre en marbre blanc sculpté : celles des rotondes, celle du salon, et celle de ta chambre à coucher.

Allons, adieu, chère souveraine élue et adorée, celle pour qui je voudrais que les chemins fussent de velours, et ma maison tout en soie et tout artiste, à ne pas pouvoir y arrêter ses yeux sans être émue, flattée, heureuse d'y être! Celle pour qui je voudrais tout transformer en bonheur; celle qui dépouille le travail de toute épine; celle qui fait accepter le désespoir, le chagrin; celle qui est tant aimée, tant souhaitée, tant désirée! Adieu, cher ange, religion de mon cœur, et force éternelle, inépuisée de ma vie, adieu pour jusqu'à demain. Soigne-toi bien; tu vois tout ce que tu es pour moi; prends de la force dans mon amour, comme j'en prends dans mon espérance et dans le bonheur de te voir dans quarante-cinq jours, si Dieu le veut, si le temps le permet. Adieu, toi dont le nom est une caresse, toi que mon âme baise des pieds à la tête. Adieu, pauvre petite fille qui souffre, et dont la souffrance te fait presque aimer davantage, ce qui me paraissait impossible! Mille caresses.

XXXVIII

A MADAME HANSKA, A DRESDE

[Passy, 9-11 décembre 1846.]
Mercredi, 9 décembre.

Hier, en allant mettre ma lettre à la poste, j'ai trouvé la tienne, datée du 30 novembre. Comment a-t-elle mis sept jours ou six jours à venir? Et quels six jours d'angoisses j'ai eus! Enfin, je l'ai vue, et je te vois, dans cette lettre, toujours aussi souffrante, puisque tes enfants restent près de toi. Tant mieux, dans un sens, et quel est donc ton état? Tu ne me dis pas tout évidemment. A l'inquiétude que tu as de me voir arriver, je vois le triste plaisir que te causera ma lettre du 1er et du 2, que tu dois avoir en ce moment, si le retard est le même de Paris à D[resde], que de D[resde] à Paris.

Hier, levé à une heure, je n'ai pas pu écrire une ligne... si, trois lignes, que tu trouveras dans l'enveloppe de cette lettre. Ces trois lignes inutiles, regarde-les. C'est le fruit de sept heures de veille[1]!

Voyant cela, à midi je suis allé porter ta lettre à la poste et j'ai eu la tienne que j'ai lu[e] dans la rue, les doigts gelés, et je suis allé, triste, mais ayant de tes nouvelles, chez les menuisiers d'ornement, l'ébéniste, le doreur, les sculpteurs, voir s'ils travaillent; car, en leur

1. Voici ces lignes :

Dernière Incarnation de Vautrin.

Que ferons-nous de Jacques Collin, ou de ce prêtre espagnol, Carlos Herrera, car je ne sais pas sous quelle forme je dois le considérer? dit M. Camusot au Procureur général.

. . . .

donnant de l'argent, encore faut-il avoir ce qu'on leur demande. Les Liénard m'ont mené chez les fameux Grohé, les premiers fabricants de meubles de Paris, et comme j'ai pensé à toi là, à toi, folle des meubles de Gambs! Je t'y mènerai! C'est merveilleux. Ils me feront une toilette pour moi, et deux jardinières pour notre escalier. Je ne sais ni comment faire, ni où placer une toilette dans ta chambre. Il y manque un prie-Dieu et une toilette. Quelle cherté! J'ai vu là deux petits Dunkerques en bois de rose Louis XVI, comme les deux que je veux pour ton salon. Eh bien, cela coûte dix-neuf cents francs les deux!

Ce matin, je ne me suis éveillé qu'à quatre heures, et, mes flambeaux allumés, mes fenêtres ouvertes, mon feu pris, il est cinq heures. Et je suis au 8, et il faut quatre mille francs le 15, et j'ai un billet de douze cents francs à Buisson le 30! Aussi, ces dernières lignes écrites, vais-je me mettre à finir *Vautrin.*

J'ai fait une visite à madame de Castries. Elle a un pied dans la tombe. Je n'ai jamais vu pareille destruction. C'est un cadavre qui s'habille. Elle m'a parlé mariage, elle à qui jamais je n'ai rien dit, et je l'ai convaincue facilement que j'ignorais tous ces cancans. Son père a été l'objet des coquetteries de la grand'mère de Mniszech. Elle se rappelle le bal et les folies de cette comtesse polonaise, sous l'Empire. Elle connaît beaucoup madame Jacquand, la femme d'un *peintriot* qui demeure à Beaujon, et elle savait que je m'occupe beaucoup de la petite maison de Beaujon, et, alors, je lui ai prouvé que l'état de mes affaires m'interdisait d'avoir une maison et que des amis faisaient tous ces frais-là pour moi, et que je les leur rembourserais plus tard, *sans intérêt!* Alors, comme elle croit que c'est une *princesse russe* que je dois épouser, il a suffi de dire de toi : « Mais c'est une Polonaise; elle a cinquante-huit ans et elle est grand'mère! » pour que tous les cancans qu'on lui a faits tombent. Et, comme tu passes pour dix fois millionnaire, que madame de Cas[tries] ne me souhaite que plaies et bosses, elle a cru facilement tout cela. Comme elle voit beaucoup de monde, elle sera d'un secours excellent.

Elle aime si peu me voir heureux, de quelque manière que ce soit, qu'elle m'a dit : « On dit que cette maison est affreuse. — Horrible, lui ai-je répondu, ça a l'air d'une caserne, et il y a devant un jardinet de trente pieds de large sur cent pieds de long. C'est comme un préau de prison. Mais, que voulez-vous? J'y ai trouvé solitude, silence et bon marché; puis les trois cent mille francs de dépense toute faite de M. de Beaujon. Si M. Gudin le veut plus tard, j'aurai de l'espace; c'est une affaire de patience. Et j'aurai même, plus tard, des remises et des écuries, quand je pourrai avoir des chevaux. »

Et quand elle a cru que j'étais mal [logé], que je ne [me] marierais jamais et que je refaisais des folies, elle a été charmante. Et voilà ma vieille amie.

Le fait est que l'aspect de la petite maison de Beaujon n'est pas flatteur. Aussi te disais-je hier de ne pas trop te monter la tête. Ce ne sera une très bonne affaire que par la double acquisition du terrain devant et du terrain en côté. Mais cela ne se fera que lorsque la souveraine y sera.

Allons, adieu. Il faut faire vingt feuillets ou ne pas payer le 15! C'est ici qu'il faut vaincre ou mourir!

Si les enfants restent, je vais leur écrire un petit mot.

Croirais-tu que les portes de la maison ne seront posées que demain!

Jeudi, 10 [décembre].

Hier, il m'a été impossible d'écrire une ligne et j'en suis venu à la triste extrémité, bourré de café, de lire des romans. J'en ai lu trois dans ma journée : *la Mare au diable*[1], qui est un chef-d'œuvre, *la Fille du cabanier* et *le Colporteur* d'Élie Berthet. J'ai trouvé des inspirations pour *les Vendéens* dans Élie B[erthet] (*le Colporteur*). Madame [de] Girardin m'a annoncé Lautour [-Mézeray][2], et m'a invité à dîner. J'y suis allé et j'en suis revenu, à neuf heures, me coucher. Je viens de me lever à cinq heures, et ma tête est plus que jamais vide, sourde, muette; j'en suis désolé, car je suis en présence de nécessités si cruelles, que je ne sais que devenir. J'espère que, d'une minute à l'autre, le bouchon qui arrête le torrent cérébral va sauter.

Le temps est affreux; il pleut, il neige, il fait gris. Je suis maussade et malheureux de trois manières : cœur, corps et tête. Enfin, je n'éprouve aucun plaisir à aller chez les marchands de bric-à-brac. C'est le plus grand symptôme d'abattement. Il me faut cependant les deux dessus de porte pour la salle à manger. Je ne veux aller que dimanche à la maison, pour voir si les ouvriers la quittent. Il me faut aussi un domestique pour la garder et j'en ai manqué un. Ça ne se retrouve pas.

Allons, adieu pour aujourd'hui. Demain, il y aura peut-être de meilleures nouvelles à te donner. Je t'aime bien, mon Évelette, triste ou gai. Je me dis bien que voici la dernière fois que je me trouverai sous la main de fer de la nécessité pécuniaire; j'ai reçu mes dernières leçons de prudence. Ah! je n'aurais pas voulu que ce fût à propos de notre nid. Je serais si heureux d'y être installé, sans rien y devoir, du 15 au 30 janvier! Et dire qu'il s'agit de travailler, et que ce serait! Allons, je vais m'y mettre. Que ton amour et le mien, que ton souvenir, que ta chère voix, que tes beaux yeux aimés, que

1. Le célèbre roman de George Sand.
2. Homme de lettres et homme d'esprit, l'un des fondateurs de *la Mode* et du *Journal des Enfants*. Balzac s'en est inspiré pour peindre La Palférine dans *Un prince de la Bohème*. Lautour-Mézeray finit sa carrière comme préfet d'Alger et mourut en 1861. (voir t. III, p. 207)

cette jolie patte de taupe me bénissent, et m'inspirent, et me soutiennent. Voilà mes prières.

Midi.

M. Santi, l'architecte, est venu. L'achèvement de la maison prend une certaine activité. J'aurai à jeter dans la gueule de mes entrepreneurs quatre à cinq mille francs ce mois-ci. Vers janvier, les meubles et les tapissiers viendront. Si j'avais eu ma tranquillité pour les seize mille francs du versement, j'aurais pu, par mes travaux, passer ces trois dangereux mois. Je n'ai pas encore écrit plus de six lignes sur *la Dernière Incarnation de Vautrin.*

A demain. Je m'y mets à l'instant, avec un demi-bol de café noir dans le ventre. M. Santi est content. Le jardinier y est. La dépense s'augmente toujours; il faut un treillage vert devant nous, et c'est une affaire de deux cent quarante francs. Mais il paraît que les plantes grimperaient difficilement sans cela. On m'a apporté le plan des petits jardins. Quand ils seront faits, les choses auront une tout autre tournure. Les portes seront posées pour demain. Dans dix jours *l'hôtel-louloup* ne sera pas reconnaissable.

A demain donc. Je ferai partir cette lettre, et je te dirai si j'ai repris mes affreux travaux forcés.

Vendredi, 11 [décembre].

Hé bien, hier, j'ai eu la constance de rester assis à ma table, comme un écolier au piquet, pendant toute la journée, depuis mon réveil jusqu'à mon coucher, sans pouvoir extraire de mon cerveau deux lignes, ni quoi que ce soit qui ressemble à une pensée. Et j'ai lu, de guerre lasse, *Une Maison* [*de Paris*], un roman d'Élie Berthet, qui n'a pas duré deux heures. J'ai beaucoup pensé à *nous*, à notre vie à venir. Je me suis dit que c'était affreux de ne se réunir qu'à nos âges, et de tarder encore. J'ai maudit mes dettes, et leur cause surtout. Et j'ai pensé que j'en refaisais. Je me suis couché à sept heures, au lieu d'aller à un spectacle quelconque, car je *veux* travailler. Me voici levé à trois heures du matin; je ne me sens pas plus disposé qu'hier. Tel est le cerveau : cet organe n'obéit qu'à ses propres lois, lois inconnues! Rien n'agit sur cette bouillie. Me voici devant des ouvriers, des entrepreneurs à payer; il faut faire un versement de seize mille francs. J'aurais, par-dessus le marché, mon honneur, ma femme, à sauver; à donner du pain autour de moi; cela ne ferait pas sortir une ligne de copie. Et mon pauvre *loup* me dit : « Achève *les Paysans*, travaille, ne t'inquiète pas de moi », et, pour ton amour, on ne me ferait pas écrire! Ah! comme j'avais raison de partir! J'ai dépensé tout autant d'argent qu'à rester. Voici le 11; je t'aurais vue, je t'aurais embrassée; je me serais rajeuni, rafraîchi; j'aurais vu mes deux petits saltimbanques heureux. Tu m'aurais renouvelé, comme Antée quand il avait touché la terre! Onze jours pris par le chagrin, par la mélancolie la plus noire, sans distraction possible.

Si le chemin de fer [du Nord] n'avait pas eu sa baisse, j'aurais pu meubler et arranger la maison; mais la maison n'est pas achevée. Les peintres la quitteront à peine à la fin du mois. J'ai souvent touché aux limites des forces physiques; me voilà au bout des forces morales. Je connais l'évanouissement de la pensée. Excepté toi, nos souvenirs, et, hélas! nos chagrins, rien ne m'émeut, rien ne m'intéresse, rien ne peut me tirer de cette apathie de la pensée. Le désir ne reparaîtrait que près de toi, car si j'allais dans un mauvais lieu, je n'y éprouverais rien à la vue de la plus belle créature du monde. L'appétit physique est éteint. Je mangerais du pain seul, comme je mange les dîners que me fait la gouv[ernante]. C'est une vraie maladie.

J'ai trouvé, je crois, quelqu'un pour garder la maison et le mobilier jusqu'à ton arrivée, et, comme ce serait une histoire à te raconter qui demanderait six pages, je te la dirai en route, pour t'égayer. Cela te fera connaître à fond ma mère et ma sœur.

Allons, adieu, chère adorée Évelinette, ma pauvre souffrante, à qui j'aurais voulu n'avoir écrit que quelques lignes, en disant : « J'ai fait tant de feuillets; nous sommes hors d'affaire! » Au lieu de cela, je te parle de mes plaies d'argent, après m'être dit que je ne t'en dirais plus un mot. Mais, que veux-tu? Je te confie tout ce qui m'arrive, et je te parle de mes embarras, comme je te parlerais d'un succès.

Allons, adieu; soigne-toi bien, car j'ai de bien plus grandes inquiétudes sur le trésor de mes sentiments, sur ma bien-aimée, que sur le *trésor-louloup*, quoique l'argent soit peut-être plus en danger que toi. Si je ne puis pas arriver à gagner seize mille francs, je vendrai cinquante actions, à cent francs de perte. Ce sera cinq mille francs de perdus, et je ferai le versement avec cette somme. Mais je ne m'en consolerai jamais, et cette perte ne me tirera pas d'embarras pour la maison. Le mieux serait de gagner avec ma plume. J'ai déjà pensé à reprendre à M. F[essart] les six mille francs que je lui ai confiés. Mais il en faut encore dix mille.

Allons, voilà que je retombe dans mes comptes et dans les ennuis de mon administration financière, au lieu de te dire toutes les gentillesses de cœur qui surabondent toujours dans le mien pour toi, au lieu de dorloter ma pauvre souffrante dans les roses de mes désirs, dans les fleurs de mon âme, dans le lit de velours qui est toujours là pour elle, et où elle brille, comme une gentille petite fille qu'elle est! Car, je te vois toujours, et tu es toujours ce que tu étais à Genève[1], quand, par-dessous la table, nous nous prenions les mains à nous les briser, et que tu coulais un regard de feu en côté! Mon Dieu! être séparés encore, en 46, et bientôt en 47, par le chemin de Paris à Dresde; et lire des lettres où tu me dis : « Ne viens pas », quand tu es libre, et tout cela pour des intérêts, quand, moi, je devrais être devenu assez riche pour braver tout!

C'est finir, *louloup*, par une pensée bien amère, oh! bien amère, car il n'y a pas de ta faute, ma chère Ève; tu as fait l'impossible; et, moi, j'ai dérangé ma fortune de la plus sotte manière : des *Chroniques* [*de Paris*][2], des *Anglaises*[3], autre *chronique* malsaine, etc. J'ai de bien amers souvenirs et je n'accuse que moi. Toi, tu es immaculée, et tu ne me donnes que des souvenirs, frais [et] doux, de constant dévouement, de pensée perpétuellement occupée de notre avenir. Aussi, te suis-je ami, amant, mari, dévoué absolument; aussi se passe-t-il peu d'heures sans qu'elle ne t'apporte des souhaits, des soupirs, des élans d'amour! Et c'est là la plus belle gloire d'une femme et son revenu d'ange! En ce moment, je nous vois tous deux dans cette jolie (à l'intérieur!) maison, y vivant, n'en sortant qu'ensemble, la quittant peu, toujours unis et pressés l'un contre l'autre, et nous aimant du même appétit. C'est la seule pensée qui, dans cet ennui profond causé par le silence du cerveau, me réveille, me fasse sourire, et je m'y complais pendant des heures entières, car voici, madame Noré, une grande heure employée à vous écrire, à vous saluer, comme les oiseaux saluent l'aurore!

Allons, adieu, chère petite minette, cher Évelin, chère Line, chère Linette, chère pensée de tous les moments, et qui me manque tant au physique, en personne. N'oublie pas de me répondre sur Léon; j'ai bien peur de son retour à W[ierzchownia]. Il n'y a rien de bon à attendre de ce pays-là. Je tremble pour tes enfants! Oh! comme je voudrais que mon amour eût fini toutes ses affaires! Non, en voyant tout ce qui s'apprête, il me prend des frissons, car les mesures décrétées sous prétexte de libéralisme et vantées comme philanthropiques par *la Presse*, c'est votre ruine.

Allons, adieu, ma bien-aimée. Oh! dis-moi donc que tu vas mieux; tu es toute mon âme et ma vie dans tes mains, et, je suis si désolé de ce voyage à Dresde! Enfin... Adieu, et mille caresses à mon pauvre M[inou].

1. En 1834.

2. Acquise par Balzac à la fin de 1835 et dont la déconfiture survenue au bout d'un an augmenta sensiblement le passif du romancier.

3. La comtesse Guidoboni-Visconti, née Sarah Lovell, dont Mme Hanska était, avec raison, fort jalouse. Elle était, avec son mari Emilio, locataire de Balzac aux Jardies. Le romancier lui dédia *Béatrix* et lui offrit le manuscrit d'*Honorine*, ainsi que son portrait par Gérard Séguin (actuellement au Musée de Tours, faussement attribué au peintre Court). Cf. L.-J. Arrigon, *Balzac et la contessa*, Paris. Éditions des Portiques, 1932, in-12. Voir t. III, p. 90, 263, 372. Voir plus haut p. 123.

XXXIX

AU COMTE ET A LA COMTESSE GEORGES MNISZECH, A DRESDE

[Passy, 9] décembre 1846.

Merci, mon bon Georges, de vos deux lettres! merci, chère et charmante Anna! Eh bien, vous êtes donc fêtés, vous vous amusez et vous soignez votre chère maman! Je me désole d'être ici tout seul, sans ma troupe. Que Georges se rassure : la bibliothèque ne sera pas achetée faute d'espace, car c'est une excellente affaire, comme placement. Enfin, j'ai pu jouir de l'aspect de la magnifique potiche géorgienne; elle va dans mon estime immédiatement après mes grands mandarins; elle fait l'admiration des marchands, qui demandent où je trouve de pareilles choses; et je leur réponds : « Ah! j'ai de fameux commis voyageurs!... » Cette potiche est saine et entière, c'est un grand mérite. Le plat d'Anna est un des plus beaux que j'aie vus. L'illustre bronzier Paillard a ordre de le faire tenir debout, empoigné par deux lions. Et il sera glorieusement installé, au-dessus du meuble hollandais acheté en présence de Georges à Amsterdam, entre sa potiche et celle de Bosberg. Tout, mes chers amis, est arrivé dans un parfait état, sans une écornure, et la bonne douane parisienne, prenant des *ff* (florins) pour des francs, ne m'a demandé que quarante-huit francs de droits.

Le grand plat fêlé va être restauré, on en fera un guéridon. Voilà les nouvelles de vos folies, ô Zéphirine, ô Gringalet! heureux saltimbanques, qui faites peut-être trop voir votre bonheur à la patrie des porcelaines. Vous saurez que, moyennant soixante-quinze francs, j'ai eu le bonheur incroyable de compléter le service à thé de Wiesbaden; j'ai le sucrier et le pot au lait absolument pareils, et signés du même numéro; vous ignoriez, et moi aussi, que ce fût un service de Watteau. Atala, menée par son charmant beau petit nez fin, a mis sa belle patte là-dessus. Et vous saurez avec étonnement que, complet, cela vaut deux mille francs, offerts... Mais aucune détresse ne déterminera le père Bilboquet à lâcher de pareils souvenirs. Tout ce à quoi vous avez touché, ce qui me rappelle les deux ouistitis chéris, les deux amoureux, les deux zingaris, tout cela m'est sacré. Je vous quitte pour aller boire mon poison de café dans la tasse à couvercle d'Anna. Vous avez pu voir comme je travaille! Eh bien, ce n'est rien auprès de mes obligations et de mes travaux d'aujourd'hui. Il faut tout gagner, tout payer à la pointe de cette plume qui vous dit ce matin mille tendres choses et qui vous envoie mille vœux de bonheur.

J'ai acheté, pour la chambre des amis, le lit prétendu de madame de Pompadour; je ne sais pas de qui il est, mais je vous assure qu'il est magnifique, et on le dore à neuf. Enfin, le salon de l'hôtel *Bilboquet* paraissait si mesquin à côté des deux pièces à coupoles sculptées et peintes en Louis XVI, que j'ai acheté tout un salon en boiseries sculptées de la dernière magnificence comme art, et il est douteux qu'il y en ait un pareil à Paris. Les sculpteurs de cette époque sculptaient d'après les fleurs naturelles et vivantes, et cela se voit par la disposition et la légèreté des sculptures. Quant à dorer cela, je n'ai pas, hélas! la monnaie de la chose, cela écraserait d'ailleurs la pièce, qui n'est guère élevée.

Adieu; mille choses affectueuses. Votre chère maman aura demain une longue lettre.

XL

A MADAME HANSKA, A DRESDE

[Passy, 12-14 décembre 1846].
Samedi 12 [décembre].

Ma tête est toujours une tête de bois. Hier, voyant cela, je suis sorti, par un temps épouvantable, en croyant trouver une lettre de toi. Mais je n'ai rien eu à la poste, et j'y ai mis ma lettre pour toi. Puis, je suis allé à la maison, et les travaux s'avancent. Cela va prendre un certain air. Les portes sont en place. Le 15, je renvoie le gardien qui me coûte soixante francs par mois, et j'y mets un comptable pour tenir note de tout ce qui va venir en meubles, etc., et en faire un état, les garder, et me représenter pendant deux mois, car il faut penser à mon voyage, et, si je pars en février et que je te ramène le 15, il faut qu'il y ait là quelqu'un qui remplace le maître. C'est deux cent vingt francs bien placés. Au milieu de ma détresse, il faut que je monte trois lits de domestiques. Aujourd'hui, par suite de l'incapacité de ma tête, me voilà sans un liard, à la lettre. J'ai huit francs, et, la gouv[ernante], sept francs. Et je suis au 12! Le 15, l'ébéniste vient chercher cinq cents francs, et mon peintre cinq cents francs, qui sont là. Je ne puis y toucher, car la régularité avec laquelle je tiens mes engagements avec mes entrepreneurs me garantit beaucoup de tout malheur. J'ai déjà fait pour sept cents francs de billets. J'en vais faire encore pour six cents francs, pour du linge indispensable, et pour mille francs, aux entrepreneurs. Tout cela viendra en mars et avril, mois pendant lesquels j'aurai trois ou quatre mille francs à payer. Je vais faire interrompre les travaux de restauration des peintures[1] dans les deux pièces à coupole, car nous ne savons pas où nous allons; les peintres se chauffent au lieu de travailler. Il nous faut, à M. Santi et à moi, un prix fixé. Je finirais par être ruiné. Le salon et les deux pièces à coupole coûteraient, à ce train-là, quatre mille francs. L'achat des boiseries est de onze cent cinquante francs, et, si l'on compte deux cent cinquante francs de posage, cela fera quatorze cents francs. Il est vrai que j'économise mille francs au moins de tenture, avec les accessoires. Mais je donne au peintre d'histoire cinq cents francs et les peintres d'ornements menacent de coûter quinze cents francs. Si ce n'est que mille francs, bien; mais, quinze cents francs, c'est trop pour moi. C'est trois fois plus que la restauration du peintre d'histoire. Hier, il faisait un temps affreux : j'ai pris ce moment pour venir, et j'ai trouvé cinq peintres se chauffant et ne faisant rien. Or, à dix francs par jour, on ne doit pas perdre une minute, surtout dans cette saison.

Il y a une foule de petites choses à faire, mille fois plus vétilleuses que les grandes, et qui vont prendre toute la fin de ce mois-ci : des misères indispensables, les bouches du calorifère, les glaces à mettre au tain, à déposer et reposer, les placements des boiseries du salon, les ornements extérieurs, le pavage, le jardin, etc., etc. C'est effrayant. Ah! *louloup*, quelle entreprise que notre maison! Il m'aurait fallu de l'argent et de la tranquillité; je n'ai ni l'un ni l'autre! En ne faisant que le nécessaire, je suis encore à court, et mon travail, qui pouvait me sauver, s'arrête! Hier, après être resté à observer tout ce qu'il y a encore à faire, je suis allé dans Paris, en attendant l'heure de trouver M. Santi, pour lui parler de la cuisine que je voudrais voir achever, et j'ai trouvé pour deux cents francs (une misère!) deux vases de cheminée, pareils à mes grands pots mandarins. Rien ne te peindra mieux ma détresse et mon état actuel que ceci : je suis sorti sans les avoir achetés, avec la certitude d'être cinq ou six ans sans rencontrer cela. Mais je me suis dit : « Avec mes obligations actuelles, ce serait de la folie », et je me suis ordonné de n'y plus songer. Mais deux cents francs, tout montés, avec pieds, candélabres, etc., en cuivres ciselés et dorés!

J'ai passé, tête baissée, devant tous les marchands sans y entrer, et j'étais chez M. Santi à six heures et demie, à sept heures et demie chez moi, à neuf et demie au lit, et je viens de me lever à trois heures et demie, pour n'en pas perdre l'habitude. Il nous faut deux mille francs d'ici à huit jours, et, tu vois, n'ayant pas un mot à écrire, je t'écris pour ne pas me rendormir, et pour me donner, au lieu du travail forcé de mon bagne intellectuel, la douce et sublime jouissance éthérée de causer avec toi, à travers trois cents lieues! Je ne sais ni que faire, ni que devenir, et l'inactivité de ma cervelle me met dans

1. Qui avaient été exécutées, au temps de Beaujon, par Étienne de la Vallée-Poussin (1740-1793). Voir P. Jarry, *le Dernier logis de Balzac*, p. 43.

la situation d'un homme indifférent à tout. Je n'ai pas la force cérébrale de *concevoir une crainte!* Est-ce étrange? Le calcul me prouve ma détresse, et ni le cœur ni la tête ne s'en affectent. Voilà dix-huit ans, mon amour chéri, que je dors sur un tonneau de poudre avec une mèche allumée à cinq pas!

Allons, adieu, cher bon petit ange. Ne t'inquiète de rien; laisse-moi tout te dire, et soigne-toi. La veille de la catastrophe, je ferai en trois jours, ce que j'aurais dû faire en quinze. Hetzel fait une faillite de huit à neuf cent mille francs, sans un sou d'actif. Et Furne qui ne me paie pas! j'irai.

Je passe encore quelques heures heureuses, grâce à toi, car je me rappelle Francfort, Mayence et Genève et tout! Avec une force qui me plonge dans la réalité. Hier, pour la première fois le b[engali] m'a fait souffrir, et c'est ce qui m'a contraint à sortir. J'ai pataugé dans la neige glacée pendant six heures! Rien ne prouve plus évidemment que le cerveau se repose, et il faut remercier la nature de cela. Elle est plus sage que moi. Oh! ma bien gentille petite fille, comme j'ai pensé à toi! J'ai été digne de mon ange. Avec quel sauvage plaisir je pataugeais! Je voulais acheter les vases pour me rappeler cette journée, et la détresse est telle, que j'ai gémi, [et] je les ai laissés! S'ils y sont encore à la fin de janvier, je verrai.

Ce qu'il y a de cruel, c'est que je serai forcé d'avoir au moins trois personnes à Beaujon : une, faisant l'office de portier, une cuisinière et un domestique. Comme Léon est fidèle, voilà pourquoi j'y pensais. Je t'ai écrit à ce sujet, mais j'attends que tu me dises poliment que je ne suis qu'un imbécile, etc. Il y a beaucoup de raisons *contre*, et la première est ta sœur.

Grande nouvelle! Notre calorifère chauffera bien! C'est, tu ne [le] sais pas, un *grand peut-être* qu'un calorifère. [C'est] comme un vaisseau. On en a vu coûter dix mille francs, et ne pas donner de chaleur. Le nôtre coûte mille à dix-sept cents francs et chauffera bien, chose essentielle, car nous aurons des jardinières dans notre escalier, au premier et au deuxième palier. Au premier et deuxième palier, il y aura de magnifiques lanternes, et, sans doute, je mettrai le portrait de mon père en face de la porte de notre appartement. Il me faut encore deux dessus de porte, outre les deux du salon de celui de la galerie. Tu sais que ton salon en bas aura le portrait de Marie Lec[zinska] et celui de Louis XV, comme ornements, car j'ai deux ovales à remplir, que je remplirai ainsi. Nous n'aurons qu'une modeste *petite maison*, pour deux fous comme nous. Mais tout y sera ravissant à l'intérieur. J'ai tout à fait créé cela, car c'était dans un état, qui, tu sais, m'avait paru impossible à restaurer. Eh bien, j'y suis parvenu. Nous avons, en bas, un très gentil petit appartement de réception, composé de cinq pièces : salon d'attente, grand salon, chambre à coucher et boudoir, puis salle à manger, tout de plain-pied, bien parqueté, luxueusement établi. Le salon n'a pas, artistement parlant, son pareil pour les sculptures. Les deux pièces en rotondes sont des chefs-d'œuvre. La salle à manger fait une opposition puissante à ces salons Louis XVI, blanc et or, et blanc sur gris avec peintures, par son aspect moyen âge, son vieux chêne et ses belles œuvres. J'ai fait parqueter le corridor par où ma chère petite fille montera à ses appartements, et les petits appartements d'habitation seront excessivement commodes, bien distribués, et le capital employé dans la maison ne dépassera pas soixante-dix-sept mille francs, ou trois mille francs d'intérêts, mobilier non compris. C'est assurément, mon bien-aimé Évelin, un vrai tour de force. Ce sera quatre-vingt-mille francs, avec les glaces.

Mais les glaces, c'est une valeur positive. Eh! bien, quand je ferai voir cela, je suis sûr que qui que ce soit estimera la maison, embellie et arrangée comme elle le sera, à cent cinquante mille francs. Les trois pièces restaurées donnent une valeur de trente mille francs de plus à notre bicoque. La tribune, à elle seule, pour une femme pieuse, vaut trente mille francs. Les deux pièces en rotonde ont l'immense avantage que madame peut avoir son petit particulier, être chez elle, recevoir du monde, et ne pas y être pour vingt gens de lettres, que monsieur voudrait recevoir. Le salon d'attente, le salon et la salle à manger font une réception complète; les deux pièces en rotonde une autre. Sans se commander, elles sont ou ne sont pas visibles à volonté. Elles sont séparées par des doubles portes à glaces, qui rendent cette portion de la maison invisible dans la maison. On y entre, on en sort à volonté, sans être vu. L'on peut même s'échapper de la maison par une porte secrète doublée en fer. C'est étourdissant d'arrangement. Tu ne te figures pas ce que j'ai déployé d'intelligence dans cette restauration. Dans ces arrangements, l'argent est beaucoup; c'est énorme, vingt-trois mille francs. Trois mille francs de glaces, trois mille francs de peintures et de boiseries imprévues! Cela représente dix-sept mille francs. Eh! bien, qui aurait vu l'état où cela était et ce que cela est devenu prendrait l'idée que je suis un sorcier, car j'ai créé les communs, une galerie, etc. Quand Gudin voudra, il y aura les écuries, les remises et une loge de portier et le jardin. Comme je jouirai de ta surprise, car j'ai bien accompli tes vœux, tu ne voulais ni *flafla*, ni hôtel, ni grandeurs apparentes; mais un bon petit chez soi, bien calme, bien recueilli, bien solitaire, ton église dans ta poche, et rien pour le monde. Ce devra nous être bien cher, car tu ne te figures pas quels soucis j'endosse, par suite de cette baisse qui m'a retiré tous mes moyens. J'aurais fait tout cela sans un ennui si j'avais gardé notre argent en argent! Enfin, c'est créer la rente de cinq mille francs et une maison à la fois. Nous aurons Beaujon et Moncontour : petite maison à Paris, petit castel en Touraine.

Comme je suis inquiet de n'avoir pas eu une lettre de toi! Tu as dû avoir celle du 1er le 7; tu pourrais n'avoir répondu le 8. Non, je ne puis avoir de lettre que dimanche ou lundi. Je dois me résigner et attendre jusque-là, car tu ne m'auras pas écrit avant d'avoir été tirée d'inquiétude sur mon arrivée qui te contrariait, qui t'aurait fait mal et brouillé tes affaires! Pauvre Évelinette! Ah! cher ange adorée, tu ne sais pas dans quelle cuve d'huile bouillante je suis!...

Allons, pas d'élégies, et de la *copie!* Douze jours perdus à me désoler, à errer dans les labyrinthes du désespoir, et sans toi! Allons, adieu. En voilà une causerie! Sept pages! Si c'était de la copie, cela vaudrait sept cents francs! Adieu, ma fleur aimée, mon m[inou] chéri, souhaité hier pendant toute une journée. Je te tenais sous mon bras, en pateaugeant, je te parlais, je te sentais. Il vaut mieux rêver ainsi que de rêver à l'argent absent, hélas! comme toi! Sais-tu ce que c'est que la vie, sans le bonheur et sans l'argent, avec le tracas d'une chouette, et ceux de mes nouveaux créanciers? C'est à devenir imbécile.

A demain, ma petite fille aimée, ma pauvre souffrante, mon ange gardien, ma beauté, mon âme! A demain. Je suis effrayé; il est six heures et demie, voilà trois heures que je cause avec toi. C'est bien le compte : sept feuillets en trois heures, quand j'écris rapidement. Allons, c'est un fier luxe, mais je fais pour mon Ève toutes les folies qu'un Hulot fait pour une Marneffe [1]; je te donnerais mon sang, mon honneur, ma vie! Un regard, une phrase de toi (je ne parle pas d'un plaisir), paient des mois d'angoisse. Que veux-tu? Souffrir pour nous arranger une maison me paraît dans l'ordre; j'y trouve une force de résistance inouïe.

C'est pour elle! Ça me ferait accepter la question, si on la donnait encore. Oh! je t'aime bien, va, car, tu le vois, te le dire est une jouissance sur laquelle quatorze ans ne m'ont pas blasé. Je t'aimerai follement toujours... à avoir une attaque que je t'ai cachée pour des scènes du genre de celle de Tourtemagne. Allons, si je me mets là dedans, je suis perdu. Je bavarderai dix heures.

Mille baisers, ma chère chérie Linette. Voici trois heures heureuses.

Dimanche 13 [décembre].

Je crois ma tête en meilleur état; je vais me mettre à travailler. Il me faut payer un billet de douze cents francs à Buisson, à la fin du mois, et neuf cents francs de choses dues, sans compter les entrepreneurs et les choses indispensables du mobilier. J'ai conçu une petite *Nouvelle*, de quinze cents francs, pour le *Musée des Familles* [2].

1. Personnages bien connus de *la Cousine Bette*.
2. Voir plus loin p. 169, 190, 198, 236, 265.

Ce matin, pendant que j'étais à la maison [de Beaujon], les gens de *l'Époque* sont venus, et, pour le 25, il faut *la Fin de Vautrin*. Or. ces cinq mille francs-là passeront comme un feu de paille. J'ai les Fessart à dîner et les voici qui viennent.

Je suis allé, de ma maison, voir un lustre, de Schwab de Mayence, et j'y ai trouvé le fils du Schwab de la Haye, qui s'est établi à Paris. Il m'a promis seize belles feuilles de cuir pour le plafond de ma salle à manger, car, décidément le plafond tout en vieux chêne relevé d'or, ce serait trop triste, et, dans les quatre compartiments du milieu, je mettrai des cuirs fond d'or à fleurs bleues. Le lustre que j'ai retenu ira provisoirement dans la salle à manger, jusqu'à ce que j'en ai[e] un que je convoite, et alors il ira dans la galerie, où tous les meubles inférieurs finiront leurs jours. Senlis commence demain à poser les boiseries du salon. Tout s'approprie; on a vitré en glaces le rez-de-chaussée, et les choses commencent à prendre tournure. Au premier dégel nous serons parés. On va terminer la marquise. Elle sera peinte comme celle de la Samoïloff [1] et celle de Rotschild. Enfin, j'espère être là du 20 au 25 janvier. Beaucoup de choses manqueront, mais viendront petit à petit. J'ai trouvé du crédit, un crédit de six mois, pour les choses indispensables, et sans que les prix en souffrent, pour tout le linge des gens, la literie, etc. Mais le crédit ne sera pas trop chargé; je ne me mettrai pas plus de trois à quatre mille francs à payer en mars, avril et mai, non compris la Chouette. J'ai l'espoir (mais ce n'est qu'un espoir d'emprunter, sur les soixante-quinze actions libres, de quoi payer le versement, chez Gossart, pour le temps ramasser ces seize mille francs. Si cela se faisait, je travaillerais avec sécurité. Mais ces deux cent vingt-cinq actions seraient grevées de trente-quatre mille francs à rendre, avec les intérêts. Ce n'est pas effrayant pour les *loups*. Je me remue, va! Tu seras *étourdie* des résultats, quand tu seras chez toi. Le plus difficile, c'est les trois mille francs à envoyer à Marseille pour les tapis.

Adieu; les Fess[art] s'impatientent. A demain.

Lundi 14 [décembre].

Me voici levé à deux heures; j'ai fait mon feu; je suis plein d'ardeur à l'ouvrage, et je veux te dire adieu. Allons,avec beaucoup, beaucoup de copie, je m'en tirerai. Croirais-tu, *louloup*, que j'ai sept mille huit cents francs de mobilier à payer ce mois-ci et tout autant en janvier et février! Je viens de faire mes calculs. En dehors des acquisitions de cette année, j'aurai payé, en octobre, novembre, décembre et janvier, pour vingt-cinq mille francs de mobilier, et il

1. La comtesse Samoïloff, dont Balzac, à Milan, avait admiré le mobilier (t. II, p. 70) et les petits chiens (*Cahiers balzaciens*, n° 2, p. 33 et 41).

y en aura tout autant dans le restant de l'année 1849 à payer. C'est ce que je t'avais toujours dit : la maison soixante-quinze mille francs et soixante-quinze mille francs de mobilier. Et le mien donc, qui entre là dedans sans qu'on l'aperçoive! Et ces énormes économies que j'ai faites! Mais aussi la Rzewuska sera là encore mieux peut-être qu'elle n'était à W[ierzchownia]. Vois-tu, c'est mon orgueil. Je ne veux pas que tu aies un vide à la surface de ton âme, causé par le vent de l'amour-propre offensé, si quelqu'un vient te voir chez toi, un jour. Tu débaptiseras cela du nom d'*amour* pour l'appeler *folie*, ou *vanité*, ou *sot orgueil*, ou quoi que ce soit; mais la vertu, la gentillesse, la noblesse, le charme et l'esprit doivent une fois être traités comme on traite les femmes qui inspirent des passions. Tu es ma fantaisie, ma passion, mon vice, mon goût, mon indispensable plaisir, mon amour, mon *amie*, mon camarade, mon *louloup*, mon frère, ma conscience, mon bonheur et ma femme. Tu dois être également l'objet de mes folies, de mes amusements, de mes travaux, car tu es toute mon espérance et toute ma vie. Si tu savais avec quel soin j'arrange tout!

Allons, adieu, trésor de bonheur; adieu, angélique petite fille aussi rusée que naïve; adieu, cher moi, caressé tant de fois, centre de mes idées; j'ai peur de devenir fou, à force d'espérance et d'amour! Combien de fois ne me disais-je pas : « Ses petites pattes de taupe toucheront cela, ce devrait être en or, en diamants! » La poignée du mécanisme de l'eau, pour la chaîne de nos lieux [d'aisances], est en verre de Bohême, couleur verte! Demain, je mets là un monsieur pour me représenter, tenir note de tout ce qui s'y apportera et tout garder, tout surveiller. Non, ma petite chatte chérie, tu ne te fais pas une idée de mes occupations. Il y a tout un monde de petites choses à surveiller et à commander, même avec un architecte qui surveille et qui commande. Mais ce brave M. Santi est un bien honnête homme; aussi est-il pauvre! En glaces et en peintures j'ai une surcharge de cinq mille francs; les réparations vont à dix-huit mille francs. C'est vingt-trois mille francs, deux mille francs de frais. Tu vois, la maison revient à soixante-quinze mille francs, et j'ai cinq mille francs d'ornements que je mets de mon côté. C'est donc quatre-vingt mille francs, et il y aura vingt mille francs de mobilier déjà payé par moi à la fin de décembre, dont cinq mille d'ébénisterie neuve, et deux mille cinq cents francs de bois sculptés, dessus de porte, etc. Et si tu savais quels marchés j'ai faits! On a offert à Senlis deux mille francs de panneaux que j'ai achetés à Liénard cinq cents francs. Sais-tu que les deux petits Dunkerques[1] Louis XVI en bois de rose à mettre dans le salon, c'est une affaire de dix-huit cents francs, et que ces deux panneaux-là représenteront huit mille

1. Étagères à bibelots, voir t. III, p. 165. Voir aussi plus haut, p. 146.

francs! Un richard, qui voudrait faire mon salon, n'y arriverait pas avec quarante mille francs et, quant à la salle à manger, c'est peut-être impossible avec la même somme. Cher *loup*, tout cela, c'est pour toi, c'est pour te voir, au 10 de février, me regarder avec des larmes de bonheur dans les yeux et m'entendre dire : « Allons, tu m'aimes encore mieux que je ne t'aime! »

Nous avons un petit bonheur : le calorifère chauffera bien la maison. On va le chauffer vigoureusement pour le sécher, et pour sécher les pièces. Il y avait beaucoup de plafonds en mauvais état, et beaucoup de petits raccords. Office, cuisine, passage des gens, tout cela s'achève, et c'est carrelé en pierre blanche et en marbre noir. J'espère que tous ces petits détails soignés te plairont. Les chambres de domestiques sont tendues de ces jolis papiers qui te séduisent tant. Enfin, la lingerie sera tout en acajou; c'est ce que tu voulais. Je me sers de ma bibliothèque vieille, que j'adapte là. Ce sera à portes pleines et tu auras un côté pour tes robes, tes affaires, et un côté pour les choses de la maison. On pourra faire la lessive chez nous et tout repasser, car j'ai fait pratiquer un petit fourneau à fers dans la lingerie (où couchera la femme de chambre). Enfin, la maison n'est pas belle à l'extérieur, mais elle est ravissante et commode à l'intérieur. N'est-ce pas là ce que tu voulais? Rien d'apparent!

Allons, adieu, belle mangeuse de copie. Je te laisse du blanc et je t'enveloppe le tout d'une lettre du farouche républicain Thoré [1], pour Anna. Mille gentilles amitiés aux enfants, et à toi tout l'homme et tout le cœur, toute l'âme et toute la pensée. Trouverai-je une lettre?

Allons, tu as reçu tes journaux, presque trois lettres de moi : j'espère que tu vas bien. Rétablis-toi pour les premiers jours de février. Mille baisers, je t'en enveloppe.

Louloup, la première voiturée de meubles aura été envoyée demain 15 ou après-demain 16!

XLI

A MADAME HANSKA, A DRESDE

[Passy, 15-17 décembre 1846.]
Mardi 15 [décembre].

Il est trois heures du matin; j'ai été réveillé trois fois par l'inquiétude, car, hier, après l'arrivée du courrier, il n'y avait pas de lettre

1. Théophile Thoré (1807-1869), journaliste et critique d'art (sous le pseudonyme de W. Burger), quitta la France au moment du coup d'État de 1851.

de toi, et je ne vis plus depuis. Aussi, hier, suis-je allé par la ville, en marchant beaucoup. Je suis allé chez M. Paillard, pour voir aux bronzes et aux montages. J'ai décommandé la table à manger, qui n'était pas commencée, et j'ai vu tous les ouvriers qui travaillent pour moi, afin de les activer.

D'ici à trois jours j'aurai décidé si je poursuivrai la candidature à l'Académie française, et c'est très probable, car, si je dois être refusé deux fois, il faut me débarrasser des visites qui sont si ennuyeuses, et je vais prendre trois heures, de deux heures à cinq, tous les jours, pendant trois à quatre jours. On ne fait les visites qu'une fois; mais encore faut-il les faire.

Voici ce que j'ai à payer à la fin du mois : un effet à Buisson, mon tailleur, douze cents francs; mille francs à l'ébéniste; trois mille aux entrepreneurs, qui me laisseront tranquille pour deux mois; mille francs pour des meubles; onze cents francs à Solliage; sept cents francs à Eude; mille francs à Tours; six cents francs pour la table de la bibliothèque; mille francs pour mon ménage; cinq cents francs à Liénard et six cents francs pour le lustre de la salle à manger; six cents francs pour les rideaux et quatre cents pour la garniture des sièges et les dessus de porte. Tout cela fait douze mille six cents francs, et, je serais à peu près au niveau. Puis il faut seize mille francs pour le versement.

J'ai l'espoir d'un emprunt pour les seize mille francs au moyen des soixante-quinze actions qui me restent; et quant aux douze mille six cents francs, voici par quels travaux je vais les couvrir : une *Nouvelle* pour le *Musée des Familles*, intitulée : *la Chasse aux malheureux* [1], trois feuilles de *la Com[édie] Hum[aine]*, quinze cents francs. Une autre *Nouvelle* pour *les Débats* ou pour le [*Journal du*] *Dimanche*, intitulée : *Adam le Rêveur* [2], cinq feuilles, deux mille cinq cents francs. *La Fin de Vautrin*, quatre mille francs, pour *l'Époque* sept à huit feuilles. [*Le Cousin*] *Pons*, pour le *Constitutionnel*, trois mille francs. Total, onze mille, sans compter la librairie. Il faut avoir fini tout cela en quinze jours; il y a vingt et une feuilles de *la Comédie Humaine.* J'espère avoir tout terminé pour le 10 janvier, et, en février, *les Paysans* serviront à rendre les seize mille francs, empruntés à six pour cent.

Ma tête s'est enfin dégourdie, comme tu sais, et j'ai fait hier six feuillets. Ces messieurs de *l'Époque* viennent ce matin. Des douze mille six cents francs il n'y a que cinq mille francs de promis. Tout le reste peut attendre les premiers jours de janvier.

Aujourd'hui, j'installe un gardien à Beaujon, à cinquante francs par mois, à la place de celui qui coûte soixante, et qui ne faisait qu'y coucher. Mais comme il est le concierge et que j'aurai besoin de sa

1. Devenue *l'Initié* (*l'Envers de l'histoire contemporaine*).
2. Ne fut jamais écrit. Voir t. III, p. 356.

discrétion, je me suis laissé attraper. Maintenant il faut un homme probe, qui reste là toujours, car je vais commencer à expédier là bien des meubles. Dans le cas de candidature [académique], il faut que je puisse recevoir là d'ici au 15 janvier. Quand tu viendras, tu trouveras une maison prête, et un appartement où le diable ne te trouverait pas, et d'où l'on peut tout voir, tout entendre, sans être vu ni entendu.

Hier, j'ai trouvé chez Solliage l'étoffe des rideaux de la salle à manger. Cela coûtera trois cent soixante francs et cent quarante francs de doublure, c'est cinq cents francs. Cent francs au moins de lézardes, et cent francs de pose et façon, c'est sept cents, et deux cents francs de porte-rideaux, c'est neuf cents francs. Voilà le prix de quatre croisées garnies! Juge, là-dessus, de ce qu'est une maison. Voici sept cents francs. Il y a quatre cents francs de lustre, cinq cents francs de table, deux cents francs pour garnir les chaises, cinq cents francs de piédestaux, à Liénard. C'est deux mille trois cents francs. Maintenant, j'aurai bien dix-sept cents francs de bronze à M. Paillard. Tu vois que c'est quatre mille francs pour terminer la salle à manger. J'oublie trois cents francs de dessus de porte, deux cents francs de pose et de nettoyage des cuirs. C'est quatre mille cinq cents francs, et, au moins quinze cents francs de dressoirs. Total, six mille francs. Or, j'ai encore six mille francs à dépenser dans les trois pièces adjacentes en étoffes, en bronzes, en dorures.

Tu vois que dans les trois premiers mois de 1847 j'aurai bien de la besogne, car voici douze mille francs, et trois mille de tapis, c'est quinze mille francs. J'en ai déjà payé quinze mille, et il y a ce que je paie ce mois-ci. Je regarde que j'aurai, en dix-huit mois, acheté pour cinquante mille francs de mobilier, car j'ai des factures acquittées, outre ces sommes-là, pour vingt-huit mille francs, et, depuis six ans, j'en ai acheté pour trente mille francs. Ainsi trente mille, vingt-huit mille et cinquante mille, c'est cent huit mille francs, sans compter mon argenterie, ma bibliothèque et mon mobilier à moi. C'est ce qui me fait dire que quand l'argenterie, le linge, la vaisselle, etc., seront achevés, la maison aura coûté quatre-vingt mille francs, et il y aura pour trois cent mille francs de mobilier. C'est le compte que je faisais à ta sœur, en lui disant que, dans six mois, en juillet 1847, j'aurais une fortune de quatre cent mille francs, pas de dettes, et cent mille francs par an dans ma plume. Ce résultat, obtenu pour mon *louloup* à qui j'aurai conservé ses deux cent vingt-cinq actions du Nord (qui me devront seize mille francs de versement), me donne l'effrayant courage de faire ce que je fais en ce moment. Ces seize mille francs-là et seize mille francs que je gagnerai me permettront de rembourser les trente-deux mille francs dus à M. Pelletereau. Ainsi j'aurai accompli avec une ténacité virile le projet d'avoir payé toutes mes dettes et d'avoir une maison à moi remplie d'un mobilier magnifique pour recevoir mon idole à qui je représenterai ses act[ions] du Nord intactes et augmentées. J'espère que tu ne crieras plus à la dissipation, ni contre les achats.

Allons, adieu pour aujourd'hui.

Je suis sûr qu'au poids il y aura, dans notre maison, trois mille kilogrammes de cuivres et bronzes dorés. C'est effrayant, le bronze! Hier, j'ai vu mon ébéniste, et tu auras tes deux petits Dunkerques en bois de rose, Louis XVI, dans le salon. Enfin, nous avons quatre services de thé mirobolants : *primo*, un en pâte tendre de Sèvres, qui sera tes amours; *secundo*, un (le Watteau) de Saxe, tous deux pour six personnes; *tertio*, un de Vienne; *quarto*, le tête-à-tête de Marseille. Je suis à la poursuite d'un service complet pour un déjeuner, en pâte tendre bleu et or; mais je n'espère pas réussir, car les assiettes sont d'un côté, et le service de l'autre. Ce serait lorsque ma chérie aurait quelque parent, quelque personne de haute considération à recevoir.

Adieu, mille tendresses, ma chère folie! Oh! toi!... Quand il s'agit de mon *louloup*, je deviens fou; je te veux une tanière non pas royale, mais impériale, et je réussirai, avec mes faibles moyens. Mille tendresses, mille baisers, chère Évelinette. A demain.

Mercredi [16 décembre].

Hélas! mon *louloup* adoré, mon inquiétude est au comble. Je n'ai pas eu de lettre de toi ni des enfants hier, 15. Cette inquiétude m'étreint si bien le cœur que je ne puis écrire une ligne. Et dans quel moment! Hier, les gérants de *l'Époque* sont venus, et ne peuvent prendre ma copie et la payer que le 5 janvier. C'est effrayant. Les capitaux se cachent, le prix du pain cause une détresse factice et la situation s'empire. Me voilà sans argent devant des obligations. Je suis levé depuis deux heures, [et] voilà trois heures du matin. Je n'ai pu écrire une ligne et j'ai deux mille francs à payer d'ici au 30, et un tas de petites dépenses pour cette maison. Mon Dieu, je voudrais avoir des ailes et aller te voir avec la rapidité des pigeons! Si je te savais bien portante, je travaillerais, car la nécessité m'a rendu mon ardeur. Je comptais tant sur une lettre, que j'allais à la poste avec la certitude de voir finir mon angoisse. J'ai mis cela sur le compte des retards de la poste; mais, eût-on mis six jours à venir, tu as dû m'écrire le 9, car tu as dû recevoir une lettre ce jour-là. Enfin, il faut se résigner et attendre, mais, je le vois, j'ai la fièvre du malheur et non celle de l'inspiration. On n'invente pas une *Nouvelle*, le cœur gros. Voici quinze jours bien sombres, bien funestes. Si j'avais eu quinze mille francs et l'entrain du [travail] de notre ameublement, j'aurais eu de la distraction. Mais je vois encore bien des ouvriers dans l'*hôtel-louloup*, et bien des petites choses indispensables arrêtées par le froid. Je suis seul contre le chagrin, sans le travail ou l'occupation pour me soutenir. Que la volonté de Dieu se fasse! Si je savais comment tu vas! J'ai une consolation légère, c'est qu'il fait si froid que le voyage, du 6 décembre au 15, t'aurait peut-être rendue malade. Mais je t'aurais mise dans mon cœur et il me semble qu'enveloppée de moi tu n'aurais rien senti.

Oh! Furne, me refuser le paiement des misérables droits d'auteur de cette première édition [de *la Comédie Humaine*], qui me coûte trois cent mille francs qui ne sont pas entrés dans ma bourse depuis six ans. Abuser de sa richesse devant la nécessité d'un auteur! Quelles atroces combinaisons! Mais je ne plierai pas.

Il est six heures du matin; je suis resté, comme tu le vois, avec une héroïque constance devant mon papier blanc, attendant mes idées, et ne pouvant penser qu'à mon Évelette, à ma petite fille et à notre maison! Tout cela bigarré d'inquiétudes. Je n'aurais ni cœur, ni âme, ni amour, si je pouvais écrire au milieu d'une pareille angoisse. Oh! mon cher bonheur! en quel état es-tu dans ce moment où je me dessèche devant mon feu, pressé par tant de nécessités et n'écoutant que le bruit des grelots de la poste, qui trotte de Metz à Paris, en me disant : « Ces chevaux-là m'apportent-ils un peu de tranquillité? Va-t-elle bien? » Il y a tant de chances dans ces déplorables maladies-là! Je ne broie que du noir, et je sens, à toutes les fibres qui se brisent dans mon cœur, que je ne survivrais pas trois jours à mon Évelin adoré. La vie sans toi, c'est un cachot noir, dont je ne veux pas, absolument. Mon Dieu! (Ah! si tu savais comme je prie Dieu avec ferveur!) Mon Dieu! qu'elle se porte bien, au moins, et qu'elle ne se tourmente pas! Voilà mon cri intérieur depuis huit jours.

Jeudi 17 [décembre].

Hier, ta lettre, écrite par Anna, n'était pas arrivée le matin; elle n'est venue que par la poste du soir. Mais telle est mon anxiété que je suis allé trois fois à la poste, et comme la malle de Forbach a eu un retard de dix heures annoncé par les journaux, cela s'explique. Mais, mon amour, tout ce que tu m'écris, par la main d'Anna, ne me dit rien et ces cinq lignes, que tu y as ajoutées, me laissent dans les mêmes perplexités.

Mon Dieu, voici le 17 et pas une ligne d'écrite, et je suis devant quatre mille francs à payer! On commence à me tourmenter pour de petites sommes. J'ai le courage du travail; l'esprit n'y est plus. La Chou[ette] marche dans la voie des acquisitions nécessaires; elle fait des marchés d'or et à terme, ce qui satisfait à mes nécessités actuelles. Tous les lits de domestiques vont être complets et les deux lits de maîtres aussi, pour des sommes fabuleuses de bon marché et de [bonne] qualité des choses. J'ai complété douze douzaines de serviettes ordinaires, car il est bien entendu que, en taies d'oreillers de maîtres, fines et garnies, en draps fins et en nappage fin, tu auras tout cela. J'ai acheté dix paires de draps en cretonne de coton fine, pour les deux lits de maîtres, car on prend en hiver des draps de coton. Tu sais qu'il nous faut une assez grande quantité de services de six, quelque chose comme douze services, six de neuf et trois de douze.

Non, c'est effrayant de monter une maison! Songe donc ce que c'est, en France, que sept lits : deux de maîtres et cinq de domestiques! Tout cela, avec couverture d'hiver et d'été; un sommier en crin, en vrai et bon crin, coûte cent francs. Les couchers sont une affaire de quatre mille francs sans les couchettes, et nous en avons une en Boule et une [dorée] qui, toutes deux, représentent deux mille francs.

Ne te moque pas de moi : la maison est excessivement laide et désagréable au dehors; il n'y a rien de flatteur à l'œil ni de possible comme ornementation. C'est une petite caserne avec une langue de verdure et une rangée d'arbres. Mais, à l'intérieur, c'est commode; ce sera bien décemment arrangé; mais il y a tant de luxe aujourd'hui que je t'assure que chez des bohémiens comme Nestor Roqueplan, Eugène Sue, Dujarrier [1] (feu), il y a plus de *flafla*. La seule distinction que j'aie cherchée, c'est *la valeur réelle*. Tu es dans l'erreur si tu crois à des dorures; il n'y en a que pour relever les peintures, ne pas les rendre fades. Le salon coûterait dix mille francs à dorer, et je n'en ai pas le moyen. C'est bien assez d'avoir dépensé quatre mille francs pour l'ornement des trois pièces. Mon cabinet, étant tout en ébène, a besoin de beaucoup de dorure pour relever cette sombre couleur : ce serait une chambre mortuaire sans cela. J'aurai mis de ma bourse, qui est la tienne, comme la tienne est la mienne, environ quarante mille francs de mobilier; tu en mettras autant, nous paierons la maison à nous deux. C'est soixante-quinze mille francs chacun. Il restera donc tout au plus trente-cinq mille francs sur tes fonds et, comme il y aura eu seize mille francs d'empruntés, pour le versement, ce sera vingt mille francs environ. Mais pour réaliser, il faut attendre mai ou juin. Voilà notre situation en gros. Outre cela, j'y aurai apporté pour cent mille francs de mobilier, en mobilier de garçon, la bibliothèque, etc. Si ton frère avait écouté les demandes, la situation eût été bien différente. Avec trente mille francs, je sauvais toutes les actions. Nous ne sommes pas heureux en finance : nos moutons s'obstinent à devenir des côtelettes, le Nord baisse, etc.

Tu ne te figures pas mes déboires; je te les raconterai en route. Fais-moi penser à te dire l'histoire du gardien de la maison, car te la raconter ici cela prendrait six pages. Ça m'a fait *perdre* toute ma journée d'hier.

1. Gérant de *la Presse*, voir t. III, p. 46.

Je ne pourrai penser à meubler que du 10 au 15 janvier. Juge si je suis retardé; tout va si lentement une fois l'hiver venu, les journées n'ont plus que huit heures, les peintures sèchent difficilement. Tout est en retard. Puis, les ouvriers ont les sens comme les animaux : ils flairent le manque d'argent, et alors ils sont méchants et malicieux comme des singes, ils sont tourmentants. Et, chose étrange, M. Santi m'a donné des entrepreneurs gênés, excepté le menuisier et le maçon. J'aurai, en mars et avril, pour cinq à six mille francs d'engagements, outre les trente-quatre mille francs à rendre. C'est quarante mille francs qu'il faut avoir à cette époque. Et, d'ici là, j'en dois payer quinze ou seize mille.

Allons, adieu, mon Évelette adorée. Ne mets pas de pantoufles en satin ni de robe lamée pour être chez toi. Tout cela sera seulement et extrêmement artiste. Puis, comme tu n'auras pas vu tout cela dans un état affreux, tu ne pourras jamais comprendre les dépenses. Tu ne les apercevras que quand je t'expliquerai dans quel état j'ai pris les choses : sur les lieux mêmes. Il a fallu du courage et un *fier toupet*, comme disent les artistes, pour oser deviner et réaliser une habitation là. Mais, cela coutât-il quatre-vingt mille francs, tous les gens qui voient cela conviennent bien que pareille chose est introuvable dans Paris, et que c'est se loger pour rien. C'est une maison de douze francs de loyer.

Adieu donc, chère petite fille aimée, reste sur le dos. J'aime à te savoir en voie de guérison, mais je n'ai rien compris à tes explications et je suis dans les mêmes inquiétudes. J'ai refusé d'être un des témoins de Chl[endowski] à son mariage, car il y a là le prince C... et le prince de Gedwitz, et je ne veux pas sortir de ma ligne russe. Mais j'irai pendant une heure au déjeuner. Il épouse la fille de Pffaffenhofen. Elle a douze à quinze mille francs de rentes. C'est inespéré. Je t'embrasse depuis la plante des pieds jusqu'à la plante des cheveux, sur toutes les coutures, doublures, et je voudrais être là à te soigner. Ah! j'aurais bien mieux fait de ne pas perdre l'argent du voyage (la perte représente le lustre de la salle à manger, quatre cents francs; j'en pleure) et d'aller et de venir en restant cinq jours à Dresde. Mais tu m'as cloué [ici] par ta phrase peut-être artificieuse (car je te connais) sur le danger d'une émotion pour toi. Pour t'éviter une souffrance, je tiendrais un charbon ardent dans la main, comme le prince de Lorraine. Ah! tu ne sauras jamais, qu'après dix ans de cohabitation, combien tu es aimée. Cette idée devrait te faire allègre, joyeuse, sans souffrance!

Allons, voici le jour; je ne me suis levé qu'à cinq heures, à cause du gardien. Je suis à la recherche d'un militaire ayant servi, ayant des recommandations, pour le mettre à la tête de la maison. J'ai, depuis deux mois, un manchot qui ne garde rien.

Mon Dieu, que je voie bientôt quelques lignes de toi, que je te sache en bonne santé! Que vas-tu faire? Tes enfants retourneront-ils [chez eux] pour le mois de janvier? Et tes contrats? Etc. Moi qui ne vis que par toi, qui ne m'intéresse qu'à tes affaires, je suis dans trois enfers : celui du cœur, de la santé [et] de la finance.

Allons, mille caresses, mon amour; soigne-toi bien; reviens-moi fraîche et plus belle par ce repos. Mille caresses, et dis à ma chère Anna que je deviendrai comme Ginevra [1] pour elle, si elle te soigne bien.

J'envoie, pour Anna, la signature du confident de L[ouis]-Philippe. Elle a Conte [2]. Je tâcherai de lui avoir Montalivet [3]. C'est les deux béquilles du vieux fourbe, les deux seules personnes, avec sa sœur Adélaïde, pour lesquelles il n'y a pas de secrets.

XLII

A MADAME HANSKA, A DRESDE

[Passy, 18-19 décembre 1846.]
Vendredi, 18 [décembre].

Hier, à deux heures, en allant à la noce de Chl[endowski], je me suis foulé le pied, le même de l'autre année, quand je suis allé vous retrouver à Rome [4]. C'est la troisième fois que j'ai cet accident. Je suis allé à la noce tout de même, et, ce matin, j'attends M. Nacquart qui me dira ce que j'ai. C'est avec des peines inouïes que j'ai pu gagner mon cabinet, ce matin à quatre heures. Cette fois, ce n'est pas le coup de fouet, c'est une simple foulure, je le crois. C'est au pied de la montagne [de Passy] que cela m'est arrivé, sur une partie de glace que je ne voyais pas. Dans les circonstances où je suis, et où j'ai besoin de tant d'activité, si le docteur me condamne au repos, je ne sais comment faire. Je vais travailler, voilà tout.

Ne t'alarme pas, mon *loup;* ce n'est qu'un accident si vulgaire, que je ne t'en parlerais pas si je ne te disais pas tout. Je sens un engourdissement douloureux dans le pied, autour de la cheville, et il m'est impossible de me servir de ma jambe. Je ne pourrai pas aller à la poste de plusieurs jours, et c'est là la plus vive contrariété

1. Personnage d'*Albert Savarus.*
2. C. Conte, président du Conseil des Postes. Voir t. III, p. 63.
3. Le comte de Montalivet, pair de France, intendant général de la Liste civile.
4. Voir t. III, p. 148 et suiv.

[Samedi] 19 [décembre].

Mon *loup* chéri, M. Nacq[uart] est venu hier. Il m'a ordonné de mettre quinze sangsues au pied et de l'envelopper de cataplasmes, ce qui a pris le reste de la journée d'hier. J'ai une fausse entorse; il y a eu écartement des muscles de la cheville à l'intérieur. Il ne peut rien dire que lundi sur le temps que prendra la guérison de ce petit accident, et, en attendant, me voilà claquemuré, car il m'est impossible de faire un seul mouvement. Je n'ai qu'un pied, et quand je veux aller de mon lit à mon cabinet, je vais à cloche-pied, exercice qui, vu ma pesanteur, ne me permet pas de faire plus de dix mètres de promenade.

Être avec trente francs chez soi, et avoir trois mille francs à payer, et ne compter que sur sa plume et son activité, dans des circonstances semblables, c'est à devenir fou!

Ce matin mes sangsues saignent encore; rien ne les arrête. Je les laisse aller, et je me suis fait porter à ma table, dans mon cabinet. La Chouette est dans un état de maladie excessivement inquiétant. Nous avons pris une cuisinière pour qu'elle soit déchargée d'une moitié de sa besogne, et la cuisinière ne sait rien faire en cuisine.

M. Nacq[uart] m'a appris que ta sœur l'a fait venir pour, soi-disant, le consulter, mais, en réalité, pour lui faire des questions, et l'une de ces questions a été : « *S'il t'avait vue.* » Non, ta sœur est le double de la mienne. Il l'a trouvée visant à l'esprit sans l'attraper, provinciale, et j'ai vu que l'effet produit sur le docteur n'était pas favorable, et, comme je suis Rzewuska jusqu'au bout des ongles, j'ai été très offensé, chagrin, etc. Ta sœur doit nous faire, en style d'atelier, de fameuses *boulettes.* Mais j'ai bien peur de sa correspondance avec les autres membres de ta famille. Tu es le seul être parfait, excellent, adorable, de ta famille, comme je suis aussi, selon l'expression de Mme de Berny [1], le seul de la mienne. J'ai dit au docteur que tout me paraissait fini entre nous, à cause de difficultés sans nombre qu'il était impossible de dire, et qui n'altéraient pas notre amitié.

Je ne souffre pas; j'ai seulement un pied de moins. Je me creuse la tête pour pouvoir aller à la poste et y mettre ma lettre. Je profiterai ce matin d'un moment où *elle* [la Chouette] ira à Paris, pour y envoyer la petite bonne. Si tu reçois cette lettre, tu sauras au moins qu'en cas de retard de cinq à six jours ce retard provient de mon emprisonnement.

Moi, qui avais mille courses pour la maison, me voilà claquemuré, avec des inquiétudes sur toi qui me rongent, et des ennuis invincibles. D'ailleurs, chose étrange, est-ce que tu vas mieux? est-ce l'effet de mon cerveau annulé? je suis dans une incroyable tran-

1. La première amie de Balzac. Voir t. III, p. 20.

quillité d'esprit depuis vingt-quatre heures. Si, le 17, tu as été rétablie, ce serait un des événements les plus curieux de l'histoire des sentiments humains, que, malgré les distances, nous soyons en une intime communication!

Allons, adieu, ma bien-aimée. Rétablis-toi par tous les moyens possibles, même en restant couchée et ne m'écrivant pas, ce qui est le pire de tous les moyens. Berce-toi des caresses que je t'envoie à tout moment, et aime bien ton pauvre *loup*, qui supporte en ce moment, comme Samson, tout le poids de notre cabane, et qui voudrait bien ne pas être écrasé dessous. Mon Dieu! combien j'ai d'ennuis! Tu ne les croirais pas, si je te les faisais apercevoir. Enfin, il est dit que je souffrirai jusqu'au dernier moment, pour les affaires financières. Encore une année, et quelle année! Comment commence-t-elle! Allons, chère Évelette, pas de doléances. Cela nous afflige, et cela ne paie pas deux liards. Je vais tâcher d'aller, phrase à phrase, et d'en faire pour trois mille francs d'ici à quatre ou cinq jours. C'est le plus court.

Adieu, je t'embrasse comme une dernière espérance; je t'aime comme la vie qu'on aime; je te mets en moi, toi et tous nos chers souvenirs, comme un baume réparateur. Adieu, chère fleur de mon cœur, tant de fois respirée, tant admirée et toujours admirable! Va, le tout est pour le mieux; tu m'aurais vu dans de telles angoisses, tu n'aurais pu y porter aucun remède, et tu m'aurais accusé peut-être d'imprudence, tandis que ce n'est pas moi qui ai fait baisser le Nord. Nous sommes le 19; tu recevras ceci le 24. Du 24 au 30 il y a six jours; c'est le temps d'envoyer une lettre; songe que le moindre secours est sauveur. Mais dis-toi bien que je ne compte que sur ton cœur, ton amour, et que je travaille! Mille tendresses, mille caresses à m[on] m[inou]. Bien des gentilles choses aux enfants. Heureux enfants!

XLIII

A MADAME HANSKA, A DRESDE

[Passy, 20-24 décembre 1846].
[Dimanche], 20 décembre.

Pendant que la Ch[ouette] était allée en ville faire des courses pour la maison, j'ai envoyé la petite bonne à la poste, porter une lettre à la directrice, dans laquelle était enveloppée celle que je t'ai adressée hier, en la priant de me renvoyer mes lettres sous enveloppe, et, quoique cloué impitoyablement, j'ai pu ainsi avoir la lettre des enfants, où tu as écrit quelques mots. Mais, que veux-tu? Rien ne me rassure. Me voici éclopé devant des obligations féroces, souffrant de la jambe aujourd'hui plus [qu'] hier, et hier plus qu'avant-hier, ayant sur les bras une maison où rien ne s'achève, et où la gelée interdit d'achever une foule de petites choses aussi utiles que les grandes. Tout cela m'irrite, me fait mal.

Hier, j'ai conclu le marché pour la restauration des peintures des deux pièces en coupole. On voulait deux mille huit cents francs; elles étaient en train depuis quinze jours. Tu ne te figures pas ce que ces six peintres me brûlent de bois pour se chauffer, et, ne voyant pas de marché de fait, je voulais de jour en jour faire tout arrêter, car, M. Santi comme moi, nous étions effrayés. Beaujon a dû y dépenser trente mille francs de peinture. Il y a des mille mètres d'ornements et c'est cher, à trois francs le mètre. Enfin, j'ai conclu le marché à dix-huit cents francs, car on m'avait mis dans la nécessité d'en finir en en faisant le tiers environ. Ainsi, ces dix-huit cents francs, les dix-huit cents francs de boiserie du salon font trois mille six cents francs, et trois mille francs de glaces, six mille six cents francs de plus que je ne comptais, et, comme mes devis sont déjà dépassés de quatre mille francs environ, c'est vingt-cinq mille francs que coûteront les réparations et les restaurations, sans compter le peu de décor que je suis forcé de faire à la galerie, et qui ira bien toujours à un billet de mille francs. Ajoute à cela sept mille francs d'ébénisterie; c'est trente-trois mille francs. Or, trente-trois mille francs et cinquante-deux, c'est juste quatre-vingt-cinq mille francs. C'est trois mille francs d'intérêts de capitaux. Ce n'est pas cher, car, je te le répète, quand tu verras cela, quelque habituée que tu sois à voir de jolies choses, tu seras étonnée qu'avec si peu d'argent on ait tant fait et si bien. Mais tu ne sauras pas grand'chose de mes efforts, car tu ignoreras l'état dans lequel était la maison, un état à faire si bien reculer, que je l'avais regardée comme impraticable, et *inrestaurable*, et inhabitable, et que son bon marché vient de l'impossibilité où l'on était d'en tirer un parti quelconque. Remarque, mon Évelette, que le mobilier n'est pas compris là dedans, et qu'aux quatre-vingt-cinq mille francs de l'immeuble, il faut ajouter quatre-vingt-cinq mille francs de mobilier. J'en ai acheté, cette année, pour trente mille francs; il en faut pour vingt-cinq mille francs, et il en manquera alors pour vingt-cinq mille francs, qui peut être acheté à l'aise, comme argenterie, voitures, etc. C'est donc cent soixante-dix mille francs que devra nous coûter notre tanière, sans compter mon mobilier de cent cinquante mille francs que j'y engouffre.

Comme tu dois rire de voir le *grrrrand auteur* de la *grrrrrrande Com*[*édie*] *hum*[*aine*] se passionner pour du mobilier et de semblables affaires, au point de les rabâcher sans cesse et de toujours recommencer les mêmes calculs, comme le savetier de La Fontaine avec ses cent écus. Mais, que veux-tu, *louloup!* ça, c'est nous deux! Et puis, si je n'avais pas pris cela à cœur, au lieu de cent cinquante mille francs, nous aurions dépensé trois cent mille francs. C'est pour nous et notre fortune que je combats en ce moment, et si tu ne sens pas tout l'amour qu'il y a pour toi sous ces immenses efforts, car tu verras!... tu serais destituable de ton titre de *loup* adoré.

Comme tes enfants te quittent, je vais te donner une lettre tous les jours, afin que ce soit comme une demi-présence.

Mon accident est plus gênant qu'inquiétant. Demain, le docteur évaluera le temps pendant lequel je vais rester confisqué. Pourvu que ce ne soit que quinze jours!

Te voilà donc sans nos enfants chéris, qui faisaient ta joie, et je ne suis pas là pour essayer de te distraire, de te rendre leur absence moins lourde à porter! Mais après cela, vois-tu, il faut que, dans leur intérêt, tu les laisses quelque temps sans toi. Il faut qu'Anna devienne une femme habituée à voir et prévoir, faire les affaires, s'occuper d'elle et de Georges, et, tant que tu avais cette charge, tu la mettais dans du coton.

Je viens de me lever à six heures et demie. Ah! *louloup*, seul devant la Ch[ouette], sans mes occupations, c'est à vomir à toute heure. Je n'ai d'autres ressources que de penser à nous et à tous nos bonheurs. Hier, je me disais : « Oh! que j'aimerais mieux être malmené, comme à Tourtemagne, et la voir, la respirer, la sentir! » Mon Dieu, s'aimer comme nous nous aimons, et nous trouver encore séparés (souffrants chacun de notre côté), après quatre ans de liberté, par de misérables affaires, si importantes, que nous rongeons notre frein en silence! Moi, je ne veux pas que tu connaisses un instant de gêne ou de chagrin, réunie à ton Noré, et je ne veux pas, même pour moi, d'une contrariété, tant je suis sybarite par l'âme. Ainsi, je veux que notre *hôtel-louloup* soit achevé, que mes dettes soient entièrement payées, avant que tu ne sois Mme de B[alzac]. Je te veux aussi fière de moi que je le suis de toi. Aussi, juge quelle a été ma douleur de me voir arrêté dans mes travaux!

D'ailleurs, la Ch[ouette] (il faut lui rendre cette justice) s'est mise à l'œuvre pour que je trouve tout avec économie. On fait en ce moment tous les lits, tous les matelas, les accessoires, le linge, le gros linge, avec un bonheur inouï, car les marchands de Paris sont aux abois. J'ai les choses à des prix fabuleux. Nous avons déjà douze douzaines de serviettes, des draps de domestiques d'hiver et d'été, en fil et en coton, les torchons, tout ce dont je te parlais; tout cela, la cuisine comprise, ne coûtera pas plus de deux mille francs. On vient aujourd'hui pour faire le prix des armoires; tu sais, tu étais éprise des bibliothèques d'acajou, et tu m'as demandé d'en faire des armoires pour la lingerie. Eh! bien, on m'amène aujourd'hui un petit ébéniste pour convenir du prix de cette transformation. Ce sera une affaire de plus de quatre cents francs, pour bien faire cela. Au-dessus de notre chambre, nous aurons une très jolie chambre, meublée avec tout ce que j'avais dans la mienne : mon lit, ma commode, etc. J'ai trouvé un moyen de faire communiquer cette chambre avec la nôtre directement par un escalier, en sorte que, si tu veux en faire l'appendice de la tienne, tu le pourras. Je pensais aux enfants; mais je ne sais plus à quoi m'en tenir après tes énigmes. Je ne sais rien de ce que tu as eu; je m'y perds.

M. Nacq[uart] m'a beaucoup effrayé, à cause de mes énormes travaux. Ni lui ni personne de ses amis médecins ne conçoivent qu'on puisse soumettre le cerveau à de pareils travaux. Il me dit que cela finira mal; il me supplie de mettre de la raison dans ces débauches de cervelle. Les efforts de *la Cousine Bette*, vomie en deux mois, l'ont effrayé. Il me dit : « Cela finira par quelque chose de fatal. » Le fait est que je cherche, dans la conversation, très péniblement les substantifs. La mémoire des *noms* m'échappe. Il est bien temps que je me repose, et, si j'avais eu de l'argent, les soins à donner à ma maison auraient fait une bien bonne diversion à mes occupations d'intelligence. Nous avons été bien malheureux à ce sujet-là.

Quand le docteur m'a eu parlé de cela, je lui ai dit : « J'ai deux mille cinq cents francs à payer à la fin du mois, et il faut écrire, d'ici là, deux *Nouvelles.* » Tu ne devinerais jamais la réponse du docteur; elle peint l'homme, car, pars de ce point *qu'il m'aime et m'admire.* Eh! bien, il m'a dit : « Moi, j'ai acheté, il y a trois jours, une maison à cinq étages rue de Trévise, aux criées, pour deux cent trente-cinq mille francs, et il y a vingt-cinq mille francs de frais. C'est [en tout] deux cent soixante mille francs. » Toute notre bourgeoisie est là.

Voici le jour; voici deux heures que je cause avec ma grosse Éveline, ma bonne et adorable femme, mon Évelin chéri, ma petite fille, mon Évelette, et, dans les circonstances actuelles, six feuilles de copie, valant trois cents francs, eussent été mieux. Mais, que veux-tu? (Que voulez-vous?) Je t'aime avant tout. Je ne suis qu'une modification de ton être. Et puis, voilà dix-neuf ans que je me mesure avec la misère; elle ne m'a pas tué, et toi, tu me fais vivre!

C'est égal, avoue que c'est avoir bien du guignon que de posséder cent mille francs en deux cent vingt-cinq actions du Nord, et d'être aux prises avec l'argent, et d'en avoir besoin, comme si ces deux cent vingt-cinq actions n'existaient pas! Au contraire, il faut trouver seize mille francs pour les nourrir. Quel cheval à l'écurie! Nous avions une chance, c'était de les voir remonter à sept cents [ou] sept cent vingt-cinq francs. Alors, j'en aurais vendu pour faire le versement; mais, c'est de cent francs au-dessous.

Tu vas croire que j'ai quatre-vingt-cinq ans à me voir radoter ainsi. Mais comment, mon idole chérie, ne m'occuperais-je pas exclusivement de ceci? C'est toute notre fortune actuelle. Moi, je n'attends rien de bien de votre pays, à moins que, pour avoir la Galicie et les quatre principautés, *il Padrone* ne se mette à vous bien traiter. Mais, tu as dû lire l'article du *Constitutionnel* sur la Sibérie[1]. C'est à faire frémir.

Dépêchons-nous, Minette, car moi je vois l'Italie et l'Allemagne bien près de se remuer. Tout cet état de paix ne tient qu'à un fil, à la vie de L[ouis]-Ph[ilippe], et Dieu sait, la guerre arrivant, ce que nous deviendrions!... Pour un souverain qui ne voudrait pas, comme L[ouis]-Ph[ilippe], avant tout mourir dans son lit, tranquille, vois comme le moment est favorable pour reprendre la rive gauche du Rhin. Les populations sont tracassées par de petits souverains imbéciles; l'Angleterre est aux prises avec l'Irlande, qui va la ruiner ou s'en séparer; l'Italie entière veut secouer le joug de l'Autriche, et l'Allemagne veut la liberté. Nous sommes à la veille de catastrophes politiques, crois-le bien. Nous ne sommes arrêtés que par la faiblesse de notre cavalerie et de notre marine. Mais le jour où ces deux armes seront en état, les fortifications armées, et nos travaux de défense finis, les travaux publics achevés, la France sera bien redoutable. A la manière dont agit L[ouis]-Ph[ilippe], il en fait la première puissance du monde. Songe donc! Rien n'est factice chez nous. Notre armée est une belle armée; nous avons de l'argent. Tout est fort et réel. Le port d'Alger terminé, nous avons un second Toulon devant Gibraltar; nous avançons dans la domination de la Méditerranée. Nous voilà avec l'Espagne et la Belgique à nous. Cet homme a fait du chemin, et, s'il veut chanter *la Marseillaise*, il démolit trois empires à son profit. S'il empaume Méhémet-Ali comme il a fait du Bey de Tunis, la Méditerranée est tout entière à la France, en cas de guerre. C'est une grande conquête, faite moralement, sans avoir tiré un coup de canon. Nous venons d'ailleurs de faire des pas de géant en Algérie, pour le déplacement des centres d'actions militaires. C'est la conquête consolidée et les révoltes rendues impossibles.

Allons, adieu, Minette, chère petite fille. Je te baise d'un bout à l'autre, en te dodelinant dans mon cœur, et te serrant contre moi pour faire de nous deux une même chair, comme nous sommes un même cœur. A demain, ma petite Évelette; pense à moi comme je pense à toi, et tu seras occupée toute la journée. Mille caresses, pauvre petite. Seule! A bientôt notre réunion, n'est-ce pas?... Soigne-toi bien.

Jeudi [matin] 24 [décembre].

Je me suis levé bien péniblement aujourd'hui. Je me suis traîné dans mon cabinet pour pouvoir te dire, le jour de ta fête, (Ève), que je t'aime, et te cueillir un bouquet de nos fleurs d'amour.

1. Numéro du 15 octobre 1846, première page, deuxième colonne.

Voici cinq grands jours que je suis resté, *comme toi*, dans la position horizontale, sans faire un seul mouvement. Ma jambe n'existait pas, et le docteur est venu tous les deux jours. J'en ai encore pour une semaine à garder la chambre, et le lit si je puis; mais je ne peux pas.

Il m'a été impossible de t'écrire pendant ces cinq jours, ni d'envoyer à la poste, car la Ch[ouette] ne m'a pas quitté, pour mettre les cataplasmes, etc. Aujourd'hui, elle sort et j'enverrai la petite bonne mettre cette lettre à la poste et reprendre les miennes, le tout sous enveloppe à l'adresse de la directrice.

Jamais je n'ai été tant à toi que pendant ces cinq jours-ci. Je me suis régalé de penser à nous, et j'ai compris comment tu avais dû passer ton temps. Du reste, les affaires d'ameublement ont marché. Nous avons quinze matelas de faits, ici, avec le plus grand soin, et je prépare notre maison. Ce matin, si je puis trouver de la moquette à sept francs le mètre, j'ajournerai les tapis de Smyrne et je ferai nos tapis en moquette, car ils pourront très bien, dans dix-huit mois, aller à Moncontour, si nous avons Moncontour, ou à la petite propriété que nous aurons. Tout ce qui sera changé à l'*hôtel-louloup* aura les invalides de la campagne. Mes tapis actuels font, l'un, la galerie, et celui de mon cabinet, ta chambre à coucher. Nous aurons [pour] quatorze cents francs de tapis, au lieu de trois mille francs, et quand j'aurai les trois mille francs, je les enverrai à Marseille. Ce sera pour l'hiver 1847-1848.

La maison avance, et je crois fermement pouvoir commencer à meubler du 10 janvier au 1er février. J'ai un gardien à moi, installé d'hier, dont je ferai notre domestique portier. Il a une femme, couturière, et si elle savait blanchir et repasser, j'en ferais la deuxième femme de chambre, chargée du linge et des blanchissages. Ce domestique, nommé Millet, est un ancien sergent qui a servi huit ans honorablement, et qui offre toutes les garanties possibles.

Je ne te parle pas de mes embarras financiers; ils sont au comble. Sans le placement dans le Nord, tout aurait marché comme sur des roulettes. Je ne sais comment faire, et, dans ces cinq jours, j'ai si complètement perdu la tête que je n'ai plus pensé à rien. Ce matin, me voilà dans mon cabinet, et, au milieu de mes engagements de toute nature, les harpies de chagrin et de l'inquiétude me sautent à la gorge : *primo*, *la Presse* qui compte sur *les Paysans* [pour le 25]; *secundo*, *l'Époque*, qui compte sur [*la Dernière Incarnation de*] *Vautrin*; *tertio*, trois mille francs pour la fin du mois; *quarto*, les entrepreneurs, dont les mémoires se dressent; *quinto*, mes petits engagements pour le mobilier, qui iront à deux mille cinq cents francs. Tout cela tourbillonne dans ma tête. Mais laissons cela. C'est aujourd'hui ta fête de saint, et je ne veux que penser à toi, t'amuser.

Ma mère, me sachant éclopé, a affecté de ne pas venir; ma sœur, mes deux nièces et le prétendu sont venus mardi.

Je t'apprends que tu auras, au premier étage, au palier de notre escalier, la lanterne de Luciennes[1] faite pour Mme Dubarry. C'est un bijou. M. Santi, venu hier, m'a dit que les boiseries du salon étaient placées. Il nous manque des sculptures dans la frise, et c'est ce à quoi je vais parer. Il faut aussi des porte-rideaux dorés.

J'ai fait le prix de la restauration des peintures des pièces à coupole, et c'est convenu à dix-huit cents francs, mais avec la condition que je ne paierai qu'en juin et juillet. D'ailleurs, le jeune peintre qui restaure les médaillons et refait ceux qu'on a effacés m'a dit que c'était mieux que ce qu'on a fait à Beaujon. On calcule que Beaujon a dû payer vingt mille francs de peintures. Remarque que je paierai deux mille trois cents francs pour rafraîchir, car je n'ai pas à payer les inventions. On ne compose rien. Ce que ces peintures ont de beau et de fin, c'est que c'est *très grand seigneur;* cela ne sent pas les peintures de café, ni les sottises modernes. Maintenant, j'ai la certitude que nos vingt-cinq mille francs de dépenses pour cet immeuble sont *bien* faites, et tu seras, chez toi, tout aussi bien que les plus riches de Paris. C'est une petite maison, mais c'est une bonbonnière de reine. Dans le salon, tu auras ton illustre parenté : L[ouis] XV et sa femme, dans les deux fameux ovales qui viennent du château d'Aunay, près Dreux, qui appartenait à Mme de Pompadour. J'espère, ma rose aimée, que tu n'as pas à te plaindre de ton *loup.* Ces cent sept mille francs, au lieu d'être employés à payer mes dettes, le seront à te créer une délicieuse demeure.

Mon entorse a beaucoup nui à la rapidité de certaines choses. Ainsi, nous aurons très tard, en mars seulement, notre table à manger, car celui (comme tu sais) à qui je l'avais commandée n'a rien fait. Voici quatorze jours environ pendant lesquels j'aurai été inactif, et je paierai cela cher, car il fallait beaucoup trotter pour trouver les choses.

J'ai encore un lustre à acheter et deux lustres à faire faire. C'est deux mille francs. J'ai quinze cents francs de meubles de Boule à payer; c'est trois mille cinq cents francs. Tu ne peux pas te figurer ce que c'est qu'une maison à arranger; c'est un monde de choses! Un monde! C'est que je t'assure qu'en France nous sommes difficiles et obligés à être complets sur tous les points. Ta lingère en acajou, c'est un billet de mille francs. La batterie de cuisine, c'est une ruine! Je disais que cette maison est une mine de cuivre; mais c'est vrai. Les lustres représentent, à eux seuls, cinq cents kil[ogrammes] de bronze doré, et les bras, trois cents! Juge! J'ai un regret mortel; c'est que tu n'aies pas fait tout cela avec moi, pour savoir ce que c'est. D'ailleurs, rassure-toi. Tout cela sera très simple et il ne te

1. Autrement dit Louveciennes, résidence de Mme Du Barry.

faudra pas de pantoufles en brillants pour t'y promener. Tu sais ce que coûtent certaines simplicités!

J'ai eu dimanche un accident douloureux dont je ne parle pas. Au moment où j'ai reconnu l'absolue nécessité de prendre le lit, je suis allé fermer tout dans mon cabinet, et j'ai fait une chute, en en sortant, sur mon pied entorsé. C'est ce qui a compliqué la chose. Je suis heureusement *bien* tombé, du côté opposé, et sur les coussins où je posais ma jambe.

Tu trouveras que je rabâche encore [de] notre maison; mais tu m'as écrit que cela t'amusait, et que tu voulais tout savoir. Dans trois ou quatre jours, les jardinets seront finis et plantés. Les peintres en bâtiment travaillent avec ardeur. Ils sont les maîtres et il y a peu de choses à faire. Il ne s'agit plus que de poser les bouches de chaleur, et les croissants des cheminées, pour le fumiste, et les fourneaux, si essentiels, de la cuisine. Je crois que ce sera la galerie qui sera la première chose prête, par extraordinaire. J'ai trouvé moyen de donner du jeu à l'humidité des murs, et de tendre [dessus] sans inconvénient. La galerie sera d'ailleurs très chaude; elle a une bouche de chaleur (outre un gros poêle) qui [lui] communique toute la chaleur des fourneaux de la cuisine. Enfin, tu dois être bien contente; toutes les dépenses ont été bien faites, et il n'y a rien à regretter. Si la maison ne nous coûte que soixante-seize mille francs, tu seras fièrement surprise. Il y faut pour vingt-quatre mille francs de mobilier. Ce n'est rien, je te jure, presque rien! J'en ai acheté cette année pour trente mille, et j'en apporte pour cent mille francs à moi. Nous aurons, en argenterie, etc., pour cinquante mille francs à faire, en 1848 et 1849. Mais nous serons bien, très bien, et mieux que ceux qui auront dépensé des cinq à six cent mille francs. Je n'ai pas fait une seule fausse acquisition. Enfin, tout irait bien si le Nord n'avait pas baissé, et telle est ma prudence, mon *louloup*, qu'en ce moment vingt-huit mille francs seulement sont nécessaires, dont seize mille pour notre versement; c'est donc douze mille francs seulement [pour la maison].

Allons, adieu; sois sans inquiétude sur moi, car, lorsque tu tiendras cette lettre, dans cinq jours, je serai sur mes deux jambes, au lieu d'être sur une seule; le docteur me l'a promis. Oh! je t'aime bien, mieux que jamais! Tu es là, sur le dos, et aussitôt le hasard m'y met, dans les mêmes conditions; tu le vois, le hasard nous réunit en tout, en maladie, comme en santé.

La galerie s'est enrichie d'une délicieuse esquisse de Van Dick et, dans quinze jours, je te dirai si elle coûte quelque chose.

Tu sais que je t'envoie mon cœur et mon âme, bien des caresses, et une lettre d'un atroce bas-bleu, qui fit le fameux voyage [en Italie) avec moi [en 1836], sous le nom de George Sand, et qui écrit des livres contre moi[1]. Adieu; à demain et mille caresses. A demain. Je t'envoie cette lettre pour te rassurer.

XLIV

A MADAME HANSKA, A DRESDE

[Passy, 24-25 décembre 1846].
[Jeudi] 24 décembre. Deux heures.

La Ch[ouette] était sortie avec un monde de courses à faire. J'ai donc pu t'envoyer la lettre qui a précédé celle-ci, et j'ai eu deux lettres de toi : celle que tu m'as écrite après le départ d'Anna, et elle ne m'a pas surpris. J'ai prévu ta douleur, et j'ai ressenti cela par avance. Puis, la seconde. Maintenant, je te réponds à tout cela.

Écoute, cher ange, il n'y a rien de fatal ni de malheureux dans notre position; il n'y a que des retards. Ne te frappe pas l'imagination ni le cœur. Mon travail va suffire à tout. Rien ne m'épouvante, et, avec une douzaine de mille francs, je calmerai tout. Ta lettre m'a rassuré par le désespoir même. Maintenant, je ne compte sur rien, que sur le remboursement de Rotschild, par toi, en mars. Ne pars pas avant que Hédenius te le dise, car, moi, à cause de mes travaux, je ne puis pas être à Mayence avant le 1er février. Je vais redoubler de travail. *Jamais je ne vendrai à perte.* J'emprunterai et j'attendrai. Chasse tous ces soucis; ce n'est pas ton rôle de les supporter. D'abord, les mémoires des entrepreneurs ne seront pas prêts et vérifiés avant le 15 de janvier, et, d'ici là, je serai en mesure. La plupart des gens avec qui je traite me connaissent, et personne ne s'inquiète d'un retard. Si tu ne peux me donner que quatre à cinq mille francs, cela suffira pour le moment, et si tu le pouvais, tu devrais me les envoyer avant le 10 janvier, car ce serait bien nécessaire pour achever le versement, et il me manque de quatre à cinq mille francs, pour ce versement. Passé le versement, je crois que les actions remonteront, et je crois alors pouvoir rendre mon emprunt et pouvoir payer le reste de ce que je devrai aux entrepreneurs.

Ainsi, sois bien tranquille. Dans ces dernières circonstances, j'ai été d'une prudence excessive, dans nos imprudences. Ne te casse pas la tête; ne me crois pas dans un abîme. Un mois de travail consécutif

1. On se souvient que Balzac a déjà parlé de ce voyage et de sa compagne de route, madame Marbouty, connue en littérature sous le nom de Claire Brunne. Elle ressemblait tant à George Sand qu'il en résulta souvent de singulières méprises. Dans *Une Fausse Position*, roman publié par elle en 1844, Balzac est mis en scène sous le nom d'Ulric. Cf. M. Serval, *Une amie de Balzac : Madame Marbouty*. Paris, Émile-Paul, 1925, in-12.

me donne vingt mille francs. Je vais me mettre en mesure de les gagner. Demain, je reprends mes travaux. Envoie-moi quatre ou cinq mille francs, sur Rothschild, si tu le peux, et tout sera sauvé. Notre versement sera fait. Vers la fin de janvier, j'espère pouvoir vendre vingt-cinq actions à sept cent trente francs. Cela fera les douze mille francs empruntés, à quelques cents francs près. Nous aurons deux cents actions, dont le versement aura été fait. Eh! bien, si j'ai besoin de quelque chose, nous verrons. Jusqu'au mois de février, ma plume va soutenir ma dette nouvelle. De l'ancienne, je ne m'en occupe pas. J'aurai bien gagné douze mille francs d'ici le 15 janvier. Tu seras chez toi du 1er au 10 février, sans crainte, mais sans rideaux, voilà tout.

Allons, mon *loup*, sois mon bon compagnon. Tu es adorée et je suis d'une force herculéenne avec les ennuis d'argent. Tiens, voici mon bilan. Avec cinq millé francs je contenterai les entrepreneurs. Il me faut trois mille francs pour le 30 décembre. C'est huit mille francs. Je vais les gagner, sois tranquille. Il m'en faut encore huit mille autres. *La Presse* me les donnera.

Je ne suis pas jaloux d'Anna, car je comprends comment tu l'aimes. Mais, mon gentil *loup*, elle est au comble du bonheur; elle aime G[eorges], comme elle te l'a dit, plus qu'elle ne t'aime. Elle accomplit ce que fait l'oiseau qui quitte le nid. Elle est devenue la femme de Georges, et le malheur qui nous est arrivé est un triple malheur, en ce sens qu'il t'a empêchée de substituer un amour de mère à un autre. C'est ce qui m'a rendu fou. Aie un peu de courage, et jette-toi toujours, comme tu l'as fait, dans mon cœur. Il est pour toi ce qu'est le tien pour Anna. Si tu ne savais pas comment je t'aime, tu serais infirme du cœur!

Je te fais partir cette lettre le 25; elle doit t'arriver le 1er janvier. Tu peux donc, mon bon *loup*, si cela est possible, m'envoyer à temps les quatre mille francs, cinq mille, si tu peux. Ne crains rien, je te le répète. Cette petite aide me fera faire le versement, et mes travaux maintiendront tout en état.

La Chouette vient de rentrer; elle revient de la maison. Nous avons un bon gardien, bien honnête, et tout sera fini, comme je te le dis, vers le 15 janvier. Or, il faudra bien un mois, pour déménager et meubler. Cela va jusqu'au 15 février. Tu vois que, si tu pars le 1er février, et si je te rejoins le 10 février à Mayence, c'est bien juste l'affaire.

Tu te trompes bien sur Mme de Castries. Elle n'est plus liée avec la personne dont tu parles. Elle ne voit plus que des métis, en fait de femme, des personnes sans position, ou douteuses. Elle met en doute que j'ai été témoin à Wiesbaden [1]; elle ne sait absolument rien de moi.

1. Témoin du mariage d'Anna; voir plus haut p. 74, n. 2.

Elle n'a pas la moindre mémoire, car elle n'a pas reconnu dans la mère de la mariée de Wiesbaden la personne à qui *Séraphita* est dédié. Sois tranquille; laisse-moi être l'observateur que je suis. La haine aveugle, et elle est aveugle. Elle a passé la moitié du temps de ma visite à me dire du mal de [*la Cousine*] *Bette*, parce que tout le monde crie au chef-d'œuvre. Comment veux-tu que, dans l'affaire capitale de ma vie, je manque de discrétion, de perspicacité? Seulement, le monde est un formidable adversaire. Vois seulement le résultat. Personne au monde ne saura que *je possède* une maison; personne ne saura que mes affaires vont bien.

Allons, mille tendresses, ma bien-aimée; à demain. Demain, je te mettrai cette lettre à la poste, et tu en auras maintenant une tous les jours, si je puis; c'est ce que je voulais faire, et cette maudite chute a tout enrayé.

[Vendredi] 25 [décembre]. Noël.

Tu n'as pas affaibli le chagrin que l'accident terrible m'a causé quant à tes souffrances, mais tu as diminué mes regrets, car je souhaitais bien vivement un Vict[or-Honoré]. Un Vict[or-Honoré] ne quitte pas sa mère, et tu l'aurais eu pendant vingt-cinq ans près de nous. C'est ce que nous avons à vivre.

Hier, j'avais repris du café; j'ai dormi très tard. Ma jambe me fait beaucoup plus souffrir, maintenant qu'elle va vers la guérison, que quand elle était dans la période d'inflammation. Je n'en ai plus que pour cinq à six jours. Je me suis levé à huit heures, et je n'ai pas pu déjeuner et me trouver à écrire avant onze heures. Je ne sais, par suite de ce retard, si cette lettre pourra partir; aujourd'hui Noël, les courriers partent plus tôt, et il faut que la Chouette soit partie, en course, pour que je l'envoie à la poste.

Il paraît qu'on pave la maison, et qu'on achève de poser les ornements extérieurs. Je vais avoir six petits comptes à solder : le couvreur, le paveur, le bitumier, l'ornemaniste, le fumiste et le jardinier. Tout cela va faire trois mille francs, et les trois mille francs à donner aux gros entrepreneurs, puis deux mille francs à l'ébéniste, c'est huit mille francs à payer, et trois mille francs à la fin du mois, c'est en tout dix mille francs, à trouver par mon travail. Tu vois que, si je paie cela, je ne puis pas payer le versement. J'ai donc un urgent besoin du peu dont tu peux disposer. Ce peu me sauvera en me permettant de payer les choses les plus pressées de la maison. Sois tranquille, tout ce que j'avance à la maison, je le reprendrai au *trésor-louloup*.

Tu me fais frémir avec tes idées de retourner dans ce sauvage pays où tu meurs, et de me planter là, sous prétexte de refaire un *trésor-louloup*. Mon seul *trésor-louloup* c'est toi. Sans toi, point de trésor. Si nous n'étions pas mariés à la fin de juillet prochain, je ne répondrais plus de moi. Le chagrin me dévorerait ou j'en finirais avec une pareille vie. Tu oublies, quand tu parles ou que tu écris ainsi, que voilà vingt ans que je lutte, la plume à la main. Nous serons bien légitimement l'un à l'autre, à la face d'Israël, de juillet à octobre 1847, et nous l'aurons bien payé tous deux, ce bonheur-là! Tu iras, de mai à juillet, à W[ierzchownia] arranger tes affaires avec tes enfants, mettre ta terre à la banque, et laisser une procuration à Georges pour la vendre à un prix fixé, et nous nous marierons, à ton retour sans bruit, le plus secrètement possible. Voilà notre avenir! De mai à septembre, j'achèverai la maison et je finirai de payer mes dettes. Quand tu auras vu *ta* maison, il te prendra un si vif désir d'y finir tranquillement ta vie, bercée dans le cœur de ton Noré, qui travaillera là tout doucement, côte à côte de son *loup*, que tu feras le diable pour y revenir, j'en suis sûr. Tu me dis de ne rien acheter : hélas! à trois ou quatre mille francs près, toutes les acquisitions sont faites. Nous avons tout notre mobilier. C'est à coup de romans qu'il faut lutter. Tu vois, *l'Époque* publiera [*la Dernière Incarnation de*] *Vautrin*, *la Presse*, *les Paysans*, et les *Débats* attendent *les Petits Bourgeois*. Tout cela fait quarante mille francs. Ce n'est pas avec une pareille somme à gagner, que je désespérerai de ma position, appuyée sur deux cent vingt-cinq Nord!

Allons, adieu, mon âme, ma bien-aimée, ma petite fille chérie, ma bonne et excellente femme, mon Évelin et mon Évelette, adieu, à demain. Je voudrais que tu reçoives une lettre tous les jours pour te consoler, te rendre de la force et de la vigueur. Je voudrais t'envoyer mon énergie avec mon amour, avec cette affection surhumaine qui a grandi presque en te sachant souffrante, et pour *nous!...* Ah! pauvre aimée!... Mon Dieu, si tu savais dans quel état j'ai été! Je n'ose pas te le dire! J'ai failli mourir de douleur. Je suis de ces natures qui, lorsqu'elles ne succombent pas dans le premier quart d'heure du désastre, se relèvent fortes. Seulement ma pauvre intelligence a été si secouée par le cœur qu'elle ne vaut pas encore grand'chose. Et pas un cœur à qui parler, chez qui gémir! Aussi, as-tu vu pleuvoir mes lettres. Je ne suis heureux qu'en t'écrivant. Il me semble que tu es là, que je te parle, que je te tiens, que je te vois!

Il y aura du grabuge, je ne sais lequel, *dans le ménage*. Les Chl[endowski] laissent échapper, non pas devant moi, mais devant la Chouette, des mots d'espoir, comme avant l'affaire de Crac[ovie]. Il se trame quelque chose contre *vous*, et j'ai les plus vives craintes, car ces gens-là sont insensés; ils veulent entraîner l'Europe, et je ne sais pas s'ils ne finiront pas par l'entraîner. Il faut dire aussi que les *petits* et les *grands* sont d'une singulière imprudence. Le retrait du Code français, sur les bords du Rhin, peut aller loin. L'impatience des *fanandels* et l'ambition de la maison de Savoie peuvent dominer le besoin de la paix. Que Dieu nous la conserve pendant dix-huit mois encore, voilà tout ce que je demande. Mais, à mon sens, cela ne peut pas aller plus loin. Voici les traités de 1815 déchirés, l'intérêt de la Belgique est dans sa réunion à la France, et, [quant au Rhin], la France entière veut la rive gauche de ce fleuve. Selon moi, c'est l'Autriche qui paiera les pots cassés. Il s'agit de sa mort, et elle ne s'en doute guère.

Allons, adieu, Minette. Je t'ai fait de tout : politique, sentiment et affaires. Mais, de tout cela il n'y a qu'une bonne chose : c'est mon min[ou] chéri, que je baise mille fois, et mes jolies pattes de taupe, et ton beau front, et tes chéris n[é]n[és], et tout! Oh! que j'ai faim de toi! Enfin, les premiers jours de février viendront et nous reverrons Mayence et le Rhin, et nous serons trois mois ensemble, cachés dans ce beau nid que je fais brin à brin.

Adieu, à demain. Mille tendresses.

XLV

A MADAME HANSKA, A DRESDE

[Passy, 26-28 décembre 1846.]
Samedi 26 [décembre].

Avec un peu de travail j'espère me tirer d'affaire pour cette atroce fin de mois, et j'irai au jour le jour. Ainsi, rassure-toi, mon cher amour adoré; ne pense plus, au nom de nous, à t'en aller dans ton atroce pays. D'ailleurs, vois-tu, il y a, dans ce fait de mon Évelette s'occupant d'argent et de fortune, je ne sais quoi qui me fait un mal affreux. Je suis enchanté que le *trésor-louloup* soit confisqué par le Nord. C'est aux hommes à faire fortune et aux femmes à nous aimer. Si j'ai quelques difficultés et quelques tracas à bien arranger la maison, tu l'en aimeras davantage.

Ce matin, le menuisier des belles boiseries est venu. Tout sera posé mardi prochain. Il ne manquera que des pendentifs dans trois ou quatre petits panneaux. J'ai vu aussi un tapissier pour les sièges et les tentures. Ah! cher ange, ta demeure m'occupe furieusement : c'est, en ce moment, tout mon plaisir.

Je suis dans tes pantoufles! Elles sont bien faites. Le linge marche avec rapidité. Nous avons douze douzaines de serviettes *ordinaires*, ce qui, avec vingt-quatre nappes et nap[p]erons, nous fait vingt-quatre services de six. J'ai vingt-quatre paires de draps de domestiques. J'aurai dix lits de domestiques, tous montés, et deux lits de maîtres. Les matelas sont d'une grande magnificence; tous les crins sont de première qualité; les laines, *idem*. Les enveloppes en futaine de première qualité, bordées de faveurs bleu[es]. J'ai des draps de maîtres en cretonne de coton magnifique. L'office, la cuisine, ont leur linge. Tout cela se ficèle comme pour une reine. J'ai pris la marge nécessaire pour payer cela à mon aise. Tu sais que les draps fins, les services de luxe, te regardent. Songe que les lits ont six pieds de long, sur quatre pieds et demi de large. Tu m'as dit aussi que tu faisais les taies d'oreiller; il nous en faudra de très belles.

J'ai un tas de petites dépenses, au sujet de notre ménage, qui grugent la bourse. C'est effrayant, les voitures, les transports, les allées et venues! La fin d'année est si mauvaise que les marchands font de bien grandes concessions, va! Si tu savais quelle cretonne de coton on a pour quatre-vingts centimes le mètre! C'est étonnant. La Chou[ette] déploie une grande activité et une grande habileté. Elle se bat, ou elle me le dit, avec tout ce monde. Nous avons des couvertures superbes. Mon ambition est que tu te trouves aussi splendidement chez toi, à Paris, que chez toi, à W[ierzchownia]. Mieux, je n'ose pas l'espérer, car tu n'auras pas l'abondance.

Mon pied commence à mieux aller. Dans dix jours, je sortirai. Ce matin, je me suis levé à six heures, et j'ai commencé, pour le *Musée des Familles*, une suite à *Madame de la Chanterie;* cela s'appelle *l'École des bienfaiteurs* [1]. J'ai fait six feuillets. Le 31 est là, les feuillets vont rouler!

Ta lettre n'a pu être remise à la poste qu'aujourd'hui. Hier, personne n'est venu; j'ai été prisonnier, et, d'ailleurs, elle n'était pas terminée à l'heure de la poste, qui, les fêtes, est à dix heures, à Passy. Ces jours-là, le jour commence la veille pour la poste.

Chère Minette, aime-moi bien; je me donne bien du mal pour toi. Je voudrais tant que ton Noré te fût bon, et doux, et aimable, et t'aimer!... Je voudrais n'être que douceur, et plaisir, et bonheur, pour toi! Surtout sois calme à l'endroit de mes œuvres. Plaisante ceux ou celles qui en disent du mal; ne t'en fais pas souci.

Tu ne me dis rien de mon joli corps. Tu ne me dis pas si tu es belle, jeune, si tu te plais, si tous mes amours sont bien conservés. Oh! que j'ai hâte de te voir! Maudit argent, maudits romans! Va, ceux qui en disent du mal ont raison. Moi, je les hais, les romans, surtout les romans à finir!

Allons, adieu pour aujourd'hui, ma chère petite fille. Je te baise du haut en bas. Et les cheveux? Où en sont-ils?

Allons, adieu.

1. Voir plus haut p. 165, 169, et plus loin p. 198, 236, 265.

Dimanche 27 [décembre].

Aujourd'hui, j'ai eu du monde coup sur coup. Ma mère [est] venue avec une affreuse figure diplomatique, en sorte que j'ai prié quelqu'un qui était avec moi de ne pas s'en aller, et j'ai évité cette chose inconnue. On ne peut pas inventer le visage de ma mère; c'est effrayant. A mon âge, voir sa mère dans une pareille froidure, c'est à ne plus se voir. Elle avait fait la toilette de misère qu'elle me réserve, et elle m'a salué de cette phrase infâme : « Je suis allée, *hier*, chez M. Nacq[uart] savoir de tes nouvelles, et j'ai appris que tout irait bien. » *Hier!* Il [y] a onze jours que je suis éclopé! Cette phrase, son air et sa toilette, c'était à la prier de nous tenir chacun chez nous.

L'ébéniste est venu, le maçon est venu. Il a fallu avoir recours à un affreux moyen. J'ai repris trois mille francs à M. Fess[art]. Je les lui rendrai du 1er au 10 janvier. J'ai déjà remis à l'ébéniste deux mille francs. C'est un des plus forts comptes. Il ira bien à sept mille francs. Il n'y a que le maçon qui l'égale[ra]. Je calcule que j'ai déjà payé neuf mille francs pour la maison et neuf mille francs pour le mobilier. Avec les trois mille francs que je donne au 15, cela va faire vingt et un mille francs. Et le *trésor-louloup* n'en a donné que dix-huit mille. Outre cela, comme je te le dis, le total des mémoires payés en mobilier, de 1845 à 1846, est de trente mille francs, dans lesquels tu es, à mon avis, pour sept mille francs. C'est donc vingt-trois mille francs à mon compte. Ainsi, vingt-trois et vingt et un, voilà quarante-quatre mille francs de mon côté, sans compter trois mille francs de billets, à payer. En février, cela fera cinquante mille francs. D'ailleurs, cette maison est, comme je te le disais, une mine de cuivre doré, car mon ébéniste me disait qu'il en a mille kilogrammes. Et j'en aurai bien plus de quatre mille kilogrammes. A huit francs le kilo, à vendre aux chaudronniers, c'est trente-deux mille francs de valeur réelle. Juge de la valeur, en y ajoutant la valeur d'art!

Ma journée a été prise entièrement, et j'avais pris du café, pour travailler. Juge du chagrin que j'ai. Mais je me coucherai à six heures et me lèverai à deux heures et demie du matin.

Je suis très impatient d'aller voir mon salon garni de ses sculptures; il ne sera fini que mardi. J'espère pouvoir aller là, en voiture, mardi. Le pavage sera fini mardi. Cette semaine, les bitumiers y seront. Il y a beaucoup de petites choses à faire. Les peintres y seront encore dix jours au moins! On ne pourra tendre la salle à manger que dans les premiers jours de janvier. Tout le monde, d'ailleurs, dit que le salon est magnifique, comme si quelque chose était encore à la hauteur de ce que je veux pour toi!

Allons, adieu, *loup* chéri. Voici le dîner. A demain.

Lundi 28 [décembre].

Me voici, ma bien-aimée, levé à trois heures, et je me suis débarrassé des linges qui m'entortillaient le pied, car ce n'est pas d'avoir des linges au pied qui me guérira; c'est le repos. La Chouette ne sait pas soigner un malade; elle hait la maladie. Elle ne se soigne pas elle-même. Je compte essayer de sortir en voiture aujourd'hui. J'ai à porter trois cents francs à un marchand, à recommander la table de la salle à manger, etc. Ta lingerie sera superbe. Toutes mes vieilles bibliothèques y seront employées. Elle sera tout en acajou, même le lit. C'est le mien qui y sera. On m'en offre quarante francs et il en [a] coûté trois cents. Je préfère le donner aux époux Millet, car la femme de mon gardien va se mettre en apprentissage pour savoir parfaitement blanchir et repasser. Elle se donne pour couturière, et cela fera notre affaire, pour la lingerie, et, son mari, pour conservateur du mobilier. Nous aurions pour plus de douze cents francs de blanchissage. En blanchissant tout chez nous, cela coûtera en savon, bleu, etc., trois cents francs par an. Quatre cents à la lingère et quatre cents francs de nourriture, nous avons une économie et une domestique! Cette lingerie ne peut pas être prête avant le 15 janvier, car il faut que ma bibliothèque soit posée et mes livres arrangés, pour que je livre les bois pour la lingerie, et le 20, à peine, tout sera en place : bibliothèque et lingerie.

Hier, j'ai fait le compte de ce que j'ai de mobilier à acheter (sans compter les tapis), dans les trois premiers mois de 1847. Cela monte à quinze mille francs, et j'en aurai pour cinq mille à payer. Je compte sur ma plume et sur le chemin de fer. Malheureusement, j'aurai à rendre [les] douze mille francs du versement.

Je te vois d'ici, maudissant ce que tu nommeras la vanité de ton *louloup*. N'accuse pas ton *louloup* avant d'avoir vu. Tu reconnaîtras toi-même qu'il a sagement agi, et qu'à sa place tu aurais fait de même une fois la chose faite. Les cent mille francs *louloup* sont là; ils sont employés, c'est vrai; mais ce ne sera que quelques intérêts à payer, jusqu'au jour de la réalisation. Dans les trois premiers mois de 1847, je puis compter sur vingt-cinq mille francs de mon travail, à jeter là dedans; et cela, mon Évelette, calmera bien des choses. Dix mille francs aux entrepreneurs et quinze mille francs au mobilier, nos affaires seront bien avancées. Je compte toujours que, de ton côté, tu rembourseras les dix-huit mille francs aux Rothschild fin mars.

Je me jette dans *les Paysans* à corps perdu. Je viens de relire ce qui a paru, et suis fanatisé par le sujet. Je vais achever ce grand et dur morceau-là. Je compte, en travaillant mes dix-huit heures par jour, avoir fini pour les premiers jours de février. Ce travail-là, *l'École des bienfaiteurs*, *Vautrin* et *le Cousin Pons*, me f[er]ont passer le mois de janvier, qui demande près de quatorze mille francs, sans compter, bien entendu, le versement.

Je te rabâche sans cesse mes affaires, mais tu comprends que c'est cela et mes travaux, les seules choses qui m'occupent en dehors de nous, et mes affaires c'est tout à fait nous, n'est-ce pas? car tu vois que je dis : nous, en tout et à propos de tout.

Néanmoins, il faut faire trêve à ces travaux et à ces affaires, laisser là cette maison et ces entrepreneurs, le mobilier et les romans, tout pour te dire que je viens, dans ces douze jours, de me griser de mes souvenirs. J'ai refait notre voyage; j'ai *reramassé* nos cailloux, enfin j'ai repris un à un tous les jours, revu les sites, les paysages, les auberges, le passage du Pô, tout, dans les plus minutieux détails (c'est une richesse que des poèmes de ce genre-là), tout, même tes gronderies à propos des acquisitions. Nous n'en avons pas fait assez; j'aurais dû chercher des étoffes. Enfin, notre pèlerinage à Genève[1], je voudrais encore le faire une seconde fois. Ce Genève est, dans mes souvenirs, comme ceux de l'enfance. Ce Pré [-Lévêque], cette maison, les alentours, me semblaient bien grands et, quand je les ai revus, j'ai trouvé cela petit. Ah! comme je t'aime! J'avais revêtu cette année de tant de poésie, que ça a fait comme les choses de l'enfance qui sont diminuées par celles de la vie. Sois tranquille; la Julie de cette promenade sur le lac est restée bien grande; elle a tout absorbé à son profit, car tu règnes sur ma vie en despote, tu grandis même tous les jours, et je n'aurais pas voulu que, dans ces derniers jours, ce fût par la souffrance! Pauvre petite fille aimée! Mon Dieu, comme je voudrais être là, près de toi! Mais ce ne peut pas être dans cet affreux Dresde, où fourmillent les imbéciles de *fanandels*.

Allons, adieu, mon aimée, mon petit Évelin; je tâcherai de t'écrire, c'est-à-dire de t'envoyer une lettre tous les deux jours. Ne pouvant te faire entendre ma voix, te serrer sur mon cœur, le soir, tu auras mon écriture, mon barbouillage, car si tu savais comme je suis pressé et avec quelle rapidité de main je suis forcé de t'écrire! C'est effrayant. Les heures coulent à t'écrire : il est cinq heures. Il est vrai que j'ai rangé les papiers qui concernent la maison.

Adieu donc pour jusqu'à demain, mon Ève adorée. J'ai bien pensé à toi le jour de ta fête, et je t'ai écrit. Tu étais seule, pauvre Minette, et pour la première fois depuis longtemps. J'en ai été triste toute la journée. Ah! j'ai bien pensé à toi, à nous, qui ne sommes plus que deux. Mon Dieu! quels remords j'ai eus de t'avoir poussée à ce voyage, où tu n'as été utile en rien à tes enfants! Sotte générosité, que je n'aurai plus jamais. Les enfants ne pouvaient pas m'en savoir gré; ils ne savent pas combien je t'aime, car il n'y a que toi qui le saches, et encore!...

1. Où Balzac rencontra Mme Hanska en 1833; voir t. I, p. 99 et suiv.

Allons, mille tendresses et mille caresses. Ah! si tu as senti ton *loup*, pendant tout ce temps que je me suis jeté sur toi à toute heure, tu dois être morte de caresses. J'espère avoir une lettre aujourd'hui; j'irai mettre celle-ci à la poste moi-même, si je sors. Adieu; aime bien ton pauvre *loup*, bien occupé, bien tracassé, mais toujours à toi, tout entier.

XLVI

A MADAME HANSKA, A DRESDE

Mardi 29 [décembre 1846].

Hier, j'ai donc, comme je te le disais, commis l'imprudence de sortir, en voiture bien entendu, la jambe étalée horizontalement; mais, ce matin, je me sens de cette escapade. Que veux-tu? La Chou[ette] est si bien avec la bonne, que je n'ai plus voulu l'envoyer à la poste. J'ai pu faire mettre par des étrangers mes lettres à la poste; mais envoyer prendre les tiennes est une opération plus difficile.

J'ai donc monté l'escalier de la poste de Passy; mais j'étais accompagné de Paillard, le bronzier, et j'ai gardé sur mon cœur la lettre de Zéphirine et la tienne. Je viens de me lever à une heure et demie du matin. J'ai commencé par Anna et j'ai eu la plus vive joie en la croyant à Dresde, et non... J'étais comme toi; je délirais; je me disais : « Est-elle heureuse! » enfin, comme toi, je me disais : « Au diable la dépense! Nous travaillerons, mais elle aura sa richesse! » Puis, je lis ta lettre, et, dans une demi-heure, j'ai eu les sensations que tu as eues en deux jours. J'ai passé du froid au chaud, de la joie à la douleur. Non, je ne vis que par vous! Et puis, j'ai achevé ta lettre, où tu me grondes si cruellement, en me grondant si doucement. Mais, grosse imbécile, sois donc tranquille! Non, tu me navres, quand tu te punis de ce que tu crois être des folies de ton pauvre Noré, qui ne peut rien faire au goût de sa mie adorée! Tu fais comme cet affreux mari de Constance d'Abrantès, qui battait ses enfants quand il n'était pas content de la mère.

Si tu peux contribuer pour quatre mille francs au versement du chemin de fer, je maintiendrai la position. Ne te fais pas de souci; tu ne sais pas combien avec un peu de travail tout ira bien. Je te le répète, la maison ne coûtera pas plus de quatre-vingt-cinq mille francs. et nous les avons. Le mobilier ne coûtera pas plus de vingt-cinq mille francs, et je les gagnerai. Tout ce que je paie, tout ce que tu payeras, sont des économies faites sur le *trésor-louloup*.

Au nom de mes chères amours, ne me fais plus de doléances et attends de voir l'*hôtel-louloup* avant d'en dire un mot. Je te connais, belle prêcheuse; j'ai vu ton œil s'allumer au feu du génie; j'ai vu ta radieuse figure resplendir à la vue des belles choses, et je sais que tu me sauteras au cou et que tu me diras : « Tu as bien fait; je serai doublement heureuse ici. »

Mon système constant, chérie, est de ne pas donner d'un chef-d'œuvre d'art plus qu'un épicier ne donne du lit, de la chaise, de la table dont il a besoin. Nous avons treize pièces à meubler, au rez-de-chaussée et au premier, et non compris la cuisine, l'antichambre des gens et le second étage, et tu comprends qu'il faut du mobilier pour une pareille maison. Pas un clou, pas un meuble de trop n'a été acheté. Tout ce que j'ai sert, et ces bibliothèques qui te sont si précieuses vont faire la lingerie. Sois calme. Je m'éreinterai *un petit*, mais *l'Époque* et *la Presse* ont besoin de moi; je vais les fournir. *Le Constitutionnel* doit finir *les Parents pauvres*. Ainsi j'ai la recette de la dépense. Seulement, en mars, je serai si épuisé que je ne pourrai rien faire, et c'est en ce moment-là qu'il faut rendre dix-huit mille francs aux Rots[child]. Mais tu auras peut-être les dix mille francs d'Er[nest], dont tu me parles, et si cela s'arrange, mon Dieu, nous conserverons, en avril, cent soixante-quinze actions du Nord !... Et je n'aurai pas deux sous de dus pour la maison, excepté les trente-deux mille francs de Pelletereau. Mais, *louloup*, songes-y donc ! C'est superbe. En effet, cinquante actions vendues en mars nous libéreront des dix-huit mille francs Rothschild, et tes dix mille francs d'Er[nest], auxquels nous ajouterons bien deux mille francs, me libéreront de l'emprunt fait pour le versement. Je reste donc avec cent soixante-quinze actions et ma plume pour payer les vingt-trois mille francs de réparations et les achats de mobilier. Cela ferait quarante mille francs que je ne m'en inquiéterais pas, car tout cela est échelonné. Le 15 janvier, j'en aurai payé huit mille sur les réparations et six mille sur le mobilier, et j'irai avec prudence. Sois donc calme.

Les peintures des coupoles se paieront en juin et juillet. Beaucoup d'acquisitions se paient en avril et mai. Ne t'effraie pas des billets, il y en a pour trois mille francs, au plus, et peut-être ton intendant te fera-t-il rentrer le reste de l'argent d'E[rnest] pour avril.

Enfin, mon *loup* chéri, en mai, suppose, pour un moment, une hausse du chemin de fer. Tous ces embarras disparaissent. Pas un sou de mon trésor n'est, en ce moment, dissipé, pas un sou ! Tout est là; c'est moi qui supporte tout, et le trésor aussi, puisqu'il est grevé des dix-huit mille francs Rothsch[ild] et des douze mille francs que je vais emprunter, ce qui fait trente mille francs, mais seulement dix-huit, car les seize mille du versement se rendent; ce n'est pas une perte. L'action qui valait cent vingt-cinq francs de versement en vaudra deux cents. Ce n'est donc, en réalité, que dix-huit mille francs qui pèsent sur mon trésor. Or, sans calembours, je ne dépasse pas mes possibilités, et, de ce qui devait être jeté dans l'abîme de ma dette, j'en fais une délicieuse habitation, qui, par son prix, répare mes fautes aux Jardies. Encore une fois, ne tremble pas; tu en seras honteuse quand tu verras notre nid.

Voici bientôt sept ans que je vis comme un grigou, que je paie mes créanciers avec une sublime patience. De trois cent mille francs de dettes je n'en ai plus que soixante mille, et ces soixante mille se paieront cette année. Est-ce un tort que de me donner un surcroît de besogne et de dépenser quarante mille francs à parer la demeure où je vais faire ma fortune, en travaillant six autres années?

Au milieu de mes malheurs, de mes revers, de mes défaites, je n'ai pas perdu une épingle de ce que j'ai amassé en mobilier, excepté ce que l'Angl[aise] [1] m'a pris sous forme d'emprunt, et que mes domestiques m'ont volé. Voilà vingt ans que je souhaite une bibliothèque; est-ce un tort de m'en arranger une? Sois tranquille, je n'achète pas la bibliothèque de Pont-de-Vesle, car je n'en ai pas l'emplacement. Je ne fais pas une seule fausse dépense. Ingrate, je ne pensais aux cornets que pour te faire un plaisir ; tu as trouvé cela si joli à Gênes! Mais, la salle à manger examinée, il se trouve que les cornets sont ajournés. D'ailleurs, mon homme ne les a pas eus. Je les guette, je les aurai; mais j'aurai l'argent à la main.

Songe donc que de vingt mille francs de *mobilier acquis*, je ne dois pas en ce moment plus de six mille cinq cents francs. J'ajourne les tapis. Quand notre versement sera fait, je ferai une *Nouvelle* pour nos tapis, car, décidément, il les faut de Smyrne.

Hier (car voici ma justification finie, et j'espère que ces pages volées aux *Paysans* te mettront du baume dans l'âme), je suis donc allé à la maison, et je ne suis pas content. Rien ne va; tout se fait si lentement qu'on se laisse gagner par le froid. Le pavage est interrompu. Nous avons été déjà forcés de carreler une seconde fois la cuisine. On va cette nuit perdre le carrelage d'une pièce qui, n'étant pas vitrée, laisse entrer le froid, et il gèle très fort, je vois briller les étoiles à travers mes vitres. Il faut encore compter quinze jours au moins pour que les peintures soient finies et je doute que mon tapissier puisse travailler avant les premiers jours de février. Mon mal au pied a arrêté le jeu de cette puissante volonté que tu connais, et rien n'a marché pendant que je ne marchais pas. Santi est Italien, il est lent, et ne se fait pas obéir. Les mille petites choses par lesquelles on finit sont plus lentes et plus difficiles que les grandes. Néanmoins tout cela prend tournure et prend son caractère. Le salon sera merveilleux; il finira par être à la hauteur des deux pièces où Beaujon a dépensé bien de l'argent. Si tu savais comme cela a été pillé!! C'est affreux.

1. La comtesse Guidoboni-Visconti; voir plus haut, p. 159.

J'ai vu hier, chez Senlis, le fameux menuisier des bois sculptés, le parti qu'il a tiré de mes acquisitions de bois sculptés. J'ai vu une frise, tout en guirlandes. Non, c'est joli, c'est admirable. Tout cela cadre à merveille, et c'est économique. J'ai fait des marchés inouïs.

Tu ne sais pas qu'il faut parler de sept mille francs, pour avoir une table comme celle qui sera au milieu de notre salon et qui me revient, à moi, à onze cents francs! Il faut parler de deux mille cinq cents francs pour deux petits Dunkerques en bois de rose, et je les aurai pour douze cents francs. Le meuble de salon, s'il fallait le demander à un tapissier, coûterait de quatre à cinq mille francs, et il me reviendra à deux mille francs. Le feu de Mayence, M. Paillard ne pourrait pas l'établir à moins de douze cents francs, et il me reviendra à deux cent cinquante francs. La pendule coûterait deux mille cinq cents francs et elle me revient à six cents francs. Mme de Vaudreuil a payé le lustre quatre mille francs, et il me revient à quinze cents francs. Tout est ainsi; les boiseries ne se feraient pas pour quinze mille francs, et me coûteront deux mille francs. La console de Marseille coûterait ici, redorée, douze cents francs; eh! bien, elle me reviendra à quatre cents francs. Tout est ainsi; j'ai dans le salon, en apparence et pour les connaisseurs, quarante mille francs qui n'en coûteront que dix mille, à cause encore des compléments que je suis obligé de faire faire. Tu n'as pas d'idée d'un salon sur ces proportions-là. Les supports des vases de Chine mandarins, l'écran, tout cela doit être en bois sculpté, doré, d'époque, les portes rideaux, etc. C'est à n'en pas finir. Je te donne ce petit aperçu pour te faire comprendre ta maison. Eh! bien, *louloup*, tout ce salon, à trois mille francs près, est payé, et les trois mille francs sont pour les choses qui se font, comme les dorures, les étoffes et les bois de rose. Il n'y a pas, non plus, plus de quatre mille francs à payer pour la salle à manger, et c'est pour des choses qui se font ou qui sont à faire, comme les candélabres de porcelaine, qui seront plus beaux que ceux *du Bois*, et les supports, etc., le lustre, la table, les étoffes pour les rideaux.

Allons, voici quatre heures du matin; c'est deux heures que je cause avec mon cher amour; c'est mille francs de perdus, car j'aurais fait six feuillets à soixante-dix francs, rien que pour le journal. Et il faut gagner maintenant douze cents francs par nuit, pendant le courant de janvier. Adieu, *loup* aimé; ta lettre m'a tellement mis martel au cœur, que je t'envoie celle-ci aujourd'hui. Ne crains donc rien, mon Évelette; fie-toi donc une bonne fois à ton Noré. Tu lui accordes tout, moins la prudence, alors que toutes ses forces sont occupées à s'en donner. Ah! si j'écrivais les romans comme je t'écris des lettres! Quelle fortune!

Mille tendresses, mille caresses, c'est mon refrain, tu sais. Je te défends, comme ton mari, maître et seigneur, d'aller passer ta vie à Paw[lowska], quand j'ai épuisé mes forces, mon encrier, ma vie et mon esprit à te bâtir et t'arranger l'*hôtel-louloup*. Dans tous les cas, le coupable doit toujours être entendu. Le coupable, en ce moment, est l'hôtel Noré. L'hôtel Noré ou *louloup* doit être entendu. Viens le voir et tu prononceras. Tu peux venir à tout moment, car j'aurai toujours le joli appartement dont je te parlais, si *l'hôtel* Noré-*louloup* n'était pas prêt. Je te garantis, à mille francs par mois, toutes les dépenses possibles de ton séjour. Il vaudrait mieux, pour le premier mois, le passer dans un appartement garni et ne passer que les quinze derniers jours à l'*hôtel-louloup*, de crainte des cancans. L'appartement que je t'avais retenu est à cinquante pas de là; en le prenant en mon nom, tout est dit. Si tu voulais, tu pourrais venir d'ici à quinze jours. Je te le retiendrais pour le 1er février, et j'irais te chercher à Mayence le 25 [janvier]. Tu t'amuserais à voir meubler ton petit trou de Beaujon. Ne fais pas de châteaux, car c'est horrible à l'extérieur; c'est une masure et ça tourne même à la maison de fous, car, comme on a coupé l'étage en deux, on a été forcé de griller les fenêtres du deuxième étage qui sont au ras du plancher. Mais, à l'intérieur, c'est un bijou. J'attends, chère reine de ma vie, tes ordres révérés, et, en attendant, je te baise et t'enserre, de mon âme et de mes désirs, de la tête aux pieds, en restant en adoration, ô mon cher [minou]. Ne me fais plus rabâcher maison, puisque tu viendras la voir. Accours, et sois mille fois bénie comme tu es aimée.

Je compte bien sur l'envoi de quatre mille francs pour achever le versement.

Ce feuillet ne verra jamais que la lumière de vos yeux, belle dame. C'est un de ces tâtonnements inutiles que je fais en commençant une œuvre.

L'École des bienfaiteurs[1].

Parmi les personnes choisies qui venaient parfois à l'hôtel de la Chanterie, car on avait fini par donner ce nom à la maison de la rue Chanoinesse, peut-être à cause de la grandeur des œuvres qui s'y consommaient, Godefroid, le néophyte, eut bientôt remarqué deux conseillers à la Cour royale de Paris. La grande piété de ces deux magistrats leur valait au Palais le surnom de *jésuites*, quoique la discrétion enveloppât de ses voiles et leurs pratiques religieuses et leurs actes de charité. L'excessive douceur de leurs manières, l'humilité chrétienne de leur conduite, avaient aidé beaucoup à cette fausse renommée, en ce sens que le peuple a fini par prendre en mauvaise part le nom de *jésuite*. A la longue, on reconnut le peu de justesse de cette dénomination, car tous deux offrirent le modèle du magistrat d'autrefois. Ils étaient aussi fermes que savants; leurs mœurs, d'une antique pureté, faisaient de leur vie une vie de dévoue-

1. Voir plus haut p. 165, 169, 190.

ment et de labeur. Ils avaient une tempérance qui atteignait à la frugalité. Couchés et levés de bonne heure, ils s'adonnaient aux affaires et ils rappelaient tout à fait le bon et excellent Popinot, devenu célèbre après sa mort par les miracles de sa charité. Mais ils se vantaient d'être ses élèves. L'un était le président Grignault, et l'autre l'un des conseillers les plus célèbres comme président des assises, M. Bruisson. L'un et l'autre avaient été, de 1825 à 1832, juges au tribunal de première instance de la Seine et s'y étaient acquis une grande considération. Les premiers, ils devinèrent le mérite de feu Popinot et le vengèrent de vingt-cinq ans d'oubli. Ni l'un ni l'autre, ils ne demandèrent jamais aucun avancement. Ils étaient devenus, l'un président, l'autre conseiller, par la puissance de leur mérite. Ils avaient pour doctrine l'utilité sociale relative, selon leur expression, c'est-à-dire que, dans quelque place qu'on soit, on rend service au pays en accomplissant bien les devoirs. Ils venaient tous les quinze jours environ dîner chez Mme de la Chanterie le dimanche, et ils étaient à la Cour royale.

. . . .

XLVII

A MADAME HANSKA, A DRESDE

[Passy], mercredi 30 décembre [1846].

Mon bon *louloup*, j'ai outrepassé le raisonnable, et hier, par suite des neuf heures passées à ma table, et d'une petite sortie pour aller à la poste, ma jambe a démesurément enflé. Je n'ai rien trouvé de toi dans cette maudite promenade, mais une lettre d'Anna et de Georges qui m'a tiré d'inquiétudes sur leur voyage. Tous deux m'écrivent de Berlin. Tu leur mettras ma petite lettre dans ton prochain courrier[1].

Je viens de me lever à deux heures; il en est trois, car il faut allumer mon feu; j'ai lu la lettre des enfants, et j'ai ajouté un petit mot pour leur répondre à leur attention de Berlin.

Hier, au retour de la poste, qui a été très pénible, j'ai trouvé M. Gavault. Puis M. Santi est venu. Je lui ai dit de pousser les entrepreneurs à tout finir et lui ai fait quelques petits reproches sur des inexactitudes qui procèdent de sa négligence à lui. Figure-toi, pour

1. Cette lettre manque.

t'expliquer ces petites choses-là par une seule, que Beaujon avait fait ferrer ses portes d'une manière splendide, par des charnières dites invisibles. Or, la porte de communication du salon à la salle à manger a d'ignobles charnières visibles nouvelles, et j'ai dit, en les voyant, que nous ne manquions pas de charnières, puisque nous avions une multitude de portes supprimées. Les ouvriers, qui volent et confondent tout, m'ont dit qu'il n'y en avait plus et, avant-hier, je vois de ces charnières à des portes de rebut. C'est affreux de la part d'un architecte qui doit tout voir. Quand on dépense dix-huit mille francs à restaurer une maison, il faut en tirer tout le parti possible, et surtout quand à ces dix-huit mille francs on ajoute quatre mille francs d'embellissements et de glaces, sans compter mes sculptures du salon.

J'ai fait faire deux magnifiques grandes portes d'entrée; elles sont superbes, d'un style à admirer, car j'ai fait copier celles du temple protestant de la rue Chauchat, inventées par l'architecte des églises de Paris. C'est pour pouvoir entrer et sortir en voiture, et il me les fait ferrer de manière à ce qu'on sera une demi-heure à les ouvrir!... Oh! là, je l'ai grondé. Il m'a objecté qu'il fallait dépenser quatre cents francs pour deux espagnolettes. Mais je lui ai dit que je n'avais pas lésiné pour l'établissement de ces portes-là. Enfin, il m'a promis que, le 15 janvier, tout serait terminé. Ce sera si peu terminé, que ce ne sera qu'alors que je pourrai faire placer la cheminée de la salle à manger, car je n'irai pas compromettre un morceau de trois ou quatre mille francs avec des ouvriers qui m'ébrèchent des poêles!

C'est mon tourment que cette maison, et j'ai déjà, en obligations, cinq mille francs de billets à payer, du 15 février au 1er juin. Sois tranquille, c'est à la place d'argent à donner; ainsi, je gagne trois mois.

J'irai aujourd'hui voir le salon qui doit avoir reçu ses dernières sculptures. Je suis bien aise de les voir en place, et de faire indiquer en jaune les dorures à faire.

Quand tu verras cette maison, il te semblera si naturel qu'elle soit comme elle est aujourd'hui, que tu ne pourras jamais imaginer l'état affreux où je l'ai prise, et tu te demanderas comment on a pu dépenser vingt-trois mille francs à la restaurer! Hélas! mon *louloup*, on vient de dépenser vingt-trois mille francs rien qu'en peintures d'ornements dans un salon de la place Vendôme, et M. Santi a vu dépenser par un Américain quarante mille francs à Beaujon, dans une seule pièce. Mais nous ne faisons pas de ces folies. Je m'en veux de la restauration des coupoles. Mais, que veux-tu? j'ai envoyé là mon Moret, le petit vieillard-empire, mon conseil en tableaux, et il a reconnu que les fleurs et les ornements étaient du fameux inconnu : Lavallée-Poussin, celui qui a inventé tout le style Louis XVI, car le Louis XIV, le Louis XV et le Louis XVI procèdent de grands artistes. C'est

Lepôtre qui a créé le Louis XIV avec Lebrun et Baptiste. L'œuvre de Lepôtre est colossale. C'est lui qui travaillait pour Boule.

On ne sait pas qui a peint les médaillons de la coupole de la chambre à coucher; mais c'est ravissant.

Mes sculptures pour le salon viennent toutes du même atelier. Deux ovales viennent de la démolition du château d'Aunay, près Dreux, qui a été bâti par la Pompadour, avant Ménars. Les dessus de porte et trois panneaux viennent de Villarceaux, qu'on a démoli il y a trois mois !... Villarceaux !... Pleure, *louloup !* Et, enfin, un autre tiers vient des entourages de glaces d'un hôtel de fermier général. Venues de trois endroits différents, ces trois parties de sculptures font un tout excessivement harmonieux. Ces sculptures sont d'une finesse et d'une invention merveilleuses. Oh ! quels ouvriers nous avons à Paris ! C'est à étourdir d'intelligence. Ils ont de l'esprit comme les fées. Et quels flatteurs ! Servais, mon doreur, qui m'a vendu ces entourages de glaces, m'a demandé pour prix *la Comédie Humaine*, au lieu d'argent !

M. Paillard aperçoit pour dix mille francs de bronzes ! Ouf ! Je vois ta lèvre inférieure prendre sa façon de gouttière allongée. Mais j'y mets dix mille baisers, et commence par te dire que cela se paiera à mesure des livraisons, et que cela ira de juin 1847 à juin 1848, et qu'enfin, j'ai regardé les choses et que ce ne sera pas cher. Je te répète que nous aurons cinq mille kilogrammes de bronze dans cette damnée maison, où nous ferons un paradis avec Ève et beaucoup de pommes.

Le compte de mon ébéniste monte à six mille francs, par le devis que je t'ai montré; j'y ajoute deux mille francs environ. C'est huit mille francs. Eh ! bien, il a compté qu'il me fournissait près de mille kilogrammes de bronze doré là dedans. Or, à le vendre à des chaudronniers, il n'y a pas de livre (un demi-kilo) de bronze doré au-dessous de quatre francs, à le casser pour le refondre, et, en en tirant l'or. Ainsi, tu vois que j'ai fait un marché bien avantageux. Songe que ton salon du premier étage est tout entier garni de bronzes : les portes, les encoignures, les meubles. La chambre à coucher, *idem;* la bibliothèque, *idem.* J'ai, en lustres et lanternes, acheté déjà plus de cinq cents kilog[rammes] de cuivre doré. J'ai deux cent cinquante kil[ogrammes] de cuivre doré dans mes dix feux, achetés et payés. Celui de Mayence a été acheté à cinquante pour cent au-dessous de sa valeur vénale et positive. M. Paillard me l'a pesé : il pèse quarante kilogrammes ou quatre-vingts livres, et, à six francs la livre à cause de la dorure qui est magnifique, c'est quatre cent quatre-vingts francs pour un chaudronnier. Et je l'ai payé cent quatre-vingts francs ! Les Allemands ignorent complètement ces manutentions-là. C'est un commerce spécial à la France. Ils se connaissent peu en étoffes aussi.

Ah! *louloup*, si tu viens bientôt, je t'engage à rester dans ta voiture sur le chemin de fer, car les coups saccadés sont bien moins sensibles. Tu sais que le chemin [de fer] ne va que jusqu'à Wessenfels, et que je puis t'aller chercher jusqu'à Erfurth. Cela me ferait un bien grand bonheur. Ainsi, réunissons-nous là. Tu m'y laisserais un mot à la poste où arrivent les diligences pour me dire en quel hôtel tu serais. Pars aussitôt que ton valet de chambre sera de retour, et avise-moi bien en temps utile. Calcule, ce que tu ne calcules jamais, le temps qu'une lettre met à aller à Passy; c'est six jours dans cette saison, et il en faut autant pour aller à Erfurth. Nous ferons ensemble le voyage d'Erfurth à Paris. Le plus tôt que je te verrai sera le mieux. Je suis au désespoir de te savoir sans moi, depuis que tu es sans tes enfants. Tu dépenseras moins à Paris qu'à Dresde et partout ailleurs. Fie-toi à moi pour cela. Trois cents francs d'appartement et quatre cents francs de dépenses, ce sera tout le bout du monde pour nous, ton valet de ch[ambre] et ta femme de ch[ambre] compris.

Allons, adieu, petite fille adorée. Viens; tu n'as rien à faire à Dresde, une fois que tu seras remise. Moi, je travaillerai comme un enragé, près de toi. Viens essayer notre bonne petite vie. Oh! comme j'attends une réponse! Celle-ci part le 30. Tu l'auras le 5 janvier. J'aurai la tienne le 12 au plus tard. Si tu pars le 15, il faut que je sois le 18 ou le 19 à Erfurth. Réponds-moi à ceci et prends mille caresses et mille baisers que je donne à mon Évelette et à toutes mes beautés.

XLVIII

A MADAME HANSKA, A DRESDE

[Passy, jeudi] 31 décembre [1846]. Midi.

Mon bon *louloup*, je reçois ta lettre mise à la poste le 26; c'est cinq jours, comme tu vois. Comme je ne te demande tes trois mille francs que pour le versement du Nord, de nos actions, c'est comme si tu les employais pour toi. Remarque qu'il faut que j'en trouve treize mille, et que treize mille arrangeraient toutes les difficultés.

Ce que tu as à faire, c'est de prendre un effet de trois mille francs sur Paris. Les Bassenge te le passeront à ton ordre, et tu me l'enverras endossé; voilà tout. Songe que tu peux te servir de moi pour avoir de Paris toutes sortes de choses.

Au nom de notre affection, ne retourne pas dans cet affreux pays, seule, dans une pareille saison! Viens, et viens le plus tôt possible. Tu auras un appartement à toi, sous mon nom, dans une rue écartée des Ch[amps-]É[lysées], à deux pas de Beaujon. Jamais on ne saura que tu es venue à Paris. Donne-moi février, mars et quinze jours d'avril; je travaillerai près de toi, et tout ira bien. Je vais mettre toutes voiles dehors, et, dans les trente jours de janvier, j'aurai tout payé, ce qui est à payer. Donne-moi les trois premiers mois de ta liberté; je les veux. N'aie aucune peur. Tu ne sortiras pas; tu te promèneras loin de tout, quand il faudra te promener. D'ailleurs j'aurai à travailler nuit et jour auprès de toi. Tu seras recluse avec moi. Que tu sois le 30 mai dans ton affreux pays, c'est tout ce qu'il faut; eh! bien, tu y seras.

Je t'écrirai peu maintenant, car il faut travailler à vingt feuillets par jour. Ma jambe est toujours enflée; mais je ne vois aucun danger. Je dis cela en réponse à quelques lignes de ta lettre auxquelles tu as, à l'heure qu'il est, bien des réponses, car tu as une lettre tous les jours ou tous les deux jours. Depuis que je te sais seule, je passe ma vie à t'écrire, comme tu l'as vu. Maintenant tu vas être sevrée de cela, car j'ai à peine le temps d'écrire ce que je dois écrire.

Viens, mon ange aimé! Comment, après ce qui vient de se passer, peux-tu vouloir m'ôter ce bonheur, et comment, sachant ce que j'ai à faire, veux-tu m'ôter le bonheur de travailler sous tes yeux? Non, c'est de la barbarie. Tu ne veux donc pas voir, ô Ève! ton petit paradis? Tu n'es guère curieuse. Ta sœur ne saura rien; elle ne m'a pas vu depuis un mois, et elle ne me verra plus que deux fois. Je me défie des tiens.

Sois tranquille sur ma fortune; elle sera solide, et tu le verras au premier coup d'œil. Je sais à quoi m'en tenir sur ce que tu appelles *la Glacière*. Nous avons pour vingt-cinq mille francs de réparations et de glaces, etc. La maison coûte cinquante-deux mille francs, frais compris; c'est soixante-dix-sept mille francs, sans meubles. Quand tu verras cela, si tu es à même de comparer, tu m'en diras des nouvelles. J'aurais eu pour cinq à six mille francs de loyer à Paris, et il fallait déménager le 1er avril. Voilà des chiffres desquels je suis sûr. Les dépenses sont à peu près finies et M. Santi a les mémoires.

Dans les six premiers mois de 1847, j'aurai payé toutes mes dettes. Eh bien, j'aurai encore cent actions du chemin de fer [du] Nord, et la maison payée. Qu'en dis-tu, *loup*, qui tremble de mes folies? Ne t'épouvante de rien; je paierai quinze mille francs ce mois-ci, et, après cela, viens en février, viens le plus tôt possible, car, je te [le] dis, je t'arrangerai [ton incognito] dans un petit coin. Il vaut mieux attendre dans un bon petit appartement dans le faubourg du Roule, qu'à Dresde, et, surtout, avec son *loup* près de soi! Viens donc essayer notre bonne vie.

Allons, adieu. Il est temps de mettre cette lettre à la poste et de t'envoyer mon cœur et mille caresses.

Comment! *louloup*, cet homme t'a *dit* ce que je pense, que tu es mille fois plus ravissante aujourd'hui qu'à Genève! (et j'en suis *sûr!*) Eh! bien, je lui en veux plus de t'avoir dit ce que j'ai dans l'âme, que de sa passion insensée. Oui, il était avec la Wyse; elle a eu, je crois, un enfant de lui.

Soigne-toi, remets-toi, et dis-moi que le 5 février tu seras à Wessenfels, à m'attendre. Tu n'attendras pas longtemps. Mais j'aime mieux Erfurth. La poste est sur une grande place où sont les hôtels, et je puis le trouver facilement.

Mille tendresses. Adieu, *loup*. Je ne comptais pas t'écrire aujourd'hui; j'ai travaillé toute la nuit. A demain. Mais tu n'auras de lettre que dans quatre jours. Mon Dieu! que je t'aime! Tu m'as dit vivre en moi, comme moi je vis en toi; mais je n'ai pas d'Anna pour me partager le cœur. Ce n'est pas un reproche; c'est pour te dire que je suis *tout* à toi. Mille bons baisers de Cannstadt.

Tu as bien fait de ne pas aller dans le monde. Reste chez toi; guéris-toi bien. Le monde est un tonneau garni de canifs, comme celui qui me faisait frémir dans l'*Adroite Princesse*, de Perrault. Reste chez toi, dorlote-toi. Cette Joséphine t'aurait-elle guérie, si, pour lui faire passer *délicieusement* une soirée, tu t'étais fait mal? Sa lettre est un chef-d'œuvre d'égoïsme.

Adieu. Tant mieux que Léon soit en Italie. Ce que je proposais était pour éviter son retour en Uk[raine].

Tu n'as les journaux que jusqu'au 15 janvier. Passé ce terme, qui te fait le 20, *viens les prendre...* a dit le Spartiate. Oh! viens, mon *loup!* Mon travail sera pour moi comme un amusement!

Mille caresses encore.

XLIX

A MADAME HANSKA, HOTEL DE SAXE, A DRESDE [1]

[Passy, 1er-2 janvier 1847.]
Minuit [vendredi] 1er janvier [18]47.

La date te dira, cher *loup* adoré, que j'ai toujours le talent de trouver d'excellentes raisons pour t'écrire. Voici [1847] commencé par une bonne pensée, par une pensée unique, celle de toute ma vie depuis que je suis né, car je suis né en septembre 1833 [2] et, la preuve, c'est que je n'ai que quatorze ans! Je fais des bêtises comme à qua-

1. Où séjournait une nombreuse colonie de Polonais en exil, surnommés par Balzac les *fanandels*. Voir plus haut p. 40 et plus loin p. 212.
2. C'est à Neuchâtel, en Suisse, que Balzac rencontra pour la première fois Mme Hanska, le 25 septembre 1833.

torze ans. Je cours après des sculptures, des soieries, des fanfreluches, pour bâtir cette maison de cailloux que tous les enfants ont construite, et j'y loge une fée, la fée aux loups, la fée Évelette, et j'aime comme on aime à quatorze ans, avec une candeur, une force, un abandon, une ardeur qui m'ôtent les trente-quatre ans pendant lesquels j'ai si mal vécu! Sois bénie mille fois, ma bonne et douce Ève, ma mille fois chérie; sois heureuse du bonheur que tu donnes, si tu n'es pas heureuse par ton pauvre Noré autant qu'il le voudrait. Oh! ici, tout son cœur se répand sur cette page, qui va finir par ressembler aux compliments qu'on apprend *par cœur* aux petits enfants, pour leurs parents. Mon Dieu! si la main qui fait nos destinées l'avait voulu, nous aurions commencé ensemble cette année, et il l'eût fallu. Comme, l'année 46, nos joies ont été tristement payées! Quelle affreuse compensation a pris le sort en novembre [1]! Non, mon cœur en saigne encore. Tu me dis que les émotions peuvent te tuer, j'ai dévoré mes larmes. Mais c'est toi qui en as eu la plus grande part. Être la cause de tes souffrances, sans autre résultat que de nous séparer pour deux mois! moi qui comptais tant sur un bon hiver!

Mon Évelin, ne te peine pas de notre détresse, de la fatalité pécuniaire qui règne sur notre ménage. Il fallait rester où tu étais [2]. Voilà nos chagrins. Toi, sans antichambre!... Mon Dieu, mais vraiment j'ai peur de te porter malheur! Vois : tes écuries et tes moutons brûlent dès que tu es à moi! Ton frère te laisse sans te répondre! Est-ce que le sort, qui a *noué l'aiguillette* [3] à ma bourse le jour de ma naissance, devrait atteindre mon Ève!

Cette année, *loup* chéri, sera sans doute, sans aucun doute, une année de travail forcé, car, vois : je suis sur *les Paysans*, et comme il me faut *hic et nunc*, cinq mille francs pour compléter le versement [4], sans attendre tes trois mille francs qui ne viendront que le 10 ou le 12, il faut que je fasse deux *nouvelles* sans désemparer. Il en faut une de finie pour le 3, et une pour le 6 ou le 7. Je vais travailler à vingt feuillets par jour pendant tout ce mois-ci. Il faut que je puisse aller te chercher à Erfurth en toute sécurité.

Je t'aime cette année tout autant et peut-être plus que l'année dernière. Je me suis réservé d'entrer dans tes pantoufles [5] aujourd'hui; elles sont faites et bien faites. Ce matin ma jambe va bien [6], sinon tout à fait bien. Il faut encore huit jours de repos avant que

1. La mise au monde et la mort avant terme de Victor-Honoré, l'enfant tant attendu (*Lettres à l'Étrangère*, III, 252, 279, 328), dans la deuxième quinzaine de novembre 1846.
2. Dans le château luxueux et confortable de Wierzchownia.
3. Noué les cordons de sa bourse.
4. Pour les actions du chemin de fer du Nord.
5. Pantoufles brodées par Mme Hanska. Cf. *Lettres à l'Étrangère*, III, p. 248.
6. Balzac s'était foulé le pied le jeudi 17 décembre 1846, à deux heures, en allant à la noce de son éditeur Chlendowski. Il s'était déjà foulé le même pied, l'année précédente (1845) en allant rejoindre Mme Hanska, à Rome.

je ne marche. Nous avons un froid assez rigoureux depuis deux jours [1]. Cette recrudescence du froid a arrêté net le pavage de l'*hôtel-louloup* [2]. Les petits jardins seront finis. Il faut encore trois ou quatre jours pour terminer les sculptures du salon; je les ai décidées il y a trois jours; ça a été ma première sortie, et je te l'ai dit, je crois. Ce que Senlis [3] avait fait n'allait pas. Mais ce n'a pas été inutile; il va en faire les porte-rideaux des croisées, au milieu desquels il y aura un petit écusson, où seront des H et des E entrelacés. Maintenant le salon tout en sculptures sera très joli. Cher *loup*, qui as fait ta tanière de ma cervelle, ce salon a été disposé comme tu aimes les salons : un carré long. Que n'ai-je eu assez de fortune pour répéter celui de Gênes [4] ! Le tien sera plus artiste, mais ce ne sera pas si beau, si haut, si doré. Tout ce que tu dois toucher de tes jolies pattes de taupe, fouler de tes adorables pieds, voir de tes yeux, tout est l'objet de mon attention, de ma sollicitude. Tu me grondes ! Je serai incorrigible ! Lorsque j'ai vu ton admiration à La Haye [5], devant ce fauteuil et ce bureau de marqueterie, genre Boule, je me suis juré que ta chambre et ta bibliothèque seraient ainsi, beaucoup mieux ! Et c'est fait, et dans dix jours ce sera payé !... Je te veux ravie de ton chez soi, de ta retraite. Je fais des efforts de Bette, pour t'y retenir. Je voudrais que, voyant cela, tu ne voulusses plus en sortir, et je sais que tu dois aller au moins trois mois, peut-être six, de cette année, à W[ierzchownia]. Aussi voudrais-je que tu en fusses si affolée que, sans me compter, tu eusses la folie de notre folie !... O chère reine et tyran de mes pensées, de mes actions, je voudrais que là chaque chose te dise : « Il t'aime bien; il ne pense qu'à toi, et n'aimera et ne peut aimer que toi ! »

Sais-tu que voici trois heures ? Il m'a fallu une heure pour allumer mon feu, à cause du froid, et je tisonnais en pensant à nous, à ce que sera notre année, et je me suis mis à rassembler nos souvenirs de 1846 en les comparant à nos espérances de 1847. Je me suis tenu la tête dans les mains, les pieds sur les chenêts, en me demandant : « Sera-t-elle ma femme en octobre prochain ? »

Ah ! si Georges a le bon esprit de t'envoyer deux Watteau ! Figure-toi qu'il n'y a place dans le salon que pour deux tableaux en regard des deux portraits : celui de Marie Leczinska et celui d'Anna [6] en pied. Il faudra le faire faire quand elle viendra à Paris. Je renonce

1. *Les Débats* annonçaient à la date du 31 décembre : « Hier, à minuit, le thermomètre centigrade de l'ingénieur Chevallier, opticien du Roi, marquait 6 degrés 9/10e au-dessous de zéro; aujourd'hui, à six heures du matin, 9 degrés 5/10e; à midi, 5 degrés 8/10e. » A la date du 2 janvier : « Hier... à minuit... 4 degrés 9/10e au-dessous de zéro; aujourd'hui, à six heures du matin, 7 degrés 6/10e, à midi, 4 degrés. »
2. C'est-à-dire l'hôtel de la rue Fortunée, la maison de Beaujon.
3. Fameux menuisier de bois sculptés.
4. Le salon que Balzac et Mme Hanska avaient vu à Gênes, au passage, l'année précédente.
5. Où Balzac et Mme Hanska avaient séjourné pendant l'été de 1845.
6. Ainsi qu'il fut fait, mais après la mort de Balzac, par le peintre Jean Gigoux.

à Louis XV. C'est introuvable, et j'aime mieux *Anucio* [1]. Il y a deux portes d'armoires sur lesquelles je ne sais pas s'il convient de mettre des tableaux. Ce sera complet. Je crois que ton salon sera groseille [2], la chambre à coucher en coupole, bleu et blanc, et le boudoir, blanc brodé de fleurs, la salle à manger, rouge mélangé, et le meuble en velours de laine. Tout cela fait, en étoffes, une dépense de deux mille cinq cents francs, avec les façons, que j'hésite à faire et que je ne ferai que quand tu seras là pour me dire si cela te plaît.

Allons, adieu, ma chérie, mon Ève adorée; reçois les mille chatteries de ton pauvre Noré. Ce papier a été toute ma fête, tout mon jour de l'an; il est couvert de mon âme, de vœux pour ta santé, pour ton bonheur, mon unique pensée, car tu es dans tous mes efforts, dans toutes les lignes que j'écris, dans tous mes pas, dans tous mes mouvements. Je vis par toi, pour toi et en toi. Mille bénédictions dans mille caresses.

Samedi 2 [janvier].

Sois plus que jamais tranquille, ma chère petite minette aimée. J'ai pris courage; la jambe va beaucoup mieux. Dans quatre ou cinq jours je pourrai aller et venir, et, en faisant successivement *les Paysans*, [*la Dernière incarnation de*] *Vautrin* [3] et *le* [*Cousin*] *Pons* [4], je trouverai les dix mille francs dont j'ai besoin en janvier. J'atteindrai février. Peut-être auras-tu l'argent de ton frère; peut-être les actions du Nord monteront-elles, et alors nous nous en tirerons sans perte et nous pourrons attendre la hausse qui surviendra vers mai ou juin. Dans tous les cas, je te le répète, ma gêne actuelle ne vient que de mon désir de ne pas faire une seule perte sur le trésor, qui est là tout entier. Quant à la maison, elle ne dépasse pas, *mobilier compris*, les sommes du trésor. Ainsi, il n'y a pas d'imprudence. J'ai trois ans pour payer les trente-deux mille francs du prix de la maison [5]. S'il survenait une nécessité trop flagrante, eh! bien, ce serait le cas de savoir si nous voulons supporter une perte; mais je ne crois pas à cette nécessité à cause de mon travail.

Mets-toi bien cela dans la tête; je vais tâcher de trouver les cinq mille francs qui manquent pour le versement, et, si tu m'envoies de l'argent, ce sera pour la maison, où pour rendre à M. F[essart], et, cela posé, sois tranquille et ne te casse pas la tête. Songe à ta santé;

1. Diminutif affectueux du nom d'Anna, en polonais.
2. Au mois de juillet précédent, Balzac avait déclaré : « Le salon sera massacà. » (*Lettres à l'Étrangère*, III, 337).
3. *La Dernière incarnation de Vautrin*, qui forme la quatrième et dernière partie de *Splendeurs et Misères des courtisanes*, parut pour la première fois du 13 avril au 4 mai 1847, dans *la Presse* qui l'avait achetée au journal défunt *l'Époque*.
4. *Le Cousin Pons* (l'un des romans qui composent *les Parents pauvres*), parut dans *le Constitutionnel* du 18 mars au 10 mai 1847. Voir plus haut, p. 40
5. Les trente-deux mille francs encore dus à Pelletreau, l'ancien propriétaire de la maison achetée par Balzac, rue Fortunée.

viens dès qu'elle ne *pourra dans aucun cas* être compromise par le voyage, et je te promets un incognito absolu. Compte sur l'activité, les talents de ton *loup*, et sur son amour que tu connais. Je ne pense qu'à toi, je ne me tourmente que pour toi, absolument comme toi pour moi. Je suis bien fermement décidé à ne pas dépenser un liard au delà de ce que j'ai fait. Les fournitures de Paillard viendront de mars à fin septembre, lorsque je pourrai les payer. Le mobilier nécessaire viendra pendant cette année-ci, de manière à ce que notre chez soi soit complet à ton retour, en octobre ou en septembre de cette année. Tout cela est calculé.

Allons, adieu. Je vais aller, ou plutôt me traîner à la poste[1]. Hier, ma sœur, ses deux filles et le futur sont venus[2]. Pas de mère[3], elle est indisposée et j'irai après-demain. Je ne veux plus compromettre mon pied. Ma sœur a eu vent de la maison par un courtier d'assurances qui, dit-elle, est venu proposer l'assurance de la maison rue des Martyrs[4]. Cela me contrarie énormément, vu l'indiscrétion[5] de ma famille; mais je n'y ferai pas la moindre attention.

Allons, mille tendresses, ma chère petite fille, mille caresses, mille bons baisers de Cannstadt et surtout de Francfort[6]! Oh! Francfort est l'objet d'une reconnaissance profonde, comme tout le reste. Je ne serai cependant heureux que quand ta gentille écriture me dira de venir à Erfurth rejoindre mon Ève, mon bijou, mon cher trésor! Allons, adieu. Tu vois que je t'accable de lettres; oh! si c'était de la copie, tout cela, nous serions quittes avec les entrepreneurs.

A demain; mais tu ne recevras plus que quelques mots.

1. Balzac ne voulait confier à personne le soin de mettre à la poste les lettres destinées à Mme Hanska ou d'y aller chercher celles qu'il recevait d'elle.

2. Laure, sœur de Balzac, avait épousé, à dix-neuf ans, en 1820, un ancien polytechnicien, âgé de vingt-neuf ans, Eugène-Auguste-Louis Midy de Lagreneraye, dit Surville, ingénieur des ponts et chaussées; de ce mariage deux filles étaient nées : Sophie et Valentine. Il s'agissait d'un prétendu pour Sophie.

3. Née Anne-Charlotte-Laure Sallambier (1778-1854) veuve, depuis 1829, de Bernard-François Balzac, ancien secrétaire au Conseil du roi, puis directeur des vivres militaires (1742-1829).

4. Laure Surville et sa famille habitaient au nº 47 de la rue des Martyrs.

5. Balzac redoutait si fort les indiscrétions que Th. Gautier, le félicitant sur l'ameublement luxueux de sa nouvelle maison : « Je suis plus pauvre que jamais, répondait-il, en prenant un air humble et papelard, rien de tout cela n'est à moi. J'ai meublé la maison pour un ami qu'on attend. — Je ne suis que le gardien et le portier de l'hôtel. » (Th. Gautier, *Honoré de Balzac*, Paris, Poulet-Malassis et de Broise, 1859, in-8, p. 170).

6. Cannstadt et Francfort où Balzac avait villégiaturé ou passé avec Mme Hanska entre juin et août 1845.

L

A MADAME HANSKA, HOTEL DE SAXE, A DRESDE

[Passy, 3-4 janvier 1847.]
Dimanche 3 [janvier].

Hier j'ai trouvé, ma chérie, ta foudroyante lettre sur l'économie et j'y ai vu la preuve de cette chère et unique affection qui est mon premier, mon seul trésor.

Je t'y réponds en trois mots : « J'économiserai, je payerai, et le départ [1] de mon *louloup* sera adouci dans ses chagrins par la dernière quittance de ma dernière dette. » Viens à la fin de février, si tu ne peux venir qu'à la fin de février; mais viens. Écoute-moi bien : tu sais, ma bien-aimée, que je n'ai pas l'ombre d'une pensée d'intérêt dans notre mariage. Ainsi, sois sûre que tout ce que tu feras pour ta fille est dans mon cœur comme dans le tien. Ainsi, ne me parle jamais de ce que tu as ou n'as pas; je suis sûr de ma fortune, et veux ton bonheur sous les deux espèces.

Laisse-moi te dire que tu ne connais point Paris, ni ses exigences, ni son luxe, ni ses nécessités. Je n'ai pas le moindre goût au bric-à-brac; j'achète chez les marchands de curiosités de belles choses à cinquante pour cent de moins que si j'en faisais faire de laides neuves, car le beau est hors de prix à faire fabriquer. Exemples : je parle d'un feu [2] à M. Paillard, pour une cheminée : cinq cents francs, fort ordinaire. Je ne le commande pas; je vais chez les marchands; j'en trouve un superbe : cent francs! Telle est la différence. Une lanterne pour l'escalier? — Mille francs, répond M. Paillard! Je vais chez un marchand, et la plus belle que j'aie vue dans mes courses : deux cent soixante francs! Je te l'ai dit à satiété : une fois que mon ménage sera monté, complet, je n'achèterai rien. Tout ce que je fais est économie, et économie bien entendue. Les lanternes d'escalier, c'est pour *fixer* l'éclairage. Le calorifère, qui coûte fort cher, c'est pour *fixer* le chauffage et le rendre de quatre-vingts pour cent [3] moins dispendieux. Tout est l'objet et l'effet d'un calcul profond et profondément réfléchi. Ne crois pas à des folies. La seule, c'est la restauration des peintures. C'est vrai, mais c'était nécessaire. Tu me parles d'ajourner les réparations; était-ce possible avec l'obligation de reculer un mur, et, en le refaisant, il a été démontré qu'il allait tomber? Je t'ai envoyé le

1. Le départ pour l'Ukraine, pour retourner à Wierzchownia.
2. C'est-à-dire d'une garniture de foyer.
3. Balzac avait d'abord écrit : 50 p. 100.

chiffre des dépenses l'autre jour. Je serai logé à deux mille cinq cents francs de loyer. Était-ce possible de me loger à moins de frais? Aussi devrais-tu venir à Paris par intérêt et curiosité, si tu n'y venais pas pour être heureuse et donner le bonheur, deux ou trois mois. Nous avions décidé l'affaire Salluon, où je m'enfournais dans une ruine. C'était cent cinquante mille francs, sans meubles! Ici, c'est cent mille francs, tout meublé.

Tu rêves, avec la Chouette. Elle s'en ira le mois de février, et toi tu ne logeras pas à la glacière [1] pendant le premier mois, attendu que tout ne sera fini qu'en mars. J'y serai, car je veux y habiter en février pour renvoyer la Chouette. Elle ne mettra jamais le pied là. J'aurai une femme de charge [2] payée et solide.

Je t'explique que si tu venais à la maison Beaujon [3] les petits appartements sont invisibles. Il faut qu'on les montre pour qu'on les découvre. C'est une merveille [4].

Je t'ai expliqué que l'embarras ne sera rien. Je l'ai déjà bien surmonté. Sais-tu que voici neuf mille francs de payés sur les travaux, et neuf mille ce mois-ci, cela fera dix-huit mille. Sois calme, ô *louloup*, on ne fait pas de dettes, on paie [5].

J'ai baisé ton homélie, car elle dépose d'un amour si tendre, si craintif, si maternel, que je t'aurais mangée de caresses de la tête aux pieds, si tu m'avais dit cela devant moi au lieu de l'écrire! On n'est pas plus adorable, et qu'est-ce que ce sera donc que ta tendresse *quand même*, lorsque tu verras que j'ai été le plus économe, le plus intelligent loup de la terre, et que je n'achète point de bric-à-brac? Je crois bien que les gens meublés, rentés, à châteaux pleins, n'achètent plus rien! Mais, cher amour de grondeuse, quand il faut acheter une table ou un lit, parce qu'on n'en a pas, il me semble que celui qui achète un lit en Boule pour moins d'argent qu'un lit d'épicier un lit d'acajou, n'est pas un dissipateur, ni un fou de bric-à-brac. J'achète un cabaret de Sèvres, pâte tendre, pour le prix d'un cabaret commun : est-ce de la prodigalité? J'ai une cheminée, qui est une merveille, pour le prix d'une cheminée ordinaire, et il me fallait une cheminée. Est-ce de la prodigalité? Ainsi de tout. Notre salon aurait coûté dix-huit

1. La solidité de la maison de la rue Fortunée, que Mme Hanska nommait avec mépris : la Glacière, venait (du moins Balzac le prétendait), de ce qu'elle était construite sur l'ancienne glacière bâtie par le financier Beaujon.

2. Les mésaventures de Balzac avec une gouvernante non payée, comme Mme de Brugnol, lui ayant amplement démontré les inconvénients des services gratuits.

3. C'est-à-dire la maison de la rue Fortunée (devenue rue Balzac), ancien pavillon de plaisir du financier Beaujon, la Folie Beaujon. Construite en 1781, elle fut acquise en 1882 par la baronne Salomon de Rothschild, qui la fit démolir pour édifier, 11, rue Berryer, l'hôtel actuellement existant.

4. L'une des pièces de cet appartement secret avait un plafond en coupole d'où pendait, au temps de Beaujon, un magnifique berceau où le financier prenait place pour se faire balancer par de belles amies aussi peu vêtues que lui-même.

5. Mais on ne paie jamais complètement. Ce fut en effet Mme Hanska qui acheva le paiement, après la mort du grand homme : environ 150.000 francs de dettes en francs-or.

cents francs à tendre en étoffes qui auraient passé. J'y mets pour dix-huit cents francs de boiseries qui donnent une énorme valeur à l'immeuble. Est-ce une folie?...

Oh! *louloup*, si tu n'étais pas si délicieusement mère, et mère amoureuse, dans ta lettre, je me plaindrais de la défiance injurieuse que tu as de moi. J'ai quarante-huit ans, et les cheveux blancs arrivent; je veux une fortune et j'en prends les moyens. Je ne veux plus recommencer ni les Jardies[1], ni aucune faute, et tu crois que je vais donner, tête baissée, dans les mêmes sottises! Tu fais de moi un vieil enfant! un poète à illusions!... Sois calme, ô *loup* chéri; il y a plus de gens qui me croient avare que de gens qui me croient prodigue. Le mois de mai dira si je suis un bon financier. Encore quelques romans comme *la Cousine Bette*, et je serai sur mes pieds, et je te montrerai les rentes que me vaudra la glacière Beaujon.

Mille gentilles caresses, et à demain. Ta lettre m'a fait excéder les bornes de ma licence d'écrire. Je ne puis te donner qu'un quart d'heure et voilà une heure.

Lundi [4 janvier].

Si tu me vois si joyeux, mon bon *loup*, c'est que ta lettre m'annonce ton retour à la santé, c'est que dans les phrases, dans la mercuriale, j'ai retrouvé mon Évelin, mon bon cher compagnon, et mon Évelette de vingt-cinq ans, alerte, pimpante, etc.

Hier je suis allé rendre mes devoirs à l'auteur de mes jours, que j'ai trouvée plus grimaude que jamais. J'étais allé chez Bertin pour m'entendre à prendre les *Débats* en février. Ainsi, me voilà avec le *Constitutionnel*, la *Presse*, les *Débats* et l'*Époque* à moi[2]. Ah! si les *copies* étaient prêtes! Mais tout est à faire. Aussi, vais-je travailler, et de bonne encre, et de bon cœur, car tu ne sais pas comme ta maladie pesait sur moi. Non, tu ne sauras jamais combien je t'aime!

Après ma mère, je suis allé chez le docteur, à cause de l'enflure de ma jambe, et il m'a dit que ce n'était rien, que c'était la faiblesse des tissus relâchés, et qu'en mettant une compresse qui fît guêtre, en six jours ce serait terminé. De là je suis allé chez ton honorée sœur, qui vit à Paris comme dans un bocal. Elle sort peu, elle fait apprendre le polonais à Pauline, et elle veut mettre Ernestine au Sacré-Cœur, ce dont j'ai tâché de l'éloigner. Il y avait près d'un mois que je n'étais allé la voir, et il y aurait eu impolitesse, sans mon accident; mais elle en avait dû entendre parler, car elle a entendu parler de la noce des

1. Les pavillons que Balzac possédait à Ville-d'Avray, au Chemin vert, sur l'emplacement actuel de la maison de Gambetta. Voir t. III, p. 22; voir plus haut p. 28, et plus loin p. 262.

2. *Le Constitutionnel* publia *le Cousin Pons*, du 18 mars au 10 mai 1847; *la Presse* publia, du 13 avril au 4 mai 1847, *la Dernière incarnation de Vautrin*; *les Débats* ne publièrent rien, *l'Époque* non plus, car elle cessa d'exister peu après.

Chlendowski par je ne sais qui. Elle ne voit âme qui vive, elle veut trop économiser. Je t'assure qu'elle est perdue comme dans un trou. Paris, vois-tu, c'est une effrayante immensité. Elle est moins à craindre là que partout ailleurs. La question de venir chez moi a encore été remise sur le tapis; mais je lui ai dit que je déménageais et que lorsque ma nouvelle maison serait digne de la recevoir je me ferais un plaisir, un honneur, de la recevoir, etc. Elle est très curieuse de voir mon établissement, mais j'ai parlé d'avril ou de mai. Elle ne connaît pas Paris du tout, ni personne. Elle a écrit à son gouverneur [1] pour avoir une permission de rester deux ans à Paris, et elle est allée à l'Hôtel Lambert [2], à la vente des fanandels! Je n'y comprends rien. C'est étonnant comme ta sœur ressemble à la mienne. Elle a voulu absolument consulter M. Nacquart, et elle m'a demandé si c'était un bon médecin, qu'elle le croyait une ganache! Non, c'est incroyable de légèreté. Quand elle m'en a parlé, je lui ai dit : « C'est un *bon médecin pour moi*, parce qu'il connaît mon tempérament et qu'il m'a donné des soins depuis trente ans. Mais ce n'est pas un médecin célèbre. » J'ai fait tout pour la détourner de le prendre.

Allons, adieu, ma gentille prêcheuse. Sois sûre que tu peux venir passer mars, avril et mai jusqu'au 20, sans inconvénient à Paris, dans la rue Neuve-de-Berry [3]. Personne ne te saura là; nous y resterons comme deux tourtereaux, et tu peux habiter même, à Beaujon, l'appartement caché, sans que personne t'y trouve jamais. J'irai voir où l'on en est aujourd'hui probablement. Aurai-je une lettre de toi? Voilà toute la question.

J'essaie aujourd'hui un roman sur Georges Cadoudal [4], car mon esprit est très inquiet; il ne peut se fixer à rien. Je touche à tous les sujets et je m'en dégoûte. Adieu, mille tendresses et prends bien garde à ton retour à la santé; prends bien toutes les précautions; soigne-toi bien.

Note.

Je crois en effet que Eugène Sue [5] a eu quelque velléité de se moquer de moi dans le personnage dont on t'a parlé, et qu'il a été

1. Le général russe dirigeant le gouvernement de Minsk, dont dépendait Pinsk où elle avait son domicile.

2. Ancien hôtel du président Nicolas Lambert de Thorigny, construit par Le Vau (1640) et décoré par Lesueur, Lebrun, etc. Il était situé, 2, rue de Bretonvilliers, dans l'île Saint-Louis. Depuis 1842, il était habité par la famille Czartorisky.

3. Au nº 12 *bis* où Balzac lui avait loué un appartement meublé. Le *Bottin* de 1847 nous l'indique ainsi : « Commençant avenue des Champs-Élysées, finissant faubourg du Roule, 23 et 25. »

4. Ce roman porte pour titre : *Mademoiselle du Vissard, ou la France sous le Consulat.* Il n'est pas terminé; on trouvera, signalés, pages 214, 218, 221, quelques feuillets d'essais que Balzac utilisera pour écrire ou envelopper ses lettres comme il l'avait déjà fait précédemment. Cf. *Lettres à l'Étrangère,* III, 159, 376.

5. Dont *le Constitutionnel* publia en feuilleton la troisième partie de *Martin ou l'enfant trouvé,* du 4 décembre 1846 au 5 mars 1847. Cf. *Lettres à l'Étrangère,* III, 71, 302, 329, 354.

effrayé de sa tentative. Je le saurai, d'ailleurs, et je ne m'en apercevrai jamais, comme bien tu penses. Ces sottises-là mènent ces messieurs à d'étranges palinodies. Tu sais ce que Frédéric Soulié a fait dans la *Closerie des Genêts*; il y a là, au dénouement, un éloge furibond de ton Noré [1]. A la troisième représentation, il y avait un monsieur qui me ressemblait, dit-on; toute l'assistance, à l'éloge, s'est retournée et a battu des mains par trois fois. Il faudra que je mène une fois ta sœur au spectacle, et je la mènerai à l'Ambigu voir cela.

Je suis allé à la noce de Chlendowski en pantalon noir, en habit bleu à boutons d'or, en gilet de soie, in fiocchi [2]. Je suis tombé en allant prendre une voiture au bas de la montagne de Passy et ta sœur m'a dit : « On dit que vous étiez venu tout *crotté* à cette noce. » Qu'en dis-tu, Coucy [3]? — « C'est cassé ou brisé qu'on vous a dit, lui ai-je répondu, car je venais de tomber et de me luxer la cheville. » Il en est de tout ainsi. Ce que je déplore, c'est que les calomnies agissent sur *des esprits distingués*, qui me disent : « Après Beaujon, ce sera Moncontour; ce sera à recommencer. J'aime un prodigue incorrigible! » Ah! moi, j'aime une petite personne bien crédule au mal, bien vive à la réprimande! Mais j'ai de sûres vengeances : c'est l'avenir qui me verra thésaurisant. Je t'avoue que je ne conçois pas qu'on thésaurise dans un taudis. Il faut avoir toutes ses aises, mais rien de plus.

LI

A MADAME HANSKA, HOTEL DE SAXE, A DRESDE

[Passy, mercredi 6-7 janvier 1847.

Mon bon *louloup*, il m'est impossible de t'écrire, car je travaille dix-huit heures, et je ne fais plus les toilettes les plus nécessaires. L'inspiration, le travail sont accourus, fidèles à la nécessité. Je suis au

1. Acte V, scène II, *la Closerie des Genêts*, à la page 132 du *Magasin dramatique* paru en supplément du *Constitutionnel*, n° du 3 décembre 1846, se trouvent ces paroles adressées par Montéclain à l'aventurière Léona qu'il a démasquée : « Vous ne voulez pas croire que vous êtes ici entre les mains des héros de M. de Balzac? » Tels Montriveau et la duchesse de Langeais dans l'*Histoire des Treize*. *La Closerie des Genêts* avait été représentée pour la première fois le 14 octobre 1846, à l'*Ambigu*, et Balzac, dès le 18, annonçait fièrement à Mme Hanska : « Il y a une immense réaction en ma faveur. J'ai vaincu. Tous par une acclamation générale me mettent à la tête. Ceux-qui luttaient ne luttent plus. Soulié a fait amende honorable publique dans son nouveau drame de l'Ambigu. »

2. Fiocchi, les houppes ou glands qui retombent de chaque côté d'un chapeau de cardinal, en costume de cérémonie; par extension : être en grande toilette.

3. Expression que Balzac emploie volontiers; c'est une citation tirée du dernier acte d'*Adélaïde du Guesclin*, tragédie de Voltaire. Cf. *Lettres à l'Étrangère*, t. III, p. 152. Voir plus haut p. 49, et plus loin p. 222, 307.

désespoir d'être allé avant-hier 4, hier 5 et aujourd'hui 6 janvier, sans rien trouver de toi à la poste, car il faut faire le versement.

Tu ne réponds pas à mes lettres; je t'en ai écrit au moins autant qu'Anna. Je ne sais pas si j'en trouverai demain 7 une de toi; le délai fatal est le 15, et je n'ai que onze mille francs!

Pour avoir de l'argent, il faut de la copie; et tu sais combien j'ai écrit de pages inutiles! (Cinquante-cinq à cinquante-six; une valeur de trois mille francs). Enfin, je suis en selle, et ne veux pas m'arrêter, même pour te dire que je t'aime, car il faut payer.

J'achève [*la Dernière incarnation de*] *Vautrin*, et, après, j'achèverai [*le Cousin*] *Pons*; cela ne fera que sept mille francs et il faut en trouver quatorze mille. Ainsi, mort au papier blanc!

Je te baise mille fois. Si j'ai une lettre de toi, aujourd'hui 7, je te répondrai un petit mot demain.

Figure-toi que je travaille de minuit à neuf heures sans arrêter (ma jambe enfle toujours), et je mange un morceau, puis je travaille et cours aux affaires.

Allons, adieu, ne t'inquiète pas si tu n'as pas de lettres de moi; je travaille à esprit et corps perdus!

Mille tendresses [1].

LII

A MADAME HANSKA, HOTEL DE SAXE, A DRESDE

[Passy, 8-9 janvier 1847.]
Vendredi 8 [janvier].

Ma chérie, je suis allé hier à la poste, au retour de mes courses, et je n'ai pas trouvé de lettres. Dans les circonstances où je suis, c'est à me donner une maladie de foie! Comment, moi, si occupé de mes manuscrits à faire, d'ouvrages à composer, des ennuis que me donne la maison, des inquiétudes du versement, des affaires de ma liquidation [2], de tout ce monde que je supporte, je t'écris régulièrement, et toi, tu m'écris à peine, et tu as tout ton temps! O *louloup!* Non, ce n'est pas bien.

1. Lettre pour laquelle ont été utilisés des versos de feuillets de *Mademoiselle du Vissard*, ainsi qu'il a été dit plus haut (p. 212).

2. La liquidation de ses dettes, opération fort compliquée. Il avait dû en confier la direction, dès 1843, à un homme de loi, Sylvain. Pierre-Bonaventure Gavault, avoué de la ville de Paris, qu'il appelait son bon tuteur et auquel il dédia *Les Paysans*. Cf. *Lettres à l'Étrangère*, t. II, p. 156, 157, 208; t. III, p. 18. Picard, qui, en 1845, succéda à Gavault dans sa charge d'avoué de la ville, lui fut adjoint à cette même époque, comme conseil supplémentaire de Balzac (*Lettres à l'Étrangère*, t. III, p. 133).

Je ne sais plus que faire; il faut trouver, d'ici à sept jours, cinq mille francs pour compléter le versement, et je ne vois que mon travail; je me tue à travailler. Mais voici cinq ou six jours que je n'ai reçu de lettres de toi; comment veux-tu que je ne sois pas inquiet! Cela influe sur mon travail, car je t'aime plus que mes nécessités ne me pressent, et, des deux inquiétudes, c'est tout ce qui te concerne qui m'occupe et m'envahit.

Je t'en supplie, écris-moi au moins autant que je t'écris, que je sache ce que tu fais, ce que tu penses. Je crois que tu ne m'aimes plus, lorsque je me vois si fort abandonné. Je crois que mes ennuis te découragent et que tu te dis : « *Ce cher Monsieur* est incorrigible; il est réellement prodigue et sera toujours sans un sou. C'est un panier percé; sa fureur d'acheter des bric-à-brac n'a pas de bornes. Ça le mène à des brutalités comme à Rotterdam [1]. Il m'aime, mais ne me préfère-t-il pas le bric-à-brac? » Voilà les innocentes pensées que tu dois rouler contre ton Noré, malgré les mille explications qu'il te donne sur ses acquisitions et sur ses actions les plus indifférentes! Tu ne te dis pas : « Mon Noré est sans linge, sans meubles; il a préféré pendant ces six années vivre de privations, avec une méchante servante, pour payer trois cent mille francs de dettes et, à l'heure qu'il est, il ne doit plus que soixante à quatre-vingt mille francs. Au lieu d'employer le *trésor-louloup* à payer ce reliquat, il a préféré le conserver pour avoir une modeste habitation et la meubler, et continuer à payer par lui-même ses dettes. Enfin, comme il a beaucoup d'intelligence, il achète cent francs chez les marchands d'occasion ce qu'on lui ferait payer cinq cents francs neuf. Il a tout son mobilier à compléter, sa maison à meubler, et il le fait avec prudence. »

Oh! petit Évelin, ô cher camarade, ô ma Linette, mon Évelette, ma petite fille, vous serez bien furieuse contre vous-même un jour, de voir que vous vous êtes laissée aller à penser comme le bête de public sur votre Noré, que votre Noré est joueur, libertin, dissipateur; quand vous trouverez qu'il a travaillé nuit et jour, qu'il ne touche pas une carte, qu'il ne pense qu'à vous, qu'il est économe, qu'il a une maison admirablement meublée et montée, et qu'il ne doit pas un sou et qu'il a conservé notre *trésor-louloup*, que vous l'avez grondé inutilement et qu'il a tout fait pour le mieux, et, qu'à la fin de 1847, il sera en train de se faire des capitaux! Et que le secret de tout cela, c'est l'amour insensé qu'il a pour sa grosse Ève, si adorable et si adorée!

1. Où Balzac séjourna avec Mme Hanska au cours de l'été de 1845. Ils y eurent une dispute à propos d'une armoire en ébène de 375 florins que Balzac voulait acheter : « Cette belle chose, écrivait Balzac, quelque temps plus tard, le 3 septembre 1845, a été la cause d'une vivacité, dont le germe était trop de thé. Tu m'as dit sur le quai de Rotterdam des choses bien dures; je ne peux pas empêcher ces paroles de revenir dans ma mémoire. C'est acheter trop cher un double remords, en ébène. » (*Lettres à l'Étrangère*, t. III, p. 74.)

Adieu, pour aujourd'hui. Il faut faire vingt-quatre feuillets sous peine de mort, et demain autant.

J'ai fait inutilement cinquante feuillets, comme tu dois le voir [1], avant d'arriver à l'inspiration sur ce que j'avais à faire.

Quant à la maison, je crois qu'on la démolit! Elle recule au lieu d'avancer. Les délicieuses sculptures de mon salon ne seront posées que dimanche 10. Les peintures n'avancent pas; on brûle des forêts; les bouches de calorifère sont toujours à placer, et il y a encore des fenêtres qui ne sont pas vitrées! L'humidité y fait des pluies tropicales. Je suis au désespoir, car je ne crois pas pouvoir y mettre les tapissiers avant le 20 février. Tu seras forcée de te loger dans l'appartement garni que j'avais trouvé. Viens au moins, sois ici pour les premiers jours de mars! Je serai le 25 février à Erfurth.

Allons, à demain, il est deux heures et demie du matin.

Samedi 9 [janvier].

Hier, à quatre heures, j'ai eu ta dernière lettre, où tu me dis que tu n'enverras rien. J'aime mieux cela que l'affreuse incertitude où j'étais. Mais comment veux-tu que je trouve, dans la crise actuelle, trois mille francs en six jours, car je comptais là-dessus? Mais, n'en parlons plus que pour une dernière fois. Cela va me mettre dans l'obligation de vendre quelques manuscrits à cent pour cent de perte, à me lier, à faire une sottise, car les actions (du Nord) ont baissé; elles sont à six cent trente-sept francs. C'est près de deux cents francs de perte, et il faut donc attendre. Trouver cela, quand les entrepreneurs me pressent, c'est affreux!

De ceci, plus un mot; les hommes sont faits pour porter ces misères.

Mon cher petit Évelin, je suis si heureux de te savoir en bonne santé que ça a été un baume sur la plaie financière, et c'est te dire en une ligne combien je t'aime. Ah! Dieu, penser à ne pas être toute ta vie à mes côtés. Penses-y bien. Si tu veux vivre auprès d'Anna, c'est à le délibérer bien sensément, car je vais vivre auprès de vous; je ne veux pas d'autre vie, et je mourrais heureux à Wierzchownia ou à Pawoufka [2]. Quant à ceci, c'est bien arrêté.

Maintenant, aussitôt ton domestique venu [3], dis que tu as des

1. Mme Hanska put en effet s'en rendre compte, Balzac, ainsi qu'il a été dit plus haut, ayant utilisé pour lui écrire les versos de quelques-uns de ces feuillets manqués.

2. Le domaine de Pawlowka dont Balzac transcrit le nom d'après la prononciation polonaise, était situé dans le gouvernement de Kiew, district de Machnowka. Cf. *Lettres à l'Étrangère*, t. III, p. 54.

3. Nommé Wilhelm. C'était un serviteur de grand style qui se désolait à la pensée de retourner en Ukraine, derrière la vieille voiture de Mme Hanska : « Il est tout honteux, écrivait sa maîtresse à sa fille Anna, de voyager derrière une vieille patraque, comme ma fidèle amie qui nous a si bien et si longtemps servis. » Cf. M. Bouteron, *la Véritable image de Mme Hanska*, p. 17. Voir plus loin p. 308.

affaires à Francfort[1], dis que tu vas revenir à Dresde; mais reviens promptement à Francfort, et, de là, rétablis-toi à Mayence, ou reste, si tu veux, à Francfort. Je t'irai prendre.

Je te le répète, tu auras à Paris, rue Neuve-de-Berry, un charmant appartement que je prendrai sous mon nom, et qui ne sera pas cher, et personne au monde ne saura que tu es à Paris, à moins que tu ne le veuilles expressément. Mais tu sortiras peu, tu prendras des précautions. Nous ne nous montrerons pas ensemble. Nous resterons, là, sans en sortir. Tu auras un jardin, tu pourras te promener. Enfin, tu n'as rien à craindre, et, si tu étais à toute force rencontrée, tu serais chez toi. Fie-toi à moi pour ta tranquillité.

Dans ce cas, le plus tôt est le mieux; si tu peux partir, aussitôt cette lettre reçue, pars, et dis-moi quand tu pars et quand tu seras à Francfort, car je t'irai voir à l'instant et te ramènerai.

Adieu, ma chère petite fille; mon Dieu! comme je t'aime! Tu me plongerais un poignard dans le cœur que je dirais : « Il paraît que cela lui fait plaisir! » (Ce qui est déjà arrivé à Tourtemagne), car en lisant ta lettre et les raisons que tu me donnes pour ne pas aider au versement, qui est impitoyable, dans l'intérêt des dix-huit mille francs de mars, dont le créancier est plus humain, je n'ai ressenti que le plaisir de la certitude et je me suis dit : « Elle verra plus tard quelle faute! en voyant ce que je vais être obligé de faire! » Et pas une impatience! Quel charme a ton écriture! Six[2] jours sans avoir rien reçu! Six jours sans nouvelles! Oh! que jamais je ne te fasse connaître ce supplice. Mon Dieu! si je te dis que ces inquiétudes, ces anxiétés d'argent, m'ont fait fondre? J'ai maigri; je suis plus maigre qu'à Genève[3], et ce n'est pas d'aujourd'hui. Depuis que je me bande la jambe, que je me traîne sans trop d'efforts.

Allons, mille tendresses, mille baisers et mille caressantes choses, surtout au minou. Oh! reviens à Francfort, que je reaye un Francfort[4]. Tu me le dois, louloup, et cette scélérate profonde d'Évelette, qui, coquette, me fait bondir sur mon fauteuil en me contant combien elle est gentille et désirable et revenue blanche, fraîche, etc. Non, à un pauvre Noré qui sèche à se débattre avec des questions financières, et de mauvais sujets littéraires, et qui passe les nuits, c'est une cruauté! On dit : « Je suis laide, mais les jours où nous nous verrons, je serai jolie. »

Allons, adieu, bien gentille et adorée Ève; adieu, Linette. Aime-moi comme je t'aime, et tu seras en route pour Francfort le 16 jan-

1. Où Mme Hanska séjourna en mai 1847 pour surveiller la confection du trousseau de sa fille Anna. Cf. M. Bouteron, *op. cit.*, p. 3-20.
2. Balzac avait d'abord écrit : cinq jours.
3. A Genève, décembre 1833 à février 1834, lorsqu'il y séjourna lors de sa seconde rencontre avec Mme Hanska.
4. Où Balzac avait séjourné en août 1845 auprès de madame Hanska, séjour dont il désirait voir se renouveler les délices. (*Lettres à l'Étrangère*, III, 70.)

vier; tu recevras cette lettre le 14, et en deux jours tu dois avoir plié bagage, et tu seras le 20 à Francfort. Moi, j'y serai le 25 [1].

LIII

A MADAME HANSKA, HOTEL DE SAXE, A DRESDE

[Passy], dimanche 10 [janvier 1847].

Ne te fais pas de chagrin, ma bonne Ève; j'ai l'espoir de conclure un traité qui me donnera de quoi parfaire le versement; il s'agit de la réimpression de mes ouvrages dans *le Siècle* [2], et je crois que ce sera conclu en temps utile. D'ailleurs la fin de [*la Dernière incarnation de*] *Vautrin* sera achevée pour le 13 ou le 14 au matin [3]; et c'est près de quatre mille francs. J'arriverais à mille francs près. On me les prêterait bien pour vingt-quatre heures chez Rotschild [4]. Je m'empresse de te donner ces nouvelles pour t'enlever toute inquiétude. Ainsi, sublime économiste, occupe-toi des dix-huit mille francs de la fin de mars, si tu le peux sans te donner le moindre souci, ton ménage de Paris ne doit te causer que du plaisir. Tu le vois, Bilboquet a sauvé la caisse.

Maintenant, écoute-moi bien! Je ne tiens à rien dans ce pays-ci. Il n'y a pas une seule considération qui m'empêcherait d'aller vivre auprès de toi, si tu veux rester avec ta fille. Ni gloire, qui n'est qu'un grain d'encens offert à ma chère idole, et à laquelle je ne tiens pas pour mon compte, ni la glacière, ni le mobilier, ni rien de ce que je possède, au matériel comme au moral, ne peut m'arrêter! Je vendrais tout en un mois, je me liquiderais et je m'en irais là où tu serais, avec une joie immense et une profonde indifférence pour tout ce que je quitterais en France, car tu ne te sais pas indispensable à ma vie, il n'y a pas de vie possible pour moi sans toi. Je n'ose pas te dire à quel point je maigris. La nostalgie de toi m'a empoigné; aussi, te suppliai-je de venir aussitôt à Francfort, car, là, tu n'es qu'à vingt-neuf [5] heures de moi et à cent vingt francs de frais, et on peut donner trois cents francs pour aller te voir trois jours, et respirer ton air et tes chers parfums.

1. Pour envelopper cette lettre, Balzac a utilisé, comme il l'avait fait page 214, le verso d'un feuillet manqué de *Mademoiselle du Vissard*.

2. Où Balzac avait déjà publié le 10 septembre 1845 : *Une esquisse d'homme d'affaires* (*les Roueries d'un créancier*) et auparavant, de 1838 à 1842 : *Une Fille d'Ève*, *Béatrix*, *Lettre sur le procès Peytel*, *Pierrette*, *les Lecamus*, *la Fausse Ma tresse*, *Albert Savarus*. *Le Siècle* publia les œuvres complètes de Balzac en livraison in-4°, sur deux colonnes, dans son *Musée littéraire*.

3. Elle ne commença à paraître que le 13 avril dans la *Presse*.

4. Balzac écrit tantôt Rotschild, tantôt exactement Rothschild, quelquefois même Rostchild. Il s'agit du baron James à qui Balzac dédia *Un homme d'affaires* ; la baronne eut la dédicace de *l'Enfant maudit*.

5. Balzac avait d'abord écrit : vingt-six.

Donc, si tu veux vivre près de notre chère Anna, rester dans ton Ukrayne et nous y réunir, dis-le. Médite bien ce parti-là, car, moi, je n'hésiterai pas la millionième partie d'une seconde à y aller, à m'y établir, et à vivre là, et, pourvu que tu y sois, je te déclare que, jusqu'à mon dernier soupir, tu ne verras jamais un regret dans mon cœur, tu n'entendras un soupir sortir de mes lèvres, et tu ne verras dans mes yeux un nuage. Je serai plus gai que dans ma jeunesse, quand j'oubliais mon abandon et mes malheurs. Ainsi, louloup, vois; écris-moi ce que tu penses. Je n'achèverais même pas *les Paysans;* je n'écrirais plus, mon Dieu, une seule panse d'a [1]. Je vivrais en rêveur et le plus heureux des hommes du monde, le chien, le moujick de mon loup, toujours près de toi, ne te quittant pas. J'aurai bientôt un passeport, et je laisserai tout. Mais tu viendras toujours à Paris d'ici à quinze jours, n'est-ce pas? N'aie pas peur; si tu as un paquet pour toi à Francfort, tu diras à ton protecteur, le commissionnaire en douane, de l'envoyer à quelqu'un de la maison de Paris. Sois tranquille à ce sujet.

Oh! ma chère petite fille, chère et douce espérance de toute ma vie, ne sais-tu donc pas ce que tu es pour moi? Tu es la pensée de toutes mes heures, le seul tourment possible pour moi, quand quelque chose qui te regarde ne va pas. Tu ne sais pas le changement que ta maladie [2] a fait en moi, les ravages de ces douleurs gardées au fond de l'âme! et tous les instants où les larmes me gagnaient et où je ne voyais plus mon papier. Du 1er décembre au 7 janvier, songe donc que je n'ai pas écrit une ligne, avec des créanciers après moi, avec des sujets à traiter qui me plaisaient..., avec des nécessités atroces au logis. Ah! je ne t'ai pas dit mon désespoir. Il a été terrible, et je ne me savais pas le cœur si jeune et si friable. J'ai souffert dans ce mois comme dans toute ma vie passée. Je n'ose plus prononcer le mot enfant [3], j'y songe. Mon Dieu! ne me demandé-je pas tous les jours par quelle fatalité réservée à nous seuls il se fait que nous ne soyons pas l'un à l'autre, *quatre* ans bientôt après notre entrevue de Pétersbourg [4]! N'est-ce pas fabuleux? Non, il

1. Expression chère à Balzac depuis un long temps. Dès 1819, il écrivait à sa sœur Laure : « Depuis que je t'ai écrit, je n'ai fait que penser à vous, pour une panse d'*a*, pas possible. » Cette lettre, nº VIII de la *Correspondance* de H. de Balzac (Paris, Calmann-Lévy) y a été tronquée. Nous citons le passage ci-dessus d'après le texte exact publié par W.-S. Hastings. Honoré de Balzac, *Letters to his family, 1809-1850*, Princeton University Press, 1934, in-8, p. 19.

2. Sa grossesse malheureuse.

3. Victor-Honoré venu avant terme (novembre 1846), et qui ne vécut pas. Cf. *Lettres à l'Étrangère*, t. III, p. 252, 279, 328. Que l'on relise la lettre du baron Hulot croyant être le père de l'enfant de Mme Marneffe dans *la Cousine Bette*, pour se faire idée des sentiments de joie délirante dans lesquels Balzac attendait la naissance de Victor-Honoré. Il écrivait ces pages de *la Cousine Bette* vers octobre 1846.

4. Après la mort de son mari (novembre 1841), Mme Hanska avait dû s'établir à Saint-Pétersbourg pour surveiller la liquidation de la succession. En 1843, Balzac (qui ne l'avait pas vue depuis 1835) vint lui rendre visite à la maison Koutaïsoff, Grande Millionne, où elle était installée. Il y séjourna de juillet à octobre 1843. Cf. *Lettres à l'Étrangère*, t. II, p. 184-194, et plus loin, p. 286.

faut être ce que nous sommes, il faut tout nous confier, même ce qui nous fait mal, pour qu'un homme croie encore à la possibilité d'une union tant désirée et toujours retardée! Je crois que nous nous marierons en cheveux blancs... J'en ai déjà pas mal. Tu attends que je sois un vieillard. Mais nous nous sommes promis que les cheveux blancs ne nous arrêteraient point. Ainsi, je ne t'en aimerai pas moins. Mais, ton Bengali, tu l'uses! O chère, qu'aucune puissance ne nous empêche de terminer ce long supplice d'attente en octobre prochain. Tu retourneras chez toi en mai; je t'accompagnerai jusqu'en Gallicie, et tu seras le 15 mai à Wierzchownia; tu y resteras juin, juillet, août et septembre à finir toutes tes affaires; tu mettras ta terre à la banque; tu donneras procuration à Georges de la vendre, ou tu la vendras à ta fille et à Georges, qui seront tes prête-noms, et je reviendrai te chercher le 1er octobre à Brody [1]. Nous reviendrons à Paris, et les premiers jours de novembre, tu seras française : ou ce plan exécuté à la lettre, ou rester à Wierzchownia, en Ukrayne, avec un Bilboquetinski, car cela m'est égal de devenir sujet russe; je serai ce que tu seras. Nous serons protégés par l'Empereur, car je ferai l'histoire de Russie au point de vue du règne des Slaves, et je serai monarchique et absolutiste féroce [2]. Mon parti est bien pris dans les deux cas. Ainsi, c'est à toi à te promener, les lèvres à la financière, de méditer profondément, et de prononcer. Ne me considère pour rien; car, *toi*, voilà ma religion, mes opinions politiques, ma morale et ma force; toi et rien que toi. Sans toi, la France m'ennuie et j'en ai par-dessus les yeux.

Mille tendresses, et adieu, cher trésor adoré. Je vais aller voir la glacière avec Gossart. Tu ne sais pas, la rue où nous sommes, la rue où serait notre habitation si tu deviens française, elle a reçu son nom. Elle se nomme la rue Fortunée. Qu'en dis-tu? Non seulement c'est gentil, mais si les actions du Nord montent de deux cents francs, et si je fais mes traités avec le *Siècle*, pour le coup je croirai à l'influence d'une étoile [3]!

Ma chère petite fille, mon bijou adoré, ma bonne grosse Ève, et

1. Ville de Galicie où Balzac devait lui-même passer quatre fois à l'aller et au retour de ses deux voyages en Ukraine entre 1847 et 1850. (Cf. *Lettre de Kiew* dans *les Cahiers Balzaciens*, n° 7). A son dernier passage, le 30 avril 1850, il était marié et rentrait à Paris dans cette Folie-Beaujon, où il devait mourir quelques mois plus tard. Voir plus loin p. 278, 365.

2. Après avoir professé dans sa jeunesse des sentiments très libéraux, Balzac tourna au royalisme intégral. En 1842, la préface de *la Comédie Humaine* proclame ses convictions catholiques et monarchiques. Il avait donc peu d'effort à faire pour faire sa cour au tsar Nicolas Ier, en devenant un absolutiste féroce. Cf. *Lettre de Kiew*, dans les *Cahiers Balzaciens*, n° 7, p. 40, 56-61, 74-75.

3. L'étoile était un des emblèmes préférés de Mme Hanska : « L'étoile qu'on voit sans pouvoir l'atteindre, que j'ai prise pour devise de ma destinée », écrivait-elle sur un feuillet de son album le 24 décembre 1843. Balzac cachetait des lettres à Mme Hanska d'un cachet empreint en cire rouge et portant un *E* au centre d'une étoile rayonnante. Cf. *Lettres à l'Étrangère*, t. III, p. 373. L'étoile n'était pas le symbole exclusif de Mme Hanska. Sur le rôle des « étoiles » dans la vie amoureuse de Balzac on pourra consulter les *Cahiers balzaciens*, n° 6, p. XXVII, XXVIII et 25.

surtout toi, vaillant Évelin, je te presse avec bien des vœux sur mon cœur, et j'attends avec une vive impatience ton départ de Dresde. Songe donc qu'à Francfort il n'y a pas de fanandels, et que tu dépenseras bien moins d'argent. Je puis y être le 25 et tu peux être le 1er février, rue Neuve-de-Berry.

Allons, mille caresses[1].

LIV

A MADAME HANSKA, HOTEL DE SAXE, A DRESDE

[Passy, 11-13 janvier 1847.]
Lundi [11 janvier].

Ma chère aimée et douce Ève, il y a quelque chose de si touchant, de si angélique, dans ton désir de me voir heureux, riche, et dans un milieu splendide, que je crois que la providence veut exaucer cette prière d'une des plus nobles et saintes créatures qui soient ici-bas. Mais si je suis tout attendri de tes souhaits, la conclusion de me planter là, d'aller vivre toute seule en Ukrayne, est une monstruosité qui me révolte aussitôt; non parce que tu échapperais à ton Noré, car, je te l'ai écrit, si tu veux rester auprès de ton petit ange d'Anna, j'irai vivre le reste de mes jours là où tu iras, mais c'est, crois-moi bien, une vraie folie. Tu dois venir à Paris, préparer une existence à tes enfants qui, crois-le bien, ne resteront pas dans cet affreux pays. Enfin, avant de prendre un parti, viens au moins voir ce que je t'ai si dispendieusement arrangé. Essaie de ta tanière pour quelque temps; dis-moi si c'est ainsi que tu rêvais une gentille petite habitation à Paris, si le jardinet est suffisant de chaque côté de cette maison. Hier, Gossard y est venu avec moi et m'a fait renoncer à toute idée d'agrandissement. Il m'a dit que Gudin voudrait quatre-vingt mille francs de ses terrains, et qu'il valait mieux rester comme j'étais. C'est une opinion sage et à laquelle je me rends. Des remises et des écuries coûteront six cents francs de loyer dehors, et ce serait trop cher de les payer deux mille cinq cents francs de rentes. Gossard est, quoique notaire et difficile, émerveillé de l'affaire que j'ai faite, et plus émerveillé des réparations, changements et restaurations, et il me disait, comme M. Pelletereau, que si, tout compris, cela ne coûte que quatre-vingt mille francs, c'est une affaire d'or, car avec douze mille francs de loyer on n'aurait pas chose pareille à Paris. Cela

1. Comme il l'avait fait pour de précédentes lettres, pages 214 et 218, Balzac enveloppe celle-ci d'un feuillet inutilisé du roman : *Mademoiselle du Vissard*. Le cachet qui ferme cette enveloppe est le cachet à étoile signalé dans la note précédente.

coûtera quatre-vingt mille francs, car les réparations, restaurations et embellissements coûteront vingt-six mille francs. Y compris les glaces, deux mille francs à M. Santi et deux mille francs de frais, c'est bien quatre-vingt mille. Ainsi, c'est trois mille francs de loyer. Si je loue la glacière, le prix de la glacière ne fera que couvrir les impositions, réparations, l'eau, le loyer des remises et écuries. Si tu connaissais Paris, tu serais bien émerveillée de ce tour de force. Le salon, que je croyais terminé pour la pose des sculptures, veut encore quatre ou cinq jours, car j'ai trouvé certaines choses maigres, et il faut rapporter des patères à linges soutenant des bouquets. C'est quatre choses à sculpter à neuf; mais ce sera tout, et le salon sera crânement artiste, avec ces belles œuvres de la sculpture du dernier siècle. Dans cinq ans, je ferai dorer cela et le salon sera magnifique. Mais pendant ces cinq ans-là, ce sera peint en blanc. D'ailleurs les choses commencent à marcher et dès le 1er février j'espère que l'on commencera les ameublements. Tout prend tournure; la partie pavée du jardin est finie; on fait le trottoir, les chemins, en bitume [1], et on pose les sculptures extérieures. Enfin, le reste de la petite maison Beaujon prend l'air d'un petit hôtel. Nous ne serons pas si laids que je le croyais, à l'extérieur. Nous allons planter, semer et gazonner, puis mettre des treillages verts au mur, afin que le paradis de cette Ève soit complet, et qu'elle ne me dise pas que j'ai oublié quelque chose. Le peintre restaure les coupoles. M. Hédouin [2] refait les tableaux effacés. Dans vingt jours ce ne sera pas reconnaissable. On va faire les fourneaux de la cuisine. J'espère que ma chère Linette sera contente et qu'elle ne voudra pas quitter cette demeure. Oh! quelle récompense de tous mes ennuis que ton sourire, ta joie, toi, si jeune fille, si coquettement gentille, et si résignée à être mal.

J'ai quelque espérance d'avoir payé la plus grande partie de mes dettes pour le jour où tu me quitteras pour aller en Ukrayne; tu verras ton Noré presque libéré, ne devant plus que quarante mille francs sur la maison *et le mobilier*, et tu verras le *trésor-louloup* intact. Seras-tu content, Coucy?

Je ne veux pas te parler de cette affaire, car si elle échoue tu en aurais trop de chagrin. Le résultat de cette chose, en voie d'exécution, sera de me débarrasser de soixante mille francs de dettes. Ainsi,

1. En 1847, le bitume était encore une nouveauté. Balzac en appréciait tant l'usage qu'il avait fait bitumer les allées de sa propriété des Jardies à Ville-d'Avray où il habita de 1838 à 1840. Cf. Léon Gozlan, *Balzac chez lui, Souvenir des Jardies* (Paris, Michel Lévy, 1862, in-12) et, du même auteur, *Balzac en pantoufles* (3e édition, Paris, Michel Lévy, 1865, in-12).

2. Edmond Hédouin, peintre et graveur, né à Boulogne-sur-Mer en 1819, mort à Paris le 13 janvier 1889, élève de Delaroche et de Nanteuil, fut surtout un graveur et un illustrateur. Il dirigea l'illustration des *Évangiles* d'après les dessins de Bida et composa des eaux-fortes pour les *Confessions* de J.-J. Rousseau, le *Voyage autour de ma chambre* de X. de Maistre, le *Voyage sentimental* de Sterne et les *Œuvres* de Molière. On trouvera, en frontispice de *Honoré de Balzac*, par Théophile Gautier (Paris, Poulet-Malassis, 1869), un portrait de Balzac gravé à l'eau-forte par Hédouin.

je n'en devrais plus que soixante-dix mille, y compris les dettes faites pour notre maison, bien entendu.

Si tu savais ce qu'est notre linge! C'est effrayant, vingt-quatre paires de draps de domestiques, cent torchons, douze douzaines de serviettes, etc., etc. Enfin, on prétend à Passy que j'ai fait faire pour dix mille francs de linge!

Tu me disais d'un petit air fat qui te sied à ravir, et qui rappelle ton petit chapeau gris et ton air crâne, aux revues de Warsowie [1]. « Sois tranquille, tu n'épouseras pas une pauvresse. » Eh! bien, moi aujourd'hui, je puis te dire : « Sois tranquille, tu n'épouseras pas un meure de faim. » Je tiendrai ma promesse : je serai sans dettes; je posséderai un petit hôtel qui, avec le mobilier, vaudra bien trois cent mille francs, et le *trésor-louloup* sera intact. Et, dans l'année 1850, j'aurai seize mille francs de rentes, dont six mille par l'Académie [2]. Tu as souvent hoché la tête; tu m'as pris pour un poète; tu t'es moquée de mes fatuités de financier; tu m'as pris pour un prodigue. Eh! bien, tu trouveras un homme sage, rangé, économe, prévoyant, bien *nippé*, bien logé, dans une belle demeure, entouré de choses de prix, d'art, et ayant trouvé pour sa bonne grosse Ève ces bons fauteuils, ces bonnes inventions modernes, auxquelles elle tient tant. Si quelque grande dame vient te voir, si tu donnes à déjeuner à quelque fanandel millionnaire, tu le recevras avec un déjeuner tout en Sèvres, pâte tendre, fait pour Louis XVI. Tes petits Dunkerques seront pleins, et tu auras des appartements royaux. Voilà, belle dame. Et si tu reçois Marie Potocka [3], la dévote, tu pourras, de la salle à manger, la mener à ta tribune [4], à l'église, sans sortir de chez toi, comme une virtuose mène un amateur aux Italiens dans sa loge. Ah! ah! Eh! eh!...

Allons, mille baisers, mille caresses, et à demain. Mercredi je saurai si l'affaire a lieu. Je te baise partout avec une adoration de *loup* affamé.

1. Il s'agit sans doute des régiments polonais passés en revue par le tsar à Saint-Pétersbourg, pendant le séjour de Balzac, en 1843.

2. Balzac, qui s'était effacé, en 1839, devant la candidature de Victor Hugo, ne devait, officiellement, se porter candidat qu'en 1848, lors de la vacance des fauteuils de Chateaubriand et de Vatout. Il fut battu à la double élection qui eut lieu en janvier 1849 : le 11, par le duc de Noailles au fauteuil de Chateaubriand; le 18, par M. de Saint-Priest à celui de Vatout. Voir p. 149.

3. La comtesse Marie Potocka, fille de Séverin Rzewuski, grand-oncle de Mme Hanska.

4. La tribune de la chapelle Saint-Nicolas, contiguë à la Folie-Beaujon. Beaujon l'avait bâtie et donnée par testament à la paroisse de Saint-Philippe-du-Roule, se réservant une entrée en bas pour ses gens et une magnifique tribune, où il pouvait de ses appartements se rendre de plain-pied. Cette chapelle n'existe plus; appartenant à l'Assistance publique, elle fut, après la mort de Balzac, acquise et démolie par le comte Georges Mniszech pour y bâtir un hôtel qui lui aussi a disparu. Cf. Eugène Monnier, *la Maison de Balzac : ce qu'elle était; ce qu'elle devait être.* Paris, A. Lemerre, 1884, in-16. Voir p. 56, 95, 309, 353.

Mardi [12 janvier].

Chère Linette, je suis tout à fait malade de nostalgie. Il n'y a plus rien qui m'intéresse, ni mes manuscrits à faire, ni la maison, ni les meubles, ni les angoisses de ma propre lutte, ni ses espérances. Je suis en proie à une atonie générale et je suis certain que tout cesserait si j'étais dans la voiture pour t'aller voir.

Adieu, il faut que je sorte pour des affaires pressées. Chlendowski me demande des renouvellements, malgré son mariage, et mon pied me coûte déjà cent cinquante francs de voitures!

Mercredi 13 [janvier].

Enfin, j'ai eu ta lettre du 5. Si elle a été mise à la poste le 6, elle a mis six jours à venir. C'est affreux. Oh! *louloup*, tu as tout ton temps et tu ne m'écris pas tous les jours, comme moi, moi si occupé, si tourmenté! Je te vois dissipée, et moi je n'ai pas d'autre bonheur, d'autre distraction que de t'écrire! Enfin, je t'aime avec cette rareté d'écriture. J'en dessèche, mais j'aime, et j'aime à en mourir. La consomption n'est pas autre chose que ce que j'ai. Rien ne me nourrit, tout m'obsède et rien ne m'intéresse, ni la douleur, ni la lutte. Je sens mon cerveau inerte.

Tu me grondes à propos de ce que je t'ai écrit sur le versement. Mais, mon Dieu, mon cher *louloup*, quand je deviens positif, je te blesse, bien sans le vouloir. Que veux-tu! Je suis devant des nécessités féroces, et tu crois que trois mille francs ne sont rien. Tu les gardes pour un temps où ils seront, j'espère, parfaitement inutiles, et tu ne les envoies pas au moment où ils me sauvent, où ils *nous* sauvent! C'est toi qui es cause que je t'ai parlé du versement, car tu soupçonnes très bien le Noré d'un amour immodéré de stupidités, de pots, de meubles, etc.

Grâce à Dieu, grâce à mes travaux, ces infâmes questions vont disparaître, et, comme je te le disais, je ferai tout par moi-même. Ah! il faut que la maladie noire où je suis plongé, qui est affreuse, soit bien active, bien délétère, bien envahissante, pour que je n'exprime pas plus de joie. Je suis sur le point de toucher cinquante mille francs au *Siècle* qui va réimprimer, pour ses abonnés, *la Comédie Humaine*, et comme Furne [1] vend énormément, qu'il sera forcé de me payer douze mille francs et que j'en ai neuf mille par mes travaux, c'est soixante et onze mille francs que je vais encaisser, c'est-à-dire distribuer, car il ne m'en restera pas cinq cents francs à la maison.

1. Le libraire-éditeur Furne qui, associé aux libraires Hetzel, Dubochet et Paulin, publia de 1842 à 1848, sous le nom de *La Comédie Humaine*, l'ensemble des romans de Balzac, en format in-8, avec illustrations de Daumier, Gavarni, H. Monnier, Tony Johannot, etc.

Eh! bien, je ne crois pas à ce résultat, et cependant Perrée, le gérant du *Siècle*, a reçu mon traité et vient de m'écrire qu'il lui convient et que demain (il ne veut pas traiter un 13), demain 14, il viendra s'entendre. Eh! bien, je reste froid, sans espoir, sans émotion, devant une quasi-certitude. Je suis sans âme ni cœur; tout est mort. Est-ce que dans cette dernière et atroce lutte j'ai dépassé la mesure de mes forces? Est-ce que le retard à mon bonheur a tout flétri? Est-ce que la fatigue a produit l'anéantissement? Je ne cherche plus les causes; je suis malade d'âme, et le remède est à Dresde. Si tu ne me guéris pas, si près de toi je ne redeviens pas enfant, croyant, enthousiaste, tout est dit. Je mourrai épuisé, je mourrai de travail et d'anxiété, je le sens. Tu ne sais pas à quel point je suis arrivé. Cette année à franchir est ma mort. Mais tu ne sais pas à quel point tu es aimée! Voici vingt jours que je te cache ma situation, car, en parler, c'était être taxé de poésie, d'exagération, de toutes sortes de ridiculités. Écoute : non seulement le cœur et l'âme sont attaqués, mais, je te dis bien bas, *je perds la mémoire des substantifs*, et je suis prodigieusement alarmé, car mon travail, c'est ma fortune. Ce manque de mémoire n'attaque que la conversation et non l'écriture. Il y a un an que la mémoire faiblissait sur les noms propres.

Enfin, je ne me passionne pas pour la proposition du *Siècle*, et c'est l'enlèvement subit de mes plus grands ennuis financiers. Voici l'emploi des cinquante-huit mille francs que j'aurais :

Versement	16.312
Fessart	6.000
Buisson	8.000
Maison Beaujon	20.000
Chouette	7.500
	57.812

Tu vois que cela ne fait que disparaître en un clin d'œil, et voici ce qui reste à payer :

Dablin	8.000	
Ma Mère	17.000	
Madame Delannoy	15.000	
A divers créanciers	8.000	
Reste à Beaujon	12.000	— 60
Complément du mobilier	20.000	
Reste de Pelletereau	32.000	
	112.000	

De ces cent douze mille francs, il n'y a plus de dettes que soixante mille francs, car les cinquante-deux autres, c'est des acquisitions, et ces soixante mille francs sont plus que couverts par le reste de ce que doit Furne, par *les Paysans*, *les Petits Bourgeois*, *Une Mère de famille*[1], romans indispensables dans la *Comédie Humaine.*

Tu vois donc que mes affaires, que ma fortune sont dans une grande voie de prospérité, car j'aurai avancé dix-sept mille francs au trésor louloup, et, quand il me les rendra, les actions du Nord seront dégagées, de sorte que j'aurai payé à moi seul la maison et toutes ses dépenses. En juillet prochain j'aurai à moi, et entièrement payée, une petite maison, qui, avec le mobilier, représentera trois cent mille francs. Je n'aurai pas un liard de dettes et j'aurai intact le trésor louloup.

Eh! bien, la perspective de ce résultat immense, qui me donne dix-huit mille francs de rentes perpétuelles avec le fauteuil d'académicien, ne me fait pas battre le cœur, me trouve froid, insensible, et je donnerais hôtel, mobilier, gloire, fortune, avenir, pour te sentir, pour te voir, pour plonger mes yeux, altérés et malades, dans les tiens!

Tu me dis un tas de bêtises sur Paris et sur ta sœur. Il y a juste une lieue entre Beaujon et la rue Louis-le-Grand, et, plus que cela, un monde! Tu ne seras *sue* à Paris que si tu le veux. Sois donc tranquille; il y aura tout dans ton appartement meublé. Mon avis est que tu continues à laisser ta voiture et tes effets à Francfort, et que nous voyagions par la malle-poste. C'est deux cent quarante francs pour nous deux, au lieu de mille francs. C'est un mois de séjour à Paris.

Tu devrais écrire à Kisselef [2] pour ta prolongation.

En même temps que ta lettre j'ai reçu une lettre des chers petits [3], qui ont mille gentillesses pour moi. Aussi, doivent-ils savoir que je les bénis, car ils devinent mon affection infinie. Je les aime comme mes enfants, et tu ne sais que trop que toute ma famille est en trois personnes. Te dire que ces deux chers enfants adorés ont été plus sensibles que les miens à mon accident, ce n'est rien!

Ah! à propos, l'affaire du *Siècle* et de Dutacq [4] sera terminée par la même occasion, si nous nous arrangeons.

Dutacq sort d'ici; il va m'envoyer le détail des valeurs à donner au *Siècle* pour terminer ce compte, car je t'écris avant le dîner. Je n'ai plus le moindre appétit. Ce triomphe complet me trouve sans force, ne m'apporte aucune sensation. Je me sens détaché de tout, car

1. N'a jamais vu le jour, mais est indiqué par Balzac, dans son album, comme devant être écrit en 1847, pour devenir une scène de la vie de province (*Pensées, sujets, fragmens*, p. p. J. Crepet, p. 146). Voir p. 51, 71, 139, 244.

2. Le comte Nicolas de Kisseleff, chargé d'affaires à l'ambassade de Russie à Paris, depuis le départ de l'ambassadeur, comte Pahlen, en 1841.

3. C'est-à-dire le comte Georges et la comtesse Anna Mniszech, gendre et fille de Mme Hanska.

4. Armand Dutacq, fondateur du *Siècle* qui, en même temps qu'Émile de Girardin, le 1er juillet 1836, créa la presse à bon marché. Ce journaliste, homme d'affaires, tout dévoué à Balzac, publia en 1854 *les Petits Bourgeois* en feuilleton dans son journal *le Pays* et, en 1855, édita les *Contes drolatiques*, illustrés par Gustave Doré.

tu n'es pas là pour donner la vie à ma vie, et je me sens exactement mourir d'une attente infiniment trop prolongée. Le désir de toi m'a épuisé l'âme. Nos derniers chagrins, où j'ai failli mourir en deux heures dans mon cabinet, ont sans doute produit cet affreux résultat. Il n'y a que Dieu et moi qui sachions ce qu'ont été ces deux heures-là. Je n'ai plus souri depuis, et puis le doute est entré dans cette âme qui vivait par la foi. Il a fait des ravages incalculables. Je voudrais savoir si j'irai vivre en Russie ou si tu veux vivre à Paris. Au nom de ma vie, décide cela, mais que ce soit décidé. Viens le plus tôt possible à Francfort, car dans quelques jours le docteur me fera partir, j'en suis sûr. Je n'ose confier à ce vieux docteur que je meurs d'amour pour ma femme, et que je pleure comme un imbécile dans mon cabinet, que je n'ai plus goût à rien, que j'ai la nostalgie.

C'est demain soir que je terminerai, *oui* ou *non*, avec le *Siècle*, et je serais, en cas de *oui*, payé dans les vingt-quatre heures, et je payerais de même, car ces quatre articles sont bien pressés. Je dois encore cinq mille trois cent douze francs pour le versement; (tu vois que trois mille francs sont tout dans ce cas), douze mille francs à rendre chez Gossard pour la même cause, cela fait dix-sept mille, et six mille francs à Fessart. Quant à Buisson, cela se fera en vingt-quatre heures, et les vingt mille francs pour Beaujon sont attendus impatiemment. C'est le mobilier acheté, et les entrepreneurs. Outre ces payements, j'ai pour six mille francs de billets à payer en février, mars, avril et juin.

J'ai tous les ennuis du monde pour la maison. Je ne m'en tracasse plus. Tu ne veux pas la venir voir; elle m'est triplement odieuse. D'ailleurs, si tu vis à Pawouska avec moi, je la vendrai. Ainsi, à quoi bon m'en tourmenter? Je la vendrai meublée, avec la bibliothèque et tout.

Allons, adieu. Je t'écrirai un petit mot demain, qui ne pourra partir que vendredi 15. Tu l'auras le 20 janvier et tu sauras si l'affaire du *Siècle* est terminée; mais, fais comme moi; ne t'en préoccupe pas, ne t'en passionne pas, n'y crois pas.

J'ai trouvé un immense morceau de fer[1] en reconduisant Perrée, et ça m'a encore donné quelque espérance, fondée sur la superstition qui a toujours dit vrai pour moi.

Mon Dieu! en juillet 1847 ne plus rien devoir, et posséder une maison bien fournie, n'avoir plus que ma fortune à faire, ce serait le paradis si j'avais mon Ève! Mais elle recule à mesure que je fais des progrès; elle se chagrine de phrases écrites à la hâte, quand elle se sait tout pour son pauvre Noré : la vie, la joie, la force, la santé, tout, et ce sera trop prouvé un jour. Toi seule au monde me connais un peu,

1. Balzac était très superstitieux et croyait que trouver du fer portait bonheur; e samedi 15 août 1846 il avait fait même trouvaille et l'avait aussitôt annoncé à Mme Hanska (*Lettres à l'Étrangère*, t. III, p. 370).

car, pour me connaître tout entier [1], il faudrait que nous vivions un an ensemble.

Allons, adieu. Je n'espère pas de lettres; tu m'écris tous les cinq à six jours; tu ne m'écris pas tous les jours; tu n'as pas repris ton journal, et moi, j'ai été plus que fidèle à ma promesse. J'ai voulu te parler, t'envelopper tous les deux jours de mon âme, en l'absence de la chère Anna. Je t'envoie toute ma vie ici, dans un baiser. Quand je pense que tu toucheras ce papier, et que je suis là, ne t'embrassant, ne te sentant que par la puissance de la seconde vue de l'amour, il me prend un froid mortel.

Adieu, à demain, mon Ève adorée. Soigne-toi bien, aime-moi quand même, malgré les phrases inconsidérées. Maintenant, je ne te parlerai plus du tout francs, si l'affaire Perrée se conclut, et tu comprendras que c'était la nécessité qui parlait, et non moi. Mille caresses.

LV

A MADAME HANSKA, HOTEL DE SAXE, A DRESDE

[Passy, 15-16 janvier 1847.]
Vendredi 15 [janvier].

Je reçois à l'instant, ma bien-aimée petite fille, ta lettre du 8, qui est timbrée du 10 de Dresde, et tu vois qu'elle est arrivée en cinq jours nets à Passy. Je ne te dirai pas la joie, le bonheur qu'elle m'a donnés; elle m'a donné la vie! Comme je te l'ai dit dans ma dernière lettre, je ne vivais plus. Je demandais un accident, tant tout m'était insupportable. Les ennuis effroyables que me cause la rue Fortunée ne sont même plus des piqûres de mouche. Nous en sommes à des assignations. Le peintre ne veut pas travailler. Tout est retardé d'un grand mois. Je suis allé ce matin chez M. Picard [2]. Je ne sais plus que faire.

L'affaire des cinquante mille francs du *Siècle* ne me paraît pas faisable. Je n'aurai pas travaillé vingt ans pour voir ma propriété littéraire à un autre, et je ne compte plus là-dessus, mais sur mon travail.

Croirais-tu que je ne marche pas encore facilement?

1. Mme Hanska, devenue, le 14 mars 1850, Mme Honoré de Balzac, écrivait le 30 mai de la même année, de Brody (Galicie) où elle passait, revenant d'Ukraine à Paris avec son mari : « Je ne me faisais pas l'idée de ce que c'est que cet adorable être, je le connaissais depuis dix-sept ans et tous les jours je m'aperçois qu'il y a une qualité nouvelle que je ne lui connaissais pas. » Lettre à Anna publiée avec fac-similé dans *la Véritable image de Mme Hanska*, p. 31.
2. Avoué à Paris, 12, rue de Port-Mahon. Successeur de Gavault.

Hier, j'ai dîné chez Mme de Castries [1] et je m'y suis moins ennuyé que chez moi. Il y avait la lionne, Mme de Contades, qui a été assez amusante, cette jolie Mme Sheppard, qui était à Baden en même temps que nous [2], et Alfred de Musset. J'ai bavardé prudemment et j'irai peut-être demain entendre *Don Pasquale* [3], si quelque chose peut m'amuser, car la grande nouvelle de mon bonheur, de ma gentille et adorable femme avec moi pendant deux bons mois, une vie entière! ah! il n'y a plus que cela pour moi! Que je périsse après! Tout m'est égal, si j'ai mon rêve *réel* pendant deux mois! Je travaillerai; je ferai *les Paysans*, là, sous tes yeux, et nous ne nous quitterons pas. Sois tranquille, je ne dirai pas où je vais, et je serai le 2 février à Francfort. Mais mon Évelin, dis-moi bien à l'avance ton départ, car il faut louer un appartement, et il ne faut pas deux fois faire de pareilles choses. Je retiendrai notre appartement pour le 5 février, si tu m'écris courrier par courrier, car, calcule : ceci part le 16; tu l'auras le 21; si tu me réponds le 22, je n'ai ta lettre que le 27, et il faut bien trois jours pour louer. Or, il faut que je parte le 31 janvier pour être le 2 février à Francfort.

Tu m'as bien fait rire avec ton argenterie. Qu'en ferons-nous? J'ai déjà donné à Froment-Meurice tes douze couverts à dorer et à compléter. J'en ai une masse, et, ce qui manque c'est : *primo*, des timbales; *secundo*, des réchauds; *tertio*, une soupière; *quarto*, un huilier; et, *quinto*, un plat à poisson. En voilà pour quatre mille cinq cents francs. J'ai tout le reste. Que ferons-nous de beaucoup de couverts? Et tu me grondes. Du diable si je m'avise d'avoir des doubles dans une pareille collection; je ne pense qu'à compléter le nécessaire. Mais, sois tranquille; ce sera l'argenterie de notre petit particulier.

Tu me désoles quand tu me parles de tes économies pour tout ce qui te regarde. Rien ne me fâche et ne me chagrine plus que cela. Tu me feras faire des folies pour toi. Si tu veux m'ôter des soucis, tu feras pour toi tout ce que tu ferais pour ta petite chatte aimée d'Anna, et tu me raviras, car tu m'ôteras le souci de chercher tout ce qui peut te plaire en le prenant toi-même. Tu es ma gloire, mon seul bonheur, mon Dieu, la représentation de tout ce que j'ai d'orgueil, et ton bien-être, ta mise en relief sont mes seuls plaisirs. Des trois saltimbanques, moi seul suis resté à la fenêtre, regardant ta plume rouge et ton chapeau, quand ta voiture t'emportait vers

1. Nièce des Fitz-James, fille du duc de Maillé, pour laquelle Balzac avait eu, et gardait encore, malgré ses dénégations, un sentiment assez vif. Il la connaissait depuis 1831 et c'est pour se venger de sa résistance qu'il la dépeignit cruellement sous les traits de la *Duchesse de Langeais*. Sur les relations de Balzac et de la marquise (puis duchesse) de Castries, voir les *Cahiers Balzaciens*, n° 6.

2. C'est-à-dire en septembre 1845. Mme Hanska y habitait à l'hôtel du Cerf (*Lettres à l'Étrangère*, t. III, p. 104 et suiv.).

3. Opéra-buffa en trois actes de Donizetti, représenté pour la première fois à Paris, au Théâtre italien le 4 janvier 1843, par Lablache, Mario, Tamburini et Mme Grisi.

l'archevêque de Mayence [1]. J'étais heureux comme un père qui voit son fils couronné, comme un lycéen aimant une belle dame! Hier, je pensais à toi en voyant ces lionnes *éreintées*, et j'apportais avec un délice d'amour-propre ton cher et frais visage, ton corps si jeune, auprès de ces femmes passées. Je m'applaudissais d'aimer une belle et bonne Nini, bien fraîche, vertueuse, que la solitude et l'amour unique ont conservée!

Sois sûre que jamais tu n'auras un chagrin, que nous vivrons l'un contre l'autre, serrés comme des harengs. Je te veux toujours ce que tu es, et le bonheur doit te conserver encore longtemps à mon amour.

On n'ira plus chez notre sœur Moniuszko. Tu n'as pas besoin de me pousser à cela. Seulement, il ne faut pas d'impolitesse.

Le 21, je dîne chez S. A. S. Véron Ier.

Allons, adieu pour aujourd'hui, mon minou chéri. Sois très tranquille pour ton Bengali. Il est sans existence. Il en est inquiétant. J'ai beaucoup maigri. Je suis splénétique, comme je te l'ai dit. La vie me revient d'aujourd'hui.

Dis donc à Anna que ni elle ni Georges ne me donnent d'adresse où leur répondre.

A demain. Je mettrai cette lettre à la poste.

Samedi [16 janvier.]

Hier, Souverain [2] a pris mon temps, de six heures à minuit, sans rien conclure. C'est là son habitude. D'ailleurs, entre nous, la librairie dite de romans est finie, et il ne faut plus s'en occuper. Dablin est venu aussi. Enfin, dans le grand concert de mes ennuis, ma mère n'oublie pas sa partie. Elle veut être payée; elle me fait écrire et tracasser par un parent [3] et ne manque jamais une occasion de donner son coup d'épingle. Elle me sait dans l'inaction depuis un mois, et elle réclame un à-compte!

Je ne puis me tirer de là que par beaucoup de travail et pas d'ennuis. Or, les ennuis surabondent, ils éclatent de tous côtés. Si cette fois le morceau de fer trouvé ment, si je ne m'entends pas avec *le Siècle*, je serai dans des embarras qui ne peuvent être terminés que par un mois tout entier passé dans mon cabinet à écrire, et c'est ce

1. Pendant le bref séjour de Balzac à Wiesbaden pour le mariage d'Anna et de Georges le 13 octobre 1846.

2. Hippolyte Souverain, qui, depuis 1839, avait publié de nombreux romans de Balzac et, entre autres, ses œuvres de jeunesse non avouées, parues sous le pseudonyme d'Horace de Saint-Aubin. Cf. W. S. Hastings, *Balzac and Souverain*, New-York, 1927, in-8. Voir plus haut, p. 88, et plus loin p. 267, 270.

3. Charles-Antoine Sédillot, négociant, 10, rue des Déchargeurs, qui avait été chargé en 1828-1829 de la liquidation des affaires d'imprimerie et de fonderie de Balzac. Il était cousin de Mme de Balzac mère. (T. III, p. 70, 244, 273-275.)

qui sera très probablement mis à exécution. Je me dirai absent, en voyage, et je resterai caché, travaillant dans notre appartement.

J'aurais voulu finir ma lettre avec des millions de caresses et de bonnes nouvelles. Il n'y a que l'amour de réel et de persistant dans ma vie. Je suis si affreusement tourmenté que, si les conditions du *Siècle* ne sont pas trop étranglantes, je les signerai, car il faut sortir du margouillis où je me trouve. Allons, adieu, loup chéri, adieu, toi que j'espère embrasser le 2 février, à Francfort, c'est-à-dire dans seize jours. Allons, sens-tu tout le bonheur que tu m'as donné? Non, tu ne seras ni ruinée, ni torturée, si tu veux suivre mes conseils, c'est-à-dire arriver dans ton appartement garni des Champs-Élysées, et n'en pas sortir, te promener aux heures noires, avec moi, et mener la vie d'*Esther*[1], quand elle était heureuse, dans les premiers jours de la rue Taitbout, sans comparaison de personne, car à quoi comparer un semblable amour dans un cœur pur! C'est le paradis sur la terre, le paradis sans personne et avec la science.

Je t'envoie mes espérances de bonheur pour qu'elles t'enveloppent et te fortifient dans tes chers projets. Fais que ce soit irrévocable!

LVI

A MADAME HANSKA, HOTEL DE SAXE, A DRESDE

[Passy, 17-19 janvier 1847.]
Dimanche [17 janvier.]

Cette imbécile de Chouette a jeté mon réveil par terre et toutes mes heures de lever sont irrégulières. Ce matin, je me lève à huit heures, au lieu de trois heures du matin, et je ne puis que te dire un petit bonjour, car je pars faire des courses et des visites.

Lundi 18 [janvier].

Hier, j'ai fait visite à Gavault, visite à Fessart; je suis allé chez Véron et chez mon architecte, et à la maison. Après l'assignation, les entrepreneurs menacés se sont tenus tranquilles. Aujourd'hui, le peintre va reprendre ses travaux, pour les finir le 30 de ce mois.

Adieu, car il faut que je sois à neuf heures du matin chez Perrée.

1. Esther Gobseck, dite la Torpille, l'un des premiers rôles de *la Comédie Humaine*, dans *Splendeurs et Misères des courtisanes*. Purifiée par l'amour de Lucien de Rubempré, elle vivait cloîtrée dans son logis par la volonté de l'abbé Carlos Herrera, l'une des incarnations du fameux Vautrin, le protecteur et le mauvais génie de Lucien. Cette vie cloîtrée d'Esther, courtisane rachetée par l'amour, fut la vie cloîtrée que Victor Hugo avait imposée à la charmante Juliette Drouet pour le rachat de sa vie passée.

Mardi 19 [janvier].

A travers toutes ces courses et ces affaires, je fais toujours de la copie, et me voici ce matin levé à trois heures, mais sans le secours du réveil. Je ne puis le ravoir de chez l'horloger. La Chouette, en le faisant tomber, a cassé le timbre. Il s'ensuit que mon sommeil est inquiet et ne répare point mes forces.

Mon cher petit Évelin, voici le résultat mesquin de ce qui se présentait comme une grande affaire.

Perrée est un Normand qui voulait, pour une somme minime et des promesses, me lier envers lui, sans qu'il le fût envers moi. *Le Siècle* a besoin de réimprimer mes œuvres pour ses abonnés, afin de les conserver, et on parlait d'acheter cent mille francs *la Comédie Humaine*, puis cinquante mille francs. Enfin, arrivé à conclure, il offrait un essai de six mois, après quoi il pouvait renoncer, et moi, j'étais engagé pour dix ans!... Et il m'offrait dix mille francs pour ce qu'il aurait imprimé en six mois!

Ton *loup*, sous forme de nécessiteux, de prêt à conclure, a laissé le Normand développer ses conditions léonines et lui a dit, au moment où tout allait bien pour le gérant gourmand :

— Mon cher monsieur, vous croyez donc que je suis un auteur gêné, famélique, qui a besoin de cinquante centimes? Vous m'offrez dix mille francs comptant, pour que je sois engagé à laisser réimprimer *la Comédie Humaine* dans *le Siècle*, et à la laisser exploiter par M. Perrée, et M. Perrée est maître de me lâcher après six mois d'essai, et vous me demandez encore de ne rien vendre à un autre journal!... Mais je ne suis pas un Dutacq! Je ne suis pas un enfant, et j'ai des cheveux blancs. J'aurais travaillé vingt ans pour voir en un moment passer ma propriété entre vos mains! Mais M. Véron me prend cent feuilles de *la Comédie Humaine* pour dix mille francs, une fois imprimées et sans clauses onéreuses! Mais *l'Époque* m'en prend pour dix mille francs de la même manière! Je touche ces vingt mille francs cette semaine. J'aurais, d'ici à six mois, cinquante mille francs de *la Comédie Humaine*, en réimpressions dans les journaux, et je quitterais ma position souveraine de propriétaire, d'exploiteur à mon gré, pour vous transporter *ma propriété* pour douze ans, par un appât de dix mille misérables francs!... Dans six mois, si je suis une nécessité pour vous, vous me donnerez cent mille francs, si je veux, et j'en aurai touché cinquante mille à votre barbe!...

Non, *louloup*, tu n'as jamais vu d'homme plus étonné que ce Normand trouvant un lion à crinière dans ce mouton d'auteur. C'était à peindre.

Bref, je lui ai dit : « Vous voulez essayer de mon œuvre pour soutenir vos abonnements? Eh! bien, achetez-moi soixante feuillets.

Choisissez-les dans ce qui n'est pas vendu à M. Véron, et vous les payerez sept mille cinq cents francs. » Il vient jeudi pour terminer.

J'avais, la veille, vendu dix mille francs à Véron *Eugénie Grandet*, *la Grenadière*, *le Père Goriot*, *Illusions perdues* et *Splendeurs et misères des Courtisanes*, pour insérer dans sa *Bibliothèque choisie* du *Constitutionnel*, en devinant que le Normand voulait m'exploiter, et je voulais être prêt à lui donner sur les doigts.

Voilà, mon minou chéri, je te baise avec amour. Tout sera réalisé pour la fin de la semaine. Il était temps. J'ai vingt-cinq mille francs à payer d'ici la fin du mois : six mille francs de mobilier; treize mille cinq cents francs aux entrepreneurs; cinq mille francs de versement chez Rotschild; trois mille francs à M. Fessart, à rendre; mille francs à ma mère, etc., etc.

Ceci part aujourd'hui 19, tu le recevras le 24 ou le 25; je ne t'écrirai plus qu'à Francfort, de manière à ce que tu en trouves un paquet, le 1er, en y arrivant, car si je t'écris le 22, il n'est pas sûr que tu sois le 27 à Dresde. Tu calcules toujours si peu les distances, que tu ne me préviens jamais à temps pour les lettres, et j'ai peur d'une lettre interceptée.

Ces traités ne seront conclus que le 21 et jours suivants, si ils se concluent, car j'ai toujours une grande défiance des affaires. Je ne pourrais t'écrire que le 24; c'est trop tard. J'attends une lettre de toi en réponse à ma dernière.

Adieu, ma chère adorée. Je t'aime de toutes mes forces et il faut travailler à vingt feuillets par jour. Je te quitte pour en faire trente, si je puis, car il faut avoir fini [*la Dernière incarnation de*] *Vautrin* pour demain. Je suis obligé d'offrir ma copie à *l'Époque* par huissier, si l'on ne me paye pas, pour pouvoir la donner à la *Presse*, qui paye. C'est un monde d'ennuis et d'affaires.

Oh! quand serais-je sans obligations tournées en épées de Damoclès!... Dans ma maison, avec ma femme, et voyant les gens me venir demander mes manuscrits finis. Il faut encore toute l'année 1847 pour arriver à ce résultat; vers le mois d'octobre, il y aura une bien adorée madame de Balzac qui rayonnera dans la *petite glacière*, et qui fera fondre tous les nuages de chagrin, qui éclaircira de ses beaux yeux mes travaux, qui réchauffera la vieillesse anticipée de son loup!... Je jetterai la plume à ses pieds; je serai toute une année à ne voir que la lune de miel, et je redeviendrai le jeune enfant que j'étais!... Mon Dieu, ce plan *formé en 1843*[1] se réalisera-t-il enfin en 1847? Ma grosse, bonne, tendre et voluptueuse Ève daignera-t-elle voir qu'elle est toute la vie de son Noré? Voudra-t-elle s'assurer, de février à fin avril, quatre-vingt-dix jours d'échéance, qu'elle est son seul plaisir, comme elle est sa joie, sa force, son bonheur; que la vie n'est

1. Lors du séjour de Balzac à Saint-Pétersbourg auprès de Mme Hanska devenue veuve.

pas possible sans elle; qu'elle est l'âme de cette chair; qu'elle est le rayon de ses yeux, la fleur de cette existence si tourmentée? Je vis sur le *oui* que tu m'as dit. J'ai vaincu la nostalgie de mon paradis, dès que tu m'as écrit : *je viens*, et je travaille, et j'ai repris courage en me disant : « Au moins je ne mourrai pas sans être allé à Corinthe [1], sans avoir su ce qu'est notre vie d'amour sans entraves, libre, et des nuits pleines, comme à Genève [2] sans la terreur! »

LVII

A MADAME HANSKA, HOTEL DE SAXE, A DRESDE

[Passy, 20-21 janvier 1847.]
[Mercredi] 20 janvier.

Mon Dieu! sois mille fois bénie, mon Ève adorée! Il y a des jours où je crois à la vie, au bonheur, à un bel avenir; où je me crois jeune, plein de talent, plein d'avenir, capable de faire toute une *Comédie Humaine!* C'est quand je t'ai reconquise; c'est quand je te sens à moi! Et c'est ce qui est arrivé depuis que je sais que tu seras en route pour Francfort dans quelques jours, et que nous nous reverrons dans les premiers jours de février. Depuis cette lettre mille fois bénie, mille fois relue, depuis cette page, où tu es *moi*, où tu as de l'amour à tout oublier, eh bien, j'ai vécu, j'ai repris comme une plante mourante à laquelle on a versé de l'eau. Les feuillets s'entassent miraculeusement; en voilà quarante d'écrits en deux jours. *La Dernière incarnation de Vautrin* sera terminée demain (quatre-vingts feuillets), et, d'ici au 25, j'aurai fini *le Cousin Pons* que Véron (le grrrrand Véron, Véron le magnifique, Véron le difficile, Véron l'imbécile!), trouve être un plus grand chef-d'œuvre que *la Cousine Bette!*

Louloup, ce sont là de tes coups, de tes miracles. Cela te dira-t-il à quel point je t'aime, à quel degré (triste de certitude pour toi) tu es ma vie! Tu es si bien ma vie, que je ne supporterai guère plus de trois mois d'une dernière absence. Quand tu partiras, en avril, pour aller à Wierzchownia, je t'accompagnerai aussi loin que faire se pourra, jusqu'en Gallicie, en secret... et je reviendrai te chercher pour diminuer l'effet de cette affreuse maladie de l'âme qui s'appelle l'*absence*, et

1. Allusion à la citation latine bien connue : *Non licet omnibus adire Corinthum.* Il n'est pas donné à tous d'aller à Corinthe, ville de plaisirs, mais de plaisirs coûteux.
2. Pendant le séjour de Balzac au Pré-l'Évêque, à l'Hôtel de l'Arc à Genève, de décembre 1833 à février 1834, non loin de la Maison Mirabaud où logeaient Mme Hanska et aussi Wenceslas Hanski, son mari.

qui est une des plus horribles nostalgies inconnues à la médecine. Plus il y a de souvenirs, moins supportable, plus meurtrière elle est. Je ne t'écrivais pas : « *puissances du ciel*, etc. », je te parlais affaires, chiffons, et je me mourais. Mon *louloup*, je serais mort sans phrases et sans exagération. La vie n'était plus ni au cœur, ni au cerveau, ni dans l'estomac, ni dans la bête; elle était absente, comme toi.

Maintenant, je me sens des intérêts; je travaille, je crois à la fortune, je crois à l'arrangement de mes affaires. L'Espérance, dont notre Église fait une vertu, m'a touché de sa palme verte, et j'ai du talent, et je réponds de deux succès avec [*le Cousin*] *Pons* et [*la Dernière incarnation de*] *Vautrin*. Oh! ne tarde pas! Viens, angélique esprit de ma vie, viens, chère et bien-aimée créature, qui, à ce qu'il paraît, reçoit des coups dus à mon impatience; viens! viens! viens! De Francfort à Paris, ce ne sera qu'un embrassement! Non, tu ne te figures pas l'état de mon âme! J'avais toute cette ardeur, cette rage d'enfant auparavant; mais je ne savais pas que ma délicieuse Minette y répondait et surpassait tous les souhaits de l'enfant, de l'homme, de l'amant, du poète et du mari! Trente ans serrés l'un contre l'autre n'assouviront pas une attente de quatorze années! Mais se lasse-t-on du divin? Tu es une de ces créatures divines à moitié, parfaites au point de vue humain, qui ont le privilège d'être adorées jusqu'à leur dernier jour, adorées de tous et aimées d'un seul, ô chère perfection idéale! Vois, je t'envoie mon âme, mes désirs, ma vie, dans cette exclamation!

Adieu pour aujourd'hui, je dois travailler *à mort*, comme on dit. Le Nord est au-dessous de six cents. Nous sommes à deux cents francs au-dessous de notre acquisition, et tout ce que je t'ai prédit arrive. Il faudrait pouvoir acheter cent actions vers la mi-février, car ce sera lors à cinq cent cinquante et alors je réparerais les pertes. Sera-ce possible? Cela dépend de mes travaux.

Adieu, à demain. Ceci sera ma dernière lettre envoyée à Dresde.

Jeudi [21 janvier].

Hier, j'ai fait trente feuillets, cette nuit, je viens d'en faire dix, et, avec dix autres, *la Dernière incarnation de Vautrin* sera terminée, et *les Splendeurs et misères des Courtisanes* fini. J'ai trois mille cinq cents francs à payer samedi; *l'Époque* me les donne ce soir. Demain 22, je reprends [*le Cousin*] *Pons*, et je l'aurai fini pour le 30. Il y a cinquante feuillets à écrire. Je n'aurai plus que *les Paysans* à terminer. En voilà de l'ouvrage abattu! Mais il faut sortir de ma position. Elle n'est pas terrible. J'aurai payé vingt-cinq mille francs ce mois-ci, et j'ai emprunté douze mille. C'est trente-sept mille francs. Il faut en payer vingt-huit mille, de février à fin mars, et la maison ne me causera plus d'ennuis. Je pourrai n'y plus rien faire et attendre des jours plus sereins pour achever l'ameublement; j'y pourrai coucher et travailler, le plus essentiel sera *fini et payé*. L'essentiel c'était : *primo*, la maçonnerie; *secundo*, la menuiserie; *tertio*, la peinture; *quarto*, la couverture; *quinto*, la fumisterie; *sexto*, le pavage; *septimo*, le jardin; *octavo*, la vitrerie; *nono*, les glaces; *decimo*, le bitume; *unodecimo*, la marbrerie; *duodecimo*, la charpente. Tout cela, *louloup*, fait vingt-cinq mille francs, y compris l'architecte, et j'ai huit mille francs d'ébénisterie. Total, trente-trois mille francs. Eh! bien, en mars tout sera payé. Joins à cela deux mille francs de frais (d'achat), et dix-huit mille francs de mobilier payé, c'est cinquante-trois mille francs que ton Noré aura déboursés pour l'hôtel *louloup*. Puis deux mille francs de boiseries, sculptures et ornements, c'est (un total de) cinquante-cinq mille francs. Et tout cela, pour une bicoque affreuse et qui en coûtera encore autant en mobilier. O vanité! dira ma sage Évelinette. Et quand tu verras cela, tu diras : « Comment, mon Noré, ça n'a coûté que cela? Oh! comme tu as bien fait, comme nous serons heureux là! » Voilà que je te rabâche encore mes comptes et ma maison, ma pauvre victime.

Allons, adieu. A bientôt. Dans quinze jours, à Francfort où seras-tu? Dans quel hôtel? Tu me le diras. Je t'envoie mon cœur et mon âme, et je te serre dans mes bras avec un amour d'enfant pour sa mère, de jeune homme pour sa première maîtresse, de vieillard pour sa jeune fille de vingt ans, et de Noré pour sa Line, qui vaut mieux que tout cela. Adieu, sois bénie...; prends garde à tout; soigne-toi; sois bien jolie pour moi à Francfort[1]!

LVIII

A MADAME HANSKA, HOTEL DE SAXE, A DRESDE

[Passy, 23 (?) janvier 1847.]

N'était ce bon vieillard de peintre à qui je promettais une séance pour sa collection demain matin, vous auriez eu pour toute réponse la nouvelle de mon départ pour Francfort, où j'aurais attendu vos ordres, car, le : *partez pour Francfort* pour être paraphrasé n'en est pas moins *despotique*. Mais j'ai promis une séance à huit heures.

1. L'intérieur de l'enveloppe de cette lettre, fait du feuillet de titre de *la Dernière incarnation de Vautrin*, contient, écrits de la main de Balzac, un certian nombre de titres d'ouvrages projetés par lui. Les voici : *le Chercheur de hasards le Chasseur aux millions* (ces deux titres effacés); *l'Ambassadeur Adam le Rêveur; l'École des Bienfaiteurs ; les Vendéens ; les Soldats de la République ; l'Entrée en campagne ; l'Homme public et l'Homme privé ; Un Ministère.*

L'enveloppe était scellée d'un cachet de cire rouge représentant un E au milieu d'une étoile rayonnante : Ève l'étoile. La plupart des lettres de Balzac à l'Étrangère portent ce cachet.

Non, je n'ai pas ri, car je ne rirai jamais des souffrances imaginaires. Quoique sans causes, elles doivent être réelles et il faut avoir souffert pour écrire de semblables lignes. *Caroline* veut bien avoir la liberté de causer avec le baron, mais *Adolphe* ne doit pas même dire bonjour à *une écharpe*[1].

Je me résume : ou je pars demain et j'attendrai à Francfort les ordres de mon *louloup*, ou je le prie de me dire combien de temps il reste à Dresde, afin que je sache si je puis m'y renfermer et *écrire*, comme à Paris, sans voir personne, et sans aller aux *raouts* de l'Hôtel de Saxe.

Ton *louloup* chagrin,

NORÉ

LIX

A MADAME HANSKA, A FRANCFORT[2]

[Passy, 24-25 janvier 1847.]
[Dimanche 24 janvier]

. . . .
. . . .
. . . . .pas la dépense! On ne se figure pas l'état dans lequel j'ai pris ce taudis, et le courage qu'il a fallu pour entreprendre cette restauration, et ma prudence, et mon bonheur! *Les Parents Pauvres* (trente mille francs) et les ventes au *Siècle* et au *Constitutionnel*[3] (vingt mille francs), y ont passé, et j'aurai un passif de trente mille francs pour terminer les payements des commandes en exécution. Mais l'ange sera dans un petit paradis! Une fois ces dépenses faites, je me mettrai à ma fortune et à entasser le capital nécessaire à ma vie. En sept ans, j'aurai sept cent mille francs; aussi, donne tant que tu pourras à tes enfants; dis à Anna d'aider Georges. Au mois d'octobre 1847, je ne craindrai plus ni la misère, ni de te mal recevoir. Ma Nini sera dans une bonbonnière, comme un bonbon-minet qu'elle est.

Si je termine mardi avec Véron, cette lettre partira mercredi. Tu l'auras vendredi 29 à Francfort, et tu sauras la bonne et inespérée tournure que prennent tes affaires à Paris. Trente mille francs, reçus en janvier, ôtent évidemment trente mille francs d'engage-

1. Allusion aux personnages des *Petites misères de la Vie conjugale*.
2. Cette lettre est incomplète du commencement et de la fin.
3. Balzac fit deux traités avec *le Siècle*, le premier signé le 22 janvier et le second le 27 mars 1847.

ments. Et, comme un bonheur en amène un autre, *la Comédie Humaine* se vend. Elle sera épuisée dans six mois. Je commence à jouir de l'avenir que je me suis si péniblement préparé.

Ta table en marqueterie m'a fait sourire. Tu as voulu sacrifier, au nom de ton Noré, au dieu du Bric-à-brac. Elle est d'ailleurs très nécessaire; il ne manque plus que cela dans le salon de marqueterie. Ce salon a ses portes en marqueterie ornées de cuivres dorés!... La tenture est encadrée d'une grosse corde en cuivre verni! Tu y as des encoignures délicieuses; on a copié des tableaux de Boucher sur les portes de ces encoignures. Tout est en marqueterie : les chaises, la causeuse, la travailleuse, le bureau, les armoires, la glace, et le plus grand panneau est occupé par le fameux meuble de Bâle, dont le buffet d'en bas a été fait avec le dessous, car les statues servent à faire la table de notre salon de réception, en bas. Sur les côtés de ce buffet on a mis, d'un côté, tes armes en marqueterie, et de l'autre les miennes [1]! Tout le reste, dans cette pièce, est en malachite. C'est, enfin, malachite et marqueterie. Je t'attends pour choisir la tenture et les étoffes. Le parloir, qui précède ce salon, est tout en bois de rose. Je ne crois pas qu'un richard, qui voudrait imiter ces deux pièces, s'en tirât à moins de soixante mille francs! Tous ces meubles sont de plus en plus rares; ils sont si introuvables qu'on *les fait vieux*. Il y a dix fabriques occupées à en infester Paris et l'Allemagne. C'est dans ce salon (qui sépare ta chambre de mon cabinet), que, sur les encoignures, seront les pots achetés à Mayence, sur lesquels seront les cornets d'Anna. Ils vont ensemble, et M. Paillard les monte avec un soin particulier. C'est pour cette cheminée et pour accompagner la pendule en malachite, que je t'ai demandé ces vases en malachite, en forme oblongue et ventrue, chinoise, pour les faire monter pour l'hiver 47-48, ainsi que les flambeaux. On monte la table d'Anna, en malachite, qui recevra une sublime jardinière. En entrant (il y a trois croisées), dans les deux entre-croisées seront mes deux armoires jaune et brun, à vitrages, pour tes petits Dunkerques. *Adam et Ève* sera au-dessus de ton bureau. Tu as un des bons grands fauteuils que tu connais pour siège, et la chauffeuse sculptée, que tu feras en tapisserie.

Par ce croquis de ce salon, juge de ta demeure!... On y reconnaîtra l'amour d'un Noré pour sa Line! Tu sais que ta chambre est, d'après ton désir manifesté à la Haye (après cette promenade si délicieuse [2],

1. C'est-à-dire celles qu'il avait empruntées aux Balzac d'Entraigues et dont il avait timbré ses reliures, sa vaisselle et même sa canne : écartelé au 1 et 4 d'azur à 3 sautoirs d'argent, et au chef d'or chargé de 3 sautoirs d'azur, au 2 et 3 de gueules à 3 fermeaux d'or (le P. Anselme, *Histoire généalogique de la Maison royale de France*, t. II, p. 435). Cf. également *Lettres à l'Étrangè e*, t. III, p. 231.)

2. Pendant le voyage de l'été 1845 : « Vous souvenez-vous, écrivait-il à Mme Hanska, le 21 décembre 1845, d'une certaine promenade faite à pied vers le bazar [chinois] en arrière des enfants ? Jamais deux âmes n'ont donné l'une dans l'autre avec plus de poésie et de charme. » *Lettres à l'Étrangère*, t. III, p. 164.

t'en souviens-tu?), tout en Boule. Je vais à Tours chercher une commode et un secrétaire pour mille à douze cents francs. Tout le reste est fait. Il manque encore une table Boule pour la bibliothèque. Mais je la trouverai là, je crois.

Es-tu contente, prêcheuse! de cet aperçu? Eh! bien, ta salle à manger, en bas, surpasse tout. On viendra la voir! Pour ne t'en dire qu'un détail, les candélabres des coins, mis sur les socles achetés à Mayence et qui te faisaient si fort sourire (toi et Georges), seront à ceux du Bois [1], que tu admirais tant, ce que Saint-Pierre est à Sainte-Geneviève! Paillard, émoustillé par ces pots et par ces potiches, a fait des candélabres sublimes. Tu sais que c'est mon acquisition de Wiesbaden. Si je voulais huit mille francs de ces candélabres, il y a un marchand qui les prend. Les vases sont estimés deux mille francs, pour un marchand. Aussi Georges, en voyant les prix de Berlin, m'a-t-il écrit que je ne savais pas combien cette affaire était bonne.

Allons, adieu! Minonette; adieu pour aujourd'hui.

Lundi 25 [janvier], sept heures du matin.

Je viens de relire ta lettre, car je lis toujours tes adorables lettres deux fois, et je suis un monstre de t'avoir parlé *rue Fortunée* hier. C'était de ces bonnes petites lignes en travers qu'il fallait te parler, ô mon amour. Va, tout ce que je puis te dire, c'est que j'étoufferai toutes tes jalousies stupides sous des torrents d'amour, et que tu verras que je t'aime plus que tu ne m'aimes, car je n'ai pas d'Anna, moi! Tu es tout pour moi!

Allons, adieu. Il faut se mettre à finir [*le Cousin*] *Pons*, si je veux être à Francfort le 3 février. Mais j'attends un mot de toi pour la location d'un appartement, car il faut [2]. . . . .

. . . .

LX

A MADAME HANSKA, AU WEIDENBUSCH, A FRANCFORT [3]

[Passy, dimanche 31 janvier 1847.]

Ma Nini-Linette, tu me mets dans l'embarras pour le pâté que tu veux. Je ne puis l'emporter de Paris; la malle-poste n'arrête pas

1. A la Haye.
2. La fin de la lettre manque.
3. Cette lettre manque en entier. Le passage ci-dessous est écrit à l'intérieur de l'enveloppe, qui a été seule retrouvée et porte le cachet de cire à l'étoile. Il est probable qu'il manque aussi plusieurs lettres entre celle-ci et la précédente.

à Metz; il faut que je prie Silbermann [1] de me l'envoyer à Metz, à mon passage. C'est fort chanceux; je vais le tenter.

Mille pigeonneries d'avance. Informe-toi bien de l'heure d'arrivée de la malle de Paris. Envoie ton Allemand à la voiture, et fais-toi belle pour ton Noré, qui aura faim et soif de toi, comme il aura faim et soif, car de Paris à Francfort on ne mange pas. Demain, un mot, pour te dire ce que j'aurai fait avec Véron, et après-demain un mot pour te dire le jour où j'aurai eu ma place à la malle.

Tu ne me dis pas si tu as eu une table en marqueterie. En attendant ton loup, bric-à-bracque à Francfort, et repose-toi bien, car tu auras la fatigue bien heureuse de notre voyage!... Tous deux, seuls, pour la première fois!... Et un millier de caresses!

LXI

A MADAME HANSKA, AU WEIDENBUSCH, A FRANCFORT

[Passy], lundi [1er février 1847], cinq heures du matin.

Ma chère idole, ma Nini, l'affaire avec Véron est manquée quant à présent. Ainsi, moi qui ne gardais pas trois cents francs sur ces dix mille francs, juge dans quelle situation je me trouve. J'ai l'habitude de tout demander à ma plume, et, dès que je touche, tout part pour les créanciers. Je suis donc sans argent, et l'on vient ce matin m'en demander.

J'ai pris cette mésaventure très gaiement, et je n'y ai vu que la consolation très grande de pouvoir partir à l'instant pour Francfort. C'est ce que je vais faire. Ce matin, je vais aller voir pour l'appartement, et, s'il y a une place pour demain, mardi 2, à la malle, tu es sûre de me voir débarquer jeudi.

Voilà quelle révolution a forcé Véron d'ajourner mon affaire. Il avait réunion des actionnaires du journal le 30 janvier. Or, les gens de l'*opposition* au sein de cette assemblée se sont élevés contre les moyens par lesquels il a fait arriver le journal à son chiffre d'abonnements. Ils veulent que Véron ne donne que *tant* à la littérature et renonce à sa *Bibliothèque* [2]. C'est tuer l'affaire. Devant une déli-

1. Imprimeur à Strasbourg et, comme Georges Mniszech, grand collectionneur de coléoptères. Silbermann imprimait *le Courrier du Bas-Rhin*, *les Affiches de Strasbourg* et la *Gazette médicale*. Cf. *Lettres à l'Étrangère*, t. III, p. 108, 110, 111.

2. *Le Constitutionnel*, sous le nom de *Bibliothèque choisie*, publiait en feuilleton, avec pagination spéciale, permettant de les brocher à part, les romans des auteurs les plus en vue : George Sand, Eugène Sue, Balzac, etc.

bération de ce genre, Véron ne veut pas conclure, le lendemain, un traité de dix mille francs. Ce n'est pas une échappatoire, c'est une réalité. Il veut faire l'affaire; il en a besoin; mais il veut auparavant charger sur ses émeutiers, et dissiper les nuages.

Mon pauvre *louloup* chéri, cela me désespère à la cause de la Chouette, que je veux absolument renvoyer, et qui, tous les jours, demande ce qu'elle va devenir. Pour la renvoyer, il faut la payer. Ma plume peut suffire à tout; mais quelle vie tu vas avoir! Tu seras, à la lettre, enfermée avec moi. Je dois travailler nuit et jour, sans désemparer, pendant six semaines. Il faut finir [*le Cousin*] *Pons* pour Véron, finir [*la Dernière incarnation de*] *Vautrin* pour *l'Époque*, finir *les Paysans* pour la *Presse*, et faire deux nouveaux romans : *les Petits Bourgeois*, pour les *Débats*, et *la Mère de famille* pour qui en voudra. Nous nous amuserons de temps en temps, mais il faut que je travaille à sortir d'embarras. Aussi devons-nous être réunis le plus tôt possible et dois-je établir mes travaux dans ton appartement. Ta présence me fera faire des miracles. Il faut que je trouve une cuisinière; voilà tout. Mais arrêter l'appartement, le payer d'avance, payer ma place et trouver la cuisinière, c'est bien des choses. Aussi, dois-tu m'attendre jeudi, vendredi et samedi, car je ne sais pas lequel de ces trois jours j'arriverai. Je ne t'écrirai plus. Envoie à l'arrivée de la malle chacun de ces jours-là.

Ah! si tu savais comme ces dix mille francs me donnaient de la sécurité, arrangeaient mes affaires, surtout pour la maison! Et ce *Nord!* On prévoit une baisse de soixante-dix francs en février; on croit qu'il sera refoulé jusqu'à cinq cent soixante francs. Oh! comme il faudrait pouvoir acheter! Si je pouvais, par mon travail, arriver à ce résultat, je réparerais nos désastres, car, en achetant à cinq cent soixante francs une quantité égale à ce qu'on a payé huit cents francs, on se fait un prix moyen qui permet de vendre à sept cents francs, avec du gain. Il n'y a que les riches qui puissent se tirer de ces mauvais pas. Le Nord est bon; c'est le premier chemin[1] de France. Il sera quelque jour à douze cents francs l'action. Mais il faut pouvoir garder. Tous les chemins, tous les fonds sont en baisse. Février et mars vont être horribles à passer. Quel bonheur que par du travail on puisse tout calmer! Deux mille francs de [*la Dernière incarnation de*]*Vautrin*, quatre mille de *Pons* et deux mille cinq cents francs de librairie font déjà huit mille cinq cents francs. Une *nouvelle* de deux mille francs, en voilà pour dix mille cinq cents francs, et tout cela doit être fini pour le 15 février. Aussi, sois prête à partir et reposée, car il faut tellement économiser notre temps que je voudrais ne rester à Francfort que le temps de me reposer. Et mon déménagement est à faire tout entier!... Enfin, te voir incessamment, déjeuner, dîner avec toi,

1. C'est-à-dire chemin de fer que très souvent Balzac appelle : chemin, tout court.

coucher tous deux et travailler là, près de toi, cela va doubler mes forces et me rendre du talent. Si tu n'étais pas là, je crois que tout serait fini pour moi. La nostalgie, l'indifférence, le manque de volonté reviendraient, et je périrais ou je sombrerais au port.

Allons, je ne vis que par une pensée, c'est que cette semaine je te vois, je respire ton souffle, je me jette sur ta chère personne, je sens ta robe! Je crois que je te regarderai pendant une demi-journée tout entière, pour me régaler du bonheur de te voir. C'est un délire, un délire tel qu'il m'a empêché de me contrarier de l'affaire manquée de Véron.

L'avenir est beau; cette année payera mes dettes. Mais dire que tout arrivera à point, que je n'aurai pas de mécomptes, ce serait un bonheur en affaires que je n'ai jamais eu! Rien n'a été facile pour moi, pas même notre mariage, qui, depuis cinq ans qu'il est possible, est encore dans le futur! Hélas, *louloup*, voilà vingt ans que je lutte! Mes bras sont bien fatigués! L'important, c'est que j'ai sauvé le *trésor-louloup.* Notre versement est fait. Seulement, nous devons trente mille francs : douze mille francs de l'emprunt et dix-huit mille Rotschild. Il faut un an pour que les produits de ce chemin fassent remonter les actions à huit cents francs, et nous ne pouvons vendre qu'à ce taux-là.

Mille caresses, je te baise de toutes mes forces. Oh! quel voyage je vais faire! Penser à notre première réunion libre, depuis Paris jusqu'à Francfort; un désir de quarante heures et de cent cinquante lieues! Mon minou, je te caresse en idée. L'argent est bien peu de chose devant l'amour!

LXII

A MADAME HANSKA, AU WEIDENBUSCH, A FRANCFORT

[Passy, 2-3 février 1847].
Mardi [2 février.]

Ma Line aimée, je n'ai pas eu *le temps d'aller à la poste!* C'est te dire qu'il m'est survenu une affaire d'une importance extrême. Il ne s'agit de rien moins que d'une *bêtise*, grosse comme une maison, que Gavault a faite dans mes affaires. Il a, à mon insu, rendu définitif un jugement, avec contrainte par corps, contre moi, tandis qu'il n'avait qu'à dire *un* mot pour au moins la faire enlever! L'homme qui possède cette arme est bête et méchant. Il y a huit jours que M. Fessart travaille à me débarrasser de cette dangereuse créance, et le créancier a écrit à mon beau-frère[1] une lettre qui voulait une réponse immédiate. De là, il a fallu aller chez M. Fessart l'instruire de la démarche du créancier et de la réponse faite. Tout cela enlève une journée et vous met dans des états nerveux incroyables. La capacité de M. Gavault est, comme son affection, une chose bien trompeuse. Il ne sait *qu'arrêter* les affaires; il n'a jamais su les terminer. J'ai encore cinq à six grosses et dangereuses affaires. Mais, d'ici au mois de mars, tout sera fini. Seulement, il faut du travail, du travail, de l'encre à flots!

Je n'en ai pas moins arrêté notre appartement pour du 15 février au 15 avril; six cent soixante francs pour les deux mois. C'est pour rien, car il y a trois chambres à coucher, salon, salle à manger et antichambre, avec une chambre de domestique. Tu auras une voiture superbe chez un loueur au cachet, et nous aurons pour cuisinière la portière. C'est une grande sécurité pour nous. Tu as un joli jardin, un rez-de-chaussée dans un magnifique hôtel, et tu seras adorablement bien, à peu près comme à La Haye, au rez-de-chaussée; t'en souviens-tu? Seulement, l'appartement est en enfilade sur le jardin. Il nous faudra du linge et de l'argenterie; mais j'ai cela.

Ce matin je vais à la poste dès neuf heures. Si la malle ne peut pas me donner place pour jeudi, je partirai jeudi par le chemin de fer du Nord, jusqu'à Cologne, et je remonterai le Rhin, par les bateaux, jusqu'à Mayence. J'arriverai toujours, alors, samedi.

Il m'a fallu payer l'appartement, du bois, etc., et ça a été dur pour un homme qui s'est dépouillé de tout pour satisfaire aux grandes exigences. Hélas! il ne serait pas resté dix sous des dix mille francs de Véron. Juge dans quel margouillis je suis; tout cela par la faute du *Nord*. La maison *Noréline*[2] est dans une excellente situation; l'*actif Nord* égale le passif total; mais il faut payer le passif, et l'actif n'est pas réalisable. Nous avons bien cent quarante mille francs et toutes nos dettes se montent à cela. Mais, jusqu'à la hausse du Nord, il faut que mon écritoire suffise à tout.

Cette lettre partira demain ou ce soir. C'est la dernière que tu recevras de moi. Je reviens de la poste ici pour faire charger une voiture, et, s'il est temps, je te dirai si ma place est arrêtée et pour quel jour.

Adieu, pour un moment. Je ne me fais pas à l'idée que je tiendrai ma bien-aimée, dans mes bras, sur mon cœur, samedi soir. Ça me semble un rêve. J'ai peur, comme quand j'allais au spectacle, d'arriver trop tard. Il me prend des frissons en pensant à cela. Réunis pour deux mois! Mariés deux mois, dans un coin, inconnus, heureux, fai-

1. Le mari de sa sœur Laure, Surville, ingénieur des Ponts et Chaussées.
2. C'est-à-dire de Honoré et d'Éveline.

sant des petites débauches au Conservatoire, à l'Opéra, aux Italiens, etc. C'est à rendre ton Noré fou!...

Sois tranquille : trois cent trente francs d'appartement, trois cent soixante-dix francs de cuisine, cela fait les sept cents francs de ta sœur. Compte cinq cents francs de plaisir, de voitures, etc., c'est douze cents francs, deux mille quatre cents pour tes deux mois. Compte deux mille quatre cents francs pour retourner chez toi : c'est cinq mille francs. Aie deux mille francs de plus, par prudence; c'est sept mille francs pour tes mois de février, mars, avril et mai. Voyons, est-ce trop? Tu en comptais le double.

Mon Dieu, comme j'ai faim et soif de toi! Tu vois, au lieu de corriger [*la Dernière incarnation de*] *Vautrin*, je t'écris cette lettre pour que tu en aies une tous les jours.

Mercredi [3 février 1847].

Ma place est retenue et payée; je pars demain et je dînerai samedi avec toi. Tout est fini avec la propriétaire de l'appartement; j'ai un petit bail signé, pour deux mois, du 15 février au 15 avril, et nous payerons à part les jours du 11 au 15 février. J'ai donné cent cinquante francs en à-compte. La portière nous fera la cuisine; c'est nous assurer sa protection. Personne au monde ne pénétrera jusqu'à nous. Albion remplit la maison et il n'y a qu'un baron Rouillard de Chartres, de Français, qui m'est inconnu.

Hélas! j'ai emprunté cinq cents francs à M. Fessart, car je suis sans un liard. Tout payé, il me reste cinq louis dans ma bourse, pour les en-cas du voyage, et je devrais laisser cinquante francs pour du bois et mon concierge.

Je suis levé depuis trois heures, car il faut que je donne les corrections de [*la Dernière incarnation de*] *Vautrin* avant de partir.

Allons, à samedi, trésor de ma vie et de mes plaisirs, toi qui es tout : le bonheur, la force, le plaisir! Informe-toi de l'arrivée de la malle, et sois plus minette que jamais, car jamais ton pauvre Noré n'est accouru avec plus d'amour, plus de joie. Voici la première fois que nous sommes réunis seuls, sans personne. Nous allons, n'étant plus contenus, nous livrer tous deux à notre mauvais caractère. Tu seras battue et moi je vais être grondé!... Ah! battue! ah! grondée comme jamais!... Et sois bien portante!... Nous ferons une excursion à Mayence; j'ai à payer vingt-six francs à Schawb [1]. Mon minou chéri, je ne penserai qu'à toi pendant quarante heures. Sais-tu ce qu'est un pareil désir? Tiens-toi bien, je te mangerai de caresses. Et

1. Antiquaire de Mayence qui ne doit pas être confondu avec celui de la Haye dont Balzac avait fait la connaissance pendant son voyage en Hollande d'août 1845. Cf. *Lettres à l'Étrangère*, t. III, p. 74, 101, 164.

toi, ma Line chérie, je te laisse fumer [1] toute une journée. Ah ! *louloup*, dans trois jours [2] !...

LXIII

AU COMTE ET A LA COMTESSE GEORGES MNISZECH, A WIERZCHOWNIA

Paris, 27 février [1847].

Ma chère Anna, et mon cher Georges,

N'ayez pas la moindre inquiétude pour votre chère maman. D'abord, elle est dans le plus strict *incognito*; puis elle est pleinement rassurée sur sa santé. Enfin, chargé de la tâche immense de suppléer mes *Saltimbanques* bien-aimés, *Gringalet* et *Zéphirine*, si essentiels à son bonheur, et je puis dire au mien, car toutes mes affections humaines sont concentrées sur ces trois têtes chéries, et sur ce que votre ménage peut amener dans la famille des *Saltimbanques*, je me suis mis en quarante mille, pour non pas faire oublier ceux qui sont mêlés à tous les plaisirs, mais pour rendre leur absence aussi supportable que possible. Votre chère *Atala* adorée est dans un charmant et magnifique appartement (et pas cher !). Elle a un jardin; elle va tant qu'elle veut au spectacle. Je tâche de l'amuser et je m'efforce d'être *le plus Anna possible* pour elle. Mais le nom de sa chère fille est si souvent sur ses lèvres que, avant-hier, comme elle s'amusait beaucoup aux Variétés, elle riait aux éclats au *Filleul de tout le monde*, par Bouffé et Hyacinthe [3], au plus fort de sa joie elle s'est demandé, avec un accent déchirant, et qui m'a fait venir les larmes aux yeux : « Comment elle pouvait rire ainsi et s'amuser sans sa *chère petite.* » J'avoue, chère *Zéphirine*, que j'ai pris la liberté de lui dire que vous vous amusiez infiniment, sans elle, avec le roi des coléoptères,[4] le nommé Georges, et que j'étais sûr que vous étiez, à l'heure même,

1. Mme Hanska fumait la cigarette (*Lettres à l'Étrangère*, t. III, p. 75), et même le cigare (*Ibid.*, t. III, p. 164).

2. Ainsi qu'on vient de le voir, Balzac partit donc de Passy le 4 février 1847 pour aller chercher Mme Hanska à Francfort. Elle passa deux mois et demi à Paris et Balzac la reconduisit ensuite en Allemagne, au mois de mai suivant. C'est pendant ces quelques semaines qu'il déménagea de Passy et s'installa dans la maison de la rue Fortunée (aujourd'hui rue Balzac). Il renvoya aussi la Chouette, et acheva *le Cousin Pons* (*Constitutionnel*, mars-mai) et *la Dernière incarnation de Vautrin* (*Presse*, avril-mai). De plus, Balzac publia, dans *l'Union*, la première partie du *Député d'Arcis* (avril-mai). C'est aussi dans le même temps qu'il conclut le traité du *Constitutionnel*.

3. Acteurs comiques célèbres du temps de Balzac qui créèrent aux Variétés *le Filleul de tout le monde*, d'Émile Souvestre, le 12 février 1847.

4. Le mari d'Anna, Georges Mniszech, était, ainsi qu'il a déjà été dit, grand collectionneur de coléoptères.

une des plus heureuses femmes de la terre, et j'espère que *Gringalet*, sur qui je tirais cette lettre de change, ne m'a pas démenti. J'ai à faire avancer contre votre souvenir perpétuel des forces respectables : *primo*, le Conservatoire; *secundo*, l'Opéra; *tertio*, les Italiens; *quarto*, l'Exposition [1], etc., etc. J'ai laissé de côté toutes mes affaires, excepté la maison, et je me suis attaché à cette grande œuvre, la plus belle que j'aurai faite : empêcher une mère, séparée d'une enfant aussi adorable que Sa Grâce la comtesse Georges Mniszech, de mourir de chagrin. Vous savez qu'au mois d'avril je la reconduis en Allemagne, et, de là, elle vous rejoindra à Wierzchownia ou Wisnovitz [2]. Quant à moi, qui ne puis pas trop vivre sans vous, j'espère aller vous voir tous au mois d'août cette année.

Au mois d'août j'aurai achevé, mes chers et bien-aimés, la grande tâche de ma vie, et qui ressemble un peu à celle de Georges et de son frère : j'aurai acquitté toutes mes dettes, et j'aurai entièrement payé la petite maison Beaujon, mobilier et propriété. J'espère même avoir une centaine de mille francs de capital, si le Nord remonte, et le premier usage que je ferai de mon indépendance en fait d'argent, ce sera d'aller vous voir dans vos terres. Je souhaite qu'à cette époque ma petite *Zéphirine* tant aimée ait hérité de son vieil athée d'oncle [3] et qu'il lui ait laissé tant et tant de capitaux, qu'elle ait débarrassé son Georges des mêmes ennuis que j'aurai vaincus.

La littérature a beaucoup donné; voici quarante à cinquante mille francs que j'aurai eu en trois mois; encore un trimestre pareil, et je deviendrai capitaliste. Aussi, croyez bien que l'*hôtel* Bilboquet s'en ressent. Je ne vous en parle pas, car votre chère maman vous en fera des récits fantastiques. L'appartement des Mniszech est une merveille et il est si beau que les rideaux du lit et des croisées ne peuvent plus être qu'en dentelle d'Angleterre; j'en fais chercher partout, et je regrette beaucoup de ne pas avoir acheté à Marseille les deux robes de cardinaux qu'avait Lazard [4]. Je veux que cette maison soit un écrin digne des bijoux qui y seront serrés, et qu'en venant des splendeurs de Wisnowitz nos amours de *Saltimbanques* et *leurs enfants* ne soient pas dépaysés. Je vous dirai que je rêve bien mieux ! Voici : à côté de cette petite maison, il se trouve un petit château, toujours bâti par ce même Beaujon, et appartenant à un nommé Gudin, peintre de marines exécrables. Il me paraît probable que ce peintre vendra ce château, et, quoiqu'il vaille trois cent mille francs, comme c'est

1. L'Exposition annuelle des Beaux-Arts, le Salon, qui avait lieu au Louvre du 15 mars au 15 mai.
2. Wierzchownia la terre de Mme Hanska dans le gouvernement de Kiew, Wisnowitz ou plutôt Wisniowice, terre d'André Mniszech, frère de Georges.
3. L'oncle Tamerlan, Charles Hanski, châtelain de Skibinze, demi-fou et millionnaire, cousin de Wenceslas Hanski, légua sa fortune à sa « nièce » Anna. Cf. *Lettres à l'Étrangère* (t. III, p. 50) et S. de Korwin-Piotrowska, *op. cit.*, p. 299. Voir plus loin p. 274, 306, 309.
4. Antiquaire à Marseille (*Lettres à l'Étrangère*, t. III, p. 231).

une excellente affaire, j'espère pouvoir acheter cet hôtel à mes chers *Saltimbanques*, pour eux, car je ne mets pas en doute que dans une dizaine d'années ils n'aient laissé Wisnowitz à M. André[1], et qu'ils n'aient amassé des capitaux considérables, pour venir vivre dans un élément tempéré, voisin du Havre, et, de là, des Tropiques et de la Chine, mais, surtout, d'un certain Jardin des Plantes. Je souhaite tous les jours que mon voisin fasse de mauvaises affaires et que vous en fassiez de bonnes. Pensez à capitaliser; soyez *papas Grandet*. Faites comme *Bilboquet*, qui ne pense plus qu'à amasser, une fois sa maison pleine de belles choses.

Adieu, chère Anna, adieu, mon bon et bien-aimé Georges. Travaillez à vous donner l'indépendance financière qui permet de planter sa tente là où l'on veut. Vous devez savoir qu'il ne se dit pas vingt paroles sans que vous y soyez mêlés, et que *Bilboquet* ne vous sépare jamais dans ses vœux, dans ses rêves et dans tous les plans. A travers les distances, je donne une bonne poignée de main à mon cher naturaliste, volcans, soulèvements admis, et je mets mes hommages pleins d'affection aux pieds mignons de la gracieuse et mille fois bénie *Zéphirine*, épouse *Gringalet*[2]*!*

LXIV

A MADAME HANSKA, AU WEIDENBUSCH, A FRANCFORT

Forbach [12 mai 1847], deux heures du matin.

Chère comtesse, je n'ai trouvé aucun Schwab, et la malle n'arrête à Mayence que le temps de changer de chevaux; ainsi, je n'ai pas eu une minute pour m'informer de lui, ni pour aller chez lui. La douane, ici, était prévenue, et mes effets n'ont pas été touchés.

1. André Mniszech, frère de Georges. Cf. *La véritable image de Mme Hanska*, *passim*.

2. Balzac avait joint à cette lettre un autographe de Berlioz, qui devait partir pour la Russie le 14 février 1847. Cet autographe est reproduit en fac-similé dans *Les Cahiers Balzaciens*, n° 7.

Lundi, février 1847.

« Mon cher Balzac,

« Vous avez eu l'obligeance de m'offrir votre pelisse. Soyez assez bon pour me l'envoyer demain rue de Provence, 41. J'en aurai soin et vous la rapporterai fidèlement dans quatre mois. Celle sur laquelle je comptais me paraît beaucoup trop courte et je crains surtout le froid aux jambes.

« Mille amitiés.

« Votre tout dévoué.

« HECTOR BERLIOZ. »

En haut de l'autographe, Balzac avait écrit : « Pour la jeune cigale qui répond au nom de Zéphirine. » Anna était une excellente musicienne.

Quant à moi, je vais comme peut aller un corps sans âme; et pour vous peindre mon état physique, je n'ai ni bu ni mangé aujourd'hui. Si ça continue sans que je meure, ce sera mieux que le cheval d'Arlequin, et mes économies seront sûres, en ce point. J'ai tant de chagrin, que je voudrais être à Paris pour vaincre cette peine par le travail.

Ainsi, voyez Schwab et attendez une lettre de Paris, où je vous dirai comment je m'arrangerai.

Je vous écris au bureau sur lequel vous étiez [1] il y a huit jours!

Tous les douaniers et les employés m'ont salué par ce mot : *le ministère est changé* [2]. Je n'ai pas seulement voulu savoir en quoi.

Mille tendresses que vous devinerez; elles sont infinies, d'un homme tout seul, en voiture!...

LXV

A MADAME HANSKA, HOTEL DE SAXE, A DRESDE

Paris, samedi 15 [mai 1847].

Mon bon *louloup* chéri, je t'ai écrit : *chère comtesse* et *vous* à Forbach, parce que la lettre devait rester un jour là, et cacheté avec un pain à cacheter humide. Tu auras compris cela, n'est-ce pas?

Le jour où je suis arrivé, jeudi, j'étais exactement mourant. Je n'ai jamais fait pareil voyage. J'éprouvais des douleurs physiques atroces depuis les reins jusqu'aux jambes et aux pieds. J'avais à peine recouvré l'appétit, et je me suis couché. Quelle nuit! Le lendemain, toute cette tempête de douleurs a passé d'en haut en bas. La tête a été prise d'une violente inflammation. Ce matin tout est à peu près calmé. Voilà pour le physique.

Voici les affaires. *Primo*, j'ai trouvé l'infâme créature [3] dans un état affreux d'irritation épistolaire. J'ai cinq lettres pleines de menaces, de projets, etc. Comme j'ai à régler beaucoup d'affaires, j'ai pris

1. Balzac avait passé par Forbach avec Mme Hanska qu'il reconduisait à Francfort d'où elle écrivait le 12 mai à sa fille. « Notre excellent ami m'a reconduite jusqu'ici et il est reparti sur-le-champ, car il a tant d'affaires et il est bien tracassé de tous côtés. » (M. Bouteron, *la Véritable image de Mme Hanska*, p. 5).

2. Le ministère qui, le 9 mai, avait été ainsi modifié: Dumon, ministre des Finances, en remplacement de Lacave-Laplagne; général Trézel, ministre de la Guerre, en remplacement du général Moline de Saint-Yon; le duc de Montebello, ministre de la Marine, en remplacement de l'amiral de Mackau; Jayr, ministre des Travaux publics, en remplacement de Dumon.

3. Sa gouvernante, Mme de Brugnol, la Chouette, qui avait dérobé à Balzac des lettres de Mme Hanska, pour en faire chantage.

le parti de ne plus penser momentanément à cette sale et ignoble affaire; mais cela me poursuit comme un cauchemar.

Hier, j'ai dîné, pour affaires, chez les Fessart. Et la Chouette les voit toujours! Mon mal d'*arachnitis* [1] a cessé pendant le dîner, et j'ai eu l'idée de prendre de la distraction. Je suis allé voir Frédérick Lemaître dans *le Chiffonnier* [*de Paris*] [2]. Eh! bien, mon pauvre *loup*, j'ai senti des mouvements de folie dans ma cervelle. J'ai perdu pendant quelque temps l'esprit, tant j'éprouvais de douleurs morales, causées par cette affaire de la Chouette, et par notre séparation, et par le poids énorme d'affaires que j'ai sur les bras.

J'avais couru pendant toute la journée. Il n'y a rien d'organisé chez moi; j'ai tout à ranger, tout à créer, tout à faire, et j'ai deux emplâtres [3] avec moi!

Il fallait ce matin quinze cents francs à Fabre [4], qui n'a pas fait un pas depuis mon départ. Oh! les gens d'en bas!... C'est affreux! Il faut se débarrasser d'eux à tout prix.

Voilà comment je n'ai pu t'écrire que ce matin. Il est onze heures. C'est à peine si j'ai le temps, car il faut que, d'ici à huit jours, il y ait de la copie à l'*Union*, et que tout soit rangé chez moi. A l'estimation de M. Santi, j'en ai pour quinze jours, et moi je crois à un mois.

La salle de bain [5] ne sera finie que demain.

Te dire ce que je souffre, je ne l'entreprendrai pas. Me voilà *seul!* Je ne vois qu'inimitiés acharnées après moi. D'abord, la Chouette, qui n'en est qu'à ses débuts. Puis il paraît que l'on cause dans tout Paris de ta maison, de notre maison, et que c'est le fait-Paris des petits journaux. C'est, tu comprends, extrêmement contrariant. Milet est l'espion de la Chouette, j'en ai la certitude. Il faut penser à le remplacer. Je viens d'avoir une explication avec lui et Zanella, car la Chouette m'a répété, dans une lettre, les propres paroles que je leur ai dites.

C'est dans ces circonstances-là que j'ai à soutenir cette écrasante lutte de deux romans à faire dans les journaux, de l'affaire de la Chouette, de mes payements, de la *finition* de mes travaux à la maison et de mon installation!

Quand tu étais là, mon bon *louloup*, je m'étourdissais dans le bon-

1. Balzac en souffrait dès le 7 novembre 1843, à son retour de Pétersbourg : « Depuis Berlin surtout, la tête m'a fait horriblement souffrir... j'ai l'arachnitis, c'est-à-dire l'inflammation constante de l'arachnoïde ou réseau de nerfs qui servent d'enveloppe au cerveau, c'est à la fois nerveux et sanguin. Le docteur attribue ceci aux contrariétés et sensations extrêmes qui ont suivi mes excessifs travaux. » Cf. *Lettres à l'Étrangère*, t. II, p. 206, 219, 284, 327, 439, 442.

2. *Le Chiffonnier de Paris*, de Félix Pyat, drame en 5 actes et 12 tableaux, représenté pour la première fois à la Porte-Saint-Martin, le 11 mai 1847, et dont Frédérick Lemaître avait créé le principal rôle, celui du père Jean, le chiffonnier vertueux et rangé.

3. Ses deux domestiques : Zanella et Millet.

4. Mention du *Bottin :* Fabre, marqueteur, 37, rue des Saint-Pères.

5. Cette salle de bain, minuscule, était entièrement ornée de bas-reliefs galants imités de l'antique, en marbre et encastrés dans les murs.

heur; j'allais au plus pressé, je ne mesurais pas l'étendue de mes fardeaux. Aujourd'hui, tu es loin, tu ne me réchauffes plus de tes regards. D'affreux doutes sur ton courage, sur ta persistance me travaillent, car Dieu sait ce que ce monstre inventera, fera!... Elle m'écrit *qu'elle a écrit!*

Tiens pour règle de ma conduite que je ne survivrai ni à notre séparation, ni à quelque chose qui nous attaquerait trop vivement. Hier, au théâtre, l'idée que cette affaire odieuse allait traîner m'a, comme je te le dis, fait perdre la raison pendant dix minutes. Oh! combien j'ai besoin d'un ami près de moi, et je n'ai personne! Il n'y a que toi, Anna et Georges pour moi dans le monde, et cette infernale créature ne pense qu'à nous séparer! Oh! ma Linette, prends bien toutes les précautions, ne néglige rien! Qu'Anna prévienne Georges. Cette affreuse Chouette me dit qu'*on* a écrit. Elle est capable de faire écrire par un tiers, de faire mettre les lettres hors de France. Tu ne te figures pas à quel degré d'horreur elle m'a fait arriver pour *les femmes*. Toi exceptée, et Anna, je n'en aperçois pas une sans frémir. Et tout ce qu'*elle* a acheté, par elle-même, m'est odieux. Je voudrais tout anéantir, tout brûler. Il me semble que tout cela distille du venin. Jamais de ma vie, ma vie n'a été si attaquée; jamais je n'ai eu tant d'obligations et si peu de tranquillité. Ton image, nos souvenirs, sont là, devant mes yeux, comme un autel de sainte et de patronne. Je me dis qu'un si bel amour, deux si belles intelligences, une âme commune si forte, ne succomberont pas devant une misérable servante. J'espère qu'elle se déboutonnera avec M. Fessart et qu'il pourra beaucoup, une fois qu'il aura le droit de se mêler de cela. Ne m'ôte pas l'espérance, la force ne me manquera jamais.

Quelle triste fête que celle du 16 mai [1] de cette année. Ah! comme il faut acheter cher son bonheur! Moi, je ne le trouve pas trop payé : mais toi?

Dans quelques jours je me serai fait à ma solitude, et j'aurai pour soutien le saint travail, ce grand et terrible sauveur. Je vais m'y confier tout entier. Mais que de courses! Régler avec le *Constitutionnel!* Voir tant de monde!... Il faut finir avec Buisson, Labois [2] et autres, d'ici à dix jours. Et ranger, et travailler, et s'organiser!

Mon bon *louloup*, si je ne t'aimais pas à l'adoration, il y a longtemps que je n'existerais plus. Sans toi, je n'aurais survécu ni à la *Chronique de Paris*, ni aux Jardies, ni à ceci. Je suis ton ouvrage, depuis *la*

1. Jour de la Saint-Honoré, fête de Balzac. « Voici la veille de ma fête catholique, écrivait Balzac à Mme Hanska, le 15 mai 1840, et dans quatre jours mon jour de naissance. Je n'ai jamais pu depuis que j'existe voir une fête dans ces deux jours, *jamais personne ne me les a souhaitées*, excepté, une fois, Mme de Castries; la première année de notre connaissance (1832) elle m'envoya le plus magnifique bouquet que j'aie jamais vu. Aussi suis-je toujours triste ces jours-là. » (*Lettres à l'Étrangère*, t. I, p. 537).

2. Avoué, près le Tribunal de première instance, 42, rue Coquillière, successeur de Guillonnet-Merville, dont Balzac, en sa jeunesse, avait été clerc.

Comédie Humaine jusqu'au souffle d'air qui entre dans mes poumons! Comme je vais soigner cette maison qui est la tienne, car je ne fais rien que pour toi, par toi! Je n'ai plus d'existence propre.

Allons, adieu, car il faut que j'aille acheter des chaises de cuisine, une table, une armoire, des chaises, un tas de vétilles de ménage extrêmement ennuyeuses et coûteuses. Je manque d'une foule de choses nécessaires : le charbon, les derniers ustensiles de cuisine, etc.

Voici une heure : il faut te quitter. J'ai arrangé de quoi écrire. Demain tu recevras une autre lettre plus longue et plus explicative. Je t'écris ce mot pour ne pas te laisser dans l'inquiétude. Mille caresses et de bons baisers.

Il faut que je dîne ici ce soir et j'ai à aller chercher des affaires au bout de Paris, rue Chapon [1]. Mille pigeonneries; à demain. Je me lèverai à cinq heures du matin pour t'écrire.

LXVI

A MADAME HANSKA, HOTEL DE SAXE, A DRESDE

[Paris], lundi 17 [mai 1847].

Hier, mon *louloup* adoré, j'ai passé littéralement toute la journée, de six heures du matin à cinq heures du soir, à transporter du rez-de-chaussée au premier étage tout ce qui se trouvait dans la salle à manger. La salle à manger a été vidée et nettoyée. Ce travail, purement mécanique, est de la plus grande nécessité, car, pour la première fois de ma vie, *je ne peux pas rester avec moi-même;* ma tête se perd. Je suis dans la situation d'un homme qui se sent devenir fou.

A cinq heures et demie, je me suis habillé, et je suis allé dîner chez Fessart, car M. Fessart prend bien part à ma cruelle situation, et espère pouvoir m'en tirer.

La veille, j'ai dîné chez Véry [2], assis à la place que tu avais occupée. J'ai fait une chère détestable et un rêve délicieux. Oh! je crois ne t'avoir jamais aimée, en sentant comme je t'aime en ce moment! Après le dîner, je suis allé au Vaudeville [3].

Dans cette journée, j'étais allé acheter rue Chapon ce qui manquait pour la cuisine et l'antichambre. *Primo*, une table de cuisine, avec buffet. *Secundo*, un buffet avec étagère. *Tertio*, deux chaises. *Quarto*, une fontaine filtrante. *Quinto*, une console en bois de chêne poli.

1. Qui commence à la rue Vieille-du-Temple et finit à la rue Transnonain.
2. Le célèbre café Véry, fondé en 1805, était situé au Palais-Royal, galerie de la Rotonde, 83.
3. Pour y voir *la Vicomtesse Lolotte* (de Bayard et Dumanoir) et *Ce que femme veut...* (de Duvert et Lauzanne) où jouait le fameux comique Arnal.

Sexto, deux coffres à bois, qui font banquette, et couverts en velours vert. *Septimo*, quatre chaises pour les chambres de domestiques. J'ai eu tout cela du meilleur goût, de la meilleure façon, et de la plus excellente fabrication, pour deux cents francs. Je n'ai pas besoin, comme tu vois, de gouvernante pour bien faire mes affaires.

Hier matin, 16 (le jour de ma fête s'est passé tout en travail; je n'ai vu personne, et je n'ai pas reçu d'autres fleurs que celles de mes souvenirs), il nous est arrivé un petit bonheur. Il faut aux deux portes cochères des heurtoirs. J'avais décidé une dépense assez forte, car elle coûtait autant que la porte. En tout, l'ornement est plus cher que le principal. Une femme est venue m'apporter de Rouen un délicieux heurtoir, qui n'a coûté que vingt-cinq francs et dont trois exemplaires coûteront quatre-vingt-dix francs. C'est un gain que six cent soixante-dix francs!

J'en étais là de ma lettre, lorsque la tienne m'arrive. Non! te dire ce que m'a fait l'aspect de cette chère écriture!... Non, c'était un baume. J'ai dévoré cela comme une fraise. Et quelles adorables consolations! Comme tu me rassures. Tu es un bon ange!...

Ma Linette chérie, tu m'étonnes beaucoup. Je t'ai écrit de Forbach, et j'ai pensé que tu irais, selon ton projet, pour quelques heures à Mayence, d'après cette lettre.

Je plie sous le poids des affaires et surtout des distances à parcourir. Notre arbitre pour l'ouverture des caisses est nommé. Il faut que j'aille le voir. Il est sur le boulevard Beaumarchais. Tout cela prend des journées.

Le 15, au moment où je sortais pour aller mettre ta lettre à la poste, on m'a dit que le fumiste, qui me demandait depuis le matin mille francs, était à côté, dans une maison, et m'attendait. Je lui avais fait dire que je ne voulais plus m'engager à rien, et que M. Santi ne m'avait pas parlé de payement à lui faire. Il arrive, et m'exhibe un effet de moi, de mille francs, au 15 mai! Comme mes papiers ne sont pas rangés, je n'avais pas pu voir ce payement, qui doit être indiqué. J'avais sur moi les deux mille francs de la Brugnol, et j'ai pu payer immédiatement cela. Mais je n'ai plus que mille francs. Il faut me mettre en quête pour mes recouvrements aux journaux. Enfin, M. Fessart, à qui j'ai parlé de ces deux mille francs, escomptés à la maison Chevreux[1], m'a dit d'attendre et qu'il allait tirer cela au clair. Je payerai toujours, d'ici à trois jours, car je ne veux pas que cette sale guenon ait des titres sur moi, qui pourraient, sous sa langue infernale, passer pour des services rendus.

Je viens d'être interrompu pendant deux heures. Je ne puis rien faire de suivi, rien, tant que la maison ne sera pas terminée, et j'en ai

1. Ou plus exactement : Cheuvreux, maison de soieries, dont Balzac était le client. Voir p. 303.

pour quinze jours, je le crains bien. La galerie est une étuve; tous les tableaux en bois sont tordus. Reviendront-ils? Moret[1] me le dira.

Je voulais t'écrire bien au long. Il faut remettre cela; lors de l'expertise des caisses. Cela ne se fera que mercredi 18. Je ne t'écrirai que le 19; tu n'auras la lettre que le 24. On ne peut pas avoir marché plus vite! L'ordonnance du président, demandée vendredi, a été signée samedi. Je vais prendre jour tout à l'heure avec l'arbitre, et, si ce n'est pour mercredi, ce sera tôt, car demain Fabre parle d'apporter mes meubles. Je voudrais essayer d'aller demain à dix heures et d'avoir fini pour midi. Alors, je t'écrirais, et je gagnerais deux jours.

A demain, donc. Je vais essayer de voir M. Gavault pour voir si celui-là aura des idées pour la Chouette, car il faut en finir. Le mot : *On a écrit*, me fait craindre des menées de Polonais. Elle est capable d'avoir fait écrire de Pologne même.

Hâte-toi de défendre les lettres à écriture inconnue! *Elle* veut te créer des ennuis en Pologne, cela me paraît certain. Oh! mon *louloup* défends nos deux existences, comme je vais essayer de les défendre ici, avec persistance et courage!

Adieu, mon cher bien-aimé trésor! Espérance! comme tu dis. Ce sera notre dernière tempête, nos derniers ennuis. Je vais me caser, travailler à mort, et m'arranger pour partir au 16 août. J'ai vu Gossart; son frère gardera la maison. Mille baisers, mille tendresses, mon bon petit Évelino chéri. Je t'aime plus que je ne t'ai jamais aimée. Je te veux pour femme, ou je ne veux pas de la vie. C'est mon thème, mon cri, avec mille variations. Adieu, à demain, si je puis en finir demain, ou à mercredi soir. J'espère que tu me consoleras toujours. Oh! ta lettre, ta chère et bien-aimée écriture! Je vais m'arranger pour mettre mes trésors dans la caisse. Il est bien temps!...

Cela m'a fait plaisir de voir ton affaire finie avec ta scélérate de femme de chambre. Je crois que la Brugnol fera de même, un beau matin.

Adieu donc. Il est trois heures. Cela ne peut être mis à la poste qu'à la Bourse, et je vais aller sans doute pour rien au boulevard Beaumarchais. Mille caresses, des nôtres et des plus gentilles. Oh! mon minou aimé! Quelles odes je lui ai adressées! Sois bien calme et bien tranquille. Ton rêve m'a fait rire. J'ai toutes les femmes dans une horreur profonde.

Un jour, j'ai vu chez M. Margone (et j'ai dîné avec lui), M. de Lavilleheurnois[2], un héros d'une conspiration royaliste sous le Directoire,

1. Moret que Balzac dans *le Cousin Pons* déclare le plus habile des restaurateurs de tableaux (*Lettres à l'Étrangère*, t. III, p. 323, 331). Voir p. 275, 356.

2. En effet, Balzac n'a pu dîner avec le conspirateur, mort en juillet 1799. Ce conspirateur était Charles-Honoré Berthelot de Lavilleheurnois, maître des requêtes sous le roi Louis XVI, né à Toulouse vers 1750. La conspiration royaliste à laquelle il prit part avec Brotier, Poly et d'autres se produisit le 13 janvier 1797. Lavilleheurnois fut condamné à un an de réclusion, mais mourut, déporté à Sinnamary, à la suite du 18 fructidor an V (4 septembre 1797).

ou le frère de celui-là, je ne me souviens pas de la chose. Cet homme me frappa par sa mélancolie d'eunuque, et je dis ma pensée à M. Margone, en riant. « Le mot *femme* lui donne des nausées », me dit-il, « et cependant il a été bien aimé, trop aimé ». Je ne m'expliquais pas cela. Maintenant, je suis cet homme, et quelque chose de plus. Toi seule, et Anna, vous êtes tout le sexe pour moi. L'aventure de la Visconti et celle de la Chouette m'ont fait considérer le contact d'une femme comme la chose la plus dangereuse, la plus malheureuse et la plus venimeuse qu'il y ait sous le ciel pour l'homme. Oh! tu ne sais pas comme ça a rivé nos liens! Ou toi, ou ne plus vivre!

Adieu; mille chères petites caresses.

LXVII

A MADAME HANSKA, HOTEL DE SAXE, A DRESDE

[Paris, 18-20 mai 1847.]
Mardi [18 mai].

Hier, mon *louloup* chéri, ma touchante et divine Évelinette, je suis allé trouver l'expert et il est impossible de faire l'expédition aujourd'hui, car il y a trois intéressés à réunir. C'est pour demain onze heures. Il est douteux que je puisse t'écrire, mais je l'espère. Je te mettrai un mot qui te dira si tu peux payer Wolf[1] afin de ne pas te retenir à Dresde un jour de plus, et je le mettrai au bas de cette lettre.

Au moment où je t'écris cette lettre, je reçois ta seconde de Francfort. Oh! mon âme, ma femme idolâtrée, dix années de sevrage, comme Jacob, ne payeraient pas le bien que m'a fait ta bonne lettre!

Et me voilà interrompu par une lettre de notre infâme scélérate, qui n'a que trois lignes, et qui me paraît une conclusion. Elle me dit de venir.

Hier, j'ai causé de cette affaire avec Gavault pendant trois heures, de dix heures et demie à une heure du matin, car je ne respirerai que quand j'aurai tes lettres, et, d'après son avis, il faut tâcher, *par toutes les voies possibles*, de les ravoir. J'ai refusé tous ses conseils qui étaient déshonorants. Ainsi, il me disait de souscrire des billets, contre les lettres, et qu'après il vendrait, pour les billets, la plainte

1. Antiquaire à Dresde : « Je vais passer comme une flèche par Dresde... Malheureusement Bilboquet m'a chargé d'une commission pour Wolff et il faut vraiment toute mon amitié pour lui pour m'en être chargée, vu le désir que j'ai de tout terminer là au plus tôt, pour être plus vite auprès de mes chers enfants. » Lettre de Mme Hanska, à sa fille Anna (12 mai 1847), publiée dans *la Véritable image de Mme Hanska*, p. 11.

en cours. Je lui ai dit qu'il fallait être noble avec tout le monde, même avec les voleurs, et que si cela ne faisait pas un procès, je serais condamné par ma conscience.

Enfin, j'y vais aller, car je ne veux pas que tes lettres passent par la main d'un tiers. J'ai la ferme idée que je vais les rapporter. C'est la même marche que chez ta donzelle. Cette créature est dans la période d'abattement.

Mais ce n'est pas tout. Si elle en a pris des copies? Je veux une lettre, que je dicterai, afin que toi et tes deux chers enfants vous soyez à l'abri de toute atteinte.

Ma bien-aimée, je suis dans une situation d'esprit qui te ferait pitié. Je pleure constamment, quand je suis seul, comme un enfant. Ma faiblesse est excessive contre mes souvenirs. J'attends tout du travail. C'est le dernier conseil de Gavault, à qui j'ai fait pitié. Si l'affaire de cette scélérate se termine bien, ce sera un grand pas de fait vers le *mieux* de mon esprit. L'idée d'être la cause involontaire d'une semblable injure, d'une atrocité pareille, contre les trois seuls êtres qui m'intéressent, que j'adore, me dissout.

Ma Minette, je n'ai pas encore vu M. Paillard pour la pendule, depuis que l'affaire a éclaté. J'y suis allé le deuxième jour de mon arrivée, et je ne l'ai pas trouvé.

Le désarroi de mon âme et de mes facultés est tel que je ne sais à quoi m'arrêter. La moindre contrariété me fait pleurer. Je répète ton nom, comme un ivrogne boit du vin. Je ne puis pas travailler avant cinq à six jours; eh! bien, c'est six siècles.

L'humidité de la galerie a perdu les tableaux. Oh! tout n'est pas rose. Il faudra revenir pour repeindre dans bien des endroits. Il faut que cette maison soit habitée, et pendant deux ans, pour rendre tout beau et solide. Je m'y attendais d'ailleurs.

Jeudi 20 mai.

Hier, ma bien-aimée Linette, j'ai passé toute la journée à la douane et à déballer le lustre, et il m'a été impossible de t'écrire, car j'étais, avant-hier, si fatigué que, mercredi matin, je me suis levé à neuf heures; il a fallu partir pour la douane, et voici le résultat.

Il est arrivé peu de dégâts au meuble royal de l'armoire. Fabre la trouve à mille piques au-dessus du meuble de Miville. Mais moi je la trouve intéressante au point de vue de l'art et fort belle.

La note pour Wolf te dira ce qui est arrivé au lustre, qui est une *merveille*. Il vaut toute l'acquisition.

Ne me demande pas de longues lettres en ce moment. Je suis occupé à tout finir, tout ranger, afin de mettre un peu d'ordre autour de moi. Il faut que je mange chez moi. Il faut que j'aie un cabinet de toilette, et tout est à créer, à arranger!

Il y a espoir que les lettres me soient rendues et que toute cette affaire soit finie. Mais ne néglige aucune précaution.

Paye Wolf, mais qu'il soit bien entendu entre vous qu'il te fasse une diminution de deux cents francs sur ton premier marché avec lui, car il y a cela de dommages, et plus que cela de dépréciation.

On a été forcé de couper cinq centimètres dans les pieds de l'armoire; mais cette suppression n'a pas nui à la grâce du meuble.

Adieu, j'attends une lettre de toi pour savoir où t'adresser le journal que je vais commencer pour toi, dès que je serai remis à mes travaux. Nous avons tant d'armoires, tant d'endroits à serrer *des effets*, que je ne crois pas que nous en ayons jamais assez pour la dixième partie de ces profondeurs.

Mille baisers, mille tendresses. Je t'aime comme un fou. Je vais tout arranger pour aller te rejoindre au mois d'août, et je ne veux plus te quitter. Sois tranquille sur moi. Aujourd'hui, jour de ma naissance [1], je te donne à nouveau toute ma vie et toute mon âme. Mille caresses au minou.

Je ne t'écris plus, sans savoir où adresser la lettre.

LXVIII

A MADAME HANSKA, A RADZIWILOFF [2]

[Paris, 24-31 mai 1847.]
Lundi 24 [mai].

Chère Comtesse, vous ne sauriez croire mon double chagrin. Je vais brûler une lettre de huit pages qui vous était écrite depuis trois jours, car j'ai reçu hier votre lettre de Leipsick, et vous me dites d'adresser mes lettres, à compter du jour où je recevrai cette lettre, à Radziwiloff!... Vous savez maintenant pourquoi je la brûle. Il n'y a plus *ni petite fille*, ni aucune de ces confitures d'amitié qui émaillaient la correspondance. Il faut revenir à l'*Officiel*.

Enfin, je suis bien chagrin, car je voulais vous écrire que si Wolf était honnête, il devait vous vendre les deux paires de vases dont

1. Balzac était né le 20 mai 1799 à Tours, 25, rue de l'Armée-d'Italie (actuellement, 35, rue Nationale).

2. Ville russe de Volhynie située à la frontière de la Galicie, à proximité de Wisniowiec, domaine du comte André Mniszech, frère de Georges, où Mme Hanska allait faire séjour. Ainsi qu'on l'a déjà vu dans la dernière lettre, Mme Hanska regagnait l'Ukraine par étapes : Francfort, Leipzig, Dresde, Breslau, et enfin Wisniowiec. Balzac devait passer à son tour à Radziwiloff, quelques mois plus tard, se rendant à Wierzchownia pour y rejoindre Mme Hanska. Cf. *Les Cahiers balzaciens*, n° 7 (*Lettre sur Kiew*.) Voir plus loin p. 265, 279.

vous m'avez tant parlé, à bons prix. Chose effrayante! Je n'ai pas assez de porcelaines! D'abord, je change la destination du vase ou de la potiche verte de mon cher Zorzi [1]. Je ne veux pas qu'elle soit dans l'escalier; elle sera dans mon cabinet, au-dessus du meuble florentin du Roi [2]. Il faut donc deux vases ou pots pour l'escalier. Puis, il en faut deux pour mon cabinet. Qui l'eût dit?

Je vais maintenant vous recopier, et vous mettre en *vous*, la lettre à brûler, coupable de trop de cette syllabe qui fait le charme d'une des plus fameuses poésies légères de Voltaire [3].

D'abord, en lisant cette lettre de Leipsick, je vous ai comprise comme on comprend son mal raconté par un autre. Je suis dans un tel état de souffrance morale que toute description en est inutile. Je suis dans un tel état d'irritation que les plus légères contrariétés me jettent dans des fureurs épileptiques.

[Dimanche] 30 mai.

Six jours d'interruption! Levé à quatre heures tous les jours! Pas *une seconde* de relâche. Il a fallu, moi et Millet [4], à nous deux seuls, battre et nettoyer la bibliothèque, la monter du rez-de-chaussée au premier étage, et, au moment où je vous écris (2 heures, après-midi, 30 mai), Fabre fait encore travailler à la bibliothèque. Je l'aurai difficilement ce soir pour mettre mes livres.

L'histoire de ces six jours vaudrait six cents pages. *Primo*, procès avec Jacques [5] (il est arrangé). *Secundo*, procès avec Fabre! Cet homme à qui j'avais donné, comme vous le savez, huit mille francs d'argent, n'a pas voulu me livrer le reste de mes meubles (à moi!) sans l'argent. C'est effroyable!

Des courses sans nombre! Il manque une foule de petites choses, qui, au total, feront des sept à huit mille francs. Et combien de courses!

Lefébure ne voulait plus rien faire.

Les tapis vont à six mille cinq cents francs. Il y a six mille francs à payer pour cela en juillet et août. Les dorures de Servais vont à trois mille cinq cents francs. Le tapissier ira à deux mille cinq cents francs.

Je reçois à cette heure ta chère lettre de Breslau.

Dans ces six jours, calculez tout ce que j'ai dû faire, vous en serez effrayée. Aussi, vais-je très mal. J'ai les amygdales constamment

1. Georges Mniszech.
2. Sur ce meuble florentin, que Balzac avait acquis en décembre 1843, voir *le Musée des familles* du mois d'août 1846, où l'on trouvera (p. 321-324) un article de Léon Gozlan, *Secrétaire de Henri IV et commode de Marie de Médicis*, meubles florentins retrouvés par M. de Balzac (avec illustrations). Cf. *Lettres à l'Étrangère*, t. II, p. 247-248, 267, 280, 308, 328, 356, 447; t. III, p. 39.
3. Épître *Sur les vous et les tu* adressée à Mme de Gouvernet. (Mlle de Livry.)
4. Son domestique.
5. Voir plus bas, p. 259 : « Jacques, le peintre, ce mauvais drôle. »

enflammées. Mais je ne puis pas m'arrêter avant d'avoir mis la maison en ordre et rangé la bibliothèque et les papiers.

Les consoles de Servais viennent d'arriver pour les deux vases grand mandarin. A toute heure il arrive des choses qu'il faut recevoir. Tout donne lieu à des remaniements coûteux. Les deux lanternes, au premier et au rez-de-chaussée, doivent être diminuées.

Je dîne tous les jours chez le restaurateur, car je ne puis pas faire encore de cuisine, et cette vie, qui coûte trois cents francs par mois, est exécrable.

Les échéances arriveront. Tout se double comme dépense, et il faut pouvoir travailler.

Il faut dix jours de persistance, de courses, etc., pour *avoir des stores* aux quatre jours de la galerie!

J'aurai trois mille francs chez les Grohé [1]! Vous aimiez si peu les meubles en bois de rose de Fabre, que j'ai donné deux cents francs pour ne pas les avoir, et il faudra quinze cents francs à Grohé pour les siens.

Vous raconter tous ces ennuis, ces mécomptes, ces dépenses grossies, ça serait vous faire verser des larmes. Il y a pour trois mille francs de glaces, sans compter celles de la bibliothèque! Je ne sais pas où me fourrer. Je vais travailler à en mourir, finir *les Paysans*, faire du théâtre [2], achever *le Député d'Arcis* [3] et brocher une œuvre aux *Débats* [4], car il faut aller vous retrouver en Ukraine, ou je périrais d'ennui. Croiriez-vous qu'en travaillant comme un commissionnaire, en fatiguant comme un soldat, allant, venant, courant, je sens un vide et un ennui qui me tuent!

J'ai envoyé Pauline et sa mère au Vaudeville, voir Arnal [5]. Elles vous parleront de cela.

Enfin, dans cinq à six jours, je vais être à mon bureau de travail et prendre une vie régulière, travailler au jour, et dormir pendant les chaleurs.

Ayez l'excessive bonté d'écrire à Wolf de tout envoyer ce que vous avez acheté à Dresde [6]. Tout ce que vous avez pris là était nécessaire, indispensable.

1. Grohé frères, fournisseurs du Roi, médaille d'argent à l'Exposition de 1839 et médaille d'or à celle de 1844. Meubles et objets d'art, 30, rue de Varennes.

2. *La Marâtre*, drame intime en cinq actes et huit tableaux, représenté pour la première fois au Théâtre-Historique, le 25 mai 1848.

3. Dont la première partie parut dans l'*Union monarchique* du 7 avril au 3 mai 1847. Voir p. 71, 326.

4. Il n'en brocha aucune, mais se proposait d'adresser à ce journal, sous le titre de *Lettre sur Kiew*, le récit de son voyage et de son séjour en Ukraine. Cette lettre, inachevée, a été publiée dans *les Cahiers balzaciens*, n° 7. Le voyage de Balzac avait été annoncé à grand fracas dans *Les Débats* du 4 septembre 1847, et aussi, deux jours après, dans *le Charivari*.

5. Pauline Moniuszko et sa mère, Mme Aline Moniuszko, sœur de Mme Hanska, étaient allées au Vaudeville, pour voir le fameux comique Arnal dans *la Vicomtesse Lolotte* et dans *Ce que femme veut*.

6. Sur ces achats de Mme Hanska à Dresde, voir *la Véritable image de Mme Hanska*, p. 11.

Avant le 15 juin je n'aurai encore aucune pièce de complète! C'est effrayant. Maintenant, voulez-vous connaître Paris? M. Ramée[1], un des plus savants architectes de France, un homme qui professe et qui restaure, avec deux millions que le gouvernement lui alloue, la cathédrale de Beauvais, a vu notre œuvre. Il a tout parcouru et il m'a demandé : « Depuis quand avez-vous commencé? — Depuis neuf mois, et il en faut encore deux. Mais ce que j'ai dépensé de colères, d'irritation et de temps vaut la maison! — Neuf mois, a-t-il repris! Moi, en deux ans, je n'y serais pas arrivé!

Depuis huit jours je n'ai pas eu le temps d'écrire deux mots à Doctor[2]. Je n'ai pas eu le temps de me faire la barbe, de mettre une chemise! Au moment où je vous écris, il y a Fabre et quatre ouvriers qui travaillent autour de moi. J'aurai des ouvriers encore pendant trois semaines.

Croiriez-vous que Jacques, le peintre, ce mauvais drôle, disait à Petit, le restaurateur des coupoles, d'en faire le moins possible!... Les coupoles, vous n'en avez vu que les squelettes. J'ai distrait le compte de M. Petit des comptes de Jacques. Il travaille pour moi; il en a encore pour deux jours, et il ne sera payé que quand nous serons contents. Les coupoles seront magnifiques; tout y sera en harmonie, mais quelles dépenses! Tous les gens d'esprit disent la même chose : « Ce n'est pas une maison, c'est un écrin! » Et je me dis : « Le diamant n'y est cependant pas encore! »

Ce que Grohé a à faire de supports, c'est fabuleux! Il y en a huit en bois. M. Paillard en a huit en cuivre doré. Les raccords de peinture ne seront finis que la semaine prochaine. Or, tant que j'aurai à me préoccuper d'ouvriers à faire venir, de travaux, de choses à finir, à compléter, comment travailler? C'est impossible.

J'ai ajourné les deux constructions accessoires, à juin 1848; c'est une affaire de deux mille francs.

Madame de Girardin[3] est gravement malade. Je l'ai su par Méry[4]. Il a fallu lui faire une visite hier, et j'ai appris là un monde de choses que je vous dirai de vive voix.

Vous voyez comme je vous écris? Chaque alinéa constitue une interruption.

1. Né le 18 avril 1764 à Charlemont (Ardennes), mort le 18 mai 1842 à Beaurains (Oise).

2. Auquel Balzac avait fait une commande de linge à son récent passage à Francfort. « Avant son départ, écrivait, le 13 mai 1847, Mme Hanska à sa fille, il [Balzac] a fait des commandes de linge ici, ce qui a rendu bien fiers les Francfortois. » Cf. *la Véritable image...*, p. 20.

3. Mme de Girardin, née Delphine Gay, grande amie du romancier qu'elle célébra dans *la Canne de M. de Balzac* et raccommoda plus d'une fois avec Émile, son mari, directeur de la *Presse*. Elle mourut en 1855. Cf. H. Malo, *Une muse et sa mère* (Paris, Émile-Paul, 1924, in-8) et *la Gloire du vicomte de Launay* (Paris, Émile-Paul, 1924, in-8).

4. Poète d'une extraordinaire fécondité, né aux Aygalades, près Marseille, le 21 janvier 1798, mort à Paris, le 17 juin 1866. Balzac lui avait rendu visite à Marseille lors de son passage avec Mme Hanska en octobre et novembre 1845. Cf. *Lettres à l'Étrangère*, t. III, p. 120-125.

N'oubliez pas de me faire raconter, à Wierzchownia, cet hiver [1], les comédies que Fabre a jouées pour obtenir de l'argent. C'est quelque chose de merveilleux. Les méridionaux français sont supérieurs à tout ce que les romanciers peuvent inventer sur eux. C'est quelque chose de prodigieux.

J'ai pour quatre cents francs de verrerie ordinaire et de porcelaine ordinaire. Si vous rencontrez jamais, comme l'hiver dernier à Dresde, quelque chose de magnifique en verrerie ou cristaux de Bohême [2], pensez à moi.

J'ai été trois jours entiers à ranger et à compter le linge! La lingerie est encore à peindre et à terminer.

Je vais demander à être fait officier de la Légion d'honneur [3], pour avoir enfanté les prodiges de la rue Fortunée!

Le petit père Santi m'a demandé de lui faire un effet de mille francs.

Voici ce qu'il y aura à payer en juillet et août, pour le moment : Servais, deux mille francs; miroitier, mille francs; Chapsal, quinze cents francs; tapis, six mille francs; étoffes, deux mille francs; entrepreneurs, huit mille francs; linge [4], deux mille francs; Santi, mille francs. Total, vingt-trois mille cinq cents francs, et ma mère [5] huit mille francs. Total, trente-deux mille francs. D'ici là, j'aurai bien pour huit mille francs à payer au comptant. Mettez Buisson et Labois, c'est cinquante mille francs environ. Puis, il faut de l'argent pour mon voyage, et il en faudra laisser au frère de Gossart pour les impositions, le concierge, et lui en envoyer pour les payements, que je reculerai en mars 1848 [6], et qui seront : Froment-Meurice, Paillard, Grohé, Liénard [7]. En tout, treize mille francs; et le reste des mémoires des entrepreneurs, sept mille francs; ça fera vingt mille francs. Ceci retardera d'un an ma libération définitive.

Voilà ce que vous m'avez demandé.

D'ailleurs, tant de sacrifices, d'ennuis, ne seront pas perdus. La *petite fille* sera dans son écrin comme doit y être une chose précieuse, un diamant sans pair, un bijou sans rival!

1. Balzac, en effet, passa l'hiver à Wierzchownia. Arrivé le 13 octobre 1847, il n'en repartit qu'en février 1848.

2. Quelque chose de semblable au hanap que lui avait offert son admiratrice la comtesse Ida de Bocarmé, en mars 1844. On trouvera la reproduction de ce chef-d'œuvre de cristallerie, publiée par M. Bouteron, dans *Bettina ou le Culte de Balzac*, avec description (p. 51). Voir plus loin, p. 265.

3. Il avait été fait chevalier, par décret du 24 avril 1845, en même temps qu'Alfred de Musset et Frédéric Soulié. Le décret n'avait paru au *Moniteur* que le 1er mai suivant. Cf. *Lettres à l'Étrangère*, t. I, p. 369; t. III, p. 100 et aussi : *l'Illustration* du 3 mai 1845 (p. 147); *le Charivari* des 22 mai et 13 août 1845.

4. Sans doute le linge acheté à Francfort.

5. Balzac mourut sans avoir pu s'acquitter complètement envers sa mère, à laquelle Mme Hanska fit très régulièrement une rente de 3.000 francs. Cf. *la Véritable image de Mme Hanska*, p. 33.

6. C'est-à-dire à son retour d'Ukraine.

7. Liénard, « notre célèbre sculpteur sur bois », ainsi que le mentionne Balzac dans *le Cousin Pons*. La chaire et le banc-d'œuvre de l'église Sainte-Clotilde ont été exécutés par Liénard.

M. Margone est venu voir ces merveilles, et malgré sa froideur, il a été émerveillé, comme je n'ai jamais vu d'homme. Il a conclu au million dépensé, et a dit qu'excepté le duc de Luynes[1], il n'y avait rien de pareil à Paris. Je l'irai voir à Saché, quand j'irai chercher la commode qui manque.

Fabre a encore pour seize cents francs de meubles à faire, non compris la table de nuit en Boule, pour la chambre à coucher.

Le lundi 24, jour auquel j'ai voulu refaire les huit feuillets écrits en *tu*, la veille nous avions eu trente degrés de chaleur, qui ont succédé à des temps froids. La nuit, j'avais tout fermé. J'ai failli périr par étouffement, et j'ai été réveillé par une des plus affreuses crampes que j'aie eues. Elle a duré une heure. Je vous raconterai cela, en vous peignant les chaleurs tropicales de l'hôtel de la rue Fortunée, où Georges se trouverait si heureux!

Je vous peindrai difficilement ma consternation quand j'ai vu qu'il fallait adresser mes lettres en Russie. La séparation a été une maladie qui dure encore et qui ne se guérira qu'à Wierzchownia. Mais la privation de l'intimité!.... Me croiriez-vous? Ça a été le dernier coup, qui, plus faible que les autres, détermine la chute. Je ne sais comment faire; à chaque ligne, j'hésite, et je me fais des remontrances pour rester dans les termes convenus.

Je n'ai pu écrire à vos chers enfants, qui sont comme des enfants donnés, pour moi, par l'amitié, par la prédilection! N'oubliez pas, outre vous trois, qu'il y a le quatrième, l'absent, qui souffre mille maux, qui maudit la France et la rue Fortunée et qui trouve la Russie, Wisnowitz et Wierzchownia les plus beaux endroits du monde. Oh! j'irai, je laisserai tout! Je n'aime que mes chers saltimbanques.

Ah! j'ai trouvé pour l'œuvre de Zorzi. *Christophe Colomb* ira dans le cadre Louis XVI. et *Salomon* dans le nouveau. De plus, ils quitteront la salle à manger et viendront dans mon cabinet, car l'un est le souvenir de mon bon et unique ami masculin, Zorzi, et l'autre, un souvenir de *votre souvenir* à Naples, pour votre pauvre Bilboquet. Par quoi remplacerai-je ces deux cadres dans la salle à manger? Je ne sais pas. Mon cabinet aura, de plus, un mandarin phénoménal et la buire en craquelé, sur deux piédouches. Les deux vases de Dresde iront sur le meuble du Roi, et j'en ai deux autres en vue, pour le meuble de Rouen. La cheminée aura la garniture impériale. Il restera deux places pour deux piédouches à faire et des curiosités à trouver.

Grohé fait un meuble délicieux pour exhiber les cassettes, qui aura pour pendant la fameuse caisse de Mayence, montée sur des pieds en fer. Vous me gronderez, mais il a fallu faire venir les quatre

1. Honoré-Théodoric-Paul-Joseph d'Albert, duc de Luynes (1802-1867), archéologue, membre libre de l'Académie des Inscriptions. En 1862, il fit don à la Bibliothèque impériale d'une magnifique collection de sept mille huit cent quatre-vingt-neuf objets évaluée 1.200.000 francs.

parties du monde, de chez Schwab. Tout vu, il n'y a que cela pour aller dans mon cabinet.

Pas de nouvelles de Vital. Je lui ferai dire de venir demain par Lefébure.

Hélas! en 1848, il faudra acheter pour mille francs de rideaux blancs, pour les changer quand on blanchira ceux qui y sont.

Voici maintenant mon compte. J'ai, en tout, soixante-quinze mille francs à payer. Si j'en reçois quinze et que Rotschild m'en prête trente, cela fera quarante-cinq mille francs. Il faudra que j'en gagne trente-cinq mille. Cela ne me fait payer ni Buisson, ni Sèvres[1], ni Labois, et il faut gagner trente-cinq mille francs. Aussi, ai-je la crainte de ne pouvoir partir qu'en septembre, et le tout à cause des retards de Fabre et consorts, Paillard et autres.

Depuis huit jours, j'ai un fonds de fièvre, causée par la fatigue, assez inquiétante pour consulter M. Nacquart. Depuis que je vous écris, mon mal de gorge augmente; mais ce ne sera rien; c'est de la fatigue et de l'échauffement!

Oh! je vous assure bien que si je croyais travailler pour moi seul, il y a bien longtemps que j'aurais tout abandonné, tout quitté. Mais l'idée de loger dans cet écrin une bien-aimée me donne la force de tout supporter. C'est le sentiment catholique transporté dans la vie privée. Vous savez bien ce que je veux dire, vous qui marchez par la même voie, le même sentiment, et vous faites des joies infinies de vos peines, en pensant aux trois êtres qui vous sont si chers. Au début de la vie, on aime toute la création, on se sent des forces à tout chérir. Mais, à mesure qu'on s'avance, comme on rétrécit le cercle, comme on écope sa barque, comme on se jette des marchandises à l'eau! Je n'ai plus que trois êtres aimés : vous et vos deux enfants, et il en est ainsi de vous. Mais aussi, quels immenses trésors d'affection! Ce qui se répandait sur l'univers se concentre sur les chéris, sur les élus, sur les aimés! Dites bien cela à vos chers enfants, qui comptent pour vingt, et à vous qui comptez pour quatre-vingts, dans les cent de force aimante, l'infini du cœur humain.

Adieu, pour aujourd'hui. Il est trois heures, et il est impossible de faire partir cette lettre, quand on est à Beaujon. Il faut attendre à demain. Mais je ne finirai pas sans vous remercier, sans appeler sur vous tous les bienfaits de Dieu pour les bonnes et consolantes lettres que vous m'avez envoyées de Dresde, de Breslau. J'ai bien compati à vos ennuis sur les chemins de fer allemands[2]. Vous étiez seule, et je sais ce que c'est d'être seul!

Toutes vos acquisitions ont été faites à Dresde comme si vous

1. Les entrepreneurs et ouvriers de Sèvres qui avaient travaillé à la fameuse villa des Jardies. Voir t. III, p. 22, et plus haut p. 28, 211.

2. Sur la lenteur des chemins de fer allemands on pourra lire l'amusant récit fait par Balzac dans la *Lettre sur Kiew* (*Les Cahiers balzaciens*, nº 7), p. 25 et suivantes.

aviez entendu mes souhaits ici. Oh! que de regrets pour les vases bleus! C'est une leçon. Il faut toujours mettre la main sur ce qui est unique et beau.

J'avais dîné à trois francs chez Broggi [1], et je m'applaudissais de ma sobriété. J'arrive sur le boulevard, et je vois ce cadre, ce mandarin. J'ai sauté dessus. Mon dîner à coûté quatre cent trois francs!

Adieu, chère Comtesse, à demain. Je ramasserai dans mon souvenir tout ce que j'aurai oublié, et vous ferai un petit bouquet d'adieu. Maintenant, vous recevrez les lettres *bilboquetiennes* trois fois par mois, le 10, le 20, le 30. C'est là les jours de départ. Vous verrez les jours d'arrivée.

A demain. Mon mal de gorge augmente; il faut aller voir le docteur.

Lundi 31 [mai].

Le docteur était à Pontoise [2]; il ne revient que ce matin à dix heures. J'ai peu mangé, je me suis couché vers huit heures et demie, et j'ai dormi jusqu'à sept heures, ce qui prouve que cet échauffement provient d'une excessive fatigue et d'un besoin de repos. Fabre et trois ouvriers n'ont pas terminé hier. Il revient ce matin, et j'espère qu'il aura tout fini. Mais il y a encore à faire : *primo*, votre petit cabinet; *secundo*, la bibliothèque; *tertio*, le meuble d'ébène acheté chez Vital; *quarto*, une table de nuit; *quinto*, un canapé pour la première pièce en haut, et quelques autres choses.

Je me suis levé ayant toujours de la courbature, et la tête intérieurement chaude, comme quand on a la fièvre.

Au milieu de tous mes ennuis, il a fallu aller au *Constitutionnel*. Ma rédaction [3] n'est pas encore réglée, je n'ai pu rien vérifier, et j'ai pris provisoirement six mille francs. A *la Presse* [4], il y a encore des difficultés. Enfin Pétion a fait faillite mais le *Siècle* [5] est responsable. Ainsi, ce n'est que des ennuis, mais pas de perte.

M. Santi vient de venir. Nous en sommes toujours à demander mille petites choses aux entrepreneurs. La peinture emploiera toute la semaine. On travaille toujours aux coupoles. Après avoir dépensé tant d'argent à la salle de bain, je ne puis pas prendre encore un bain; le plombier n'a pas fini. Ces ennuis sont incessants.

A la première lettre que vous recevrez, j'espère vous annoncer que tout sera terminé et que votre sœur Aline aura pénétré dans le sanctuaire.

1. Paolo Broggi, fameux restaurateur italien, 17, rue Lepeletier, à côté de l'ancien Opéra.
2. Chez son fils Raymond Nacquart, juge suppléant au tribunal de Pontoise.
3. C'est-à-dire *le Cousin Pons* et *la Cousine Bette*.
4. Avec le directeur Émile de Girardin, furieux de ne pouvoir obtenir de Balzac la fin des *Paysans*, pour laquelle il avait déjà fait des avances d'argent au romancier.
5. Journal avec lequel Balzac était en rapports, ainsi qu'on l'a vu plus haut, pour la réédition de ses œuvres; Pétion était un libraire établi, 11, rue du Jardinet.

Allons, adieu; mille tendres hommages; bien des vœux, des vœux de tous les jours, pour que tout aille bien. Ne vous préoccupez pas des ennuis de la Brugnol[1] par trop, une fois toutes vos précautions bien prises. Vous savez quel cœur je porte pour vos chers enfants. Si Anna donnait un successeur au *roi des coléoptères*[2], cela me ferait accourir. Dites-moi ce phénomène intéressant; dites-moi bien tout; vous allez avoir bien plus de temps que j'en ai, moi qui me trouve devant soixante-quinze mille francs à payer, et les actions du Nord baissent toujours! Je n'ai pas peur, les recettes vont bien. Ce n'est que du temps.

Ah! la belle affaire que Moncontour, que vous m'avez déconseillée! On a fait pour vingt mille francs de vin l'année dernière, et on en fera pour vingt mille encore cette année. Or, quarante mille francs de moins sur le prix, à cent vingt mille francs, c'était une belle affaire. Quand le Nord sera remonté, j'achèterai Moncontour. Ce sera en 1849, à l'âge de cinquante ans, au beau milieu de ma vie!

Allons, *réadieu.* Voici le premier envoi. Vous lirez cette lettre à Wisnowitz. Dites-vous bien que je voudrais y être, et rire avec les deux saltimbanques. Si Georges veut quelque chose de Buquet, qu'il m'écrive. Dans la noire tristesse où je suis, voir l'écriture d'Anna, de Georges, c'est du bonheur immense. Quant à la vôtre, vous savez ce que c'est!

Ma main est devenue lourde. Je n'écris plus si facilement. Je ne sais si c'est la dissipation de ces trois mois, mais je vois et je sens une différence.

Je ne sais plus parler *la langue officielle.* Je voudrais vous dire tant de choses, j'ai le cœur si plein, et la phrase me paraît si dure, si froide! Vous devinez cette souffrance, la plus cruelle de toutes, et vous aurez le don de clairvoyance, n'est-ce-pas?

Adieu donc, et mille, tous les mille souvenirs! Je ne sais pas si vous faites comme moi; mais, maintenant, je pense à tous ces voyages si beaux, et les ennuis m'en paraissent charmants. Je ne maudirais pas la fille du major, qui vous a dépouillée; je me plais à penser à l'affreux mal de mer du bateau napolitain, où l'on ne mangeait pas; j'ai la quittance de *domenico di voto*, comme une relique, et la palme de Rome orne la cheminée du salon vert. Naples, tout en gouaches, orne l'escalier. Je voudrais avoir les portraits de ces deux ouistitis, Anna et Georges, dans le salon vert. Mais comment faire?

Je n'aurai les porcelaines peintes, encadrées, que jeudi. Jugez de ce que c'est que Servais et ses délais.

Allons, il faut quitter ce bout de papier à qui je confie mon âme, et qui doit être l'interprète de tout ce qu'il ne dit pas. Donnez-moi

1. On se souvient que cette intrigante lui avait dérobé des lettres de Mme Hanska.
2. Par allusion à la passion du mari d'Anna pour les coléoptères.

bien des détails. La tante Aline ne prononce pas le nom d'Anna. Je crois qu'elle la déteste. Pauline ne me demande plus rien d'elle.

Allons, adieu; je vais, maintenant que les premières fatigues du déménagement sont passées, et que je vais ranger mes papiers, vous écrire tous les jours. Ceci part le 31 mai, vous aurez une lettre mise à la poste le 10 juin.

N'oubliez pas de dire à Wolf de tout envoyer, car les chaleurs vont m'obliger à travailler dans la bibliothèque, et à coucher dans la coupole.

J'ai obtenu huit mille francs de plus chez Gossart, ce qui portera la dette à vingt mille francs, et le remboursement des vingt mille francs en juin 1848. Mais c'est douze cents francs d'intérêt. Ce n'est pas tout à fait sûr. Je n'aurais plus que deux mille francs à trouver pour le versement de juillet, et si Rothschild prête trente mille francs, cela fera une dette de cinquante mille francs, hypothéquée sur les actions du Nord[1].

LXIX

A MADAME HANSKA, A WISNOVICZ, PAR RADZIWILLOW[2]

[Paris, 1er-10 juin 1847.]
[Mardi] 1er juin.

Je dîne aujourd'hui pour la première fois ici. Je vais commencer à y travailler et à m'y établir. Il en est d'une nouvelle maison comme d'un nouvel habit : elle gêne aux entournures. Il faut s'y habituer, en prendre les êtres, ou y incruster ses habitudes, ses regards. Il y en a encore pour une quinzaine de jours. M. Paillard ne donne rien; Lefébure en a pour dix à douze jours, et Grohé, Fabre pour un mois. C'est tout au plus si les raccords de peinture seront finis dans une semaine. Je vais oublier tous ces ennuis, et me mettre aux *Paysans*, fort et ferme.

J'ai oublié de vous dire que cette épouvantable Bocarmé[3], qui

1. Pour envelopper cette lettre, Balzac s'est servi d'un feuillet sur lequel il avait écrit : « A finir : *le Départ d'Arcis*, *les Paysans*, *les Petits Bourgeois*. A faire : *la Famille*, *les Méfaits d'un procureur du Roi*. Pour *le Musée des familles : l'École des Bienfaiteurs*, *la Maisonologie*. »

2. La graphie de Balzac est fort capricieuse : il écrit tantôt Radziwiloff, tantôt Radziwillow, tantôt Wisnowitz, tantôt Wisnovicz, etc., etc.

3. La comtesse Ida de Bocarmé, que Balzac appelait par dérision sa Bettina. Voir plus haut p. 260, n° 2.

dépasse en scélératesse la Brugnol, de cent coudées, a fini par se rencontrer avec votre sœur Caroline [1], à Rome, et que ces deux charmantes femmes se sont archi-plu et sont, pour le moment comme deux sœurs à la fleur d'orange.

Je vais chez mademoiselle Godefroid, la collaboratrice de Gérard [2], pour avoir le portrait de mon père, ornement de la première pièce du rez-de-chaussée.

J'ai toujours mal à la gorge.

[Mercredi] 2 juin.

Je suis très content du portrait de mon père, et très mal content de mon premier dîner. J'ai réglé hier deux mille cinq cents francs à Servais, au 15 février 1848. Je vais tout mettre maintenant à cette échéance, car, sans cela, je ne pourrais pas partir. J'y reporterai quatre mille francs de ma mère. Je vais faire une journée de rangement de papiers, car il faut retrouver mes manuscrits et mes plans.

J'éprouve un vide, un ennui, un dégoût de tout, qui agit encore sur mon cerveau. Néanmoins, la nécessité est telle qu'il faut absolument travailler. Rien n'égale d'ailleurs le silence et la tranquillité de la rue Fortunée. On y est tout à fait à la campagne. Seulement, la cloche de Gudin, qui reçoit beaucoup de monde, trouble ce silence. Allons, encore le mois de juin et ce sera fini, il faut l'espérer. Je vais travailler avec d'autant plus de courage que, cette fois, c'est bien la dernière corvée.

Les recettes du Nord montent toujours, et les actions sont stationnaires. Tout dépend de la récolte.

Il me tarde bien d'avoir votre lettre, lorsque vous serez avec les chers petits saltimbanques.

Je n'ai pas une minute de repos, je ne sais pas quand je serai délivré des ouvriers. Croiriez-vous que j'ai été interrompu plus de vingt fois en vous écrivant ce petit nombre de lignes et, notamment, par Altmann, qui vous a vendu le loup, et à qui j'ai fait fête, comme à quelqu'un qui vous avait vue.

On en est à mettre les porte-rideaux. Ce sera tout au plus fait aujourd'hui. Dieu sait quand je serai tranquille!

Mon premier dîner a été exécrable; je ne sais pas si le second sera meilleur.

Je souffre tant de la gorge, et depuis quatre jours, que je vais chez le docteur. J'attends que les ouvriers aient fini, pour partir.

1. Qui fut successivement Mme Sobanska, puis Czirkowicz, pour épouser en dernier lieu Jules Lacroix, le frère de Paul Lacroix, le bibliophile Jacob.

2. Balzac fréquenta le salon du peintre Gérard, où il rencontra Stendhal. Mlle Godefroid, peintre de talent, était l'élève préférée de Gérard.

[Jeudi] 3 juin.

Ce matin, après une très mauvaise nuit, je suis allé chez M. Nacquart[1]. J'ai une inflammation générale, qui éclate sur un point faible, le larynx et les amygdales. J'ai une ordonnance, et je vais la suivre scrupuleusement. C'est tout l'arsenal de la médecine. Il m'est défendu de parler. Mais le moyen, avec un monde d'ouvriers?

Hier, Fabre a à peu près fini, car il en a encore, dimanche prochain, pour une demi-journée. Je puis enfin ranger mes livres. C'est une affaire assez longue. Pendant que je vous écris, il me vient un compère-loriot dans l'œil droit. Il faut absolument me médiquer.

J'ai pris le parti de ne plus mettre un effet à payer aux mois d'août et de juillet, et de faire un fort versement en février 1848, car je ne sais pas ce que va donner la littérature, du moment où je débute par une petite maladie.

Mon ennui est incurable, et je vais essayer de le combattre par le travail.

Il faut que j'aille chez Rothschild, car l'affaire Buisson se termine demain ou samedi, et j'espère aussi terminer avec la Chouette. Il s'agit de lui donner cinq mille francs de plus et j'avoue que j'aime mieux cela que tous les procès et les ennuis qui s'annonçaient. Ce matin, M. Nacquart me grondait de ne pas les avoir donnés. Mais je veux avant tout les lettres, et sans condition.

Une fois l'affaire Buisson soldée, je finirai Labois, et je presserai M. Fessart, qui ne marche pas du tout.

[Vendredi] 4 juin.

J'ai été plus malade. L'affaire Buisson est terminée. Je suis allé chez Rotschild reprendre huit mille francs. Quelle épine hors de mon pied! Je suis allé chez mademoiselle Godefroid pour le portrait de mon père, et chez Souverain[2] pour finir l'affaire Labois. Tout cela prend bien du temps!

[Samedi] 5 [juin].

Vous m'avez souvent demandé de tirer tout au clair. Or, voici maintenant le résumé certain de la position. Remarquez que, dans cet inventaire, la maison et le mobilier sont payés, ne doivent pas un liard, et que les actions du Nord restent intactes.

1. C'est-à-dire 16, rue Louis-le-Grand.

2. Qui habitait 5, rue des Beaux-Arts, tout près de Mlle Godefroid (6, rue des Beaux-Arts). Voir plus haut p. 88, 230, et plus loin p. 270.

Au 31 juillet, à payer :

Ma mère.	4.000
Aubertot [1].	2.000
Tapis	3.000
De Bures [2].	2.000
Chapsal [3].	1.200
Lefébure.	2.000
	14.200
Oublis.	800
	15.000

Au 15 août, à payer :

Jacques	1.000
Ma mère.	4.000
Serrurier.	700
Menuisier.	500
Tapis	3.000
Santi	1.000
Miroitier.	2.000
Couvreur.	1.000
Peintre des coupoles	1.500
	14.700

Mobilier :

Soliliage	300
Guilaine [4].	550
Eude	700
Grohé	3.000
Liénard	0.500
Paillard	7.000
Fabre	1.600
Froment-Meurice	3.000
Senlis	800
	17.450

1. Qualifié dans l'*Almanach des vingt-cinq mille adresses* de : « propriétaire, *éligible* », 13, rue Bleue.
2. Mlle J. Debures, nouveautés, 118, faubourg Saint-Honoré.
3. Peut-être François Chapsal, marchand de curiosités, 22, boulevard Beaumarchais, ou Joseph Chapsal jeune, même boulevard, n° 32.
4. Guilaine, marchand de curiosités, 3, quai Malaquais.

Récapitulation :

Juillet	15.000
Août	14.700
Mobilier	17.450
Au 15 février 1848	10.000
(sur lesquels 4.500 sont déjà réglés).	
A Gossart	20.000
Rothschild	8.000

Pour solder les vieilles dettes :

Dablin, Delannoy, Nacquart, Sèvres, etc.	36.000
A Pelletereau	32.000
	153.150

Le plus urgent, c'est les trois premiers articles de : juillet, quinze mille francs; août, quatorze mille sept cents, et dix-sept mille quatre cent cinquante de mobilier. Sur ce dernier cinq mille seulement sont nécessaires, car je reporterai les douze mille restants, au 15 février 1848. Avec les dix mille à payer, cela fera vingt-deux mille francs. Restent donc trente-cinq mille francs à payer. Si j'en reçois quinze mille, c'est vingt mille francs à trouver par mon travail, dont je suis à peu près sûr. Mais, dans le cas contraire, Rothschild les prêterait, je viens de m'en assurer. Mais alors la dette serait toujours de cent trente-trois mille francs. Si le ménage en paie vingt-trois en février, restera cent dix mille francs.

Ainsi, les actions du Nord seront difficilement conservées, à moins d'un travail féroce de mon côté. Cinq ouvrages comme *la Cousine Bette* me tireraient d'affaire.

Il y a aussi les tuiles qui peuvent vous tomber sur la tête, comme l'affaire de la Chouette, qui va se terminer par cinq mille francs de plus que je donnerai pour ravoir les lettres[1]. Cela se traite en ce moment, et, quand ce sera terminé, j'aurai recouvré la tranquillité qui me manque, et la santé.

[Dimanche] 6 [juin].

L'événement de la journée, c'est la lettre de vos deux chers enfants. Elle m'a fait pleurer de joie. C'est vous donner la mesure de mon chagrin. Il est, de jour en jour, plus profond, plus intense; ce n'est plus tristesse, c'est nostalgie. La conclusion de l'affaire Buisson ne m'a fait aucun plaisir. J'ai senti un mieux dans ma santé, depuis la lettre

1. Les lettres de Mme Hanska, qu'elle avait dérobées.

d'Anna et de Georges, et la convalescence a commencé. La fièvre a cessé. Je n'irai pas voir M. Nacquart. La lettre d'Anna a été la goutte d'eau qui fait déborder le versant du bien. Je me sens tout à fait remis.

Il faut vous quitter pour ranger la bibliothèque. A demain.

[Lundi] 7 [juin].

Maintenant, je mange. L'appétit est revenu féroce. Mais le vide de l'âme est le même. Vous avez dû vous apercevoir de ma maladie à mon style. Je vous ai écrit à bâtons rompus. La bibliothèque est presque toute rangée. Il y a de bien grands espaces vides, qui attendent des livres désirés, car il me manque beaucoup d'ouvrages que j'ai remis à acheter à des temps plus prospères, financièrement parlant. L'avenir a de quoi se donner carrière.

Il faut encore quinze jours au moins pour que tout soit fini rue Fortunée. Mais, le 20, il est à peu près certain que je serai chez moi.

[Mardi] 8 [juin].

J'ai le portrait de mon père. Je viens de le rapporter de chez mademoiselle Godefroid, et de chez Souverain l'ouvrage d'histoire naturelle [1]. J'ai demandé à Souverain encore plusieurs ouvrages.

Je suis tout à fait bien de corps, sauf la faiblesse qui suit une maladie, et la faim canine qui me talonne.

J'ai maintenant mes papiers à ranger, et c'est une fière besogne.

Toutes ces maladies réunies ont mis bengali dans l'état où il est au Jardin des Plantes. Il est moins qu'empaillé, même. Cet état rend l'âme plus exigeante, et vous ne vous figurez pas à quel degré de consomption dans le désir je suis arrivé. J'ai failli serrer la main à cet affreux portier qui nous dépouillait, et que j'ai rencontré rue des Beaux-Arts, en sortant de chez Souverain. La Rouquié [2] les a mis à la porte, probablement à cause de leurs pillages. J'irai la voir.

Je combine une foule de plans pour tout planter là, et c'est alors que je reconnais par quelles chaînes de fer je suis retenu. Il faut tout finir ici, tout arranger, tout régler et payer les choses à payer. Il faut longtemps à l'avance tout arranger avec le frère de Gossart. Puis, il faudra laisser bien de l'argent pour le temps de mon absence, et, enfin, les affaires littéraires!.... Tout cela n'est pas rose.

Allons, à demain.

Vous savez le désastre des draps de Doctor? Ils sont trop courts d'un mètre, et il manque un lez sur la largeur. Il faut que je calcule

1. Le libraire Souverain était le grand fournisseur des livres d'histoire naturelle destinés à Georges Mniszech. Voir plus haut p. 88, 230, 267.

2. Ce nom désignerait-il Mme Souverain, épouse du libraire dont nous savons qu'il avait les cheveux roux, et qu'on surnommait le rouquin?

les quantités, et qu'il me renvoie de la toile, si ces draps-là ne vont pas au lit de la coupole, qui, je crois, est un peu moins long et un peu moins large que celui de l'étage. Dans les circonstances où je me vois, la commande de huit cents francs à Doctor est de trop. Je deviens excessivement Harpagon. Je me refuse tout, jusqu'au paiement des obligations contractées.

Allons, mille tendresses, et à demain.

[Mercredi] 9 [juin].

Je viens de recevoir une citation du juge d'instruction pour cette ignoble et affreuse affaire[1], car la plainte est toujours là. Tous les gens d'expérience, Glandaz, le commissaire de police, le procureur du Roi, Gavault, Fessart, sont pour ne pas donner suite à la plainte, et à finir amiablement. Gossart est même désolé que j'aie écrit cette lettre, vous savez, qu'elle m'a renvoyée avec une lettre anonyme qu'elle vous attribuait. Cinq mille francs, c'est le prix que me coûterait sa condamnation, et les malheurs à éviter seraient arrivés. M. Margone est d'avis aussi de payer. J'aime mieux donner cinq mille francs et avoir ma tranquillité. Quand j'aurai ces lettres-là, tout sera brûlé, car, je le sens, il le faut. Ce sera une agonie pour moi; mais je la subirai, et, tous les mois, je ferai l'autodafé des lettres du mois. C'est une vie retranchée; mais je me suis dit qu'il ne fallait pas conserver cela. Je puis mourir d'accident, etc. Les *louloups* s'écriront, une fois dans les liens légaux, et toutes ces belles choses, ces sublimes pages, se récriront de part et d'autre. Les *louloups* n'en sont pas à des preuves d'affection. Je sens que je ne vis que par cette seule corde qui remplit tout mon cœur. Que sont ces témoignages, quelque délicieux qu'ils soient, auprès de ce que chaque aspiration, chaque battement de cœur me dit, me fait éprouver? Je commencerai la vie dans quelques mois. Toute ma vie, jusqu'alors, a été le plus affreux des rêves, des cauchemars, interrompu par des visions angéliques, par des lettres qui me donnaient la force de souffrir.

Je vais me mettre à l'œuvre demain. Je ne quitterai la plume que quand j'aurai conquis la tranquillité. Puis, je m'envolerai à cette vie divine dont l'avant-goût m'a été donné. Mon Dieu, donnez-moi la force, la vie, la santé, car je sens que j'aurai un immense bonheur à porter!

Donc, demain, j'irai chez le juge d'instruction, et je demanderai huit jours de répit; et, après, j'irai transiger chez l'infâme créature.

Vous serez contente de savoir que j'aurai mis *primo*, deux mille cinq cents francs, Servais; *secundo*, deux mille, fumiste; *tertio*, trois mille francs, Froment-Meurice; *quarto*, six mille francs, Paillard; *quinto*, huit mille francs aux entrepreneurs, total : vingt et un mille

1. L'affaire des lettres volées.

cinq cents francs, à payer en février 1848. C'est une bien bonne opération, car je n'en ai pas moins, maintenant, trente mille francs à payer au 31 juillet et 15 août, et dix mille francs qu'il faut, pour laisser à Gossart, qui fera les affaires, et pour mon voyage. C'est quarante mille francs, et je devrai vingt-huit mille francs à Gossart, le notaire et à Rothschild. Je mettrai les payements de Grohé aussi en février.

Adieu, voici les ouvriers. A demain.

[Jeudi] 10 [juin].

Je reviens de chez le juge, et de mes courses, qui étaient énormes, car la faillite Pétion m'a déchaîné ma mère et M. Sédillot, qui commencent à dire que je *redois*. C'est ce que je prévoyais.

Le juge m'a promis son concours, et a fortement insisté pour que je finisse à l'amiable. Il en coûterait bien cinq mille francs pour la faire condamner. La justice est hors de prix. Mais, aller voir cette créature, cela me donne la fièvre.

Ma bibliothèque est rangée, à l'exception des brochures. Je vais me mettre aux papiers, à les ranger, tout en travaillant.

M. Paillard vient d'envoyer (10 juin) pour l'encadrement de la pièce verte! Il doit envoyer samedi les candélabres des encoignures. Servais va m'envoyer les porcelaines encadrées (six semaines!). Enfin, si l'on envoie de Saint-Pétersbourg les vases et les flambeaux, ce sera une pièce finie, moins la table, le piano, les dessus de portes et la jardinière; une petite affaire de quatre mille cinq cents francs, sans compter les deux tableaux d'Oudry, qui sont indispensables; c'est encore cinq mille francs pour achever cette charmante pièce. Je ne parle pas des babioles à mettre sur des étagères. C'est d'un autre âge et d'un autre ordre de choses. Il faut aussi des flambeaux.

Wierzchownia sera dans l'escalier.

Il m'est arrivé, je ne sais plus si je vous l'ai écrit, que cette curieuse duchesse, dont la lettre vous est envoyée [1], s'est fait apporter chez moi. Elle se meurt, elle est décomposée, et elle était difficile à renvoyer. Elle est exactement à l'agonie; il n'y a plus que ses yeux de vivants. Elle s'est fait porter de pièce en pièce. Quand elle est sortie, cela m'a fait une horrible impression. Cela m'a semblé comme une profanation, et je me suis juré à moi-même qu'aucune personne, excepté votre sœur et Pauline, ne pénétrerait plus ici.

Tant qu'il y a des ouvriers la porte reste ouverte, et entre qui veut avec eux! C'est ainsi que ce viol de domicile par la Circé au poil fauve [2] s'est accompli. Elle ne s'est pas souvenue que je m'étais arrêté, au seuil de son palais!...

1. La duchesse de Castries, que Balzac a dépeint, cruellement, dans *la Duchesse de Langeais*.

2. La duchesse de Castries avait une magnifique chevelure rousse. Cf. Philarète Chasles, *Mémoires*, t. I, p. 303.

Je suis tout à fait remis de la petite maladie que j'ai faite. Elle provenait de cette triple fatigue, qui s'est continuée, depuis la rue Neuve-de-Berry [1], le voyage, le déménagement. C'est incontestable, car je dors des dix à douze heures. La nature répare toutes ses pertes.

Adieu, chère. Je vais mettre cette lettre à la poste à trois heures et demie, et elle vous portera tout un cœur plein de vous.

Je vous ai caché la plus grande de mes contrariétés. Le mur refait sur la rue donnait de vives inquiétudes, par la faute du maçon. On a dû démolir et refaire la croisée de la chambre à coucher qui est à l'angle du bâtiment, et placer des barres de fer pour tenir le mur. Tout cela sera fini dans quatre jours. Enfin, je vais faire éclairer autrement la chambre des enfants et d'habillement. Elle aura deux œils-de-bœuf sur la rue, de chaque côté de la cheminée. Ce sera bien plus gai. Enfin, la tenture de la galerie est à refaire. On n'a pas pu la rassortir, et je vais faire employer l'étoffe à cette chambre d'habillement, qui sera très confortable.

Mille tendresses. J'espère que vous vous portez bien, que la comtesse Mniszech mère [2] vous aura bien accueillie, et qu'au moment où j'écris vous êtes à côté d'Anichette, heureuses toutes deux. Moi seul suis seul et bien malheureux.

Mille tendresses encore.

LXX

AU COMTE ET A LA COMTESSE GEORGES MNISZECH A WISZNOVICZ, PAR RADZIVILLOW

Paris, rue Fortunée, 8 juin [1847.]

Chers Anna-Zorzi, j'ai reçu, avec un bonheur d'autant plus grand que je commençais à être inquiet de vous, votre lettre du 24 mai, et je vous y réponds aussitôt, pour ne pas me laisser prendre par les travaux et les affaires.

D'abord, chère Anna, je n'ai jamais pu combattre victorieusement votre absence dans le cœur de votre divine Mère, et elle vous regrettait tant et tant, que, par moments, lui voyant la nostalgie de sa bien-aimée, je disais comme le cheval de la Bible : « Allons! »

Elle doit être parmi vous au moment où je vous écris, et il n'y a plus que moi de malheureux. Elle vous racontera les beaux plans que nous avons faits pour les deux petits ouistitis saltimbanques-coléoptères et coquilles, en imaginant la réunion du château-Beaujon

1. Où Balzac avait logé au 12 *bis*, dans un appartement meublé, Mme Hanska pendant son séjour à Paris.

2. La mère de Georges Mniszech, le gendre de Mme Hanska. Elle habitait le domaine de Bakonczyce, en Galicie.

et de la petite maison. Dieu veuille que dans quelques années notre rêve soit une réalité!

Je saurai par moi-même, dans trois mois d'ici, tout ce que vaut Wisnowicz, car j'y serai bien certainement. J'ai la France en horreur quand j'y suis seul, et j'ai hâte de vous amener votre belle voiture [1].

Ma pauvre petite maison est bien peu de chose; c'est d'une modestie excessive; mais c'est plein de choses d'art, et je crois que ce sera très élégant. Mais rien ne se termine; j'ai encore chez moi les peintres et les tapissiers pour dix jours environ. Enfin, une maison montée ainsi à Paris coûte extraordinairement cher. Je me suis mis à la tête de cent cinquante mille francs de dettes, et il faut dix *Lys dans la Vallée* pour payer cela. Mais je compte en faire beaucoup à Wierzchownia, cet hiver, et j'espère que mes travaux d'octobre à mars paieront tout cela. En revenant en France, si je n'ai rien, du moins ne devrai-je rien, et j'espère, en six ans de travaux, me faire une belle fortune. A cinquante-cinq ans cela est bien nécessaire; mais à soixante-quinze, Chateaubriand n'a rien. Je serai plus heureux que lui et que Lamartine. Je n'ai pas voulu me livrer à mes travaux pour ma fortune, sans avoir ma maison et mon beau mobilier pour arrhes de cette trompeuse.

Je suis en colère contre Zorzi, qui écrit à Buquet directement, et qui me destitue ainsi du plaisir que j'avais à faire ses commissions. J'espère que vous ne suivrez pas ce mauvais exemple, et que vous me donnerez vos ordres pour Froment-Meurice.

Je suis bien heureux de vous savoir heureuse à Wisnowicz, et dans une villa romaine transportée en Pologne. Vous avez tout ce que votre charmant caractère, votre si excellent cœur et vos belles qualités vous promettaient : un bon et spirituel mari, qui vous aime, que vous aimez, une belle fortune, bien administrée, et une mère adorable. L'ami Bilboquet est un appoint qui s'est mis de lui-même dans la balance. Je sais que l'oncle [2] vit toujours; que vous serez bientôt, Georges et vous, mis à la tête des affaires de Wierzchownia, et j'espère être assez à temps en Ukraine pour me mêler à la Cour qui saluera votre avènement.

J'ai été malade pendant dix jours, et je ne vais mieux que de ce matin. Mais je vais regagner le temps perdu en me mettant au travail; car, de mon travail, dépend la liberté de courir me réunir à vous. Quel bon hiver je me promets! Comme nous allons rire et nous amuser, à nous quatre!

Je suis bien heureux de savoir que mes livres vous amusent. J'en ferai un pour la comtesse Anna Mniszech [3].

1. Une magnifique voiture que Mme Hanska avait commandée à Offenbach, près de Francfort. Cf. *la Véritable image de Mme Hanska*, p. 15.
2. L'oncle Tamerlan, l'oncle à héritage fabuleux. Voir p. 246, 306, 309.
3. A qui il avait déjà dédié *Pierrette*.

En ce moment, je m'arrange dans ma nouvelle demeure; je classe mes livres et mes papiers; je me fais à mon cabinet. C'est des mariages nouveaux avec des choses nouvelles, avec des aspects auxquels il faut s'habituer.

Toute cette besogne d'âme est compliquée d'un ennui mortel. Vous croirez à quelque flatterie d'ami, mais vous me manquez comme un pays qu'on aime. Aussi, croyez que je serai très exact au mois de septembre. Je vais écrire à Ouvaroff[1] pour avoir une recommandation à Kiew[2], et pouvoir rester tranquille autant que je serai heureux sous votre toit de cuivre.

Votre chère maman vous dira comme votre beau plat est bien monté, et à Zorzi, ce qu'est devenu le *Chevalier de Malte*[3], et quel beau Dominiquin je possède.

Je voudrais que ma lettre vous fît à tous deux le plaisir que m'a fait la vôtre; mais vous êtes tous réunis, et moi, je suis seul et relevant de maladie, et il est impossible que ce fût la même chose, quelque affection dévouée et à toute épreuve que soit la mienne.

Je ne vous dis pas adieu, car vous êtes toujours dans ma pensée, mais au revoir et à bientôt. Quelle douce et balsamique sensation que celle de me mettre en route pour venir vous voir! Mais je voudrais vous ramener tous. J'ai été profondément ému du mot de Georges : « *Nous amassons des sous* », car cette loi de Louis-Philippe est aussi mon cri de guerre, et je vais tâcher de faire trente-six mille lignes d'ici le mois de septembre, afin de *faire ma tête* à Berditcheff[4]!

Allons, il faut vous quitter, avec mille vœux de bonheur pour vous et en vous envoyant mille tendres choses à tous deux.

LXXI

A MADAME HANSKA, A WISNOWICZ, PAR RADZIVILOFF

[Paris, 11-12 juin 1847.]
[Vendredi] 11 juin.

Je vous écris toujours sur le reste du cahier que j'avais fait pour écrire la dépense de la maison Gréphine[5], et je viens d'en retrouver le dossier.

1. Ouvaroff était ministre de l'Instruction publique. Voir p. 365.
2. Auprès du général Bibikoff, gouverneur de la province.
3. Restauré par le fameux Moret. Cf. *Lettres à l'Étrangère*, t. III, p. 324-325.
4. Ville proche de Wierzchownia, le château de Mme Hanska.
5. Ou plutôt maison *Græfin*, maison de la *comtesse* Hanska, son train de maison, rue Neuve-de-Berry, où elle était servie par son valet allemand Wilhem qui l'appelait : *Græfin*, c'est-à-dire *comtesse*. D'où la plaisanterie de Balzac,

Aujourd'hui, j'ai fini le rangement des brochures et des livres brochés. Je suis épuisé de fatigue et d'ennuis. Croiriez-vous qu'il faut encore dix jours au moins pour que tout soit fini! Il faut encore à Lefébure pour cinq cents francs d'étoffes. Vous ne vous figurez pas ce que cette maison dévore; mais aussi, quel écrin!

Mille tendresses. J'ai pour sept heures de courses. A demain.

[Samedi] 12 [juin].

Hier, chère comtesse aimée, j'ai fait une des plus étourdissantes affaires qu'il soit possible d'imaginer, et c'est ce qui me fait dire qu'il n'y a que Paris. Vous savez que Fabre (j'en ai su de belles! C'est un fripon) voulait six cents francs pour une affreuse table, et le salon de marqueterie ne peut plus aller sans table et sans les trois dessus de portes, surtout l'encadrement de M. Paillard une fois mis. C'est une merveille. Je suis allé chez Vital, voir ses marqueteries, avec Grohé, et nous finissons par y découvrir les éléments d'une table, et les dessus de portes. Tout cela coûtait deux cent vingt francs, et Grohé prenait cent cinquante francs pour tout faire. C'était bien supérieur à ce que proposait Fabre, et meilleur marché. Je n'avais que deux dessus de portes, et pour le troisième, j'achetais soixante-dix francs une petite table chez un marchand de bric-à-brac, dont je prenais le dessus, une merveille, une bataille, en médaillon et en incrustation. En allant montrer cette petite table à Grohé, mes yeux sont frappés comme d'un trait de lumière, chez un autre petit marchand, par l'aspect d'une commode de Riesener [1], aussi belle que le meuble Miville. Au lieu d'un marbre, le dessus est marqueterie, comme la commode de la reine [2]. Je dis à Grohé : « Quelle table! Si la commode n'était pas sans doute d'un prix fou, je tâcherais de défaire le marché Vital, et nous trouverions tout, en démolissant la commode. » Grohé me dit : « Démolir cette commode, c'est un crime de lèse-marqueterie. Je n'en aurais pas le cœur. Enlevez le dessus pour votre table, et nous mettrons un marbre. La commode sera encore un chef-d'œuvre vendable à très haut prix. — Oui, mais on va m'en demander des mille à deux mille francs! — Tentez l'aventure », me dit Grohé. J'entre; le marché se fait à trois cent quarante francs! Je retourne chez Vital, à qui je n'achète plus que les deux dessus de portes, pour quatre-vingts francs, y compris les pieds et la barre d'appui (un chef-d'œuvre!) de la table. Total : cent quarante francs. J'achète la commode trois cent quarante et le petit meuble soixante-dix. En tout, cinq cent cinquante francs de marqueterie.

Je vole chez Roque [3], le marchand de curiosités du boulevard

1. Le fameux ébéniste.
2. De la reine Catherine de Médicis, déjà mentionnée p. 257.
3. Roques jeune, curiosités, objets d'art, porcelaines de Saxe, Sèvres, Chine, Japon, etc., 14, boulevard Montmartre.

Montmartre, qui veut faire une chambre en marqueterie, et je lui dis que j'ai en trop une des plus belles commodes de Riesener, que je ne tiens pas à vendre, mais à échanger, et je lui désigne pour échange trois des plus belles paires de vases, au prix de douze cents, seize cents et dix-huit cents francs, en lui disant : « Donnez-moi celle de ces trois paires-là que vous voudrez. » Roque ira voir chez Grohé la commode, et il est plus que probable que l'affaire se fera.

Ainsi, j'aurai pour cinq cent cinquante francs une table égale en beauté au meuble de Bâle; trois dessus de portes superbes et une paire de vases d'une magnificence royale. Le petit meuble, auquel Grohé remettra un dessus, paiera les travaux de Grohé pour la table et les dessus de portes. Qu'en dites-vous, belle Ève?

Les vases Roque iront dans l'escalier, car la grosse potiche verte, dite Zorzi, va dans la première pièce verte, au premier étage, en encoignure. Elle ne peut aller que là.

Maintenant, quand vous verrez la table en marqueterie, vous direz qu'elle vaut les cinq cent cinquante francs. Elle est incomparable.

La sixième vue de Naples est placée dans l'escalier. Les trois bouquets en porcelaine sont à leur place, et font un effet étourdissant. Décidément, il faut que les deux candélabres et les trois vases (dont celui de David) arrivent bien vite de Saint-Pétersbourg; autrement, l'effet de cette pièce sera toujours boîteux et louche. Elle est d'une magnificence vraiment royale. Vous n'en pouvez pas avoir d'idée; il faut la voir. Les deux *Paysages* d'Oudry sont indispensables; c'est huit cents francs encore à sacrifier. Quant au piano, il faut un an pour le faire. Au-dessus, il y aura le portrait d'Anna. Georges devrait bien faire un pendant à sa peinture encadrée en porcelaine, et vous devriez demander un cadre pareil. Il faut cela absolument à la glace, dans la pièce coupole, grisaille, sous les bouquets-candélabres, qui sont délicieux. Tourmentez Zorzi pour qu'il me fasse un de ses petits chefs-d'œuvre. Décidément, ma statue de Putinati va dans l'escalier. Je suis en marché d'une sainte Catherine gothique, pour cent francs, chez l'homme qui nous a vendu le lustre, afin de décorer l'escalier. C'est un des plus beaux morceaux gothiques, au dire de Vital. Elle est en pierre, elle vient d'Avignon, et d'un autel. Notre escalier sera une merveille, un musée. On ne reconnaît plus la maison, à dix jours de distance.

Le mur est consolidé. Jeudi, il n'y aura plus de traces de rien, sauf la peinture. Enfin, la chambre d'en haut sera finie aussi la semaine prochaine. Elle sera éclairée par deux œils-de-bœuf sur la rue Fortunée, de chaque côté de la cheminée; les jours sur la cour seront bouchés, et le lit sera au milieu. Elle sera tendue avec l'étoffe verte de la galerie, et tapissée du tapis de mon cabinet de Passy [1]. Ce sera bien certaine-

1. C'est-à-dire du 17 de la rue Basse (47 ,rue Raynouard).

ment une belle et charmante pièce, hôpital de tous les meubles du garçon. On fera l'escalier plus tard, ainsi que la pièce ajoutée.

Vers la fin du mois, je saurai ce que coûte la maison, sans compter le mobilier, bien entendu. Je ne crois pas avoir dépassé cent mille francs. Sur ces cent mille francs, il ne restera à payer que trente-deux mille francs à Pelletereau, et tout au plus dix-huit mille francs de réparations; en tout, cinquante mille. Ainsi, vous le voyez, il y aura eu cinquante mille francs de payés. Le reste de la dette est pour le mobilier. Il y a bien quarante mille francs de dus pour le mobilier. C'est quatre-vingt-dix mille francs : trente mille francs à payer au 31 juillet et 15 août, trente mille francs en février, et les trente-deux mille francs de Pelletereau.

LXXII

A MADAME HANSKA, A WIERZCHOWNIA, PAR BERDITCHEFF

[Paris, 13-20 juin 1847].
Dimanche [13 juin].

Je viens de recevoir votre lettre de Brody[1] du 2 juin, et j'étais bien inquiet, car il y avait longtemps que je n'avais reçu ma provision de courage, et je craignais que Millet n'eût vendu une lettre, tant je suis défiant! J'espère en finir avec Millet, qui s'est fait marchand de vins, et qui alors m'a donné le droit de le renvoyer. J'ai trouvé un dragon, sortant du quatrième régiment avec quinze ans de services et recommandé pour sa probité. Vous allez être bien contente : il est Alsacien, et parle allemand. Ainsi, je pourrai l'emmener, en le remplaçant, en mon absence, par le domestique que je prendrai. L'Alsacien est un homme solide, peu spirituel, mais très probe. Il fera sans doute un excellent cocher, par la suite. Je l'étudierai[2]. Je suis content de Zanella.

Vous devez être bien heureuse avec votre chère petite chatte et Zorzi. Votre bucolique, dans le genre de Virgile, avec la comtesse Mniszech mère, m'a fait sourire. Moi qui suis partial pour Anna, je trouve que ces deux diamants se valent, avec la différence qu'il y a de l'homme à la femme, qui est bien supérieure à l'homme, à mérite égal de bonté. Je sais cela par moi-même, moi qui ai vu pendant deux mois[3] une délicieuse créature, mangeant tous les jours le ragoût

1. Ville située près de la frontière austro-russe. Voir plus haut p. 220, et plus loin p. 278, 365.

2. C'est ce François Munch que Balzac retrouva fou, dans la maison illuminée, à son retour d'Ukraine, après son mariage, en mai 1850. Voir plus loin p. 308.

3. Mme Hanska pendant les deux mois qu'elle séjourna à Paris, 12 *bis*, rue Neuve-de-Berry.

fait avec les restes des viandes fraîches de la veille, et qui laissait la viande neuve à son loup, sans que j'aie une seule fois dit un mot de tendresse à ce sujet! Mais je le voyais, j'en étais touché, et j'allais me coucher, perdu de courses, de travaux et de fatigue. Ce n'est qu'aujourd'hui que, seul, repassant les plus petits détails de mon bonheur et en ramassant les miettes, il me tombe des larmes en pensant à ces immenses petites choses. L'affection vraie est dans tout comme elle est : un géant si elle est gigantesque, de même que la froideur, quand on n'aime pas, glace les plus chaudes tendresses.

Vous ne sauriez croire les sommes énormes qui s'en vont dans les petites choses de la maison, tout ce que les choses mal faites par Fabre coûtent à bien faire! C'est des glaces au lieu de vitres aux petits dunkerques, c'est, après cela, des tringles en ébène pour tenir les glaces. Les billets de mille francs s'envolent comme des hirondelles.

Je comptais travailler aujourd'hui; mais aujourd'hui tout entier est consacré à des niaiseries, à des mémoires à régler.

La salle de bain ne sera finie que le 16, avec la première pièce. Encore n'ai-je pas le cadre pour le portrait de mon père. J'attends encore la selle[1] pour mon buste. J'attends la glace de Schwab, de Mayence, car, tout bien considéré, il n'y a que cela de mettable. La glace antique va sur le poêle de la galerie, et y fait très bien.

Sois content, ô loup bibliophile, il y a place pour d'énormes acquisitions. Mon avis, chère Comtesse, est de n'acheter plus que des curiosités de bibliophilie, car, à Paris, on a tout à la Bibliothèque Royale.

Ballanche[2] est mort hier. Dois-je me mettre sur les rangs? J'attends un mot de vous à ce sujet. Je crois le moment propice.

Adieu pour aujourd'hui; à demain. Je vais relire votre lettre pour vous y répondre.

Lundi [14 juin].

Deux mois après le déménagement du 15 avril, avoir encore ses papiers à ranger! Ne pouvoir pas travailler! Qui le croirait?

J'ai fait ma provision de café, de chocolat, et je vais me mettre à ranger et à travailler demain, car la faillite de Pétion me fait sortir aujourd'hui. De plus Chlendowski ne paie pas les billets de son fils, et son fils fait le seigneur dans sa terre, en Allemagne. J'ai à sortir pour toute la journée, et je n'ai pas le cœur aux affaires, car vous m'avez laissé sous le coup de l'attente de la douane de Radziwilow [3], et

1. C'est-à-dire : le socle pour le buste que David d'Angers avait exécuté en 1843.
2. Pierre-Simon Ballanche, né à Lyon en 1776, philosophe et moraliste, l'ami de Chateaubriand et de Mme Récamier. Membre de l'Académie française depuis 1842, son fauteuil fut donné, non à Balzac, qui ne se mit pas sur les rangs, mais à Vatout.
3. La douane de Radziwilow a été décrite par Balzac dans sa *Lettre sur Kiew* (*Les Cahiers balzaciens*, n° 7) p. 52-62. Voir plus haut p. 256, 265.

j'éprouve toutes les angoisses dans lesquelles vous êtes. Mais comment vos enfants ne sont-ils pas là? Qu'est-ce que cela veut dire?

Je viens encore de faire mes comptes plus exactement que je ne l'avais fait. J'ai à payer trente-cinq mille francs d'ici au 15 août, et trente-sept mille, avec le surplus du versement. Où prendre cet argent? La tête se brouille; aussi vais-je me mettre à travailler comme un sourd. Je ne vous écrirai plus que quelques lignes. Je comptais aller à Tours; j'y renonce. Je vais faire un livre aux *Débats* et achever *les Paysans*, puis finir *le Député d'Arcis*. Cela peut seul me sauver.

A demain.

Mardi [15 juin].

L'affaire de la commode est terminée et j'en suis enchanté. Cette commode est celle d'Élisa Bonaparte [1], et je l'ai eue exactement pour rien : quatre cents francs! C'est unique, original et royal. J'aurais payé celle de Tours cinq cents francs, et j'aurais eu pour cent francs de frais. Celle-là est toute portée, et il n'y a rien à y faire. J'y mettrai une étagère Louis XIV, tout en bois sculpté et doré. Ah! la toilette près la chambre est finie. Voilà tous les sacrifices à peu près consommés. L'étagère coûtera cent vingt francs. Je mettrai un bénitier dans le fond du lit; cela coûtera encore quarante francs. Restera la garniture de la cheminée. C'est ce que fera la reine du logis. J'y mets, moi, une paire de flambeaux de cent francs. C'est la dernière acquisition.

Je n'ai pas de regret à ce dernier billet de mille francs jeté dans le complément de mobilier, car je ne saurais voir les choses les plus nécessaires absentes. J'aurais l'air de m'arrêter à mi-chemin.

Vers les premiers jours de juillet, je montrerai le petit hôtel à votre sœur, et alors il y manquera peu de choses.

J'ai acheté le cadre pour le portrait de mon père.

Maintenant, il faut se mettre à l'ouvrage et travailler fort et ferme, et c'est ce que je vais faire. L'Allemand vient au 1er juillet. Il ne peut pas quitter la maison où il est auparavant.

Enfin, veuille Dieu que je finisse *les Paysans*, l'ouvrage des *Débats* et *le Député d'Arcis*, et tout ira bien. Je serai chez vous à la fin de septembre.

Mercredi [16 juin].

Les raccords des peintures sont terminés; il n'y a plus qu'à nettoyer et qu'à vernir. Mais je viens de faire une triste découverte : Lefébure, le tapissier, me vole, mais me vole dans des proportions énormes, et avec un aplomb digne de Robert Macaire. Il me fait

1. Sœur de Napoléon Ier, mariée au prince Felice Bacciocchi, princesse souveraine de Lucques et de Piombino, grande-duchesse de Toscane. Née en 1777, elle est morte comtesse de Compignano, le 7 août 1820.

acheter pour cinq cents francs d'étoffes pour finir les meubles; il ne peut pas les apporter sans cela, dit-il; et, en métrant les étoffes fournies, je vois qu'il s'en faut de dix-huit mètres sur une seule couleur, que tout soit fourni. Il y a cinquante mètres au moins de rideaux brodés à moi. Je vois là cinq cents francs de volés. Je ne sais quel parti prendre. Cinq cents francs, c'est la garniture de la chambre à coucher!

Adieu pour aujourd'hui, car il vient un tas de choses qu'il faut recevoir : la verrerie des cadres, etc.

Jeudi [17 juin].

J'irai voir votre sœur. Je sors pour aller dîner chez Mme de Castries et faire quelques affaires. Vous trouverez dans cet envoi une carte de *votre ami*, qui vous prouvera qu'il est bien chez lui, qu'il ne cache pas sa demeure et qu'il peut avouer son domicile[1]

J'ai vu hier, chez Roque, une coupe pour mettre sur la cheminée de la chambre à coucher, qui est délicieuse. C'est du vieux Sèvres et divinement bien monté. Le scélérat de marchand échange cela contre le service Watteau; mais il veut cinquante francs de retour. Nous retrouverons toujours des porcelaines de Saxe (et je regrette beaucoup ce service de Francfort), mais nous ne rencontrerons pas souvent des Sèvres montés comme cela. Je n'ai pas consenti, mais j'en suis fâché. Je ferai monter par Paillard, en candélabres, les deux vases de Saxe, qui font des boîtes à thé, à quatre pans, pour la chambre à coucher. Comme j'ai acheté les flambeaux, cette cheminée serait complète, avec cette coupe pour le milieu. Servais va me redorer l'étagère. Mais il faut un pot à eau et une cuvette mirobolants, avec tout cela. C'est à n'en pas finir. Il faut absolument encore, de pressé, d'indispensable, quatre mille francs de mobilier.

Plus tard il en faudra onze mille dans le salon d'en bas, le blanc et or.

Je n'ai rien à mettre sur le meuble du roi, dans mon cabinet. C'est affreux. Aussi comptai-je mettre les deux vases de Wolff.

On ne se figure pas ce que c'est que ce luxe-là. C'est une exigence féroce, comme complet. D'ailleurs, soyez sans inquiétude, je suis sage, pour trois cent cinquante francs, des vases admirables, surtout de monture. Eh! bien, je n'y pense plus. Ils sont verts, et faisaient l'affaire pour mon cabinet. Je ne suis pas retourné chez le marchand. Vous m'avez fait renoncer à Tours et à ses meubles en achetant la table à Wolff, et moi, en achetant la commode dorée!

J'espère vendre la commode de Riesener pour payer la pendule

1. Que le *Bottin* indiquait par des points : « Balzac (de) ❊, *h. de lettres.....* »

de notre lustre de la coupole, et faire un groupe de la pendule d'Alibert. C'est un changement absolument nécessaire.

De grâce, faites-moi envoyer un cadre absolument pareil à la miniature de Georges, et que Zorzi me fasse la miniature de son plus grand et plus beau *coléoptère*, et les deux miniatures iront en pendant sous les bouquets de fleurs qui font les bras de la glace, en face de la cheminée, de la coupole en camaïeu. Si j'avais eu quatre supports en porcelaine de Saxe, j'aurais été bien heureux. Mais Wolff peut-il, ou Mme O... faire cela?

A demain. Vous le voyez, je ne travaille pas encore. Les papiers ne sont pas rangés. J'attends encore des petits travaux de Fabre, de Lefébure, et j'ai encore des brochures à trier.

Vendredi [18 juin].

J'ai vu votre sœur Aline hier. Elle a sa prolongation; elle reste à Paris. Pourquoi n'y viendriez-vous pas, avec vos enfants, quelques jours, comme elle? Ernestine ne va pas bien; Pauline grandit et embellit. Votre sœur trouve que je suis très aimable quand vous n'êtes pas là. Elle prétend que je suis si absorbé dans la contemplation, que je n'ai plus d'esprit, ce qui pourrait bien être, car jamais je n'ai été l'homme séduisant et spirituel qu'on dit que je suis, près de vous. Je n'existe que par un seul sens, la vue, et un seul sentiment, l'adoration. Aline prétend qu'*un certain mariage est fait parfait, consommé*, et qu'on le tient secret, elle ne sait pourquoi. Elle doit venir voir le *palais* de la rue Fortunée dans les premiers jours du mois prochain.

Le dîner de Castries n'a offert aucun incident; la vieille beauté percluse est devenue d'une affection harpagonienne depuis qu'elle me croit colossalement riche. La petite Sheppard n'est pas venue pendant que j'y étais, car je suis parti à neuf heures et demie.

Vous allez voir comment je deviens sage et rangé. La bibliothèque, *en glaces*, coûtait quinze cents francs. J'ai dit au miroitier : « Quinze cents francs font soixante-quinze francs d'intérêt, et même quatre-vingts francs. Les vitres coûtent trois cent cinquante francs et conservent une valeur de deux cents francs. Dans trois ans, si j'en ai le moyen, je mettrai des glaces, et j'aurai gagné cent francs. » Il a été confondu; je l'ai réglé au mois de février. Il m'a dit : « Je vois bien que Monsieur est dans la voie de la richesse; on peut prendre ses effets sans crainte. »

J'ai refait à fin février les effets de Servais. Ainsi, nous serons à temps pour le paiement, fait par lettres. Je règle tout fin février. Je n'y tiendrais pas, autrement.

Je viens de donner à la reliure cent cinquante volumes brochés.

Samedi [19 juin].

Hier j'ai été forcé de quitter brusquement pour aller chercher le bouquet que j'avais abîmé en le heurtant. Je l'ai rapporté. Le lustre est complet et d'un effet merveilleux. On va me raccommoder deux vases blancs et or à raisins, ceps et pampres, qui étaient dans mon cabinet, et qui orneront le meuble de Bâle.

Je prends pour mon usage, dans mon cabinet, la table couverte de Saxe, qui a des marines. Me le permettez-vous? Mais il me faut un sucrier. Il me faut une carafe originale. J'ai pris le verre de Baden, vous savez, qui est comme en aventurine.

J'ai reçu une lettre pressée de *la Presse*. Je serai bien positivement à l'ouvrage lundi matin, car je suis en face de mes papiers, mis en Alpes sur mon bureau. J'ai fini par trouver l'organisation de mon cabinet, ce qui n'était pas facile, croyez-le bien. J'ai mis le grand bureau de Boule, en large, devant le meuble qui occupe le fond, ce qui laisse bien voir les deux meubles florentins, et je travaille sur ma petite table devant la cheminée, au jour, ce qui me remet dans mes habitudes. Je vais faire enlever l'affreuse tapisserie de la gouvernante, et remettre la vôtre, car j'espère, de vous et d'Anna, un chef-d'œuvre pour le beau fauteuil en ébène et cuivre que je me ferai composer à loisir, avec des ébènes sculptés que j'achèterai petit à petit.

Les provisions de papier ont été faites hier : plumes, etc. Jusqu'alors je me suis servi pour vous écrire, comme vous pouvez le voir, du papier numéroté [1] qui devait servir au *Cousin Pons*. J'avais une superstition pour ce papier. Il vous appartient.

Servais m'apporte enfin le dernier cadre pour la galerie, non pas le grand pour le Dominiquin, mais celui de *l'Aurore*. Il est superbe, et le Guide paraît plus beau. J'ai interrompu ma lettre pour le faire arranger et placer. Il m'a promis mon étagère redorée pour les cinq premiers jours de juillet, que votre sœur doit venir voir. Elle veut mener ses enfants aux eaux de mer, à la Teste, ou à Biarritz.

Adieu. Je sors pour une affaire de ma mère, au *Siècle*. A demain.

Dimanche 20 [juin].

Vous ne savez pas, car je ne crois pas vous l'avoir dit, que j'ai dit à ma famille que je ne voulais recevoir personne, pas même eux, rue Fortunée. C'est accepté. Je suis très heureux de ce résultat.

Je vais mettre cette lettre à la poste aujourd'hui. C'est demain que je me plonge dans l'ouvrage, avec ardeur, et il le faut pour ma

1. Balzac avait l'habitude de numéroter à l'avance les feuillets avant d'écrire comme pour se mesurer la tâche.

santé morale. Vous ne croirez pas que je maigris à vue d'œil. Rien ne me nourrit; je dévore mes pensées. Je ne veux pas vous peindre mon état moral, il est affreux. Je ne sais que devenir. Je reste des heures entières perdu dans mes souvenirs et vraiment hébété. J'attends beaucoup du café que je vais prendre. Peut-être sortirai-je de cette consomption. Une seule chose me distrait : c'est d'orner, d'achever la maison, parce que je m'occupe d'Ève. Je suis bien malheureux de ne pas avoir les cinq mille cinq cents francs qui manquent pour tout terminer!

Je n'ai pas de réponse de Schwab. J'ai bien envie de lui dire de ne pas m'envoyer son miroir des quatre parties du monde, car j'ai trouvé une glace, supérieurement dorée, aux Champs-Élysées chez un marchand qui est venu là pour faire concurrence au nôtre. Elle n'est que de trois cents francs. La glace rococo fait merveille dans la galerie.

Je viens de payer les treillages et le jardinier; j'ai payé aussi les tringles qui maintiennent les tapis dans l'escalier. Je paie trop; je vais être dénué d'argent. A vue de nez, dix mille francs à régler finissent le paiement des réparations.

En ce moment, Fabre et un ouvrier finissent (20 juin!) de poser des gâches, des potences, etc., à la bibliothèque, et des petits travaux à tout; pour toute la journée, des oublis, des raccommodages! On viendra vitrer sans doute demain la bibliothèque. J'attends encore le dessert de mon service; il faut trois ou quatre petites choses pour le water-closet, qui est un bijou. Puis les compléments de Lefébure. C'est tout au plus si j'aurai vu la fin des travaux d'ici à dix jours. Je ne peux pas obtenir ma toilette. Je n'ai que cette semaine qui vient la table de nuit en Boule, pour la chambre. On attend tout, à Paris, dans des délais effrayants. Je n'aurai qu'après-demain les chaises et les fauteuils de mon cabinet.

Allons, adieu. Comment vous dire tout ce qu'il y a de bon dans mon âme pour vous, quand la parole m'est interdite? Je m'efforce de franchir les espaces; je me demande à chaque instant : « Que fait-elle en ce moment? » comme Georges le disait par plaisanterie. Si vous êtes encore avec eux, dites-leur bien des tendresses pour moi. Mais, que diriez-vous à vous-même? Me devineriez-vous? J'en doute, car on ne devine pas l'infini de l'ennui, l'infini des regrets et de tout ce qui m'oppresse. Il y a l'infini du désir qui peut se comprendre quand on aime beaucoup. Demain, je reprendrai mon journal, mais je serai plus bref, si je travaille, et je voudrais vous écrire les volumes que je dois à la *Presse* [1].

Allons, mille bonnes choses. Il y a un bengali de mort. Il ne peut vivre qu'avec l'aliment du Minou.

1. Entre autres la fin des *Paysans*.

LXXIII

A MADAME HANSKA, A WIERZCHOWNIA, PAR BERDITCHEFF

[Paris, 21-24 juin 1847].
Lundi [21 juin].

Chère Comtesse, je n'ai rien pu faire hier de toute la journée. Je l'ai passée à surveiller Fabre et son ouvrier qui ont travaillé à la bibliothèque depuis huit heures du matin jusqu'à huit heures du soir. Vital est venu rapporter deux cariatides de Watteau, qui vont orner le bas de chacun des deux panneaux à côté de la console et de la cheminée, ce qui me dispensera d'y mettre des tableaux. Ces deux consoles sont deux chefs-d'œuvre de sculpture, supérieurs à tout ce qui est déjà dans le salon, et m'ont coûté soixante francs! Il en faudrait trouver cinq autres, et la sculpture du salon serait complète. *Cela peut se manger froid;* à mesure que j'en trouverai, je les placerai. Vital me parle de deux vases de fleurs qui pourraient aller. Il les apporte demain en venant se faire payer de sa facture.

Les vues de Dresde, coloriées, seront réunies dans deux cadres, et orneront la partie de l'escalier qui va à la coupole, le couloir. Ces vues me sont très chères, et je voudrais avoir celles des villes de Suisse où nous avons passé : les deux Fribourg, Genève et Bâle. Je les placerais dans l'escalier.

On travaille aux deux œils-de-bœuf de la pièce, que je veux faire si jolie pour ma chère adorée, et où l'on ira par un escalier. Elle sera dès lors parfaitement éclairée, et l'on va faire une partie du plafond, pourri par la faute du maçon. Je vais changer l'étoffe de la galerie, qui n'est pas assez considérable; il manque le panneau du fond, et je la ferai servir à la tenture de cette pièce où je mettrai tous les meubles qui me servent depuis 1825-1826, et le tapis de mon cabinet (le beau rouge) de Passy.

Je range mes papiers aujourd'hui; je serai à l'œuvre demain. Le tapis de table fabriqué à Wierzchownia, que vous m'avez donné à Saint-Pétersbourg[1], ira dans le salon d'attente sur une table.

Hier, Vital a emporté pour la raccommoder la magnifique étagère Louis XIV achetée au boulevard Bourdon, et Servais a promis de la livrer, dorée, pour les premiers jours de juillet. Ainsi,

1. Lors du séjour de Balzac pendant l'été 1843.

j'espère que tout sera presque en ordre quand votre illustre endormeuse de sœur viendra répandre les pavots de sa présence dans mon asile.

Décidément, j'échangerai le service des Chinois, de Saxe, contre la coupe à bagues chez Roque. Je vous dirai que ce service a été tellement répété, celui des marines en camaïeu est si supérieur, que nous trouverons toujours, en furetant en Allemagne, mieux que cela. Je garde toujours les boîtes à thé carrées pour faire des candélabres très petits, pour la cheminée de la chambre rouge. Il y faut un bénitier Louis XIV dans le fond du lit, et des portraits bien encadrés sur les panneaux, car c'est trop de rouge.

Telles sont les nouvelles de la maison. J'attends toujours le peintre pour venir, et Lefébure pour finir. Quant à Paillard, il a lassé ma patience. Je n'y pense plus.

Vous ne vous figurez pas ce qu'il y a de choses à faire encore. Ainsi, dans mon cabinet de toilette, il faut un petit meuble pour mettre mon linge de corps, et un petit meuble pour mettre les souliers et les bottes.

J'attends votre avis sur une chose qui serait bien économique. C'est de mettre tous les Colemann [1] dans la première pièce du premier étage. Cela éviterait d'y placer des tableaux; comme vous vouliez les garder en album, je n'ose pas me permettre ce changement sans savoir si cela vous plaît.

Je reçois à l'instant une lettre de Schwab, qui m'envoie le miroir des quatre parties du monde, pour mon cabinet.

Enfin, les deux tapis de lit en hermine sont indispensables. Je ne les ferai que de trente centimètres de large; je les borderai en noir. Mais il n'y a que cela qui puisse aller à tant de magnificence artiste, babylonienne et même orientale.

Il me faut aussi deux magnifiques cornets pour le dessus du meuble d'ébène fait avec les portes achetées à Rouen. Toutes ces petites bêtises sont ruineuses. Aussi, vais-je énormément travailler. Le cœur n'y est pas. Je suis dévoré d'un chagrin qui ressemble à ces pluies fines et incessantes.

J'espère que les dernières acquisitions de Wolf sont en route, car elles sont bien nécessaires comme complément. Avec la table, la bibliothèque se trouvera finie. Les deux chaises de la chambre à coucher y sont déjà, car deux chaises, deux fauteuils et le gros fauteuil, pour ma grosse, sont tout ce que cette chambre peut contenir, avec une toilette et la table de nuit.

1. Qui, à Saint-Pétersbourg, en 1843, avait déjà représenté, en aquarelle, le salon bleu de la maison Koutaïsoff (Grande Millionne) où séjournait alors Mme Hanska. Cf. *Lettres à l'Étrangère*, t. II, p. 322. Karl Karlovitch Kolman (1831-1889), architecte et aquarelliste russe, voyagea en France, en Espagne, en Italie d'où il rapporta de nombreux dessins et croquis, etc., qui furent exposés en août-septembre 1907, à l'Académie des Beaux-Arts de Saint-Pétersbourg, dont il avait été membre et où il avait professé. Voir plus haut p. 219.

Oh! je serais bien heureux si j'avais ma mie ici, et si mes cent cinquante mille francs de dettes étaient payés!... Une femme et une somme, c'est beaucoup.

J'ai encore à faire encadrer les deux esquisses de Van Dyck et le *Paysage* de Vernet. Autre dépense : j'ai pour cinq cents francs au moins de livres et de reliures à payer à Souverain, et j'ai donné cent trente-cinq volumes à la reliure, il y a trois jours.

On ne peut pas, après tout, avoir une maison et un mobilier de cinq cent mille francs, et avoir les cinq cent mille francs! Ce serait trop beau. Savez-vous que lorsque le salon sera complet il coûtera soixante-trois mille francs, et la salle à manger trente-six mille? C'est effrayant. Je vais inventer des romans monstres, des pièces de théâtre à succès, et manger des croûtes frottées d'ail [1], à la façon des juifs.

Allons, adieu, Millet vient pour nettoyer le cabinet de toilette, qui, enfin, vient d'être rendu libre, par la transposition des brochures dans la galerie, et je vais en faire le nettoyage pour y mettre ma toilette, que j'attends, les deux gondoles, qui sont nettoyées d'hier, et je chercherai d'occasion les deux meubles pour les bottes et le linge. Il faut aussi faire raccommoder cette infâme marchandise de Bosberg, qui vous a tant plu à Amsterdam, et qui est tout au plus digne d'orner ce cabinet de toilette. Ce lavabo m'est devenu *très cher* doublement.

Hâtez, je vous prie, le zèle du Magasin Anglais de Saint-Pétersbourg pour les malachites qui manquent, car il faut que je les reçoive avant la fin d'août. En mon absence, on ne saurait pas ce que cela voudrait dire. Il faut écrire au Havre, capituler avec la douane, et moi seul puis faire cela.

Mille gracieusetés pour aujourd'hui, et à demain. Que Dieu vous conserve la santé, la force et le sentiment qui fait ma gloire et mon bonheur! C'est là ma prière, matin et soir.

Mardi 22 [juin].

Aujourd'hui, moi qui hier ne pouvais pas me lever à six heures, après m'être couché à huit heures, je me suis levé à trois heures et demie, et je commence mes travaux herculéens par causer avec celle qui les inspire.

Il est temps de m'y mettre, allez! Je suis bien fort, mais je ne le suis pas autant que le chagrin d'être séparé de mon bonheur. J'ai eu hier une crise affreuse; car dans ces maladies de l'âme, il y a des incidents qui sont le caillou qui, sur une pente, fait rouler le plus habile guide dans un précipice. En rangeant mes papiers, j'ai trouvé

1. On trouvera une histoire d'ail fort spirituellement racontée par Mme Hanska dans *la Véritable image de Mme Hanska*, p. 8.

une paire de pantoufles brodées, vous savez par qui. Ces pantoufles, dépliées, font un A, ce qui disait : Absente. Et puis, dessus, il y avait écrit au crayon : « *J'ai fait ces pantoufles pendant les heures où j'étais seule, et que vous couriez*, etc... » Savoir qu'on a eu celle qu'on regrette, à soi, et qu'on était forcé de *courir*, tandis qu'on donnerait dix ans de sa vie pour la voir un quart d'heure, ah! je ne vous souhaite pas cette douleur d'homme! L'effet a été rapide, comme quand, à Saint-Pétersbourg, je demandais à Anna ce qu'elle ferait pour gagner sa vie, si elle tombait dans la misère. J'ai fondu en larmes, et suis resté deux heures ainsi, seul, dans mon cabinet. Si l'on était venu, je ne me serais dérangé, ni je n'aurais pas répondu. On aurait pu dévaliser mes cassettes [1], comme le fit certain Russe avec la N***. Je me suis levé comme un fou et je me suis dit : « Il faut travailler, et ne plus penser qu'aux *Paysans.* » Et alors, j'ai *fait mon cabinet*, car c'est une terrible question; j'en ai eu la fièvre. D'ailleurs, j'ai tous les jours un peu de fièvre, un petit mouvement fébrile. Je maigris, je ne m'intéresse à rien. Je commence à prendre en haine cette maison vide, où tout est fait pour une absente!... Non, il faut que je m'arrête; je me suis promis de ne vous rien dire de l'état moral, pour ne pas vous chagriner.

Parlons ménage. Tous les draps sont à refaire, même ceux achetés par la scélérate de Chouette. Il faut, pour le lit de la chambre rouge, des draps de trois mètres de longueur sur deux mètres de largeur. Je vais essayer de vendre les draps que nous avons et d'en commander d'autres, à Doctor, avec l'argent que j'en ferai. Il est impossible de border des deux côtés, et je suis très mal couché. D'autre part, il est impossible de rien changer au lit, car il n'est que bien pour les gros loups que vous savez. J'attends avec impatience le lit d'en bas, pour savoir si les draps peuvent y aller. Et je me dis aussi qu'à la campagne, à Moncontour, il y aura des lits d'amis, et que des draps sont toujours bons. Mais commander douze paires de draps à Doctor, c'est tout à fait hors de mes moyens. J'aurai bien de la peine à lui payer mon linge en septembre, quand je viendrai. Vous qui faites de la toile, vous devriez en faire, chère drapière!

Je viens de boire la première tasse de café noir, depuis celles que me faisait cette chère jolie main, la plus belle des mains que j'aie jamais vue!... Elle était si faible, que je n'en éprouve aucun effet (la tasse, pas la main!).

Pour deux mois, je n'écris pas une dépense, car je n'en veux rien savoir. Je vais à même; cela compte dans mon installation. Je me sers souvent du cher petit coupé, qu'on m'envoie toujours. Comme

1. Entre autres une fameuse cassette en malachite, portant sur son couvercle, en lettres hébraïques : Hewa Liddida : Ève la bien-aimée. Balzac l'a donnée au maréchal Hulot dans *la Cousine Bette*, en remplaçant l'inscription hébraïque par les armes de l'empereur de Russie.

le hasard est intelligent! Mais je dépense beaucoup; tout est encore fort cher.

On ne peut pas se figurer le calme profond de ma demeure. C'est bien mieux qu'au 12 *bis* de la rue Neuve-de-Berry. C'est bien plus la campagne. Mais, un jour, ces grands espaces seront bâtis, à moins que les enfants ne puissent m'envoyer, dans l'occasion, quatre cent mille francs pour acheter Gudin. Gudin vendra. Ah! quelle belle chose que ces deux propriétés, réunies et mieux arrangées! On n'a pas besoin de terre en Touraine.

Hier, les deux œils-de-bœuf ont été percés. Ce sera fini dans deux jours, et alors la chambre sera charmante. Il n'y aura plus que le séchoir et l'escalier à faire et tout cela sera complet.

Que fait à cette heure Mme *Ancha?* Que fait *Gringalet?* Que fait *Zéphirine?*

Autre plaie! J'avais compté que j'aurais une femme en 1847, et qu'elle s'occuperait de mes hardes. Et voilà que je trouve que toutes mes affaires d'été sont à renouveler. Une dépense de quatre à cinq cents francs! Tous mes pantalons de travail et mes petits paletots blancs sont en guenilles. On ne peut pas les raccommoder; ils l'ont été trop, pour les faire servir l'année dernière. Et je n'ai plus que deux cent quarante francs! Je suis dans une grande nécessité d'argent, aussi faut-il inventer des nouvelles.

Adieu; la causerie a été plus longue que je ne le voulais. Je ne vois personne; je ne reçois personne; je suis dans une cellule. Jamais je n'ai eu pareil calme. Il ne me manque que la somme et la femme!

Hier, j'ai retrouvé les trois vues de Breslau; je les fais encadrer pour l'escalier, et le lac de Neuchâtel aussi. Je le veux sous mes yeux à chaque instant. Il y a la signature d'Anna à cinq ans. Je fais encadrer aussi le comte Guillaume et le *Domenichino* de Théano.

Et adieu donc pour aujourd'hui. On ne peut encore rien obtenir de la Chouette. Elle veut qu'on lui prête dix mille francs, qu'elle rendra. Elle se contente de la promesse à l'heure qu'il est.

Il me prend un sombre effroi de me mettre aux *Paysans*. Mais il le faut. C'est ma dernière obligation avec *le Député d'Arcis*.

A demain. Mille millions de gentillesses et autres.

Mercredi 23 [juin].

Comme je vous dis tout, je dois vous dire que je viens de me lever à quatre heures et demie, que je viens de boire une tasse de café un peu plus fort que celui d'hier, et qu'hier, perdu de chagrin, je suis allé porter à Servais : *primo*, le comte Guillaume; *secundo*, Neuchâtel; *tertio*, le Domenichino de Théano. Là n'est pas le crime. J'ai reporté la *Marie Leczinska* à Eude, qui l'a reprise pour cent et vingt francs, après l'avoir vendue cent trente. Et me voilà cherchant des satyres pour mettre en pendant avec les deux délicieuses femmes de Vital. Et je dévale chez Tremblay, place du Louvre[1], heureux de me retrouver là, où j'ai par deux fois *bricabraqué* avec la bien-aimée. Là, pas de bois sculptés; mais il y a possibilité d'échanger la glace rococo, qui coûte cent cinquante francs, avec le fameux panneau de la *Moisson*. Et d'un; ce n'est pas là le crime. Mais je trouve un magnifique marbre pour la commode Grohé et de deux. Là n'est pas le crime. Mais je trouve un portrait admirable de Delannoi, qui reçut l'épée de François Ier à Pavie, qui me semble une esquisse de Titien, tant elle ressemble à celle qui est chez Maldura, et au magnifique Sébastien Bourdon; mais le cadre du Bourdon est d'une beauté supérieure encore à celle du cadre qui encadre la *Léda* de Boulanger, et j'ai eu le tout à cent dix francs. Est-ce une folie? Est-ce un crime? Voilà le seul plaisir que j'ai eu, depuis le jour fatal où je vous ai tourné le dos à Francfort.

Ce matin, me trouvant si pauvre et chargé de cent et dix francs à payer, j'ai frémi, d'autant plus que, rentré chez moi à huit heures et demie hier, j'ai trouvé le plus ravissant dessert du monde, le dessert du service ordinaire, et qu'il va y avoir là à payer trois cents francs, et trois cents francs pour les vitres de la bibliothèque; en tout, six cents francs, et qu'après ces six cents francs payés, il faut gagner de l'argent, si je veux manger. Voilà le vrai crime! Je me suis frappé la poitrine, et j'ai dit : « *Elle* ne ferait pas cela. *Elle* amasse et tu dissipes! » Mais, chose étrange, j'ai trouvé un *Louis XV à cheval* pas plus grand que la *Marie Leczinska* que je venais de vendre, au prix de quarante francs, qu'on me donnera pour trente, et je me dis que jamais je ne trouverai à remplir les deux ovales du salon à meilleur marché. Faut-il reprendre la *Marie Leczinska* et acheter le *Louis XV*, et les mettre dans les deux ovales? Répondez-moi là-dessus, je vous en prie. Cela coûtera en tout trois cents francs, avec le rentoilage, et nous serons sauvés d'une bien grande dépense, à moins que je ne trouve un autre tableau de la force du Sébastien Bourdon et que je l'encadre; nous aurions deux belles choses. Mon Sébastien Bourdon est d'une grande force et d'une grande beauté. C'est une *Halte dans la fuite en Égypte*, et des enfants viennent jouer avec l'Enfant Jésus. Cela tient de Murillo par la grâce. J'ai peu vu de tableaux de cette force-là. Tremblay achète des tableaux par quinze cents à la fois. Il a acheté tous ces tableaux, sans les voir, du côté de Niort. J'avoue que Louis XV et sa femme feraient mieux dans le salon.

Je crois que je ferai faire la pièce de surplus et l'escalier, pour ne plus voir les maçons, et en finir.

Ah! une nouvelle. Zanella est douce, soigneuse, tranquille et probe. Elle me propose une fille de cinquante ans, dans son genre, sachant

1. Marchand de bric-à-brac établi dans une des baraques de la place du Louvre.

admirablement blanchir et repasser. Or, il faut maintenant une personne pour faire les appartements, car il y a douze pièces à faire, et je ne puis pas les faire moi-même. Le portier, que j'attends, ne peut qu'aider aux gros ouvrages. Avec ces trois domestiques-là, j'aurai ma tranquillité. Je serai bien servi et la maison sera bien tenue. Elle est excellente femme de chambre; elle sait coudre, faire les robes. Zanella en répond comme d'elle-même, et je vais, ma foi, l'essayer. Vous savez quelles étaient mes appréhensions à l'endroit du domestique, et, à Paris, aussitôt qu'on trouve un bon et excellent sujet, il faut savoir faire des sacrifices pour l'avoir, car c'est introuvable. Elle est Belge pieuse. Elle est de *Liége*, et n'est pas *légère!* J'aurais ainsi pour quatre-vingt-dix francs de gages par mois, et trois personnes à nourrir; à un franc cinquante par jour, cela fera encore une centaine de francs. Mettons deux cent cinquante, et deux cents pour moi, c'est quatre cent cinquante francs par mois. Eh! bien, Passy coûtait cela. Mettez cent cinquante francs de dépenses pour moi, c'est six cents francs par mois. Avec mon Alsacien, j'aurais voiture avec quatre cents francs, pas plus. Ce serait douze mille francs de rentes qu'il me faudrait. Une fois mes dettes payées, je puis bien prendre mille francs par mois pour vivre, sur mes gains, et mettre une vingtaine de mille francs de côté par an. Voilà la morale du petit hôtel de la rue Fortunée! Est-ce une folie, une faute? N'ai-je pas bien entendu la vie? Suis-je un dissipateur? Mais tout cela ne peut avoir lieu qu'avec des gens probes pour domestiques.

Je vais avoir ma toilette ce matin, et enfin, d'ici à deux jours, j'aurai mes aises. Il était temps! Ce n'est qu'au mois de juillet que je serai installé et que j'aurai trois domestiques. Ah! si je pouvais avoir fini *les Paysans!*

Allons, adieu pour aujourd'hui. Il est six heures; voilà deux heures que je cause avec vous. On coupe le gazon pour la troisième fois. Vingt arbres sont morts et sont à remplacer. J'ai payé le treillageur et le jardinier. J'ai le bitume à payer. Allons, adieu. Comme il est difficile de se mettre à l'ouvrage! Et il faut se gagner dix-huit mille francs de rentes et payer cinquante-cinq mille francs de dettes, ce qui exige un capital de six cent mille francs. Travaille, petit auteur de *la Comédie Humaine*, fais *l'Éducation du Prince*, fais des romans, fais des pièces... de cent sous! Paie ton luxe, expie tes folies, et attend ton Ève, dans l'enfer de l'encrier et du papier blanc!

En me voyant rue Fortunée, il y a cependant une pensée consolante; c'est de me dire : « Mon Ève et moi, nous avons conquis ces belles choses par l'économie, le travail, la persistance et un sentiment encore plus beau que ces trois vertus théologales de la vie matérielle. »

Adieu donc pour aujourd'hui; l'on m'apporte mon chocolat. Hier Senlis a envoyé la selle pour le buste, la colonne de Mayence pour une statuette dans la galerie, le porte-rideau de la porte du premier étage, dans l'escalier, et le porte-rideau circulaire, pour la coupole. Voici juste huit jours que M. Paillard devait envoyer les deux paires de candélabres prêts que j'ai vus chez lui allant à la dorure. C'est un fabricant inexplicable pour moi; je ne pense plus à lui; il me donnait la fièvre!

Mille caressantes gracieusetés d'âme.

Jeudi 24 [juin].

Vous m'avez promis d'écrire à Bartolini [1] pour qu'il me fasse une réplique de votre buste en marbre. Je vous en supplie, tenez votre promesse. Demandez-le-lui promptement et qu'il me l'adresse. Dites-lui que c'est pour moi, car, alors, il se piquera d'honneur et ne fera pas faire le buste par un élève, comme cela arrive. Je me déciderais alors à mettre le mien dans la galerie et celui de Bartolini en pendant, car le buste de David écrase beaucoup le salon. La *Vénus* de Meudon, vous savez, dont nous donnions cinq cents francs, a été achetée sept cents par le comte Lemarois. Nous avons fait une faute. Elle est de Coustou; elle vaut trois à quatre mille francs. Il y a, chez Eude, une copie en marbre de la *Vénus Callipyge*, de deux pieds de haut, qui est une merveille. Elle a la tête recollée; on peut cacher cela par un collier doré. Elle vaut deux cent cinquante francs. Je me suis tenu à cent chevaux pour résister. C'était bien l'affaire pour mon cabinet.

Pour vous donner une légère idée de l'état actuel de notre maison, je vous dirai que pour garnir les flambeaux, lustres, bras et candélabres, il faut trois cent quarante bougies!

J'aurai ma table de salon, celle d'Anna, la jardinière et la garniture de mon cabinet pour le jour de la visite de votre aimable et *morphinistique* Aline!

Je vais faire mettre le lézard qui vous a tant éblouie en Allemagne et qui n'est que de la camelote, mais qui m'est plus précieux que s'il était en saphir, à la place du lézard en corail qui s'est cassé dans le transport. Ainsi j'aurai votre souvenir et celui de la gentille Zéphirine bien-aimée. Le marbre représentera la lenteur et la solidité germaniques et le lézard, la paresse italienne, et le serre-papier servira sur mon bureau de Boule. Je n'en ai encore que deux, ayant destiné les malachites au délicieux salon de marqueterie.

Le jardinet a énormément poussé; il est soigné comme une nouvelle mariée. Il est gentil. Vous ne reconnaîtriez rien. Tout est devenu fantastique de beauté. Mais c'est fort cher.

J'aurai aussi, pour la fin du mois, tout le complément de la marqueterie du salon vert. Vous avez dit : « Éblouissez ma sœur! » Elle sera plus qu'éblouie; elle sera abasourdie, hébétée!

1. Sculpteur florentin qui avait fait un buste de Mme Hanska (*Lettres à l'Étrangère*, t. I, p. 158-383).

Il faut couper de cinq à six centimètres le lit de Mme de Pompadour pour qu'il entre dans l'alcôve de la chambre en coupole. C'est le contraire de Procuste. Je soupçonne l'histoire de Procuste d'être le mythe de l'ébénisterie, qui devait être florissante avant le siège de Troie, vu la perfection des arts dont témoigne le musée Campana, à Rome.

Allons, adieu. A demain.

LXXIV

A MADAME HANSKA, A WIERZCHOWNIA, PAR BERDITCHEFF

[Paris, 25-30 juin 1847].
Vendredi 25 [juin 1847[1]].

Les deux paires de candélabres sont venues, et vous ne vous figurez pas comme ils sont beaux. Ceux du salon de marqueterie font un effet éblouissant. Cela fait souhaiter encore davantage la table et les trois dessus de portes. Il faut encore attendre tout cela dix jours.

Je me suis levé à deux heures et demie juste du matin; j'ai allumé mes bougies pour la première fois depuis la rue de Berry, et si vous saviez quelle a été ma tristesse en me rappelant que la grosse chatte aimée n'était pas là pour unir son ronron à la voix criarde de la plume, et que je ne la verrais pas! Tout est douleur pour celui qui souffre, comme tout est bonheur pour l'homme heureux!

J'étais déjà bien inquiet de ne pas recevoir de lettre, et celle de Radziwiloff est venue, et, en vous sachant si heureuse avec vos chers petits (pourquoi ne dirais-je pas : nos chers petits?), je me suis dit : « Tant de bonheur pourrait être encore payé de plus d'inquiétude. » Et puis mon cœur s'est oppressé à mesure que je vous lisais. Tout ce que vous me dites m'explique Georges et ses opinions, et je comprends tout de notre cher Zorzi, même sa passion pour les coléoptères. Combien je vous aime en lisant cette lettre si mélancolique! J'ai pensé pendant toute la journée à Wicznovitz et à ces deux jeunes gens. Je baise avec attendrissement la main de la chère Anucio, pour tous les sentiments que trahit son mot et son cœur pour ses deux enfants. Votre cœur est tout entier dans Anna. C'est ce qui me la rend encore plus chère de jour en jour. Faites tout ce que vous vou-

1. Donc au 25 juin 1847, après un séjour de deux mois et demi à Paris, auprès de Balzac, Mme Hanska est de retour, depuis une quinzaine de jours, à son château de Wierzchownia, en Ukraine, où elle a rejoint sa fille Anna et son gendre, le comte Georges Mniszech. Balzac resté à Paris continue l'ameublement de sa maison de la rue Fortunée.

drez pour ces deux chers cœurs. Moi, je travaillerai, je ferai notre fortune. De nouveau, je ne veux rien de vous, que vous-même et vos trésors d'affection. Vous savez que j'aime Annette mieux que ma propre famille. Eh! bien, le théâtre va être une mine si féconde; dès aujourd'hui je vais m'y mettre et faire disparaître les cent cinquante mille francs de dettes avec une rapidité de travail qui vous prouvera combien j'ai le cœur tout à vous.

Ne pensons plus à l'affaire Gudin, et arrière tous les projets de grandeur! Sauvons, avant tout, la frégate : *la Wicznowitz.*

Si vous voulez me le permettre, à cause de l'affection que j'ai pour nos deux *Gringalets*, je vous dirai quelles ont été mes idées sur ce que vous m'écrivez, et vous savez que je suis un plus grand financier qu'un grand auteur, car j'ai rétabli, avec ma plume, mes affaires, et je ne les laisserai pas s'embrouiller, et je maintiendrai le *trésor-louloup* en son entier. Je sais manger des croûtes et faire sombrer la vanité, très bien.

Georges devrait laisser son frère administrer la fortune, comme il le fait, et il devrait faire à Wierzchownia ce que M. André Mniszech fait à Wicznowitz. Anna devrait renoncer à toutes sortes de dépenses, les réduire à quelque chose d'*harpagonien*, et consacrer ses revenus, pendant quelque temps, à diminuer le poids des intérêts, et à de petits remboursements. Si par ce secours elle pouvait balancer les intérêts, ce serait énorme. Le mot dix pour cent m'a donné chair de poule pour Zorzi. Notre cher coléoptérien devrait se faire courageusement l'intendant des biens de sa femme, et rien que ce que vole l'intendant rétablirait l'équilibre de ses dépenses et de ses recettes. Puis, il rembourserait avec les revenus. Vous n'avez pas besoin de mon éloquence pour dire à Annette quelles adorables et divines jouissances c'est de se priver pour ce qu'on aime, et de mettre pour lui de côté quelques sous! C'est la plus grande volupté qu'il y ait au monde, c'est l'élixir de l'amour! C'est peut-être la jouissance de Dieu, qui nourrit les mondes de sa substance! Croyez que le pauvre loup qui vous écrit n'a pas eu d'autre force que celle-là dans ses années de travaux et de privations. Ce qu'il thésaurisait, c'était la considération, la tranquillité, l'avenir heureux, tout ce qu'il devait apporter. Et encore aujourd'hui, vous ne savez pas quelles nouvelles forces j'ai puisées ce matin, en lisant cette lettre, car j'ai bien vu le contrecoup de tout cela dans votre cher cœur maternel, et j'ai dit, dans le mien, ce que je vous ai dit tant de fois : que c'est à l'homme à travailler pour sa femme, à la rendre heureuse physiquement, matériellement et moralement. Ah! le jour où j'aurai cent mille francs sur lesquels je me croirai droit de vie et de mort, allez, vous verrez en combien de temps j'en ferai un million! Je ne suis pas si hardi avec le *trésor-louloup* qu'avec ce que j'aurai gagné avec ma plume de corbeau. Ne m'en voulez pas, car je considère bien comme à moi le trésor, mais je ne nous sépare point, et : *deux, je suis capon*, comme disent les écoliers.

Comme je m'applaudis d'avoir commencé par arranger la maison, et avoir décoré le nid, la tanière, car nous ne le ferions plus peut-être. Ah! grande madame *Ancha*, vous aviez raison dans vos doléances! En voyage, vous avez des yeux d'ange pour les trois êtres que vous couvrez de votre affection comme d'une pourpre, d'un manteau, d'une grande aile séraphique!

Cette lettre ne m'a attristé que d'une seule manière, car tout ira bien, j'en suis sûr. Anna vous imitera. Georges se fera l'intendant des biens de sa femme, et joindra les deux bouts. L'oncle mourra; on fera des remboursements; Anna deviendra la créancière des deux Mniszech, sans intérêt. Mais nous? Il faut que je travaille, et comme peut-être l'envoi sera difficile, il faut que je me mette à gagner tout cela. S'il faut que je fasse de la littérature quatre-vingt mille francs, cela ne se fera pas en deux mois. Il faut cinq mois au moins. Cela rejette mon voyage en décembre. Il faut que je fasse au moins trois pièces de théâtre.

Ah! les Basségêo[1] du boulevard m'ont bien fait rire. Et avec quoi, belle dame?... Croyez-vous que deux cents francs par mois ne seraient pas mieux employés à payer *mon domestique*, qui va se composer de trois personnes?... A propos, mon temps est si précieux qu'il faut l'économiser énormément, et j'ai fait venir le loueur de voitures pour savoir ce qu'il prendrait pour mettre deux chevaux au coupé, afin d'aller comme je veux. Il m'a demandé trois francs l'heure, ce qui n'est pas cher, si l'on fait en une heure à trois francs ce que je ferais en deux heures à deux francs. Il m'a dit alors que moi et ma femme nous étions deux *personnes monstrueuses* (car le cher homme a lu dans mon cœur; il vous croit toujours présente), et qu'il m'engageait à atteler les deux chevaux au petit coupé, qu'il faisait restaurer pour nous l'affecter, qu'il ne serait qu'à nous, qu'il était plus solide que les autres voitures, que nous en étions contents...; (je l'ai laissé parler pendant dix minutes!) Vous ne savez pas qu'on dit que j'ai dans les coupoles une princesse russe avec qui je vis. Enfin, dans cinq jours, on me donnera le cher petit coupé, repeint, restauré, et il aura deux chevaux. Si je fais du théâtre, j'aurais bien des courses. Je pense beaucoup à faire *Orgon*[2], et demain je verrai Théophile Gautier, mon voisin, pour savoir s'il veut mettre ma prose en vers.

1. Ce mot bizarre ne serait-il pas la reproduction par plaisanterie de la manière dont les amis polonais de Balzac prononçaient le mot : passage? Passage des Panoramas, passage de l'Opéra, etc., qui débouchent sur les boulevards?

2. Pièce en cinq actes que Balzac ne fit qu'esquisser, mais qu'il se proposait de faire mettre en vers. Nous ne possédons que le premier acte, rimé par Amédée Pommier et qui fut joué, le 21 mai 1899, à la Comédie-Française. Cf. D. Milatchitch, *le Théâtre inédit de H. de Balzac*, p. 162-190.

Adieu pour aujourd'hui. Voilà ma journée prise par la lecture de votre lettre et par cette longue causerie.

A compter du 1er juillet, je prends un livre de dépenses, et j'écris tout. Ah! j'ai trouvé un magnifique pot et sa cuvette, en tout ce qu'il y a de beau, en vieux Sèvres, chez le marchand qui me devait trente-cinq francs. Je n'ai eu que quarante-cinq francs à lui donner. Vous voyez que je ne perds rien.

D'aujourd'hui, voici mes habitudes reprises. Je me suis levé à deux heures et demie et j'espère qu'en trois mois de vie bien régulière et d'un travail soutenu, je me serai mis au courant. Il s'agit de cinquante mille francs. Mais, trois mois, cela me rejette jusqu'en fin septembre, et je ne pourrai partir que dans les premiers jours d'octobre.

J'ai encore les tapissiers pour trois jours, au moins, et après, il n'y aura plus que les sept ou huit objets de M. Paillard à attendre : *primo*, les grands candélabres de grand mandarin; *secundo*, la table d'Annette; *tertio*, la jardinière; *quarto*, ma garniture de Chine impériale; *quinto*, le lustre; *sexto*, les candélabres de Saxe pour la coupole en grisaille; *septimo*, ceux de la chambre à coucher; *octavo*, le guéridon fait avec le grand plat; *nono*, six consoles.

Il faut que je me procure d'ici à quinze jours les sommes suivantes : *primo*, deux mille six cents francs pour le versement, car je je ne trouve que sept mille quatre cents francs, intérêts déduits, et je devrai vingt mille francs; *secundo*, deux mille francs pour l'ex-gouvernante; *tertio*, six cents francs d'étoffes de supplément; *quarto*, seize cents francs pour Fabre; *quinto*, quatre mille francs de choses dues. C'est dix mille francs, et puis, le 31 juillet, il faut payer quinze mille francs de billets, et quinze mille francs au 15 août, sans compter Froment-Meurice, et je ne suis pas encore à l'ouvrage, et la maison n'est pas finie, et il faut payer trois cents francs pour vitrer la bibliothèque, et trois cents francs de verrerie et de porcelaine, et un tas de petites choses de ménage qui sont inimaginables. Ainsi, il a fallu, pour le *cabinet secret : primo*, une jolie couche; *secundo*, une console de cinquante francs pour serrer la petite boîte que vous savez et supporter un bol (il faut acheter le bol. Je voudrais mettre celui d'Anna, mais je l'ai pris pour mon cabinet de toilette); *tertio*, une autre console de douze francs pour supporter le bougeoir; *quarto*, trois consoles en palissandre pour supporter des cornets à mettre des fleurs. Vous m'avez demandé, à Mayence, ce que je ferais de ce dessus de boîte carrée, en porcelaine de Chine? Cela s'emploie à égoutter le goupillon, dans un coin. Ce lieu est d'ailleurs un lieu de plaisance; c'est joli comme un boudoir; mais vous voyez ce que cela a coûté! Il y a deux consoles en bois sculpté et doré, et trois consoles en palissandre, avec cuivres dorés. S'il fallait compter l'encoignure, que j'avais, les étoffes, les vases, etc., je parie que cette pièce coûterait douze cents francs à faire. Je n'aurai le cadre du portrait de mon père que dimanche. Eh! les ouvriers de Paris! On ne se les figure pas vraiment. Après huit mois, j'attends encore neuf objets de chez M. Paillard et neuf de chez Fabre.

Allons, adieu, et merci de cette lettre si courte, avec une page blanche, et à Wicznowitz encore! La description de votre appartement m'a confondu! Vous trouverez l'hôtel *louloup* bien peu de chose. Mais Paris où l'on a tout ce qu'on veut, même un budget de quinze cents millions, et des dettes de cent cinquante-cinq mille francs, et des *feuilles publiques*, qui paient des feuilletons, très cher, à leurs amants!...

Mille tendresses et à demain.

Samedi 26 [juin].

A la longueur de nos conversations vous devez voir que je travaille bien peu. Je n'aime qu'une seule chose, c'est de vous écrire. Je ne suis heureux que pendant les deux heures que j'emploie ainsi. Et jamais je n'ai eu devant moi la nécessité armée de plus de fléaux, de fouets, de clous et de verges de plomb!

Hier, j'ai fait, durant une atroce journée, émaillée d'ouvriers, qui ont nettoyé mon cabinet, verni les escaliers, posé des consoles, j'ai fait le total de ma dette, afin de me prouver à moi-même la nécessité d'envoyer les *Paysans* à *la Presse*. Eh! bien, des nausées affreuses me dégoûtaient quand je mettais le nez sur ces lignes tant de fois lues! Dans huit jours, je n'aurai pas un liard : mon cerveau, ma raison se le disent : l'imagination, la faculté de faire sont inertes, ne bougent pas, et se couchent, comme des chèvres capricieuses.

Hier, j'ai encore eu une émotion vive, qui a tout détenu; c'est que j'ai collé les feuilletons du *Député d'Arcis*, qu'une main chérie avait découpés, et dans quel temps, et avec quelle habileté! J'ai pleuré, malgré moi, sans idée, sans savoir pourquoi, invinciblement, en reprenant ces colonnes et les ajustant sur le papier où, pour la première fois de ma vie, une autre que moi les avait si bien collées, si bien ajustées, que mon exigence et mon esprit, inquiets, avaient été satisfaits, et que ni mère, ni sœur, ni Mme de Berny, ni l'affreuse gouvernante, qui voulait tout bien faire, n'avaient su faire. Et alors, que voulez-vous? Mes pensées suivent mon cœur, et comment faire *les Paysans?*

J'ai l'idée de faire *Orgon*. J'ai trouvé le moyen de faire cette œuvre dans un sens religieux. J'ai vu Théophile Gautier, chez qui j'étais allé deux fois, et qui est venu, et qui a été foudroyé d'étonnement en voyant ma demeure. Il m'a dit qu'il ne pouvait pas faire plus de dix vers par jour et qu'une *comédie à rimer* voulait six mois. Alors, j'ai eu l'idée de donner un acte à Charles de Bernard, deux actes à Méry, et de distribuer les deux autres à deux autres poètes, comme

Gramont, etc., si ce projet de mon esprit subsiste, car j'ai l'expérience qu'avant de mordre à son œuvre, ma tête lutine avec des sujets.

J'ai oublié ma carte dans la lettre qui est partie, mais je ne l'oublierai pas cette fois-ci, ni le carnet de ma dette. Si je vous l'envoie, c'est que j'aurai travaillé et que *les Paysans* roulent. Vous me direz dans quel état sont les vôtres, s'il y a des dangers, s'ils travaillent.

Adieu pour aujourd'hui, car il faut que je me mette sérieusement à l'œuvre. On a entamé à *la Presse* le troisième volume du *Piccinino*, qui est plus mauvais que *Lucrezia Floriani*. Le talent de Mme Dudevant arrive, comme sa personne, à l'âge critique; elle a *trop* quarante-huit ans. Hier, à deux heures, j'ai dormi malgré moi dans mon fauteuil, une heure. Moi aussi, j'ai quarante-huit ans!

Il faudrait que le Nord fût à neuf cents pour que toute ma dette fût payée, et il est à cinq cent quatre-vingts! Il faut attendre un an au moins, et il faudra verser vingt-cinq mille francs, d'ici à un an!

Dimanche 27 [juin].

Hier, j'ai voulu ne pas rester longtemps dans l'atroce fauteuil de la gouvernante, et j'ai cherché dans la commode du meuble d'Auguste[1], où j'ai réuni tous les effets du loup, la tapisserie qui m'est si chère. Mais, hélas! il manque juste deux bras et deux oreilles. Les deux bras ont quarante-deux centimètres de long sur vingt de large, et les bras supposés, l'œuvre d'Annette, font à peine les oreilles intérieures. Alors, j'ai prié ma sœur de me faire ce qui manque, car j'ai eu peur de porter cela chez une ouvrière, qui m'aurait donné mon fauteuil dans six mois. On a trouvé le fauteuil très joli, très bien fait, de bien bon goût, etc. Il faut un mois pour me faire, à deux, les deux bras et les deux oreilles.

Je suis épouvanté de mes obligations. Je vois ce que je dois faire, mais impossible de réveiller mon cerveau, d'en tirer un plan, dix lignes, une idée. Mon désespoir est extrême, car les *Débats* ne demandent pas mieux que de me payer, *la Presse* attend, et *l'Union* est obligée de prendre la fin du *Député d'Arcis*. Je me dis que deux mois de repos, ce n'est quasi rien, après les bonheurs, les travaux et les chagrins que vous savez. Mais les échéances! Mais les besoins urgents, la vie, les petits paiements!... Par moments, la tête me tourne. Savez-vous à quoi mon imagination s'obstine? L'inspiration me jette *Orgon*, elle s'acharne à cette œuvre, et les scènes m'arrivent toutes faites.

Il est cinq heures et demie du matin. Le petit horloger de Passy arrive pour arranger toutes les pendules. Voilà ma vie! Fabre doit

1. Auguste Depril, qui fut son valet de chambre, 1, rue Cassini et 13, rue des Batailles, c'est-à-dire une dizaine d'années environ.

travailler ici aujourd'hui toute la journée, Grohé aussi, et aussi le premier ouvrier de Paillard. Ma journée est perdue, car il faut être partout avec eux, les surveiller, pour ce qu'ils font et pour l'entourage. La maison coûte autant en temps perdu (qui pour moi est de l'argent), qu'en argent !

Adieu donc pour aujourd'hui, voilà tout mon temps et ma journée perdus !

Lundi 28 [juin].

J'ai eu hier un ennui profond. En examinant, dans la rue, l'effet que font les deux œils-de-bœuf dans le tympan nouveau qui vient d'être fini, grâce à Dieu, Marliani, l'ami d'Espartero, l'ancien consul d'Espagne à Paris et le frère de cette petite Juana qui a été pour moi une si vive passion, à Tours, quand j'avais six ans, est venu à passer, et nous avons causé de sa femme et de Mme Sand. Il a vu ma maison et, une heure après, il est venu me demander de recevoir la princesse Volkonsky, la nièce du prince Pierre, et je n'ai pas cru devoir refuser, quoique j'aie fait résistance. Elle est donc venue, et a vu la maison. Le lustre l'a abasourdie à un point qu'elle a dit, dans son enthousiasme, que c'était une femme métamorphosée en lustre. Elle retourne demain à Moscou. Cela m'a d'autant plus fatigué, que j'avais à la fois Fabre et les ouvriers de Paillard, après le petit horloger de Passy et ceux de Grohé.

Il paraît que j'aurai pas mal de choses cette semaine. Mais ce que j'ai, c'est une nostalgie bien caractérisée. Tout m'ennuie; je ne puis rien faire; je maigris en mangeant bien; le café ne produit aucun effet sur le cerveau; j'ai tous les soirs un léger mouvement de fièvre, et je me sens mal, sans pouvoir offrir au docteur aucune cause de maladie. Les douleurs d'estomac viennent trois fois par jour et plus intenses que jamais. Quand j'aurai repris mes travaux, cela changera-t-il? Je ne sais. Je voudrais travailler, même pour ma santé.

Mes obligations sont énormes; je n'y puis faire face que par mes travaux, et, si je travaille, j'ai peur d'arriver à quelque maladie nerveuse. Je ne vous ai jamais laissé voir à quel degré d'épuisement m'avaient mis mes efforts de février, mars et avril. Le chagrin est venu mettre le comble à cette prostration, et je n'en suis pas encore remis.

Allons, adieu. Je vais sans doute reprendre sous l'empire de la nécessité, car il y a bien vingt-deux mille francs à payer en juillet, et dix-huit mille en août. Certes, *les Paysans*, *le Député d'Arcis* et une œuvre quelconque aux *Débats* paieront bien cela; mais il faut les faire, et ma cervelle dit : non, quand la nécessité dit : oui. La baisse du Nord est une calamité bien cruelle pour moi, car elle m'oblige à trouver de l'argent pour le Nord, au lieu d'y avoir une ressource.

Il pleut constamment; la maison ne sèche pas. Il faut voir ce que sera le mois de juillet. Et puis, je n'aurai plus de vos lettres que deux fois par mois. C'est un bien violent chagrin. Ah! il fallait que j'ignorasse le bonheur, pour pouvoir l'attendre encore un an! Vous ne pouvez pas imaginer l'étendue de mon chagrin. C'est une maladie inguérissable. Ma pensée est comme un fruit ou une fleur attaqués par un ver rongeur. Je voudrais être à Wierzchownia. Donnez-moi bien des détails sur vous, sur vos affaires, sur tout ce qui vous entoure, sur Pawufka.

Comme votre *morphinesque* Aline voit beaucoup de Russes, la princesse Wolkonsky va augmenter sa curiosité.

Adieu, chère, adieu pour aujourd'hui. Je ne vis que quand je vous écris. Cela vous expliquera le volume que vous allez recevoir.

On m'a apporté votre lézard mis sur le marbre où était celui d'Anna. J'ai deux presse-papiers. Soyez bénie par Dieu pour tout le bien que vous faites, comme vous l'êtes par moi de toute la tendresse que vous inspirez!

Mademoiselle Godefroid m'a fait un vrai chef-d'œuvre avec mon père; je suis bien fâché de ne pas avoir pensé à elle, quand vous étiez à Wiesbaden. Elle m'aurait fait Anna, Georges et vous dans un seul tableau.

Allons, il faut cesser la causerie, on m'apporte mon chocolat.

J'ai découvert un rimeur effréné pour *Orgon*. J'ai mis du monde à sa piste. Il se nomme Amédée Pommier[1]. Quels fruits en retirerai-je? L'événement le dira.

Mardi [29 juin].

Si vous saviez comme je vois disparaître avec douleur les allumettes chimiques allemandes, achetées par un *certain Allemand?* Je n'en ai plus que pour quelques jours. Le dernier témoignage de cette chère et précieuse vie à deux disparu, ce sera comme un ami enterré.

Toujours rien; hier, j'ai été heureux un moment, grâce à Tremblay, l'homme des baraques du Louvre. Il est venu prendre la mesure des deux cariatides qui manquent maintenant dans le salon, et il m'a proposé des vases en fonte pour mes pilastres de porte cochère. Il a fallu les aller voir. Cela ne m'a pas plu; mais je suis resté là deux heures, cloué par un charme. Je voyais la petite voiture et jusqu'aux sergents de ville qui se trouvaient là, quand les *loups*[2] y étaient. C'est la maladie à son plus haut degré. Et j'ai acheté (je me suis ruiné), j'ai acheté : *primo*, un vase de 75 centimètres de hauteur, en vieux Chine, bleu foncé, comme le bleu grand feu de Sèvres, mais

1. Et ne fut choisi par Balzac que parce que Théophile Gautier se déroba.
2. C'est-à-dire Balzac et Mme Hanska.

affreusement cassé. *Secundo*, deux terres cuites, pour mon cabinet. *Tertio*, une idole chinoise en céladon blanc craquelé. *Quarto*, une délicieuse statuette couchée, en biscuit de Sèvres. *Quinto*, un miroir pour me faire la barbe. *Sexto*, un support en boule, de Boule. *Septimo*, onze peintures chinoises, sur glaces, d'une délicatesse et d'un fini qui feraient rester Georges des journées entières à regarder cela. Les dessins ont été envoyés d'Europe, et un miroir a été cassé, car chaque tableau représente une scène tirée d'un chant de l'Arioste. Mille francs ne feraient faire cela, ni en Chine, ni en Europe. *Octavo*, une charmante vierge du XIIe ou XIIIe siècle en marbre de Carrare, d'une délicatesse inouïe, de près de deux pieds de hauteur, sans tête cassée; il n'y a qu'une main à faire. *Nono*, une cariatide en bois sculpté. Tous ces trésors mêlés à des vieux linges, des chiffons, des saletés, à dégoûter une truie et ses petits. Vous me croyez ruiné, perdu! J'en ai pour trois cent cinquante francs. L'idole chinoise à elle seule les vaut. Elle représente la Patience. C'est une divinité qui fait tourner la même ficelle d'une boîte dans une autre. C'est peut-être aussi l'Éternité. Ça a un grand pied de hauteur et cela fera juste le pendant du mandarin en bleu craquelé. Le support de Boule est si beau, si bien Louis XIV, que je vais le substituer à celui, qui dans la chambre à coucher, supporte la pendule, car il est bien supérieur, et je prendrai celui de la chambre à coucher pour mettre, dans le salon vert, le petit cabinet à bijoux en ébène et ivoire, que Fabre raccommode. J'ai cru être là pour une demi-heure; j'y suis resté je ne sais combien, car je devais être à midi chez moi, pour déjeuner, et il était trois heures quand je suis rentré. L'idole en craquelé blanc coûte quinze francs; le vase bleu a été vendu dans une vente, et adjugé à deux cents francs à un marchand; on le met près de la porte; un coup de vent arrive, la porte frappe sur le vase et il est brisé en dix morceaux. On le réadjuge, et Tremblay le prend à dix francs. Il me l'a vendu vingt-cinq francs. Voilà quelle est mon idée; je vais le faire recoller solidement, et sur toutes les fentes, on appliquera des fleurs avec leurs racines, en blanc, pour les cacher. Le vase reprendra toute sa valeur comme décoration, et je le mettrai dans l'escalier avec son collègue d'Amsterdam. Il est plus beau que celui de Bosberg et il coûte dix fois moins cher. Il n'y a eu de bien acheté chez Bosberg que l'armoire en bois de chêne. J'aurais dû m'en tenir là. Votre guéridon et ma potiche sont deux fameuses écoles. Paris est une ville merveilleuse. Nous avons cru avoir du Frankenthal; le Frankenthal est marqué d'un F bleu. Je viens de voir un magnifique service tout en paysages, les six tasses et leurs soucoupes, la théière, et pot au lait; mais il manque un couvercle au sucrier. C'est à cent piques de ce que nous avons de plus beau, cela vaut soixante-quinze francs. On en demanderait soixante-quinze *luisse* en Allemagne. Cette trouvaille va me faire échanger le service des Chinois saltimbanques avec Roques, car je remplace, pour soixante-quinze francs, un objet plus beau et plus précieux que celui que je donne, et j'ai une délicieuse coupe à bijoux.

Le *Portrait* de Delannoi est une belle chose, qui, avec le cadre du Sébastien Bourdon, vaut bien largement ce que j'ai donné.

Dès que j'aurai vendu ma commode, j'aurai la pendule de notre lustre, et je fais changer totalement la pendule circulaire. Elle fera une pendule de salon, pour la campagne, ou de boudoir. Je garde le groupe pour mettre en pendant, avec celui de Dresde:

Frankenthal marqué d'un F. Souvenez-vous-en.

Pas la moindre facilité, velléité, faculté de faire une ligne! Je suis allé rendre visite à M. de Blancmesnil, un ex-beau, qui m'en avait fait une. Il est mon voisin. C'est l'amant de la belle Mme Denniée[1], *e tutti quanti*.

Je n'éprouve pas la moindre envie de quoi que ce soit. Ni *Basségéo* du boulevard, ni spectacles, ni travail, ni appétit, ni rien. Je voudrais être sur la route, et je parle à mon *loup* toute la journée. Voilà mon état, et la délicieuse heure (deux heures), pendant laquelle j'écris, résume tous mes plaisirs. Le bric-à-brac est fini, même. Il y a dans la maison à peu près ce qu'il faut, et alors tout est dit, car je n'ai pris les onze glaces peintes qu'en souvenir du palais Borghèse, et pour orner la première pièce, en laissant les Colemann en album. Il ne faut plus que sept à huit consoles, les deux tableaux d'Oudry, des cornets de Chine ou du Japon, enfin des bêtises, qui ne vont pas à mille francs, en tout. Ainsi, plus de bric-à-brac. Voilà la dernière distraction envolée. Je reste en proie à l'affreuse maladie de l'ennui, de la nostalgie, du désespoir froid, calme et souriant presque, qui ronge, détruit, annihile l'âme et ses facultés.

J'ai toujours *Orgon* dans la tête et j'attends des nouvelles de mon rimeur.

La chambre des enfants et d'habillement sera charmante, avec les deux œils-de-bœuf de chaque côté de la cheminée. Ce sera charmant. Voilà une conquête. Il faudrait l'escalier.

Adieu pour aujourd'hui, âme de mon âme, vie de ma vie. Que Dieu daigne entendre les vœux que je fais pour votre santé, votre prospérité, pour vos moissons, pour vos chers enfants et pour votre chère beauté. Demain, ce long *journal* partira. Croyez que, quand vous le tiendrez dans vos jolies pattes de taupe, au milieu de votre beau Wierzchownia fleuri, je serai plongé dans *les Paysans*.

Allons, adieu. Mille caressants souvenirs. A demain.

1. Léon de Delley, comte de Blancmesnil, habitait 9, avenue de Beaucour, près la barrière du Roule; et Mme la baronne Denniée habitait 23, rue Ville-l'Évêque. Le baron Denniée, grand-croix de la Légion d'honneur, était intendant militaire. Cf. *Lettres à l'Étrangère*, t. I, p. 213.

Mercredi [30 juin].

Dans les mille francs de petites choses qui manquent, il y a une lampe pour la première pièce du premier étage, car on ne peut l'éclairer que par une lampe mise sur l'appui de la croisée. Mais la *darbone* [1] fera cela, choisira cela elle-même. Il faut bien qu'il y ait quelque chose à faire.

J'ai une nouvelle affreuse à vous annoncer : le Nord est tombé à cinq cent soixante-huit, et arrivera peut-être au pair!... Ainsi, il y aura sur mon acquisition une perte de soixante mille francs. Évidemment, il faudrait, pour ne rien perdre, acheter deux cent soixante-quinze actions au pair, ce qui coûterait soixante-huit mille cinq cents francs. On aurait alors cinq cents actions, coûtant quatre-vingt-six mille francs; la prime serait réduite à cent francs, c'est-à-dire qu'au cours de six cent cinquante francs on gagnerait vingt-cinq mille francs, au lieu d'en perdre cinquante. Voilà ce que peuvent faire les riches, ou ceux qui ont des capitaux. Où trouver soixante-dix mille francs? C'est le versement à faire en juillet qui détermine cette baisse. Je n'y pense pas. Je fais des efforts énormes pour garder, en attendant des temps meilleurs. Ce qui est effrayant, c'est que les recettes augmentent.

J'ai vu hier mon rimeur. Nous nous arrangerons. Il faut que je redouble d'activité. Il faut demander beaucoup d'argent au théâtre; il faut préparer des pièces pour toutes les localités.

Hier, j'ai fait un chemin bien-aimé [2] : l'allée Gabriel, la rue de Ponthieu, la rue Neuve-de-Berry et la rue des Écuries-d'Artois. Ça m'a fait un mal affreux; les larmes m'ont gagné au nº 12 *bis*.

Les affaires de bric-à-brac sont en bon train; j'espère vendre sous peu la commode et le service des Chinois-Saxe, pour l'argent que l'on veut de la pendule et de la coupe à bijoux.

J'ai une mauvaise nouvelle à vous annoncer : les Grohé ont vendu l'un des deux beaux meubles que vous aimez et je ne sais pas si je ne ferai pas affaire avec Guillaine, pour les siens. Grohé, d'ailleurs, offre d'en faire un second. J'ai appris cela en lui portant treize agates pour l'incrustation d'un meuble pour mes cassettes, à mettre dans mon cabinet. J'aurai la belle table, qui ne coûtera rien, pour samedi prochain, avec les trois dessus de portes. Je suis allé chez Chevreux [3] pour mes soieries, et je me suis plaint qu'on m'ait trompé, vous savez : l'histoire de la Ville de Paris. On s'est indigné; on m'a montré, sur tous les chefs de tous les damas, la marque chinoise, et on m'a montré

1. Mot d'argot signifiant la mère et que Balzac a employé dans *Splendeurs et Misère des courtisanes*. Voir p. 326.
2. Celui qu'il faisait au printemps pendant le séjour de Mme Hanska.
3. C. Cheuvreux et Cº., notable commerçant, successeur de Chevreux fils et Legentil, boulevard Poissonnière, 35 et 37; rue du Sentier, 20, draps, toiles, tapis, étoffes de coton, soieries, nouveautés, toiles peintes.

mille mètres gâtés par l'eau de mer. Ces damas-là coûteraient encore vingt francs à Lyon, teints dans ces tons et dans ces qualités de teinture. J'ai pris un chef [1] et je vous l'envoie.

Prenez toujours, Georges et Anna, les précautions les plus sévères relativement à la gouvernante. J'espère que nous serons vengés. J'aurai, je l'espère, sous peu, les lettres judiciairement. Elle n'aura pas un liard, et elle veut s'en faire un moyen de fortune. Si elle les avait rendues de bonne volonté, j'aurais ajouté quelque chose à ses huit mille francs. Mais tout sera fini dans huit jours, et elle sera déshonorée. Fiez-vous à moi pour cette vengeance, et je vous raconterai comment je l'ai menée. Vous verrez que toutes nos blessures ont été pansées de main de maître, et, avec la Justice, elle sera matée pour l'avenir. Elle en crèvera. Je ne vous le dis pas, mais je ne vis pas tant que ceci ne sera pas fini. Voilà la cause de mon état, avec la nostalgie. J'y succomberais, si cela ne prenait fin. J'ai fait mon testament [2] il y a trois heures.

Allons, adieu. Je vous envoie un paquet volumineux, et qui vous fera du chagrin, en pensant que je n'écris tant, que parce que je ne fais rien. Vous savez toutes les tendresses qu'il y a ici, pour vous et pour vos chers enfants. Soignez-vous bien, soignez vos blés, et que Dieu bénisse toutes vos entreprises. Mais qu'il vous fasse aller vite en toutes choses! A quarante-huit ans, attendre, c'est bien plus que désespérant, c'est une maladie!

LXXV

AU COMTE ET A LA COMTESSE GEORGES MNISZECH, A WIERZCHOWNIA, PAR BERDITCHEFF

[Paris,] 1er juillet [1847].

Que fait à cette heure le professeur d'histoire naturelle Georges Mniszech? Et sa femme? Et Mme *Ancha?* Voilà ce que se dit Bilboquet, abandonné de toute la troupe. Vous ne m'écrivez plus. Que devenez-vous? Que devient Anna?

Je sais que je ne dois plus parler des magnificences de l'hôtel Bilboquet, que notre bien adorée Atala était dans un appartement

1. Le premier bout d'une pièce d'étoffe, la tête, le chef, le chef-de-pièce, par opposition à la queue-de-pièce.
2. Dans la nuit du 28 au 29 juin, mais avant minuit, car il est daté du 28.

royal, et que je n'ai que des strass; vous avez tous les diamants, puisque vous avez Anna et la comtesse. Enfin, vous avez tout, car le cœur de l'infortuné Bilboche est là aussi où vous êtes tous, et Paris n'a que mon corps.

De grâce, écrivez-moi une de ces petites lettres à deux écritures, au moins une fois par mois. Vous écrivez à Buquet au lieu de me charger de ces commissions que j'avais sollicitées pour m'occuper de mon cher Zorzi.

Enfin, nous nous verrons cet hiver, et je vous ferai ces querelles-là. On ne querelle pas ceux qu'on aime quand ils sont absents, on les pleure trop.

L'hôtel Bilboquet a ruiné la caisse, et il faut la remplir. Donc, il y aura quelque retard dans mon départ. Je ne serai guère qu'en décembre en route.

Figurez-vous, maître Zorzi, que j'ai acheté deux dieux chinois pour l'ornement de mon cabinet et pour l'instruction perpétuelle de la famille et de l'humanité. L'un est en céladon craquelé bleu; mais le céladon craquelé bleu n'est que la robe. Tout ce qui est le corps est en pâte de porcelaine, d'un ton de chair chinoise, c'est-à-dire rougeâtre, d'une finesse excessive, et les yeux, très souriants, sont en émail d'une grande beauté. Ce Chinois, à ventre très proéminent, rapporte dans sa robe une forte masse d'argent ou de provisions, avec une jubilation telle qu'il est impossible de ne pas rire en le regardant. Vous rapporteriez cent coléoptères inconnus, vous ne seriez pas si joyeux. C'est le fruit d'un travail, ou d'une friponnerie, comme vous voudrez. L'autre est le génie de la patience; il est en craquelé blanc jaune; il fait passer une corde sans bout d'une boîte dans une autre, avec une expression d'amertume et de résignation. A ses pieds, un animal à tête de crapaud, ayant des ailes, et finissant en queue de poisson, soupire après une autre forme, et s'élance vers le dieu, avec amour. Tout cela, grotesque. Avouez que ce peuple est merveilleux dans ses idées. Je mettrai mes deux figures en face l'une de l'autre, toutes deux à côté de *Christophe Colomb*, et du *Salomon de Caus* que je dois à votre complaisance, et qui m'est bien cher. Un amateur est venu, qui soutenait que le craquelé bleu n'a jamais existé. Quand il l'a vu, il m'a dit : « Monsieur, vous avez un morceau unique, que des tonnes d'or ne paieraient pas. Je soutiens que les Chinois ne l'ont pas fait exprès; c'est un hasard! » Et il le tourne, le retourne, et voit le plus beau bleu. Enfin, il aperçoit une tache verte; il l'examine, me la montre et me dit : « J'ai raison! C'était fait pour être du céladon vert craquelé, mais par quelque circonstance chimique, ça est sorti bleu du four, et il est resté cette tache, de la couleur qu'ils avaient voulu faire. » Ce qui est en effet probable.

Chère Anna, je sais que dans ce moment vous êtes à Wierzchownia, avec votre adorable mère, et je sais par elle que M. André Mniszech est un digne Gringalet II. Je vous félicite d'avoir trouvé dans le frère de Georges un frère, car Dieu veut que vous ayez tout : l'affection de tous ceux qui vous connaissent et que vous méritez, et l'harmonie dans la famille, un des dons les plus précieux que le sort puisse nous accorder. Je sais aussi que vous avez été comblée par votre belle-mère. Vous aimeriez votre divine maman cent fois plus, si c'était possible, si je pouvais vous peindre le petit air de fatuité maternelle avec lequel elle m'apprenait vos succès. Elle avait la certitude que la chère Zéphirine plairait à tout le monde; elle n'osait pas laisser voir sa sécurité, ni s'applaudir d'avoir fait et formé une perle. Je suis bien heureux de tous vos bonheurs, et je vous avoue que cela me fait accepter ma solitude et mes travaux. Je crois que Dieu écoute ceux qui prient pour vous.

Frédérick Lemaître a créé un rôle où il s'est surpassé sur tous les points de l'art dramatique, et je vous ai bien regrettées là, vous et votre chère maman, quand j'ai vu la pièce, absurde d'ailleurs [1]. S'il y avait de quoi faire un public dans vos déserts, il faudrait la jouer cet hiver à Wierzchownia ou à Wicznowice.

J'ai appris la mort du Président [2]. Dieu veuille qu'il vous ait laissé des capitaux pour les employer à certains dégagements, qui faciliteraient les acquisitions de coléoptères et lépidoptères, voire des coquilles et des fossiles, et, surtout, les délicieux voyages. J'ai deux cailloux, ramassés sur le Simplon, que je ne peux pas me décider à jeter, d'autant plus qu'ils me rappellent une de ces belliqueuses discussions où Georges s'élevait à toutes les aménités sauvages des savants du XVIe siècle, et où j'avais le bonheur d'être un imbécile, parce que je me soulevais contre les soulèvements. Ah! je voudrais bien voir encore Zorzi dans une de ses cavalcades scientifiques, comme au retour de Toulon, sur le Simplon ou à l'arrivée de Bâle, les trois batailles de Marengo, de Wagram et de la Bérésina de la géologie! Mais il a gagné Mme *Ancha*, elle a *passé à l'ami*. Je lui en veux. Il n'y aura plus que moi qui ferai la guerre, cet hiver, contre le système.

Allons, adieu, chers et bien-aimés saltimbanques, dont la vie courante est close et qui êtes revenus au nid. Que rien ne vous tourmente, et soyez bien heureux. Mille gracieusetés de cœur.

Vous m'avez donné un bien grand désir, vous et votre divine mère, de voir et de connaître M. André Mniszech.

1. *Le Chiffonnier de Paris*, par Félix Pyat, drame en cinq actes et douze tableaux représenté pour la première fois à la Porte-Saint-Martin, le 11 mai 1847; Frédérick Lemaître y tenait le rôle d'un chiffonnier vertueux.

2. Le Président de zemstvo, Charles Hanski, familièrement nommé l'oncle Tamerlan, châtelain de Skibinze, dont il a déjà été question. Voir plus haut, p. 246, 274, et plus loin, p. 309.

LXXVI

A MADAME HANSKA, A WIERZCHOWNIA, PAR BERDITCHEFF

[Paris, 1-10 juillet 1847].
[Jeudi] 1er juillet.

Chère Comtesse, je n'ai pas encore de lettre et je suis bien inquiet. Je renvoie Millet aujourd'hui et le remplace par Munch, l'Alsacien, destiné aux futures fonctions de cocher. C'est une révolution dans la petite maison de la rue Fortunée.

Instruit par l'affaire de Grohé, hier au soir, je suis allé au boulevard, pour la pendule et pour la coupe à bijoux, et j'ai eu la berlue quand je n'ai plus vu la pendule. Je suis arrivé à temps. Laurent-Jan [1] la marchandait pour l'offrir à Mme Duponchel, ce qui veut dire que Duponchel va être directeur de l'Opéra. Le marché a été conclu avant que Mme Duponchel ne vînt. J'ai les deux objets pour huit cents francs, mais j'ai la certitude que la vente de la commode et celle du service de thé, dit Watteau, couvriront cette acquisition, et on m'a donné le temps de vendre : deux mois. La pendule est exactement la pendule du lustre. Ainsi, tout sera en porcelaine de vieux Saxe dans la rotonde en camaïeu. Je revendrai l'autre pendule, que je mettrai provisoirement dans mon cabinet de toilette. De chaque côté de la pendule, je mettrai les deux flambeaux de Saxe, et tout ira bien. Sur les quatre consoles en côté, il y aura : le groupe de Saxe d'un côté, de l'autre, le groupe en Sèvres de la pendule Alibert, et, au-dessus, les deux vases à fleurs bleues. Es-tu content, Coucy?

Je n'ai pas encore la crédence de chez Senlis!... Voici vingt jours que Lefébure n'a travaillé chez moi. Enfin, le Nord est à cinq cent soixante! Et les recettes augmentent et vont aller à trois cent mille francs par semaine! Il y a quelque chose là-dessous. Quel désespoir que d'être sans argent! Il faudrait absolument en acheter, au pair, deux cent soixante-quinze actions. Ce serait faire une commune [2] de cent cinquante francs, les avoir toutes à six cent cinquante, et pouvoir les vendre à sept cents, avec vingt-cinq mille francs de bénéfice. Oh! je m'en veux! Non, je n'ai pas de philosophie à cet endroit.

Adieu pour aujourd'hui; mille gentillesses de cœur.

1. Ami de Balzac, homme de plus d'esprit que de talent, faiseur de bons mots que le grand homme admirait bouche bée.

2. La commune est une opération de bourse usitée dans les négociations à terme et qui consiste à se faire une moyenne d'achats ou de ventes, afin de bonifier une opération mauvaise.

J'ai bien envie de ne prendre que le petit meuble en bois de rose, qui reste chez Grohé, et de mettre en pendant la table à jouer. Ce serait une grande économie. Comme j'attendrai le second meuble, je verrai quel effet cela fera.

A compter d'aujourd'hui, plus d'acquisition. Tout est, sinon complet, du moins convenable.

On ne peut pas se figurer le silence, le calme, la paix de la rue Fortunée; on y est tout à fait à la campagne. Le jardinet pousse à merveille. Nous n'avons que de la pluie, ce qui ne convient guère à la maison, mais ça fait merveille pour le jardin.

Lundi l'on vient mettre les glaces à la bibliothèque. Elles coûtent un tiers de moins que ce que demandait celui qui m'a fourni les glaces. J'ai peur d'avoir trop payé.

Allons, adieu.

Vendredi 2 [juillet].

Tout s'est bien passé entre Millet et moi, car il est là, derrière la maison; il est dans la cour mitoyenne avec la mienne, il vaut mieux avoir là un ami qu'un ennemi. Je lui ai donné vingt-cinq francs de gratification, et je lui ai promis toutes mes courses dans Paris, à un prix modéré, de manière à lui faire gagner quelque chose par mois. De cette manière, il reste dans d'excellentes conditions. C'est surtout fort utile, pour la garde nationale. Munch [1] sera fort observé, étudié, et je l'emmènerai avec moi. Cela tranche la question Wilhem [2].

Je reçois à l'instant votre longue bonne lettre, datée du 22 juin, ce qui prouve qu'elle a fait la route en onze jours, de Berditcheff. Elle m'a donné la fièvre, à cause de la petite gronderie sur les bric-à-brac, qui sont choses bien terminées. Mais elle m'a rendu bien de l'énergie en vous voyant souffrir tous ces maux de voyage pour économiser quelques cents francs! Aller risquer tout ce que vous portez sur votre tête et dans votre cœur! Les imprécations sur l'hiver et ses chagrins m'ont fait bien du mal. Je vous écris la tête en feu, les mains tremblantes, le cœur oppressé, comme j'étais quand vous m'accabliez de choses dont j'étais innocent. Il semble que vous jouiez avec une amitié dont la portée et la délicatesse vous seraient inconnues. Soyez bien tranquille! on en finira avec les dettes; on ne viendra vous voir que libre de toute créance, et je paierai tout bien intégralement. Je rechercherai les plus légers détails, et je ne veux pas d'un soupçon.

J'ai presque regret d'avoir si minutieusement écrit sur tout ce que j'ai fait cette dernière décade; je vous causerai du chagrin avec ces confidences mobilières et ces stupidités. Considérez seulement que

1. Cf. F. Baldensperger, *le Domestique alsacien de Balzac*, dans le n° du 25 novembre 1934, de *l'Alsace française*.
2. Valet de chambre de Mme Hanska. Voir p. 216.

l'atmosphère officielle est peu favorable à tout ce que j'ai dans le cœur et qui voudrait s'étendre sur le papier. J'avais écrit hier, avant de recevoir votre lettre, que je n'achèterais plus rien. Mais soyez en pleine sécurité; après ce que vous me dites sur mon goût personnel, vous apprendrez à connaître, sinon mon caractère, du moins mon cœur. Toutes mes factures sont datées; si vous en trouvez une postérieure au 2 juillet, pour quoi que ce soit, je vous permets de me cracher à la face que je n'aime ni vous, ni Anna, ni Georges. Si c'est là ce que vous avez voulu, ce n'est pas une victoire, ni un sacrifice, car je n'ai pas la moindre passion en ceci. Vous acquerrez la preuve, un jour, qu'à l'exception de quatre choses (ma pendule de Boule, le cadre de Brustolone et les deux armoires en ébène), je n'ai rien acheté, que depuis mon retour de Saint-Pétersbourg et, si vous voulez m'écrire de faire la vente de tous les objets d'art qui sont rue Fortunée, ils seront envoyés rue des Jeûneurs et vendus dans le mois.

J'ai fait maison et mobilier deux ans trop tôt, en croyant à des événements heureux, qui sont retardés, que tant de chances de la vie et de la mort peuvent rendre impossibles! La co-propriété de l'église [1] m'a seule décidé, car les peintures se sont retrouvées dans les travaux. J'ai assumé sur moi des travaux et des veilles au moment où je croyais pouvoir respirer. C'est si bien pour vous, que j'ai fait mon testament qui vous rend l'arbitre suprême de tout, et qui vous soumet ma fortune, ma volonté, tous les *moi* que je suis, après ma mort comme pendant ma vie. Je n'ai aimé que vous au monde; aussi tout ce qui vient de vous ou tout ce qui y va agite-t-il toute mon existence au cœur et à la tête. Vous lire, maudissant février, mars et avril, non, je... Je m'arrête. Heureusement, les souvenirs de votre enfance, de votre naissance à l'enthousiasme, toute cette fraîcheur d'âme, a jeté ses baumes sur la plaie, sans la fermer.

Le voilà reçu ce coup de fouet, que je ne sais quelle sauvage puissance donne à ce beau cheval de l'imagination, et qui pince aussi bien cruellement le cœur! Cette flèche de la destinée, qui ne m'a jamais manqué, lorsque le corps et l'âme affaissés se refusaient à ces travaux exorbitants. Ou je mourrai de travail, ou je n'entendrai plus jamais siffler à mes oreilles le mot : *dette*, dans la dernière partie de ma vie. Que Dieu veuille que, puisque l'oncle est mort [2], il laisse à la chère Anna des capitaux, et qu'elle délivre les enfants de leurs chaînes, de leurs obligations! Et alors, je croirai qu'il aime les belles âmes et ceux qui l'adorent dans sa gloire et avec les jouissances de l'esprit et de l'entendement!

Allons, adieu pour aujourd'hui, car il s'agit de travailler. Je vous tiendrai au courant de mes travaux. Vous n'entendrez plus parler

1. Il s'agit de la chapelle Saint-Nicolas, contiguë à la maison de Balzac, rue Fortunée. Voir p. 56, 95, 357.
2. L'oncle Tamerlan, déjà cité, p. 246, 274, 306.

d'achats, mais de pièces de théâtre et de copie, d'argent gagné, de dettes payées. Ne pensez plus à écrire à Saint-Pétersbourg pour les malachites, si cela n'est pas fait, car je ne veux rien pour moi. Tout ce qui n'est pas vous ou de votre goût m'est indifférent.

A demain. Je relirai votre lettre; en ce moment je suis trop agité.

Vendredi soir.

Il est neuf heures. Je suis allé voir Mme de Girardin, pour échapper à moi-même, et j'y ai trouvé la vieille Mme Gay [1], fêtant son jour de naissance. On m'a fait rester à dîner et je reviens me coucher. Je n'ai pas voulu me coucher dans l'état où j'étais; j'ai relu votre lettre, et j'ai vu là, dans ce qui m'a chagriné, l'un de ces mouvements sauvages auxquels vous vous abandonnez, et qui est sans doute doublé d'une affection bien vive. Quand on s'écrit à huit cents lieues l'un de l'autre, on ignore les dispositions dans lesquelles peut se trouver celui qui lit la lettre, et alors, au lieu de le consoler, on peut le désespérer. Vous ne savez pas ce que je souffre; vous êtes à huit cents, lieues de ma situation; vous avez été heureuse avec vos chers enfants, et vous ne voyez plus tout ce qu'a fait un pauvre malheureux, abandonné, sans personne autour de lui, qui n'a dans le cœur qu'une foi, dans l'âme qu'une pensée, et devant les yeux qu'une image, qui s'absorbe dans la contemplation des plus petites choses, qui met un mois à dire son *pater*, et de là ce mot, qui lui atteint tout ce bonheur contemplé avec une dévorante mélancolie.

En relisant tout ce que vous avez écrit sur vos jeunes années et sur l'année 1833, malgré tous les incroyables malheurs qui ont fondu sur nous et auxquels je vais mettre fin, je me suis senti bien digne de tant de sentiments si nobles, si purs, si naïfs. Croyez bien que la passion du beau, que j'ai pour les petites choses, n'est qu'un reflet où, si vous voulez, une conséquence d'un culte passionné pour un beau bien plus élevé que celui créé par le travail humain. Mais vous-même, qui vivez cœur à cœur avec moi depuis treize ans, vous ne me connaissez pas! Croyez-moi bien, vous ignorez tout ce que la nécessité de sans cesse travailler dans le but de combattre la misère, ou de faire fortune, ce qui est la même chose, vicie dans l'exercice des sentiments. J'ai vécu depuis treize ans en mettant mon bien le plus précieux, le trésor de mon âme, sous clé, dans une cassette, cachée à tous les regards, en me disant : « Elle est là! » Je n'ai pas la satisfaction de m'entendre dire que tout ce que j'ai fait est bien fait. Dans ce cœur plein d'amour, de bien des amours, car il y a, je le sens, la maternité, il y a aussi un juge, et un juge peu éclairé, car il ignore les lois de la misère, comme il ignorait les distances de Paris, par

1. La vieille madame Sophie Gay, mère de Mme de Girardin.

exemple, les difficultés de la vie, et les immenses témoignages contenus dans une chose qui, à certaine distance, paraît petite.

Ne croyez pas à un reproche, à quoi que ce soit qui ressemble à de la fâcherie, à du chagrin même. Hélas! j'ai entendu, dans un moment de rage bien juste, de quasi-folie, des paroles que sur mon lit de mort j'entendrai encore en me demandant si c'est bien *elle* qui les a dites, et la preuve que je ne méritais pas cet infernal anathème, oublié, j'en suis sûr, c'est que je vous ai caché, que je vous cache encore, la profonde blessure que j'en ai reçue. Je n'ai pas le droit de parler de moi, de mon cœur, de ce que j'y contiens de respects, d'adoration, de religieuse espérance, de tendresse infinie, tant que cette odieuse affaire ne sera pas finie, et, si elle dure encore seulement un mois, j'en mourrai. Depuis deux mois, ne croyez pas que je vive; oh! non, cela ne peut pas s'appeler la vie, et c'est en pliant sous le poids d'un double chagrin, dont un seul suffirait à écraser plus fort que moi, que j'ai écrit mon testament. De loin comme de près, vous m'arrachez du fond du cœur les secrets que je veux vous cacher, par des injustices. Mais non; je mérite tout; j'ai des torts involontaires. J'ai tort d'être né, je crois!

Allons, il ne faut pas se laisser aller à de pareilles élégies. J'ai trois choses capitales qu'il faut accomplir. *Primo*, terminer le procès épistolaire [1]. *Secundo*, finir *les Paysans*. *Tertio*, payer tout ce que je dois. C'est assez pour le moment. Mais, avec l'obligation de payer tant, je crois que je ne vous arriverai qu'en décembre.

Samedi 3 [juillet].

Hier, j'ai vu votre sœur, et ne me suis pas endormi, car j'ai parlé de vous tout le temps. Puis elle a voulu aller voir des bourdaloues et des pots de chambre superbes, chez un marchand, et je l'ai menée, elle et Pauline, chez des marchands. Pauline est si belle que tous les passants la regardent. Votre sœur voit, malheureusement pour elle, beaucoup de *Fanandels*. Décidément, elle met Ernestine chez Lirette [2]. Elle va aller à Granville, en Normandie, prendre des bains de mer. C'est la seule personne avec qui je puisse causer de vous, et je crois que je vais y aller tous les jours! Mon Dieu, qu'il y a de différence entre vos fronts! Le sien est plat, et le vôtre est bombé.

Il m'a été impossible d'écrire deux lignes hier. M. Santi est venu vérifier les travaux de peinture, et on a posé les trois marquises qui manquaient, et après les pluies, bien entendu. Je vois qu'il faut encore

1. C'est-à-dire la discussion avec la Brugnol, relative aux lettres volées.

2. C'est-à-dire dans le couvent où Lirette, Henriette Borel, ancienne institutrice d'Anna, était religieuse : le couvent de la Visitation : 72 *bis*, rue d'Enfer (actuellement, 68, rue Denfert-Rochereau). Cf. *Lettres à l'Étrangère*, t. III, p. 52, 362. Voir plus haut, p. 77, et plus loin, p. 346.

une semaine pour que tout soit terminé. Ainsi, sans compter l'ennui de l'escalier à faire, de la pièce à ajouter, des vases ou paniers à mettre sur les pilastres de la porte, et la balustrade, j'aurai été dix mois à arranger cette maison. Ah! je la trouve bien grande pour un homme seul, et, comme j'y vois toujours quelqu'un qui se trouve à huit cents lieues, je commence à la prendre en horreur. Je voudrais être, avec François Munch, sur la route de Breslau à Cracovie.

Allons, adieu pour aujourd'hui. Il faut travailler et c'est bien urgent. Voilà cinq heures qui sonnent. Par suite de la révolution de la pendule de Saxe qui a remplacé la pendule Alibert, dans la coupole grisaille, les deux flambeaux à fleurs en porcelaine sont montés dans la première pièce au premier étage, sur l'appui de la croisée, où ils étaient bien nécessaires, et où ils font merveille. La pendule circulaire ira dans la bibliothèque, à la place de la coupe, qui va sur la commode de la Reine, dans mon cabinet.

Figurez-vous qu'hier j'ai vu enfin un bon et beau réveil, qui ne coûte que cent francs. Le mien qui est affreux, qui ne marche pas, m'en a coûté cent vingt en 1827!... Eh! bien, je n'ai pas acheté cette chose dont j'ai besoin, à cause de mon sermon. Je n'achèterais pas pour dix sous ce qui vaudrait mille francs. Tout est dit. Du moment où vous croyez que c'est la satisfaction d'une passion chez moi, je vous jure qu'il n'y aura que vous qui achèterez quelque chose, jusqu'à ce que j'aie gagné vingt-quatre mille francs de rentes par mes travaux et mes économies.

Dimanche [4 juillet].

Lefébure n'apporte rien et ne vient pas; je ne sais vraiment pas ce que cela veut dire. Mais je ne m'inquiète plus de rien; à cause de mes travaux. Hier, je n'ai rien fait, car j'ai été dérangé toute la journée. Il a fallu aller chez ma mère et chez Perrée, pour les affaires du *Siècle* et de Pétion. A mon retour, j'ai trouvé une bonne petite gentille lettre de vos enfants, à qui j'avais écrit une lettre que je joins à ce paquet. Vous leur direz que mes plaintes de ne rien recevoir d'eux leur prouveront mon affection, et quel plaisir m'a fait leur lettre.

Je travaille beaucoup à *Orgon*. Si vous saviez quelles difficultés la nature oppose à ce travail! Je ne puis pas encore me lever à une heure et demie du matin, ni travailler immédiatement, ni retrouver mes idées. Il faut, pour que ces phénomènes aient lieu, qu'on soit dans la fièvre, dans l'ardeur du travail. Ce matin, je me suis levé à trois heures et demie; c'est un grand pas de fait, car je tomberai de sommeil, comme vous savez, ce soir, à sept heures, et alors, je me lèverai à deux heures, demain. Une fois le train de vie repris, tout ira bien. En un mois, je ferai le travail d'un trimestre.

J'ai changé ma vie; aussi, je ne prends plus de chocolat. Je déjeune à neuf heures et dîne à cinq heures. C'est la meilleure manière. Je souffre moins de l'estomac.

Adieu pour aujourd'hui, car je dois travailler à corriger *la Cousine Bette* sur l'édition Chlendowski, pour la réimpression du *Siècle*.

Lundi 5 [juillet].

Il est deux heures et demie du matin; je me suis levé une heure plus tard que je ne le voulais. Hier, je suis resté toute la journée dans mon cabinet, sans en sortir, et tout est dit. L'inspiration est venue, et avec elle l'énergie et la volonté de travailler. Mais à quel prix ce détachement horrible de tous les intérêts de cœur est-il obtenu! Voilà une livre de café moka de bue en huit jours! Je vais mener à la fois deux pièces de théâtre : *Orgon*, pour le Théâtre-Français, et *la Marâtre* [1], gros mélodrame, pour le Théâtre Historique, et *les Paysans*. Je n'arriverai à rien sans cela. J'éprouve d'ailleurs d'affreux maux d'estomac. J'ai souffert de six heures et demie à dix heures. J'ai dormi, même en souffrant. C'est tout au plus si deux succès au théâtre, et deux romans peuvent me sauver. Il faut emprunter à Rostchild tout le paiement de juillet. Nous sommes au 5 et il faut payer le 30. Jamais je n'aurai fait quelque chose assez à temps. Avec ce réveil d'imagination un mois plus tôt, j'eusse accompli ma volonté.

Hier, je me suis bien débattu encore sous la poignante étreinte des souvenirs. Pour habiter mon cabinet, j'ai lu, et j'ai lu les *Lettres d'un Voyageur* [2]. La première m'a si fort ému que j'ai pleuré à diverses reprises. Croyez-moi, ne me plaignez pas. Ce travail peut me sauver. Je vous *dirai* dans quel état je suis; je ne puis pas vous *l'écrire*. J'ai fait mon testament, ne croyant pas pouvoir vivre. Je n'avais qu'une distraction, mortelle pour la bourse; votre chère lettre l'a supprimée. Et, heureusement, l'ange du travail est revenu, flamboyant, son épée et sa lampe à la main, chassant tout et voulant être le maître.

Adieu pour aujourd'hui, car il faut accomplir trois tâches : *Orgon*, *la Marâtre* et *les Paysans*. Puis, plus tard, *le Député d'Arcis*.

Je vous envoie un joli mot. A propos des *Girondins*, on disait que Roberspierre [3] n'était pas jugé. « Heureusement qu'il est exécuté », a-t-on répondu. On a dit aussi que M. de Lamartine avait peur de Roberspierre, à la manière dont il en parlait.

Adieu. Travaillez bien de votre côté. Je vais, d'ici à deux mois,

1. *La Marâtre*, drame intime en cinq actes, et huit tableaux, représenté pour la première fois au Théâtre Historique, le 25 mai 1848. Cf. D. Milatchitch, *le Théâtre de H. de Balzac*, p. 183-223.
2. Par George Sand.
3. Et non Robespierre, comme on l'écrit ordinairement.

travailler tous les jours, comme vous m'avez vu les jours où je travaillais. Mais je ne courrai plus.

Aujourd'hui Grohé doit apporter et placer les trois dessus de portes, mon étagère à cassettes et la fameuse table.

Allons, adieu.

Mardi 6 [juillet].

On n'a rien apporté, mais j'ai travaillé; j'ai fait les premiers feuillets de copie pour *les Paysans*, et à quel prix, bon Dieu! Les mêmes souffrances ont reparu au même endroit. Il va falloir, si elles persistent, recourir aux bains de siège et aux fomentations. Cette fois, il n'y a pas d'ambiguïté sur les causes, c'est bien le café. Mais ces souffrances accusent l'épuisement du cerveau, de la nature, et le besoin de repos. Ah! il fallait que le Nord ne baissât point, et que je payasse tout avec ce capital. Je me serais reposé un an ou deux ans. Loin de cela, il faut que je gagne de quoi payer : *primo*, les vingt mille francs de ce mois-ci; *secundo*, rembourser vingt mille francs à Gossart; *tertio*, trente mille francs à Rostchild, s'il me prête la somme de ce mois-ci, et trouver trente mille francs pour février. En supprimant du total les vingt mille francs de juillet, si Rostchild les prête, ce sera toujours quatre-vingt mille francs de dettes pour la maison de la rue Fortunée, sans compter Pelletereau. Ces quatre-vingt mille francs et les cinquante mille que je dois d'anciennes dettes, c'est toujours les cent trente mille francs. Je ne compte pas le paiement d'août. Si l'envoi (que vous m'avez annoncé) a lieu, ce n'est que le remboursement du versement du Nord. Le Nord aura dévoré trente mille francs. C'est ce que mon petit Évelin aura donné. En gardant le remboursement Gossart et Rostchild à ma charge, c'est moi qui aurai fait la maison, à l'exception des quelques meubles somptueux (le lustre, l'armoire, les deux vases, la table, le linge, etc.) envoyés par ma petite fille. Le Nord représente tout son capital d'économies. Dans ce système-là, j'ai cent soixante-deux mille francs de dettes : *primo*, vingt mille francs à Gossart; *secundo*, trente mille francs à Rostchild (s'il prête); *tertio*, trente mille francs à payer en février; *quarto*, cinquante mille francs d'anciennes dettes; *quinto*, trente-deux mille francs à Pelletereau. C'est quatre romans et quatre pièces de théâtre.

Hier, les douleurs étaient si vives que je n'ai pas pu marcher. Ce matin, en me levant, j'ai bu du café moins fort.

Comme je suis allé en voiture chercher les vases raccommodés, j'ai passé chez Grohé. La table et le petit meuble aux cassettes viendront demain. La table est d'une beauté parfaitement en rapport avec le meuble de Bâle. On devait venir aussi poser les glaces de la bibliothèque, et on a manqué de parole.

Allons, adieu; à demain. Je vais me mettre à l'ouvrage; il est cinq heures du matin. J'ai dormi sept heures et demie. C'est trop. Nous avons eu une chaleur accablante, qui sèche la maison. La pièce est finie, en haut; il n'y a plus qu'à peindre et à mettre les vitres. Les trois marquises sont aussi posées. J'ai envoyé chez Leféburе. Il a perdu sa mère. Tout paraît expliqué.

Mercredi 7 [juillet].

Pas une ligne! Sous des torrents de café le cerveau reste inerte, et l'heure approche pour *la Presse*. Je ne sais que faire. Je perds la tête, car je vois mon départ retardé, et, plus je vais, plus la nostalgie augmente. Je ne pense qu'à ma chère troupe.

Hier, de désespoir, je suis allé chez Laurent-Jan, qui, malgré son esprit, ne m'a pas diverti. Que voulez-vous? J'ai eu tort de goûter à la seule vie que je puisse mener, du moment où elle devait être interrompue. Ma maison est un cercueil; j'y vois mon lit à toute heure; tout s'y rapporte à une pensée navrante. A la lettre, je me meurs d'un mal indéfinissable, qui est l'absence d'un bien-être entrevu. Triompherai-je de cette maladie? J'y fais des efforts inouïs. Ce pauvre Laurent-Jan, inquiet, m'a acheté *le Cricri du foyer*, de Dickens, pour me distraire.

On vient poser les glaces de la bibliothèque aujourd'hui, et j'ai plus de huit cents francs à payer en petites notes. Je suis allé hier chez ma mère, la prier de me compter mes lignes au *Constitutionnel*, pour aller chercher là le reste de mon compte. Ah! mon gentil dodu secrétaire, où es-tu? Je n'ai plus que deux allumettes de Wilhem, et cela me fait un chagrin d'enfant. Tout s'en va de la maison Gréphine, excepté les souvenirs et les notes, que je garde comme des archives de bonheur. Oh! faites vos affaires et revenez! Mais je vais travailler et partir.

Adieu, à demain.

Jeudi [8 juillet].

Hier, l'avis de l'arrivée du cadre de Schaub est venu; je suis allé à la douane, et rien n'était arrivé. J'y retournerai ce matin. Nous saurons qui a raison de vous ou de moi sur l'affectation de cette chose-là. Dans tous les cas, ce ne sera jamais perdu, et, s'il ne va pas comme glace de cheminée, il ira comme pendant de cadre. Je soupçonne celui que raccommode Vital d'être trop long pour faire pendant au Brustolone.

Il y a une erreur de deux mille francs entre les comptes du *Constitutionnel* et les miens. Nous verrons comment cela va se terminer entre S. M. Véron Ier et moi. Ces deux mille francs feraient ce qui manque pour le versement.

L'infâme créature[1], qui *veut toujours de l'argent*, médite un coup de tête; elle l'a positivement annoncé dans une lettre que je porte au juge d'instruction, avec qui je vais concerter les moyens d'en finir.

Il est quatre heures du matin; je me suis levé à trois heures. Je crois avoir le placement de trois *nouvelles*, à deux ou trois mille francs chaque; et je vais essayer d'en brocher une en deux jours. Trois fois cet effort me sauverait. C'est Laurent-Jan qui m'a donné cette idée, avec *le Cricri du foyer*, de Dickens. Ce petit livre est un chef-d'œuvre, sans aucun défaut. On paie cela quarante mille francs à Dickens. On paie mieux en Angleterre qu'ici!

Allons, adieu. Il faut travailler, courir et faire ses affaires, le cœur bourrelé, avec deux épées de Damoclès : l'échéance du mois et la Gouvernante. Que Dieu bénisse vos travaux et les miens!

Je devrais recevoir des volumes de Wierzchownia et je ne reçois rien. Je voudrais bien savoir cependant ce qui est advenu de la succession du Président, et si nos chers petits Gringalets vont en être mieux. D'abord, Nanette aura plus de revenu, ce qui lui permettra d'aider les deux frères. Ah! nous avons bien besoin de la protection de Dieu! Allons, mille tendresses.

La baisse actuelle du Nord provient de la déconfiture des gros spéculateurs. Un banquier espagnol a lâché pied avec huit mille actions qu'il a été forcé de vendre, ne pouvant plus soutenir sa spéculation. Mais si huit mille actions gênent la place, et si on ne les achète qu'à cinq cent soixante francs, l'affaire n'est donc pas encore belle. Or, s'il faut que nous versions le reste, c'est soixante mille francs à trouver, d'ici à dix-huit mois. J'ai manqué de courage; il fallait tout vendre, à sept cent quarante, perdre cent francs en dessus et les regagner en dessous. Je suis vraiment désolé, car il faudrait acheter en ce moment; tout serait réparé. Les cent mille francs enterrés dans la petite maison de la rue Fortunée me saignent le cœur. Mais, que font les lamentations! Il vaut mieux faire de la copie. Cher petit animal de minou! Pense-t-il à son amour, le bengali? Il y a des heures entières données à ce cher petit. Ah! que de copie il a déjà dévorée! Non, je sens qu'on peut mourir de nostalgie!

Adieu, soignez-le bien; ayez bonne santé. Anna m'écrit qu'elle vous avait trouvé très bien, très belle. Soignez-vous donc bien. A demain.

Vendredi [9 juillet].

Je suis vraiment dérangé par trop d'affaires pour pouvoir travailler. A peine je sors d'un embarras qu'un autre se présente. Il faut maintenant s'occuper du versement et voir M. Fessart pour lui demander

1. La Brugnol.

deux mille francs pour compléter, car il faut verser le 15, et nous sommes au 9. Il m'a fallu voir le juge d'instruction pour l'affaire de la gouvernante : cela prend des journées. Il a fallu aller deux fois à la douane, pour le cadre de Schwab, qui fera l'affaire de mon cabinet avec des modifications consistant en un large encadrement doré, avec des dessins, que je voudrais agrémenter de vert. J'ai aussi beaucoup diminué le café, pour faire cesser les douleurs que vous savez et qui ont cessé.

La chambre au deuxième étage n'est pas reconnaissable. Elle a changé du tout au tout. Elle est gaie, elle est habitable, aérée, bien éclairée, et même mieux que celle du premier étage. J'aime à penser que ce mieux est tout pour les chers anges qui vivront là, pour la chère *fumeuse*, et tout y sera bien en harmonie avec les meubles de garçon, sa pendule, et tous ses débris de belles choses, qui firent sa joie en 1827 : armoires à glaces, cartonnier, commode, lit, etc.

J'attends aujourd'hui la table d'Anna et le candélabre de mon cabinet. Sur la table d'Anna sera le bol de la Chine monté. C'est une magnifique chose. La table en marqueterie est installée; elle est d'une beauté merveilleuse. Tous les riches de Paris la voulaient, chez Grohé. C'est aussi beau que le meuble de Bâle, et, si je finis l'affaire de la commode, cela ne coûtera rien.

Mille tendresses pour aujourd'hui. Demain, cette lettre partira, bien pleine et bien chargée de vœux et de bien des sentiments de mélancolie.

Samedi 10 [juillet].

J'ai vingt et une lettres!... Mais l'épée de Damoclès subsiste, car l'immonde et infâme Chouette, bien digne de son homonyme, a fait de cette espèce de soumission un calcul. Tout était prêt; on allait faire la perquisition chez elle. Elle m'a fait demander, se disant malade à mourir, et voulant me faire une restitution. J'y suis allé, elle m'a remis les lettres, en disant qu'elle m'aimait plus que la vie et que la pensée d'être dans ma disgrâce et mon mépris la tuait. J'ai toujours accepté, en disant que cela coûterait plus cher, car elle fera la pauvre et voudra *un simple prêt* de quelques mille francs.

Mais je me disais intérieurement : « Elle ne rend pas tout; elle garde encore! » Et, de fait, elle a conservé trois lettres. Trois ou vingt-quatre, c'est toujours la même chose. Mais je les aurai. Je ne me suis engagé à rien.

Elle donne sa parole d'honneur que c'est Mme Fessart qui a tout conduit, et m'a dit que c'étaient les gens les plus doubles et les plus dangereux du monde. Aujourd'hui même je vais chez M. Fessart, compter, retirer mes pièces, et prendre de l'argent. Voici neuf mois qu'il fait valoir mes fonds et qu'il ne termine aucune affaire. Je vais en finir, sous prétexte de voyage de dix-huit mois, tout en lui laissant les quelques affaires qui restent.

Dans l'autre paquet que vous recevrez après celui-ci, j'espère que les lettres seront réintégrées, et tout sera brûlé! Ma chère petite fille pourra dormir en toute sûreté, car je brûlerai les lettres, trois jours après les avoir reçues.

Mon Italienne est une bavarde de la première force, fausse comme un jeton, et je cherche à la remplacer. Elle a promis à la portière de Gudin de faire entrer et tout voir à Gudin, le jour où je laisserai les clefs. Je les emporte toujours. Une femme qui a fait cela peut faire beaucoup de mal. Elle s'est conduite avec une certaine duplicité, lors du renvoi de Millet. Vous voyez que je prends une triste et affreuse expérience. Je ne crois plus qu'en Dieu et en ma chère petite fille.

La Chouette aura gardé des lettres qui parlent de Victor-Honoré [1]. J'allais retirer ma plainte lorsque cette pensée m'est venue, et elle s'est trahie, l'infâme, en me donnant des enveloppes datées, dont les lettres manquent. Voyez la Providence, et ce que c'est que de tout garder d'une personne aimée!

Tout cela m'ôte le sens littéraire. Je ne fais rien. Je devrais travailler dix ou douze heures par jour, gagner les soixante mille francs qu'il me faut. On dit que *l'Union monarchique* va m'acheter des réimpressions; mais c'est un on-dit. Si la librairie m'achetait *le Député d'Arcis* et *les Paysans*, si Furne réglait, et si l'on m'achetait des réimpressions, ces trois recettes et *les Paysans* me sauveraient. Que Dieu me protège; il le doit, car je n'ai qu'un amour au cœur; et vingt ans de travaux, qui ne sont qu'une longue et active prière. Une fois les paiements de juillet, d'août et de février finis, je serai dans une position admirable, et je commencerai l'édifice de notre petite fortune.

Allons, il faut se dire adieu pour jusqu'à demain, et pour s'entendre et causer, lire cette longue causerie, il faut dix jours!

Il y a une idée qui me fait accepter mes immenses chagrins, qui calme les révoltes de toute nature qui me poignent, qui rafraîchit les fièvres d'âme, de cœur, c'est l'idée que vous êtes heureuse entre vos deux enfants, au milieu du fleuri Wierzchownia, que là tout vous aime et vous bénit, que la voix qui seule manque à ce concert viendra, que les deux yeux qui brilleraient du plus pur feu s'y verront dans quelques mois, et qu'alors rien ne séparera plus ceux que Dieu a si puissamment unis, malgré les hommes et les entraves de tout genre.

J'attends votre lettre avec bien de l'impatience. Je voudrais savoir comment vous êtes et comment vont les choses chez vous, et si vous

1. L'enfant mort, venu avant terme en novembre 1846. Voir plus haut, p. 13, 219, et plus loin, p. 321, 331.

êtes heureuse de cette grandeur qui vous environne, si vous aimez toujours votre bonbonnière de la rue Fortunée!

Allons, il faut se quitter. Moi, demain, je n'aurai à vous dire que ce que je vous dis aujourd'hui, que je voudrais être en route. Je me trouve mieux de santé; mais le café me donne toujours la fièvre. Fabre a toujours pour seize cents francs de meubles à envoyer; M. Paillard, neuf ou dix objets; Lefébure à finir; le maçon à nettoyer. C'est en juillet comme en février. Le peintre a encore des raccords, et Senlis le dressoir, et Servais des dorures. C'est effrayant. Je m'en arrange, car si tout était fini, il faudrait payer, et avec quoi?... Toutes les dépenses se trouvent doublées. Quand monsieur mon cerveau va se réveiller, je ne m'arrêterai de travailler que tout payé.

Mille bénédictions pleines de tendresses, de souhaits de bonheur, pour vous et tous les vôtres, et bien des gentillesses du bengali au minou. Pauvre petit chéri! Adieu.

Avez-vous mangé beaucoup de bartch [1], etc.? La *cara patria* vous fait-elle du bien? Dites-moi tout.

LXXVII

A MADAME HANSKA, A WIERZCHOWNIA, PAR BERDITCHEFF

[Paris, 11-17 juillet 1847.]
[Dimanche] 11 juillet.

Je n'ai pu mettre mon paquet à la poste que ce matin, car, hier, j'ai été cloué toute la journée chez moi par l'ouvrier qui travaillait dans la bibliothèque. La bibliothèque vient d'être finie; ainsi ce n'est que le 11 juillet que le meuble de cette pièce est achevé!... Il faut encore un grand mois pour que tout l'ameublement soit terminé. Servais a toujours la table à dorer; il ne m'envoie pas l'étagère, ni les cadres où sont les vues de Dresde et de Breslau, le portrait du comte Guillaume, le Dominiquin et le Boucher, pour l'escalier, et votre sœur vient demain! Elle part après-demain pour les eaux de Granville, en Normandie, au bord de l'Océan. Le salon vert ne sera pas fini!... C'est incroyable. Il aura fallu un an pour s'arranger. Et si je n'avais pas eu les deux tiers des choses, qu'aurait-ce été, bon Dieu! Vous ne vous figurez pas quelles sont mes irritations, car j'ai la conviction que cela retardera mon départ, plus que mes obligations littéraires,

1. Ou plus exactement *barszcz;* le *barszcz potrawa* est un potage aigre, à la betterave, très apprécié des Polonais.

et que j'aurai fini *les Paysans*, sans avoir fini ma maison. Ces ennuis prolongent l'incapacité de mon cerveau. *J'attends;* j'attends tous les jours des gens, des ouvriers, des meubles!

J'ai gardé la boîte d'allumettes de la rue Neuve-de-Berry pour mon cabinet, et je l'ai fait remplir d'allumettes pareilles. Je m'accroche aux plus petits détails; je reviens par le chemin que faisaient les deux loups; je tâche de me faire des illusions. Il vaudrait mieux faire de la copie, mais une fois que j'y serai, je ne quitterai point que tout ce que je dois ne soit payé.

Adieu pour aujourd'hui. Nous voilà au 11; aurai-je une lettre? Me voici dans une profonde inquiétude à votre sujet.

J'ai le meuble aux cassettes. C'est l'ornement de mon cabinet. La cassette en fer, de Mayence, qu'il faut remplir d'or, est vissée dessus. Elle fait un magnifique effet, et on ne peut pas la forcer, ni l'ouvrir. Je ne m'arrêterai de travailler que quand elle sera pleine d'écus, et mes dettes payées.

Allons, mille tendresses.

[Lundi] 12 juillet.

Enfin, M. Paillard m'a envoyé la table d'Anna... C'est le plus beau meuble du petit ou du grand salon vert, si vous voulez. C'est d'une si grande magnificence qu'elle y écrase tout.

J'ai reçu une lettre d'une impertinence *girardine* d'Émile de Girardin à propos des *Paysans*, et j'y viens de répondre de bonne encre.

Enfin le tapissier est venu et m'a promis de ne pas quitter que tout ne soit fini. Il est après l'escalier. S'il avait voulu venir, comme il l'avait promis, tout eût été fini pour la visite que votre sœur me fait demain, et à laquelle je me prépare par un nettoyage général. Mais la galerie n'est pas finie et le lit de la coupole bleue est là, non monté. La pièce ne dit donc rien. C'est fort ennuyeux. Je m'attends à ce que vous receviez une curieuse lettre de votre sœur, car la maison de la rue Fortunée a pris des proportions gigantesques orientales et babyloniennes, depuis trois mois, en fait de mobilier et de décor. M. Paillard a encore trois paires de candélabres, un lustre, des consoles et un guéridon, qui manquent et font tout clocher. Il manque l'étagère aux bijoux, pour la chambre, et la table du salon, et des cadres que Servais garde, et, ce que vous ne croiriez jamais, l'étagère de Senlis, qui va sous la pendule, ce que Vital doit faire au-dessus du buffet. Vous voyez quelle dose de patience il faut pour toutes ces choses, à Paris. Ne croyez pas que ce soit réservé à votre loup. Rostchild a attendu deux ans, avec son tapissier. Argent, presse, tout, rien n'y a fait! On est extrêmement étonné des résultats que j'ai obtenus, *en si peu de temps*...

Mon cerveau est toujours dans le même état d'incapacité; mais je vais me mettre à l'œuvre après-demain. Il n'y a rien d'étrange à cela; je suis dérangé à tout moment par des ouvriers de tout genre. Je me couche excédé. Il y a mille détails pour la maison. C'est l'œuvre de Pénélope. Trois mois ne sont rien pour les moindres bagatelles.

[Mardi] 13 [juillet].

Les Paysans ne paraîtront point dans *la Presse*. Tout est fini entre les Girardins et moi, pour toujours, et j'en éprouve une bien vive satisfaction, car je ne voulais plus les voir. J'ai reçu deux lettres d'une telle impertinence, que rien n'était tolérable. Dans la dernière, ce drôle me déclare qu'il ne publie *les Paysans* que parce que je dois à *la Presse* un reliquat, et que, si je veux le solder, il renonce à les publier. C'est une insulte à *ma plume*, et j'ai immédiatement répondu qu'une telle lettre ne me laissait pas d'alternative, et que j'allais faire mon compte à *la Presse* et le solder.

Si Rostchild me laisse faire mon emprunt, je pourrai dès lors partir dès que mes affaires le permettront. Je vais faire des *nouvelles* de peu d'étendue, afin de solder mes dettes.

J'attends aujourd'hui la visite de votre sœur.

J'ai fait faire les appartements; il est deux heures. Elle n'est pas venue. Il est arrivé un accident cette nuit. On avait laissé le robinet de la baignoire ouvert; les eaux sont venues, et la salle de bain a éprouvé le sort que vous avez fait subir à un cabinet, à Florence, et a été inondée. J'ai peur de quelque dommage.

Je vais, vous comprenez cela, faire un chef-d'œuvre aux *Débats* et faire crever ce drôle de Girardin de rage. Quant aux *Paysans*, cette œuvre paraîtra ailleurs, soyez-en certaine. Quelle existence que la mienne et qu'il serait temps que 1848 arrivât! Contre tant d'ennuis, je suis seul, sans compensations. Allons, voilà un second coup de fouet. Marche, cerveau brûlé de café!

[Mercredi] 14 [juillet].

J'ai reçu de Girardin une note où il aggrave encore l'insulte faite non pas à l'homme, mais au talent, et tout est bien fini. Je vous envoie la copie de ma dernière lettre [1]. Que Théophile Gautier supporte un

1. La note de M. de Girardin et la réponse de Balzac ont été publiées par le vicomte de Lovenjoul dans *la Genèse d'un roman de Balzac*, Paris, Ollendorff, 1901, in-8, p. 270-273.

Avenue de Beaujon, Champs-Élysées à Paris.
Paris, 13 juillet 1847.

« Je ne publie *les Paysans* que parce que nous avons un compte à éteindre. Autrement, je ne les publierais certainement pas, et ce n'est pas, certes, le succès de *la Dernière incarnation de Vautrin* qui m'y entraînerait.

« Donc, si vous pouvez, sans vous gêner, rembourser à *la Presse* ce qu'elle vous a avancé, je renoncerai volontiers aux *Paysans*. Autrement, je les publierai, et je les commencerai lundi prochain 19. Mais je tiens expressément à ce qu'il n'y ait aucune interruption. J'y compte.

« E. DE GIRARDIN »

soufflet public comme celui que Girardin lui a donné, en démentant le lendemain l'un des feuilletons de Gautier de la façon la plus rude, moi je ne supporterai rien. Je serai dans le plus cruel embarras financier, mais l'honneur littéraire sera sauf, comme l'honneur de toutes sortes, qui fait *l'honneur. Les Paysans* seront un chef-d'œuvre. Ce sera ma vengeance. Mais si vous saviez dans quel embarras ce remboursement de dix mille francs me met! Non, c'est à faire frissonner!

Votre sœur, Pauline et Ernestine sont venues. Je ne vous parlerai pas de l'ébahissement de votre sœur. Elle vous écrira sans doute. Mais elle a dit un mot digne de *la cousine Bette.* Elle était abasourdie et furieuse de l'idée que ce *palais*, selon son expression, où, dit-on, tout, jusqu'au clou le plus vulgaire, exprime que tout est arrangé pour une femme adorée, serait à celle dont le nez était assommé à coups de poing jadis. « — Qu'est-ce que Wierzchownia, a-t-elle dit, auprès de cette délicieuse demeure? Je n'ai rien vu de pareil nulle part. Wierzchownia, monsieur de Balzac, est le comble du mauvais goût, car c'est par là que péchait mon défunt cher beau-frère. »

Non, chère, je n'ai pu retenir un immense éclat de rire de cette vengeance posthume, car j'ai compris tout, à la rage de cette observation. Cet homme, qui avait préféré Ève à Aline, pouvait-il avoir du goût en quelque chose?

Arrivée à la bibliothèque, elle a dit : « Mais cela seul doit coûter cent mille francs. La bibliothèque de Neuilly et celle de Saint-Cloud

Réponse de H. de Balzac :

A M. Émile de Girardin, gérant de « la Presse ».

Paris, mercredi 14 juillet 1847.

« Il n'y a point la moindre équivoque.

« Vous m'avez écrit que vous ne vouliez point des *Paysans*, que vous ne les donniez que parce que j'étais débiteur de *la Presse* et qu'il y avait pour ainsi dire force majeure.

« Je vous ai répondu que je ne pouvais pas accepter une pareille proposition; je la regarde comme une injure, et je n'en souffre de personne. Comme celle-ci ne concerne que mon talent d'écrivain, je n'ai qu'une manière de vous la laisser, *c'est de verser la somme dont je suis reliquataire, une fois mon compte établi. C'est ce qui sera fait dans un espace de temps qui ne dépassera pas vingt jours.* Demain, 15 juillet, j'irai demander mon compte à M. Rouy, l'examiner avec lui, et je ferai mes versements en écus dans l'espace de temps que j'indique.

« J'ai pris la liberté fort naturelle de vous dire que la copie composée du temps de Dujarrier et lors de la publication [du début] des *Paysans* réduit de beaucoup l'avance, ce qu'il est facile de vérifier. Cela veut dire que c'est vous qui ne voulez pas de l'ouvrage. Je pose les faits comme ils sont. Je n'ai pas de ma vie équivoqué. Je regarde, contre votre opinion, mon manuscrit et mon œuvre comme excellents, et *je ne ferai pas compter ce que vous n'en publiez point*, quoiqu'il soit écrit et composé pour *la Presse* et à *la Presse*.

« Je crois tout ceci assez clair pour que nous n'échangions plus de notes à ce sujet.

« Vous pouvez avoir personnellement une opinion sur *la Dernière incarnation de Vautrin*. Mais ce n'est pas à *la Presse*, c'est à *l'Époque* à trouver l'ouvrage mauvais. Il n'était pas destiné à votre journal; il était *composé ;* vous l'avez eu à examiner; vous pouviez le refuser. Quant à l'œuvre en elle-même, le temps donnera tort à ceux qui la trouvent mauvaise. C'est mon droit de démentir ces jugements, non pas par des défenses élogieuses, mais par mes écrits subséquents. Cette dernière observation était nécessaire, car vous avez l'air de ne pas vouloir publier *les Paysans* à cause de *la Dernière incarnation de Vautrin.*

« H. DE BALZAC ».

ne sont rien. » — « On aime les livres », ai-je dit. Elle est restée trois heures, sans le savoir. Elle est partie hébétée d'admiration et comprenant bien que, par le fait seul de cette maison, j'étais millionnaire. Aussi a-t-elle dit *que rien que pour la maison, une femme serait folle de me refuser!* Et remarquez qu'aucune pièce n'est achevée et que l'ensemble est loin d'être satisfaisant, pour moi. D'ailleurs, le mot de ceux qui voient cette maison est que l'amour a fait et disposé tout, les moindres choses, pour une *Psyché*. Vous savez que *Psyché* veut dire *âme*. Mais Psyché est loin!

Ce matin, j'ai failli perdre la vue. J'avais dormi, la nuit, une fenêtre ouverte, me fiant sur la chaleur. Je me suis réveillé voyant les objets doublés, et j'avais un fluide sur l'œil. J'ai frisé de près la goutte sereine, qui est la cécité sans remède. Je n'y ai échappé que par mon habitude de me lever de bonne heure. A trois heures j'étais levé. Si j'avais dormi deux heures de plus, j'étais aveugle.

[Jeudi] 15 [juillet].

Bonjour, chère; je vais aujourd'hui verser dix mille francs chez Rostchild, pour le versement, et lui parler pour l'emprunt de la fin du mois. Toutes mes inquiétudes financières seront finies pour le 31 juillet. Restera le mois d'août. Puis, il faudra rendre, par mon travail, cinquante mille francs et en trouver dix mille, c'est soixante mille francs avant de pouvoir partir.

M. Fessart m'a remis hier deux mille francs qu'il faudra lui réintégrer. D'après ses explications, j'ai bien compris qu'il avait été complice de la Brugnol. Je suis dégoûté de la nature humaine. Toutes ces choses-là sont odieuses. Une fois mon 31 juillet assuré, je vais me mettre à l'ouvrage et en découdre! Il arrivera ce qu'il en pourra de ma santé, mais j'en finirai avec le mot *dette*.

Adieu pour aujourd'hui; la chaleur est devenue intolérable. J'espère que tout va bien chez vous, mais je n'ai pas de lettres. Cela m'inquiète au plus haut degré.

Onze heures du matin.

Je reçois et viens de lire à l'instant votre lettre du 28 juin. C'est vous dire que j'ai atteint au plus haut degré de la douleur morale. Combien tout ce que je vous ai écrit devra vous paraître futile, et combien tout est petit quand on a cette immensité dans le cœur! L'embarras dans lequel je me vois est immense; c'est la ruine. Mais ce n'est rien pour moi. Affreuse douleur, que personne ne peut comprendre! Il faut que j'oublie tout pour nous sauver tous deux!

Vous me connaissez assez pour savoir que je ne ferai que ce que vous voudrez, pour le voyage. Me voici d'ailleurs en présence d'une immense dette, avec ma plume et mes facultés pour toute ressource. Maintenant, j'ai à travailler nuit et jour, sans arrêter.

Les malheurs des vôtres m'effraient au plus haut point. Que la volonté de Dieu soit faite! Je resterai vôtre et tout vous, sans broncher, sans nulle distraction, ferme comme une Alpe. Et si Dieu veut que nous ne nous revoyions que dans un an, eh! bien, j'attends en travaillant et en achevant de payer mes dettes. Laissez-moi le soin de vous débarrasser de l'atroce Brugnol, ou de vous venger. Elle a encore des armes; j'ai su réduire ses lettres à trois ou quatre. J'aurai ces trois ou quatre. Votre tranquillité est ma première affaire; elle domine toutes les autres.

Oubliez dans quelle fournaise je suis plongé. Laissez-moi m'y débattre, et, si j'y succombais, dites-vous que jamais un homme n'a tant aimé. Je serai tombé par une trop vive croyance au bonheur. Et, enfin, sachez que tous nos souvenirs me soutiennent, et que, sans les images de nos voyages et de nos moments tranquilles, je ne vivrais peut-être plus, tant ces douleurs dernières m'ont épuisé. Je vais opposer à tant de traverses, d'ennuis et de douleurs de tout genre, la douceur de l'agneau et le courage du lion. Un si grand bonheur vaut tout cela, Dieu nous le fait comprendre. Seulement, soyez-moi toujours ce que vous me promettez d'être, et ni la force, ni le talent, ni le succès ne me manqueront. Les théâtres vont retentir de mon nom et aussi les feuilletons. Tous les jours je serai levé à une heure du matin, à compter de demain, et je vais tous les jours faire une solide tâche. Patience et courage, et surtout pardonnez-moi d'être la cause involontaire de ces affreux tourments. Que Dieu bénisse nos communs efforts! Soyez sûre que les infamies et les tentatives criminelles sont toujours bien punies, et que rien n'échappe au châtiment.

[Vendredi] 16 [juillet].

Je ne vous parlerai pas des douleurs qui m'hébètent depuis hier : le voyage contremandé, vos chagrins, etc. Quand on ne vit que par une seule personne au monde, et que cette personne souffre, la vie est comme arrêtée. Je ne vous dirai que ce que j'ai fait, mes pas et démarches.

Je suis allé chez Rostchild, pour porter mes actions engagées afin qu'on les échange contre des *définitives*, et faire le versement. J'ai remis dix mille francs : huit mille prêtés, ce qui porte la créance à vingt mille francs, à six pour cent. J'ai vu Rostchild. Il est si émerveillé de mon exactitude, qu'il a dit à ceux qui étaient là « que le talent était la moindre chose chez moi; que j'étais d'une exactitude de banquier dans les affaires, et que c'était pour lui un plaisir que de m'obliger ». Là-dessus, il m'a promis vingt-deux mille francs pour aujourd'hui, ce qui fera trente mille francs de prêts. Trente mille francs chez lui, vingt mille par Gossart, cela fait cinquante mille francs empruntés sur les actions. C'est presque la valeur d'aujourd'hui à vingt mille francs près. C'est donc cinquante mille francs que j'ai à rembourser par mes travaux. Puis, l'affaire de *la Presse* me cause un dérangement de douze mille francs. Sans cette affaire odieuse, j'étais à peu près à flot, avec les vingt-deux mille francs de Rostchild, car j'aurai bien gagné huit mille francs au 15 août, en travaillant nuit et jour, et les trente mille francs de billets et dégagements étaient payés.

Je vais aller ce matin établir mon compte à *la Presse*, car je n'avais pas emporté hier les feuilletons comptés par mon cher *loup*, que je veux garder comme un trésor.

Ne vous occupez point, financièrement, de votre *loup* chagriné. J'ai vu Bertin. Je lui ai conté le procédé d'Émile de Girardin, et je lui ai dit que je voulais faire, aux *Débats*, une œuvre, immédiatement, et colossale de perfection. Il m'attend, C'est là ma vengeance.

Je vais préparer des travaux pour trois journaux, et faire *Orgon*, et un drame, car il faut que j'aie tout remboursé dans ces six mois. Cette avalanche de travaux comprimera mon cœur et refoulera tout. Devant la grandeur de mon péril, j'ai tout retrouvé : énergie, mais pas encore le talent. Je ne veux pas une dette, excepté les trente-deux mille francs Pelletereau, à la fin de cette année, et j'espère que vous me permettrez d'aller chercher le repos et la santé près de vous, en janvier. Cette espérance me donne de la force. L'effet des grands chagrins est de rendre indifférent à toutes les petites choses. Je ne m'irrite plus de ne pas avoir les meubles, ni contre Fabre, ni contre Senlis, Lefébure, Paillard, etc. Tout cela m'est devenu de la dernière indifférence. Je souffre de trop vives douleurs à l'âme. Le travail et la souffrance de cœur, voilà les deux lèvres des tenailles qui m'enserrent.

On m'a apporté, encadrée, la vue du lac de Neuchâtel qu'Anna m'a donnée, et sur laquelle il y a : 23 septembre 1833. Je ne vous dirai pas la joie que cela m'a fait, car malgré l'angélique perfection de votre cœur et toute la grandeur de votre âme, qui est tout ce que j'ai rêvé de beau, de bon, de sublime, vous ne me comprendriez pas, et je ne sais si je pourrais l'exprimer. Il y a toute la fraîcheur du souvenir, cerclée par la douleur du présent; la certitude de la noblesse, de la ferveur des deux cœurs qui se sont unis, au matin, à la pointe de cette île, dont l'image m'est offerte par une adorable enfant. J'ai eu des millions d'idées et de sensations. C'est accroché, à côté de ma toilette, sous le salon de Saint-Pétersbourg. Ainsi, tous les jours, ces deux images me parlent, me rendent le courage si je le perdais, et me disent d'espérer. J'y mettrai le petit profil qui a fait pendant si longtemps ma consolation.

Allons, adieu, chère, pour aujourd'hui. Maintenant le travail le plus ardu me réclame. Je vous ferai envoyer *les Débats.*

Vous me pardonnerez, n'est-ce pas, toutes les puérilités de mes précédentes lettres. Que voulez-vous? Je croyais aller vous retrouver (mon parti de quitter la France est d'ailleurs bien arrêté, si vous n'y venez point), et alors j'étais, malgré les souffrances physiques, gai de l'âme; je jouais avec les choses, comme un enfant. Ah! si vous saviez ce qu'il y a d'amour écrit sur toutes les pièces, dans la disposition des moindres choses! Ce n'est plus un palais, comme disent les railleurs, mais un sanctuaire.

Allons, adieu pour aujourd'hui.

[Samedi] 17 [juillet].

Je fais partir cette lettre aujourd'hui, par les raisons suivantes. Non seulement la Chouette a gardé trois lettres, mais elle a pris des copies de celles rendues. Dans cette situation, je vais faire faire la perquisition et tout prendre. Elle peut donc se livrer à quelque sauvage lettre adressée à Wierzchownia et vous devez être prévenue. Je vous dis ceci pour tout prévoir, car elle va être domptée par quelque chose de bien pressant : la misère. Mes précautions ont été bien prises, et si l'animal est féroce, le dompteur a été plus adroit, avec son *lasso*, que vous ne pouvez l'imaginer. D'ici à trois ou quatre jours, j'aurai sans doute une bonne nouvelle à vous donner. D'ailleurs tout ce que vous m'écrivez, relativement à des confidences, est sans fondement. Personne au monde, la Chouette exceptée, n'a rien vu, ni lu. Aucune trace ne restera sans doute. Glandaz, le procureur du roi, le juge d'instruction, le commissaire de police, n'ont ces choses-là qu'à l'état de chiffres. On me rendra la lettre jointe à ma plainte. Mais vous comprenez bien qu'on ne peut pas empêcher la Chouette d'écrire, de dénoncer, de faire le mal qu'elle voudra faire sans preuves ni lettres. Seulement, je vous dis qu'avant un mois elle sera dans une si horrible position qu'elle ne bougera jamais. Elle est folle. Elle m'écrit des lettres où elle menace et où elle demande douze cents francs de rentes, et dit que si je ne les fais pas, je suis un homme *sans honneur!*

Cette affaire de chantage m'occupe et m'absorbe, et il faut qu'elle finisse, car je vous assure qu'il s'agit là de ma vie, et que je ne supporterai pas une diminution quelconque des sentiments et des espérances qui font ma vie. Aussi, suis-je bien décidé à aller jusqu'à votre *Dab* [1], et à demander humblement la licence nécessaire. Je ne serai pas refusé, tout se fera au grand jour, et je n'ai pas la moindre objection à devenir ce qu'il pourrait exiger que je sois, en cas d'octroi de licence dans des conditions dures. Je ne peux pas vivre sans Atala et les deux chers Saltimbanques.

1. C'est-à-dire, en argot, votre père. Allusion à l'empereur de Russie, et à la possibilité de devenir sujet russe par son mariage. Voir p. 303.

Adieu; mille tendresses. Ayez du courage et comptez que cette dernière tourmente passera.

Je vous supplie de me répondre, courrier par courrier, sur l'article *Dab*, car je partirais pour la capitale aussitôt votre réponse. J'ai confiance, une confiance aveugle, dans la bonté de cette résolution et de ma cause. Il n'y a rien de tel, dans tous les pays du monde, comme d'aller avec la légalité, même dans les pays où la légalité est dans la volonté du *Dab*. Je vous en supplie, deux mots là-dessus, car, en deux mois de temps, notre sort serait fixé, et nulle chance mauvaise ne serait à l'encontre. Si j'écoutais mon pressentiment, je partirais sans attendre de lettre. Mais mon système d'obéissance est tel que je ne veux rien faire de mon chef, dans ce qui nous concerne.

Mille tendresses.

J'ai décacheté ma lettre chez M. Froment-Meurice, parce qu'il m'a rendu le petit cure-oreilles du petit nécessaire de la comtesse Georges Mniszech et que j'ai voulu vous l'envoyer par cette lettre. Et alors j'ai recacheté avec des cachets bizarres.

LXXVIII

A MADAME HANSKA, A WIERZCHOWNIA, PAR BERDITCHEFF

[Paris, 18-20 juillet 1847.]
[Dimanche] 18 [juillet].

Soyez maintenant calme, chère Comtesse; tout sera fini le jour où cette lettre partira, le 20. Nous n'aurons plus d'épines dans ma vie. Il m'en coûte cinq mille francs. Mais, que voulez-vous? Gavault, le magistrat, Glandaz, tout le monde m'a conseillé le sacrifice, en me faisant observer que l'affaire criminelle coûterait cela pour moi, sans compter la publicité. J'aime mieux donner cinq mille francs que de savoir mon *loup* exposé à recevoir seulement une lettre. Soyez donc calme, tranquille. Oubliez, dans votre retraite, les ennuis, et dites-vous que le bonheur s'achète.

Moi, voici mon lot. Il est affreux. Le cœur brisé, surtout par l'interdiction de venir, il faut que je fasse : *primo*, aux *Débats*, un nouvel ouvrage intitulé : *le Théâtre comme il est; secundo*, au *Siècle* ou au *Constitutionnel*, *l'Armée roulante; tertio*, deux *nouvelles* : *les Deux amies de pension*, et *le Retour au Village*, et *quarto*, que je finisse *le Député d'Arcis* [1]. Tout cela, avec la librairie, donnera trente-cinq

1. Aucun des travaux énumérés dans cette liste n'a été exécuté, sauf *Le Député d'Arcis* qu'acheva fâcheusement Charles Rabou. Voir plus haut p. 71, 258.

mille francs. C'est les cinq mille francs de *la Presse*, les cinq mille francs de la scélérate, quinze mille francs à Rostchild, et dix mille francs pour vivre et payer les dettes. Il faut encore gagner quinze mille francs pour solder Rostchild, et vingt mille francs pour solder le prêteur de Gossart. Je ferai face à tout cela. Ne vous inquiétez pas. Si vous saviez ce que je puise de force, tous les matins, en voyant la vulgaire gravure enluminée qui représente le lac de Bienne, avec cette date écrite par ce petit ange d'Anucio, et le salon de Saint-Pétersbourg par Coleman! Non, c'est un phénomène qui vous dirait que l'amour, la volonté de plaire sont des forces divines, inépuisables, infinies!

Le payement de toutes mes dettes sera bien certainement accompli pour le moment où vous aurez levé la défense de partir, car je me sens animé d'une espèce de rage en pensant qu'à mon âge je dois!

Maintenant, au nom de tout ce que vous aimez, soignez-vous, calmez-vous, ne prenez pas trop de peines, arrangez bien vos affaires, et faites tout pour nos deux chers Gringalets. Dites-vous bien que je serai riche par moi-même. Ainsi, retranchez toutes les dépenses superflues, et donnez, donnez aux Gringalets aimés. D'ici à trois mois, l'hôtel de la rue Fortunée sera payé, si les pièces de théâtre réussissent.

Cette effroyable inquiétude que j'avais de faire du chagrin à mon *loup* comprimait toutes mes facultés. Je dois aller me reposer huit jours à Saché; puis, je reviendrai reprendre mes travaux. J'attends que le tapissier ait fini, qu'il n'y ait plus d'ouvriers à la maison.

Adieu pour aujourd'hui. A demain.

Lundi 19 [juillet].

Je dîne aujourd'hui à Suresnes, chez les Rostchild. J'y verrai sans doute Adolphe,[1] votre confident, car il est arrivé ici. Je profiterai de ce que j'ai une voiture, pour aller voir Mme Gérard, à Auteuil, et porter *la Comédie Humaine* à Mlle Godefroid, si j'en puis faire un exemplaire complet. Je ne prendrai mes grands travaux que demain, 20.

Mardi 20 [juillet].

Hier, j'ai dîné à Suresnes chez Rostchild, mais il avait son petit dernier malade, et il avait tout décommandé, excepté moi. Ma journée a été perdue; j'ai dépensé quarante-deux francs de voitures, inutilement. Je me suis couché très tard, car on dîne à huit heures moins un quart, et votre cher Adolphe a passé par Paris sans rien dire à ses illustres parents. On le dit malade.

1. Adolphe de Rothschild, de la banque de Francfort (*Lettres à l'Étrangère*, t. III, p. 10).

J'ai l'explication des brutalités de Girardin par ce qu'il publie ce matin. Il commence un roman de Daniel Stern [1]. Cette chaussette bleue l'aura animé sans doute, et aura voulu me voir hors de *la Presse*, où elle fleurit.

Il est midi, et je n'ai rien fait. Hier, je vous ai quittée brusquement à cause du tapissier qui apportait le beau lit doré de la coupole, abîmé, massacré, par Senlis. Car il a fallu couper le lit pour qu'il entrât dans l'alcôve. C'est ici des déboires continuels. Ce lit est une des plus belles choses qui existent, et vous ne reconnaîtriez plus les coupoles ni le salon; mais j'ai pour trois ou quatre mois d'ennuis, avant de voir tout terminé.

J'ai à peu près trouvé ce que je vais faire aux *Débats*, et j'espère un succès. Je m'y mets demain, si je n'ai point de dérangement.

Je crois que ce que j'ai pris pour la goutte est une inflammation déterminée par un grandissime cor. Il faut que je prenne un pédicure.

Allons, adieu, chère et bien-aimée comtesse. Vous avez, je l'espère, un grand poids ôté de dessus le corps, et j'ai la presque certitude que cette fille, une fois mariée et casée, se tiendra parfaitement tranquille. Je suis bien heureux; j'ai aussi mes anxiétés de moins, et, maintenant, je vais réparer le temps perdu, par mes travaux. Je vous envoie ce bout de lettre à cause de l'importance qu'elle a pour votre repos, et je reprendrai demain mon *journal*. Je vous expliquerai les moyens de paiement que j'ai pris pour ces cinq mille francs et la chose en elle-même, quand la plainte sera retirée, car j'ai encore des démarches à faire.

Mille tendresses, et mes amitiés au jeune ménage.

Je suis dans une telle atmosphère brûlante, qu'il m'est impossible d'écrire, et je vous envoie cette lettre en sortant de mes appartements; il m'est impossible d'y rester. La sueur m'empêche d'écrire.

Mille tendresses et à demain. Je mettrai une lettre à la poste le 30. Je n'ai pas voulu manquer le 20.

LXXIX

A MADAME HANSKA, A WIERZCHOWNIA, PAR BERDITCHEFF

[Paris, 21-30 juillet 1847.]
Mercredi 21 [juillet].

J'ai toujours oublié de vous faire rire d'un détail de la visite de votre auguste sœur. Vous savez que, pour avoir la tête haute, j'ai

1. Pseudonyme de la fameuse comtesse d'Agoult, l'amie de Liszt; le roman dont il s'agit est *Valentia*. Balzac a dépeint la comtesse d'Agoult sous les traits de Mme de Rochefide, et Liszt sous les traits de Conti, dans *Béatrix*.

toujours deux oreillers, ce qui n'étonne plus mes compagnons de voyage. Mais, comme votre sœur ignore cette circonstance de mes mœurs, vous ne sauriez imaginer le bond qu'elle a fait quand elle a vu les deux scandaleux oreillers sur mon lit. Elle ne s'est pas contentée de ce haut-le-corps, qui, certes, était plus immoral que la chose qu'elle soupçonnait, car elle a sans doute cru que je lui cachais une femme quelconque, mais elle m'a dit : « Et pourquoi deux oreillers? » — « Ah! voilà », lui ai-je répondu, « c'est de la prévision. » Dès lors, elle a énormément insisté pour voir les cuisines, l'office, etc., afin de voir le personnel, et comme cela m'a fort amusé, j'ai montré tant de choses qu'il était trop tard pour voir ce reste. Comme je n'ai plus revu S. M. Morphinesque, je ne sais pas si elle a des idées nettes sur le nombre des oreillers.

Cette maison est bien grande pour un homme seul et je m'y ennuie royalement. J'ai de cruelles aspirations vers un avenir que je trouve encore bien éloigné, après bientôt cinq ans. Je n'ai plus de distractions : voilà les acquisitions terminées, sauf quelques bribes insignifiantes. Je sors d'émotions écrasantes, aussi, pensai-je sérieusement à aller passer cinq à six jours à Saché, pour respirer l'air natal. Je ne peux pas me le dissimuler à moi-même : je suis amoureux comme *le Jeune Malade* de Chénier, à en mourir. Je ne puis pas me mettre au travail. Les souvenirs m'assassinent. Voici un kilogramme de café à huit francs, pris chez Corcelet [1], que j'avale, et rien n'y fait. Et cela pour une femme de quarante-deux ans bientôt [2], et avec quelques circonstances qui paraîtraient atténuantes. Je pensais que l'on ne mourait que pour les femmes désirées; eh! bien, l'on est dévoré tout autant par celles qu'on connaît bien. Je regrette jusqu'aux duretés que j'attrapais injustement. Enfin, c'est une vraie maladie, et j'y succomberai sinon physiquement, du moins financièrement, car je ne puis rien faire. Je suis désolé, désespéré, doublement, car le travail, sur lequel je comptais, ne vient point me prêter son aide et ses affreuses consolations.

Adieu pour aujourd'hui. Je compte tous les jours ma dépense, et je tiens la bride si serrée que nous ne dépensons pas cinq ou six francs par jour, en moyenne. Mais aussi n'y a-t-il que le strict nécessaire. C'est la maison d'Harpagon.

Mille tendresses; mes yeux ne quittent pas la carte de l'Hôtel de l'Écu, de Genève, et les fenêtres de certain appartement. Je reste des heures entières à regarder cela [3]. Je revois le service bleu qui vous

1. Ainsi mentionné au *Bottin* : : *Corcellet*, N. C. [Notable commerçant] comestibles, Palais-Royal, 104, Galerie de Valois. » Il était établi à l'enseigne « *Au Gourmand* » et tenait : productions de tous pays, vins, liqueurs, denrées coloniales, excellent café moulu, mélange bien proportionné des meilleurs cafés, assortiment des marchandises anglaises, expéditions pour la France et l'étranger.

2. Mme Hanska se disait née en décembre 1805.

3. Balzac et Mme Hanska s'étaient logés à cet hôtel lors de leur passage à Genève en 1846.

a fait tant de plaisir, et je me rappelle la visite à la maison Mirabaud, et nos courses chez les Juifs, etc., la promenade sur la promenade, les courses dans les magasins, la station au Musée et au Jardin botanique. Je revois jusqu'aux trois Parques que vous savez, qui se promenaient, et tout enfin! Non, l'absence est une mort où l'on sent qu'on est mort! O saint travail, tant appelé, quand viendras-tu? Je viens de boire une *retasse* de café; j'ai arrêté la pendule « dont le tictac... », dirait Cob-den [1]! et qui m'impatientait. Mais il y a quelque chose qui me crie à toute seconde : « Elle n'est plus là! » Vous avez tout brisé en me disant : Ne venez pas. Mais je préfère tous les maux à la chance de vous déplaire.

Je ne vous ai pas dit qu'à la lecture de la lettre de Girardin je vous ai vue là, debout, devant moi, partageant mon injure, et superbe. J'ai entendu ce que vous auriez dit : « Mille fois souffrir, se retrancher des jouissances, et payer, et ne plus mettre une ligne dans ce journal! » Je n'ai pensé qu'à ce double honneur, à votre fierté. Quelle sublime chose humaine qu'un pareil sentiment! Quelle riche dot Dieu a donnée à la femme, que de pouvoir verser le bonheur et les grandes pensées au cœur de l'homme!

Allons, adieu, chère conscience. Salut, ma chère âme! C'est aujourd'hui *la Saint-Victor* [2]. Je vous devais un hommage bien entier; je ne puis que vous dire qu'une grande partie de la matinée vous a été donnée et que plus d'une larme a mouillé les yeux de votre Noré. Ah! soyez bien heureuse là-bas, car ce bonheur coûte bien cher ici!

Allons, mille tendresses; mon cher petit bien-aimé secrétaire avait commis bien des erreurs (deux cents lignes), dans le compte de [*la Dernière incarnation de*] *Vautrin*. Il a fallu tout recompter à *la Presse;* mais ça m'a fait plaisir de recompter ces lignes au bout desquelles il y avait un chiffre crayonné par la plus jolie main du monde.

Jeudi 22 [juillet].

Je n'ai rien fait hier, et j'ai peur de ne rien faire aujourd'hui. Je ne sais que souffrir, et je souffre au delà des forces humaines, sans aucune de ces douleurs qui exigent de la force. C'est le vide, l'ennui, le néant qui accablent. Je n'ai de goût pour rien. Il semble que les veines soient ouvertes et le sang parti, que la volonté soit disparue, et j'ai une joie d'enfant lorsque, trouvant que je n'ai ni idées ni volonté, je dévale dans le rêve, dans le plaisir de revenir dans le passé. Je vis en pensant à vous et aux deux enfants. Toute la puissance de mon imagination est au service de mes souvenirs. Je regrimpe le Simplon et je ris à votre perfide prière d'aller voir les Monigault,

1. Cob-den, en scandant les syllabes; sur les rapports de Balzac et de Cobden, voir : *Lettres à l'Étrangère*, t. III, p. 373-375.
2. L'un des prénoms de l'enfant mort dont il a été question plus haut, p. 13, 318.

pour avoir le droit de me les jeter à la tête. Je me retrouve à la soirée de di Negro [1], dans le magnifique salon Féder, et la magnifique chambre à coucher, ou, en Hollande, grondé sur le quai de Rotterdam et par quelles paroles! Vous vous opposiez systématiquement à tout ce que je voulais faire. Je vois les choses, j'entends les paroles, je sens l'odeur de la mer que répandent les navires! Enfin, j'en ai pour des heures entières à savourer un tas de souvenirs. Je vois la marque de vos pieds sur le sable fin de la plage de Scheveningen, etc., j'entends ce que nous disions au village de Broeck, et les recommandations inutiles, sur tant d'articles. Vous ne savez pas que je suis une nature détournée de sa vocation, que j'étais fait pour être enfermé dans une habitation avec une femme aimée; que la solitude est mon lot, ainsi comprise. Et, à cette heure, je ne vois âme qui vive. Je suis, dans Paris, ce que vous êtes à Wierzchownia. Or, cette union tant désirée, avec une belle et sublime nature, et à laquelle j'ai goûté, a fait enfuir toutes les mauvaises occupations de littérature et revenir l'oisiveté de l'amour. C'est effrayant. Il y a pour moi des peines infinies dans la descente du Simplon. Je vais regarder toutes les niaiseries achetées à Martigny, et je m'en enivre. Et l'affaire de Tourtemagne, où j'ai failli retourner me jeter dans la cascade, tant vous m'aviez abattu! Enfin, je relis la lettre où vous m'avez dépeint vos sublimes idées de vingt-sept ans, lorsque vous êtes partie pour aller à Neuchâtel.

Après ces griseries morales, il me prend de magnifiques résolutions de me débarrasser de tous mes liens d'affaires et d'argent, et de courir à vous! Et puis je vois que vous ne voulez pas de moi, et je suis la proie d'un double désespoir : celui de ne plus être attendu, et celui de n'avoir pas écrit une ligne. Voilà comment se sont passés ces deux mois, ces deux ans, deux siècles!

Que deviendrai-je? Oh! je vous jure que j'ai si bien le sentiment du devoir, que je vous apprendrais avec des cris de joie que je travaille, que je bâcle des pages, que j'entasse les écus que vous voulez me voir en caisse. O mon esprit, où êtes-vous? A Berditcheff, dans ces plaines de Beauce russe, que je vois, sans les avoir jamais vues!

Voilà votre sœur partie. Elle est fausse comme un jeton, envieuse, petite; mais c'est votre sœur et nous parlions de vous. Je pouvais lui dire que j'avais pour vous une amitié folle, à me contenter d'être votre homme d'affaires. Ah! vous ne savez pas que, soir et matin, je me plonge le nez dans les affaires que vous m'avez données à garder et qui sont dans l'armoire ventrue du Roi de Pologne, et que je respire le peu de senteur qu'il y a, avec des délices infinies. C'est le plus grand plaisir qu'il y ait en ce moment pour moi. Et puis, par certains jours, je déplie la fameuse cape, dite de comédienne, qui souleva les

1. Noble Génois auquel Balzac avait dédié *Étude de femme*. Le marquis J.-C. di Negro était propriétaire d'une villa sur les vieux remparts de Gênes, près de l'Aqua Sola, villa dont Balzac s'est inspiré en composant *Honorine*.

indignations de monseigneur Jacotin[1], à Saint-Pétersbourg, et je me complais dans cette admiration. Je deviens un peu fou, en attendant que je le sois tout à fait. Au nom de notre vie, dites-moi si ce n'est pas une bonne idée que d'aller à Saint-Pétersbourg. Moi, je crois au succès de cette démarche, et le pis qu'il peut arriver, c'est de rester à Pawufka. Ce me sera le plus beau pays du monde. Jamais vous n'entendrez un regret; jamais vous ne me verrez soucieux. Songez qu'en quinze jours j'ai une solution à ce qui est ma vie tout entière!

Allons, adieu. Je vais essayer de travailler. Tentative inutile! Je penserai à vous. Oh! sentir mon minou! Je donnerais dix ans de ma vie! Et, depuis dix jours, je suis dévoré par cette idée que vous préférez à tout les splendeurs de Wierzchownia, votre famille, et je me dis : « Eh! bien, puisque cela lui plaît, que je m'y plairais, pourquoi m'empêche-t-elle d'y aller? » La rue Fortunée me fait horreur. Ah! maudites actions de chemin de fer! Si elles étaient seulement à sept cent quatre-vingts, comme je serais heureux! Tout obstacle disparaîtrait!

[Vendredi] 23 [juillet].

J'ai reçu hier au soir votre lettre du 6 juillet, lettre désolante de laconisme. Les miennes sont pleines; elles sont une peinture bien fidèle de mon affreuse situation. A cette lettre je réponds ici que j'ai reçu *toutes* vos lettres : celle de Breslau, celle de Cracovie, celle de Brody, celle de l'endroit où vous avez stationné, celle de Wisnowitz, celle de Wierzchownia. Soyez sans inquiétude à cet égard. Enfin, soyez sans crainte aussi. La Chouette ne vous écrira plus. Elle a rendu vos lettres, et il est certain que c'est Mme Fessart qui a tout conduit. L'embarras de M. Fessart est très grand avec moi. Je suis inquiet de mes créances et vais tout régler. Le chagrin qui est peint dans votre lettre m'a rendu stupide. *Cette lettre* a été écrite dans le paroxysme de l'affaire, après la descente de la justice chez l'infâme. La vie me serait odieuse si vous me faisiez défaut. Tout ce que vous me dites de vos affaires est inexplicable. Mais soyez bien tranquille, je me tirerai d'affaire et je pourrai vous renvoyer, d'ici à quelques mois, les chemins de fer, si vous le désirez. Quelle singulière destinée nous aurions l'un et l'autre! Au nom du bonheur et du bon sens, qu'il en soit autrement!

Vous savez que je n'achète plus rien. Mon serment est tenu religieusement, et, d'ici à quelques mois, j'aurai payé toutes mes dettes, même celles qui sont faites dans un avenir de bonheur que vous avez, on dirait, en haine. Le jour où j'aurai la certitude que vous ne

1. Que Mme Hanska avait patronné dès 1842 et que Balzac s'efforça de recommander à l'archevêque de Paris pour obtenir son retour en France (*Lettres à l'Étrangère*, t. II, p. 55, 59, 69, 209).

voulez pas être à votre loup, tout sera dit pour moi. Vingt-trois ans de travaux et une espérance! L'espérance évanouie, les travaux improductifs, c'est assez; je me retirerai du jeu. Mon Dieu, dans quelles pensées êtes-vous, pour écrire ainsi! Moi, je vous tiens parole; j'écris avec bonheur, tous les jours. Vous, vous me jetez une lettre, comme si elle était arrachée par importunité. Peut-être haussez-vous les épaules en recevant mes paquets, comme lorsque vous étiez fâchée pour des riens. Mais, allez; je ne peux qu'aimer mon cher loup.

Samedi 24 [juillet].

S'il y a quelque chose d'amer dans ce que j'écrivais hier, pardonnez-le-moi, car je veux être toujours doux, bon et excellent pour une si divine Ève. Vous avez cru sans doute que je m'amusais, que j'oubliais; mais vous aurez reçu depuis des lettres qui vous auront bien détrompée. Et puis, recevoir une lettre si cruelle, où je vous vois blessée, triste, amère, cela m'a rendu fou. Soyez tranquille, quand le travail viendra, je serai sans doute mieux, et je ne le quitterai qu'indemne de tout. Votre tranquillité a été achetée, et je vais me débarrasser de cette dette, allez! Que Dieu vous soigne de ses ailes paternelles, et vous donne la santé!

Allons, adieu pour aujourd'hui. Je vais travailler, car, sachez-le, je me suis levé hier à une heure et demie du matin, et j'ai passé la première nuit aux bougies, depuis les nuits de la rue de Berry. A 3 heures, j'ai tendu le cou pour écouter le pas léger, la porte s'entr'-ouvrant...! Je me suis appelé fou. Je vous écris aujourd'hui à minuit et demi, car j'ai enfin ressaisi mes heures de travail la nuit; c'est un grand pas. Dieu veuille qu'il y ait un triomphe éclatant aux *Débats!*

Mes comptes sont effrayants; en voici le résumé. Il faut trente-huit mille francs pour solder les dépenses de la maison, trente mille francs à Rostchild, vingt mille francs à Gossart, trente-deux mille francs pour le reste du prix à Pelletereau, et cinquante-cinq mille francs d'anciennes dettes. Total : cent soixante-quinze mille francs. Sur cette somme, soixante-huit à soixante-dix mille francs sont à payer dans ces six mois-ci, et, comme il est inutile de compter sur mon cher *loup*, il faut que je travaille sans désemparer. De là, ces nuits studieuses, calmes, pleines de lignes et de talent, car il faut avant tout l'estime de ce qu'on aime, et *elle* me veut sans dettes. Aussi « à l'ouvrage » est mon cri. Je ne veux pas qu'on m'écrive que les comtes Mniszech sont incomparables et n'ont pas d'analogue. Depuis mon serment, je n'ai rien acheté, je n'achèterai rien, pas même les bois de rose de Grohé. Je ne commanderai plus rien, et je vais finir l'année comme je l'ai commencée, *mais sans le bonheur!*

Allons, mille tendresses, et à demain.

Samedi 24 [juillet].

Hier, je suis passé devant Alibert et je suis entré dans la boutique, car il n'est pas défendu de regarder et de soupirer après les belles occasions, sans commettre de parjure. La femme m'a parlé de cette belle dame de l'hiver dernier : « J'en ai beaucoup vu, mais jamais comme elle. Il est bien facile de voir que c'est une *vraie* grande dame, douce, polie; ah! si elle revient jamais, ramenez-la par ici. Je lui vendrai à cinq pour cent de mes prix d'acquisition, etc. » Et des éloges à perte de vue! J'aurais voulu pouvoir acheter sa boutique. Paillard, pas un souvenir. Mais cette grosse bonne femme se souvient de tout : douceur de paroles, de regards; non, trouver un cœur de vieille Auvergnate où le souvenir soit si frais, ça a été comme cette fraise que mon guide m'a trouvée, lorsque, à midi, j'aurais, en gravissant le Mont du Chat, donné cent francs d'un verre d'eau. Cette boutique resplendissait pour moi. Je ne sais pas ce que je ferais pour cette femme. Je voudrais lui prêter de l'argent!

Je suis résolu d'aller le 1er à Saché. Je vais écrire à M. Margone, et j'y ferai la pièce de théâtre de *la Marâtre*, en m'y reposant, et y respirant l'air natal, dont j'ai grand besoin contre mes douloureux et amers chagrins. Il y a quelque temps, je supportais la douleur de la séparation et les angoisses de l'absence, par l'idée que j'allais vous rejoindre en septembre au plus tard. Vous m'avez coupé cette corde à laquelle je me suspendais, je me cramponnais, et toute mon énergie, le talent, les facultés, tout a disparu. Puis, je vous vois empêtrée dans les affaires, n'ayant pas le courage de les faire vous-même, et, alors, je devine des lassitudes suprêmes, comme la mienne. Moi, je ne manquerai pas de courage au but. J'irai à Saint-Pétersbourg, si vous le permettez, car je ne puis rien sans votre aveu, et j'obtiendrai ce que je désire. Et je vais à Tours pour reprendre du courage, m'isoler de tout, de cette maison où j'ai tant de chagrin en retrouvant partout les espérances d'un bonheur retardé, où je m'occupe trop de mes deux *loups*.

Allons, adieu pour aujourd'hui. A demain. Vous ne me dites pas comment votre Allemand se trouve à Wierzchownia. Surveillez-le bien, car il n'est pas tout à fait la perle que vous croyez et que je voudrais.

[Dimanche] 25 [juillet].

Je mets aujourd'hui une lettre à la poste pour Anna; peut-être me répondra-t-elle en détail sur vos existences, dans les plus menus infiniment petits!

Me voilà levé à deux heures de la nuit, sans verve, sans courage, sans inspiration. J'ai encore relu votre dernière lettre. Pardonnez-moi ce qui vous a paru comme une folie; je parle de l'aquarelle demandée à Zorzi. C'est l'indiscrétion du chien qui aime. J'espère aussi que vous n'avez rien demandé à Saint-Pétersbourg en fait de malachites. Ne convertissez pas les enfantillages en projets sérieux. Il y a dans ces désirs effrontés beaucoup de sève d'amitié, comme celle qui fait partir des jets de clématite à droite et à gauche. C'est la grâce luxuriante des choses dans les caractères où il y a du trop en tout. Vous êtes devenue plus raisonnable que je ne le suis. Vous êtes mère, et vous aimez trois personnes, tandis que je n'en aime qu'une et que j'ai de l'amitié pour les deux autres. Je suis encore trop jeune, je le sens bien à mon désespoir qui, vous le verrez, est celui qui prend à vingt ans et qui peut tuer. C'est dans un jour où je me suis senti capable de renoncer à la vie, que j'ai fait mon testament, afin de ne pas laisser dire de moi que je suis mort comme un imbécile, sans avoir pensé à cet événement, probable pour tout le monde. Ne vous effarouchez pas de ceci.

Dans mon ennui, je suis allé voir hier Bou-Maza [1], qui devait être à Mabille, et, donc, j'ai vu enfin le bal Mabille. Bou-Maza (que la princesse Belgiojoso promène elle-même, en calèche découverte, dans tout Paris, toute la journée), est, comme animal, l'homme le plus extraordinaire d'aspect que j'aie vu. Voilà un homme effrayant et qui laisse à cent piques au-dessous de lui la description du vampire. Figurez-vous que son visage semble être fait de chairs mortes et rapportées, mal cousues, tremblantes, pas de sang! Le magicien a mal recollé tout cela; mais le dédain amer, l'envie féroce de tuer, anime cette tête trop lourde, qui se penche comme un pavot. Le regard des tigres est doux comme celui d'Annette comparé à celui des yeux de Bou-Maza. Je crois que le paquet d'os étiqueté Christine de Belgiojoso lui donne ce dégoût profond de l'Europe qui plisse sa lèvre. Mérimée accompagnait ce sauvage d'Afrique, ainsi que le capitaine Richard. J'ai fini par quitter Bou-Maza pour voir les danseurs et danseuses, Brididi et Friquette. Oh! comme je vous ai regrettée! vous qui aimez tant à voir ces danses et qui vouliez toujours qu'on vous en donnât une idée. C'est surprenant. Ce n'est plus des valseurs, c'est des trombes. On ne croit pas que les pieds touchent la terre. Et la danse prohibée! Quelles magnifiques conceptions de drôleries! Je n'ai vu tout cela qu'un instant, car je suis venu me coucher à neuf heures. Le jardin est d'ailleurs une féerie, qui dépasse tout ce qu'on peut imaginer dans un arpent de terrain. Je vais aller voir le Château Rouge, et le Château des Fleurs qui ouvre aujourd'hui. D'ailleurs les Friquettes, les Brididis, sont évidemment payés par les administrations pour danser. C'est un spectacle. Je regrette de ne pas avoir vu

1. Chef arabe qui s'était rendu au colonel Saint-Arnaud. Il fut amené à Paris et splendidement traité, s'évada pendant la Révolution de 1848, fut repris à Brest, puis libéré par le président Louis-Napoléon.

la reine Pomaré, de Romieu [1], elle est morte, et quand on voit ces danseuses-là, on comprend qu'elles meurent épuisées. Il y avait un danseur qui est ce que j'ai vu de plus extraordinaire, excepté d'Alton-Shée, le pair de France, qui est sans rival dans le cancan. Quand on pense que j'ai vécu six ans à Passy sans être allé une seule fois au Ranelagh, et qu'il a fallu l'ennui qui me dévore pour me pousser à Mabille, voir Bou-Maza!

Le matin, j'avais vu passer la princesse avec cet Arabe, et quelqu'un me dit (c'est Ballard [2], avec qui je causais) qu'il allait à Mabille. Je crois que, dans son amour du scandale, la princesse en arrivera à dresser un lit dans la rue, pour Abd-el-Kader, s'il vient jamais à Paris.

Allons, adieu, vous de qui je n'ai jamais été si près, même dans la voiture de l'illustre dévote, car le souvenir vous met à tout moment là. Je vous parle, vous consulte à propos de tout. Adieu. Ah! si vous m'écriviez ainsi tous les jours! Quant à moi, le seul moment supportable de la journée est celui-ci : l'heure ou les deux heures pendant lesquelles je vous écris. Voici le jour, à torrents, les oiseaux font un concert enragé. Peut-être savent-ils que c'est dimanche!

Mille tendresses.

Lundi 26 [juillet].

Il a plu hier toute la journée et j'ai été pris pendant la moitié de la journée par Fabre qui a rapporté la bibliothèque, pour le couloir dont j'ai fait mon cabinet de toilette, et la table de nuit. La table de nuit n'est pas mal. Il a livré le canapé de marqueterie au tapissier. Je lui ai payé mille francs; je ne lui en dois plus que six cents environ. Puis on m'a rapporté l'encadrement de Schwab, autour duquel j'ai fait mettre une bordure dorée, à fleurs gravées pour faire ressortir les figures, qui sont noires, sur le fond noir du cabinet. Il ne me manque plus, dans mon cabinet, que le vase du milieu, sur la cheminée, qui fait candélabre, et que M. Paillard promet depuis un mois; puis, deux consoles, demandées depuis un mois au petit ouvrier de Passy. Enfin, il me faudra remplir (Dieu sait quand) le cadre que Vital m'a apporté raccommodé, acheté au boulevard Bourdon, et qui est devenu magnifique. Il y faut mettre un velours noir à l'intérieur, et trouver une *Annonciation* en bois sculpté. Vous voyez qu'il y en a pour des années avant de rencontrer un chef-d'œuvre digne du Christ qui est en pendant, dans le cadre de Brustolone. Je vais mettre le portrait

1. Auguste Romieu, né en 1800, l'un des lions de la jeunesse dorée sous Louis-Philippe, devint préfet, puis directeur des Beaux-Arts et mourut en 1855; la reine Pomaré, sa joyeuse partenaire, était une des danseuses les plus réputées du bal Mabille.

2. Charles Ballard, rédacteur au *Messager*, journal qui avait publié en feuilleton : *Ursule Mirouet* (1841), *Dinah Piédefer* (1843), *les Petits manèges d'une femme vertueuse* (1844-1845).

d'Anna, que Lirette m'a donné, sous le Chinois en craquelé blanc, et le vôtre sous le Chinois en craquelé bleu, qui sont en regard.

Enfin, le lit de la coupole est complet aussi, et on va le monter aujourd'hui sans doute. Dans un mois, tout sera fini, de ce qui a été commandé. Les mémoires seront réglés par M. Santi, et je pourrai connaître l'étendue de mes obligations, et la somme totale à laquelle monte la maison, meublée et restaurée.

Pour faire face à mes payements, outre l'emprunt Rostchild, il me faut dix mille francs, d'ici au 15 septembre. J'espère que *les Débats* me les donneront avec mon roman : *le Théâtre comme il est.* Puis, il faut deux pièces de théâtre qui réussissent, et deux autres romans pour payer Rostchild et Gossart, et trouver vingt-cinq mille francs pour la fin de février. Là, je respirerai. Mais il viendra un versement de douze mille cinq cents francs, dans lès premiers trois mois de 1848.

J'ai rencontré la princesse Christine sur les marches de Saint-Philippe-du-Roule, allant à la messe, et nous avons échangé quelques paroles, car je suis sorti par la pluie pour mettre à la poste moi-même la lettre d'Anna et celle de M. Margone. J'étais couché à six heures et je viens de me lever à trois heures. Je suis allé chez ma sœur, où j'ai appris que Mme Caraud [1] est arrivée, et, ce matin, une fois mes renseignements pris, je travaille à corps perdu le chef-d'œuvre que je veux faire aux *Débats* et mes deux pièces.

Si Servais me livrait mon étagère, ma table et mes deux cadres, si M. Paillard achevait ses bronzes, et mon tapissier l'ameublement, je n'aurais plus de distractions, que celles de mes souvenirs chéris et mon adoré minou.

Allons, adieu pour aujourd'hui. Il pleut à torrents. Je vais profiter de cette journée pour commencer l'œuvre. Demain vous saurez si les premiers feuillets, si difficiles à faire, ont été faits.

J'ai une nouvelle d'hygiène excessivement heureuse à vous apprendre; c'est que depuis que j'ai eu l'idée de faire mon café à froid, je n'ai plus de douleurs d'estomac, et le café ne me fait plus de mal. Quelles mystérieuses choses! Combien de découvertes ne reste-t-il pas à faire! Le café fait avec de l'eau froide est tout autre chose que le café fait avec de l'eau bouillante. Je suppose que l'eau bouillante entraîne le tannin, principe essentiellement actif sur les membranes muqueuses, et que l'eau froide laisse dans le marc de café. Il s'ensuit que j'ai l'effet spirituel sans l'effet mécanique, le principe exhilarant,

1. Le commandant d'artillerie Carraud et sa femme, Mme Zulma Carraud (que Balzac écrit constamment Caraud), étaient d'anciens et sûrs amis du romancier. Ils le reçurent dans leurs diverses résidences : à l'École militaire de Saint-Cyr, à la Poudrerie d'Angoulême et, enfin, dans leur petite propriété de Frapesle, près d'Issoudun. Balzac, reconnaissant, a situé *la Rabouilleuse* à Issoudun, a donné le nom de Frapesle à l'un des châteaux du *Lys dans la vallée* et a dédié à Mme Carraud *la Maison Nucingen* La *Correspondance* de Balzac avec Mme Zulma Carraud a été publiée (Paris, A. Colin, 1935, in-8).

sans l'âcreté du tannage. Je *tannais* mon estomac, je ne le *tanne* plus. Je ne chante pas encore victoire; j'observe, mais je crois la chose vraie.

Allons, adieu; à demain. Mille et mille tendresses.

Mardi 27 [juillet].

Hier, chère, je n'ai pas pu écrire. Deux ouvriers de Fabre sont venus et ont employé toute la journée à monter la bibliothèque que vous savez dans la pièce qui mène à la galerie, et ils ont tapé, cogné et empuanti l'appartement. J'ai lu pendant tout ce temps. Voilà la journée, et il n'y en a plus que quelques-unes comme celle-là à passer. D'ici à la fin du mois tout sera fini, j'espère. Je n'ai pas cessé de penser à nous, avec une force de souvenirs qui m'a rendu mon isolement insupportable. Au lieu de s'affaiblir, la nostalgie augmente et je ne sais que devenir. Les larmes, par moments, me gagnent; sans raison, je me sens le cœur gonflé; j'ai des palpitations étranges, et je souffre physiquement de quelque chose dans l'âme, qui se dilate. Je ne suis plus le maître de ma pensée, et je n'ai plus de pensée à vrai dire. Je n'ai qu'un cœur et j'en souffre. Voilà l'histoire de ma journée d'hier, et j'attends avec impatience l'effet de l'air natal. A la lettre, je ne vis pas; le principe de ma vie n'est pas en moi. Le temps que le cher petit loup regrette ou paraît regretter de m'avoir donné me rend la vie actuelle insupportable; enfin, vous ne me croirez sans doute pas, car cette croyance contrariera vos projets actuels, mais la vue de cette maison, faite pour une vie rêvée, est comme un poison mortel, et je vais chez M. Margone pour savoir si je respirerai sans ce poison dans le cœur. Voir sous mes yeux, à toute heure, tant de choses qui me disent la vie que je souhaite et qui est si loin de moi, m'assassine. Si je vais mieux qu'ici à Saché, je prendrai, au retour, une mansarde à deux cents francs par an, dans le faubourg du Roule, à deux pas de la maison, et je verrai si j'y puis travailler. Si j'y travaille, je suis sauvé. Cela paraîtra bien original. Mais à qui faire croire qu'à quarante-huit ans on est atteint comme *le Jeune Malade* de Chénier? Je me demande à moi-même si c'est un effet de mon excessive imagination. Mais en me tâtant le pouls, je sens bien la maladie. Elle est bien réelle. J'aime comme une femme et avec l'énergie d'un homme. Dans notre intérêt commun, il faut que je reste ici, que je travaille, que j'accomplisse ma tâche. La raison me le dit; les chiffres que je pose sur le papier me le répètent. Mais que faire contre un marasme de corps et d'esprit? Voici un kilogramme de café bu sans que mes facultés se réveillent. Et si vous saviez avec quelle ferveur je voudrais travailler! Comme je voudrais vous prouver que je suis capable de ne rien dépenser, de payer tout ce que je dois, et de conserver le trésor *louloup* intact! Mais pas de loup, pas de minou, pas de lettres ou quelques lettres rares, et huit cents lieues à faire pour revoir la troupe, des obligations à jour fixe ! Tenez, c'est le supplice de la roue; je suis roulé à tout moment. Je ne peux parler à personne; je me consume; je ne vois et ne veux voir personne. Mais je devrais avoir la force de vous cacher tout cela, car je vous fais de la peine, à moins que vous ne disiez en lisant ceci : « Copie, copie, *mon cher Monsieur !* » Croyez-le, si vous voulez. Je n'ai pas la force de me fâcher; je suis hébété de douleur. Je dévore avec une amertume de pénitence les reproches terribles que vous m'avez faits dans un instant où vous n'aviez plus votre tête, et je me dis que je les mérite, que je devais veiller sur mon trésor mieux que cela. Je n'accuse pas cet infernal hasard. Je suis dévoré par le chagrin; je ne me pardonne rien. Tout, chez moi, grandit par le souvenir et par le temps. Je suis l'opposé des autres natures. Tous mes torts sont involontaires. C'est l'effet de mes malheurs, du hasard. Mais ils ont produit des souffrances, des maux réels, et ils ont causé de la douleur à celle pour qui je voudrais être toute joie, que j'aime comme on n'a jamais aimé, qui devrait être fière de moi, et qui m'a couvert de mépris, dont l'âme pure et pieuse est troublée. Allez, je ne me cache rien; je me déchire moi-même plus cruellement qu'elle ne peut le faire; je passe mes jours à cela; je ne me crois pas destiné à être heureux; j'enfante des montagnes de chagrins. Oh ! comme je voudrais être lancé dans le travail ! Et le travail, qui m'a sauvé tant de fois de mille désespoirs, est impuissant contre celui-ci, qui dure depuis trois mois, car j'ai bien souffert à Francfort, et, dans ce voyage, je vous ai bien caché la plaie dans laquelle vous fouilliez !

Allons, il faut s'arrêter. Si je vous disais tout, j'écrirais des volumes, et ces volumes-là vous attristeraient. Sur ce ton-là je dois interrompre et reprendre demain, si je puis avoir le courage de penser à autre chose.

Adieu pour aujourd'hui; mille tendresses et à demain. Vous m'avez souvent écrit vos tristesses; voilà les miennes. Que Dieu vous donne la santé, vous maintienne belle et jeune !

Mercredi 28 [juillet].

Voici la fête de ma mère, celle de Mme Gavault. C'est une dépense de cent francs tous les ans [1].

Les actions du Nord baissent toujours, et les recettes augmentent. Elles sont à trois cent vingt mille francs par semaine. Elle seront à six cent mille francs, l'an prochain, quand on transportera les charbons, et que les habitudes seront prises. Mais il faut aller jusque-là, en versant toujours, et il y aura un versement de douze mille francs en 1848, dans les trois premiers mois. Oh ! comme je voudrais pouvoir gagner beaucoup d'argent et pouvoir acheter deux cent soixante-

1 La Sainte-Anne, qui tombe le 26 juillet. Voir plus loin, p. 349.

quinze actions pendant cette baisse! Tout serait réparé. Je pourrais tout vendre à la première hausse. Voici bien près de cent mille francs que j'ai mis dans cette maison, cent cinquante mille francs, quand j'aurai remboursé Gossart et Rostchild, car tout ce que vous m'avez remis aura fait les versements. Voici trente mille francs de versés, et quatre-vingt-seize mille francs d'acquisition; c'est cent trente-cinq mille francs, que cela représente. Or, pour trouver cent trente-cinq mille francs, qui donnent cette somme et les intérêts, il faut que les actions soient à huit cent cinquante francs, et elles sont à cinq cent soixante-cinq. En achetant en ce moment deux cent soixante-quinze actions, qui coûteraient quatre-vingt-sept mille francs, on aurait cinq cents actions, pour deux cent treize mille francs (cent vingt-six et quatre-vingt-sept), ce qui permettrait de vendre à sept cents francs, et, à sept cents francs, on aurait deux cent vingt-cinq mille francs, c'est-à-dire douze mille francs de bénéfice, et vingt-quatre mille, à sept cent cinquante. Voilà comment les riches ne peuvent rien perdre, tandis qu'en ce moment il y a des gens qui sont, à la lettre, ruinés. Ils vendent à deux cents francs de perte. Aussi regrettai-je bien la maison de la rue *infortunée*. Je vous déclare que si mon cher loup pouvait quoi que ce soit, j'achèterais des actions, et je travaillerais comme un lion, pour payer mes dettes.

Savez-vous que le grrrrand auteur de la grrrrande *Comédie Humaine* compte tous les jours avec sa cuisinière, et qu'il ne dépense en moyenne que un franc cinquante centimes par jour, par tête, et qu'il se prive de tout avec joie, comme vous, de votre côté? Allez, il veut être et il sera digne de son cher *loup*.

Mercredi 28 [juillet].

Hier a été une journée perdue. Il a fallu souhaiter la fête à deux Anne, Mme Gavault et ma mère. Or, Mme Gavault est toujours à la campagne, il s'agit de trouver une jolie bêtise acceptable. J'y mets ordinairement vingt francs. J'ai trouvé deux vases en porcelaine, hauts de cinq pouces tout au plus, de la fabrique qui adossait deux C ainsi, ƆC, mais délicieux et à rendre une femme folle, tant ils sont mignons. Cela surpasse les plus grandes délicatesses du vieux Saxe, et d'un bleu à ravir. C'est deux turquoises creusées. Cela m'a coûté quinze francs. On mettra deux fleurs pour le jour de l'arrivée de Mme Gavault. Puis, j'ai remis quarante francs à ma mère, en la priant de s'acheter ce qui lui fera le plus de plaisir. J'ai dîné chez ma sœur, avec Mme Caraud, qui est à Paris, et qui déjeunera avec moi samedi. J'ai eu pour onze francs de voitures. J'ai vu deux bien délicieuses choses, un groupe en Saxe, chez Chapsal, qui ne valait que trente à quarante francs, et qui est un chef-d'œuvre. Je n'ai rien acheté. C'est la dernière fois que j'entre chez les marchands, avant d'y pouvoir aller avec mon *loup*. Telle est ma résolution.

Enfin, l'inspiration est venue; j'ai *vu* mon sujet pour *le Théâtre comme il est.* Je suis allé annoncer à Bertin qu'il aurait un bel ouvrage et un succès, et il m'a dit ne pouvoir le publier qu'en septembre. Il y a quelque chose d'obligé, la relation de la captivité d'Escoffier [1]. Ça m'a vivement contrarié. Maintenant, il me faut des renseignements sur la vie des acteurs en province, un modèle de leurs engagements, etc. Je vais faire, alors, deux *nouvelles*, pour payer *la Presse.* Comme j'ai dîné hier chez ma sœur, je ne suis rentré qu'à neuf heures et demie. Ce matin, je ne me suis levé qu'à cinq heures et demie et il est sept heures. Il faut vous dire adieu pour aujourd'hui.

Il y a deux ans, Zéphirine, Atala et Bilboquet roulaient vers Bourges, à cette heure, quittant Orléans, et riaient de passer un grigou, qui ne voulait pas leur donner la priorité!

Allons, à demain, et mille caressantes choses, en souvenir du Bœuf et de la Boule-d'Or, où vous avez fait connaissance avec le vin de Vouvray, et où Zéphirine faisait la petite bouche sur l'article Zorzi! et ne voulait pas admettre qu'elle l'aimerait mieux que sa *ch'man* [2]*!* Je lui vois encore les larmes aux yeux, chère petite. Priez Mme Zorzi de regarder, ce soir où vous lirez cette page, son livre de gravures, et d'y regarder les édifices d'Orléans. Je vous apporterai les villes [2], on les a merveilleusement faites. On a fait Valence! Non, le cœur m'a battu en me souvenant des aventures thérapeutiques, et de la promenade, le matin, au bord du Rhône.

Allons, il faut faire taire dame Mémoire; elle est, sur tous ces sujets, excessivement babillarde. Adieu donc.

Jeudi 29 [juillet].

Hier encore, rien fait. J'ai eu Ballard toute la matinée, pour affaires importantes, et il m'a tenu jusqu'à eux heures à me raconter mille choses sur la fondation du journal que vont faire les conservateurs. C'est excessivement curieux. Mais il y a pour moi possibilité d'y placer *les Paysans*, et vous comprenez que j'avais bien besoin de faire en sorte que ce fût un accident de la conversation. Le jeune Ballard n'y va pas de main morte. Il dit que la petite maison de la rue Fortunée vaut, telle qu'elle est, beaucoup plus d'un million. Ah! si quelqu'un voulait le donner, comme il serait pris avec reconnaissance! Je prendrais même cinq cent mille francs, n'est-ce pas? D'ailleurs M. Ramée, architecte du gouvernement, prétend que ce sera facile à trouver. Oh! comme je payerais les cent cinquante-sept mille francs

1. Le trompette Escoffier, du 2e chasseurs, avait été fait prisonnier par les Arabes, le 21 septembre 1843, au combat de Sidi-Yussef. Le récit de sa captivité par Ernest Alby parut en feuilleton dans les *Débats* du 29 juillet au 29 août 1847.
2. C'est-à-dire « Chère maman » prononcé par Anna.
3. Les images symboliques des vingt-quatre villes qui rappelaient à Balzac et à Mme Hanska des souvenirs d'amour. Voir t. III, p. 150.

de dettes, comme je placerais le reste, et comme j'irais me faire intendant, à Pawufka, de Mme la Comtesse Ève, en secouant la poussière de ma patrie, au dernier relais! Si vous avez horreur de Pântin, il faudra bien en venir là. C'est pour cela que je voudrais payer tout ce qui est dû sur la maison, et qui va à la somme de cent mille francs, tout rond.

On vient d'apporter la table du salon; on a été trois mois à la dorer. Mais c'est une crâne chose et digne d'un palais de souverain. Elle pourra décider l'acquisition de votre hôtel, s'il vous déplaît, chère belle souveraine. Je ne sais pas si M. Paillard va m'envoyer le candélabre de mon cabinet.

J'ai tous les jours un peu de fièvre, et je ne puis pas croire qu'avec un caractère énergique comme le mien le chagrin puisse me miner à ce point. Il est vrai que pour des âmes comme la mienne le plus cruel de tous les supplices, c'est d'avoir fait de la peine à celle qu'on aime, et quand je pense à tout ce que mon petit Évelin chéri a souffert et à ce qu'il m'a dit, je sens que ce souvenir, tous les jours plus violent, attaque les sources de la vie.

Adieu pour aujourd'hui; cette lettre partira demain. Je vais dîner, avec Mme Caraud, chez ma sœur, ce soir. Ah! Wolf m'a écrit une lettre qui contient une lettre de change de huit cents francs, payable au 1er mars 1848. Est-ce bien huit cents francs que nous lui redevons, et dois-je le solder à Paris? Il a l'air de ne rien envoyer tant il est, dit-il, chagrin de ce qui est arrivé. Je vais lui retourner un billet de huit cents francs, pour solde de tout compte jusqu'à ce jour.

Mille tendresses.

Vendredi 30 [juillet].

Adieu, je vous envoie aujourd'hui le *journal* fidèle de la décade peu philosophique[1] de votre pauvre serviteur. Vous recevrez le *journal* du 10, de Saché, car j'y resterai jusqu'à ce jour-là au moins. Je pars le 1er août à sept heures du matin. Si je vais dix jours à Saché, c'est pour tenter un suprême et dernier effort contre la langueur qui me tue. Si j'y reprends le courage, la force et la santé, je suis décidé à quitter la rue Fortunée, à prendre une petite mansarde à côté. J'y viendrai tous les jours soigner l'habitation. Mais il me sera prouvé que je ne peux pas vivre là où tout me parle d'un bonheur que je vois ou crois en question. Et si rien ne guérit ce noir chagrin, que je n'ai jamais éprouvé de ma vie, je vous demanderai de me permettre d'aller à Wierzchownia, malgré les inconvénients que vous y voyez, car, alors, il s'agira de vivre!

Hier, j'ai essayé de me distraire, et suis allé à l'Hippodrome, où je me suis ennuyé impérialement. J'ai même souffert d'être là. Puis, je suis allé dîner chez ma sœur. On a fait un petit lansquenet à deux

1. Par allusion à la revue intitulée *la Décade philosophique.*

sous, et j'ai constamment perdu. J'ai perdu quarante francs. C'est trop pour moi; mais j'ai imaginé que ce guignon serait l'indice d'un bonheur ailleurs, et je n'ose croire à du bonheur. Je suis comme engourdi, comme un homme qui se réveille et ne sait où il est. Ma vie est un rêve pénible et j'ai un cauchemar, tout éveillé. Je n'ai qu'un moment de bon dans cette journée si lourde, si pesante, si sombre; c'est celui pendant lequel je vous écris, car mes souvenirs sont tous trempés de l'amertume du moment. Je me suis supprimé toutes mes distractions, car je n'entre même plus chez les marchands de curiosités. Qu'y ferais-je? Tout ce qu'il faut de mobilier est, à quinze ou vingt objets près, complet, et vous croyez que j'ai eu ce goût-là, que c'est un plaisir personnel! Vous me l'avez fait tomber par un mot, et je n'ai ni un regret, ni un souci, excepté de payer les trois mille francs que je dois. Il en est de ce *goût* comme de la petite boîte de Francfort que je n'aurai jamais, car ce serait une répulsion perpétuelle, un coup de canif éternel. Maintenant, je pleure comme un enfant, tous les matins; j'ai la douleur de la bête abandonnée; elle est très muette, elle doit se concentrer. A qui la dire? Où prendre des consolations? Si j'avais la certitude de revoir mon *loup*, tout cesserait peut-être; mais, peut-il me promettre cela? Cette vie est indispensable à ma vie, et telle indispensable, que je ne sais pas si je puis aller jusqu'au paiement de mes obligations. J'ai l'âme encore assez forte; mais le physique est atteint; il y a nostalgie complète. L'air m'est mortel; la nourriture ne me nourrit pas; rien ne me distrait; je ne sais pas ce que j'ai. Je suis déplanté ou dans la mauvaise terre. Je vais donc, après-demain, à Tours, voir si je reprendrai. Dieu le veuille. Même en me lisant, historien de mon propre mal, vous ne pouvez pas en soupçonner l'étendue. Je n'ose pas vous le dire, car vous ririez peut-être de la plus sainte douleur, du désespoir le plus profond que j'aie eu dans la vie, et qui me font souhaiter une maladie mortelle. Ma tête est constamment vide; je la sens sur moi comme quelque chose de creux, de gênant. Je regrette votre sœur, et à mon retour, j'irai voir Lirette. Elle ne se doute pas, Lirette, que les ouvriers ne m'ont pas laissé un jour de libre, et que j'ai encore les peintres et les tapissiers.

Allons, adieu, chère et trop aimée comtesse. Laissez-moi mon soleil bien brillant; qu'il m'envoie ses plus chauds rayons! Dites-moi bien tout ce qui vous regarde et tout ce qui concerne les chers Gringalets aimés, chéris, ces heureux enfants, si doux, si spirituels, si dignes d'être adorés, purs, nobles et sans fautes dans leur vie, et à qui l'on sacrifie tout avec bonheur. Soyez prolixe, ne m'envoyez plus de petite lettre, écrite au moment; soyez bien douce pour l'absent; daignez le connaître mieux que vous ne le connaissez. Aimez-le toujours, car vous êtes tout pour lui, tout! les plaisirs infinis particuliers aux deux loups peuvent être bien souhaités; mais ce n'est pas là la cause de la nostalgie. C'est la communication immédiate, le rayonnement de l'âme sur l'âme, toutes ces mystérieuses choses qui s'étendent par la privation, qu'on s'explique alors et qu'on souhaite avec une ardeur fiévreuse! « Copie, copie, *mon cher Monsieur* », dit le *loup* moqueur, de sa chère petite voix. Oui, copie signée : douleur et amer chagrin, deux collaborateurs qui détruisent la vie!

Je me suis dit ce matin : « Écrivons-lui gaiement, en lui disant adieu » et voilà ce qui est venu sur ma plume! Allons, mille caressantes choses; bien des tendresses au minou, et soignez bien votre beauté, votre santé, toutes ces belles choses privilégiées qui vous font vous. « Elle est si douce », dit Mme Alibert! Je n'ai besoin de vous dire ce que je dis aux enfants. Que Dieu vous donne à tous le bonheur, la paix, et à moi seul les fautes, les chagrins!

Avec quelle précipitation vous m'avez dit de faire la candidature Ballanche! Je ne m'en occuperai pas.

LXXX

A MADAME LA COMTESSE GEORGES MNISZECH, A WIERZCHOWNIA, PAR BERDITCHEFF

[Paris, 25 juillet 1847.]

Ma chère gentille Zéphirine,

Quand notre bon et narquois Georges disait : « Que fait à cette heure M. Aduci ou le prince de Théano? », il proclamait en riant une grande vérité, c'est qu'un des tourments que nous cause une séparation, entre nous et les êtres aimés, c'est d'ignorer les menus détails de leur existence, et, quand nous voyagions, je savais tout de vous, de Zorzi et de votre divine maman. Voilà que je ne sais plus rien. Je sais que vous avez perdu votre oncle, que vous avez des embarras de plus et pas de capitaux, lesquels ont disparu miraculeusement, que Zorzi court les champs. Mais ce n'est pas assez; votre adorée maman ne me dit rien de ce que vous faites. Comment êtes-vous? Que faites-vous? Comment vivez-vous? De grâce, vous qui êtes en dehors de l'administration, à qui, je le suppose, on ôte à l'envi les épines de la vie, comme toujours, et qui pouvez avoir un brin de temps à vous, écrivez donc au pauvre Bilboche une longue lettre, où vous m'expliquerez tout, et comment vous a paru Wierzchownia, après vos voyages et si vous êtes bien heureuse. J'ai beau le supposer et le savoir, je voudrais toujours vous l'entendre dire. Cela me consolerait comme on console un enfant par un chant.

Je suis devenu pis qu'un enfant. Rien ne m'amuse, hors de penser à vous trois. Je ne travaille plus; je n'ai de goût à rien; j'ai toujours vos rires dans l'oreille, et les regards de votre chère maman dans le cœur, comme une lumière, et les plaisanteries de Georges, comme la broderie de l'étoffe. On me surprend disant : « *C'est un pâté de Baveno*[1] *!* » et l'on me demande ce que cela veut dire.

Ma maison est odieuse, la littérature stupide, et je me croise les bras, tandis que je devrais travailler. Aussi, ai-je formé le projet de vendre la maison et tout le *bataclan* (souvenir de Schwab), et de venir m'établir professeur de français, de danse et de belles manières, en Ukrayne, à *un paysan*[2] par mois. Je vais aller à Saint-Pétersbourg, demander du service à Sa Majesté, fût-ce dans la police, en Ukrayne.

Votre chère maman m'écrit très peu, et me défend l'Ukrayne. Ces deux propositions me semblent contre nature. Vous avez donc bien peu de temps à vous, dans cette heure promise du blé, du froment, et autres céréales, que vous n'écrivez point? Du moment où Zorzi soigne les intérêts de sa chère femme, je l'absous; il ne doit pas écrire autre chose que des comptes, et surveiller l'administration, car dans cette surveillance agronomique et industrielle est votre tranquillité, votre bonheur, et j'ai appris cela avec bien du plaisir. D'abord, votre chère maman va pouvoir se décharger du fardeau qu'elle a porté pendant six ans bientôt[3]. Donc, si vous êtes toujours la bonne et gentille, svelte et généreuse Zéphirine qui, vous le savez, repasse dans la pièce[4] les pantalons de la troupe, modèle de dévouement, vous m'écrirez un volume critique, laudatif, descriptif, physiologique et complet sur la capitale, embaumée de fleurs, de vos États. Surtout, sur Mme la Reine Mère, et sur tous les individus qui composent la cour, y compris le Rotschild du pays, l'illustre Halpérine, le Dupuytren M. Knotté[5], les sœurs de Constance, qui est à Paris, car les Wylezynski[6] y sont venus et en sont partis.

Votre tante Aline baigne ses pieds et trempe ses deux filles dans l'Océan, à Granville, et ça a été une perte pour moi, car je causais de vous tous avec elle. Maintenant, pour pouvoir redire vos noms à d'autres oreilles que les miennes, je vais aller chercher Lirette[7] dans son couvent.

1. On se souvient que Balzac et ses trois amis avaient fait ensemble un voyage en Italie. C'est de Baveno, sur le lac Majeur, que l'on s'embarque pour la visite des îles Borromées.
2. On sait que la valeur des domaines en Russie était jadis évaluée en paysans, en âmes. Cette comptabilité forme le sujet d'un célèbre roman de Gogol, *Les âmes mortes*.
3. Depuis la mort de son mari, Wenceslas Hanski, survenue le 10 novembre 1841.
4. La fameuse pièce des *Saltimbanques*, parade de Dumersan et Varin. Cf. *Lettres à l'Étrangère*, t. III, p. 29 et 78. Voir p. 8.
5. Ou plus exactement, Knothé, le médecin de Wierzchownia, que Balzac comparait élogieusement à son *Médecin de campagne* (*Corresp.*, t. II, p. 399.)
6. Séverine et Denise Wylezynska, nièce de Wenceslas Hanski, qui vivaient à Wierzchownia.
7. C'est-à-dire Henriette Borel, ancienne gouvernante d'Anna, devenue visitandine. Voir plus haut p. 77, 311.

Je vais mettre le portrait de Wierzchownia dans mon escalier, en face de la porte d'entrée de *mes appartements*, en sorte qu'à tout moment je verrai le toit rouge[1], la pelouse, l'eau de l'étang, et ce pays où je vis en rêve, tandis que j'existe en réalité dans Paris, désert pour moi et tout à fait inhabitable. Quelle puissance que l'ennui! Quel poison! Voilà la première fois que je le connais dans la vie. On est moins malheureux par l'ignorance du bien, que par le regret de n'en plus jouir. Je me suis tant accoutumé à vous trois, que la vie m'est devenue insupportable, et rien ne peut me distraire. Me voilà comme un chien sans maître, et qui ne veut que celui qu'il a perdu. Comme les affamés qui n'ont pas trouvé à Orta assez de tripe[2] je pique soigneusement les miettes du dîner et je les déguste; je me rappelle les incidents de nos voyages. Ah! si je pouvais les publier. quel beau livre je ferais! Quelle magnifique description que celle de notre visite aux îles Borromées, où jamais la troupe n'a eu plus l'air de ce qu'elle n'était pas!

Allons, adieu, chère gentille fleur du voyage, vous à qui tout le monde sourit, et qui souriez à tout. Soyez bien heureuse; pensez à ne pas laisser votre vieil ami bien sincère, bien dévoué, dont le dévouement ne sert à rien (c'est l'art pour l'art!), à ne pas le laisser sans nouvelles de ceux qu'il aime. Mille tendres choses à votre aimé Zorzi, et dites-vous bien que vous êtes bien regrettés par moi. C'est ajouter à votre bonheur le bouquet du pauvre de la route, qui espère un sou, un regard, en échange de sa prière[3]!

LXXXI

A MADAME HANSKA, A WIERZCHOWNIA, PAR BERDITCHEFF

[Paris, 31 juillet-10 août 1847.]
[Samedi] 31 juillet.

Aucun des effets qui devaient venir n'est venu. Il est huit heures du soir. Lefébure travaille encore à monter le lit blanc et or, et je suis accablé de sommeil. Je vais me coucher.

1. On trouvera une description de Balzac arrivant à Wierzchownia dans la *Lettre sur Kiew* (*Les Cahiers Balzaciens*, nº 7).
2. Sur le lac du même nom, voisin du lac Majeur.
3. On lit à l'intérieur de l'enveloppe de cette lettre : « *La Marâtre*. Personnages : M. de Bordas. Mme de Bordas. Marie, fille de M. Bordas. Juste Verdier, premier commis. Amaury Bonnin, commis voyageur. Jean, valet de chambre. Zéphirine, femme de chambre. » Le nom de Zéphirine, donné à la femme de chambre, est une amicale réminiscence du surnom familier d'Anna Mniszech. Voir p. 313,

Je croyais partir demain dimanche pour Saché [1], et y dîner. J'ai reçu, au moment où je faisais mes paquets, une lettre de lui [2], qui me dit qu'il revient de Vichy et qu'il est obligé pour ses affaires de venir à Paris.

Senlis a apporté l'étagère, et M. Santi est venu m'apporter des mémoires à terminer. Tout cela a pris ma journée. J'ai toujours un peu de fièvre, et un abattement à quitter la vie. J'espère beaucoup de l'air natal.

[Dimanche] 1er août.

Couché hier à huit heures et demie, je me lève à cinq heures et demie et j'ai la fièvre, une petite fièvre qui ressemble à ces pluies fines qui vont toujours. Mes yeux se remplissent de larmes sans cause ni raison. Si mes billets étaient venus hier, je serais parti pour Tours tout de même, et je me serais logé n'importe où, c'est-à-dire à la Boule-d'Or, dans une certaine chambre où mon loup a tant souffert. Comme je me rappelle cela! Cette passion subie pour moi redouble mes chagrins et fait arriver mes sentiments à un degré qui ne peut se nommer que *souffrance.* Je n'aurai pas la force d'attendre à l'an prochain; tout est usé en moi. Le bonheur seul peut me rendre à la vie et à la force de créer. Quand mes chers amis étaient à quelque distance de moi, j'avais encore de la force; mais je suis comme le Lapon : je ne sens plus le soleil; je suis dans les glaces, et tout est comprimé en moi par le froid.

Comment, tant d'amour, tant de luttes, tant d'espoirs, tant de foi, tant de travaux, tant d'affection, de dévouement seraient inutiles! Je vous vois empêtrés d'affaires; je vous vois, vous, moins avancée qu'à Saint-Pétersbourg! Je suis comme le voyageur qui a épuisé ses forces en vue du port.

Je viens de prendre une monstrueuse tasse de café. Je vais essayer du travail, aujourd'hui même.

Adieu, chère comtesse aimée. Dans vingt jours je pourrais être en route, si vous le vouliez, et si nous pouvions envoyer, en février 1848, trente mille francs. Cette dernière chose est peut-être impossible, et alors je dois rester à travailler.

Mille bénédictions enveloppées dans des tendresses infinies. Aimée comme vous l'êtes, pourquoi ne seriez-vous pas heureuse? Je fais tout ce que vous ordonnez. Il n'y a plus de marchands de bric-à-brac pour moi. Je n'achèterai plus jamais rien. J'ai dépensé dans mon mois quatre cent quatre-vingt-dix francs, dont deux cent trente environ de choses qui ne regardent pas la cuisine. C'est un mois cher, car il

2. La propriété de M. de Margonne, en Touraine, près d'Azay-le-Rideau.
3. C'est-à-dire de M. de Margonne. Voir p. 27 et 356.

y a eu cent vingt francs pour les fêtes de la Sainte-Anne[1]. Les gages, et la cuisine pour trois, vont à deux cent cinquante-sept francs. C'est trop cher. Je verrai ce que sera le mois d'août. Tout est écrit.

Le mémoire du peintre est soldé. Il va à quatre mille quatre cents francs. Il y a, en plus, quinze cents francs de dorures, et quinze cents francs de décor. Ainsi, c'est sept mille cinq cents francs pour la peinture, la dorure et le décor. La maçonnerie ira à sept mille cinq cents francs. La fumisterie est réglée; elle va à trois mille cinq cents francs. La menuiserie ira à quatre mille francs. Le couvreur en demande autant. La serrurerie ira à trois mille francs. Au total, je crois que je me tiendrai à quarante mille francs. C'est quatre-vingt-douze mille francs. pour la maison, entièrement restaurée, y compris les glaces. Eh! bien, j'en trouverais fort aisément cent cinquante mille francs, et on la louerait plus de huit mille francs. C'est donc une excellente affaire, et c'est la baisse du Nord qui fait tous nos embarras. On ne peut pas garder les actions du Nord, avoir quarante mille francs encore de vieilles dettes, et faire une maison qui coûte, avec le mobilier, deux cent cinquante mille francs, sans être dans de grands embarras. Ah! si je savais que, vers le 15 février, j'irais chercher mon *loup* à Francfort, à Dresde, ou Breslau, j'aurais bien du courage et je payerais tout, car voilà le fin mot de ma situation. Le mari de la chère Ève peut tout; Noré, seul, ne peut rien. Je n'ai vécu les pieds dans l'encre, assis à une table seize heures par jour depuis 1833[2], que dans une espérance. Otez-la-moi, je suis un homme mort.

Adieu pour aujourd'hui.

Lundi 2 [août].

Chère et bien-aimée comtesse, votre lettre du 5 au 17 juillet est arrivée hier en mon absence, car il faisait si chaud que je ne pouvais rester à travailler, à partir de midi, et je suis allé voir Montmorency par le chemin de fer du Nord, autant pour voir l'embarcadère du Nord[3] et ses dispositions à Paris. J'ai trouvé votre lettre à mon retour, à neuf heures et demie, et je l'ai lue au lit. La dévorante tristesse qui me mine ne s'en est pas diminuée, au contraire. Que ne ferais-je pas pour vous guérir cette maladie de l'âme! J'ai vu avec quelle admirable entente nous vivons, quoique à cette effrayante distance, en apprenant que vous aviez disposé des six mille francs, pendant que la

1. Balzac avait à souhaiter, le 26 juillet, la fête de Sainte-Anne à trois personnes au moins : à sa mère, à la fille de Mme Hanska, à Mme Gavault, femme de son homme d'affaires. Voir plus haut p. 340.

2. C'était l'année que Balzac rencontra Mme Hanska pour la première fois.

3. On trouvera dans la *Lettre sur Kiew* (*Les Cahiers balzaciens*, n° 7), une gravure tirée de *l'Illustration* représentant cet embarcadère en 1847. On y verra également un fac-similé du premier indicateur du chemin de fer du Nord et le détail des conditions de voyage.

lettre où je vous le dis et vous en prie courait la poste. Mais je vois que vous n'avez pas encore reçu celle où je vous ai fait, j'espère, comprendre que *je ne suis pas un collectionneur*, mais un homme qui s'est donné à résoudre le problème de meubler la maison de Sa Divinité avec de belles choses, au prix des meubles ordinaires, la lettre enfin où je vous dis que je n'achèterai plus rien, pas même ce qui serait le plus utile, l'indispensable, du moment où vous croyez que c'est *par goût* et non pour celle que j'aime que je me livre à ces achats. Vous ne trouverez pas une facture, pas une acquisition, pas une dépense à la date de cette lettre. Si vous le vouliez, si la rue Fortunée vous déplaisait, si vous n'en vouliez plus, elle serait vendue aussitôt et je reviendrais à la simplicité *quakerienne :* les murs tendus de perse, à un franc, et le strict nécessaire. Je vois que ce que les femmes savent le moins connaître, ce n'est pas si elles sont ou non aimées, mais le degré auquel elles le sont. Une fois que vous me dites que vous avez horreur de l'encre, que vous êtes malade (et pourquoi?), que c'est le plus grand effort de votre vie de m'écrire, envoyez-moi tous les dix jours cinq lignes, et je vous bénirai comme si c'était une longue lettre. Tant que je n'aurai que ces cinq lignes, je souffrirai moi-même de tous vos maux, je les comprendrai, je les devinerai, je vous les panserai à force de tendresse, de dévouement et d'abnégation. Pardonnez-moi donc ce que je vous ai écrit sur le peu que vous écrivez et sur la rareté de vos lettres; je voudrais vous écrire des excuses à genoux tant je me trouve mauvais d'avoir grondé une angélique nature comme celle d'Atala, qui fait tout bien et qui doit avoir raison dans tout ce qu'elle fait.

Ainsi, chère petite fille, mettez dans votre belle et sublime tête que Bilboche n'a rien acheté depuis la lettre et le serment, et qu'il ne l'enfreindra pas, quand même il trouverait pour trois sous une chose de cent mille francs. Vous ne l'avez pas compris, et, pardonnez-moi de gronder une souffrante, vous ne le comprenez pas encore. Vous vous occupez beaucoup de petites taches de rousseur ou de signes, et vous ne voulez pas vous plonger dans l'infini de mon cœur, qui, sachez-le bien, est tout à vous et irréprochable, pur comme le bleu du ciel. Enfin, assez sur ce sujet. Vous le saurez un jour. Mais il ne convient pas à M. de Balzac de trop parler de *Bilboquet*. Après tout, je mérite tout de vous pour ma sottise. Mais j'en meurs de chagrin.

Dès que j'aurai fait face à mes obligations, je serai en route pour Wierzchownia. Je ne peux pas vous savoir dans des dangers, et n'y pas être.

Maintenant, laissez-moi vous dire et vous écrire que si, marchant dans la rue, un gamin qui joue éclabousse votre robe, que si, à Toulon, un forçat vous l'avait salie, même en voulant vous insulter, vous ne devez pas plus être atteinte que si cela n'avait été. Ceux qui jettent de la poussière au soleil ne l'atteignent pas. Vous vous exagérez les œuvres et la portée d'une folle furieuse[1]. Vous devriez ne plus penser à cela.

Je prévois de si grands dangers pour vous, que je ne vis pas. Je me demande si vous et vos enfants aurez le temps de réaliser vos projets. Selon moi, l'incendie gagne. D'ici à peu de temps, souvenez-vous de ce que je vous dis, l'Italie aura commencé l'insurrection; mais ce sera terrible, car vous ne vous figurez pas le chemin que fait le communisme, doctrine qui consiste à tout bouleverser, à partager tout, même les denrées et les marchandises, entre tous les hommes, considérés comme frères. Vous savez quelles sont mes idées sur la répression; je ne trouve que la mort à infliger à de pareils apôtres, qui préparent une conflagration générale. Le communisme agite la Suisse; il agite l'Allemagne; il va soulever l'Italie, et nous verrons de belles choses! Enfin, nous ne pouvons que nous soumettre aux événements. Comme vous n'avez pas de journaux, vous ne savez pas ce qui se passe. Le Pape a institué la garde nationale à Rome et tend à donner le gouvernement aux laïques. C'est toute une révolution dans les États de l'Église. Pauvre homme! C'est comme le roi de Prusse qui avait le bonheur de gouverner un peuple sans constitution, et qui fait la bêtise de lui en donner un semblant, et qui trouve moyen de mécontenter son peuple et ses deux alliés! Il faut étudier la marche d'une constitution pour en avoir horreur. Si vous saviez à quels hommes l'élection est descendue en France, et par qui nous sommes, non pas *gouvernés*, mais *administrés!* C'est à dégoûter d'un pays. Enfin, l'Europe est folle de bourgeoisie. On ne peut pas se mettre en travers de son siècle.

Votre lettre, que je viens de relire (car, pour moi, les caractères que vous avez tracés, continssent-ils mon arrêt de mort, ont des *charmes* pour moi; je les regarde des heures entières; il en sort des torrents de choses bienfaisantes), cette lettre ne peut que m'attrister encore; il ne peut pas en être autrement. Mais je me suis accroché aux dernières lignes.

Hélas! maintenant la question financière m'empêche de voler en Ukrayne. Mais je vois que j'y peux venir, et je vais travailler de manière à y être en janvier. Il s'agit de gagner quarante à cinquante mille francs. C'est ce que je vais faire.

Récapitulons. Vous ne devez pas avoir le plus léger souci sur l'article des achats. J'espère que vous, qui mettez en doute certaines choses (sacrées, néanmoins, à l'article phâme) vous croirez à ma parole, en ceci. Mais il ne s'agit pas de vous, il s'agit de moi, d'une promesse que je me suis faite à moi-même et que je tiendrai jusqu'au jour où mon loup pourra veiller aux acquisitions nécessaires. Quant à l'autre chose, tout est fini; vous n'avez aucun souci à avoir. On ne peut pas

1. Allusion aux menées de l'ex-gouvernante de Balzac, la voleuse de lettres.

empêcher un fou, et, à plus forte raison, une folle, de faire des folies. Aucun pouvoir humain ne peut empêcher un assassin de s'embusquer et de tirer un coup de pistolet à un passant. Mais tout est fini, et si j'ai des doutes sur la *remise intégrale* des lettres, j'aurai bientôt éclairci la chose, et la délivrance des fonds ne se fera qu'après ma certitude.

Pourquoi seriez-vous soumise donc à cette idée fixe? Je vous en conjure, oubliez tout cela; n'ajoutez pas à mon sérieux et immense chagrin, à mon effroyable nostalgie, à une solitude qui me tuera si elle dure. Maintenant je vais être soutenu par l'idée que je travaille pour vous aller rejoindre. Dans six mois, ce sera sans danger. Tous mes payements nécessaires seront finis, et je serai, dans les premiers jours de mars, avec ma chère troupe.

Ne m'écrivez plus de niaiseries sur votre inutilité! Est-ce inutile que d'être *indispensable* à la vie, à la force, au bonheur d'un être? Vous parlez de *jeunesse*, de personnes belles et fraîches, *ma chère dame;* vous êtes à huit cents lieues, et vous vieillissez de ces huit cents lieues. Vous serez recherchée jusque-là, car vous n'êtes pas impunément *adorable et incomparable*, comme dit Annette. On vous aime absolument, et vous seriez plus vieille de dix ans, ce serait de même. Laissez-moi ma constance, et gardez vos déclamations. Je vous prouverai que nous serons toujours au 23 septembre 1833. Je ne fais pas un pas dans cette maison sans vous trouver. En faisant ma toilette, je vois l'île Saint-Pierre, datée par cette chère enfant, et Saint-Pétersbourg : 1833 et 1843. Dans mon lit, il y a un charmant bénitier et, au-dessous, la miniature de Vienne[1]. Vous m'entourez de tous côtés, et maintenant je vais travailler avec un courage inouï, comme en juillet 1843[2]. Que Dieu bénisse mes travaux!

Allons, voici une longue causerie. J'attends mes effets à payer, et je ne les vois pas venir. Il est dix heures et demie. Je répondrai demain ou après, à la gentille et adorable Zéphirine.

Croiriez-vous qu'il faut encore cinq à six jours de tapissier? Rien ne finit. Mais je ne pousse rien aussi, faute d'argent.

Pour travailler, je vais m'installer dans la coupole, où il fait frais, pour dormir et pour écrire. Mille tendresses à mon Ève, et surtout à mon minou bien regretté; mais, soyez tranquille, le bengali n'existe pas; le chagrin est si intense que toute ma vie s'en va en tristesses. J'invoque le travail à grands cris. Ici, tout y est favorable, le silence est comme au désert. De tous côtés, des arbres, l'air est pur. C'est admirable, il y manque tout : mon Ève, et ma Line, et ma Linette et la petite fille, et tout ce qui fait la vie : les personnages aimés!

Allons, adieu.

1. La miniature de Mme Hanska, par Daffinger, faite à Vienne, en 1835, pendant le séjour de Balzac, et reproduite au frontispice du premier tome des *Lettres à l'Étrangère*.

2. Au moment où il se préparait à partir de Paris pour rejoindre Mme Hanska à Saint-Pétersbourg.

Mardi [3 août].

Tout le papier que j'ai coupé et arrangé pour faire des manuscrits s'en va, chargé de correspondance et de tendresse, se déplier à Wierzchownia sous vos yeux, comme une fleur qui mettrait quinze jours à éclore, et qui verse ses parfums et ses couleurs à des yeux et à un petit nez choisis, ce qui est un destin supérieur à celui d'être déchiqueté et sali entre des mains de compositeurs. Je viens de me dire cela en prenant encore cette feuille au tas de papier destiné à la copie.

Hier, les billets sont venus assez tard. Le garçon de la Banque m'a fait la gentillesse de me dire que, voyant ma signature, et étant surchargé de besogne, il s'était dit « que c'était aussi bon lundi que samedi ». Servais est venu et Gérard, le maçon, qui a un effet Chlendowski, qui n'a donné qu'un acompte. Enfin, toute ma journée a été perdue et le tapissier n'est pas venu. Lefébure est plus ennuyeux que tous les autres. Mais, quand on a le cœur gros, comme je l'ai, quand on a le spleen que j'ai, toutes les petites contrariétés ne signifient rien.

A quatre heures, je suis sorti pour aller voir le Château Rouge et je ne suis pas allé au Château Rouge. J'ai flâné, j'ai dîné chez un restaurateur et suis allé voir ce que c'est que le Concert-Spectacle, où il y a un Italien qui imite à s'y tromper, dit-on, Jenny Lind, ce grand puff allemand en jupons. Elle a refusé de venir à Paris. Je me suis couché à minuit, et me voilà, depuis huit jours bientôt, *desheuré*, car je m'étais arrangé pour prendre la vie de Saché. Voilà, chère Line, l'histoire de ma journée physique, car, le moral, vous le savez : c'est vous, et toujours.

Ah! le petit horloger de Passy est venu aussi pour placer deux consoles que je lui avais commandées avant mon serment, et qui doivent supporter et qui supporteront les deux figures chinoises; la Patience et le Produit. Tout cela était destiné à faire sourire un visage adoré. Mais maintenant comme je vous l'ai dit, ici tout m'attriste; je n'y souhaite plus rien; les belles choses qu'on y apporte me trouvent insensible; je ne presse plus personne et les marchands sont comme s'ils n'existaient pas. Jusqu'à ce que mon âme soit revenue, je n'entrerai pas dans une boutique, et votre dernière lettre sera cause que je n'achèterai plus jamais rien de ma vie. Mais les femmes sont ainsi faites que si (ce qui sera), je n'achète plus jamais rien, vous ferez honneur à cette sagesse de mon caractère, et vous direz que j'avais une manie et que je l'ai domptée. Si vous y voyez une preuve d'affection, cela m'est encore égal. Votre Majesté excepte-t-elle de l'interdiction un meuble en vulgaire acajou, pour mettre mes souliers et mes bottes, et un autre, pour mettre mon linge, dans le cabinet de toilette? Si c'est une infraction, je continuerai à mettre les souliers dans les jardinières de l'escalier, car je me refuse des fleurs; c'est trop cher. Je n'écris pas, je ne gagne rien; je n'ai pas le droit de dépenser. Mais l'amour de Wierzchownia, le désir inouï que j'ai d'y passer l'hiver, vont me rendre la verve et l'inspiration.

Le Nord baisse toujours. Il est à cinq cent soixante. Il a vu cinq cent cinquante-huit.

Il est onze heures; je n'ai rien écrit et n'ai pas la moindre envie d'écrire. L'abattement est plus grand encore dans le cerveau que dans les nerfs et la personne.

Mercredi [4 août].

Il est trois heures et demie du matin; je me suis couché hier à six heures et demie et j'ai dormi. C'est le plus grand signe de lassitude chez moi. J'ai dormi, comme si j'avais travaillé comme à la rue de Berry!

J'ai passé ma journée à lire Voltaire : *l'Essai sur les mœurs*, et à penser à la troupe, et surtout à la divine Atala.

Je viens de mettre des bougies dans les flambeaux, de faire mon café, et je vais essayer de reprendre le travail de nuit. Il faut tant d'argent! Je ne puis partir qu'après avoir gagné soixante mille francs. Si vous me voyez arriver, vous pourrez vous dire que j'ai fait des miracles. Ce sera plus extraordinaire que le voyage de Saint-Pétersbourg. Mais aussi l'affection a grandi depuis.

Allons, adieu pour aujourd'hui. Je vais essayer de me mettre à l'ouvrage. Le café est pris, voici le jour; il va faire une affreuse chaleur, car il fait frais et le ciel est sans un nuage. Mille caressantes choses. Vous voyez comme je suis sage : je n'ai fait ni l'escalier, ni la pièce pour sécher le linge et mettre les malles. Mais celle d'en haut, la pièce de la *fumerie* se fera et sera très bien avec le tapis de mon cabinet de Passy, et toutes mes acquisitions de jeunesse. Mais que me fait tout cela! Vous ne savez pas, vous, ce que c'est qu'une maison vide. Vous avez votre chère Annette, et Georges auprès de vous. Moi, je n'ai rien, et j'ai, de plus, une cruelle ennemie : c'est une imagination qui agrandit tous les chagrins, comme elle m'agrandit les plaisirs. J'ai sur ma table la carte de l'Hôtel de l'Écu, de Genève, et la gravure du pont d'Heidelberg. Je me promène sur ce pont vingt fois par jour; j'entends tout ce que vous m'y disiez; je vous vois, le soir, me disant adieu dans cette chambre de la Cour de Bade.

Non! Je serai à Wierzchownia en janvier! Attendez-moi. Je ne peux plus regarder sans larmes une seule des grandes petites choses qui me rappellent ma chère Linette. Ah! ne dites pas, ne pensez pas, que j'ai une passion, une manie! Je n'ai qu'un amour dans l'âme et c'est ma vie!

Adieu.

Jeudi [5 août].

J'ai dormi tard; je ne me suis levé qu'à six heures et demie. Je commence à espérer que le travail viendra, voici pourquoi : depuis le mois de mai je n'ai pas su ce que c'était que l'appétit, et, hier, j'ai mangé pour la première fois avec plaisir. Est-ce un signe de retour à la santé de l'âme, est-ce la fin de cette profonde et dévorante nostalgie, ou n'est-ce qu'accidentel? Je n'en sais encore rien.

Ce matin, mon découragement est le même; je ne me sens pas de force morale. Remarquez que rien ne me distrait, car je ne dirai pas : m'amuse. Je n'ai pas même envie d'aller au théâtre; j'y vais en désespoir de cause, quand j'y vais. Je ne me sens plus d'âme. Je n'ai pas envie de flâner, et depuis que je me suis *interdit* d'entrer chez les marchands de curiosités, je me suis ôté la seule petite occupation qui ressemblait à de l'occupation. Si je veux penser à un sujet, les idées s'enfuient; je ne peux pas concentrer ma pensée. Hier, j'ai lu *l'Essai sur les mœurs;* je me suis endormi dessus. Je comprends que la mort volontaire soit le dénouement de cet état, quand il se prolonge. J'espérais beaucoup de la Touraine. Il n'y a qu'une seule chose qui me donne des heures quasi heureuses, c'est de revivre, par la pensée, dans certains jours du passé, qui reviennent avec une fidélité d'impression, de netteté de mémoire surprenantes. En fermant les yeux, j'y suis. Et c'est souvent des choses en apparence puériles; c'est la position rêveuse où vous étiez, une attitude. J'ai des trésors dans ces souvenirs, mais je ne suis pas assez riche pour m'y livrer. Bientôt le besoin arrivera, car tous les vingt-deux mille francs de Rotschild seront épuisés le 15 de ce mois, et j'en dois encore dix mille qu'il faut gagner. Je suis épouvanté, mais mon cerveau, la faculté de faire, s'en moque. Ce divorce de la raison et de l'imagination est quelque chose de curieux à observer.

Allons, mille tendresses et adieu pour aujourd'hui. A demain.

Vendredi [6 août].

Hier, je suis allé porter trois cent cinquante francs chez Rotschild, pour compléter le versement et reprendre mes actions. Mais les actions ne sont pas encore terminées, car on échange en ce moment les *promesses* d'actions, contre des actions définitives. Les actions sont au porteur et se transmettent de la main à la main, sans transfert, ce qui est plus commode. Ils m'ont envoyé mon compte. Ils me prennent cinq pour cent d'intérêt. Il faut donc nous délivrer promptement de ces cinquante mille francs empruntés sur les actions. J'ai fait des courses; j'ai remis deux mille cinq cents francs à *la Presse*, et je suis allé chez M. Margone, qui déjeune ce matin ici. Je lui ai offert naturellement à déjeuner. Le Nord baissera jusqu'au pair. Il est à cinq cent quarante-sept aujourd'hui.

Je souffre des douleurs intolérables du diaphragme, et c'est incessant. Autrefois, j'avais des trois attaques dans les vingt-quatre heures; maintenant je compte les moments pendant lesquels je ne souffre pas. C'est évidemment le chagrin. Je commence à souffrir d'étranges douleurs au cœur, à la pointe.

Adieu, l'on m'annonce M. Margone [1]. Je me suis levé tard.

Samedi 7 [août 1847].

Hier, M. Margone est resté de dix heures à trois heures; à trois heures, Moret [2] est venu et m'a tenu jusqu'à cinq heures, et j'ai voulu aller voir une première représentation. Il a été impossible d'avoir une place. C'était à la Gaîté [3]. Les journalistes viennent tard; tout était vendu. J'ai appris là, par un acteur de l'Ambigu-Comique, que Frédéric Soulié [4] meurt d'une hypertrophie du cœur. Le sang ne circule plus et les jambes sont très enflées. On s'attend à sa mort de jour en jour. Ce sera une perte. Cela m'a saisi, car je crois aussi à une hypertrophie du cœur chez moi!... Si je n'avais pas les obligations d'argent qui pèsent sur moi, je partirais à l'instant pour Wierzchownia. Mais je ne puis pas partir avant d'avoir trouvé trente à quarante mille francs : les dix mille francs dont je suis en retard, puis les vingt mille francs à payer en février; et je resterais sous le coup des cinquante mille francs dus à Rostchild et à Gossart [5].

Vous m'avez beaucoup grondé, dans ces derniers temps, d'un sentiment bien naturel, car il est chez tous les animaux. C'est celui de préparer un nid, de l'orner, de le rendre joli, de faire qu'on aime son chez-soi. Vous m'avez accusé d'aimer démesurément le bric-à-brac tandis que ma manie consistait à trouver des meubles d'une valeur réelle, et artistiques, à un prix inférieur où sont les meubles de pacotille, en acajou vulgaire. J'ai mis tant de prudence à cette œuvre difficile que je n'ai rien de complet encore, et qu'il faut encore acheter, pour tout terminer. Ainsi, je me suis arrêté. M. Margone a été stupéfait, et a dit que personne, à Paris, n'était installé comme cela. Lui, la raison et la froideur même, a trouvé que cinq à six cents mille francs ne payeraient pas cette charmante demeure. Eh! bien, entre

1. M. de Margonne, dont Balzac estropie toujours le nom, était un vieil ami de sa famille et le propriétaire du château de Saché, près d'Azay-le-Rideau, où le romancier vint plus d'une fois travailler au milieu du calme des champs. Le pays de Saché est le pays du *Lys dans la Vallée*. V. p. 27 et 348.

2. Moret, que Balzac, dans *le Cousin Pons* (édition L. Conard, XVIII, 143), déclare « le plus habile de nos restaurateurs de tableaux ». V. p. 253 et 275.

3. Où l'on jouait ce soir-là *la Nonne sanglante*.

4. L'auteur de *la Closerie des Genêts*, mort, en effet, le 27 septembre 1847 de la même maladie dont, en 1850, mourut Balzac.

5. Voir p. 29, 50.

nous, j'ai là les mémoires acquittés et je sais parfaitement ce que je dois encore. Tout cela ne coûte pas plus de deux cent vingt mille francs, dont voici le compte :

Maison	Fr.	52.000
Intérêts		1.000
Fabre[1]		12.000
Paillard[2]		8.000
Réparations et embellissements		48.000
Acquisitions, an 1845		20.000
— an 1846		40.000
— an 1847		40.000
TOTAL	Fr.	221.000

A cette somme il faut ajouter les acquisitions de mon *loup*, qui ne vont certainement pas à neuf mille francs, et je ne compte pas ma bibliothèque, et les trente mille francs de mobilier que j'avais antérieurement à 1845, et que j'ai réuni. Mais tout cela ne fait pas, en tout, plus de trois cent mille francs, et la maison de la rue Fortunée en représente le double, avec tout son mobilier. D'ici à quatre mois, j'aurai diminué ma dette actuelle d'environ cinquante mille francs. Je ne devrai plus que cent mille francs, et j'aurai, intactes, les actions du Nord, qui sont le *trésor-louloup*[3] augmenté, auquel, loin d'avoir touché, j'aurai donné le dernier versement, et j'aurai la maison de la rue Fortunée. Est-ce d'un dissipateur, cette conduite? Est-ce d'un maniaque? Bien certainement, ceci fut fait pour nous deux, et l'amour des curiosités n'y est pour rien. Si quelque chose est changé à nos plans, la rue Fortunée, achetée uniquement à cause de la chapelle[4], sera vendue incontinent, sans un regret votre estime, votre affection et une mansarde me suffisent. Je compte tous les jours avec ma cuisinière, et nous vivons à cinq francs par jour, en moyenne. Notre plus grande faute a été le placement dans le chemin du Nord, car il y faut rester encore deux ans, et verser encore trente mille francs. La hausse ne peut revenir que par l'exhaussement des recettes, quand on fera cinq cent mille francs par semaine[5]. On est à trois cent vingt mille francs; il faut monter de cent quatre-vingt mille francs. Si nous avions en ce moment soixante-huit mille francs à employer en actions, nous serions sauvés, car nous aurions une moyenne excel-

1. Fabre, marqueteur, 37, rue des Saints-Pères. Voir p. 249.
2. Paillard, fabricant de bronzes, 3, rue de la Perle. Voir p. 105.
3. Balzac désignait sous ce nom le petit capital dont Mme Hanska lui avait confié la gestion. (*Lettres à l'Étrangère*, t. III, p. 116). Voir p. 13.
4. La chapelle Saint-Nicolas, où l'on accédait directement de la maison de Balzac, par une tribune de plain-pied avec les appartements. Cette chapelle a disparu ainsi que la « Folie-Beaujon » elle-même. Sur l'ancien emplacement s'élève aujourd'hui la Fondation de S. de Rothschild (11, rue Berryer). Voir p. 56, 95, 309.
5. A l'automne de 1847, le trafic du chemin de fer du Nord se chiffrait chaque jour par cent trains et environ trois mille voyageurs.

lente. Nous diminuerions le prix d'acquisition de cent soixante-dix francs par chaque action. Les distances et les formalités nous tuent.

Dimanche 8 [août].

Hier, je suis allé au Vaudeville, pour y chercher quelques renseignements pour faire mon ouvrage sur les comédiens [1], et je n'aurai mes pièces et tout que mardi, à l'Opéra-Comique, où j'ai rendez-vous avec un vieux comédien qui a roulé partout en province. J'ai causé quelque temps avec la petite Figeac-Kolinski [2]. Vous ne sauriez croire comme ces poupées sont bêtes. C'est effrayant. Quels sont les hommes qui peuvent vivre avec ces pauvres créatures-là !

Ce soir-là, il est arrivé l'une de ces cruautés particulières à la scène. Nathalie [3], je ne sais si vous l'avez vue jouer, venait de perdre sa nièce. Deux heures après, il fallait jouer, et elle a joué. Mais il y a eu une demi-heure d'entr'acte, car elle pleurait et oubliait le spectacle. La Figeac, qui *sabrait* le spectacle pour aller voir trois ou quatre tableaux des *Girondins* [4], était au désespoir, et elle s'est tue quand elle a su que sa camarade était dans la peine. Apprenant cela, je suis allé voir jouer, dans la salle, Nathalie, *qui a très bien joué* [5]. N'est-ce pas extraordinaire que pour la seule fois que je vais dans un théâtre depuis le jour où je suis allé parler à Lockroy [6], il s'y passe ce drame-là ?

Je suis revenu tard, je me suis couché à minuit et, ce matin, j'ai dormi fort tard. Rien ne m'amuse, le spectacle m'a ennuyé.

Ce matin, je reçois la lettre de notre bon Zorzi, qui m'a fait un bien grand plaisir, car il y a quelques lignes qui vous concernent. J'ai lu que vous faisiez de grandes promenades avec Anichette. Je puis dire que je me suis comme promené avec vous. Oh ! vous me verrez avant peu à Wierzchownia. On vous annoncera un étranger, et ce sera Bilboquet et son dragon [7].

Allons, je vais écrire à Zorzi et à Zéphirinette.

1. Cet ouvrage qui ne fut jamais terminé devait porter le titre : *le Théâtre comme il est.* Balzac n'en composa que le début (un fragment de quelques pages, écrit à Wierzchownia en décembre 1847). Voir H. de Balzac, *la Comédie Humaine*, édition de La Pléiade, t. X, p. 1055-1060.

2. Augustine Figeac (1823-1883), qui avait participé, à la Porte-Saint-Martin, le 14 mars 1840, à la première et unique représentation de *Vautrin*, pièce de Balzac, où elle tenait le rôle d'Inès de Christoval. Cette charmante actrice épousa, sur le tard, Jules Jaluzot, le fondateur des magasins *Au Printemps.*

3. Mlle Zaïse-Nathalie Martel, dite Nathalie (1816-1885), qui débuta à l'Odéon, en 1837, et termina sa carrière en jouant les mères nobles à la Comédie-Française.

4. Chant patriotique (intercalé par Alexandre Dumas et Auguste Maquet dans *le Chevalier de Maison-Rouge*, représenté au Théâtre Historique) et dont le fameux refrain : « Mourir pour la patrie, c'est le sort le plus beau, le plus digne d'envie » devait, l'année suivante, en février 1848, retentir avec tant d'éclat sur les barricades.

5. *Le Dernier Amour*, de Léon Guillard.

6. Administrateur du Théâtre-Français.

7. C'est-à-dire avec son domestique Munch, un ancien dragon. Voir p. 278.

Lundi 9 [août].

Rien ne change dans les conditions de ma pauvre cervelle; elle est inerte, elle est de bois. Je n'ai plus de café; ce matin je n'en ai pas pris. Je suis de plus en plus désespéré, sans force et sans appétence, ni cérébrale, ni gastrique. C'est la plus étrange atonie que j'aie eue dans ma vie. Elle est en raison du bonheur que j'ai eu, je crois. La dose de bonheur avait dépassé la mesure de mon âme; elle n'y suffisait pas. C'était l'idéal réalisé, mon rêve de bonheur accompli. Et tout cesse, je ne suis sensible à rien. Le Nord est à cinq cent trente-six francs, je n'y pense pas, et nous sommes à trois cents francs, par action, au-dessous du prix d'acquisition. C'est soixante mille francs de perte, s'il fallait réaliser. Rien ne m'émeut, tout m'obsède. La plus petite action, celle de ranger, de surveiller, me fait peur. Je dors à tout moment, comme accablé. La vie ainsi est un supplice; elle est insupportable. Moi, qui avais des sujets à traiter par douzaines, tout s'est envolé. La ruine arrivera, mais j'y suis insensible. Je vais essayer, ce soir, d'aller voir une pièce nouvelle.

Enfin, mes douleurs d'estomac empirent de telle façon que je ne peux plus continuer ainsi. Maintenant, elles me laissent après les accès de telles lassitudes, de telles dépressions, que je suis brisé comme si j'avais subi la torture, et chaque repas est suivi d'une crise. Il va falloir consulter sérieusement.

Allons, je ne sais pas pourquoi je vous dis ces choses si tristes, moi qui ne voudrais ne vous apporter que du bonheur. Il me semble que si vous alliez bien, si je le savais, si vous me désiriez, tout irait mieux.

Mardi 10 [août].

Hier, j'ai vu la plus exécrable pièce du monde, au Boulevard [1]. Il me semble que le moment est bien favorable pour se mettre à faire du théâtre. Mais pour faire du théâtre, il faut avoir sa tranquillité pour un an, et je ne l'ai pas pour six semaines.

Aujourd'hui, cette lettre partira pour vous aller chercher, vous dire tous mes chagrins, à vous qui êtes toute ma joie et ma seule vie possible. Croyez-moi, c'est une pensée tuante que de se voir séparés, après cinq ans [2] de possibilité pour une réunion si vivement souhaitée et, quoi qu'il arrive, il faut ne plus vous quitter, ou je crains, de mon côté, quelque malheur que je ne m'explique pas. Chaque jour mes douleurs nerveuses s'accroissent, elles s'accroissent en raison de mon chagrin. Elles seront doublement intolérables d'une semaine à une autre. Cette maison me tue, et il n'est pas impossible

1. *Léa*, ou *la Sœur du Soldat*, par J. Bouchardy et Paul Foucher.
2. Allusion à la possibilité de se remarier, Mme Hanska étant veuve depuis 1841.

que je la quitte et que j'aille travailler dans un coin à côté. Elle me dit trop ce qui devrait être et ce qui n'est pas, pour que j'y vive.

Pardonnez-moi de vous affliger, car je sais que vous devrez être en Ukraine pour vos affaires. Mais je vois toutes les raisons que vous avez de faire tout ce que vous faites, et mon cœur n'entend rien. Je me dévore de chagrin; rien n'y fait. J'ai les plus violentes raisons de rester ici, de travailler pour *vivre*, pour payer mes dettes, et la nature du mal est plus forte que la raison et que mon énergie. J'ai essayé de combattre : je ne combats plus. Je me laisse aller à l'incessable paresse du chagrin. Le cerveau ne répond à aucun sentiment, à aucun coup d'éperon. Je bénirais une maladie mortelle, et je me plais à mes souffrances d'estomac. Le mal est au comble, car j'imagine que tout guérirait si je partais. Mais, pour partir, il faut quinze mille francs, et je n'ai pas la force de faire, d'inventer, d'écrire un ouvrage pour les gagner. C'est, comme je vous le dis, le mal au comble.

Allons, adieu, chère et bien chère Espérance de toute ma vie; seul sentiment, seul être, seule chose, par lesquels je vis encore. Oh! je vous en supplie, aimez-moi bien.

Où cette lettre vous trouvera-t-elle? Chez votre sœur Pauline [1] où Zorzi m'écrit que vous allez, et où vous devez aller si vous y pouvez faire du bien, ce dont je doute, si votre sœur Pauline ressemble à Aline [2], qui est égoïsme et vanité. Mon Dieu, vous êtes un ange, et votre présence seule donne la vie et le bonheur. Heureux ceux qui vivent près de vous! Je vais faire tous mes efforts pour être un de ceux-là. J'attends le 15 de ce mois pour faire mes comptes, et voir comment je puis réaliser le seul projet qui soit le remède à tous mes maux : vivre près de vous, et aller vous rejoindre pour ne plus vous quitter.

Adieu; je vous écris ces lignes en souffrant les plus affreuses douleurs d'estomac. Je prends et je quitte la plume à tout moment. J'ai mis trois heures à écrire ces trois pages, et je vais me coucher, avant de porter cette lettre à la poste.

Allons, mille tendresses; soignez-vous bien, pour l'amour de vos enfants, et pour moi, qui, sans doute, ne suis qu'en dernier, quoique je vous aime plus que tous ceux qui vous aiment, ensemble. Peut-être aurai-je vaincu tant de douleur et de chagrin, et travaillerai-je dans la période de dix jours qui va suivre. Il faut l'espérer.

Allons, mille tendresses, enveloppées de respects et de vœux pour que vous alliez bien d'esprit, de cœur et de corps. Ah! que Dieu nous protège! Jamais nous n'en avons eu tant besoin. Encore mille tendresses, de celles que vous savez, et que je ne peux que vous envoyer en idée!

1. Mme Riznicz.
2. Mme Moniuszko.

LXXXII

A MADAME HANSKA, A WIERZCHOWNIA, PAR BERDITCHEFF

[Paris, 12-20 août 1847].
[Jeudi 12 août.]

Chère comtesse, je reçois à l'instant (dix heures et demie) votre bonne longue lettre du 30 juillet. (Je ne sais pas si vous datez de notre style [1]). Elle aurait mis treize jours à venir. Ah! si l'on peut aller en treize jours chez vous, j'y vais [2]. Tous ceux qui me voient me disent : *partez!* Je ne vis plus! L'intensité de mes douleurs d'estomac est au comble. Elles me font souhaiter la mort, et je ne travaille pas encore!... J'ai un tel fanatisme pour mes obligations que je vais essayer et, si je puis partir, je partirai, car il me faut gagner quinze mille francs pour pouvoir partir. Quand on est attaqué là où je souffre, on ne craint ni le froid, ni la neige, ni les obstacles. Depuis deux heures que je lis et relis votre chère lettre, il me semble que je vais mieux. J'ai senti le contre-coup de votre mieux; mais ce n'est pas la santé. Pour moi, la vie, la santé, c'est là où vous êtes. J'ai fait l'état de la caisse, et je suis de dix mille francs en arrière.

Votre monosyllabe à l'endroit de Noré avait porté jusqu'ici. *Je le savais*, et je m'étais dit en apprenant cela que, s'il y avait de la vérité, je serais instruit le premier, en sorte que, sans fatuité, je restais sans inquiétude à cet égard. Toute ma douleur était causée par votre état de santé, par une absence intolérable. *Je passerai l'hiver chez vous*, soyez-en certaine, et ma vie, si vous voulez. Je partirai en octobre, et j'y serai le 15, au plus tard, si je puis arranger avec ma Line l'affaire du paiement de février. Sinon, il n'y a ni voyage possible en octobre, ni avec M. André [3], car j'aurai vingt-cinq mille francs à payer à la fin de février 1848, sans compter Rostchild et Gossart, qui font 51.000 francs, avec les intérêts compris. Ce sera un assez grand tour de force que de gagner vingt mille francs d'ici octobre, pour payer ceci. Voyez le joli compte :

Presse [4].	Fr.	2.750
Emprunté.		4.640
A divers.		3.000
Vivre.		1.000
Voyage.		5.000
Billets et intérêts de trente-deux mille francs.		2.400
Fessart.		2.000
TOTAL.	Fr.	20.790

1. Et non d'après le calendrier russe.
2. Un mois plus tard, Balzac effectuait ce voyage en huit jours : parti de Paris le dimanche 5 septembre 1847, à huit heures du soir, il débarqua à Wierzchownia le lundi 13, au coucher du soleil. (*Les Cahiers balzaciens*, n° 7).
3. Le comte André Mniszech, frère du gendre de Mme Hanska.
4. Journal où Balzac venait de publier, du 13 avril au 14 mai, *la Dernière incarnation de Vautrin*.

Ceci payé, restera : vingt mille à Gossart, trente mille à Rostchild, vingt-cinq mille fin février et quarante-cinq mille pour mes anciennes dettes. Total, cent vingt mille et trente-deux mille francs de prix sur la maison : cent cinquante-deux mille. Comme toute cette somme est représentée par le *trésor-louloup*, vous voyez que je serais sans un liard de dettes et la maison entièrement payée, immeuble, réparations et mobilier, si le chemin de fer du Nord était à neuf cents francs. Rassurons-nous sur le Nord. L'opinion des gens les plus compétents est qu'il sera à douze cents, comme l'Orléans, dans deux ans d'ici. Je suis au désespoir de ne pas avoir soixante-huit mille francs à y mettre; il va descendre au pair. Il est à cinq cent trente-deux aujourd'hui, juste à trois cents francs de perte, par action, pour nous. Ainsi, en en achetant deux cent soixante-quinze actions, on réduirait l'acquisition de cent cinquante francs sur toutes les actions, c'est-à-dire que tout serait acheté à six cent cinquante francs. Non, vous ne vous figurez pas quel est mon chagrin; si seulement je pouvais en acheter soixante-quinze ou cent! C'est vingt-cinq mille francs. Et le moment va passer rapidement, car figurez-vous que la semaine du 30 juillet au 6 août a fait trois cent vingt-trois mille francs de recette. Ce sera six cent cinquante mille francs l'année prochaine. A douze cents, nos deux cent vingt-cinq actions feront deux cent soixante-dix mille francs. Mais il faudra encore verser soixante-deux mille francs.

Vous comprenez bien, ma chère et bien-aimée Linette, que s'il faut que je gagne les vingt mille huit cents francs ci-contre et vingt-cinq mille francs pour le mois de février, ce n'est rien que six mois pour gagner quarante-six mille francs et que les cinq mille francs comptés pour mon voyage deviennent le prix de la vie pendant ces six mois, car il faut vivre, et je paye toujours les vieilles dettes en vivant : il faut donner huit mille francs à ma mère, il faut les cinq mille francs de la Chouette. J'ai toujours immolé mon affreux présent à notre bel avenir. Si vous aviez envoyé quelque chose, j'eusse acheté des actions du Nord à cinq cents, car il faut, avant tout, sauver le *trésor-louloup* et diminuer son prix d'acquisition. Là est le plus pressé. Vous écririez par Halpérine au Comptoir Rostchild d'acheter du Nord sur mes indications, et vous payeriez chez vous. Vous sauveriez cette opération, car, l'important, c'est de pouvoir vendre à sept cent cinquante francs, avec cent francs de bénéfice, là où personne ne peut vendre. C'est la ruine des spéculateurs à la hausse qui fait les cours actuels. On m'a dit, chez les Rostchild, qu'on *échenillait* l'affaire. Quel mot!...

Ah! le frère du pendu, après le prince Tat[ischeff] et l'oncle défunt! Chère, vous m'avez fait sourire, et il y a quatre mois que je n'ai souri. Vous avez eu mon premier sourire, comme vous avez toute ma vie!

Ainsi, répondez-moi à votre tour, pour M. André, car vous voyez dans quelle situation je suis. Cela ne m'effraie pas d'avoir à gagner cinquante mille francs. Je resterai dans ma guérite, en factionnaire, ici, dans le plus affreux chagrin, et je travaillerai, oui, je travaillerai, si ma Line pense à moi, à mes maux, et si elle me jure que je travaille pour elle, pour nous, et, qu'au mois de mars je puis venir. Là est le secret de mon affreuse agonie; oui, c'est une agonie; *la vieille dame* m'est indispensable; elle est toujours 1833 pour moi. C'est la vie, c'est la poésie, c'est le bonheur, c'est tout! Qu'elle m'aime, comme elle m'aimait en venant à Neuchâtel, et je recouvrerai des forces inouïes. Vous m'avez plongé dans des doutes insupportables, et cette crainte sur la santé, jointe à l'éloignement, à la privation de ce minou qui me donnait des forces, qui me rajeunissait, qui était la fleur de la vie!... Oh! je n'en puis parler, car mon gosier se serre, et je deviens un enfant pour la raison, en restant homme pour souffrir!

Avant-hier, M. Gavault, que je suis allé consulter pour la Chouette, (elle m'excède), me disait : « Partez; vous êtes un homme mort. » C'est vrai. Je souffre moralement et physiquement, au delà du possible. Comprenez donc qu'au milieu de ce luxe insensé, je n'ai pas de pain dans un mois et que j'ai, par conséquent, quarante-cinq mille raisons à vingt sous pièce pour travailler; sans compter que la santé reviendrait, et qu'il m'est impossible de *trouver une idée*, une ligne à écrire, malgré mon vouloir féroce de travail! Et cela dure depuis le jour où j'ai quitté Francfort! Et dans quel état! Vous ne savez pas que le plus frêle souvenir (s'il y en a de frêles) me fait fondre en larmes, là, dans ce cabinet qui n'a encore vu que mes larmes. Il en a été de même ici qu'à Wierzchownia : j'ai vu la folie de près. Elle est éloignée aujourd'hui, mais la nostalgie a grandi. Je fais tout ce que je peux, car j'aime la vie, et le cœur, et l'intelligence que vous aimez. Vrai, j'essaie. Je vais à Enghien, à Montmorency, au spectacle. Eh! bien, moi qui aime le spectacle autant que notre chère Anichette l'aime, j'en sors à moitié [détruit]. Je n'avais qu'une distraction, je me la suis interdite. Et comment cela n'aurait-il pas été? Elle me distrayait à cause de vous. Du moment où vous avez cru que c'était un goût personnel, tout a été dit. J'en suis arrivé à l'horreur de ces choses-là. Mon esprit est comme si je n'avais jamais mis le pied chez un marchand. Écrivez un ordre : la maison et tout le mobilier seront vendus. Tout pour moi, dans la vie, n'a qu'un intérêt relatif : « T'aime-t-elle? » est le pôle magnétique de toute chose. Je fais partie de vous, comme je me figure, avec une naïveté que vous pouvez punir, que vous faites partie de moi.

En ce moment, une seule chose peut sauver mon *esprit* malade, je ne dis pas mon cœur, cette chose, la voici : que la gracieuse et généreuse imagination à qui je dois le sujet de *Modeste Mignon* [1] daigne

1. Roman publié par Balzac en 1844, où l'on voit la jeune Modeste Mignon s'éprendre d'amour pour le poète Canalis, par la simple lecture de ses œuvres, comme Mme Hanska pour Balzac.

m'envoyer un autre sujet de ce genre; qu'elle laisse tomber un de ses rayons sur une terre appauvrie; qu'elle la réchauffe d'un regard; qu'elle y jette une graine; et, aussitôt, une bienfaisante rosée fera pousser la moisson. Je suis à genoux devant cette intelligence chérie, et si je ne puis pas adorer ce front avec plus de ferveur, je puis en recevoir plus. L'esclave s'est prosterné, que le Dieu réponde. O charmante *nouvelle* hollandaise [1], descendez sur un feuilleton quelconque! Vous devez vous apercevoir que mon seul bonheur est de vous écrire, car je vous envoie des volumes. Tout cela est payé la somme qu'il me faut. C'est ma seule occupation; je ne suis heureux que quand je vous parle ainsi. Mais aussi, vous ne savez pas comme trois êtres comme mon Athalah, la chère petite Zéphirinette et mon Zorzi sont rares! Si votre Ukraine vous est chère, il m'est absolument indifférent d'y vivre toute ma vie, et vous verrez, au 15 mars, comme j'y serai heureux et joyeux.

On a fait vingt mille francs de vin à Moncontour, l'an dernier; on en fait vingt-cinq mille cette année. Ah! si nous avions acheté cela cent vingt mille francs, avouez que c'était beau de récolter pour quarante-cinq mille francs en deux ans! Cela ne revenait plus qu'à quatre-vingt mille francs, et nous ne serions pas pris dans les rails du Nord, pour deux ans. Les récriminations sont stupides. Ceci est à l'état de nouvelles de Vouvray, et voilà tout, M. Margone m'a dit qu'on voulait deux cent mille francs de Moncontour. Il faut leur laisser subir cinq mauvaises années. Voyez : les deux loups n'en feront qu'un, au mois de juin 1848; supposez un louveteau, c'est 1850. En 1850, on viendra passer six mois à Wierzchownia, car Wierzchownia est aussi cher à l'un qu'à l'autre. On atteint à 1851. En 1852, on peut penser à Moncontour! Anichette aura vingt et un ans; il y aura bien des choses possibles, si le *soulèvement* des écus, les Alpes, se forment dans Halpérine-House, qui s'y entend pour son compte. Bilboche aura aussi sa petite *Alpinette!* « Hi! Hi! » dirait Gobseck [2]!

Il est quatre heures; je ne puis vous envoyer cette lettre que demain. Résumons-nous. C'est de votre réponse que dépend la possibilité pour moi de partir soit en octobre, soit avec M. André ou seulement le 1er mars. J'attends une réponse et *un sujet*. Demandez au *loup* s'il m'aime plus que jamais, s'il est très sûr de l'échéance du mois de juin, *pour la cérémonie* [3], et je réponds d'un ardent travail. Mais, pas de pieux mensonge. Que le juin soit le 16 mai [4], et qu'il y ait un Victor-Honoré le 17. Oh! avec quelle religion on garde sa force, sa vie et son bengali! Il n'y a pas souffrance, tant est vive l'espérance, et le chagrin profond. Il y a eu les débats de Dame Nature; mais tout est fini.

1. C'est-à-dire tirée des souvenirs de leur voyage en Hollande.
2. Le type de l'usurier dans *la Comédie Humaine*.
3. C'est-à-dire le mariage.
4. Jour de la Saint-Honoré.

Vous n'avez pas besoin, charmant maître, de proposer Gringalet comme modèle à celui que vous *donjuanisez gratis*. Gringalet est à cent piques de son chef de troupe, car il est heureux, et Bilboquet est sans Athalah [*sic*], seul, triste, et la petite Figeac (malgré ses jupons) lui paraissait comme un acteur, il y a cinq jours. Non, voyez-vous, le temps seul vous dira l'affection de ce pauvre Adam, chassé du paradis par les circonstances, sans Ève!

Adieu, chère belle âme, qui avez fait tant de bien, avec quelques feuillets de plus.

Samedi 14 [août].

Hier, je suis allé à l'Isle-Adam [1]. J'ai revu la forêt et le val à trente ans de distance, et cette demi-patrie, qui à dix-huit ans m'avait rendu la santé, ne m'a rien fait. Ça a été comme un rêve. Je suis parti par le chemin de fer du Nord. J'ai marché sept heures de suite, comme un soldat faisant son étape, et j'ai repris le chemin [de fer] pour revenir. Rien ne m'a saisi. J'ai vu cela sans émotion, sans le mouvement que j'en attendais. Ah! si j'avais eu ma Line, à qui dire : « Sous cet arbre, je rêvais la gloire; ici, je pensais à une femme qui m'aimerait; là, je guérissais de la tyrannie maternelle, etc. », tout aurait eu son sens!

Je vous écris à bâtons rompus, car on paye aujourd'hui pour demain (15) [2] et je ne saurai que ce soir combien il me restera d'argent. Je vous enverrai le compte de mon passif, bien en règle. Si j'avais travaillé depuis le mois de mai, je serais bien en mesure de partir, mais avec deux emprunts sur le dos!

Dimanche 15 [août].

Je n'en puis plus. Il s'agit de vivre et de recouvrer la faculté de travailler. Donc, je viens de me dire qu'il valait mieux aller passer un mois chez vous qu'à Saché. Vous ne vous figurez pas dans quelle situation je suis. Moi, l'impatience en personne, la vivacité même, je n'ai plus que des mouvements nonchalants, et faire ma salade, à dîner, est une chose qui m'effraye. Aussi, demain, vais-je faire viser mon passeport, vais-je écrire à Ouvaroff [3], et je crois qu'au moment où vous tiendrez cette lettre entre vos jolies mains je serai à Brody [4], car j'irai plus vite que la lettre. Je serai en quatre jours à Cracovie, et de Cracovie à Przemyzl, où est la mère de Zorzi, je crois qu'il n'y a qu'une journée. Ainsi, arrive qui plante; je vais tâcher de m'envoler en même temps que cette lettre.

1. Où Balzac allait jadis séjourner chez son vieil ami, M. de Villers-La Faye, auprès du bon Dr Bossion dont il s'est inspiré pour son *Médecin de Campagne*.
2. Le 15, jour d'échéance.
3. Ministre de l'Instruction publique en Russie. Voir p. 275.
4. Où effectivement il passa dans la matinée du samedi 11 septembre 1847. (*Les Cahiers balzaciens*, n° 7.) Voir plus haut, p. 220, 278,

Il m'est impossible d'aller prendre la voiture d'Anna à Francfort [1]. *Primo*, il me faudrait un domestique. *Secundo*, je serais vingt jours en route. Jugez : je vais pour cent vingt-huit francs à Berlin et, de Berlin à Cracovie, en chemin de fer. Je ne sais pas comment je ferai de Cracovie à Przemyzl. Mais je suis si malade d'âme, que j'arriverai, je ne sais comment, mais j'arriverai à Radziviloff, et comme je n'aurai que peu de bagages et de vieilles choses, on ne me dira rien à la douane. Et voilà. Notez qu'il faut, pour pouvoir partir, faire un emprunt de cinq mille francs et avoir une lettre de crédit sur Halpérine. Je réussirai à tout. Demain j'irai voir Rostchild.

Adieu pour aujourd'hui. Serez-vous surprise? Non, vous devez savoir que je ne peux pas rester dix mois sans vous voir. J'irai à Wieznovice pour demander du secours, afin de savoir surtout comment me faire transporter à Wierzchownia. Je laisse tout à trac; la maison brûlerait, cela me serait égal. J'ai besoin de vous voir, comme on a soif dans le désert. Il y aurait la mort, on irait boire!

A demain.

Mardi 17 [août].

Je me suis agité, je suis allé chez Rostchild, qui était à Eu [2]. J'ai repris mes actions. Je ne vois personne en état de me prêter la plus légère somme. M. Nacquart est à Vichy; M. Margone est à Saché. Voici, pour partir, ce qu'il faut que je fasse. Il faut laisser les huit cents francs d'intérêts du mois d'octobre pour le cessionnaire de Pelletereau; il faut laisser trois ou quatre cents francs à mes deux domestiques pour vivre; il faut payer deux mille sept cents francs à *la Presse* [3]; il faut laisser treize cents francs pour trois effets, en septembre et octobre, ce qui fait cinq mille cent francs. Il y a environ pour cinq à six cents francs à payer, des petites choses, ce qui fait six mille et avoir mille francs dans sa poche, ce qui fait sept mille francs, et la lettre de crédit que j'aurais pour Halpérine. Mais ces sept mille francs ne sont pas trouvables. Il me reste quinze actions, qui, par suite de leur dépréciation, font trois mille francs. J'ai bien mille francs. C'est quatre mille francs. En supposant un prêteur trouvé, il y aurait folie à laisser tout là. Vous ne sauriez imaginer l'état dans lequel m'a mis cette récapitulation d'impuissance. Je dors constamment; l'appétit est si bien disparu que je pourrais ne manger que tous les deux jours. Il n'y a que le travail qui puisse me sauver; et je n'ai pas une idée, pas un vouloir. Le cœur, l'esprit, la volonté, tout est mort. C'est à se faire une salade de feuilles de digitales tous les matins,

1. Chez le carossier auquel Mme Hanska l'avait commandée, en mai 1847, lorsqu'elle passa à Francfort, retournant de Paris en Ukraine.
2. Résidence d'été de la famille royale.
3. Que le directeur de *la Presse*, Émile de Girardin, lui avait avancés pour la fin des *Paysans* que Balzac ne livra point.

et s'en aller honorablement de ce bas monde, atteint et convaincu de maladie. Pas une âme ne vient me voir. Vous m'avez dit de ne hanter personne; personne ne me souhaite. Je suis seul avec mon chagrin, et incapable de m'occuper.

Je suis allé à un bureau de voyageurs, place de la Bourse, où, pour trois francs, on m'a donné les heures et les prix des chemins de fer. En quatre jours et pour trois cents francs, aux premières, on va de Paris à Cracovie et, à Cracovie, une diligence vous met à Lemberg ou Léopol. Je me suis vu chez vous; j'étais fou de bonheur; puis, j'ai fait mes récapitulations. Deux billets à payer sont venus hier, à sept heures du soir, 16, et ont emporté deux mille francs qui restaient. Je suis tombé dans un enfer. Cette surexcitation de plaisir (je me voyais à Radziviloff, etc.) m'a causé comme une congestion cérébrale, et j'ai dormi toute la journée. Je n'ai pas conscience de la vie; je ne crois plus à l'avenir; je suis malade, sans maladie visible. L'Envie de partir me fera-t-elle faire deux volumes? Telle est la question. Je vous entortillerai cette lettre dans un aperçu exact de la situation financière des deux *loups* à Paris.

Mercredi 18 [août].

Hier au soir, je suis allé aux Variétés, voir une pièce nouvelle, qui est exécrable[1]; j'ai pris une glace, car il faut vous apprendre que mes douleurs d'estomac cèdent et disparaissent par la glace prise après le dîner. Je suis tout aussi malade ce matin qu'hier, d'esprit et de cœur. Je vais essayer d'écrire, fût-ce des bêtises, pour me forcer à travailler. Je vais tâcher de prendre un sujet quelconque. Mais rien ne me sourit. Lefébure, le tapissier, a toujours à travailler, et cela m'ennuie et me dérange beaucoup. Il en a encore pour quatre jours au moins.

Avec du courage et de l'inspiration, je serais à Wierzchownia au 15 septembre. Je vais le tenter.

Mon atonie est telle, que vous devez vous en apercevoir à ce que je vous écris. Je n'ai plus d'idées ni d'images, ni force pour exprimer ce que je sens le plus. Je suis comme une masse de chair d'où l'esprit s'en va. Je souffre, mais je souffre sans douleur apparente. C'est le même fait qu'à Milan, en 1838. Seulement, la nostalgie est au cœur et dans le sang. Vous ne sauriez imaginer la fièvre de bonheur que j'ai eue en croyant que j'allais partir, et de quelle hauteur et dans quel précipice je suis tombé. « Je *la* verrai dans dix jours! » était une idée qui me transportait, comme si j'avais pris du haschisch. C'était la vie revenant dans mon corps. L'amour, à ce degré-là, c'est une maladie, et elle donne la mort, bien certainement. Six mille francs, il me faut six mille francs! J'ai sondé l'argenterie et jeté un regard sur l'affreuse ressource du mont-de-piété, cela ne donnerait pas six mille francs

1. *Les Foyers d'Acteurs*, par MM. Dennery, Grangé et Clairville.

dans les circonstances actuelles. L'argent est devenu si rare, à cause de l'emprunt de trois cent cinquante millions et des demandes des chemins de fer. J'aurai bien ma lettre de crédit, mais ces six mille francs!... Je vais me bourrer de café et essayer d'un livre aux *Débats*, qui l'attendent. Cette nuit, je vais passer dix ou douze heures à ma table.

Jeudi 19 [août].

La chaleur est accablante. Il ne m'a pas été possible de travailler. Je suis allé hier me promener au Bois de Boulogne avec Mme de Castries, qui est sans Roger [1]. Ce petit cœur de pierre, garni de sottise aristocratique, est à Vienne et sera attaché à Londres. C'est ainsi que doivent être élevés et formés les diplomates. La duchesse m'a dit qu'elle avait toujours *le cœur jeune*. Heureusement, elle est percluse, et ça n'a pas le moindre danger. Entendre dire cela par un cadavre, c'est l'horrible dans le plaisant.

Je reçois à l'instant la lettre collective de nos deux chers enfants, qui m'apprend votre retour à Wierzchownia de chez votre sœur. Je tremble bien alors d'avoir un retard dans les lettres.

Je sors pour savoir si Souverain est à Paris, afin d'avoir des nouvelles de l'envoi et des livres qu'il [Zorzi] me demande à nouveau. Cela me fait tant de plaisir de trotter pour vous ou pour lui. Pourquoi ne me demandez-vous rien?

Il fait une chaleur accablante. Il m'est impossible de rester chez moi, dès midi.

Lefébure en a pour cinq à six jours encore à travailler; c'est éternel. On prend de fausses mesures, on se trompe, et c'est à recommencer. La salle à manger est cen dessus dessous [2]. A un mètre de hauteur les cuirs se sont détachés. Il faut mettre du plomb. C'est odieux!

Allons à demain.

Vendredi 20 [août].

C'est aujourd'hui que je fais partir ce *journal*; il est bien triste mais peut-être est-ce le dernier que vous recevrez. Je ne pense qu'à partir, vous venir voir, et je crois que quand le désir est si violent, on finit par faire ce qu'on désire.

Paris est tout entier soulevé par l'assassinat de la duchesse de Praslin. Son mari, qui vivait avec l'institutrice de ses enfants, une Anglaise, que Mme de Praslin avait renvoyée, l'a assassinée de la façon la plus horrible. La malheureuse a des blessures à fourrer le poing. Elle a lutté courageusement; elle tenait dans la main des cheveux qui sont

1. Fils naturel de Mme de Castries et de Victor de Metternich et que l'empereur d'Autriche titra baron d'Aldenbourg. (*Les Cahiers balzaciens*, no 6).
2. Sur la graphie de ces mots selon Balzac, voir *Lettres à l'Étrangère*, t. III, p. 33.

ceux de M. de Praslin. Il a brûlé sa robe de chambre. Quel affreux procès pour la Chambre des Pairs, si ce grand seigneur assassin, et assassin de la mère de ses huit enfants, n'a pas le courage de se tuer! L'*Anglaise* a été sans doute l'auteur primitif de cet assassinat. Mme de Praslin avait laissé à son mari toute sa liberté. C'est d'autant plus épouvantable. Hier au soir, on disait qu'il avait attribué son crime à un instant de folie.

Allons, chère, adieu jusqu'à demain, car je reprendrai demain le cours de mes pages. Dieu veuille que je sois à l'ouvrage ou que je trouve de quoi partir. Le voyage de Cracovie chez vous me paraît bien difficile. J'avoue que la raison me dit qu'il vaudrait mieux sortir d'embarras par des travaux littéraires. Mais alors, je ne sais où me conduira le travail. Jamais de ma vie je n'ai été si malheureux, car je n'ai plus ni âme, ni esprit, ni volonté. Tout est à Wierzchownia.

Froment-Meurice est réglé; Paillard aussi. Tout est remis par moi à la fin de février prochain. Mais comment faire, si le Nord ne se relève pas? Il fait trois cent vingt-cinq mille francs par semaine.

Allons, mille tendresses, et surtout à mon cher minou à qui je pense trop. Je voudrais bien ne plus jamais quitter mon cher *loup* d'une seconde, et s'il peut trouver moyen de nous réunir, qu'il le prenne, dussions-nous vivre de pommes de terre comme les Irlandais, car l'opulence, sans *elle*, est misère, et la misère serait opulence. Je n'ai plus ni esprit, ni courage, ni capacité, sans ma grosse et gracieuse Line.

Allons, mille tendresses d'amitié, mille vœux pour que tout aille bien! Et les pauvres moutons de Pawufka? Enfin, moi qui vous dis tant toutes vos affaires ici, vous ne me dites rien de mes affaires là-bas. Néanmoins, je vous aime comme un fou!

LXXXIII

AU COMTE ET A LA COMTESSE GEORGES MNISZECH, A WIERZCHOWNIA, PRÈS BERDITCHEFF

[Paris, 14-20 août 1847.]
Samedi 14 [août].

Ma chère Anna, j'ai reçu votre chère petite lettre il y a quelques jours et, huit jours après, celle de notre Zorzi. Je vous remercie bien, car une lettre issue de Wierchownia m'en apporte je ne sais quoi qui me rafraîchit l'âme, et me fait tout le bien, le seul, que je puisse ressentir en ce moment.

Comme Georges lira ceci par-dessus votre épaule, je vous dirai alternativement tout ce que j'ai à vous dire.

Hélas! chers saltimbanques, une grande révolution s'est faite dans le chef. La Chine, les arts, le mobilier, toutes les œuvres de la main et du génie n'existent plus pour lui. Je ne vous dirai pas de quel ciel est venu l'ordre, mais le budget de nos Chambres a rayé tout crédit, pour toujours, pour ces sortes de frivolités. Bilboquet passe devant toutes les boutiques sans y jeter un regard. Il s'agit de payer ses dettes. Le Nord marche vers le pair et le fil des romans doit être repris. Odry [1] dirait : *reprisé!*

Que le Dieu des gros sous, ô Georges Ier, vous maintienne dans la voie où vous êtes! N'achetez plus rien, pas même des pâtés de Baveno [2]! Faites rendre gorge aux intendants. Payez vos dettes, comme Bilboquet paye les siennes, et vendez vos grains, car nous avons une belle récolte. Mais vendez-les cher, car l'Angleterre en a une médiocre.

Si vous me voyez le style plus gai, c'est que je sais que vous allez tous bien, que vous avez quatre-vingt mille roubles de plus, et que notre chère Athalah va bien, que vous prospérez tous enfin. J'ai toujours de grandes inquiétudes sur vos paysans. Mais j'espère tout de la main ferme qui dirige les destinées de l'Empire.

Jeudi 19 [août].

J'ai interrompu ma lettre pour des affaires extrêmement ennuyeuses, et je me suis mis en règle pour vous aller voir, si je puis acquérir un peu de liberté, car mon passeport était suranné; je vais le faire rafraîchir par des visas.

J'ai donc reçu aujourd'hui votre chère petite lettre collective et je remercie beaucoup mon bon Zorzi de me prendre pour son correspondant, car rien ne me fait plus de plaisir que de trotter dans Paris pour vous. Puis Georges gagnera de n'être pas *chippé*. Je vais voir à lui économiser des sous qu'il pourra employer à d'autres livres ou à des insectes.

Je vois, par ce que vous me dites de la chère mère adorée, que j'aurai encore du temps à passer sans recevoir de lettres, et cette perspective a assombri le plaisir que j'ai eu à voir vos deux gentilles petites écritures.

Si les intendants vous volent trente pour cent de vos revenus, jugez, monseigneur Zorzi, quelle activité, quelle perspicacité il faut

1. Le célèbre acteur comique des *Saltimbanques*.
2. En souvenir d'un voyage en Italie fait par Balzac et ses trois amis.

déployer! Enfin, j'espère aller passer quelque temps avec vous, ne fût-ce qu'un mois, car il y a trop longtemps que je ne vous ai vus.

Je vais voir Souverain, qui a mis fidèlement votre paquet au roulage, et le paquet est si énorme qu'il n'y a pas de chances qu'il s'égare.

Je ne fermerai pas cette lettre sans vous dire ce que m'aura dit ledit Souverain, vers qui je me dirige aujourd'hui même, car il a des livres à moi.

Je fais partir ma lettre aujourd'hui, car, mes chers et bien-aimés saltimbanques, vous ne m'avez pas dit *où*, *à quel nom*, adresser l'envoi des quatre ouvrages; donc, répondez-moi courrier par courrier (et remarquez que cela fera un mois de retard) à ce sujet. Je n'ai pas conservé l'adresse qu'a donnée Mme Athalah, et il n'est pas probable que Souverain l'ait gardée.

Allons, dans tous les cas, j'adresserai à M. le comte Georges Mniszech, à Radziviloff, douane restante, si je n'ai pas de lettres d'ici au 15 septembre.

Mille tendresses et mille amitiés de votre vieil ami Bilboche, à qui vous avez donné une bonne journée en l'occupant de vous.

Vendredi 20 [août].

Il n'était plus temps de mettre ma lettre à la poste, et je l'ai rouverte, pour vous dire que vous avez le temps de me répondre, car Souverain n'est pas, dit-on, à Paris, et que je ne trouverai pas promptement les livres demandés. Je vous les apporterai peut-être moi-même, car j'espère aller vous voir. Cela tient à peu de chose, et j'espère triompher des obstacles qui s'opposent encore à mon départ.

Comme ma lettre, dans ce cas-là, ira bien plus lentement que moi, il se pourrait que je sois à la frontière quand vous la lirez, car on va de Paris à Cracovie en quatre jours. Je suppose que, dans cette saison, on doit aller de Cracovie à Wierzchownia en quatre autres jours. Seulement, figurez-vous Bilboquet ne parlant pas un mot des langues qui se parlent entre Cracovie et Berditcheff, se débattant pour se faire comprendre, avec une impatience justifiée par le bonheur qui l'attend au bout de ses peines!

Si la nouvelle de l'affreux assassinat de la duchesse de Praslin est arrivée jusque chez vous, vous saurez que l'assassin est M. le duc de Praslin lui-même.

Allons, adieu, chers saltimbanques aimés; aimez-vous bien et pensez quelquefois à celui qui pense toujours à vous, et qui vous aime mieux que tout. Mille gentillesses à la gentillesse même, c'est-à-dire à Zéphirine, et une bonne poignée de main à maître Zorzi, docteur en petites bêtes, et fabricant de pâtés à Baveno!

LXXXIV

A MADAME HANSKA, A WIERZCHOWNIA, PRÈS BERDITCHEFF

[Paris, 22-25 août 1847].
Dimanche 22 [août].

Hier, j'ai fait viser mon passeport, après avoir fait un énorme *pasticcio* [1] sur le visa du commissaire de Forbach, qui causa tant de peur à mon *loup*, courageux contre la neige, les fatigues et faible à l'aspect d'un gendarme de France! Je ne pense à toutes ces aventures qu'avec délices. Enfin, j'ai inventé de faire venir Souverain, et de lui demander quatre mille francs sur mon billet, garanti par quinze Nord. J'aurai réponse demain lundi, et, s'il fait cette affaire, au moment où vous tiendrez cette lettre, je serai à quelques pas de Wierzchownia. Depuis que cette espérance a quelques chances de probabilités, l'appétit est presque revenu, la petite fièvre disparaît, et je me sens renaître. Seulement, je me demande comment je ferai de Cracovie à Radziviloff, moi qui ne parle pas un mot de ces langues bizarres, et qui suis si impatient. A la grâce de Dieu!... et de ma Line.

Je reçois à l'instant votre première *lettre-journal*, et je viens de la dévorer, de la lire pendant longtemps. Je souhaite vivement que cette lettre vous arrive avant moi, si je puis partir, car vous n'avez plus rien à craindre. Je vais faire un engagement à un an de date et d'échéance, et si *elle* [2] a conservé des lettres, si *elle* fait quoi que ce soit contre vous, j'ai le droit de refuser le payement. Enfin, je conserverai la lettre où *elle* convient avoir volé les lettres, en me désistant de la plainte, ce qui, joint à sa déclaration d'avoir tout rendu, la constituerait dans la même situation criminelle. Ainsi, je vous en supplie, n'ayez plus aucun souci. Je brûlerai toutes vos lettres avant mon départ, comme je prendrai toutes mes précautions pour tout, en mon absence.

Je n'aurai de paiements à faire qu'en février. J'aurai une lettre de crédit sur Halpérine. Enfin, je pourrai vivre! Je ne serai vivant que lorsque je serai dans le chemin de fer. J'écrirai à Ouvaroff, le jour même où je recevrai l'argent de Souverain. Si Souverain ne me donne pas cet argent, je le gagnerai par quelque nouvelle que j'inventerai. Bien certainement vous me verrez dans les premiers jours de septembre. Seulement, je ne sais pas comment me faire transporter de Cracovie à Wierzchownia. Je crois que je prendrai un domestique à

1. Pasticcio, c'est-à-dire, en italien, : un pâté.
2. C'est-à-dire, Mme de Brugnol la femme de charge de Balzac.

Berlin pour jusqu'à Radziviloff, et que je prierai M. André de me donner un guide. Voilà mon plan.

J'emporterai seize petits pains de seigle et une langue [1], pour vivre de Cracovie à Wierzchownia. Je suis si heureux depuis que je sais pouvoir vous aller voir que vous n'auriez pas de chagrin, si vous pouviez en être témoin, du changement qui s'est fait en moi.

Lundi 23 [août].

Vous parlez de deux ans dans votre lettre. Mais, chère imbécile, si je ne passe pas ces deux ans près de vous, je serai mort et enterré en six mois. Ce n'est pas une phrase de copie, ce n'est pas : *quinze cents francs et ma Sophie*, c'est l'exacte vérité. Je ne supporterais pas une seconde fois les quatre mois qui viennent de se passer. J'ai fait mon plan pour m'en aller de ce bas monde, et je m'en irais aussi tranquillement que s'il s'agissait de faire un livre. Rien n'est comparable à l'obsession d'une idée, appuyée sur un sentiment. Voici quatorze ans que je me suis arrangé une vie. L'essai a prouvé que j'avais raison, que c'est, pour moi, le paradis sur la terre, et avec une Ève excessivement curieuse! Cette délicieuse existence, je l'ai voulue, entourée de tout ce que les arts et le luxe ont de plus ravissant, et tout cela bien secret, bien à nous; personne, à deux exceptions près et que je regrette, n'y a pénétré, dans ce nid. Eh! bien, si je ne puis pas, après avoir tant fait, vivre ainsi, je ne veux pas de la vie. C'est un marché de dupe pour moi. Voici quarante ans que je souffre, et que je travaille sans cesse, sans relâche, sans autres plaisirs que ceux que, de 1833 à 1847, m'ont dispensés deux jolies petites pattes de taupe, et une âme de petite fille naïve et volontaire que j'adore.

Je vous ai vingt, cent, mille fois dit que ces questions de fortune étaient absurdes, que mon *loup* avec moi, j'étais assez fort, assez puissant pour faire fortune et bien vivre. J'ai fait plus, je l'ai prouvé, car le *trésor-louloup* est là, tout entier (il n'est grevé que de cinquante mille francs). J'ai donc, presque à moi seul, acheté, payé (à quatre-vingt mille francs près), le mobilier, la maison. Doutez-vous que celui qui a pu payer quatre cent mille francs de dettes en pourra payer cent quatre-vingt mille, en se trouvant dans des conditions meilleures? Eh! bien, tout est possible, avec mon *loup*. Sans lui tout est impossible, et je laisse tout là. Mon courage s'est épuisé dans l'attente. Cette dure et impossible attente a cinq ans de douleurs. On s'use à moins, quand on a mon cœur impatient et mon imagination. Vous avez vu, à Lausanne, ce que c'est, pour un livre auquel vous teniez

1. On trouvera dans la *Lettre sur Kiew* (*Les Cahiers balzaciens*, nº 7) de fort curieux détails sur la façon de voyager de Balzac.

(Lalande[1]). Jugez de ce que c'est pour vous! Je subis des ouragans, à moi tout seul, qui déracineraient toutes les existences moins fortes que la mienne.

Je ne me plains pas, remarquez; car nul homme dans le monde n'a été plus heureux. Je ne crois pas que vous soyez dans le secret de ce que vous êtes, et de vos adorables perfections. J'ai relu dix fois cette lettre écrite, où vous révélez sans le savoir toute la valeur de votre âme et ses mille trésors, celle où vous parlez de votre premier voyage. Vous avez de l'infini en vous. Cet infini se communique à tout ce qui est de vous. Vous avez transmis quelque chose de cette grâce à Anichette. Mais elle n'a pas cette profondeur, ce vaste, cette sublimité qui est en vous. Vous avez une âme qui donne le bonheur par elle-même, et c'est là ce que sentent ces adorateurs vulgaires. Aussi, ne me consolai-je pas d'avoir été la cause involontaire de souffrances si grandes. C'est un noir chagrin que dix ans de bonheur consécutif, sans nuage, n'affaibliront point. Croyez-le. Je vous écris ces lignes les larmes aux yeux.

Vous avez, malgré vos magnifiques qualités d'esprit, été injuste avec moi. Vous m'avez cru des vices d'esprit, des manies. Vous croyez que j'aimais les belles choses pour moi, par goût. Voici deux mois que je n'y pense plus, et jamais de ma vie je n'y penserai. Je n'ai aimé que les livres, passionnément, il y a de cela vingt ans. J'ai vu que ce serait une ruine. Je n'ai plus rien acheté depuis 1827. Je n'ai de tableaux que depuis trois ans, depuis que vous m'avez dit que vous aimiez les tableaux. Quant aux meubles, rappelez-vous que je n'ai rien acheté que depuis mon retour de Saint-Pétersbourg, alors que nos espérances ont eu quelque réalité. Maintenant, cette maison me semble un désert. Je n'aime rien que par rapport à vous. Vous êtes partout et en tout pour moi. Vous êtes ma vie, et mon seul, mon éternel amour. Quand les choses sont ainsi dans une âme, on ne peut pas, à quarante-huit ans, entendre parler de deux ans sans se dire : « Mieux vaut la mort qu'une pareille remise. » Mais, je vais vous voir dans dix jours! Mille tendresses; mille bénédictions!

A demain!

Mardi, 24 [août].

Je reçois une lettre de Forbach, qui m'annonce la table et les porcelaines. Elle est du 22 août; les objets seront ici le 28. Je doute que j'y sois encore; mais je les ferai garder à la douane. Mais aussi, diable, il faut payer la lettre de voiture, qui sera de trois cents francs au moins. Quelle tuile, chère Minette! Je ne pourrai partir qu'avec sept cents francs.

1. S'agirait-il de *l'Astronomie des Dames*, de l'illustre astronome Lalande?

Souverain ne viendra qu'aujourd'hui me donner réponse pour les livres de Zorzi, et pour ma négociation. Mais, s'il ne fait pas mon affaire, j'ai deux *nouvelles* enfantines qui, je l'espère, me feront l'argent. J'y travaille dès ce soir. J'aurai mon passeport en règle aujourd'hui, avec tous les visas des puissances.

Mercredi 25 [août].

Je pars, je vous envoie cette lettre à l'avance, car j'irai bien plus vite qu'elle, et j'ai grand'peur que vous ne me voyiez devant vous, avant que vous ne sachiez mon départ.

Souverain a trouvé les livres de mon cher Zorzi. *L'Histoire des Coléoptères*, coloriée, vaut deux cent cinquante francs et quarante-cinq francs en noir. J'ai pensé que le seul mérite de ces ouvrages était les couleurs mêmes des insectes, et j'ai fait acheter l'exemplaire colorié.

Dans mes prévisions les plus exactes, je partirai lundi 30 août. J'espère être à Wierzchownia le 10 septembre, au plus tard. Mes mesures seront prises pour que rien ne souffre ici de mon absence. J'y perdrai néanmoins les rentes que Rostchild me donnera dans l'emprunt. Mais je partirais, quand je devrais vous voir deux jours!

Le duc de Praslin est mort hier. La *Marneffe* de ce ménage est une demoiselle de Luzzi, petite-fille d'un Français et née d'un Italien. Le duc avait deux maîtresses. Il a eu onze enfants naturels!

Je vais écrire à Ouvaroff. Si cela se peut, c'est-à-dire si nous le pouvons, je ne veux plus vous quitter. Si cela ne se peut pas, je resterai deux mois avec vous, septembre et octobre.

Dites à Zorzi que je ne puis pas me charger de ses livres, car on me ferait des difficultés aux frontières, et je voyage avec un très léger bagage, pour pouvoir aller très lestement.

Ma joie est excessive et je ne vous l'exprime même pas, c'est impossible. J'ai beaucoup d'affaires à terminer. Il faut maintenant beaucoup d'activité pour ces cinq derniers jours.

Je ne vous dis donc pas adieu, mais : à bientôt. Concevez-vous que je vais vous voir, vous, que je vais être heureux pendant au moins deux mois, être là, sous le cuivre de Wierzchownia, dans cette énorme bassinoire, à plein foin, au vert! Ah! cela vaut bien mieux que l'air natal. Seulement, je crois que je n'en sortirai plus, et que nous vendrons la rue Fortunée pour rester à Pawlofka, oubliant tout le monde, et du monde oubliés!

Allons, je baise en espérance ces jolies petites pattes de taupe roses, et je me vois plus que jamais votre moujik. Mille tendresses à mon Gringalet et à sa Zéphirine. Et à vous, que vous envoyer? Le corps, car vous avez depuis longtemps le cœur, l'âme et l'esprit !

LXXXV

A MADAME HANSKA, A WIERZCHOWNIA, PAR BERDITCHEFF

Paris, vendredi 3 [septembre 1847].

Voici, chère comtesse, le plus affreux et le plus triste jour de ma vie. J'ai accompli tout à l'heure le plus grand sacrifice que je pusse faire. Je me suis séparé de mon plus cher trésor. Tout est anéanti [1]; j'ai la fièvre, car, en une heure, j'ai revécu quinze ans. Je les ai jetées au feu une à une, regardant les dates. J'ai sauvé quelques fleurs, quelques échantillons de robe, de ceinture. Mais ma douleur, je la garde pour moi. Rien ne peut vous en donner l'idée. Combien de choses, mon Dieu! Quelles naïves et délicieuses tendresses! Enfin, il l'a fallu.

Je pars demain samedi 4, avec une lettre de Kisseleff [2] pour la douane de Radziviloff, ce qui me permet d'emporter des gants et des habits propres. Je viens seul, ne sachant aucun mot d'aucune langue, et je vais comme cet insecte, dont Silbermann [3] nous a parlé, qui était sur une Alpe et dont il avait emporté la femelle. Il était de retour à Strasbourg et il a trouvé l'insecte à sa fenêtre, à onze lieues de distance! Depuis huit jours que je me prépare à venir, je vis! Il y a tant de mauvais chemins; il peut m'arriver malheur, et j'ai pensé que c'était assez d'une souillure à ce trésor. Si je mourais, je ne veux pas qu'un notaire inventorie ces chères consolations de toute ma vie. Il n'existe plus que les vingt et une lettres et demie rendues par l'infâme [4], car, si elle en a encore, il faut pouvoir le lui prouver. Mais elles sont dans la caisse en fer de Mayence [5].

Ah! si vous saviez dans quel état je suis! Non, ces chères lettres jaunes d'Italie, de Neuchâtel, de Genève, et celles de votre premier voyage! Enfin, nous n'avons pas besoin de ces chers chiffons de papier, devenus noirs. Je regarde les cendres en vous écrivant, et je frémis en voyant combien peu de place occupent quinze années. Enfin, le feu de l'âme les avait écrites, le feu de la terre les a reprises! Je vous dirai dans douze jours tout ce que j'ai senti dans cette heure!

1. Les lettres volées, enfin restituées.
2. Qui gérait l'ambassade de Russie à Paris.
3. Imprimeur strasbourgeois et grand entomologiste. Cf. *Lettres à l'Étrangère*, t. III, p. 108, 110, 111.
4. Mme de Brugnol.
5. C'est-à-dire achetée chez l'antiquaire de Mayence.

Je pars demain samedi 4; j'espère entrer chez vous le 15. Je ne sais pas comment je ferai à la frontière. Mais M. André Mniszech sera peut-être à Wisnovitz.

Vous direz, comme quelques personnes ici : « Il faut bien aimer une femme pour faire seize cents lieues (et de quelle manière!) pour aller lui dire bonjour... » On fait tout, on se ruine pour des femmes-Marneffe; pourquoi les nobles, les sublimes, les divines ne se verraient-elles pas l'objet d'efforts plus grands?

Je ne crois pas que cette lettre me précède de beaucoup; mais vous savez déjà mon départ. S'il a été retardé, c'est à cause des immenses affaires et des difficultés pécuniaires. Il faut que j'aie eu du guignon, car, au dernier moment, je me suis vu sans argent, et *ma Tante* [1] m'a daigné prêter sur douze couverts de famille. C'est en famille que cela se passe.

Quelle chose bizarre que, jusqu'à ce que les deux *loups* n'en fassent qu'un, je n'aie pu vaincre les grandes distances qu'avec des emprunts! C'est étourdissant! Enfin, aujourd'hui, je fais ma malle et je ne sais pas si je n'attendrai pas à dimanche pour partir, car j'aurai sans doute une lettre de vous dimanche.

Je ne vous dis pas adieu, mais à bientôt. Que Dieu me protège! Quel bonheur depuis huit jours que je m'apprête! Je ne m'occupe que de cela. L'affaire Praslin ne m'a seulement pas ému. Je ne pensais qu'à ma chère troupe.

Quelque chose qui vous rendra le Praslin bien exécrable, c'est que l'infâme autopsie ordonnée par la Chambre des Pairs sur Mme de Praslin a constaté qu'elle était grosse de cinq mois, et que la matrice était pleine d'une chose qui prouvait que le coup avait été frappé (le premier coup de couteau) pendant l'acte. Il avait essayé, tout en la caressant, de lui passer la corde au cou. (Voilà bien des coups!) Et, n'ayant pu réussir, il avait eu recours à un criss malais. Elle aurait pu être sauvée, car elle était si grasse qu'aucun coup n'avait porté. Les chairs avaient tout reçu. Je vous envoie les détails qui ne seront jamais publiés. C'est ainsi que vous ne sauriez pas, sans moi, que c'est le vieux Pasquier, le chancelier, qui a donné le poison au duc. C'est ce qui l'a rendu si ardent à la poursuite; il savait que la mort viendrait avant le procès.

Allons, à bientôt. Si vous avez eu le bon esprit de m'envoyer chercher à Radziviloff, vous aurez fait une chose sublime. Mille gentillesses à la gentille Annette; des embrassades à l'étouffer à mon bon Zorzi et, à vous, toute l'âme de votre serviteur.

HONORÉ.

1. La bonne tante qui s'appelait encore, en ce temps-là, le mont-de-piété.

Rostchild m'a remis une lettre de crédit sur Halpérine. Ainsi, à bientôt! Je ne vis pas de joie, après tant de nostalgie qui me tuait. Au 15 septembre donc, car j'espère n'être que onze jours en route [1].

LXXXVI

A S. E. M. LE CHANCELIER DE L'EMPIRE RUSSE, A SAINT-PÉTERSBOURG

[Wierzchownia, décembre 1847.]

Monsieur le Chancelier [2],

En ma qualité d'étranger je pourrais, sans le savoir ni le vouloir, manquer à quelque forme en usage dans votre pays, mais j'espère du moins n'oublier aucune des convenances qu'on pratique dans le mien en s'adressant si haut, et je viens alors prier Votre Excellence, avec confiance, d'avoir la bonté de m'appuyer de tout son pouvoir auprès de Sa Majesté Impériale, car je sais, Monsieur le Comte, qu'il est interdit en Russie de s'adresser par écrit directement à Sa Majesté l'Empereur. Or, comme je suppose que cette interdiction concerne également les étrangers, c'est donc vous qui devez être chargé de présenter ma supplique à Sa Majesté Impériale.

Lié depuis longtemps, par une amitié pure et sincère, à Mme la comtesse Hanska, je suis presque sûr aujourd'hui que le seul obstacle qui s'oppose à mon union avec elle vient de ce qu'elle ne veut pas se marier avec un étranger, sans l'agrément de Son Souverain. Je prie Votre Excellence de mettre aux pieds de Sa Majesté l'Empereur de toutes les Russies, votre auguste maître, la très humble demande que j'ai l'honneur de lui faire de son autorisation paternelle, en assurant Sa Majesté de la profonde reconnaissance que je conserverai de son consentement, heureux même de penser que je tiendrai en quelque sorte d'Elle le bonheur de ma vie.

Je n'ose rappeler à Votre Excellence la *Vie de Pierre le Grand*, écrite par Voltaire, et les services rendus à Votre nation, pendant le XVIIIe siècle, par la littérature française, car elle pourrait croire que je réclame l'acquit d'une dette, tandis que je désire tout obtenir de la gracieuseté de Sa Majesté l'Empereur.

1. Parti de Paris le 5 septembre, il parvint à Wierzchownia en 9 jours, le 13 septembre. Dans sa *Lettre sur Kiew*, il a raconté avec humour et en détail les nombreuses péripéties de ce voyage (*Les Cahiers balzaciens*, no 7).

2. On ignore si cette lettre, dont la copie a été retrouvée dans les papiers de Balzac, a jamais été envoyée.

A ce sujet, j'aurai l'honneur de soumettre plusieurs considérations à Votre Excellence. D'abord, Mme la comtesse Hanska, dont la délicatesse égale l'amour qu'elle porte à sa fille, n'a conservé que le nécessaire des droits, confirmés par l'Empereur, qu'elle avait sur la fortune de M. le comte Hanski, et elle a remis entièrement l'administration de cette fortune à son gendre, M. le comte Mniszech. Ainsi, Monsieur le Chancelier, la prière que vous mettrez sous les yeux de Sa Majesté Impériale est dépouillée de cet intérêt si commun, dont je rougirais, et laisse l'affection dans toute sa force. Enfin, sachant jusqu'où s'étend la paternelle sollicitude de Sa Majesté pour ses sujets, j'ai l'honneur d'affirmer à Votre Excellence que, sans être considérable, la fortune due à mes travaux est suffisante déjà par elle-même à conserver à Mme la comtesse Hanska l'aisance à laquelle a droit une femme de son rang; j'ose croire même qu'elle n'en déchoira point en France, et cette espérance est le seul dédommagement que je trouve aux labeurs excessifs de la carrière littéraire. Sa Majesté appréciera sans doute la considération qui a tant retardé la demande que je fais en ce moment, car Mme la comtesse Hanska est veuve depuis six ans. Mais j'attendais que ma fortune fût à la hauteur de mon espoir et digne de celle que j'aime.

Que Votre Excellence veuille appuyer ma requête de ces motifs, qui ne sont pas sans quelque noblesse; qu'elle plaide auprès de Son Auguste Maître la cause d'un attachement vieux de quinze ans, dont la pureté plaide d'elle-même et, en me rappelant sans cesse la bonté de l'Empereur, je joindrai le nom de Votre Excellence à ce souvenir éternel.

Vous comprendrez, Monsieur le Chancelier, l'impatience des sentiments qui m'animent, et vous ne vous étonnerez pas de vous entendre prier de m'épargner les délais, autant que les usages et les distances le permettront. Mes affaires m'appelant en mars 1848 à Paris, je supplie Votre Excellence de m'adresser la réponse à Wierzchownia, près Berditcheff, jusqu'au 1er février de cette année. Une prompte réussite, Monsieur le Comte, serait ajouter la grâce au bienfait.

Daignez agréer, Monsieur le Chancelier, l'assurance des sentiments de profond respect, avec lequel j'ai l'honneur de me dire, de Votre Excellence,

Le très dévoué serviteur,

H. DE BALZAC

TABLE DU TOME QUATRIÈME

1846